JASON DARK

Die Welt des

JOHN SINCLAIR

VAMPIR-NÄCHTE

DREI SPANNENDE KULTGESCHICHTEN

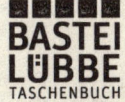

BASTEI
LÜBBE
TASCHENBUCH

BASTEI LÜBBE TASCHENBUCH
Band 73 988

1. Auflage: Januar 2011

Vollständige Taschenbuchausgabe

Bastei Lübbe Taschenbücher
in der
Bastei Lübbe Gmbh & Co. KG

Sie finden uns im Internet unter
www.luebbe.de
oder
www.bastei.de

Der Preis dieses Bandes versteht sich einschließlich
der gesetzlichen Mehrwertsteuer.

Inhalt

Die Jenseits-Falle
(Taschenbuch 73 022, 1983)
Seite 7

Geheimbund der Vampire
(Taschenbuch 73 029, 1983)
Seite 145

Das Orakel von Atlantis
(Taschenbuch 73 030, 1983)
Seite 281

DIE JENSEITS-FALLE

Der Wind schien aus der Ewigkeit zu kommen. Er brachte ein Lied mit, das von unendlicher Trauer, Tod, Vernichtung und Vergänglichkeit erzählte. Er wehte über das Land, und es hatte den Anschein, als würden zarte Finger die Saiten einer gläsernen Harfe streicheln.

Der Wind war ein Bote der Mächtigen. Er konnte die Natur in eine Hölle verwandeln, wenn er zum Orkan aufbrauste, er konnte sie aber auch umschmeicheln wie das Liebeslied einer Frau atemlos lauschende Männer.

Diesmal spielte er mit den Zweigen und Ästen der Bäume. Er bog sie, streichelte die Büsche, kämmte das hohe Gras, warf Wellen auf die Oberfläche des sprudelnden Bachs, sang um die hohen, vier markanten Steine, die an alte Menhire erinnerten, und fuhr dem kleinen Mann ins Gesicht, dessen Haare er nicht nur nach hinten wehte, sondern ihm auch die Tränen trocknete.

Der Mann stand da und lauschte dem Wind. Er wollte in seinem Säuseln eine Antwort finden, weil er selbst nicht wusste, wie es weitergehen sollte.

Doch der Wind verriet nichts. Er ließ den kleinen Mann allein und trocknete nur seine Tränen …

Der Mann senkte den Kopf. Er schaute auf den Boden, wo das saftige Gras wuchs. Seine Schultern hoben sich in einer verzweifelten Geste und ein Stöhnen drang aus seinem Mund.

»Ich weiß, es ist nicht leicht für dich, aber es gibt einfach keinen anderen Weg …«

Eine Frauenstimme hatte die Worte gesprochen. Sie war hinter dem Mann aufgeklungen, der jedoch tat, als hätte er sie nicht gehört. Er starrte weiterhin zu Boden.

»Dreh dich um, Myxin!« Die Frau sagte es bittend und legte eine Hand auf die Schulter des anderen. Sie gab ihren Fingern ein wenig Druck, und nur widerwillig wandte sich der Mann um.

Dann standen sie sich gegenüber. Sie schauten sich an. Ein ungleiches Paar – und dennoch würde einer für den anderen durchs Feuer gehen. Bis heute jedenfalls.

»Kara«, flüsterte Myxin, der kleine Magier, »ich bitte dich inständig, überlege es dir.«

»Das habe ich bereits.«

»Und dein Entschluss?«

»Es bleibt dabei, Myxin. Ich kann ihn nicht einfach fallen lassen. Nein, das geht nicht. Die andere Sache ist mir zu wichtig. Entweder stellst du dich auf meine Seite oder nicht.«

Der kleine Magier mit der leicht grünlich schimmernden Haut und dem langen Mantel trat einen Schritt zurück. »Ich kann es einfach nicht glauben, dass du es bist, die diese Worte gesagt hat.«

»Siehst du sonst noch jemanden?«

»Nein, aber du bist anders geworden. Seit du Alassia kennengelernt hast, da ist plötzlich …« Er sprach nicht weiter, sondern schüttelte den Kopf.

»Was ist plötzlich?«

»Nichts, gar nichts.«

Eine Weile herrschte Schweigen zwischen den beiden. Sie schauten den ersten Abendwolken nach, die hoch am Himmel schwebten und an auseinandergerissene Watteschleier erinnerten. Keiner traute sich so recht, ein Wort zu sagen, jeder wartete darauf, dass der andere den Anfang machte. Es war eine Situation, wie sie in der letzten Zeit nie vorgekommen war, urplötzlich war es dann geschehen, alles hatte sich verändert. Sie waren gezwungen worden, anders zu reagieren und alte Schwüre zu brechen. Die Begriffe wie Treue, Loyalität, Freundschaft waren auf einmal nicht mehr wert als tauender Schnee im März.

»Ist es dir denn so wichtig?«, fragte Myxin nach einer Weile, wobei seine Worte kaum zu verstehen waren.

»Noch wichtiger«, antwortete die Frau in dem langen Kleid und mit dem prachtvollen Schwert an der linken Hüfte.

»Dann wage ich nicht mehr, die nächste Frage zu stellen«, flüsterte Myxin.

»Rede nur.«

»Ist es wichtiger als ich?«

10

»Das kann man nicht vergleichen«, erwiderte Kara. »Du selbst weißt, dass ich mein Leben bisher darauf verwendet habe, den Trank des Vergessens zu finden. Und nun habe ich die einmalige Chance …«

»Aber um welchen Preis!«, fiel Myxin der Schwarzhaarigen ins Wort. »Um welch einen Preis? Wir müssten all das verraten, für das wir bisher gekämpft und gelitten haben. Denke daran.«

»Der Trank ist es mir wert.«

»Nein, Kara, so darfst du nicht denken. So nicht.« Myxin schüttelte den Kopf. »Sollen wir zu Verrätern werden?«

»Das wird nicht geschehen. Wenn ich den Trank habe, wird alles anders. Dann können wir unseren Kampf gegen die Mächte der Finsternis noch effektiver durchführen.«

»Aber du verbündest dich mit einer Feindin. Du willst den Teufel mit dem Beelzebub austreiben! So etwas ist noch nie gut gegangen. Denke immer daran.«

»Ich halte mit einem anderen Sprichwort dagegen. Der Zweck heiligt bekanntlich die Mittel.«

»Aber nicht in diesem Fall. Es steht einfach zu viel auf dem Spiel.«

In Karas dunklen Augen blitzte es zornig. »So habe ich dich noch nie erlebt, Myxin.«

»Es ist auch noch nie so ein schrecklicher Fall eingetreten. Wenn du auf den Handel eingehst, dann öffnest du Alassia das Tor zu dieser Welt. Du sprengst Dimensionen. Dein Vater würde …«

»Lass ihn aus dem Spiel, Myxin!«

»Schon gut, entschuldige. Aber es ist deiner nicht würdig, dass du auf diese Weise reagierst. Nein, Kara, so etwas darfst du nicht tun.«

»Ich will den Trank!«

»Und den kann dir angeblich nur Alassia geben, wie?«

»So ist es.«

»Hast du ihn jemals gesehen? Hat Alassia dir den Trank gezeigt? Ja oder nein? Weißt du es? Schon einmal hat man dich aufs Glatteis geführt. Der Druide Kylon sollte angeblich wissen, wo sich der Trank des Vergessens befand. Was wusste er? Nichts, gar nichts. Du bist ebenso reingefallen wie ich.«

»Aber diesmal ist es anders.« Kara ließ sich nicht vom Gegenteil überzeugen. »Ich spüre es. Und wenn ich den Trank besitze, dann kann ich Alassia bekämpfen. Ich schleudere sie wieder zurück in ihre Dunkelwelt, wo sie für alle Ewigkeiten bleiben kann. Aber ich habe den Trank …«

»Nein, nein, nein! So wird es nicht sein.« Myxin ballte die Hände. »Denk logisch, bitte. Alassia hat sich bei dir gemeldet, um dich in eine Falle zu locken.«

»Sie will frei sein und nicht mehr in der Dunkelheit hausen. Jetzt, da Asmodina nicht mehr ist, hat sie freie Bahn. Ich gebe ihr die Chance und zahle dafür.«

»Mit Menschenleben.«

»Wer sagt das?«

»Ich sage es, denn ich ahne, dass Alassia etwas Schlimmes vorhat. Sie wird sich einen Herrschaftsbereich aufbauen, und wir alle werden darunter zu leiden haben.«

»Daran glaube ich nicht.« Ruckartig drehte sich Kara um. Der Wind warf ihre Haare hoch, und sie schaute Myxin, dem kleinen Magier, fest in die Augen. »Deshalb frage ich dich, Myxin: Stehst du auf meiner Seite, oder willst du dich von mir trennen?«

Myxin überlegte lange. »Ich weiß es nicht«, meinte er nach einer langen Denkpause.

»Wenn du nicht bei mir bleibst, werden wir Feinde sein!«

Myxin erschrak. »Meinst du das im Ernst?«

»Es gibt keinen anderen Weg!«

»Gut«, erwiderte der Magier. »Ich habe mich entschlossen. Dabei denke ich auch an das Versprechen, das wir uns einmal gegeben haben. Wir wollten zusammenhalten. In guten wie auch in schlechten Zeiten. Wir werden uns beide bewähren müssen.«

»Heißt das, dass ich mit dir rechnen kann?«

»Ja, du kannst!«

Da lächelte Kara. Und dieses Lächeln ließ ihr Gesicht weich und fraulich erscheinen. »Ich danke dir«, sagte sie, wobei sie ihren rechten Arm ausstreckte.

Myxin verstand die Geste. Ein wenig zögernd ergriff er ihre Hand. Kara drückte fest zu, und sie ließ auch bei Myxins folgenden, inhaltsschweren Worten nicht los.

»Wenn wir uns jetzt auf Alassias Seite stellen, dann wird unser bester Freund unser Todfeind sein.«

»Ich weiß es«, sagte die Schöne aus dem Totenreich. »Muss ich seinen Namen aussprechen?«

»Es ist nicht nötig, Kara. Wir beide wissen, dass nur John Sinclair gemeint ist …«

Als ich zum ersten Mal den Bericht über das spurlos verschwundene Schiff las, dachte ich sofort an Jo Barracuda, einen farbigen G-Man, der aus Florida stammte, zu einem Zombie geworden war und von mir getötet werden musste. Das war in New York geschehen. In Florida allerdings hatten wir Seite an Seite gegen die unheimliche Vampir-Flotte gekämpft, und die in den Zeitungen geäußerten Vermutungen hatten sich als Irrtum herausgestellt. Nicht das Bermuda-Dreieck war schuld an dem grauenhaften Geschehen gewesen.

Jetzt aber waren wieder Schiffe verschwunden. Ein deutsches und ein englisches Schiff. Unser Schiff hatte zur Marine gehört. Ein schneller Kreuzer, der urplötzlich von der Bildfläche verschwunden war und den es einfach nicht mehr gab. Schluss, Ende – weg vom Fenster.

Mein Chef, Sir James Powell, hatte mir den ansonsten geheimen Bericht zukommen lassen. Eigentlich hätte diese Angelegenheit auf meinem Schreibtisch nichts zu suchen gehabt, aber der Kreuzer war ausgerechnet im Gebiet des Bermuda-Dreiecks verschwunden, und dort hatten sich schon manche rätselhaften Fälle ereignet, die bis heute nicht aufgeklärt werden konnten.

In der militärischen Führungsspitze wollte man natürlich

nicht an Übersinnliches glauben. Nicht wenige Generäle waren davon überzeugt, dass ein argentinisches U-Boot das Schiff abgeschossen hatte, als Racheakt sozusagen für den Falkland-Krieg, und die Militärs forderten Vergeltung, wobei sie zum Glück in Regierungskreisen auf taube Ohren stießen.

Sir James sah den Fall anders. Er brauchte einfach eine logische Erklärung. Da er diese nicht bekommen hatte, schloss er ein Einwirken übersinnlicher Kräfte nicht aus. Zudem hatte man keinerlei Spuren oder irgendwelche Teile von dem verschwundenen Schiff entdeckt. Wenn es tatsächlich torpediert worden war, hätte man Wrackteile finden müssen.

Die Ursache des Verschwindens blieb ungeklärt.

Und Sir James suchte Verbündete, die seiner Theorie folgen konnten. Wen konnte er da Besseres finden als mich? Ich bekam also die Berichte zur Lektüre, hatte mich hinter meinen Schreibtisch gehockt und vertiefte mich in die geheimen Protokolle.

Suko war nicht da. Unterwegs in irgendeiner anderen Sache, würde er wohl erst am Nachmittag zurückkehren. So hatte ich die Bude für mich allein. Im Vorzimmer hämmerte Glenda auf ihrer IBM. Die Maschine hatte vor Kurzem eine schallschluckende Haube bekommen, sodass kaum noch etwas zu hören war, wenn meine Sekretärin schrieb.

Ich merkte auch nicht, dass der Hackkasten plötzlich verstummte. Erst als die Tür aufgestoßen wurde und Glenda in meinem Zimmer stand, hob ich den Kopf.

Ein wenig verwirrt fragte ich: »Was gibt es denn?«

»Es ist Mittagszeit.«

»Das heißt, ich soll etwas essen.«

»Genau. Wenn du schon mal hier bist.«

»Und wo?«

»Die Kantine …«

Ich winkte ab und verzog das Gesicht. »Wenn ich daran denke, kommt mir schon der Magen hoch. Dieses Folienessen, nein, das ist nicht der wahre Jakob. Hast du sonst noch einen Vorschlag?«

»Wie wär's mit dem kleinen Schnellimbiss?«

»Du meinst den, der ein paar Ecken weiter liegt?«

»Genau.«

»Da bin ich einverstanden, obwohl es dort fast nur Kebab gibt.«

»Was hast du dagegen?«

»Ich? Eigentlich nichts, meine Liebe.« Ich hängte mir die Jacke über. »Aber das Zeug sollen auch die essen, die es erfunden haben. Da schmeckt es noch, doch unsere Landsleute haben es europäisiert. Das stört mich daran.«

»Und die Currywurst in Deutschland?«

Ich lachte und legte Glenda einen Arm um die Schultern. »Die hat mir Will Mallmann schmackhaft gemacht und gehört einfach dazu.«

»Wie du meinst.«

Wir fuhren nach unten, verließen den Bau und wandten uns nach links. Der Schnellimbiss stand in einer kleinen Seitenstraße, mehr eine Baracke, aber das Geschäft lief, denn außer von uns wurde der Laden noch von anderen Hungrigen angesteuert.

Der Besitzer hatte Tische und Bänke aufgestellt. Es war ein Araber, angeblich machte er das beste Kebab von ganz London. Ich konnte das nicht beurteilen, da ich das Zeug bisher nur zweimal gegessen hatte. Da wurde Hammelfleisch gegrillt, in eine Tüte gesteckt, Salat darüber, ein Schuss Soße, fertig war das Gericht, das Glenda zweimal bestellte. Dazu eine Büchse Bier für mich. Sie selbst trank Cola.

Glenda sah schick aus. Sie trug eine flotte Hose, einen gestreiften Pullover und hatte ihre schwarze Haarflut im Nacken zu einem Knoten zusammengebunden.

Unser Essen kam. Die Bude war voll. Stimmenwirrwarr erfüllte die Luft. Da wir saßen, gab man uns eine Gabel dazu, deren Zinken ich zuerst in den zuoberst liegenden Salat bohrte.

Auf einmal wurde mir komisch. Ich hatte das Gefühl, als würde die Gabel in dieser Tüte versinken. Sie verschwamm vor meinen Augen, wurde zu einem nebligen Bild, und ich sah dann eine gewaltige graue Hand vor mir, die aus einer grünen Tiefe empor schoss, die Finger gespreizt hielt, die Handfläche nach oben kehrte und mir vorkam wie die Plattform einer Bohrinsel.

So groß war sie sicherlich. Und sie ragte aus dem Meer!

Ich saß reglos, wollte fragen, was das alles zu bedeuten hatte, doch ich brachte meine Lippen nicht auseinander. Nur die Hand sah ich. Sie war so groß, dass sie leicht ein Schiff hätte umklammern können.

»He, John, träumst du?« Das war Glendas Stimme, die da durch den Nebel an meine Ohren drang. Im selben Augenblick, als ich ihre Stimme hörte, verschwand die Hand.

Weg war sie.

Um mich herum wieder das laute Stimmengewirr, der Geruch des siedenden Fetts und vor mir die Tüte mit dem komischen Kebab.

Glenda fasste nach meinem Handrücken. »He, John, träumst du eigentlich?«

»Wieso?«

»Du warst vorhin so abwesend.«

Ich lächelte.

»Manchmal hat man seine Gedanken eben nicht so recht beisammen.«

»Das habe ich gesehen.«

Ich deutete auf ihre Tüte, die bereits halb geleert war. »Dir scheint es zu schmecken.«

Glenda nickte heftig und rückte ein Stück zur Seite, weil sich jemand neben sie setzte. »Und wie es mir schmeckt, John. Einmal in der Woche leiste ich mir diese Kalorienbombe.«

»Das hat Jane auch immer gesagt.«

Glenda war zusammengezuckt, als sie meine Antwort hörte. Jane Collins war ein Thema, das von ihr nur ungern angeschnitten wurde. So etwas ließ sie lieber aus dem Spiel. Sie wusste, dass ich noch immer unter Janes Veränderung litt, denn die andere Seite, Wikka genauer gesagt, hatte es geschafft, sie umzudrehen. Jane war zu einer Dienerin des Bösen geworden, denn in ihr steckte jetzt der Geist des unheilvollen Rippers von Soho. Aber des echten. Jane war vorläufig für mich oder für uns verloren. Ich hoffte allerdings, dass sich da noch etwas ändern ließ, denn bestimmt würden sich unsere Wege noch einmal kreuzen.

»Entschuldige«, sagte Glenda, »aber ich wollte keine Wunde bei dir aufreißen.«

»Das hast du auch nicht.«

»Aber du warst plötzlich so abwesend. Als würden dich irgendwelche Sorgen drücken.«

Ich hob die Schultern. »Als Sorgen kann man das nicht so direkt bezeichnen. Seltsam war es in der Tat.«

»Was ist denn passiert?«

»Ich hatte eine Vision.«

Glenda war so erstaunt, dass ihr fast die Tüte aus der Hand geglitten wäre.

»Du hattest was?«

»Ja, eine Vision.« Dann berichtete ich ihr davon. Meine Sekretärin zeigte sich überrascht. Sie konnte es nicht begreifen. Ihr fehlte die Erklärung ebenso wie mir. Trotzdem fragte sie nach.

»Hat das vielleicht mit einem Fall zu tun, an dem du im Moment arbeitest?«

»Nein, ich habe keinen Fall.«

»Auch nicht in Vorbereitung?«

Das war eine schwierige Frage, die ich ihr leider nicht beantworten durfte. Deshalb wiegelte ich ab. »Lassen wir das. Du wolltest essen, und ich möchte dir nicht den Appetit verderben.«

»Mir schmeckt es auch nicht mehr«, erklärte sie und ließ die Tüte sinken. Ihr Nebenmann schaute sie an. Er war ein breitschultriger Typ, der einen schmutzigen Overall trug und seinen Kebab hinunterschlang, als wäre es ein Festessen. Der Kerl schaute so gierig auf meine Tüte, dass ich nicht anders konnte und sie ihm reichte.

17

Da strahlten seine Augen. »Für mich?«

»Ja, Mister. Sie sehen aus, als könnten Sie noch eine Portion vertragen, nicht wahr?«

»Und wie, mein Lieber, und wie.«

Wir aber gingen. Über die Schulter blickend sah ich, wie sich der Mann auf mein Essen stürzte. Diese Bude hier hatte ich zum letzten Mal betreten, denn meine gesamte Kleidung stank nach dem Grillfett.

Für den Rückweg ließen wir uns Zeit. Es war ein herrlicher Frühherbsttag. Die Sonne schien, der Himmel zeigte eine blasse Bläue und zahlreiche Menschen genossen die wärmenden Strahlen.

Schweigend gingen Glenda und ich nebeneinander her. Meine Sekretärin stellte auch keine Fragen. Sie wusste, was mich beschäftigte, und ließ mich erst einmal in Ruhe.

Eine Hand, die aus dem Wasser ragt. Dazu noch gewaltig in ihrer Größe. Wo gab es so etwas? Das fragte ich mich immer wieder, und es bohrte förmlich in meinem Gehirn. Ich ging die letzten Fälle in Gedanken durch, doch mit einer Hand hatte ich es nicht zu tun gehabt.

Als wir das Yard-Gebäude erreichten, trafen wir Suko. Er war früher zurückgekehrt, als er angenommen hatte.

»Wie war es?«, wollte ich wissen.

»Ein Fehlschuss. Die Frau, die angeblich einen Dämon in der Wohnung gehabt hat, war nur hysterisch.«

»Dann lass uns nach oben fahren.«

»Du bist so arbeitsam«, sagte er.

»Es liegt was in der Luft.«

»Eine neue Sache?«

»Klar.«

»Und?«

Wir standen schon vor dem Lift in der Halle. »Ich erkläre es dir, wenn wir im Büro sitzen.«

»Wie du meinst.«

Zu dritt fuhren wir hoch. Glenda betrachtete mich noch immer voller Skepsis. Sie machte sich Sorgen. Zudem war ich ihr nicht gleichgültig. Einmal hatte ich mit ihr ein ziemlich heißes Abenteuer gehabt. Es war einfach über uns gekommen, nach einem harten Kampf gegen den Dämon mit den vier Armen. Die Nacht nach dem Kampf hatte ich in Glendas Wohnung verbracht. Und da war's dann passiert. Ich bin auch nur ein Mann, und Glenda ist sehr attraktiv.

Anschließend hatten wir darüber kein Wort mehr verloren und uns wie immer verhalten. Aber Suko hatte sich so seine Gedanken gemacht. Bestimmt ahnte er etwas, war allerdings taktvoll und schwieg.

»Eigentlich möchte ich zu Sir James«, sagte ich.

»Ist der denn schon da?«

»Er war gar nicht weg.«

»Soll ich mitkommen?«, fragte Suko.

»Wird wohl gut sein.« Sicherheitshalber rief ich bei unserem Chef an.

Der Superintendent hatte Zeit. Wenig später saßen wir ihm gegenüber. Ich hatte die Akte mit dem Vermerk »Streng geheim« mitgebracht. Sie lag zwischen uns.

Suko war von mir in Stichworten eingeweiht worden, er konnte dem Gespräch also folgen. Der Superintendent nahm einen Schluck von seinem kohlensäurefreien Wasser, runzelte die Stirn und schaute uns durch seine dicken Brillengläser zwinkernd an. »Ich befürchte Schlimmes«, sagte er.

»Wieso?«, fragten wir wie aus einem Munde.

»Soeben habe ich Nachricht bekommen, dass wir ein zweites Schiff verloren haben.«

Mit einem Schlag wich das Blut aus unseren Gesichtern. Beide sahen wir plötzlich blass aus. »Das ist doch nicht möglich«, flüsterte ich.

»Leider eine Tatsache. Die *Atlantic Queen* meldete sich nicht.«

Ich schlug mir gegen die Stirn. Ausgerechnet die *Atlantic Queen*. Dieses stolze Schiff. Ein Passagierdampfer vom alten Typ. Ein regelrechter Luxus-Liner. Mit dem Modernsten ausgestattet, was die Technik hergab. Wie konnte er so einfach verschwinden?

»Keine Havarie?«, fragte ich.

»Nein.«

»Das ist mir unbegreiflich, wirklich.« Ich schaute Suko an. »Hast du eine Erklärung?«

Der Chinese schüttelte den Kopf. »Keine, John. Wenigstens keine realistische. Wir müssen uns mit dem Gedanken vertraut machen, dass hier Kräfte am Werk sind, die wir nicht steuern können. Denk auch an deine seltsame Vision.«

Sofort horchte Sir James auf. Suko hatte ich davon berichtet, meinem Chef noch nicht.

Ich erzählte ihm, was mir passiert war. Danach saßen wir stumm auf unseren Plätzen, bis der Superintendent meinte: »Sicherlich haben Sie nach einer Erklärung gesucht und keine gefunden. Aber ich meine, dass diese Vision jemand geschickt haben muss. Sie kann doch nicht einfach so erscheinen.«

»Der Ansicht bin ich auch.«

»Es sollte Sie wohl warnen. Aber wovor?«

»Das weiß ich nicht, sorry. Ich sah nur eine gewaltige Hand, die aus dem Wasser ragte, das war alles.«

»Hat sich die Hand bewegt?«

Ich hob die Schultern. »Tut mir leid, das sah ich leider nicht. Aber wenn ich eine etwas gewagte Verbindung ziehen darf, dann kann es durchaus möglich sein, dass es zwischen dem Auftauchen dieser Hand und dem, verschwundenen Schiffen einen Zusammenhang gibt. Ich weiß, er kommt mir ein wenig konstruiert vor, aber wir dürfen nichts außer Acht lassen, Sir.«

Das war auch die Meinung des Superintendenten. Er überlegte eine Weile. Schließlich hob er die Schultern und griff zum Telefon. Er wählte eine Nummer, die wohl nur wenige Menschen kannten. Er sprach mit dem Teilnehmer und redete ihn dabei nur mit dem Vornamen an. Trotzdem wusste ich, dass es sich um den Geheimdienstboss handelte. Nach wenigen Minuten war das Gespräch beendet. Sir James legte den Hörer auf die Gabel, schaute uns an und runzelte die Stirn.

»Ich habe grünes Licht bekommen. Kümmern Sie sich um die Sache. Fliegen Sie ins Bermuda-Dreieck …«

Auf der *Atlantic Queen* war man bester Laune. Bisher hatten die Passagiere eine herrliche Überfahrt gehabt. Das Wetter war durchweg ausgezeichnet gewesen, und vor allen Dingen hatte der Reiseveranstalter ein Programm zusammengestellt, das jeden Abend eine Abwechslung bot. Es traten bekannte Künstler auf, Artisten waren zu bewundern, es gab Kinofilme, und auf den großen Decks wurden sportliche Wettkämpfe ausgetragen. Tagsüber verwöhnte man die Gäste. Die Stewards waren mehr als aufmerksam, hier wurde dem Passagier fast jeder Wunsch von den Augen abgelesen.

Nichts trübte die Stimmung, und als das Schiff wärmere Regionen anlief, da wurde die Laune sogar noch besser. An den drei Pools herrschte tagsüber Hochbetrieb, und in den Tanz- und Barräumen wurde dann später die Nacht zum Tage gemacht.

Auch die Besatzung war zufrieden. Das fing beim Kapitän an und schloss den letzten Maschinisten mit ein.

Die See war ruhig. Kein Sturm hatte bisher das Schiff durchgeschüttelt. Der riesige Luxus-Liner konnte unbehelligt seinen Kurs halten. Mit dem Bug schob er einen weißen Bart vor sich her, und als sich das Schiff allmählich dem Bermuda-Dreieck näherte, da sagte der Erste Steuermann zu seinem Kapitän: »Jetzt bin ich mal gespannt, ob wir diese Zone heil hinter uns bringen.«

Kapitän Fred Walter, ein braungebrannter Mann mit asketischen Gesichtszügen, wandte den Kopf. »Wieso? Glauben Sie etwa an die alten Schauergeschichten?«

»Eigentlich nicht.«

Walter lächelte. »Und uneigentlich?«

»Ich habe zu viel darüber gelesen«, meinte der Erste.

»Das ist doch alles widerlegt worden.«

»Nicht alles. Einige Rätsel bleiben trotzdem, Sir.«

»Die demnächst auch noch aufgeklärt werden. Davon bin ich fest überzeugt.«

»Ich lasse mich überraschen.«

»Das können Sie auch.«

Fred Walter überließ die Führung des Schiffes dem Ersten Steuermann. Er wusste bei ihm den Pott in guten Händen. Während er die Brücke verließ, lächelte er. An das Bermuda-Dreieck glaubte er nur insofern, dass es existent war. Es gab dieses Gebiet, das man als Bermuda-Dreieck bezeichnete und fast bis an die amerikanische Küste reichte, aber er glaubte nicht, dass hier Schiffe und Flugzeuge so mir nichts dir nichts verschwanden. Das war Spekulation. Außerdem waren für die meisten Fälle natürliche Ursachen verantwortlich.

Musikfetzen wehten ihm entgegen, als er eines der Tanzdecks betrat. Die Passagiere hielten sich draußen auf. Bunte Girlanden grenzten die Tanzfläche ab und bildeten ein großes Quadrat. Eine Drei-Mann-Band spielte Broadway-Songs, deren Melodien der Kapitän unwillkürlich mitpfiff.

Natürlich war sein Erscheinen bemerkt worden. Er wurde angesprochen, begrüßt, und die Menschen taten so, als hätte er persönlich für das herrliche Wetter gesorgt.

An der kleinen Bar ließ er sich ein Glas Sekt geben. Die Bar war dort aufgebaut, wo die meisten Passagiere an den Tischen saßen. Lautlos bewegten sich die Stewards.

Tanzen wollte Fred Walter nicht, obwohl er ein paar Mal dazu aufgefordert wurde. Er kannte das. Wenn er einmal anfing, kam er überhaupt nicht mehr zur Ruhe.

Der Kapitän – er stammte aus Deutschland – setzte seinen Rundgang fort. Auch auf den anderen Decks begrüßte er die Passagiere und fand auch den Skatclub wieder. Drei Männer aus Deutschland hatten sich zusammengefunden und spielten jeden Abend Karten. Zu Hause hatten sie einen Club gegründet. Das Geld floss in die Kasse. Damit konnten sie die Schiffsreise finanzieren.

Der Kapitän blieb einen Moment stehen. »Wird Ihnen das nicht zu langweilig?«, fragte er.

Einer der Männer lachte und strich über seine spiegelblanke Glatze. »Langweilig wird das nie. Außerdem müssen wir zusehen, dass wieder etwas in die Kasse kommt. Das soll ja nicht unsere letzte Schiffsreise gewesen sein.«

»Was sagen denn die Gemahlinnen?«

»Die fahren ja auch weg.«

»Mit dem Schiff?«

»Nein«, sagte der Mann, der das schlechteste Blatt hatte. »Unsere Damen besuchen Paris.«

Fred Walter lächelte. »Wie pikant.«

»Das kann man wohl sagen.«

»Und Sie haben keine Angst?«

»Eigentlich nicht. Wenn man so lange verheiratet ist wie wir …« Der Spieler ließ den Rest des Satzes unausgesprochen. Dafür begannen er und seine Freunde zu lachen.

»Dann wünsche ich Ihnen noch viel Vergnügen«, sagte der Kapitän.

»Danke. Und wenn Sie mal Lust haben …«

Fred Walter winkte ab. »Lieber nicht. Ich verliere nur immer.«

»Für unsere Kasse wäre das gut.«

»Das glaube ich.«

»Kapitän Walter bitte auf die Brücke! Kapitän Walter bitte auf die Brücke …« Gedämpft, doch unüberhörbar drang die Stimme aus den an den Wänden installierten Lautsprechern.

»Sie entschuldigen mich«, sagte der Chef des Luxus-Liners, ging zu einem der Fahrstühle und ließ sich aufs Oberdeck bringen. Von hier aus war es bis zur Brücke nur ein Katzensprung. Walter hatte die Stimme seines Ersten Offiziers erkannt. Der rief nie ohne einen Grund, und der Kapitän machte sich Sorgen. War vielleicht etwas mit dem Schiff? Manchmal konnte man das fühlen, vor allen Dingen ein Mann mit seiner Erfahrung. Er merkte sofort, wenn die Maschinen unruhig liefen und die Vibrationen zunahmen.

Das war jedoch nicht der Fall. Die großen Motoren liefen glatt und regelmäßig, zudem waren sie hervorragend in

Schuss und wurden sorgfältig gewartet. Es musste einen anderen Grund geben. Das dumpfe Gefühl in seinem Magen verstärkte sich, als er die Brücke betrat und die besorgten Gesichter seiner Offiziere sah.

»Ist irgendetwas, meine Herren?«

Der Erste gab die Antwort. »Sir, wenn Sie mal durch das Glas schauen wollen …«

»Natürlich, geben Sie her.« Walter war mit ein paar Schritten neben seinem Stellvertreter, nahm das Gas entgegen und presste es gegen seine Augen.

Niemand sprach. Die grünliche Beleuchtung schuf ein geisterhaftes Licht. Im Hintergrund tickte ein Fernschreiber. Die Elektronik arbeitete einwandfrei, auf den Geräten erschienen laufend die neuesten Messdaten, die sofort überprüft wurden.

»Fällt Ihnen etwas auf, Sir?«, fragte der Erste.

»Ja, die Dunkelheit scheint mir hier intensiver zu sein.«

»Zu intensiv.«

Walter ließ das Glas sinken. »Wie meinen Sie das, Bancroft?«

Der Zweite hob die Schultern. »Wir alle kennen diese Breiten, aber so eine Dunkelheit habe ich, ehrlich gesagt, noch nicht erlebt. Auch nicht bei Nacht.«

Der Kapitän schaute wieder durch das Glas. »Das ist in der Tat seltsam«, murmelte er, »und wir laufen genau darauf zu.«

»Mich erinnert sie an einen schwarzen Nebel«, meinte der Zweite. »So etwas hat bisher keiner von uns gesehen.«

Abermals setzte der Kapitän das Glas ab. »Wenn Sie recht haben sollten, dann frage ich Sie, wo der Nebel herkommen kann.«

Bancroft hob die Schultern.

Ein anderer meinte: »Wir sollten nicht vergessen, wo wir uns befinden. Im Bermuda-Dreieck.«

Fred Walter wurde sauer. »Hören Sie doch damit auf«, erwiderte er unwirsch, »das Bermuda-Dreieck existiert, okay. Aber alles andere sind Märchen.«

»Und der Nebel, Sir?« Diese Frage hatte Bancroft gestellt.

»Ist wetterbedingt, ganz einfach. Noch ist er weit genug entfernt. Wir werden versuchen, der Nebelbank auszuweichen. Haben Sie ihre Ausdehnung ungefähr ausmessen können?«

»Nein, wir haben es versucht«, erwiderte der Erste schnell, weil sich Ärger auf dem Gesicht des Kapitäns ausbreitete. »Zu einem Ergebnis sind wir nicht gekommen.«

»Der Nebel wandert.« Aus dem Hintergrund meldete sich der Erste Ingenieur. »Es ist deutlich auf dem Schirm zu sehen, Sir. Leider konnten wir ihn nicht ausmessen.«

Fred Walter wurde unruhig. Er sah die Augen seiner Leute auf sich gerichtet. Die Entscheidung lag jetzt bei ihm. Sollten sie weiterfahren oder abdrehen?

Da Fred Walter dem dunklen Nebel eine natürliche Ursache gab, ließ er die Fahrt fortsetzen. »Der Kurs wird beibehalten!«

»Aye, aye, Sir.«

Walter krauste die Stirn. Natürlich hatte auch er kein gutes Gefühl. Nebel ist immer schlimm, aber das Schiff war mit den modernsten Geräten ausgerüstet, die die Technik zu bieten hatte. Da konnte ihm auch ein großes Nebelfeld nichts anhaben.

Nur die Farbe gefiel ihm nicht. Weshalb so dunkel? Fast schwarz, sogar absolut schwarz. Völlig ohne Licht. Wie ein riesiges, unheimliches Loch kam ihm der Nebel vor, der sich ihrem Schiff näherte und auf den sie auch zufuhren.

Aber ein Loch, das wandert.

Der Kapitän wandte sich an seinen Ingenieur. »Versuchen Sie, die Geschwindigkeit des Nebels zu berechnen.«

»Bin dabei, Sir.«

»Beeilen Sie sich etwas.« Walters Stimme war ein wenig schärfer geworden. Wer ihn kannte, der wusste, dass Nervosität von ihm Besitz ergriffen hatte.

Bancroft, der Zweite Offizier, beobachtete den Kapitän skeptisch. Er konnte nicht verhindern, dass ihm der kalte

25

Schweiß auf die Stirn trat, aber er wagte es nicht, ihn wegzuwischen. Niemand sollte sehen, dass er litt. Er bezeichnete sich selbst als einen Realisten, doch was das Bermuda-Dreieck anging, da machte er sich seine eigenen Gedanken. Irgendwie faszinierte ihn dieses Gebiet, obgleich es ihn wiederum auch abstieß.

Geheuer war es ihm jedenfalls nicht.

»Haben Sie schon ein Resultat?«, wollte Walter wissen.

Der Ingenieur rechnete noch. Auch er schwitzte. Sogar das Glas seiner Brille war beschlagen. »Ich bekomme nichts Konkretes heraus«, sagte er und schüttelte den Kopf. »Nein, da ist nichts zu machen.«

Scharf drehte sich Walter um. »Wieso nicht? Wir sind mit der modernsten Elektronik ausgerüstet. Sie müssen doch …«

»Vielleicht deshalb, Sir. Der Messstrahl reagiert nicht. Er geht auf unendlich und wird nicht reflektiert.«

»Das hat es doch nie gegeben!«, stieß der Kapitän zischend hervor. »Ich glaube …«

»Sir, aber es ist so, als wäre dieser Nebel überhaupt nicht vorhanden.«

»Eingebildet haben wir uns ihn nicht«, sagte Walter.

»Dann weiß ich auch nicht mehr weiter.«

Der Kapitän verließ seinen Platz. Er wollte seinen Ersten Ingenieur kontrollieren. Er konnte einfach nicht glauben, was man ihm da mitteilte.

Der Ingenieur rückte ein Stück zur Seite, damit sich der Kapitän persönlich von den Messdaten überzeugen konnte.

In der Tat geschah dort nichts.

Walter holte tief Luft. Er nahm die Mütze ab. Seine Stirn war nass. Das schüttere graue Haar lag wie angeklebt auf seiner Stirn. Walter warf einen Blick auf den Zweiten Offizier, der wie die anderen das Glas vor seine Augen hielt.

»Gibt es etwas Neues zu berichten, Bancroft?«

»Nein, Sir. Der Nebel wandert noch immer. Ich meine allerdings, dass er sich ausgebreitet hat. Kann auch eine Täuschung sein, da wir näher an ihn herangekommen sind.«

Walter wechselte seinen Standort. Er nahm das Glas und beobachtete selbst.

Unheimlich sah der Nebel aus. Und jetzt entdeckte der Kapitän auch etwas, das die Erscheinung von einem normalen grauen Nebel unterschied. Dieser hier wallte nicht. Er stand ruhig über der grauen See und wirkte wie eine Wand, die sich langsam vorschob.

»Das kommt mir mehr als unheimlich vor«, sagte der Dritte Offizier. Seine Stimme klang gepresst.

Diesmal enthielt sich der Kapitän einer Antwort. Er hatte inzwischen seine Meinung revidieren müssen. Das Bermuda-Dreieck schien doch mehr Rätsel zu bergen, als er angenommen hatte.

Tief atmete er ein.

»Wir könnten den Passagieren Bescheid geben«, meinte der Erste. »Vielleicht sollten sie Schwimmwesten anlegen.«

Fred Walter ließ das Glas sinken. Seine Mundwinkel zuckten. Wenn er dem Vorschlag des Ersten zustimmte, dann gab er sich damit eine Blöße, und es konnte unter Umständen an Bord des Schiffes zu einer gewaltigen Panik kommen. Wenn dieser Nebel erst von den Passagieren entdeckt wurde, war es aus.

Er wunderte sich sowieso, dass noch niemand etwas bemerkt hatte.

Deshalb stimmte er gegen den Entschluss. »Nein, Bancroft. Es bleibt wie bisher. Keine Informationen an die Passagiere.«

»Aye, aye, Sir.«

Die Stimmung auf der Brücke wurde noch gedrückter. Jeder empfand diese gewaltige schwarze Wand als ein Unheil, das immer näher kam und einfach nicht zu stoppen war.

Walter versuchte die Entfernung zu schätzen. Vielleicht zwei Seemeilen, mehr bestimmt nicht.

»Vielleicht merken es die Passagiere nicht, wenn wir hindurchfahren«, murmelte der Erste und versuchte damit so etwas wie Hoffnung zu wecken. »Die Decks sind ja überall beleuchtet.«

»Halten Sie die Leute nicht für so dumm.«

»Aber was sollen wir machen, Sir?«

»Nichts, gar nichts.«

»Am besten beten. Ich hab's ja gesagt. Das verdammte Bermuda-Dreieck.«

»Hören Sie auf«, fuhr Walter seinen Ersten an. »Mit Ihrem Gerede machen Sie alles nur noch schlimmer.«

»Ich finde aber keine andere Erklärung.«

»Dann geben Sie am besten gar keine.«

»Sir!«, meldete der Zweite Offizier. »Bewegung zwei Strich backbord vor uns im Wasser!«

Walter zuckte zusammen. Dann drehte er den Kopf ein wenig nach links. Tatsächlich. Trotz der relativ schlechten Sicht war die Bewegung im Wasser zu erkennen. Die Oberfläche hatte zwar nie so ruhig gelegen, aber diese großen Wellen konnte man schon als unnatürlich bezeichnen. Sie buckelten sich auf, und es entstand sogar ein gefährlicher Strudel, in dessen Trichter das Wasser hellweiß schäumte.

Diese Stelle lag genau zwischen dem Schiff und der schwarzen Nebelwand.

»Maschinen halbe Kraft!«, befahl der Kapitän.

Auf der Brücke ertönte ein Klingelsignal. Schwere Hebel wurden umgelegt. Ein Schütteln ging durch das Schiff, jedoch nur für einen Moment, dann fuhr der Liner wieder ruhig. Der weiße Bart am Bug hatte jedoch nicht mehr die Größe wie zuvor, ein Zeichen dafür, dass die *Atlantic Queen* langsamer fuhr.

Die Männer auf der Brücke waren von einer kaum zu beschreibenden Spannung erfüllt. Die dunkle Wand vor ihnen war plötzlich zweitrangig geworden, jetzt interessierte sie der geheimnisvolle Strudel, der sich immer mehr ausbreitete, Wellen aufwarf und im nächsten Moment etwas ausspie, das die Männer auf der Brücke fast von den Beinen riss.

Wie im Zeitlupentempo tauchte eine unheimliche, gewaltige Riesenhand aus dem Meer …

»Verdammt, ich träume. Sagt mir, dass ich träume, Männer!«
Der Zweite Offizier schrie die Worte, ließ sein Glas fallen und
presste beide Hände vor das Gesicht.

Bancroft murmelte: »Das Dreieck, das verdammte Bermuda-Dreieck. Ich hab es ja gewusst. Verflucht, ich hab es gewusst!«

Diesmal bekam er von seinem Kapitän keinen Rüffel, denn
auch Fred Walter war entsetzt über das, was sich seinen
Augen bot. Er und die anderen erlebten hier einen Vorgang,
der zwar zu beschreiben, jedoch nicht zu fassen war.

Die Hand war größer als das Schiff.

Und immer weiter schob sich dieses riesige graue Gebilde
aus dem Wasser, wuchs vor ihnen hoch, war in Höhe des
Gelenks nach links geknickt und hatte dabei die Finger
gespreizt, als wollte sie urplötzlich zugreifen.

Zugreifen!

Obwohl es keiner aussprach, dachte jeder daran. Diese
Hand konnte das Schiff packen – und dann?

»Maschine stopp!«

Auch der Kapitän hatte seine Ruhe und Übersicht verloren.
Er brüllte diesen Befehl.

Auf der Brücke erwachten die Männer zu fieberhafter
Hektik. Jetzt würden auch die Passagiere merken, dass sich
etwas verändert hatte. Als der Befehl ausgeführt worden war,
schüttelte sich das Schiff unwillig. Es vibrierte. In seinem
Rumpf dröhnte es. Glocken schrillten, Telefone meldeten
sich, doch niemand auf der Brücke hob einen der Hörer ab.
Jetzt nicht, sie hatten anderes zu tun.

»Soll ich Alarm geben?«, fragte Bancroft.

Walter entschied sich innerhalb von Sekunden. »Ja, tun Sie
das«, erwiderte er tonlos. »Wir müssen mit dem Schlimmsten
rechnen.« Und leise fügte er hinzu. »Wie damals bei der *Titanic*!«

Wenig später war auf dem Schiff der Teufel los. Überall
schrillten die Alarmsirenen. Das nervtötende Heulen
schwang geisterhaft über sämtliche Decks, jaulte über das
Wasser und verlor sich irgendwann in der Ferne.

Wie die Passagiere reagierten, wusste von den Offizieren auf der Brücke niemand. Es konnte sich auch keiner um die Menschen kümmern, alle hofften, dass sie sich so verhalten würden wie auf der Katastrophenübung, die vor drei Tagen abgehalten worden war.

Die Riesenhand war noch immer nicht zur Ruhe gekommen. Immer weiter schob sie sich aus dem Wasser, und ein gewaltiger Arm tauchte unter ihr auf.

Sein Durchmesser war kaum zu schätzen, jedenfalls dicker als der mächtigste Baumstamm, der je auf der Erde gemessen worden war.

Das Grauen rollte weiter …

Und da bewegten sich die Finger. Es wurde von den Männern auf der Brücke genau registriert. Es war ein schauriger Anblick, der in einer absoluten Lautlosigkeit ablief und die Offiziere auf der Brücke des Liners tief erschütterte.

»Die packt uns«, schrie der Zweite Offizier, »verdammt, die packt uns! Herr im Himmel …«

Es war keine Panikmache. Der Mann sollte recht behalten. Die unheimliche Riesenklaue drehte sich und wanderte im nächsten Augenblick auf das Schiff zu.

Die *Atlantic Queen* sollte ihre Beute werden!

Jeder auf der Brücke begriff es. Und niemand wusste, was man dagegen unternehmen sollte. Sie konnten der Hand nicht mehr ausweichen, auch wenn sie mit voller Kraft fuhren, die gewaltigen Finger waren einfach zu nahe.

Hatten sich die Offiziere bisher ziemlich ruhig verhalten, so stand die Reaktion der Passagiere völlig im Gegensatz dazu. Die Männer hörten die gellenden Schreie der Menschen, es musste trotz der Übung zu einer Panik gekommen sein, und der Kapitän wurde noch blasser, als er ohnehin schon war.

»Wir müssen etwas tun!«, rief Bancroft. Breitbeinig stand er da, schweißnass war sein Gesicht, die Augen weit aufgerissen, in den Pupillen flackerte es.

Von Walter erhielt er keine Antwort.

Dafür schrie der Erste Ingenieur: »Ich bekomme keinen

Funkspruch mehr durch. Nur noch Rauschen! Wir sind abgeschnitten!«

Wieder eine Hiobsbotschaft, die den Kapitän schon gar nicht mehr aus der Fassung bringen konnte. Er sah nur die unheimliche Klaue. Ein Bild, wie er es sich in seinen tiefsten Albträumen nicht vorgestellt hatte. So etwas Fürchterliches konnte man überhaupt nicht träumen, und Walter schüttelte sich. Dabei waren es nur die Schweißtropfen, die von seinem Gesicht geschleudert wurden.

Die schwarze Wand konnte er nicht mehr sehen, zu nahe war die Hand bereits, und sie stieg noch höher aus dem Wasser. Wie ein überdimensionaler Kran schwebte sie über dem Schiff.

»Jetzt!«, schrie jemand. »Jetzt …«

Und es geschah.

Die Hand fiel nach unten, griff zu.

Im selben Augenblick befand sich das Schiff in der Jenseits-Falle. Stahl knirschte, als wäre es Holz. Glas brach. Die Brücke neigte sich, Scheiben platzten, Glas regnete auf die Männer, die sich nicht auf den Beinen halten konnten und mit unwahrscheinlicher Gewalt herumgerissen wurden.

Wie Spielzeugfiguren, die jemand angestoßen hatte, purzelten sie durcheinander. Niemand konnte sich mehr halten, sie rollten über den Boden, die Elektronik versagte, es kam zu Kurzschlüssen, und Blitze zuckten um die Apparate.

Das Licht verlöschte.

Bancroft aber schrie: »Das Bermuda-Dreieck! Es frisst uns, verflucht! Es frisst uns!«

Er sollte recht behalten. Während einige verzweifelte Passagiere sich kurzerhand über Bord stürzten, wanderte die Hand weiter und krallte ihre Finger um das Schiff.

Die Hand hatte ein Ziel.

Es war der schwarze Nebel.

Wie ein geheimnisvoller Spuk verschwand das moderne Passagierschiff *Atlantic Queen* in der unheimlichen Dunkelwelt …

Florida!

Dort waren wir gelandet, und von Florida aus sollte auch unser Einsatz starten.

Sonne, Palmen, Meer, Strand – Urlaub. Das verbindet man normalerweise mit dem Begriff Florida. Uns war nicht nach Urlaub zumute, denn inzwischen hatte sich etwas getan. Aber lassen Sie mich der Reihe nach berichten.

Nach unserer Ankunft in Miami rief ich sofort nach London an. Sir James hatte bereits auf meinen Anruf gewartet und teilte mir die Neuigkeiten mit.

Die *Atlantic Queen* war verschwunden, aber, und jetzt kam der große Clou, es hatte Zeugen gegeben. Überlebende, denn nach der Vermisstenmeldung aus Großbritannien hatten die Amerikaner sofort Suchtrupps losgeschickt, die in ihren Flugzeugen das infrage kommende Gebiet abflogen. Sechs Leute waren aus den Fluten geborgen worden. Vier davon allerdings tot.

Nur zwei lebten. Und sie würden aussagen, wenn sich ihr erster Schock gelegt hatte.

So sahen die Fakten aus, und allein darauf konnten wir aufbauen. Natürlich kamen wir nicht als normale Touristen. Das FBI war eingeschaltet worden, und wie damals bei Jo Barracuda, so wurden wir auch jetzt von einem G-Man in Empfang genommen. Allerdings muss ich hinzufügen, dass mir dieser Mann nicht so sympathisch war. Er trug das Mir-kann-keiner-Gehabe zur Schau und begrüßte uns ziemlich herablassend. Manche Amerikaner denken eben noch immer, sie allein wären der Nabel der Welt.

Der Mann hieß Bob Costa. Seine Haut war von der Sonne fast dunkelbraun. Er trug einen schneeweißen Anzug aus dünnem Stoff, unter dem sich deutlich der Abdruck eines schweren Revolvers abzeichnete. Die Gläser der Sonnenbrille bestanden aus Spiegelglas, und das hellblaue Hemd stand drei Knöpfe weit offen.

Er hatte als Legitimation kurz seine Marke aufblitzen lassen, uns aber nicht die Hand gegeben.

»Nehmen Sie Ihre Koffer mit. Mein Wagen steht nicht weit von hier.«

Schweigend griffen wir nach unserem Gepäck. Hinter dem G-Man schritten wir her. Costas Gang war federnd. Der Mann hatte einen durchtrainierten Körper. Sicherlich war er ein harter Kämpfer.

Sein Pontiac parkte im Schatten eines Sonnensegels. Bevor er einstieg, schaute er uns über das rote Wagendach hinweg an. »Jo lebt ja nicht mehr, habe ich gehört.«

»Nein.«

»Sie haben ihn gekillt!«

Das letzte Wort stellte ich richtig. »Erlöst, sollte man sagen. Jo Barracuda war kein Mensch mehr.«

»Ja, man erzählte es mir, obwohl ich es immer noch nicht glauben kann. Aber das ist nicht das Problem. Steigen Sie ein. Leider ist die Klimaanlage defekt.«

Das merkten wir, als wir auf den warmen Sitzen Platz genommen hatten. Im Wagen war es stickig, zudem roch es nach Benzin. Über einen Highway ging es in Richtung Miami. Wir fuhren nahe am Strand entlang, sahen den weißen Sand, dahinter das blaue, mit Segelbooten und Surfbrettern geschmückte Meer und auch die Rückseiten der Hotelpaläste, die oftmals in mit tropischen Gewächsen bepflanzten Parks standen.

Bob Costa fuhr lässig. Zumeist hatte er nur eine Hand am Lenkrad, die andere hing aus dem Fenster. Eine andere Fahrweise hätte auch nicht zu ihm gepasst. Alles sah oder sollte lässig aussehen, aber dieser Mann stand unter Strom, das erkannte ich.

»Gibt es überhaupt noch Dämonen?«, fragte er und warf einen raschen Blick über die Schulter, da wir im Fond saßen.

»Natürlich.«

Er lachte spöttisch. »Wo ihr doch die großen Supermänner seid, die alles vernichten.«

»Das ist wie bei Ihnen in den Staaten. Trotz FBI-Supermännern steigt die Verbrechensrate.«

Nach dieser Antwort schwieg er.

Bald umspülte uns der dichte Verkehr von Miami. Was mir an der Stadt gefiel, war die tropische Vegetation. Überall sahen wir Touristen, aber auch viele Farbige und Latinos aus den mittelamerikanischen Ländern trieben sich auf den Gehsteigen und Straßen herum.

Wir fuhren nicht zum FBI-Gebäude, sondern zu einem Krankenhaus. Es lag versteckt hinter hohen Bäumen. Man erreichte es über einen schmalen asphaltierten Weg, und ich war überrascht von der Größe. Es glich mehr einem Bungalow als einem normalen Hospital.

»Hier bringen wir nur spezielle Kunden unter«, erklärte Costa, stoppte und stieg aus.

Eine über dem Eingang installierte Kamera beobachtete uns. Dann öffnete sich die Tür.

Wachtposten, die salutierten. Costa zeigte einen Ausweis. Er erhielt eine Karte, die er sich anhängen musste. Auch wir wurden damit versorgt. Man nahm es sehr genau.

Die Kühle tat gut. Alles war wohl temperiert. Eine Klimaanlage sorgte dafür.

»Wir haben die Patienten getrennt untergebracht«, erklärte Costa. »Einer ist überhaupt nicht in der Lage zu reden, bei dem anderen wird es wohl klappen.«

Das hofften wir auch, dennoch kamen wir uns vor wie Schattenboxer. Wo wir auch hinschlugen, wir trafen ins Leere.

Ihre Krankenhäuser hatten die Amerikaner in Ordnung. Besonders dann, wenn es sich um Sanatorien handelte wie diesem hier. Da blitzte es vor Sauberkeit, kein Stäubchen lag auf dem Boden, und die Wände waren mit schallschluckendem Material verkleidet.

Der G-Man führte uns zum Ärzteraum. Dort fanden wir einen noch jungen Mediziner vor, der bereits informiert war und quasi als Aufsichtsperson mit zu dem Zeugen wollte.

Dieser lag im letzten Zimmer des Ganges auf der rechten Seite. Die Türen bestanden aus Mahagoniholz, und der Arzt drückte vorsichtig die Klinke nach unten.

Wir schauten in einen Raum, der freundlich eingerichtet war. Die medizinischen Apparaturen fielen dadurch nicht so sehr auf, zudem arbeitete die Elektronik ziemlich lautlos.

In dem breiten Krankenbett lag ein Mann. Nur sein Gesicht war zu sehen, der Körper wurde von einer Decke verhüllt. Von den Apparaturen führten dünne Schläuche unter die Decke. Irgendwo waren sie mit den Armen oder Beinen des Patienten verbunden.

»Besuch für Sie, Mr. Gould«, sagte der Arzt, während er an das Bett herantrat. »Wir haben ja schon darüber gesprochen, dass die Gentlemen einiges wissen möchten.«

»Natürlich«, sagte der Kranke mit schwacher Stimme.

Der Doc gab den Weg frei, sodass wir nahe ans Bett herantreten konnten.

Der Patient hatte dunkles Haar. Er war auch noch nicht dazu gekommen, sich zu rasieren, denn seine Wangen waren von dunklen Bartschatten bedeckt. Ich schätzte Gould auf etwa 40 Jahre. Sein Blick war ängstlich, nervös, ein Zeichen, dass er sein schlimmes Erlebnis noch nicht überwunden hatte.

Suko und ich stellten uns vor. Bei Sukos Anblick zuckte er mit den Augen. Einen Chinesen hatte er wohl nicht erwartet.

Zum Glück hielt sich Bob Costa zurück, sodass wir ungestört unsere Fragen stellen konnten.

Ich ging nicht direkt auf mein Ziel los. Behutsam tastete ich mich vor, und schließlich gelang es mir, den Patienten reden zu lassen.

Wir erfuhren eine fast unglaubliche Geschichte. Ich sagte bewusst fast, denn was uns der Mann berichtete, war kaum zu fassen. Es hatte mit einer Kreuzfahrt begonnen. Sie waren in Bristol in See gestochen, um den Atlantik zu überqueren. Alles war herrlich gewesen, bis die *Atlantic Queen* ins Bermuda-Dreieck geriet. Da war es geschehen. Wir hörten von der schwarzen Wand, dann von einer gewaltigen Hand, und mich durchzuckte es wie ein Stromstoß.

Hatte ich nicht auch die Hand in meiner Vision gesehen?

Meine Kehle wurde plötzlich trocken. Noch gespannter hörte ich zu, aber der Mann konnte nicht viel mehr sagen. Er hatte sich in seiner Verzweiflung über Bord geworfen. Da er sich auf dem untersten Deck befand, hatte er überlebt. Andere, die das Gleiche getan hatten, waren auf der harten Wasserfläche zu Tode gekommen, weil sie aus einer zu großen Höhe sprangen. Da war das Wasser oft hart wie Beton.

Hinter mir hörte ich Costa schneller atmen. Ich drehte mich um und schaute in sein skeptisches Gesicht. Erst jetzt fiel mir auf, dass er grüne Pupillen hatte, bei einem Mann sehr selten.

»Glauben Sie das?«, hauchte er.

»Warum nicht?«

»Für mich sind das die Fantastereien eines Kranken. Nein, das kann nicht die Wahrheit sein.«

»Wenn Sie es nicht glauben, dann lassen Sie es eben bleiben.«

Der Arzt mischte sich schließlich ein. Er hatte bemerkt, dass uns Mr. Gould nicht mehr weiterhelfen konnte, und drängte auf ein Verlassen des Zimmers.

Wir gingen auch.

Ein paar Mal atmete ich tief durch. Suko erging es nicht anders, und er meinte: »Das mit der schwarzen Wand kommt uns ja bekannt vor.«

»Genau, die Dunkelwelt.«

»Und damit Alassia.«

»He, wer ist das denn schon wieder?«, mischte sich Costa in unseren Dialog.

»Die Dame kennen Sie nicht«, winkte ich ab.

»Wäre aber nett, sie kennenzulernen«, meinte er grinsend.

»Das gönne ich nicht mal Ihnen.«

Suko war ein paar Schritte vorgegangen. Er knetete sein Kinn. Das tat er immer, wenn er nachdenklich war.

Ich sprach ihn an. »Worüber grübelst du?«

»Alassia«, murmelte er. »Erinnerst du dich, John? Angeblich soll sie den Trank des Vergessens haben, auf den Kara so scharf ist. Ob es da eine Verbindung gibt?«

»Du glaubst, dass Kara mitspielen könnte?«

»Ja.«

Ich biss mir auf die Lippen. »Verflucht, das hätten wir früher wissen müssen. Jetzt befinden wir uns hier in Miami und können nicht weg. Ich hätte Kara gern erreicht, glaub mir das.«

»Denkst du auch an deine Vision?«

Ich konnte Sukos Gedankensprünge folgen. »Glaubst du etwa, dass Kara sie mir geschickt haben könnte?«

»Man muss es zumindest in Betracht ziehen.«

»Damit setzen wir voraus, dass sie Bescheid gewusst hat.«

»Ja.«

Ich schüttelte heftig den Kopf. »Nein, das will ich nicht glauben. Sie hätte das Unglück auch verhindern können, ja, sogar müssen. Kara wird nichts davon gewusst haben.«

»So sicher bin ich mir da nicht, John, da kannst du sagen, was du willst. Aber lassen wir das. Was hast du als Nächstes vor?«

»Mir die Unglücksstelle anschauen.«

»Dazu müssten wir ein Flugzeug haben.«

»Kein Problem«, meldete sich Bob Costa. »Das Flugzeug besorge ich schon. Wann wollen Sie starten?«

»Am besten gestern.«

»Klar, machen wir, und ich komme mit.«

Das war uns überhaupt nicht recht. Aber dagegen tun konnten wir nichts. Wir waren schließlich nur Gäste.

Die Dunkelwelt!

Jenseits der Dimensionen lag sie. Eine Welt ohne Licht, ein Reich des Grauens, der Verbannung, des Todes. Hort für gestürzte und bestrafte Dämonen, Konkurrenz zu der Welt des Spuks, der in seinem Reich die Seelen der dämonischen Versager festhielt.

Eine Welt, in der Menschen nicht lange existieren konnten, denn die Dunkelheit besaß eine immense Kraft. Sie saugte den Menschen das Licht und die Wärme aus dem Körper, sodass sie zu Zerrbildern ihrer selbst wurden.

Von dieser Welt ahnte kaum jemand etwas. Erst recht keine Menschen, denn selbst der Teufel mied den Ort. Er wollte damit auf keinen Fall etwas zu tun haben, und auch die Herrin der Dunkelwelt, Alassia genannt, war es irgendwann leid, für alle Ewigkeiten dort zu bleiben.

Sie wollte raus!

Dem hatte man jedoch einen Riegel vorgeschoben. Asmodina, die Teufelstochter und eine Feindin Alassias, hatte sie dorthin verbannt, und erst nach Asmodinas Tod schöpfte Alassia wieder Hoffnung. Ihre schwarzen, bösen Gedanken durchdrangen Raum und Zeit, suchten Kontakt und fanden ihn mit dem damaligen Chef der Mordliga, Doktor Tod. Alassia fand eine Lücke, sie sprang durch den Riss in den Dimensionen in die normale Welt und brachte den Schrecken aus ihrer mit.

Doch mutige Männer hatten sie zurückschlagen können, aber Alassia hatte Blut geleckt, und sie hielt einen besonderen Trumpf bereit. Das war Kara, die Schöne aus dem Totenreich. Sie suchte den Trank des Vergessens, wollte dafür alles geben, und Alassia wusste, wo er sich befand.

In ihrer Welt!

Sie hatte Kara das Geschäft vorgeschlagen, und die Schöne aus dem Totenreich war darauf eingegangen. Durch eine Beschwörung gelang es ihr, Dimensionen aufzureißen, Löcher entstehen zu lassen, sodass die Schatten der Dunkelheit tief in das Bermuda-Dreieck eindrangen, wo sie die Opfer verschlangen.

Und das war auch nötig, denn mit Alassias Welt hatte es etwas Besonderes auf sich. Um sie weiter existent zu halten, brauchte sie Menschen. Ihnen konnte sie das Licht aus den Körpern saugen, sie gaben ihr die Energie, damit sich ihre Welt weiter aufbauen und auch noch in Zukunft existieren konnte.

Es war ein magisches Paradoxon. Diese Welt brauchte

Licht, um in ihrer Dunkelheit bestehen zu können. Und die Opfer, die ihren Dienst getan hatten, spie sie wieder aus.

So einfach und doch so schrecklich war es …

Drei Schiffe waren in die geheimnisvolle und grauenhafte Dunkelwelt katapultiert worden. Die Menschen der ersten beiden hatte ihre »Pflicht« getan. Sie wurden nicht mehr benötigt, und Alassia sorgte dafür, dass sie ausgespien wurden …

Sie aber fühlte sich so wohl wie selten. Vor allen Dingen mit Kara als Rückendeckung.

Alassia war ein Wesen mit einem menschlichen Körper. Wenigstens dann, wenn sie sich zeigte. Da sahen die Menschen eine Frau mit Haaren, die bis zu den Füßen reichten und den nackten Körper wie ein Mantel umgaben. Zwar war ihre Haut hell, aber nicht so wie bei einem Menschen. Sie wirkte nur wegen der absolut schwarzen Haare so. Sah man genauer hin, so entdeckte man auch den fahlen Grauschimmer auf dem ansonsten makellosen Körper.

Und nun hatte sie ein drittes Schiff. Die Hand hatte dafür gesorgt. Ihr großer Helfer aus grauer Vorzeit. Alassia konnte triumphieren, und sie war gekommen, um sich die Opfer anzusehen.

Sie und das Schiff befanden sich im Nichts. Genau dort, wo die Gesetze der Physik aufgehoben waren. Es gab keine Höhe, keine Länge, keine Breite, keine Tiefe.

Ein Raum, der nicht messbar war. Eben eine andere Dimension, die zu Alassia gehörte.

Und doch gab es in ihr Menschen. Nicht nur die Passagiere und Besatzung der *Atlantic Queen*, auch zwei andere Wesen, die man an sich nicht als normale Menschen bezeichnen konnte, obwohl sie von der äußeren Erscheinung her so aussahen.

Durch ihre Kraft und ihre Beschwörung hatte Kara der Herrin der Dunkelwelt den Weg geebnet, damit sie überhaupt ihren guten Willen sah. Kara spielte nicht falsch, und sie hoffte, dass sich Alassia an die Abmachungen halten würde.

In dieser Welt konnten sich Menschen nur halten, wenn Alassia es wollte. Auch wenn die Dunkelwelt momentan jenseits der ihr eigenen Dimensionen einen anderen Platz eingenommen hatte, so herrschten nach wie vor dort ihre eigenen Gesetze. Jeder musste sich nach dem richten, was Alassia befahl. Diese Dämonin war die Herrin über Leben und Tod.

Drei Schiffe hatte sie sich geholt. Zahlreiche Menschen befanden sich in ihrer Gewalt, obwohl sie einige von ihnen schon nicht mehr benötigte.

Aber sie hatte die *Atlantic Queen*! Und sie schwebte in dieser unheimlichen Welt, eingerahmt von gefährlichen Schatten, von konturenlosen Gebilden, von erstarrter Schwärze. Es war ungemein schwer, diese Welt zu beschreiben, denn sie war ohne Licht, lag in einer absoluten Finsternis, und doch konnten die Menschen, die dort gefangen waren, sehen. Ein weiteres unheimliches Phänomen, nur durch schwarze Magie erklärbar.

Es war still geworden. Alle schienen zu Schatten erstarrt zu sein. Selbst die gewaltige Hand war nicht mehr zu erkennen, obwohl sie weiterhin das Passagierschiff umklammert hielt, aber die sie umgebende Dunkelheit schluckte alles.

Alassia war in der Nähe. Sie hielt sich immer dicht beim Schiff auf, um ihre Opfer beobachten zu können. Wenn sie das gewaltige Schiff umrundete, war kein Laut zu hören. Sie bewegte sich leise und in absoluter Stille. Alassia passte sich dieser Welt, die ihr gehörte, unwahrscheinlich gut an.

Niemand sah sie. Niemand konnte sie sehen, denn die Passagiere und auch die Männer der Besatzung lagen in einem tiefen, magischen Schlaf, aus dem sie erst erwachen konnten, wenn Alassia es wollte. Dann würden sie die Herrin der Dunkelheit sehen und erleben, wer von nun an die Befehle gab.

Sie näherte sich dem Schiff. Unaufhaltsam setzte sie ihre Schritte. Kein Laut war zu hören. Ein Schatten in einer unheimlichen Welt. Und dann betrat sie das Deck.

Stille.

Absolute Ruhe, die ein Mensch vielleicht als störend empfunden hätte, aber nicht Alassia, die sich zuerst auf der Brücke umschaute und ihr Gesicht zu einem breiten Lächeln verzog, als sie die Besatzung sah, die sich bei der Katastrophe nicht mehr hatte auf den Beinen halten können. Die Offiziere nebst dem Kapitän lagen am Boden und rührten sich nicht mehr.

Die Scheiben der Brücke waren von dem ungeheuer starken Druck geborsten. Überall lagen Glassplitter, die Geräte funktionierten nicht mehr, es brannte natürlich kein Licht, alles wirkte auf eine gewisse Weise makaber und geisterhaft.

Sie schaute sich die Offiziere an. Noch sahen sie aus wie Menschen, doch auf ihren Gesichtern lag bereits der Schatten dieser Welt, ein schlimmes Erbe, das immer stärker wurde und das sie wohl nie mehr loslassen würde.

Das Lächeln auf ihrem Gesicht wirkte triumphierend und kalt zugleich. Alassia wusste, dass sie die Siegerin war und dass ihr niemand etwas anhaben konnte.

Vor dem Kapitän blieb sie stehen. Er lag auf dem Rücken, hatte Beine und Arme von sich gestreckt und wirkte in dieser Haltung wie ein großer weißer Käfer. Er ahnte nicht einmal, wo er gefangen war, aber er würde sich wundern, wenn er es erfuhr – oder vielleicht wahnsinnig werden.

Es war Alassia egal, wie er letztendlich reagierte. Hauptsache, er befand sich in ihrer Gewalt.

Sie verließ die Brücke. Die Wege musste sie zu Fuß zurücklegen, die Fahrstühle funktionierten nicht mehr, aber das spielte keine Rolle. Zeit war in dieser Welt bedeutungslos.

Alassia inspizierte das Schiff. Auf dem Oberdeck fand sie auch die ersten Passagiere. Sie hatten ein Fest gefeiert, als das Unglück wie ein Orkan über sie gekommen war. Nichts war mehr von ihrer Fröhlichkeit geblieben.

Das Deck hatte sich in eine Stätte der Bewegungslosigkeit verwandelt. Die Bar war umgekippt, Flaschen zerbrochen, es roch nach ausgelaufenem Alkohol. Die Menschen hatte es ebenfalls erwischt. Wie schon auf der Brücke die Mitglieder der Besatzung, so hatte sich auch hier keiner der Leute auf den Beinen halten können. Sie lagen dort, als hätte eine Riesenhand sie einfach wie Kegel verstreut.

Überall in und auf dem Schiff sah es so aus. Nicht ein Mensch bewegte sich, jeder lag in einer totenähnlichen Starre. Der Schrecken hatte vor nichts haltgemacht.

Das Lächeln blieb wie festgeklebt auf Alassias Gesicht. Wenn sie diese Opfer sah, dann wusste sie, dass ihre Welt erstarken und immer bestehen bleiben würde. Der Anfang war gemacht, das Ende nicht vorauszusehen, falls es das überhaupt gab. Denn an ein Ende wollten Dämonen nicht denken. Für sie war es nie vorbei, sollte es nie vorbei sein, sie dachten immer nur an Sieg.

Alassia schritt durch das Schiff. Sie war zufrieden, als sie abermals das Oberdeck betrat, wo sie sich weiterhin aufhalten wollte.

Da irritierte sie etwas.

Es war ein Licht!

Alassia zuckte zusammen. Ein Licht in ihrer Welt, das durfte es nicht geben, so etwas war noch nie vorgekommen. Sollte sie etwas falsch gemacht haben?

Sie erschauerte, als sie daran dachte. Unwillkürlich hob sie den Arm und streckte ihn aus. Ihre Haare teilten sich an dieser Seite, und die helle Farbe des Körpers schimmerte durch.

Lautlos ging sie auf das Licht zu. Es war ein seltsames Licht. Nicht normal, als würde es von einer Lampe abstammen, sondern golden leuchtend.

Wo kam es her?

Je näher sie der Quelle kam, umso stärker wurde das Leuchten. Es widerte sie an, sie fühlte, dass es nicht in ihre Welt passte, und sie stieß ein wütendes Fauchen aus.

»Alassia!« Sie hörte die Stimme, die ihren Namen rief, und auf einmal wusste sie, wer dieses Licht in ihre Welt gebracht hatte. Keine Geringere als Kara, die Schöne aus dem Totenreich.

Sie war gekommen!

Alassia blieb stehen. Wenn es bei Dämonen so etwas wie ein schlechtes Gewissen geben sollte, hätte sie es jetzt haben müssen, denn sie wusste, aus welchem Grund die Schöne aus dem Totenreich in ihre Welt gekommen war.

Sie wollte den Preis für ihre Hilfe.

»Ich bin da«, antwortete Alassia.

»Und ich ebenfalls.«

Alassia gab sich gelassen. »Damit habe ich gerechnet.«

»Dann weißt du sicherlich auch, weshalb ich gekommen bin. Nichts ist umsonst, auch nicht in den Jenseits-Reichen. Ich habe dir geholfen, die Falle zu stellen, und jetzt kassiere ich meinen Anteil. Gib mir den Trank des Vergessens …«

Es hatte eine Diskussion darüber gegeben, welchen Typ von Maschine wir nehmen sollten. Bob Costa hatte für eine normale Küstenmaschine votiert, eine Cessna, aber dagegen hatten Suko und ich einiges einzuwenden.

»Und wenn wir wassern müssen?«, fragte ich.

»Denken Sie, dass Sie noch Überlebende finden werden?«

»Das ist nur eine Möglichkeit.«

Der G-Man lachte. »Daran glauben Sie doch selbst nicht, Mann. Die sind untergegangen mit Mann und Maus, kann ich Ihnen sagen. Nein, Sie werden nichts finden, gar nichts.«

»Trotzdem möchte ich ein Wasserflugzeug nehmen.«

»Das ist aber nicht so schnell.« Costa hatte immer wieder Einwände.

»Auf Schnelligkeit kommt es mir in diesem Fall nicht so sehr an. Ich will auf Nummer sicher gehen. Wir haben es hier mit anderen Gegnern zu tun, als Sie sie gewohnt sind, Costa, daran sollten Sie immer denken.«

Er hob die Schultern. »Wenn Sie meinen. Ich gebe Ihnen den Segen.«

Diese erste Auseinandersetzung hatten wir für uns entschieden. Suko war der Ansicht, dass wir mit Costa noch Ärger bekommen würden, denn er gehörte zu den Typen, die sich absolut nicht unterordnen können, weil sie sich selbst für die Größten halten.

Ich hatte immer ein komisches Gefühl, wenn ich Costa anschaute. Er ging den Fall viel zu lässig an. Dämonen, finstere Mächte, das waren für ihn Gestalten, die in Comics gehörten oder in Kinos, aber nicht in die Realität, obwohl er eigentlich durch den Tod seines Kollegen Barracuda hätte gewarnt sein müssen.

Und noch etwas hatten wir uns besorgt. Zusatztanks. Wir wussten nicht, wie lange wir unterwegs sein würden, und wollten nicht Gefahr laufen, unterwegs notwassern zu müssen, deshalb diese Tanks.

Wir starteten von einem kleinen Flughafen nahe der Küste, etwas nördlich von Miami. Costa hatte es sich nicht nehmen lassen, die Maschine selbst zu fliegen. Er wollte uns beweisen, wie gut er war und was er alles konnte.

Ziemlich steil schraubte er die Maschine in die Höhe. Ein paar Mal schaute er sich dabei um, aber wir wurden nicht grün im Gesicht, denn das Fliegen waren wir inzwischen gewohnt.

Unter uns wurden die Segelboote kleiner, die Surfer verschwanden ganz, und unser Blick weitete sich. Ich konnte auch die zahlreichen Inseln erkennen, die vor der Küste lagen. Im Süden sah ich ein sattes dunkles Grün auf der Erde. Das waren die berüchtigten Everglades, die auch ich schon kennengelernt hatte. Dort war mir zum ersten Mal der Goldene Samurai begegnet, dem es hinterher gelungen war, Tokata, seinen Todfeind, zu töten.

Richtung Osten!

Wir stießen hinein in das Bermuda-Dreieck, in einen strahlend blauen Himmel, der sich mit den grünlich schimmernden Wogen am Horizont zu vereinen schien.

Schräg schien die Sonne durch das Seitenfenster. Ein mörderischer Glutball, der wie eine überreife Zitrone am Firmament stand. Da wir nicht miteinander sprachen, hörten wir das Quäken des Funkgeräts. Costa hatte sich einen Kopfhörer übergestreift und stand noch immer mit Miami in Verbindung. Das würde eine Weile so bleiben, allerdings nicht mehr dort, wo die Schiffe gesunken waren.

Das Flugzeug war gut in Schuss. Die beiden Motoren liefen ruhig. Keine Unregelmäßigkeit war festzustellen und wir spürten auch kaum Vibrationen, die durch den Rumpf dröhnten.

Da wir Zeit hatten, entspannte ich mich. Ich streckte die Beine aus und schloss die Augen ein wenig. Das gleichmäßige Brummen der Motoren machte mich irgendwie schläfrig, ich hatte zudem noch Schlaf nachzuholen, denn der Zeitunterschied zwischen Europa und den Staaten bleibt irgendwie immer in den Knochen hängen.

Suko bewegte sich neben mir. Er überprüfte unsere Waffen. Wir hatten den Einsatzkoffer mitgenommen, trugen alles an Waffen mit uns, was nötig war. Auch den Bumerang.

Vor dem Start hatten wir noch den Wetterbericht eingeholt. In dieser Gegend der Welt konnte sich das Wetter blitzschnell ändern. Besonders in dem berüchtigten Bermuda-Dreieck, doch die Voraussage der Wetterfrösche zeichnete für uns ein positives Bild. Keine Gefahr eines Wetterumschwungs, im Gegenteil, das Hochdruckgebiet breitete sich noch aus.

Je weiter wir flogen, desto schwächer wurde der Funkverkehr. Ich schlief irgendwann ein, und erst ein Stoß meines Freundes weckte mich wieder.

»Was ist los?«

Suko deutete auf den Rücken des vor uns sitzenden G-Man. »Costa sagt, dass wir es bald geschafft hätten.«

»Sind wir da?«

»Noch nicht. Aber es kann nicht mehr lange dauern.«

Der FBI-Beamte hatte etwas von unserer Unterhaltung mitbekommen. »Machen Sie sich darauf gefasst, dass wir in spätestens zehn Minuten wassern werden.«

Ich schaute nach unten. Nicht aus reiner Neugierde, denn außer Wasser gab es doch nichts zu sehen, aber ich hoffte, Klarheiten über die Dünung des Meeres zu bekommen. Es ist nämlich ein Unterschied, ob man auf einem See wassert oder auf dem Meer.

Viel konnte ich nicht erkennen, Costa musste erst tiefer gehen. Das tat er schon bald.

Die Schnauze der Maschine senkte sich. Mit jedem Fuß, das sie an Höhe verlor, nahm das Wasser eine andere Farbe an. Aus dem Grau wurde ein Grün, wir sahen die hellen Wellenkämme, erkannten die schaumigen Streifen, und jetzt stellte ich auch fest, dass das Meer doch nicht so ruhig war, wie es aus großer Höhe ausgesehen hatte.

»Wird es Schwierigkeiten geben?«, fragte ich.

»Das hoffe ich nicht«, gab Costa zurück.

»Haben Sie schon oft mit einem Wasserflugzeug …«

Er ließ mich nicht aussprechen, sondern lachte laut auf. »Natürlich, Sinclair, ich bin ein alter Hase. So etwas lernt man, wenn man G-Man in Florida ist.«

»Sorry, war nur eine Frage.«

»Macht nichts.«

Ich schaute wieder aus dem Fenster, sah nach unten und bekam regelrecht Angst, wenn ich mir die weite Dünung betrachtete, der wir uns immer mehr näherten.

Da hinunter zu müssen war wirklich kein Vergnügen, und ich fragte mich, ob es überhaupt nötig war.

Darüber sprach ich mit Suko. Allerdings so leise, dass Costa uns nicht hörte.

»Ich weiß auch nicht, ob wir etwas finden«, meinte mein Partner und schaute wieder in die Tiefe. Plötzlich aber zuckte er zusammen. Ich hatte seine Reaktion wohl bemerkt und fragte: »Was ist los?«

»Verdammt, John, da stimmt etwas nicht.«

»Wieso?« Dabei reckte ich den Hals, um ebenfalls an Sukos Seite in die Tiefe zu blicken.

Mein Freund und Kollege hatte seinen Arm ausgestreckt. Er wies schräg nach unten. »Ich kann mir nicht helfen, John, aber das Wasser dort sieht anders aus. Da ist ein großer Kreisel entstanden, als würde etwas von unten her sprudeln.«

Ich konnte nichts erkennen, sah jedoch ein anderes Phänomen, das mir buchstäblich den Atem raubte.

Entfernungen sind schlecht zu schätzen. Ich ging von einer Distanz von vielleicht zwei Meilen östlich aus. Dort begann die Luft über den Wellen zu flimmern, und es war nicht auf die Hitze oder die Sonneneinstrahlung zurückzuführen, das hatte einen anderen Grund.

Wir hatten so etwas öfter erlebt, immer dann, wenn sich etwas materialisierte.

Ob das auch hier der Fall war?

In der Tat veränderte sich die Luft, sie nahm eine andere Form an, bekam gewissermaßen Konturen, und diese waren mit den Umrissen eines Schiffes identisch.

Mein Gott, da materialisierte sich aus dem Nichts ein Schiff! Ein ziemlich großer Kahn, ein regelrechter Pott, grau in der Farbe. Grau wie der Tarnanstrich.

So sahen Kriegsschiffe aus.

»Der verschwundene Kreuzer!«, flüsterte ich, und mir lief ein Schauer über den Rücken.

Suko sagte gar nichts. Er schluckte und staunte. Aus dem Nichts war dieses Schiff aufgetaucht. Wir sahen seine Aufbauten, die Geschütze, die große Brücke, die Antennen, die Funkmessgeräte und die Plattform, auf der Hubschrauber landen konnten.

Es gab keinen Zweifel mehr. Das war der verschwundene Kreuzer, und er tauchte jetzt vor unseren Augen auf. Aber nicht aus dem Wasser, sondern aus einer anderen Dimension, von irgendwoher, praktisch aus dem Nichts.

Plötzlich machte sich mein Magen selbstständig. Etwas stieg von der Körpermitte her in meine Kehle, und ich hatte das Gefühl, mich übergeben zu müssen.

Diese Reaktion hatte einen Grund. Und der war ziemlich simpel. Bob Costa hatte das Schiff natürlich auch gesehen. Er musste von einem Schreck in den anderen gefallen sein, sicher war er noch überraschter als wir, auf jeden Fall hatte er die Maschine regelrecht fallen lassen. Viel zu heftig, deshalb war uns der Magen in die Kehle gestiegen.

Costa fing sich wieder, und er fing auch die Maschine ab. Das war nötig, denn wir hatten uns der Wasserfläche schon bedenklich genähert.

»Das ist nicht möglich, ich – ich träume!« Ächzend stieß der G-Man die Worte hervor, während er nach unten schaute und nicht mehr auf seine Instrumente.

Seine übersteigerte Selbstsicherheit war von ihm abgefallen. Er war nicht mehr der strahlende Siegertyp.

»Behalten Sie um Himmels willen die Nerven und bringen Sie den Vogel heil runter«, meldete ich mich.

»Aber das Schiff …«

»Eine Erklärung für dieses Phänomen werden wir schon finden!« Ich hoffte, ihn mit meinem Optimismus anzustecken. Fraglich war, ob es mir gelang, denn Costa flog den Vogel ziemlich unruhig.

Wir waren längst nicht mehr so hoch wie bei der Entdeckung des Kreuzers. Mittlerweile konnten wir Einzelheiten erkennen, und wir hätten auch die Besatzung sehen müssen, doch von ihr war nichts zu entdecken. Kein Mensch hielt sich auf den Decks auf, und ich hatte das Gefühl, ein auf den Wellen tanzendes Geisterschiff zu sehen.

Unheimlich war das schon …

Es war aus einer anderen Dimension erschienen, aus dem Jenseits gewissermaßen, und das Jenseits schien das Schiff auch verschluckt zu haben. Aber es waren zwei Schiffe verschwunden.

Wo befand sich das andere, das deutsche?

»Fühlen Sie sich wieder besser?«, fragte Suko.

»Ja, zum Henker.«

»Dann versuchen Sie zu wassern.«

Bob Costa bekam kalte Füße. »Sollen wir nicht lieber zurückfliegen? Dieses Schiff, das kann doch nicht …«

»Nein!«, entschied ich. »Wir haben Ihnen vorher gesagt, dass es nicht einfach sein wird. Vielleicht können wir das Rätsel lösen, wenn wir uns den Kreuzer aus der Nähe anschauen.«

Costa nickte.

Ihm war nicht wohl bei der Sache, uns allerdings auch nicht, ehrlich gesagt. Wir hatten es hier mit einem gefährlichen Phänomen zu tun und zudem mit Gegnern, die sich bisher im Hintergrund gehalten hatten. War es wirklich Alassia, die Herrin der Dunkelwelt?

Mir fiel wieder das stolze Passagierschiff, die *Atlantic Queen*, ein. Von ihr war ebenfalls nichts zu sehen. Mir wäre wohler gewesen, wenn auch sie sich materialisiert hätte. Allerdings fragte ich mich, ob dieses Schiff dann auch so menschenleer gewesen wäre wie der unter uns schwimmende Kreuzer.

Costa ließ die Maschine ein wenig heftig zur linken Seite trudeln. Fast kippte sie über die Tragfläche ab. Das wäre fatal gewesen, doch er fing sie wieder, brachte den Vogel in einen Kreis, und im selben Augenblick setzten die Motoren aus.

Ohne zu stottern, ohne irgendwelche Anzeichen. Plötzlich war Schluss. Wir flogen ohne Motoren und hörten nur den Flugwind, der um die Maschine heulte.

Die nächste Hiobsbotschaft kam von Costa. »Keine Funkverbindung mehr!«, meldete er. »Verdammt, wir sind abgeschnitten. Ohne Motoren kommen wir nicht mehr zurück.«

»Landen Sie!«

Bob Costa lachte auf. »Wird uns wohl nichts anderes übrig bleiben«, meinte er, und wir drei wussten, dass es jetzt gefährlich wurde …

Die Anspannung zeichnete unsere Gesichter. Costa machte es trotz seiner Nervosität geschickt. Er versuchte die Luftströmungen auszunutzen und die Maschine sicher aufs Wasser zu bringen. Keine einfache Sache, und was von oben so glatt ausgesehen hatte, erwies sich jetzt als gefährlicher Irrtum.

Die Meeresdünung durften wir auf keinen Fall unterschätzen. Die Wellenkämme waren mit schaumigen Kronen besetzt.

Sie wurden immer größer, auf uns wirkten sie schon gefährlich. Mir kam das Meer wie ein unruhiger Teppich vor, und ich hoffte, dass die Schwimmer hielten.

Costa sagte jetzt nichts mehr. Er konzentrierte sich und musste das auch tun, denn eine solche Landung war bei ihm sicherlich eine Premiere.

Sukos Gesicht zeigte einen relativ gleichgültigen Ausdruck. Nichts spiegelte sich dort von seinem Empfinden wider. Schon schlugen die ersten Spritzer gegen die Scheiben. Mein Blickwinkel wurde eingeengt, und ich sah nur noch die gewaltige Wasserfläche.

»Achtung, Freunde, gleich reißen sie uns den Hintern auf!«, knurrte der G-Man, und einen Herzschlag später: »Wasserkontakt!«

Der rechte Schwimmer berührte die Wellen. Hart stieß er dagegen, als würde er auf eine betonierte Fläche schlagen. Die Maschine wurde geschüttelt, wir hielten uns fest, ich schaute durch das Fenster, sah nur das Wasser und die gewaltigen Wogen der Dünung. Sie führten einen wilden Tanz vor meinen Augen auf, unsere Maschine geriet in ein unruhiges Schaukeln, quer laufende Wellen machten uns zu schaffen, ihr Spritzwasser hüllte das Flugzeug wie ein Duschbad ein, und manchmal konnten wir wirklich nichts mehr sehen.

»Wahnsinn!«, schrie Costa. »Ein Wahnsinn, bei dieser unruhigen See zu wassern – und dann noch ohne Motor.« Auch der FBI-Beamte hüpfte auf seinem Pilotensitz. Er musste den Steuerknüppel hart festhalten.

Für uns dehnte sich die Zeit. Obwohl nur Sekunden vergangen waren, kam es uns vor wie Minuten. Dabei hörte die Schaukelei nicht einmal auf, im Gegenteil, sie wurde schlimmer. Am hinteren Leitwerk brach etwas weg, was von uns kommentarlos und mit bleichen Gesichtern aufgenommen wurde. Selbst Bob hielt den Mund.

Wir konnten nur abwarten und uns selbst die Daumen drücken. Irgendwann musste die Maschine doch zur Ruhe kommen.

Das tat sie auch.

Allmählich nur wurde die Schaukelei schwächer. Die Eigengeschwindigkeit der Maschine hatte nachgelassen.

Sekunden später war sie überhaupt nicht mehr vorhanden, das Flugzeug trieb und schaukelte auf dem Wasser.

Wir blieben noch sitzen. Bis Bob Costa den Kopf drehte. »Okay«, sagte er, »wir hätten es geschafft.«

»Sieht tatsächlich so aus«, bemerkte ich.

»Und jetzt?«

»Sehen wir uns das Schiff aus der Nähe an«, erwiderte Suko voller Optimismus.

Costa wurde sarkastisch. »Wollen Sie sich auf einem Hai hintragen lassen?«

»Zur Not auch das.« Der Inspektor schaute mich an und hob fragend die Augenbrauen.

Ich nickte. Wie auch Suko erhob ich mich von meinem Sitz. Unser Weg führte zum Ausstieg. Ich musste den Hebelgriff hochschieben, um die Tür öffnen zu können.

Es gab ein saugendes Geräusch, als sie aufschwang. Sofort spritzte mir das Seewasser entgegen und drang mir fast bis auf die Haut. Vor mir sah ich eine gewaltige graue Wasserfläche, die überhaupt nicht mehr so ruhig aussah wie aus der Luft.

Ich klammerte mich an einem Holm fest, da die Maschine stark schwankte. Schon jetzt spürte ich ein seltsames Drücken im Magen und schluckte ein paar Mal. Die Übelkeit wollte ich so lange wie möglich unterdrücken, drehte meinen Kopf nach rechts und schaute an der Maschine vorbei. Ich hatte das seltsame Knacken noch im Ohr und stellte fest, dass am Heckleitwerk etwas abgebrochen war.

Auch das Schiff konnte ich sehen.

Aus der Luft war mir der Kreuzer so klein vorgekommen, hier jedoch entpuppte er sich als wahrer Riese. Die Bordwand ragte turmhoch auf, ich fragte mich, wie wir sie entern sollten.

»Das wird schwer sein«, sprach Suko meinen Gedanken aus. Der Inspektor stand neben mir.

»Wir müssen schwimmen.«

»In der Dünung?«

»Was bleibt uns anderes übrig?«

»Ich mache mal das Boot fertig!«, rief Costa aus der Maschine. »Damit könnten wir es schaffen.«

»Er hat ja sogar Ideen«, meinte Suko.

Wir halfen Costa. Es war eines dieser modernen Schlauch- und Rettungsboote, das sich aufblies, sobald es Kontakt mit der Wasseroberfläche bekam. Costa schleuderte es hinaus.

Kaum klatschte es aufs Wasser, als sich der gelbe Gummi- wulst schon entfaltete. Zischend fuhr die Luft in das Mate- rial, und die Umrisse eines Bootes erschienen auf den grauen Wellen. Das helle Gelb hob sich besonders stark ab.

Wir hielten es an der Leine fest, zogen es zu uns heran, dann konnten wir hineinklettern.

Costa war gut. Er tat dies wie ein alter Seemann. Ich hatte meine Schwierigkeiten, schaffte es allerdings auch, und Suko sprang als Letzter hinein.

Sofort hob uns eine Welle hoch. Leider drückte sie uns ge- gen das Flugzeug, der große Schwimmer kam immer näher, ein Ausweichen gab es für uns nicht, und wir prallten dage- gen.

Das war Pech. Ich hatte Angst, unser Boot würde es nicht überstehen. Ein Irrtum, denn das Material war so fest, dass es keinerlei Schaden nahm.

»Ruder!«, sagte Suko.

Es gab nicht nur einen Notsender, mit dem sich Costa beschäftigte, auch Notproviant, eine Leuchtpistole und Ent- salzungstabletten.

Wir schnappten uns die aus Kunststoff gefertigten Ruder- stangen und stachen die Blätter in die graugrünen lang ge- zogenen Wellen der Meeresdünung.

Es klappte besser, als wir gedacht hatten. Das ungewohnte Rudern im Meer war zwar schwierig, aber wir taten es mit dem Mut der Verzweiflung und kämpften gegen die langen und manchmal auch hohen Wellen an.

Hin und wieder hörten wir Costa schimpfen. Er hatte Pro- bleme mit dem Sender, und schließlich stieß er einen bitterbösen Fluch aus. »Das Ding funktioniert nicht. Es gibt keinen Mucks von sich. Als hätte der Teufel seine Hand im Spiel.«

»Das können Sie ruhig laut sagen«, erwiderte ich und dachte an den Motorausfall. Das war ungefähr das Gleiche. Schwarze Magie legte die Elektronik lahm.

Suko stieß mich kurz an. »Spürt dein Kreuz nichts? Reagiert es?«

»Nein.«

Manchmal kam es vor, dass mein Kruzifix mir eine magische Zone anzeigte. Hier blieb es ruhig, und mir schien es, als würden wir uns in einem Vakuum bewegen.

Der Kampf gegen die Wellen ging weiter, die Bordwand des Schiffes kam immer näher.

Wie ein Berg wuchs sie vor uns auf. Eine graue, steile, unbezwingbare Riesenwand aus Stahl. Da konnte man direkt Angst bekommen, und wir fragten uns, wie wir an Bord gelangen sollten.

Suko entdeckte eine Leiter. Er ließ seine Ruderstange los und schrie heiser auf, während er in Richtung Bug deutete. »Da ist eine Leiter an der Bordwand! John, wir müssen hoch!«

»Okay, Kolumbus, dann rudere!«

Mit doppeltem Eifer machten wir uns an die Arbeit. Costa fragte, ob er einen von uns ablösen sollte, doch wir schüttelten den Kopf und machten weiter.

Wir gewannen den Kampf gegen die Dünung. Das Gebirge aus Stahl wurde noch größer, und einmal wuchtete uns eine Welle fast bis an die Bordwand. Das war gefährlich, denn der Kraft des Wassers hatten wir nichts entgegenzusetzen.

Nun ja, wir schafften es trotzdem. Zwar wurden wir einige Male abgetrieben, aber dem G-Man gelang es schließlich, das mitgenommene Tau um die Leiter zu schlingen.

Als wir fest hingen, grinste er. »Jetzt wollen wir den Kahn mal untersuchen, Jungs.« Er hatte seine alte Zuversicht und Selbstsicherheit zurückgefunden.

»Wann wird man uns wohl suchen?«, erkundigte ich mich beim FBI-Beamten.

»Keine Ahnung, aber die Nacht werden wir wohl auf dem Meer verbringen müssen.«

»Na denn.«

Wir hatten uns abgesprochen, wer als Erster die Leiter entern sollte. Das Los war auf Suko gefallen. Ich ging anschließend, und Bob Costa bildete den Schluss.

Mit geschmeidigen Bewegungen überwand mein Partner die eng an der Bordwand liegenden Sprossen. Kraftvoll zog er sich in die Höhe, ich tat es ihm nach, und Costa folgte uns.

Nie hätte ich gedacht, dass eine Bordwand so hoch sein könnte. Sie schien kein Ende zu nehmen. Als ich die hohe Reling schließlich vor mir sah, war ich außer Atem. Im Zeitlupentempo ließ ich mich auf das große Deck rollen.

Wir befanden uns in der Nähe der Brücke. Von der Besatzung des Schiffes sahen wir keine Spur. Wir kamen uns vor wie auf einem Geisterschiff, nur war dies kein alter, verfluchter Kahn aus dem vorletzten Jahrhundert, sondern ein modernes Kriegsschiff, das in den Bann der schwarzen Magie geraten war.

»Keine Besatzung«, murmelte auch Bob Costa, der als Letzter das Deck betrat.

Da hatte er recht. Mit einem ersten Rundblick inspizierten wir das große Deck, auf dem nicht ein Lebewesen zu sehen war. Selbst die Schiffsratten, falls es solche überhaupt gab, hatten sich verzogen.

»Wo können die Leute denn stecken?«, fragte Costa und schaute uns an, als wäre er sicher, von Suko oder mir eine Antwort zu erhalten.

Die gab ich ihm auch. »Wahrscheinlich in einer anderen Dimension.«

Costa wollte erst lachen. Als er mein Gesicht sah, wurde nicht einmal ein Lächeln daraus, er verzog nur ein wenig die Mundwinkel.

»Ja.« Ich nickte. »Eine andere Erklärung habe ich auch nicht.«

»Und was halten Sie von Kidnapping?«

»Beides läuft ungefähr aufs Gleiche hinaus.«

»Ich kann mich mit Ihrer Theorie nicht anfreunden«, erklärte der G-Man und schüttelte den Kopf.

»Sagen Sie mir eine bessere.«

Costa schaute mir ins Gesicht. »Wir sollten das Schiff absuchen.«

»Das hatte ich sowieso vor.«

Wir diskutierten noch, ob wir uns trennen sollten. Dann erschien uns das Risiko zu groß, also blieben wir zusammen und machten uns gemeinsam an die Arbeit.

Es war schlimm.

Schlimm insofern, was die Größe des Schiffes anbetraf. Wir nahmen uns nicht jede kleinste Ecke des gewaltigen Decks vor, sondern verschafften uns nur einen generellen Überblick.

Wir sahen auch die Hubschrauber, die nebeneinander standen. Costa enterte einen. Er hatte die Hoffnung, mit dem Helikopter wegfliegen zu können, musste allerdings das Gleiche erleben wie bei der Cessna. Es funktionierte keine Maschine.

»Da steckt der Wurm drin«, sagte Costa, als er wieder aufs Deck sprang. »Nehmen wir uns die Brücke vor?«

»Sicher.«

Auch die Brücke präsentierte sich in gähnender Leere. Keine Offiziere, keine Mannschaften. Verwaist das Ruder, defekt die Elektronik, zwei zerstörte Fenster.

Da konnten wir nur die Schultern heben.

Da die Fahrstühle nicht funktionierten, mussten wir sämtliche Wege zu Fuß gehen. Unser nächstes Ziel war der Bauch des Kreuzers.

Über Treppen und schräge Stiegen gelangten wir dorthin, gerieten als Erstes in die Offiziersmesse und sahen abermals keinen Menschen. Allerdings herrschte hier eine Atmosphäre, als hätten die Personen den Raum fluchtartig verlassen oder als wären sie weggeholt worden. Da schimmerte noch der Kaffee in den Tassen, die Aschenbecher waren voll. Vor den Bücherregalen standen die Sessel, die Bar war geöffnet.

Wirklich ein Geisterschiff.

Ich wischte mir über die Augen und fragte mich, ob wir weitersuchen sollten.

»Irgendwo sind ja auch die Mannschaftsräume«, meinte Suko.

Einen Plan hatten wir nicht, stiegen aber tiefer und gelangten auf das nächste Deck.

Völlig still war es auf einem Schiff nie. Es bewegte sich in der Dünung, irgendwo knackte und arbeitete immer etwas. Und wenn es nur Metallstreben waren oder irgendwelche Gegenstände, die nicht fest genug angeschraubt waren.

Ich will es kurz machen. Keine Spur von der Besatzung.

Das Schiff war und blieb leer.

Als wir wieder auf dem Oberdeck standen, waren wir alle drei ziemlich ratlos.

»Wo können die nur sein?«, fragte Costa mit leiser Stimme und schaute aufs Meer.

Von uns erhielt er keine Antwort. Suko aber sagte zu mir: »Ob das Alassias Werk ist?«

»Sieht ganz so aus.«

»Wieder diese Alassia«, knurrte der G-Man. »Verdammt noch mal, wer ist die Frau?«

»Vielleicht werden Sie sie noch kennenlernen«, gab ich zurück. »Aber freuen Sie sich nicht zu früh. Diese Person bringt das Grauen. Sie ist mächtig, sie ist …« Ich sprach nicht mehr weiter, und fing deshalb einen erstaunten Blick meines Freundes Suko auf.

»Was hast du, John?«

»Ich weiß auch nicht, aber irgendwie habe ich das Gefühl, dass einiges anders wird.«

»Wieso?«

»Das Kreuz«, murmelte ich, griff in meinen Hemdausschnitt und holte es hervor.

Ja, es reagierte. Ein schwaches silbernes Leuchten lag über dem Kruzifix, und im nächsten Augenblick blitzte ein greller Strahl auf, der schräg in den Himmel stieß.

Dort war die Sonne schon verschwunden. Er hatte seine blaue Farbe verloren, war grauer geworden und wirkte irgendwie unheimlich.

Ich folgte mit meinem Blick dem Strahl und sah auch sein Ziel. Es stand tatsächlich ein Kreis am Himmel, und genau dort kristallisierte sich etwas heraus.

Eine Person.

Unheimlich weit entfernt und gleichzeitig fast zum Greifen nah, stand dort ein alter Bekannter.

Myxin!

Er hatte den Kontakt gesucht und ihn auch gefunden!

Eine andere Erklärung gab es für uns nicht. Wir drei starrten ihn an, wobei Costa fast die Kinnlade nach unten fiel, denn so etwas hatte er noch nicht gesehen.

»Verdammt, das ist Myxin!«

Costa warf Suko einen schrägen Blick zu. »Und wer ist diese komische Figur?«

»Ein Magier.«

Myxin hob beide Hände. Er gab uns Zeichen, die eine Begrüßung, aber auch eine Warnung sein konnten. Nach dem, was wir erlebt hätten, musste ich Letzteres annehmen.

Reden konnte er nicht. Auch nicht auf geistiger Ebene. Sein Bild wurde plötzlich durchscheinend und verblasste völlig, als auch der Strahl zurück in das Kreuz fuhr.

Alles war wie zuvor.

»Mann!«, knurrte Costa. »Das ist ja verrückt. Was wird hier eigentlich gespielt?«

Darüber konnten wir ihm auch keine genaue Auskunft geben. Wir mussten abwarten, was die nähere Zukunft brachte.

Der G-Man stapfte mit dem Fuß auf. »Allmählich höre ich auf mich zu wundern«, schimpfte er. »Was wir hier erleben, ist ja irre. Das kann nicht wahr sein.«

»Sie hätten doch in Miami bleiben sollen«, konterte ich. »Wir hatten Sie gewarnt.«

»Bis jetzt ist ja nichts passiert.«

»Ich weiß nicht. Wenn ich mich hier auf dem Schiff so umschaue, dann …« Sukos Zischen ließ mich verstummen. Es war eine Warnung, denn plötzlich und aus dem Nichts kommend war der grüne Schein um uns. Er hüllte das Schiff ein wie ein Tuch. Ein Zucken, ein Vibrieren lag innerhalb dieser seltsamen Lichtglocke, und jeder von uns spürte den Anprall der fremden Magie.

Sie kam wie ein gewaltiger Stoß.

Und innerhalb eines Sekundenbruchteils änderte sich das Bild. Das Deck war auf einmal nicht mehr leer. Wir sahen uns umringt von geisterhaften Gestalten, die uns anglotzten und anstarrten, ohne zu sprechen.

Es waren Menschen, sogar die Besatzung des Kreuzers, und sie war aus einer anderen Dimension zurückgekehrt.

Neben mir krümmte sich Costa. Auf seinem Gesicht lag ebenfalls ein grünlicher Widerschein, die Pupillen in den weit aufgerissenen Augen wirkten unnatürlich blass, seine Lippen zuckten, er hatte am stärksten von uns unter dieser seltsamen Magie zu leiden.

Ich hielt ihn fest und drückte ihn dann gegen einen Aufbau. Kümmern konnte ich mich um den Agenten nicht, denn die Verhältnisse hatten sich plötzlich verändert.

Wir befanden uns inmitten von Menschen.

Wirklich Menschen?

Glauben konnte ich es nicht so recht, und auch meine Augen lieferten mir andere Informationen. Denn was dort herumlief, hatte menschliche Formen, aber das war auch alles.

Uns umgaben eigentlich nur graue Gestalten. Grau und schattenhaft. Zwei Soldaten kamen auf mich zu. Ich sah sie sehr deutlich, da sie vor mir standen und einfach weitergingen, als wäre ich überhaupt nicht vorhanden. Ich bewegte mich auch nicht zur Seite, und sie lenkten ihre Schritte einfach durch mich hindurch.

Mein Kreuz reagierte.

Als die beiden Schattenmenschen mit mir verschmolzen und mit dem Kreuz in Berührung kamen, da hörte ich die leisen, deutlichen, aber unendlich weit entfernten Schreie.

Und dann waren die Schatten verschwunden.

Aufgelöst, zerstört, gefressen ...

Das Schlimmste kam noch. Genau dort, wo sie mich berührt hatten, spürte ich ein kurzes Brennen. Im selben Augenblick sah ich den Staub und die Knochenteile, die aus heiterem Himmel vor meine Füße regneten und liegen blieben.

Welch ein Grauen ...

Das waren die echten Körper, zerstört von einer unheimlichen Magie, in deren Fesseln auch wir lagen.

Jetzt erst ging ich zur Seite. Suko, mein Partner, war grau im Gesicht. Dabei schüttelte er sich, als hätte jemand Wasser über ihn gegossen, und der G-Man, der ein Stück entfernt stand, stieß einen schluchzenden Laut aus.

Der unheimliche Vorgang wurde von ihm kaum verkraftet. Die andere Wesen störten sich nicht um ihre beiden zerstörten Kameraden. Sie blieben nicht stehen, schritten weiter über das Deck und bewegten sich dabei wie Zombies, denen es schwerfällt, überhaupt einen Fuß vor den anderen zu setzen. Es war die reine Hölle, die wir innerhalb dieser grün flirrenden Aura erlebten.

Keiner von uns sprach. Jeder hatte Mühe, das eben Erlebte zu fassen. Als wieder jemand auf mich zukam, trat ich zur Seite. Er passierte mich, ohne dass etwas geschehen wäre. Dieses Wesen blieb ein grauer Schemen.

»Begreifst du das?«, hörte ich Suko flüstern und drehte den Kopf, weil ich dem Wesen nachgeschaut hatte.

»Das ist Alassias Werk«, murmelte ich. »Sie hat Einlass in unsere Welt gefunden.«

»Was können wir tun?«

Da war ich überfragt.

Bob Costa hatte seinen ersten Schrecken einigermaßen überwunden. Er stand zwar noch immer am selben Platz, doch sein Gesichtsausdruck hatte sich verändert. Das Grauen aus seinen Augen war verschwunden, er blickte wieder klarer, streckte die Arme aus und schrie uns an.

»Verdammt, wir müssen etwas tun! Das ist ja hier die Hölle! Wir müssen runter vom Schiff, hört ihr nicht!«

»Wohin denn?«

Er drehte ein paar Mal den Kopf. »Und wenn ich ins Wasser springe, Sinclair, aber hier bleibe ich nicht!«

»Mensch, seien Sie vernünftig, Costa! Reißen Sie sich zusammen. Sie sind doch ein so harter Bursche!«

»Ja, aber mir ist ein Killer mit geladener MPi lieber als so etwas! Ich haue ab!«

Es war mein Fehler, ich hätte zu ihm gehen sollen. So war die Distanz zwischen uns einfach zu groß. Und als er startete, gelang es mir nicht, ihn aufzuhalten.

Auch Suko stand zu weit weg. Costa kam bis an die Reling, wo sich die magische Sperrzone befand, aber nicht die Stelle mit der Leiter. Ob er sich aus dieser Höhe ins Wasser stürzen wollte? Alles sah danach aus, aber er schaffte es nicht.

Die Magie war stärker.

Costa brüllte. Er hatte die Reling kaum berührt, als er einen magischen Schlag erhielt, der ihn nach hinten und aufs Deck schleuderte, wo er sich noch überschlug. Er zitterte, schrie und wurde allmählich grau im Gesicht.

Suko nahm die Gefahr als Erster wahr. »Verdammt, John, der wird seiner Seele beraubt oder was weiß ich.«

Mein Partner hatte recht. Ich musste etwas tun, lief auf ihn zu und drückte ihm mein Kreuz ins Gesicht.

Wieder ein Schrei.

Noch schriller als beim ersten Mal, doch der magische Prozess wurde gestoppt. Als zitterndes Bündel Mensch lag Costa schließlich in meinen Armen. Um uns herum gingen die geisterhaften Gestalten. Lautlos schritten sie dahin und bedachten uns mit keinem Blick.

Ich zog Costa zur Seite, bis ich ihn zwischen uns hinlegte. Suko hatte seine Dämonenpeitsche gezogen. Er schaute sich um, warf dann einen Blick auf die drei Riemen und zischte:

»Ich möchte doch mal wissen, ob wir es mit der Peitsche schaffen können.«

»Versuch es.«

In unmittelbarer Nähe bewegte sich ein Soldat. Suko ließ ihn noch einen Schritt gehen und schlug aus dem Handgelenk zu.

Die drei Peitschenriemen entfalteten sich. Sie trafen das Wesen an drei verschiedenen Stellen, und jeder von uns konnte das unheimliche Phänomen erleben.

Das Schattenwesen wurde dreigeteilt.

Plötzlich zitterten vor uns drei graue Stücke, die nicht mehr miteinander in Verbindung standen.

Wie ein Puzzle wirkte das Wesen.

Wir standen da und staunten, sahen allerdings auch, dass die drei Teile sich krampfhaft bemühten, wieder zusammenzukommen. Sie versuchten, aufeinander zuzudrängen, was ihnen ungemein schwerfiel, denn es schien, als hielte eine unsichtbare Kraft sie zurück.

»Schlag noch einmal zu!«

Suko hörte auf mich.

Abermals zuckte seine Hand vor, die Peitschenriemen entfalteten sich so geschickt, dass sie die drei Teile trafen und sie abermals halbierten.

Ein sechsgeteilter Schattenmensch schwebte vor uns!

Ich begriff es nicht. Es war eine unfassbare Magie, die wir da erlebten. Mein Blick saugte sich an den Überresten des Schattenkopfes fest, und ich erkannte, dass sich auch die sechs Teile noch immer bemühten, zusammenzukommen.

»Verdammt, die kann man so nicht vernichten!«, schimpfte Suko und warf mir einen auffordernden Blick zu.

Ich wusste, was er meinte.

Mein Kreuz trat in Aktion. Ich führte es schräg gegen das Wesen und erlebte den gleichen Horror wie beim ersten Mal. Der Schatten verging, aber aus einer anderen Dimension rieselten die menschlichen Reste – Staub und Knochen – herab.

»Dahinter muss Alassia stecken. Sie muss es einfach!«,

keuchte Suko. »Sie ist aus der Dunkelheit gekommen, sie hat es geschafft!«

Vielleicht erwartete mein Freund von mir eine Antwort, doch meine Gedanken beschäftigten sich mit einem anderen Phänomen. Ich dachte an Myxin. Sein Bild war verblasst, doch wir hatten keine Halluzination erlebt, es gab ihn wirklich, und er hatte sich uns gezeigt.

Aus welchem Grund? Was hatten seine Gesten zu bedeuten? Wollte er uns zur Flucht raten? Wenn ja, wusste er dann mehr? Wo Myxin war, da befand sich meistens auch Kara in der Nähe. Von ihr hatten wir allerdings nichts gesehen. Ich musste an das Verhältnis Kara und Alassia denken. Kara glaubte, dass Alassia wusste, wo sich der Trank des Vergessens befand. Sie sollte ihn angeblich besitzen, und Kara wollte ihn endlich zurück haben.

Stellte sich die Frage, ob die Herrin der Dunkelwelt Kara nicht einfach geblufft hatte.

Dämonen haben noch nie fair gespielt, das musste auch Kara wissen. Dagegen stand ihre Verbindung zu dem, was den Trank des Vergessens betraf. Sie war scharf darauf, sie wollte ihn unbedingt in ihre Hände bekommen und würde alles dafür tun.

Wirklich alles?

Ich wollte meine nächsten Gedanken nicht wahrhaben, aber irgendwie konnte auch der Fall eingetreten sein, dass Kara sich von Alassia hatte überlisten lassen.

Daran wagte ich kaum zu denken. Nur ließ sich der Gedanke nicht aus meinem Schädel vertreiben. Da war irgendwo ein Spiel eingeläutet worden, von dem wir nicht die geringste Ahnung hatten. Es braute sich etwas zusammen, und ich hoffte, dass ich mit meiner Vermutung unrecht hatte, denn Kara auf der anderen Seite, das war so gut wie unvorstellbar.

Aber hatte Jane Collins nicht auch die Kehrtwendung gemacht? Musste man nicht immer damit rechnen?

Mir brach der Schweiß aus. Die Befürchtungen mussten

sich auf meinem Gesicht widerspiegeln, denn Suko stieß mich an und fragte, ob ich träume.

»Ja, Albträume.«

Ich spürte die Berührung an der Seite. Der G-Man war soeben schwankend auf die Füße gekommen. Er traute sich nicht zu fragen. Was ihn allerdings beschäftigte, war von seinem Gesicht abzulesen.

»Sorry, Bob«, sagte ich, »aber wir müssen der anderen Seite zunächst die Initiative überlassen.«

Er schluchzte wie ein kleines Kind und starrte über das Deck. Der harte G-Man war weich geworden.

Ich dachte an die Zukunft.

Wie sollten wir von diesem Kahn je wieder herunterkommen? Mitten in unserer Welt hatte sich vor uns eine andere, dämonische Wand aufgebaut, die wir mit unseren Kräften nicht zerstören konnten.

Wenn wir alle Geistwesen vernichteten, hatten wir dann etwas gewonnen? Kaum, außerdem fürchtete ich mich davor, mit meinem Kreuz aufzuräumen. Die anderen taten uns nichts. Wenn sie uns angegriffen hätten, wäre es etwas anderes gewesen.

Plötzlich veränderte sich das Licht. Das Leuchten blieb nicht mehr konstant, der Grünton nahm an Intensität zu, wurde gleichzeitig dunkler, da schwarze Streifen oder lange Schatten in ihn hineintauchten.

Suko hatte die Veränderung ebenfalls bemerkt. »Ich fürchte, es steht uns einiges bevor, John!«

Er behielt recht.

Wenig später überfiel uns die Schwärze wie ein Sack. Ich konnte nicht einmal mehr meinen Partner sehen, alles war völlig dunkel, wir vernahmen ein gewaltiges Brausen, und im nächsten Augenblick hatte uns die Dunkelwelt verschluckt.

Die Jenseits-Falle war zugeschnappt!

»Gib mir den Trank des Vergessens!«

Alassia hörte die Stimme sehr wohl, die von dort kam, wo sich das goldene Leuchten befand, und sie wusste, dass Kara gekommen war, um zu kassieren.

Alassia blieb gelassen. Ein anderer Dämon, einer der niedrigen Stufe, hätte sich vielleicht gefürchtet, nicht so die Herrin der Dunkelwelt, denn sie befand sich in ihrem ureigensten Reich, wo sie regierte und herrschte.

Kara war allein, das hatte Alassia mit sicherem Blick festgestellt. Ein Pluspunkt für sie. Die Herrin der Dunkelwelt fürchtete Myxin, den kleinen Magier, zwar nicht direkt, aber sie war sich nicht darüber im Klaren, wie sie ihn einstufen sollte. Zudem wusste sie nicht genau, über welche Kräfte er verfügte.

Da war es schon besser, wenn sie es nur mit einer Gegnerin zu tun hatte. Und eine Gegnerin war Kara für sie, auch wenn sie sich auf ihre Seite gestellt hatte. Es war nur eine Zweckgemeinschaft, denn jeder wollte etwas von dem anderen.

»Du sagst ja gar nichts«, erklang die Stimme der Schönen aus dem Totenreich. »Hast du nicht mit mir gerechnet?«

»Doch.«

»Das will ich meinen, denn ich bin gekommen, um zu kassieren.« Sie kam näher, und Alassia hörte ihre Schritte auf dem Deck des Schiffes, das noch immer von der gewaltigen Hand umklammert wurde. Diese Hand war ein großer Trumpf. Es hatte etwas Besonders mit ihr auf sich, ein Geheimnis, das Kara allerdings nicht kannte.

Als sich die Schöne aus dem Totenreich auf etwa drei Schritte genähert hatte, blieb sie stehen.

Alassia konnte sie jetzt genau erkennen. Das Schwert leuchtete wirklich, und dieser Schein legte sich wie eine Aura um die Gestalt der dunkelhaarigen Frau. Er verlieh ihr einen goldenen Schimmer, der den Eindruck von Macht und Stärke vermittelte.

Alassia senkte den Blick. Er wurde von dem Schwert angezogen, und irgendwie spürte die Herrin der Dunkelwelt, dass dies keine normale Waffe war. In dem Schwert mussten enorme Kräfte stecken, von der sie keine Ahnung hatte, denn offensichtlich verließ sich Kara darauf.

Alassia beschloss, vorsichtig zu Werke zu gehen, denn sie wollte den Bogen auf keinen Fall überspannen. »Ich freue mich, dass du dich auf meine Seite gestellt hast, Kara«, sagte sie, »und ich bin sicher, dass du es nicht bereuen wirst.«

»Irrtum, ich habe mich nicht auf deine Seite gestellt.«

»Doch, du hast mir durch deine Magie den Weg geöffnet.«

»Es war eine Zweckgemeinschaft. Ich will den Trank des Vergessens, und du wirst ihn mir geben. Wenn du falschgespielt hast, bist du erledigt, Alassia, dann töte ich dich.«

Die Herrin der Dunkelwelt lachte. »Du willst mich töten? Nein, Kara, das geht nicht. Du wirst es nicht schaffen. Mich kann kaum jemand umbringen, vor allen Dingen nicht du. Meine Welt ist durch deine Hilfe erstarkt, das gebe ich zu, aber ich weiß auch, dass der Trank des Vergessens so viel für dich bedeutet, dass man dies kaum in Worte fassen kann. Deshalb ist das, was du für mich getan hast, noch viel zu wenig.«

Nach diesen Worten herrschte erst einmal Stille zwischen den beiden Gegnerinnen. Bis Kara einen Stöhnlaut ausstieß. »Was hast du da behauptet?«, fragte sie heiser. »Ich habe zu wenig für dich getan?«

»Ja, wenn man es im richtigen Verhältnis sieht.«

»Das heißt also, du willst mir den Trank des Vergessens nicht aushändigen?« Karas Stimme hatte einen drohenden Klang angenommen.

»Das habe ich damit nicht gesagt. Du sollst ihn ja bekommen, aber erst nach einem weiteren kleinen Gefallen.«

»Von dem zuvor nie die Rede war.«

»Ich habe es mir eben anders überlegt. Außerdem haben sich die Verhältnisse ein wenig geändert.«

»Und welchen Gefallen soll ich dir erweisen?«

Alassia gab die Antwort indirekt. »Du weißt selbst, dass ich Feinde besitze. Nicht nur unter Dämonen, auch unter den Dämonenfeinden, und zwar bei den Menschen. Mächtige

Feinde sind die Personen um John Sinclair. Sie und natürlich den Geisterjäger will ich haben. Du sollst sie in meine Falle locken!«

Jetzt war es heraus. Alassia lauerte darauf, wie Kara wohl reagieren würde.

Die sagte erst einmal nichts, weil sie es nicht begreifen konnte. Das ging über ihren Verstand. Zudem war es eine Ungeheuerlichkeit, was sich die Herrin der Dunkelwelt da ausgedacht hatte. Kara hatte mit viel Schlechtigkeit gerechnet, sie wusste, dass die andere falschspielen würde, aber dass sie versuchen würde, ihren Vorteil bis zum Letzten auszuschöpfen, hätte sie nicht gedacht.

Auf diese Weise versuchte Alassia, Kara völlig auf die Seite der schwarzen Magie zu ziehen.

Die Schöne aus dem Totenreich blieb ruhig, obwohl sie innerlich kochte. Plötzlich kamen die Vorwürfe. Sie hätte auf Myxin hören und sich nicht auf den Handel einlassen sollen. Jetzt war es zu spät für ein Zurück. Wenn sie nicht auf die Bedingungen Alassias einging, konnte sie nur noch kämpfen.

»Was ist?«, fragte die Herrin der Dunkelwelt. »Weshalb zögerst du? Ist dir der Trank des Vergessens so wenig wert, dass du ihn nicht mehr haben willst?«

»Für diesen Preis?«

»Dafür bekommst du den Trank, bist mächtiger als je und brauchst dich nicht mehr an das Sinclair-Team zu hängen.«

»Das habe ich zuvor auch nicht getan.«

»Ich weiß es nicht so genau, aber du musst Sinclair ausschalten, um den Trank zu bekommen.«

»Wo befindet er sich?«

Alassia lachte. »Hier, in meinem Reich.«

»Ich will ihn sehen.«

»Nein, du musst mir vertrauen.«

»Ich dir vertrauen? Verlangst du da nicht zu viel? Ich bereue es mittlerweile, dir einen Gefallen getan zu haben, und ich werde versuchen, diesen Fehler wieder gutzumachen.«

»Das schaffst du nicht mehr. Die Besatzungen der Schiffe

sind verloren und man wird dir die Schuld geben. Du wirst dich so oder so nie mehr auf John Sinclair und dessen Freunde verlassen können.«

Alassia hatte Worte gewählt, die Kara tief trafen und ihr schlechtes Gefühl noch verstärkten. Die Schöne aus dem Totenreich erinnerte sich an Myxins Warnungen, er war gegen den Pakt gewesen und hatte das immer klargemacht. Fast wäre es noch ernsthaft zu einem Streit zwischen ihnen gekommen, bis Myxin eingelenkt hatte, zwar an ihrer Seite geblieben war, sich jedoch sehr zurückhaltend gezeigt hatte. Mit einer gewissen Skepsis hatte er auch ihre weiteren Aktionen verfolgt, und er war auch nicht zu dem Gespräch hierher mitgekommen, das Kara mit Alassia führte.

Kara lag viel an dem kleinen Magier. Sie empfand für ihn eine tiefe Freundschaft, aber sie dachte auch an den Trank des Vergessens, den sie unbedingt haben wollte, denn sie existierte praktisch nur, um ihn zu finden.

Und sollte sie jetzt dicht vor dem Ziel aufgeben? Doch da war die Forderung, das Sinclair-Team in die Falle zu locken. Vor allen Dingen sollte der Geisterjäger ausgeschaltet werden, ein Mann, der Kara vertraute, der auf sie baute. Konnte man ihn überhaupt hintergehen? Ja, denn sie hatte es schon getan. Kara kam sich wie beschmutzt vor. Durch ihre Tat hatte sie sich automatisch ausgeschlossen und stand nun nicht mehr auf der Seite des Geisterjägers.

Ihr Entschluss geriet ins Wanken. Über die weitere Zukunft, wenn es Sinclair nicht mehr gab, wagte sie nicht nachzudenken. Sie erschien ihr zu schrecklich.

»Wer garantiert mir, dass du dein Versprechen auch einlöst, wenn ich dir Sinclair bringe?«, fragte Kara.

»Du bist also bereit?«

»Wer garantiert es mir, habe ich gefragt?«

»Du musst dich weiterhin auf mich verlassen.«

»Dann bin ich verlassen!«, konterte Kara.

»Nein, bist du nicht, denn ich werde ein Zeichen setzen. Oder habe es schon gesetzt. John Sinclair, sein chinesischer

Freund und noch ein Mann sind bereits in die Jenseits-Falle getappt. Sie hat zugeschlagen, und die drei befinden sich in meiner Welt. In der Dunkelwelt. Du aber sollst sie locken, herlocken, damit ich mich mit ihnen beschäftigen kann. Das ist alles.«

»Danach bekomme ich den Trank?«

»So ist es, Kara!«

Die Schöne aus dem Totenreich hob ihr Schwert. Dann senkte sie es, und die schimmernde Spitze wies auf Alassia. »Solltest du noch einmal versuchen, mich reinzulegen, werde ich dich töten«, versprach sie mit fester Stimme.

»Nein, diesmal nicht«, erwiderte Alassia und lächelte hintergründig. Aber das konnte Kara nicht sehen …

Die Jenseits-Falle war zugeschnappt. Daran gab es nichts zu rütteln. Und wir steckten mittendrin.

Grauenhaft war das, was wir erlebten. Die Dunkelheit hatte uns verschlungen wie ein gewaltiger Rachen. Der Vergleich mit dem Bauch eines Walfischs fiel mir ein, wir lebten, wir kreisten und wir fanden uns in der absoluten Schwärze.

Eine Hand stieß gegen mich, während wir im Nichts schwebten. Ich griff automatisch zu und konnte fühlen, dass es die Hand meines Freundes Suko war.

An sie klammerte ich mich fest.

Aber wo steckte der dritte Mann, Bob Costa? Wir sahen ihn nicht, denn es war eine Welt ohne Licht, aber wir konnten ihn hören. Seine Schreie, sein Stöhnen malträtierte unsere Ohren. Er hatte von uns dreien den schlimmsten Schock erlitten.

Suko und ich hatten solche Reisen oder Dimensionssprünge schon des Öfteren erlebt, bei Costa war es etwas anderes.

Der Begriff Zeit verliert bei diesen Reisen jegliche Bedeutung. Wir konnten Stunden, Minuten oder auch nur Sekunden unterwegs sein. Uhren standen bei diesen Reisen still und man selbst verlor das Gefühl für die Zeit.

Früher hatte ich oft Eindrücke gehabt. Da war ich durch

andere Dimensionen transportiert worden, sah schreckliche Monster, Untiere und dämonische Wesen.

Bei diesem Dimensionssprung konnte ich nichts sehen. Nur die grässliche Schwärze.

Wir fielen und fielen …

Costas Schreie wurden nicht leiser. Allein schon für ihn hoffte ich, dass die furchtbare Reise bald ein Ende haben würde.

Und das hatte sie.

Es kam urplötzlich, ohne Übergang, und wieder einmal wurden wir überrascht. Kein harter Aufschlag, sondern ein Gefühl, als würde man in Watte fallen oder in das weiche, geöffnete Maul eines Tieres. Jedenfalls spürten wir wieder festen Boden unter unseren Füßen.

Wir taten nichts und blieben erst einmal liegen. Auch Costa hatte bemerkt, dass er nicht mehr schwebte. Sein Jammern verstummte, wir hörten ihn atmen und vernahmen dann seine krächzende Stimme.

»Verdammt, wo sind wir hier? Ich kann nichts sehen! Großer Lord, ich werde wahnsinnig …«

»Bleiben Sie ruhig«, sagte Suko. »Sie wollten doch die Dame Alassia kennenlernen. Vielleicht kommt sie gleich. In ihrem Reich befinden wir uns schon.«

»Ach, lassen Sie mich doch mit dieser verdammten Alassia in Ruhe. Ich will wieder nach Florida, ich …«

»Sie sollten ruhig sein«, sagte Suko. »Mitgefangen – mitgegangen, Sie kennen das doch. Wir wollen nicht jammern, sondern zusehen, dass wir aus dieser Misere wieder rauskommen.«

Da hatte Suko ein wahres Wort gesprochen. Auch ich war seiner Ansicht. Sich selbst zu bemitleiden brachte nichts.

Ich hatte mich erhoben. Sehen konnte ich nichts. Wir waren eingehüllt in diese völlige Schwärze, als hätte man uns einen lichtundurchlässigen Sack über die Köpfe gestülpt. Ich fasste nach Suko und bat ihn, stehen zu bleiben.

»Okay, John.«

»Und Sie, Sinclair? Wollen Sie weg?« Die Stimme des FBI-

Agenten klang schrill. Bob Costa machte seiner Organisation wirklich keine Ehre. Aus ihm war ein reines Nervenbündel geworden. Hoffentlich hielt dieser Mann durch.

Einige Schritte bewegte ich mich voran. Dabei setzte ich nur vorsichtig einen Fuß vor den anderen. Ich wollte mich von den beiden anderen nicht zu weit entfernen.

Der Boden blieb etwas weich, und ich bückte mich, wobei ich meinen Arm ausstreckte.

War es ein weicher Stein, über den meine Finger tasteten? Kinder spielen oft mit Knetgummi, so jedenfalls konnte man die Unterlage bezeichnen. Aber sie war hart genug, um uns zu tragen, und das empfand ich schon als Vorteil.

Nur drei Schritte hatte ich mich von meinen Partnern entfernt.

Es war an der Zeit, umzukehren. Ich rief nach ihnen und erhielt auch Antwort. Die Stimmen klangen normal, sie wurden lauter, je mehr ich mich Suko und Costa näherte.

Als ich neben ihnen stehen blieb, da fiel uns dreien gleichzeitig etwas auf.

Es wurde heller!

»Da, da«, rief Costa, »da ist doch was!« Er atmete hastig ein und aus. Ich spürte, dass er weglaufen wollte, und konnte ihn nur mühsam festhalten.

»Bleiben Sie hier, Mensch!«

»Aber, wir …«

»Kein Aber. Sie müssen bei uns bleiben. Allein sind Sie in dieser Dunkelheit verloren.«

Er wollte nicht hören. Bevor ich es verhindern konnte, bekam ich einen Schlag, der mich zwischen Hals und Brustbein traf. Costa war ein harter, austrainierter Bursche. Wo der hinschlug, wuchs kein Gras mehr. Zudem hatte ich den Schlag nicht kommen sehen, ich spürte nur den harten Treffer, dann riss es mich um.

Ich konnte mich nicht auf den Beinen halten, fiel, stützte mich zum Glück noch ab und blieb in einer knienden Haltung hocken.

Mit der linken Hand tastete ich nach der getroffenen Stelle, schwere Atemzüge drangen aus meinem Mund, und wie durch einen Filter gedämpft hörte ich Costa schreien.

»Licht!«, brüllte er wie wahnsinnig. »Licht! Ich komme! Ich schaffe es!« Er kreischte, und seine Stimme überschlug sich dabei.

»Verdammt, der hat mich umgenietet!«, quetschte ich mit rauer Stimme hervor.

Wenig später spürte ich starke Hände unter meinen Achseln. Suko hatte sich gebückt, um mir aufzuhelfen. »Warte, John, ich schaffe es schon.« Mein Freund hievte mich auf die Beine. Ich blieb ein wenig schwankend stehen und stützte mich an Sukos Schulter ab.

»Wo ist Costa?«

»Keine Ahnung. Er rannte diesem komischen Grau entgegen, der verdammte Narr.«

»Der läuft in sein Verderben.«

»Du sagst es.«

Es tat mir leid um den Mann. Mochte er sein, wie er wollte, er war sicherlich ein guter G-Man, aber gegen diese Feinde hier kam er bestimmt nicht an.

»Und was machen wir?«, fragte Suko.

»Warten«, erwiderte ich, wobei ich meine Brust massierte. »Es scheint ja hier so etwas wie eine Morgendämmerung zu geben.« Nickend deutete ich nach vorn, wo dieses alles verdeckende Schwarz allmählich verschwand und die Gegend immer grauer wurde.

Wenn das Grau auch uns erreicht hatte, wollten wir gehen und dabei nach Costa Ausschau halten. Vielleicht lebte er noch.

Lange brauchten wir nicht zu warten. Die Schwärze wurde immer mehr zurückgedrängt, und wir konnten auch etwas erkennen.

Der Boden bestand tatsächlich aus einem weichen, teerähnlichen Material. Auf ihm konnten wir gehen, federten dabei, aber das spielte keine Rolle. Hauptsache, wir kamen voran.

Diese Dimension zeigte eine Landschaft, was Suko und mich sehr überraschte.

Zu vergleichen mit irdischem Panorama. Wir sahen Berge, aber anders, als wir sie kannten. Erstens waren sie schmaler und auch spitzer. Suko und ich kamen uns vor, als wären wir in einer pechschwarzen Bergwelt gefangen, in einem Labyrinth von erstarrten Schatten, die an dunkle, aufrecht stehende Spiegelscherben erinnerten.

Ja, das war es.

Unwillkürlich blieb ich stehen. Ein Labyrinth von erstarrten Schatten. Es gab keine andere Möglichkeit. Hier hatten sich Schatten in Materie umgewandelt.

Mein Gott …

Und sie waren überall. Die Berge stachen hervor, ihre Spitzen zeigten in einen düsteren, schwarzgrauen Himmel ohne Licht und ohne Sonne.

Und doch konnten wir etwas sehen. Das seltsame Grau lag wie ein Teppich über uns, es gewährte uns Einblicke in diese Welt der geheimnisvollen und völlig veränderten Schatten. Hier also regierte Alassia, die Königin der Dunkelwelt.

Bisher hatten wir von ihr nichts gesehen. Sie zeigte sich nicht, und wir machten aus der Not eine Tugend. Stehen bleiben wollten wir nicht, sondern die Welt erkunden.

Wir sprachen über die Gefahren.

»Äußerlich ist ja nichts zu sehen«, meinte Suko.

Ich schaute mir die erstarrten Schatten näher an.

Aus Stein bestanden sie nicht, sondern aus einer seltsamen Materie, die ich auch nicht analysieren konnte. Suko schlug vor, sie einmal mit dem Kreuz zu berühren.

Die Idee war gar nicht schlecht. Wenn sie auf schwarzmagischer Basis aufgebaut waren, dann würde das Kreuz sie vielleicht zerstören. Ich streifte die Kette über den Kopf, nahm das Kruzifix in die Hand, führte es an den seltsamen schmalen und spitzen Gegenstand vor mir heran.

Kaum hatte ich das Kreuz in die Nähe des erstarrten Schattens gebracht, da löste sich der Gegenstand vor meinen

Augen auf. Er wurde zu einem Schemen, der vor mir flüchtete, zerfloss und plötzlich nicht mehr zu sehen war, weil er sich mit dem über dem Land liegenden Grau vermischte.

Wo er zuvor gestanden hatte, befand sich ein leerer Fleck.

Suko lachte leise. »Das wäre etwas für den Spuk.«

Ich drehte mich um. »Vielleicht kommt er noch. Aber hast du eine Erklärung?«

»Nein.«

»Ich schon«, erwiderte ich. »Der Schatten hat keine Angst vor dem Kreuz, sondern vor deinem Gesicht.«

»Lass uns lieber gehen und sei froh, dass es hier keine Spiegel gibt«, konterte Suko, »sonst müsstest du weinen.«

Es tat gut, ein wenig zu albern, denn die Nervenanspannung war sehr hoch gewesen. Wir waren auch froh, dass diese seltsamen Gebilde keine Gefahr für uns darstellten, doch das sollte sich noch als gefährlicher Irrtum herausstellen.

Erst einmal setzen wir unseren Weg fort, wobei wir das Gefühl hatten, über eine gebirgige Hochebene zu schreiten.

Ich konnte mir das auch nicht erklären, die Schatten jedenfalls begleiteten uns rechts und links des Weges.

Mittlerweile hatten wir uns an dieses gestaltlose und dennoch erstarrte schwarze Gebirge gewöhnt und gingen weiter.

Bis Suko sich einmal umschaute. »Was ist denn das?«, hörte ich seinen erstaunten Ruf.

Auch ich drehte mich um, und meine Augen wurden groß. Langsam kroch ein Schauer meinen Rücken hoch, denn diese seltsame Dunkelwelt geizte wirklich nicht mit Überraschungen.

Hinter uns bewegten sich diese seltsamen Berge aufeinander zu. So weit, bis sie sich berührten und zusammenschlossen.

Der Rückweg war uns versperrt!

Suko holte tief Luft. Dann krauste er die Stirn und wies mit dem Kopf auf die schwarze Wand. »Willst du nicht noch einen Versuch mit deinem Kreuz starten?«

»Und dann?«

»Mal sehen …«

Ein seltsames Gefühl war es schon, als ich zurückschritt. Die Wand blieb ja nicht stehen. Immer mehr Schatten vereinigten sich und bildeten die undurchdringliche Schwärze.

Der Platz zu beiden Seiten wurde enger, die Schwärze vor mir dichter, nur noch wenige Schritte, dann musste sie uns erreicht haben.

Da hellte sich der Zusammenfluss der schwarzen Schatten vor mir an einer Stelle auf. Er wurde nicht weiß, sondern zeigte eine graue Farbe, aber ich konnte hineinschauen.

Was ich zu sehen bekam, war grauenhaft.

Inmitten der Schatten kämpfte ein Mensch.

Bob Costa!

Er musste noch am Leben sein, denn er bewegte Arme und Beine. Sein von Angst und Entsetzen gezeichnetes Gesicht war ausgerechnet mir zugewandt. Vielleicht sah er mich auch, die Augen wurden noch größer, der Mund stand offen, wobei mir der Vergleich eines stummen Schreis einfiel. Wir sollten helfen, ich sollte helfen, und ich stellte mit Entsetzen fest, dass die Haut des G-Man immer dunkler wurde.

Costa sollte zu einem Schatten werden.

Da rannte ich in einem Anfall von Wut mit meinem Kreuz vor. Genau in das Zentrum hinein, wo sich das Gesicht des Amerikaners befand.

Etwas explodierte innerhalb der Schatten, ich spürte einen starken Rückstoß, der über meinen Arm zitterte, sah für einen Augenblick helle Spiralen im Dunkel der Wand und sprang zurück, als sich das Loch vor mir wieder schloss.

Dunkel blieb es, kein Tor, keine Lücke, keine Tür.

Ich wich einen Schritt zurück. Angespannt beobachtete ich die fast greifbare Finsternis und musste feststellen, dass sich innerhalb der Dunkelheit etwas bewegte.

Die Schatten wurden unruhig.

Sie begannen sich zu drehen, zu quirlen, da schienen tausend dünne Arme auf einmal zuzugreifen, um sich zu einem gewaltigen, düsteren Mahlwerk zu vereinigen.

Noch einmal öffnete sich die Wand.

Sie spie das aus, was sie nicht mehr haben wollte.

Knochen und Staub.

Reste eines G-Man …

Unbeweglich blieb ich stehen. Ich hatte das Phänomen schon erlebt, auch da hatte es mich geschockt. Diesmal war es dennoch etwas anderes, denn mir war der Mann bekannt, der von den geheimnisvollen Schatten gefressen worden war.

Die Dunkelheit hatte ein Opfer mehr.

In ohnmächtigem Zorn ballte ich die Hände. Alassia, die Herrin dieser Welt, sammelte bei mir persönlich immer mehr Minuspunkte. Irgendwann, hoffentlich in naher Zukunft, würde ich ihr die Rechnung präsentieren.

»John!« Sukos mahnende Stimme traf meine Ohren. Der Inspektor wollte weiter. Ich konnte ihn verstehen, wir durften nicht hier stehen bleiben, sondern mussten an die anderen Menschen denken.

»Ob mit den Passagieren der *Atlantic Queen* das Gleiche geschehen ist?«, fragte ich meinen Freund.

Suko schwieg, doch die Sorge um die Menschen stand auf seinem Gesicht.

Wir setzten unseren Weg durch die feindliche und mordende Welt fort.

Das Phänomen blieb. Immer wenn wir uns umschauten, wuchsen die spitzen Schattenberge zu einer Wand zusammen.

Es ging nur nach vorn.

Hatte ich vorhin von meinem Gefühl gesprochen, auf einem Plateau zu sein, so erhielten wir bald darauf die Bestätigung. Plötzlich ging es nicht mehr weiter. Wir standen am Rand einer Klippe. Direkt vor uns ging es senkrecht in die Tiefe.

»Aus«, sagte Suko und schaute mich an. »Wir können wählen. Entweder ins Nichts springen oder uns mit der verdammten Wand herumschlagen. Beides wird irgendwann auf das Gleiche hinauskommen.«

»Nein«, sagte ich hart, »nicht ganz. Schau mal schräg nach vorn, mein Lieber.«

Das tat Suko. Und er sah das Gleiche wie ich. Die Umrisse eines gewaltiges Schiffes schimmerten uns entgegen. Es war die *Atlantic Queen*. Und sie wurde von einer noch größeren Hand umklammert, die aus der Unendlichkeit zu wachsen schien und das Schiff inmitten dieser Schattenwelt festhielt …

Eine Halluzination?

Niemals. Was wir sahen, entsprach der Realität. Unter uns befand sich wirklich die vermisste *Atlantic Queen*!

»Was sagst du nun?«, fragte Suko. »Sprachlos?«

»Ja.«

»Viel Zeit haben wir nicht mehr. Wir können springen oder uns durch die Wand kämpfen. Entscheide dich, John.«

»Und wofür bist du?«

Da grinste der Inspektor. »Die Wand kennen wir. Was uns in der Tiefe erwartet, wissen wir nicht.«

»Der Tod.«

»Vielleicht auch das.«

Es war wirklich nicht einfach, eine Entscheidung zu treffen. Dort unten, wo sich das Schiff befand, ging es voran. Hinter uns wurde die Welt eng, wuchs sie zu einer Wand zusammen, durch die wir uns wohl kaum kämpfen konnten.

Was sollten wir tun?

Darüber grübelten wir beide nach, während sich hinter uns das lautlose Grauen weiter vorschob.

Wieder streifte ich das Schiff mit einem Blick. Es war in der Tat gewaltig, wie es von der großen Hand umklammert wurde. Es sah so aus, als wollte die Hand es nie mehr loslassen. Dieses Schiff sollte ihr gehören. Mit all seinen Menschen. Die großen Finger, auch als Schatten zu sehen, waren leicht gekrümmt. Ich stellte mir vor, dass sie irgendwann einmal zudrücken konnten, und der Klumpen in meinem Magen wurde dicker.

»Entscheide dich, John!«, drängte Suko.

Ich schluckte, schaute zurück, und mein Blick traf die noch immer wachsende Schwärze. »Du würdest es lieber mit Gewalt versuchen und die Schatten zerstören?«

»Ja. Wenn wir in die Tiefe springen, haben wir keine Chance zu überleben.«

Ich zögerte. Noch einmal glitt mein Blick nach unten und damit über das Deck des Schiffes.

Und da sah ich das Licht.

Vergessen war unsere Entscheidung. Ich stieß Suko an und machte ihn auf das seltsam goldene Leuchten aufmerksam.

»Da bewegte sich doch etwas«, flüsterte ich.

»Vielleicht Alassia.«

»Nein, Suko, die sieht zu, dass sie immer in der Dunkelheit bleibt.«

»Wer ist es denn?« Suko sprach mehr zu sich selbst. »Ob jemand auf dem Schiff noch lebt?«

Wir erhielten eine Antwort. Allerdings anders, als wir sie uns vorgestellt hatten. Vom Schiff her tönte uns plötzlich eine helle Stimme entgegen.

»John Sinclair und Suko! Ich weiß, dass ihr in dieser Welt umherirrt, aber ihr braucht euch keine Sorgen zu machen. Ich habe das Kommando übernommen.«

Erst wollte ich es nicht glauben und dachte an eine Täuschung. Bis Suko sagte: »Das ist ja Kara!«

Auch er hatte sie gehört. Für mich ein Beweis, mich nicht getäuscht zu haben.

»Rede mit ihr«, sagte der Chinese. »Wenn Sie sich in dieser Welt aufhält, wird sie auch einen Ausweg finden.«

»Ja, das könnte sein.« Ich holte tief Luft. »Kara!«, rief ich dann so laut ich konnte. »Was willst du? Was hat dich in diese Welt verschlagen, und was können wir tun?«

»Ich habe alles unter Kontrolle«, antwortete sie. »Ihr könnt beruhigt sein.«

»Und Alassia?«

»Lässt sich vorerst nicht blicken!«, hallte es uns entgegen. »Ich habe hier das Kommando übernommen.«

»Ein Kommando? Über wen?«

»Über die Schatten, die Toten und was weiß ich nicht alles. Diese Welt ist schrecklich, sie ist grausam. Du wirst sie noch erleben, John Sinclair. Und jetzt springt. Es wird euch nichts geschehen, denn ich erwarte euch auf dem Schiffsdeck.«

Ich schaute Suko an.

Der war Fatalist und hob die Schultern. »Was sollen wir denn anderes machen, John? Wir können nur auf Kara vertrauen. Ansonsten sind wir sowieso irgendwohin gekniffen.«

Mir war nicht wohl bei der Sache. Da standen wir in einer fremden, unheimlichen Welt. Ich glaubte, die Wellen der Gefahr zu spüren, die mir entgegenliefen. Ich hörte Warnungen, es war meine innere Stimme, die sich meldete, gleichzeitig jedoch schob sich hinter uns die Dunkelwelt immer näher.

»John, los!«, drängte Suko. »Gleich haben uns die verdammten Schatten. Dann bereust du es.«

Ich schaute ein letztes Mal auf das gewaltige Schiff. Einsam war das Licht, wahrscheinlich befand es sich dort, wo Kara auf uns wartete.

Wir hatten keine Wahl. Also gab es nur eines. Wir mussten auf unser Glück vertrauen …

Suko machte den Anfang. Er federte noch einmal in den Knien, dann stieß er sich ab.

Ich sprang hinterher …

In Miami machte man sich Sorgen. Es war vereinbart worden, dass Costa Funksignale absetzte. Eingetroffen war nichts in der Zentrale, und die Falten auf den Stirnen der G-Men wurden immer tiefer.

»Das kann ins Auge gegangen sein«, meinte der Einsatzleiter.

»Und?«, wurde er gefragt.

Der Einsatzleiter zündete sich eine Zigarette an. Er schaute in den wolkenlosen Hammel. »Es ist verrückt, aber der Wetterbericht hat nichts Negatives verlauten lassen. Auch im

Bermuda-Dreieck herrscht gutes Wetter. Die Maschine kann doch nicht so mir nichts dir nichts verschwunden sein.«

»Sir, Sie vergessen …«

»Ach, hören Sie mir mit Ihren Theorien auf.« Unwirsch winkte der Einsatzleiter ab. »Es gibt keine Magie im Bermuda-Dreieck. Schreiben Sie sich das hinter die Ohren!«

»Und weshalb meldet sich Costa dann nicht?«

»Keine Ahnung.«

»Der ist ja mit den beiden komischen Engländern geflogen. Vielleicht haben die Bockmist gebaut. Ein Chinese …«

»Die Männer sind gut«, fuhr der Einsatzleiter seinen Mitarbeiter an. »Ich habe es erlebt. Keine Kritik, wo sie nicht angebracht ist.« Er beugte sich über die Karte. Mit einem dünnen Bleistift hatte er die Flugroute eingezeichnet, die die Cessna genommen hatte.

Das war nicht weit. Die Küstenwache besaß spezielle Suchflugzeuge. Damit konnte man die paar Meilen schnell schaffen. Zudem flogen diese Maschinen schneller als eine Cessna.

»Haben Sie sich entschlossen, Sir?«, wurde der Einsatzleiter gefragt.

»Ja, das habe ich. Wir schicken zwei Suchmaschinen los. Das sind wir den Kollegen schuldig.«

»Okay, Sir«, erwiderte der G-Man und traf die entsprechenden Vorbereitungen …

Ich hatte mit einem freien Fall gerechnet. Also mit einem Zunehmen der Geschwindigkeit, denn ich hatte auf dieser Welt keine andere Atmosphäre festgestellt, deshalb mussten unsere Körper so reagieren wie bei einem Sprung vom Balkon.

Das taten sie nicht.

Wir schwebten plötzlich!

Die Überraschung war mehr als riesengroß. Damit hatten weder Suko noch ich gerechnet. Wir glitten fast wie zwei Federn in die Tiefe und konnten alles genau wahrnehmen.

Ähnlich wie wir mussten sich die ersten Flugpioniere vorgekommen sein. Ich breitete unwillkürlich die Arme aus, reagierte dabei wie ein Fallschirmspringer, obwohl ich mir danach vorkam, wie von einem Leitstrahl geführt, denn wir segelten nicht direkt senkrecht in die Tiefe, sondern fielen schräg.

Unser Ziel war das Schiff.

Aus großer Höhe hatten wir es zuerst gesehen. In der Entfernung wirken die Dinge immer irgendwie kleiner. Nun aber, je näher wir kamen, sahen wir die eigentliche Größe des Schiffes.

Es war gewaltig. Das Oberdeck kam uns riesig vor. Die Aufbauten stachen uns entgegen, und zwischen ihnen auf dem Deck bewegte sich der kleine goldene Punkt.

Dort musste Kara stehen.

Die Schöne aus dem Totenreich holte uns zu sich. Meine Gedankenkette war doch nicht falsch gewesen. Wo sich Alassia herumtrieb, war auch Kara nicht weit. Sie suchte den Trank des Vergessens. Alassia sollte ihn haben, und wahrscheinlich wollte Kara, dass wir sie bei ihrer Suche unterstützten.

Eine einfache Rechnung!

Für Kara würde sie aufgehen, denn Alassia war eine gefährliche Dämonin, die wir bekämpfen mussten. Wie viel Unheil ihre Schattenwelt bringen konnte, hatten wir bereits erlebt.

Meine Hoffnung stieg wieder, während wir dem großen Schiff, das von der gewaltigen Hand umklammert wurde, immer näher kamen. Allerdings hatte ich ein wenig die Befürchtung, dass wir nicht direkt auf dem Deck landen würden, sondern irgendwo zwischen den Aufbauten. Und da konnte trotz unseres langsamen Falls manches passieren.

Ich hörte Suko fragen: »Wie fühlst du dich, John?«

»Wie einer, der gern möchte und nicht kann.«

Der Chinese lachte. »So ungefähr geht es mir auch. Aber das Problem hat sich mal wieder von selbst gelöst.«

»Unseres ja. Ich frage mich nur, wie wir die anderen lösen sollen, denn ich sehe keine Menschen.«

»Das bereitet auch mir Sorge.«

Alassia war brutal und rücksichtslos. Sie raubte Menschen, stahl Seelen, wollte ihre Dunkelwelt ausfüllen. Das alles wussten wir. Und wir hatten die Besatzung des Kreuzers erlebt, diese armen Gestalten, die weder Dämonen noch Menschen waren, sondern als seltsame Schattenwesen in einem Zwischenreich lebten. Da hatte Alassia bereits zugeschlagen. Das leere Deck wies darauf hin, dass mit der Besatzung und den Passagieren der *Atlantic Queen* das Gleiche geschehen war.

Davor hatte ich Angst.

Kara würde uns sicherlich Auskunft geben können. Mir dauerte die Zeit einfach zu lange, bis ich sie erreicht hatte. Ich wollte endlich Licht in das geheimnisvolle Dunkel des Falls bringen, wobei ich überzeugt war, dass Kara uns mehr sagen konnte.

Inzwischen sahen wir das Schiff noch deutlicher. Gigantisch wuchsen uns die Aufbauten entgegen. Dicht unter uns befand sich bereits die Mastspitze mit der Flagge. Sie schien zum Greifen nahe zu sein, doch wir glitten in einiger Entfernung daran vorbei.

Auch das Licht war nicht mehr ein so kleiner Punkt wie zuvor. Es hatte sich vergrößert, und nicht nur das. Sogar Gestalt hatte es angenommen. Deutlich bemerkte ich, dass es kein Punkt mehr war, sondern eine Linie, ein Streifen, und ich glaubte Karas Schwert ausmachen zu können, das Erbe ihres Vaters Delios. Es war eine goldene magische Klinge, geschmiedet im heiligen Feuer einer alten Esse, die in Atlantis stand. Zusammen mit dem Trank des Vergessens hatte Kara das Schwert übernommen, um es nach dem Tod ihres Vaters für die Sache des Guten zu führen.

Bisher hatte sie diesen Auftrag erfüllt. Ihr war es sogar gelungen, einen ehemaligen Feind aus alten Tagen, nämlich Myxin, den Magier, auf ihre Seite zu ziehen. Gemeinsam kämpften sie gegen ihre dämonischen Feinde und hatten ihnen bisher schwere Niederlagen beigebracht.

Jetzt sah ich auch sie.

Kara stand mitten auf dem Oberdeck. Sie schaute zu uns hoch und winkte mit der leuchtenden goldenen Klinge. Mich durchlief ein Schauer. Dieses Schwert war, zusammen mit Kara, der große Hoffnungsstrahl in einer feindlichen Welt ohne Licht. Wir standen nicht allein und würden weiterhin gegen das Böse kämpfen.

Ich versuchte mir auszurechnen, wie lange es dauern würde, bis wir Kara erreicht hatten, schaffte es aber nicht, denn in dieser Welt hatte ich das Gefühl für Zeit verloren.

Zudem quälte mich die Frage, wo Alassia steckte. Ich wunderte mich ein wenig, dass sie unseren »Flug« so einfach hinnahm und nichts dagegen tat. Schließlich hasste sie uns bis auf ihr schwarzes dämonisches Blut.

Aber wer konnte schon sagen, was sich hier abgespielt hatte, während wir nicht dabei waren?

Niemand. Vielleicht war es Kara sogar gelungen, Alassia auszuschalten. Eine durchaus hoffnungsvolle Perspektive. Ich beschloss, die Schöne aus dem Totenreich als Erstes nach unserer Landung danach zu fragen.

Ich fiel ein wenig schneller als mein Freund und Kollege. Der Vorsprung vergrößerte sich und betrug inzwischen eine Körperlänge. Mittlerweile schwebte ich schon in Höhe der Aufbauten. Noch ein kurzes Stück, dann berührten meine Füße das Deck.

Die Arme hielt ich nicht mehr so weit ausgebreitet, sondern hielt sie näher an den Körper gezogen, während mein Blick unverwandt auf Kara gerichtet war.

Die Schöne aus dem Totenreich schaute mir direkt ins Gesicht. Es kam mir wie ein golden schimmernder Fleck vor, denn Einzelheiten konnte ich noch nicht erkennen.

Ich wollte sie schon ansprechen, als etwas Seltsames geschah. Wenigstens aus meiner Sicht.

Kara hob ihren rechten Arm und damit auch das goldene

Schwert in ihrer Hand. Erst einmal blieb er in der waagerechten Haltung, dann jedoch drehte sie ihn, hob das Schwert an, und auf einmal wies die Spitze der Klinge auf mich.

Wie eine goldene Nadel kam mir die Klinge vor. Eine Nadel, die mich aufspießen wollte.

Plötzlich schlug mein Herz schneller. Ich wollte Kara etwas zurufen und hatte schon meinen Mund geöffnet, als ich ihr Gesicht auf einmal besser erkennen konnte.

Da hatte sich etwas verändert.

Es zeigte nicht mehr die Glätte wie sonst, sondern war irgendwie verzerrt. Ein böses, wissendes und triumphierendes Grinsen entstellte ihre Züge. Meine Worte blieben mir in der Kehle stecken, denn trotz des goldenen Scheins kam mir Karas Gesicht wie eine Fratze vor.

Mit Kara war etwas geschehen!

Ja, in diesen schrecklichen Augenblicken, als ich die Gewissheit bekam, wurde mir klar, dass sie uns nicht hatte helfen, sondern in eine Falle locken wollen.

Das war nicht die Kara, die ich kannte. Vor mir stand ein böses Weibsstück, abgebrüht und gnadenlos, nur auf ihren Vorteil bedacht. Mir wurde zwar nicht klar, aus welchem Grunde sie das tat, aber ich konnte mir vorstellen, dass es mit dem Trank des Vergessens zusammenhing.

Mit jedem Zoll, den wir tiefer glitten, wuchs die Gefahr.

Ich riskierte noch einen schnellen Blick zu Suko. Er war leider zu weit zurück. Seinen Gesichtsausdruck konnte ich nicht erkennen, er verschwamm in dem düsteren Grau.

Vielleicht hatte er noch nichts bemerkt und fiel ahnungslos in sein Verderben?

Ich riss mich zusammen. Auf keinen Fall durfte ich jetzt die Nerven verlieren, trotz der Hitzewellen, die meinen Körper durchströmten. Es konnten auch Schauer der Angst sein, die sich so bemerkbar machten.

Konnte ich ausweichen?

Nein, ich selbst wurde ja geleitet, war den fremden Kräften hilflos ausgeliefert und konnte nur abwarten.

Tiefer und tiefer fiel ich. Dann fasste ich mir ein Herz und rief Kara etwas zu.

»Was hast du vor? Weshalb hältst du dein Schwert mit der Spitze auf mich gerichtet?«

Sie lachte mir ins Gesicht. »Weil ich dich töten will, John Sinclair! Ich habe es Alassia versprochen. Du und Suko, ihr beide seid der Preis für den Trank des Vergessens.«

»John, das ist Wahnsinn!«, hörte ich Suko hinter mir rufen und versuchte verzweifelt, eine andere Richtung einzuschlagen, doch dies lag nicht in meiner Hand. Mein Freund und ich waren nur Spielbälle dieser Kräfte der Dunkelwelt.

Ich versuchte die Entfernung abzuschätzen. Waren es fünf Yards, vielleicht sieben?

Wir glitten weiter.

»Komm nur«, schrie Kara, »komm nur, mein Schwert wartete auf dich! Die Klinge wird dich durchbohren!« Sie lachte schallend und schrill. Das war nicht mehr die Kara, die ich kannte. Etwas hatte sie verändert. Sie war zu einer Ausgeburt der Hölle geworden.

Erst Jane, dann sie.

Wie sollte das noch alles weitergehen? Außerdem dachte ich an Myxin. Hatte auch er die Seite gewechselt?

Mir wurde so übel, dass ich kaum noch sprechen konnte, und der unsichtbare Strahl führte mich weiter auf Kara zu und damit meinem Tod entgegen.

»Jetzt, John Sinclair! Jetzt werde ich dich töten, und ich bekomme den Trank!«

Es dauerte Sekunden, bis sie die Worte gesprochen hatte. Ich war inzwischen näher an sie herangekommen. So nahe, dass sie bereits zustoßen konnte. Und das tat sie auch!

Myxin wusste nicht, was er tun sollte. Kara hatte sich auf eine schreckliche Weise verändert. Äußerlich war sie selbstverständlich die Gleiche geblieben, aber innerlich war sie nicht mehr die, die Myxin kannte.

Die Schöne aus dem Totenreich war besessen.

Und der kleine Magier litt darunter. Er hatte alles versucht – vergeblich. Dabei brauchte er nur an die letzte Auseinandersetzung zwischen ihnen zu denken. Kara hatte ihm davon berichtet, dass sie John Sinclair in eine Falle locken wollte.

Myxin war perplex gewesen. Perplex und erschrocken zur gleichen Zeit. Wenn Sinclair starb, ging ein Mythos zu Ende, dann hatten die Mächte der Finsternis freie Bahn, dann konnten sie schalten und walten, wie sie wollten, und Kara allein trug daran die Schuld. Das hatte Myxin ihr klarzumachen versucht, und sie hatte es nicht einmal abgestritten. Sie hatte sogar darüber gelacht und Myxin gesagt, dass der Trank des Vergessens für sie viel wichtiger sei.

»Wichtiger als deine Freunde?«

»Ja«, sagte sie. »Wichtiger, denn mein Leben ist allein auf den Trank ausgerichtet. Und dir, Myxin, gebe ich eine Chance. Falls du dich nicht auf meine Seite stellst, halte dich zurück. Greife nicht in den Kampf ein, denn dann müsste ich auch dich vernichten.«

Es waren die letzten Worte, die sie mit dem kleinen Magier gesprochen hatte. Danach war sie gegangen, um ihre schreckliche Aufgabe zu erfüllen. Myxin war allein mit seinen schweren Gedanken zurückgeblieben.

Aber der kleine Magier durchschaute diese teuflische Verstrickung. Er wusste, dass Kara eigentlich nur ein Spielball in den Händen einer anderen Macht war. Hinter dem Schrecken stand Alassia, die Herrin der Dunkelwelt. Sie versuchte mit aller Macht, die Personen so zu manipulieren, dass es in ihren Plan passte. Myxin konnte nicht glauben, dass Kara aus freiem Willen handelte, deshalb wollte er auch alles tun, um die Lage zu verändern.

Er hielt sich nicht an ihr Verbot und folgte ihr.

Myxin war ein einsamer Wanderer in der Schattenwelt. Zum Glück besaß er wieder den Großteil seiner Kräfte. Er beherrschte die Teleportation, konnte seine Magie ausspielen, und er wollte versuchen, der Herrin der Dunkelwelt ein Bein zu stellen.

Kara und Alassia hatten sich auf dem Schiff getroffen. Die *Atlantic Queen* kristallisierte sich immer zum Mittelpunkt des furchtbaren Geschehens heraus. Hier sollte es sich abspielen und John Sinclair seinen Tod finden. Zuerst kam er an die Reihe, danach würde Suko, der chinesische Freund des Geisterjägers, sein Leben verlieren.

Und wenn das Sinclair-Team einmal auseinandergerissen war, hatten die Mächte der Finsternis freie Bahn.

Hilfe konnte Myxin von keiner Seite erwarten. Er selbst stand zwischen den Fronten.

Seine ehemaligen Artgenossen, die Dämonen, lehnten ihn ab, da er die Seite gewechselt hatte. Von den Menschen konnte er keine Hilfe erwarten, sie waren einfach zu schwach. So fühlte er sich mutterseelenallein. In einem Niemandsland, wo die Gesetze einer finsteren und uralten Dämonin herrschten.

Unbemerkt hatte sich Myxin auf das gewaltige Schiff teleportieren können. Hier wollte Kara John Sinclair und Suko erwarten, die beiden Männer, mit denen sie so oft Seite an Seite gekämpft hatte. Doch das war bereits Vergangenheit.

Zwischen den gewaltigen Aufbauten des Oberdecks verschwand der kleine Magier völlig. Seine Ankunft war von Kara nicht registriert worden, er selbst sah sie wohl, denn der goldene Schein des Schwertes wies ihm den Weg. Kara stand weit vor ihm und sie drehte ihm den Rücken zu.

Noch war nichts geschehen, und Myxin konnte sich ein wenig umschauen. Das Schiff war gewaltig. Mit einem Handstreich und mit Karas Hilfe war es Alassia gelungen, es in ihre Hand zu bekommen. Ihr größter Triumph bisher. Sie hatte es geschafft, der Schattenwelt wieder neue Seelen zuzuführen, ihnen das Licht zu rauben, um die Welt der Dunkelheit zu stärken.

Von den Menschen sah Myxin nichts. Er wusste jedoch, dass sie sich im Bauch des Schiffes befanden, auf den unteren

Decks. Hier oben gab es nur wenige, und die verschmolzen noch mit der Dunkelheit.

Sorgen bereitete Myxin auch die Hand. Er wusste nicht genau, welche Funktion sie erfüllte. Darüber konnte ihm sicherlich nur Alassia Auskunft geben.

So wartete er erst einmal ab und fasste sich in Geduld.

Alassia ließ sich nicht blicken. Sie hatte mit Kara ihren Plan abgesprochen und wartete auf die Ausführung. Nachdem Myxin sicher war, nicht beobachtet zu werden, bewegte er sich weiter vor, wobei er immer in Deckung der hohen Aufbauten blieb, denn eine zu frühe Entdeckung konnte fatal werden.

Der kleine Magier hatte kaum die ersten Schritte zurückgelegt, als er Stimmen hörte.

Kara sprach.

Sofort blieb Myxin stehen, orientierte sich und stellte fest, dass die Schöne aus dem Totenreich mit John Sinclair redete, der noch weit entfernt sein musste, denn ihre Stimme hallte dem Geisterjäger wie in einen Trichter gesprochen entgegen.

Wahrscheinlich hielten sich Suko und der Geisterjäger auf der großen Plattform auf, dem Plateau der Schatten.

Sinclair gab auch Antwort, und das Gespräch lief so, wie es Kara haben wollte.

John und Suko würden springen!

Nur das nicht!, dachte Myxin. Sie würden in die Falle stolpern, die Kara aufgebaut hatte.

Doch Sinclair hörte nicht.

Als Myxin in die Höhe schaute, da glaubte er, im Grau dieser Welt zwei kleine Punkte zu sehen, die langsam nach unten fielen und als Ziel das Oberdeck des Schiffes hatten, wo Kara auf sie wartete, um sie in den Tod zu schicken.

Was sollte er tun?

Der Stein war ins Rollen gekommen. Er wurde immer größer, und Myxin suchte verzweifelt nach einer Möglichkeit, ihn aufzuhalten. Er war lange mit Kara zusammen, kannte ihre Kräfte, konnte sie einschätzen, wusste von ihren Stärken und Schwächen, und ihm war auch bekannt, dass die Schöne aus dem Totenreich stärker war als er, wenn sie sich im Besitz ihrer Waffe befand.

Das alles waren Tatsachen, an denen es nichts zu rütteln gab. Myxin lief noch einige Schritte und blieb danach geduckt stehen. Von seinem jetzigen Standort aus hatte er einen hervorragenden Blick. Kara wandte ihm den Rücken zu. Der Schein des goldenen Schwerts reichte auch so weit, dass er die Schöne aus dem Totenreich wie ein Mantel umgab. Deutlich machte Myxin ihre Konturen aus.

Er wartete ab, obwohl er entschlossen war, einzugreifen. Myxin durfte es nicht bis zum Allerletzten kommen lassen. So sehr sich seine Gedanken auch mit Plänen beschäftigten, zu einem Ergebnis kam er nicht.

Inzwischen glitten der Geisterjäger und sein Freund Suko immer weiter in die Tiefe.

Es war ein sanftes Fallen, sie würden bei der Landung keine Verstauchungen erleiden, falls alles so weiterging. Und da hatte der kleine Magier seine berechtigten Zweifel.

Kara spielte mit ihnen. Sie waren ahnungslos und wussten nicht, was sie auf dem Schiff erwartete. Aber auch Myxin war nicht genau klar, was Kara wirklich vorhatte. Erst als sie sich bewegte, ihren rechten Arm anhob und mit der Schwertspitze schräg in die Höhe zielte, da wurde Myxin alles klar.

Kara wollte John Sinclair mit dem Schwert durchbohren. Unter der goldenen Klinge sollte John sein Leben aushauchen.

Eine so schreckliche Vorstellung, dass selbst Myxin zitterte. Er überlegte krampfhaft, was er dagegen unternehmen konnte. Er musste sich mit seinen Überlegungen beeilen, denn John Sinclair glitt immer näher. Deutlich kristallisierte er sich aus dem Grau der Dunkelheit hervor. Er war jetzt zu erkennen, seine Arme, die Beine, beides gespreizt, das Gesicht schimmerte wie ein blasser Fleck.

Und Kara sprach mit ihm. Höhnisch machte sie ihm klar, dass sein Leben verwirkt war, dass er durch ihre Hand den Tod finden würde.

Myxin hörte jedes Wort. Auch Suko musste die Sätze verstanden haben, und keiner der beiden tat etwas. Vielleicht konnten sie nichts tun, unter Umständen hielt sie ein magischer Bann umklammert, gegen den sie nicht ankamen. So war Myxin praktisch die einzige Chance für sie.

Aber er konnte nur einen retten.

Für wen sollte er sich entscheiden?

Der kleine Magier machte Schreckliches durch. In seinem Innern tobte eine Hölle. Wie er es auch anpackte, es würde immer verkehrt sein und er würde sich ewig Vorwürfe machen, falls er überhaupt am Leben blieb.

Sinclair oder Suko?

Viel Zeit blieb ihm nicht mehr. Myxin richtete sich plötzlich auf. Er hob beide Arme, winkelte sie dann, konzentrierte sich, setzte all seine Kräfte ein und reagierte …

Die beiden grauen Metallvögel befanden sich zwischen Himmel und Meer. Es waren Spezialmaschinen, sehr schnell, aber auch für das Wasser geeignet. Bei der Air Force waren sie entwickelt worden, ein Forschungsprojekt, das sich bezahlt gemacht hatte, denn die Piloten in den Flugzeugen hatten bereits so manchem Schiffsbrüchigen das Leben gerettet.

Das Wetter war zwar gut, die Sicht konnte man als klar bezeichnen, aber etwas störte.

Es war die Dämmerung, die wie eine gewaltige Schattenwand langsam über den Himmel kroch, die Sonne bereits verdrängt hatte und sich anschickte, den Tag abzulösen.

Die beiden Piloten standen miteinander in Funkverbindung. Laufend gaben sie sich gegenseitig ihre Positionen durch, und die Verbindung mit dem Tower in Miami lief auch reibungslos.

Schwierigkeiten traten nicht auf.

Die Männer der Suchmannschaft, es waren G-Men und auch Helfer einer anderen Organisation, suchten mit starken Gläsern die wogende Wasserfläche ab. Es konnte immerhin sein, dass mit dem Wasserflugzeug etwas passiert und sie schon vor ihrem eigentlichen Ziel in den Bach gestürzt war.

Sie sahen nichts.

Nur das weite Meer. Ab und zu mal ein Schiff, das auf der Kimm entlangzufahren schien. Auch als sie sich 30 Meilen vor dem eigentlichen Ziel befanden, klappte die Funkverbindung noch gut, zudem zeigten sich die Suchtrupps optimistisch, denn sie würden noch vor Einbruch der Dunkelheit an ihrem Ziel sein.

Die Piloten sprachen sich kurz ab und gingen gemeinsam tiefer. Die Nasen der Maschinen schienen sich in die Wasserfläche bohren zu wollen, doch dicht über den langen Wellen zogen die Piloten die Vögel wieder hoch und flogen in einem geraden Kurs weiter.

Alles normal.

»Bei diesem Wetter kann doch keine Maschine verschwinden«, meinte einer der FBI-Leute.

»Es sei denn, hier sind wirklich unnatürliche Kräfte am Werk«, wurde ihm geantwortet.

»Erzählen Sie doch keinen Blödsinn.«

Die G-Men wussten, dass sie die Position bald erreicht hatten. Sie machten sich bereit.

Schon kamen die Kommandos. »Fertigmachen zum Wassern!«

Jetzt bewiesen die Piloten ihre Kunst. Sie senkten die beiden Metallvögel der Wasserfläche entgegen, die Schwimmer bekamen schnell Kontakt, und die Männer in den Kanzeln wandten ihre gesamte Erfahrung auf, um die Flugzeuge so sicher und auch so unproblematisch wie möglich aufzusetzen.

Das gelang ihnen auch. Zwar wurden die Flugzeuge von den Wellen geschüttelt, aber sie glitten schließlich über das Wasser, bis sie zur Ruhe kamen und nur noch auf den Wellen schaukelten.

Für einen Moment blieb die Besatzung in beiden Maschinen sitzen. Kontakt mit dem Tower von Miami war noch immer vorhanden. Die Piloten meldeten die sichere Landung und gaben gleichzeitig durch, dass sie das Wasserflugzeug entdeckt hatten.

Auch die G-Men und die anderen Helfer hatten die Maschine gesehen. Der Einsatzleiter, er hieß Hank Harris, ließ sofort die Türen öffnen. Schwere und große Schlauchboote wurden auf die Wasserfläche geschleudert. Die Männer trugen Schwimmwesten, als sie aus der offenen Einstiegsluke in die Boote sprangen.

Sie hatten beide Motoren, und Hank Harris trieb zur Eile an. Er hatte einen schrecklichen Verdacht. Entweder waren die drei Männer ertrunken, oder aber sie befanden sich verletzt in der Maschine.

Die starken Motoren der großen Schlauchboote röhrten auf. Die Gebilde schienen auf den Wellen zu tanzen, als sie sich dem schwankenden Wasserflugzeug näherten.

Hank Harris saß am Bug. Er hielt ein Glas vor die Augen und zuckte zusammen, als er das gelbe Etwas sah, das ebenfalls auf den Wellen tanzte. Er stellte die Optik noch schärfer ein.

Kein Zweifel, das war ein Rettungsboot. Sicherlich hatte es zur Ausrüstung des Wasserflugzeugs gehört, nun war es leer.

Harris presste die Lippen aufeinander. Sein kantiges Gesicht wurde noch starrer. Die Hoffnung schwand, und er war sicher, dass er die Leute in der Maschine nicht mehr finden würde.

Trotzdem wollten sie nachschauen.

Die Männer auf den Booten standen durch Sprechfunkgeräte miteinander in Verbindung.

Harris gab die Anordnung, dass das zweite Boot seinen Kurs ändern und das Wasserflugzeug ansteuern sollte. Er selbst wollte das gelbe Schlauchboot näher untersuchen, das einsam und verlassen auf den langen Wogen trieb.

Gischtstreifen und Spritzwasser durchnässten die Männer. Wenn Wellen quer anliefen, dann hämmerten sie regelrecht gegen das Schlauchboot, schleuderten es hoch, rissen es wieder in ein Wellental, um es im nächsten Augenblick wieder anzuheben.

Manchmal verschwand das gelbe Schlauchboot auch, wenn sich ein langer Wellenberg zwischen die beiden Boote schob, doch sie kamen näher.

Schließlich war die Entfernung so gering, dass ein Fanghaken geworfen werden konnte. Einen Augenblick später hing das Schlauchboot schon an der Leine.

»Ranziehen!«, schrie Harris.

Zwei Männer arbeiteten geschickt, holten das Boot herbei. Harris hatte schon zuvor gesehen, dass es leer war. Niemand befand sich darin. Seine Befürchtung hatte sich nicht bewahrheitet.

Harris ließ das gelbe Boot untersuchen. Er selbst beteiligte sich ebenfalls daran und stellte fest, dass es keinerlei Spuren gab. Das Boot gab nichts her.

»Die haben nichts zurückgelassen«, bemerkte einer der Männer.

Und ein anderer sagte: »Die See frisst alle.«

»Noch steht es nicht fest«, erwiderte Hank Harris. Er wollte einfach nicht daran glauben.

»Bermuda-Dreieck.«

Der Sprecher bekam von Chief Harris einen scharfen Blick zugeschickt und verstummte. »Wir suchen trotzdem weiter!«, ordnete Harris an. Er kniete sich hin und schaute zu dem zweiten Boot hinüber.

Das hatte inzwischen das auf den Wellen treibende Wasserflugzeug erreicht und festgemacht. Die Männer waren dabei, die Maschine zu entern. Einer war auf einem Schwimmer stehen geblieben, ein zweiter Mann befand sich noch im Boot.

Mit dem nahm Harris Kontakt auf. Er sprach in den Grill seines Sprechgeräts. »Haben Sie irgendwelche Spuren gefunden, Joe?«

»Nein, Sir.«

»Anzeichen, dass …« Harris sprach nicht mehr weiter, denn jetzt erschien der dritte Mann, der in die Maschine geklettert war, am offenen Ausstieg. Er redete mit dem, der das Sprechgerät hatte, wenig später bekam Chief Harris schon die Meldung.

»Wieder nichts, Sir. Die Maschine ist leer.«

Hank Harris schluckte. »Das Schlauchboot ebenfalls«, sagte er, »trotzdem versuchen wir es weiter!«

»Geht in Ordnung, Sir!«

Harris steckte das Gerät in die Tasche seiner Parkajacke. Dann gab er dem Mann am Ruder ein Zeichen. Der Motor heulte auf, das Wasser am Heck wurde aufgewühlt. Das Boot nahm Fahrt auf und schoss mit großer Geschwindigkeit über die Wellen.

Harris ordnete an, einen Suchkreis zu ziehen. Zuerst klein, dann immer größer werdend. Solange das Licht noch so blieb, wollten sie nichts unversucht lassen. Es bestand noch die Chance, dass die drei Männer abgetrieben worden waren.

Die Minuten reihten sich aneinander. Die Kreise wurden größer und größer. Von den Vermissten keine Spur.

Dafür färbte sich der Himmel. Bald nahm das Wasser auch eine dunkle Farbe an, die Kimm war nicht mehr zu sehen, auch die Temperatur sank, und jeder der Männer wusste, dass bald die Nacht hereinbrechen würde.

Harris war blass geworden. »Wir ziehen noch einen Kreis«, sagte er, »und brechen die Suche dann ab.«

Die Männer nickten. Ihre Gesichter waren ernst. Im nächsten Augenblick jedoch wechselte deren Ausdruck, und einer stieß überrascht hervor: »Aber das ist doch nicht möglich! Da, Chief, sehen Sie!«

Hank Harris musste sich umdrehen. Dann wurden seine Augen groß. Wie auch die anderen Männer sah er das grüne Flimmern, das sich zwischen die beiden Suchflugzeuge und ihr Boot geschoben hatte.

»Was ist das denn?«

Auch der Chief konnte die Frage seines Mitarbeiters nicht beantworten. Er war ebenso erstaunt und jetzt auch sprachlos.

Es blieb nicht bei dem Flimmern, denn Konturen erschienen. Es waren die Umrisse zweier Schiffe.

Eines deutschen Frachters und eines englischen Kreuzers …

Das Schwert schien zu explodieren!

Jedenfalls kam es mir so vor, als ich mich dicht vor der Spitze befand, und was mir in dieser einen Sekunde alles durch den Kopf schoss, war unbeschreiblich. Hinzu kam das Gefühl der Todesangst und auch die Erkenntnis, alles verloren zu haben.

Ich hatte auf Kara gesetzt. Es war die falsche Karte in diesem Spiel gewesen. Nur – wer hatte das vorher wissen können?

Es konnte höchstens eine Fingerbreite sein, die mich von dem Schwert trennte. Ich erkannte nicht einmal das Gesicht meiner Mörderin hinter der goldenen Aura, sondern sah nur diese tödliche, verzerrt wirkende Klinge.

Im selben Augenblick wurde ich gepackt. Jedenfalls glaubte ich das, aber es waren keine Hände da, die mich festhielten und herumschleuderten, ich schwebte plötzlich über dem Deck und vernahm den gellenden, auch wütend klingenden Schrei einer Frauenstimme. Kara musste ihn ausgestoßen haben, aus Wut darüber, dass ich ihr im letzten Augenblick entkommen war.

Aber wieso?

Darüber dachte ich nicht nach, weil die äußerlichen Einflüsse mich viel zu sehr ablenkten. Man spielte mit meinem Körper, die rettenden Kräfte rissen mich herum, ich wurde gedreht wie ein Blatt im Wind und trotzdem noch transportiert.

Weggeschafft …

Dann erfolgte der Aufprall. Wie lange ich mich in der Luft befunden hatte, wusste ich nicht. Mit den Schultern krachte ich auf die Planken, warf noch einen Liegestuhl um und blieb für einen Moment wie benommen liegen.

Ausruhen konnte ich mich nicht. Egal, was man mit mir angestellt hatte, ich dachte an Kara und musste hoch. Ein wenig taumelnd kam ich auf die Beine. Es war nicht einfach, auf den Füßen zu bleiben. Die beiden seltsamen Flüge hatten meine Reaktionen irgendwie verändert, sodass ich Mühe hatte, mich zu orientieren.

Auf dem Schiff befand ich mich noch immer, aber weit weg von Kara, fast am Heck. Wo sie stand, sah ich ein schwaches goldenes Leuchten.

Ich war gerettet. Vorläufig jedenfalls. Und das war mir einen tiefen Atemzug wert.

Sofort jedoch dachte ich an Suko. Er hatte sich dicht hinter mir befunden. Mich konnte Kara nicht erwischen, irgendjemand hatte eingegriffen, aber war Suko …

Den Gedanken wagte ich überhaupt nicht zu beenden. Die Sorge um Suko trieb mich wieder voran.

Ich vergaß die eigene Situation, die weiß Gott nicht rosig war, und stürmte vor.

Das Deck lag zwar nicht in völliger Finsternis, aber es war gewaltig. Da konnte man sich verlaufen, und ich hätte es am liebsten mit einem Motorrad versucht. Da keines vorhanden war, musste ich meine Beine nehmen.

In Richtung Bug stand Kara. Ich wollte und ich musste hin, denn da war auch Suko.

Wie lange ich gelaufen war, wusste ich nicht. Es konnten höchstens 20 Yard gewesen sein, als ich plötzlich aus dem Schatten eines Aufbaus angesprochen wurde.

»Wohin so eilig, John Sinclair?«

Abrupt blieb ich stehen, drehte den Kopf nach rechts und sah die Gestalt, die sich aus dem Schatten löste.

Es war Myxin, der Magier.

Da fiel bei mir die Klappe, und ich wusste mit einem Mal, wer mein Lebensretter war …

Suko hatte sich immer hinter dem Geisterjäger befunden. Die Länge des Abstands war nicht gleich geblieben, sie hatte sich etwas vergrößert. Zwar hatte sich der Inspektor bemüht, seinen Freund zu erreichen, er war jedoch erfolglos geblieben.

Und auch er sah das Leuchten, das Schwert, die Gestalt, die es hielt. Und er bemerkte die Verwandlung, die die Schöne aus dem Totenreich durchgemacht hatte.

Aus Kara war eine andere geworden.

Wie sein Freund John wurde auch Suko aus allen Träumen gerissen. Das durfte doch nicht wahr sein, das konnte es nicht geben!

Karas Worte bewiesen ihm das Gegenteil. Sie gab zu erkennen, dass sie John Sinclair töten wollte.

Suko konnte sich nur einen Grund vorstellen, der sie zu solch einer Tat hinreißen ließ.

Es war der Trank des Vergessens. Wahrscheinlich hatte ihr Alassia versprochen, den Trank zu besorgen, wenn sie …

Suko dachte nicht mehr weiter, denn die Ereignisse überstürzten sich. John konnte nichts tun, er schwebte genau in die Schwertspitze hinein, und Suko würde folgen.

Da geschah das Unwahrscheinliche.

Innerhalb eines Herzschlags änderte sich die Lage, und John Sinclair war plötzlich verschwunden.

Aufgelöst hatte er sich nicht, aber unbekannte Kräfte hatten sich seines Körpers angenommen und ihn aus dem Gefahrenbereich gerissen. Genau in dem Augenblick, als Kara zustieß.

Der Stoß war mit großer Kraft geführt worden. Die Spitze hätte Johns Brust durchbohrt, nun fuhr sie ins Leere, und Kara, die fest an ihren Erfolg geglaubt hatte, verzweifelte fast. Sie explodierte vor Wut, drosch wie rasend um sich und wurde zu einer Furie.

Suko begriff sehr schnell die Gefahr, in der er schwebte. Wenn er nichts tat, dann würde er in die Schwertklinge gleiten.

Überdeutlich wurde ihm dies bewusst, und dem Chinesen blieb kaum mehr Zeit zu reagieren.

Er tat es.

Dämonenpeitsche und Beretta konnte er vergessen. Es gab eine andere Waffe, deren Brisanz man ihr wahrlich nicht ansah. Das war der von Buddha geerbte Stab, den Suko in einem alten Kloster hoch im Himalaja-Gebirge bekommen hatte.

Wenn er den Stab zur Hand nahm und ein bestimmtes Wort rief, dann stand die Zeit für fünf Sekunden still. Alle Personen innerhalb des Umkreises, in dem der Schrei gehört werden konnte, erstarrten zur Bewegungslosigkeit, und nur einer konnte sich weiterhin bewegen – der Träger des Stabs, also Suko.

Ein Griff, und er hatte ihn in der Hand. Jetzt hoffte er nur noch, dass er auch in dieser Dimension wirkte.

Soeben stellte sich Kara auf die neue Lage ein. Sinclair war ihr entwischt, jetzt wollte sie Suko haben. Sie hielt den Schwertgriff mit beiden Händen fest, schwang ihren Körper dabei nach rechts und holte weit aus.

Es würde ein mörderischer Hieb werden, der Suko glatt den Kopf von der Schulter getrennt hätte.

»*Topar!*«

In höchster Not schrie Suko dieses Wort hinaus, und Kara, die Schöne aus dem Totenreich, erstarrte mitten in der Bewegung. Die Magie hatte ihre Wirkung auch hier nicht verloren. In ihrer zurückgelegten Körperhaltung blieb Kara stehen, wobei sie an ein Denkmal erinnerte.

Suko aber glitt weiter.

War die Zeit nicht zu kurz? Fünf Sekunden können sehr lang werden, aber auch unheimlich schnell vorbeigehen.

Der Chinese zählte im Geiste mit, während er näher und näher an Kara herankam.

»Eins – zwei – drei …«

Bei drei hatte er Kara erreicht. Er konnte sie mit den Armen greifen, dann noch zwei Sekunden, noch eine – und vorbei die Zeit!

Kara schlug zu – und Suko konterte.

Der Schwerthieb kam von der linken Seite auf Suko zu. Er

hielt genau dagegen, wollte Karas Arm treffen, hatte auch schon gut gezielt, und es gelang ihm.

Suko war ein austrainierter Kämpfer. Obwohl Kara mit aller Kraft zugeschlagen hatte, reichte der Gegenhieb des Chinesen aus, um sie von den Beinen zu reißen.

Sie schrie wütend auf, fiel hin, überrollte sich und war sofort wieder auf den Füßen.

Das Schwert hatte sie nicht losgelassen. Leicht geduckt hatte sie sich, und sie stand breitbeinig. Diese Haltung sollte dokumentieren, dass sie nicht gewillt war, den Kampf so einfach aufzugeben. Kara wollte weitermachen und ihr Versprechen einlösen.

Suko war zurückgesprungen. Den Stab hatte er weggesteckt.

»Warum?«, fragte er. »Verdammt noch mal, weshalb hast du das getan?«

Sie warf den Kopf zurück. Das Haar flog hoch und behinderte nicht mehr ihr Sichtfeld. »Warum ich es getan habe?«, höhnte sie. »Weil ich endlich den Trank des Vergessens haben will. Deshalb!«

»Aber sie wird ihn dir nicht geben!«

»Woher weißt du das?«

»Weil Dämonen falschspielen«, erwiderte Suko. »Es ist ganz einfach. Auch Alassia macht da keine Ausnahme. Und glaube nur nicht, dass du den Trank bekommen wirst, wenn du einen von uns getötet hast. Sie wird dir was husten und den angeblichen Trank immer als Druckmittel gegen dich behalten.«

»Du redest wirr!«, stieß Kara hervor.

»Die Einzige, die wirr redet und handelt, bist du. Tut mir leid für dich!«

»Das braucht es dir nicht, Chinese!«, flüsterte Kara und bewegte sich auf Suko zu. Dabei fächerte sie das Schwert, ein Zeichen, dass sie bereit war, wieder anzugreifen.

Suko suchte nach einem Ausweg. Gut, er hätte kämpfen können und vielleicht auch etwas erreicht, aber das war nicht

Sinn der Sache. Er wollte nicht daran schuld sein, wenn etwas Schreckliches geschah. Also trat er lieber den Rückzug an.

Kara heulte auf. »Bleib stehen!«, schrie sie. »Verdammt, bleib endlich stehen!«

Suko stieß gegen einen kleinen Decktisch. Er war nicht festgeschraubt, und der Chinese packte rasch zu. Dann wuchtete er den Tisch mit der runden Steinplatte hoch. Das Möbelstück hatte gebogene Füße, damit konnte sich Suko schon wehren und auch Schläge abblocken. Obwohl es wider alle Vernunft war, hoffte er dennoch, dass Kara sich irgendwann besinnen würde.

Zunächst einmal deutete nichts darauf hin. Sie schlug nicht zu, sondern stellte es geschickter an. Sie wollte die Klinge unter der Tischplatte hindurch stechen und Suko so treffen. Der Inspektor hatte gut aufgepasst, senkte den Tisch genau im richtigen Augenblick und hörte, wie die Schwertklinge kreischend über die Steinplatte fuhr.

Sie befand sich noch in der Bewegung, als Suko vorsprang. Nicht nur das, er wuchtete auch den Tisch nach vorn und zwar so schnell, dass Kara nicht mehr wegkam.

Die Platte traf sie.

Plötzlich flog die Schöne aus dem Totenreich zurück. Suko stieß ein paar Mal nach, sah einen fallenden Körper und auch ein Schwert, das Kara aus den Händen gerutscht war.

Der Chinese schleuderte den Tisch zur Seite. Er sprang auf die auf dem Boden liegende Waffe zu, die er gedankenschnell an sich reißen wollte.

Kara bekam davon kaum etwas mit. Sie war zwar nicht bewusstlos, aber ziemlich angeschlagen, sodass sie Suko kaum an seiner Tat hindern konnte.

Dafür eine andere.

»Rühr sie nicht an!«, hörte der Inspektor hinter sich die Stimme der Dämonin Alassia …

Myxin hatte mich gerettet!

Mein Gott, dass er dies geschafft hatte, konnte ich noch immer nicht glauben. Dann dachte ich an die seltsame Kraft, die mich so plötzlich gepackt und wegschleudert hatte.

Telekinese.

Myxin besaß diese Gabe. Er konnte kleinere Gegenstände kurzerhand durch die Luft wirbeln lassen.

Und jetzt auch Menschen.

Ich starrte ihn mit offenem Mund an und wusste nicht, was ich sagen sollte.

Dafür sprach er und lächelte dabei. »Ich bin kein Geist, John Sinclair, sondern …«

»Du hast mich gerettet?«

»Das stimmt.«

Erst jetzt fand ich die Übersicht wieder. Dabei schüttelte ich den Kopf und streckte Myxin spontan die Hand hin. Er wollte sie nicht nehmen, sondern sagte: »Erinnere dich an die Ritter und daran, dass Asmodina mich damals fertigmachen wollte. Da war ich sehr, sehr klein, konnte keinem etwas nutzen, aber du hast dich für mich eingesetzt. Ich werde es nie vergessen.«

Worte fand ich nicht, deshalb hob ich die Schultern. Dann fiel mir wieder Suko ein, und ich sprach Myxin darauf an.

Der kleine Magier lächelte.

»Er ist nicht tot, John, das weiß ich. Um ihn brauchst du dir keine Sorgen zu machen. Viel wichtiger sind jetzt andere Dinge.«

»Kara!«, stieß ich hervor.

»Auch die.«

»Wer denn noch?«

»Ich werde es dir erklären, denn wir müssen ungeheuer aufpassen, dass die andere Seite uns nicht fertigmacht. Noch haben wir nicht gewonnen. Alassia ist mächtig, sie spielt ihre Macht aus. Ihr hättet nicht kommen dürfen. Ich habe dich gewarnt, John.«

»Dann hast du mir die Halluzination geschickt?«

»Genau.«

Ich schlug mir gegen die Stirn. »Was glaubst du, wie ich mir darüber den Kopf zerbrochen habe.«

»Das hatte ich mir gedacht. Jetzt komm, wir müssen weiter.«

»Und wohin?«

»Innerhalb des Schiffes ist viel Platz. Außerdem willst du sicherlich wissen, was mit den Menschen geschehen ist.«

»Natürlich.«

»Sie leben. Das soll erst einmal reichen. Die meisten halten sich auf den unteren Decks auf. Alassia ist noch nicht dazu gekommen, sich näher mit ihnen zu beschäftigen. Sie musste erst mit Kara einen Pakt schließen.«

»Weshalb hast du ihn nicht verhindert?«, fragte ich den kleinen Magier direkt.

Da lächelte Myxin traurig. »Was meinst du, John, was ich alles versucht habe. Umsonst, sage ich dir. Kara ließ nicht mit sich reden. Alassia hat ihr den Trank versprochen.«

»Besitzt sie ihn denn?«

Da hob Myxin die Schultern.

»Ich weiß es nicht. Vielleicht befindet er sich in dieser Welt, vielleicht auch nicht. So genau bin ich nicht dahintergekommen.«

»Ist er Kara so viel wert?«

»Ja, leider. Alassia muss sie völlig verhext haben. Aber das wird sich auch noch ändern, ich verspreche es dir. Ich hoffe, dass Kara wieder normal wird, wenn wir beide ihr helfen.«

»Schaffen wir es denn?«

»Allein kaum, aber wir haben einen Dritten, der uns zur Seite stehen wird.«

»Wer ist es?«

Myxin ließ mich schmoren. »Lass dich mal überraschen, John Sinclair. Du wirst erstaunt sein. Jetzt komm erst einmal mit.«

»Aber Suko. Er ist …«

»Kein Baby mehr. Er muss und wird allein zurechtkommen. Für uns ist jede Sekunde kostbar.«

Wenn Myxin so drängte, eilte es wirklich. Zudem war ich gespannt, was er mir zu bieten hatte.

Da die gesamte Bordelektrik ausgefallen war, funktionierte auch kein Fahrstuhl mehr.

Über Treppen und Stiegen mussten wir uns in den Bauch des Schiffes begeben.

Myxin ging vor. In der herrschenden Dunkelheit fand er sich ausgezeichnet zurecht. Ich orientierte mich nur nach seinem Schatten. Wir gelangten dorthin, wo normalerweise die großen Bordfeste gefeiert werden. Da gab es mehrere Säle, verschiedene Bars und eine große Bühne.

Da lagen sie.

Im ersten Augenblick erschrak ich. Die Menschen waren dort umgekippt, wo sie gerade standen. Der Schock der schwarzen Magie hatte sie getroffen und von den Beinen gerissen.

Männer, Frauen, Kinder …

Ich blieb stehen, ging in die Hocke und knipste mein Feuerzeug an. Um die Gesichtsfarbe erkennen zu können, führte ich die Flamme dicht an die Köpfe der Menschen.

Die Gesichter sahen normal aus. Das Grau hatte von ihnen noch keinen Besitz ergriffen.

Der Geruch von ausgelaufenem Alkohol hatte sich ausgebreitet und überdeckte sogar noch das Aroma der teuren Parfümsorten. Es mussten Hunderte sein, die hier lagen. Mir war es unmöglich, einen Weg zwischen den Leibern zu finden, denn wenn wir weitergingen, würden wir fast zwangsläufig auf einen am Boden liegenden Menschen treten.

Myxin bemerkte mein Zögern. Er drehte sich halb um und winkte ein paar Mal mit dem Kopf.

»Ich – kann nicht. Wenn ich hierher gehe …«

»Das ist jetzt uninteressant, John. Es geht um die Sache. Wirf deine Bedenken über Bord. Noch hat Alassia die Schatten nicht geschickt. Wenn sie erst kommen, gibt es keine Rettung mehr.«

Ja, er hatte recht. Myxin kannte sich besser aus. Er hatte diese Welt länger studiert als ich.

Also folgte ich ihm.

Es gelang mir tatsächlich, so wenig Menschen wie möglich zu berühren und anzustoßen. Ich balancierte zwischen ihnen durch und hatte die Arme ausgebreitet, damit ich mein Gleichgewicht behielt.

Es herrschte eine seltsame Luft im Innern des Schiffes. Da auch die Klimaanlage ausgefallen war, hatten sich die Gerüche gestaut, besonders deutlich in einem Nebenraum festzustellen, wo sich eine Leinwand befand.

Als seltsam empfand ich es nur, dass wir sehen konnten. Es war nicht völlig finster. Von irgendwoher kam Licht. Zwar keine direkte Helligkeit, aber ein seltsames Grau, das auch draußen vorherrschte und ebenfalls vom Bauch des Schiffes Besitz ergriffen hatte.

Wo unser Ziel lag, wusste ich nicht. Da musste ich mich völlig auf Myxin verlassen. Der kleine Magier hatte sich in der letzten Zeit wirklich zu einem großen Magier entwickelt. Seine Kräfte hatte er zum Großteil zurückgewonnen, und er verstand sie richtig und gezielt einzusetzen.

Für ihn musste es grausam gewesen sein, als er Karas Wandlung erlebte und nichts dagegen tun konnte. Er hatte auch mich warnen wollen, nur war die Warnung von mir nicht verstanden worden.

Einen dritten Helfer besaß er noch. Ich fragte mich, wer es war, und bebte innerlich vor Spannung.

Myxin stieß eine Schwingtür auf. Wir gelangten in einen anderen Raum des Schiffes, der jedoch stockfinster war. Da konnte man nicht die berühmte Hand vor Augen sehen.

Der kleine Magier blieb so plötzlich stehen, dass ich fast gegen ihn gelaufen wäre. Ich streifte ihn noch, und Myxin beschwerte sich zischend.

»Wir sind da«, flüsterte er danach.

»Ich sehe nichts.«

Leises Lachen aus der Dunkelheit.

»Warte nur ab, John Sinclair. Du wirst überrascht sein.«

Im Finstern blieben wir stehen. Ich hatte mich gegen die

Wand gelehnt und meine Sinne geschärft. Besonders das Gehör strengte ich an, da meine Augen das Dunkel nicht durchdringen konnten. Tat sich da irgendetwas? Waren wir vielleicht von irgendwelchen Gestalten umzingelt, die uns beide töten wollten?

Ich machte mich auf alles gefasst und spürte eine gefährliche Aura, die irgendwo vor mir in dem Dunkel lag. Diese Aura war nicht fassbar, nicht greifbar, aber sie war vorhanden.

Bewegte sich das Dunkel nicht?

Ich hatte das Gefühl, dass die Finsternis vor mir in Wallung geraten war, und glaubte auch, dass etwas Kaltes mein Gesicht streifte und eine Gänsehaut hinterließ.

Ich zuckte zusammen. Einen Atemzug später reagierte ich. Mein Kreuz sollte mir helfen. Vorsichtig holte ich es hervor. Das Metall beruhigte mich irgendwie. Wenn ich es spürte, dann fühlte ich mich einfach sicherer.

Ob sich Myxin in meiner Nähe befand oder sich abgesetzt hatte, wusste ich nicht. Ich wollte nur nicht länger auf dem Präsentierteller stehen und unter Umständen eine Beute für nicht sichtbare finstere Gestalten werden.

Die Atmosphäre der Angst und des Grauens verdichtete sich. Es kam mir vor wie ein Ring, der zuerst den gesamten Raum umschloss, sich dann verengte und schließlich wie ein Reif um meine Brust gelegt zurückblieb.

Da war etwas, da lauerte irgendwer …

Leicht beugte ich meinen Oberkörper vor. Einige Male hätte ich das Gefühl, ein schweres Atmen oder Röcheln zu hören, war mir allerdings nicht sicher.

»Myxin!«, flüsterte ich.

Ich erhielt keine Antwort.

Meine freie Hand öffnete und schloss sich. Auf der Innenfläche lag ein dünner Schweißfilm, der sich verstärkte, als ein böser Verdacht in mir aufkeimte.

Sollte Myxin mich reingelegt haben? Steckte er vielleicht mit Kara unter einer Decke, und war meine angebliche Rettung nur ein Täuschungsmanöver gewesen?

Dieser Gedanke war schlimm, und ich verspürte ein drückendes Gefühl in der Magengegend. Dabei öffnete ich den Mund, atmete flach und stellte meine Ohren auf Lauschposition.

Um mich herum befand sich etwas. Daran gab es nichts zu rütteln.

Es war zwar nichts zu hören, aber ich konnte es fühlen, spüren, erkennen.

Es ist schwer zu beschreiben, aber vielleicht ist es Ihnen, Freunde, auch mal so ergangen. Man steht in einem dunklen Raum, sieht den anderen nicht, aber weiß genau, dass er da ist. Man riecht ihn, man bemerkt ihn, wenn er irgendetwas tut, sich bewegt oder die Hände schließt.

So war es hier auch.

In meinem Innern flackerte die Flamme des Widerstands. So einfach wollte ich es den anderen nicht machen. Sie mussten sich schon anstrengen, wenn sie mir an die Wäsche wollten.

Vielleicht war es falsch, aber für mich ist der Angriff die beste Verteidigung. Deshalb schritt ich in den Raum hinein, hielt meinen rechten Arm mit dem Kreuz in der Hand dabei vorgestreckt und hatte bereits nach drei Schritten Erfolg.

Es war kein festes Hindernis, das mich aufhielt, aber mein Kreuz hatte etwas erwischt. Der grelle Blitz blendete auch mich, sodass ich nichts erkennen konnte.

Als ich automatisch die Augen schloss, hörte ich vor mir ein Zischen, in das sich ein wütendes Fauchen mischte, das allmählich verstummte. Ich öffnete die Augen wieder. Ein Rest an Licht war noch vorhanden. Ich sah einen Schatten weghuschen, und er wurde dabei zerrissen. Die kleineren Reste lösten sich auf und waren nicht mehr zu sehen.

Danach hatte ich Ruhe.

»Myxin!« Wieder rief ich den Namen des kleinen Magiers, ohne eine Antwort zu erhalten.

Der hatte mich tatsächlich hängen lassen, und ich gelangte zu der Überzeugung, dass Alassia hier ihre Schattenfalle aufgebaut hatte. Myxin hatte mich reingelegt.

Auf meiner Stirn sammelte sich Schweiß. Mit dem Handrücken wischte ich ihn weg, wobei ich überlegte, ob ich nicht lieber den Rückweg antreten sollte.

Myxin hatte von einem Dritten gesprochen. Zu Gesicht hatte ich den noch nicht bekommen, sodass ich mich fragte, ob er überhaupt vorhanden war. Inzwischen glaubte ich nichts mehr.

Er war da. Und das bewies er mir auf eine unheimliche Weise. Vor mir entstand auf einmal ein Loch. Es war zuerst nur ein roter, kleiner Kreis in der Schwärze, der sich allerdings schnell veränderte und größer wurde.

Gebannt blieb mein Blick auf diesem Phänomen hängen. Ich wusste, dass vor mir etwas Entscheidendes geschehen würde. Meine Finger bewegten sich nervös, die Hände bildeten Fäuste, ich spürte in der Rechten deutlich den harten Widerstand des Kreuzes.

Auf das Kruzifix verließ ich mich.

Es hatte sich erwärmt, ein Zeichen, dass seine Magie stärker geworden war und Gegenkräfte aufbauen wollte.

Es wurde nicht nur spannend, sondern unheimlich, denn innerhalb des immer größer werdenden Lochs glühte es dunkelrot wie ein Höllenauge. Kreisrund war die Öffnung. Sie dehnte sich aus wie ein Ballon, wurde in Umrissen aber wesentlich gewaltiger und war schon so groß, dass ein Mensch darin aufrecht stehen konnte.

Es schwebte vor mir.

Darin ein rotes, unheimliches Glühen. Als ich weiterhin auf dieses seltsame Phänomen schaute, stellte ich fest, dass dieses Loch, diese Öffnung weit in eine Tiefe zu reichen schien. Es kam mir vor wie ein Eingang in einen Tunnel, der irgendwie in die Unendlichkeit führte.

Was hatte es zu bedeuten?

Da hörte ich wieder Myxins Stimme. Sie klang in meiner Nähe auf, obwohl ich den kleinen Magier nicht sehen konnte. »Keine Angst, John Sinclair, bleib ruhig, dir wird nichts geschehen.«

»Das sagst du so einfach«, antwortete ich lakonisch, bemüht, meine Überraschung nicht zu zeigen.

»Ruhig, nur ruhig …«

War es eine Gefahr, die mir aus dieser Öffnung entgegenwehte? Ich versuchte sie zu spüren, mit dem Körper zu fühlen, und ich sah auch die seltsamen Schwaden, die innerhalb der roten Öffnung wallten und tanzten. Ein düsterer, gefährlicher Nebel, hinter dem sich jetzt eine kleine Gestalt abzeichnete, die allmählich näher kam und sich auf den Aus- oder Eingang zu bewegte.

Ein Schatten, eine Kontur – mehr nicht …

Angespannt blieb ich stehen. Die Gestalt wurde größer. Aus dem Zwerg entstand ein Mensch.

Wirklich ein Mensch?

Nein, so bewegte sich kein menschliches Wesen. Diese Gestalt in dem roten Tunnel vor mir schwebte. Sie hatte überhaupt keinen Kontakt mit dem Boden, und auch ihre Umrisse blieben nicht gleich fest oder hart. Sie bewegten sich ebenfalls. Das war jemand, der eine Kutte trug, die bis auf die Erde reichte. Dazu hatte er die Kapuze nach vorn gezogen, sodass von seinem Gesicht so gut wie nichts zu erkennen war.

»Weißt du nun, wer es ist?«, vernahm ich Myxins Frage und zuckte zusammen, als ich die Hand des Magiers an meinem Arm spürte.

»Ja«, flüsterte ich, »es ist ein Spuk …«

»Rühr sie nicht an!«

Alassia hatte diese Worte gesprochen. Suko verstand sie genau, aber er würde einen Teufel tun. Nein, so einfach ließ er sich nicht bluffen.

Für einen winzigen Moment starrte er auf den Griff der Waffe. Seine Hand schwebte dicht darüber, er brauchte nur noch zuzupacken, und das tat er auch.

Ohne auf die warnenden Worte der Dämonin zu achten, riss der Chinese das Schwert mit der goldenen Klinge an sich und wirbelte damit herum. Noch in der Drehung sah er Alassia und stellte fest, dass sie sich seit ihrer ersten Begegnung nicht verändert hatte.

Noch immer war sie nackt. Von ihrem Körper allerdings konnte Suko nicht viel erkennen, da das lange schwarze Haar ihn fast völlig verdeckte. Es reichte bis zu den Fußspitzen und ließ nur in Höhe des Kopfes den Gesichtsausschnitt frei.

Ein kaltes, böses Gesicht, grau anzusehen und mit leblosen Augen.

»Da!«, schrie Suko.

Gewaltsam rammte er seine Hand vor und damit auch die Klinge. Er wollte sie der Dämonin Alassia in den Leib stoßen, wobei er hoffte, sie auf diese Weise vernichtend zu töten.

Die Klinge war nicht einmal für die Länge eines Herzschlags unterwegs. Aber in dieser kaum messbaren Zeitspanne baute Alassia ihre Gegenmagie auf und bewies damit, wie stark sie war.

Sie wurde zum Schatten.

Als die Klinge ihren Körper berühren wollte, da war sie schon eine andere und wischte zur Seite.

Der Stoß ging ins Leere.

Suko wurde nach vorn katapultiert.

Er hatte mit Alassias Gegenreaktion nicht gerechnet, konnte sich nicht mehr abfangen und wäre fast noch gestolpert.

Alassia lachte. Sie war sich ihrer Stellung in dieser bizarren Schattenwelt sehr wohl bewusst, und dieses Lachen dokumentierte ihre Überlegenheit, die Suko allerdings nicht anerkennen wollte. Er war wie ein Phantom, schnell und unberechenbar, und das Schwert mit der goldenen Klinge wurde von ihm meisterlich geführt.

Vielleicht hätte Suko eine Chance gehabt, wenn er die Waffe auch auf eine andere Weise hätte einsetzen können, wie es Kara manchmal tat, denn das Schwert mit der goldenen Klinge war nicht nur eine Kampfwaffe, es konnte auch, wenn es beschworen wurde, die Verbindung in andere Welten herstellen.

Das wusste Suko zwar, aber er kannte die Formeln nicht. Deshalb blieb ihm allein der Kampf.

Er schlug blitzschnell. Ein Mensch hätte diesen Schlägen wohl kaum ausweichen können, aber Alassia war kein Mensch, sondern ein Schatten. Diesen Vorteil spielte sie aus.

Sie bewegte sich gedankenschnell. Suko gelang es kaum, ihren Bewegungen mit den Augen zu folgen. Seine Schläge wischten auf den Schatten zu, die Klinge leuchtete und blitzte, einmal zog Suko sie von rechts nach links, danach von oben nach unten, anschließend stieß er zu, und dann gelang es ihm auch, den Schatten zu treffen.

Der Inspektor zerstückelte ihn.

Immer wenn die goldene Klinge hindurchfuhr, zerteilte sie einen Teil der Schatten. Sie machte aus dem kompakten dunklen Schemen ein regelrechtes Puzzle. Sie riss ihn auseinander, doch die Teile, die für Bruchteile von Sekunden vor ihm schwebten, setzten sich ebenso rasch wieder zusammen.

Es war ein Kampf, den Suko nicht gewinnen konnte, so sehr er sich auch bemühte. Und er hörte das Lachen der Alassia. Es drang nicht nur von vorn auf ihn ein, sondern war überall. Suko kam sich vor wie in einem Stereoraum, das Gelächter hüllte ihn förmlich ein.

Nach einiger Zeit stellte er fest, dass Alassia nur mit ihm spielte und er seine Kräfte vergeudete. Urplötzlich ließ er seinen Arm sinken.

Mit dem letzten Schlag hatte er noch einmal den schattenhaften Kopf geteilt. Nun setzten sich die beiden Hälften wieder gedankenschnell zusammen.

Alassia stand vor ihm.

Suko wich zurück. Dabei drehte er den Kopf und sah, dass sich Kara längst vom Boden erhoben hatte und den Kampf verfolgt hatte. Auf ihrem Gesicht lag ein wissendes Lächeln, in den Augen leuchteten Wut und Hass. An ihren Pupillen war es abzulesen, und Suko fühlte sich von diesem Blick irritiert.

Es war sein Fehler, dass er nicht acht gab.

Alassia nutzte ihn eiskalt aus. Wie sie es schaffte, wusste Suko nicht, er schrie nur vor Überraschung auf, als er feststellte, dass sein rechter Arm nicht mehr vorhanden war.

Ein Schatten hatte sich darüber gelegt, ihn hochgerissen, und plötzlich machte sich das Schwert in seiner Hand selbstständig. Suko war nicht mehr in der Lage, es festzuhalten. Es wurde ihm aus den Fingern gerissen, wirbelte durch die Luft, und Kara griff so geschickt zu.

Jetzt hatte sie es wieder. Sukos Kampf war umsonst gewesen.

»Ich habe dir doch gesagt, dass du keine Chance hast«, vernahm er Alassias Stimme.

Als er die Dämonin anschaute, stellte er fest, dass sie dabei war, sich zu verändern. Aus dem Schattenwesen wurde wieder die Gestalt, die Suko kannte.

Die langen Haare, der Körper, das Gesicht, die gnadenlose Kälte in den Augen.

Ja, das war die Herrin der Dunkelwelt.

Der Vorgang hatte vielleicht zwei Sekunden in Anspruch genommen, aber Suko war durch ihn abgelenkt worden und spürte im nächsten Augenblick einen Druck in seinem Rücken.

Er zuckte zusammen, als er bemerkte, dass etwas Spitzes durch seine Kleidung drang, die Haut berührte und sie anritzte.

Hinter ihm zischte Kara scharf: »Ich halte jetzt das Schwert. Wage nur nicht, dich zu rühren, Suko, dann durchbohre ich dich auf der Stelle!«

Dem Klang der Stimme nach war es ihr ernst. Suko hütete sich, eine falsche Bewegung zu machen. Kara stand voll auf der anderen Seite. Sie hielt zu Alassia.

Und die schritt um die beiden herum. Die Haare vor ihrem Gesicht hatten sich geteilt. Suko konnte das triumphierende Lächeln erkennen, das auf ihren Lippen lag.

Alassia, die Siegerin, die Gewinnerin auf der ganzen Linie. Sie schaute sich Suko an und schüttelte den Kopf. »Du warst sehr vermessen. Hast du wirklich geglaubt, uns besiegen zu können?« Nach dieser Frage blieb sie stehen und stemmte provozierend die Fäuste in die Hüften.

Suko schwieg.

»Ich gebe zu, dass es eine kleine Panne gegeben hat. John Sinclair ist mir entkommen, aber er kann aus dieser Welt nicht hinaus. Wir werden ihn kriegen. Du bist fast ebenso viel wert, Chinese.« Sie schaute Kara an und fragte: »Ist es so?«

»Ja, fast.«

»Gut, dann wirst du auch ihn töten!« Alassia stieß die Worte voller Inbrunst hervor, und ihre Augen wurden dabei noch dunkler.

Suko schluckte. Er wusste, dass er eine große Chance verspielt hatte. Mit Gewalt konnte er nichts mehr erreichen, vielleicht durch Worte. Kara konnte sich einfach nicht so schnell gewandelt haben, es musste noch ein Rest ihrer früheren Ansichten vorhanden sein. Sie hatte das Böse immer bekämpft, schon damals, als Atlantis noch existierte, und das sollte plötzlich mit einem Schlag vergessen sein?

»Kara!« Suko sprach mit großer Eindringlichkeit. »Überlege dir genau, was du tust!«

»Das habe ich bereits!«

»Dir geht es um den Trank, nicht wahr?«

»Ja, allein darum.«

»Hast du ihn schon gesehen? Hat Alassia ihn dir gezeigt?« Da Kara schwieg, nahm Suko an, bei ihr eine verwundbare Stelle getroffen zu haben. »Also nicht«, fuhr er fort. »Du hast den Trank nicht einmal gesehen, und du weißt nicht, ob er sich überhaupt in Alassias Händen befindet. Traue nie einem Dämon, nach der Devise hast du bisher gelebt. Auch hier gilt dieser Satz. Es ist längst nicht bewiesen, dass Alassia den Trank besitzt. Ich weiß selbst, wie sehr du ihn vermisst, und ich gönne dir auch von ganzem Herzen, dass du ihn bekommst. Aber lass ihn dir zeigen, bevor du irgendetwas unternimmst. Dann sehen wir weiter!«

Suko hatte diese Worte bewusst gewählt. Er wollte Zweifel

säen, denn er wusste, dass Kara schon ein paar Mal genarrt worden war. Sie hatte schwer daran zu leiden gehabt, deshalb sah Suko nicht ein, dass sie auf irgendein obskures Versprechen hin etwas tat, was sie später nicht mehr gutmachen konnte.

»Du redest viel«, flüsterte Kara. »Zu viel für meinen Geschmack. Aber Alassia hat den Trank!«

»Dann lass ihn dir zeigen!«, schrie Suko.

»Ich vertraue ihr!«

Der Chinese verzog das Gesicht, wobei er die Augen verdrehte. »Das ist ein völlig falsches Vertrauen, glaub mir. Du wirst die schwerste Enttäuschung deiner bisherigen Existenz erleben. Alassia spielt falsch!«

Kara war nicht zu belehren. »Soll ich ihn töten?«, schrie sie und drückte fester zu.

Suko spürte den Schmerz, und er spürte, dass es nass aus der Wunde an seinem Rücken rann. Hart biss er die Zähne zusammen. Kein Laut des Schmerzes drang über seine Lippen.

»Natürlich wirst du ihn töten«, erwiderte Alassia, »aber nicht so.« Sie lachte plötzlich. »Ich weiß, dass Doktor Tod den Kopf von Asmodina in seinen Händen gehalten hat. Ich will den Schädel des Chinesen – und danach den des Geisterjägers.«

»Ich soll Suko köpfen?« Die Frage klang ein wenig erstaunt.

»Ja.«

Kara überlegte. Suko spürte ihre innere Erregung dabei. Sie übertrug sich auf das Schwert, denn die Spitze in seinem Rücken zitterte. War Alassia jetzt zu weit gegangen? Hatte sie die Solidarität ihrer Partnerin überschätzt?

Jemanden zu töten ist eine Sache, aber einem Menschen den Kopf abzuschlagen eine andere.

Wie würde Kara sich verhalten?

Die Schöne aus dem Totenreich ließ sich Zeit. Sie erhöhte die Spannung, bis sie sich räusperte und sagte: »Jawohl, ich werde ihm den Kopf abschlagen!«

Für Suko waren die Worte wie ein Schlag, den er in den Magen bekommen hatte. Aber er hatte sich so gut in der Gewalt, dass keiner ihm etwas anmerkte.

In diesen Augenblicken dachte er an Flucht.

Seine Gedanken schienen von Alassia erraten worden zu sein. Augenblicklich schob sie dem einen Riegel vor, und Suko erlebte abermals das Grauen dieser nicht erklärbaren und unfassbaren Welt.

Er konnte sie plötzlich nicht mehr bewegen. Das begann an den Füßen, kroch höher, erreichte die Knie und wanderte weiter bis zu den Oberschenkeln.

Als Suko den Blick senkte, glaubte er, verrückt zu werden.

Seine Beine waren nicht mehr zu sehen. Die von unten hoch kriechenden Schatten hatten sie gefressen. Von Suko schwebte nur noch der Oberkörper über den Boden, und die Schatten waren noch längst nicht zur Ruhe gekommen, sie wanderten weiter, glitten an seinen Hüften hoch.

Wenn ich jetzt nichts tue, bin ich verloren!, dachte der Chinese. Er wollte seine Dämonenpeitsche einsetzen. Kaum hatte er den rechten Arm bewegt, es war nur ein Zucken, drückte Kara noch fester die Spitze der goldenen Klinge in seinen Rücken.

»Rühr dich nicht«, flüsterte sie gefährlich leise. »Wag es nur nicht, Suko!«

Da blieb der Inspektor in seiner ursprünglichen Haltung steif stehen.

Ihm war klar geworden, dass er es nicht mehr schaffen konnte, die Chance war vertan.

Gefühl hatte er nicht mehr in seinen Beinen. Er kam sich tatsächlich wie ein körperloser Mensch vor, von dem nur noch der Kopf und damit das Gehirn lebte.

Dort saß die große Lenk- und Steuerzentrale eines Menschen, so bekam der Chinese mit, wie ihn die Schatten immer weiter einhüllten und ihn allmählich Todesfurcht erfasste.

Sollte er hier sterben? War in dieser Welt sein Ende vorprogrammiert? Suko war ein Mensch, der nicht so leicht aufgab, der immer wieder einen Ausweg gefunden hatte, aber in dieser Falle und unter den Blicken seiner Gegnerinnen sah er keine Chance mehr. Diese von Alassia befehligten Schatten ließen ihm nicht die Spur einer Chance, und die Herrin dieser Welt schritt um den Chinesen herum.

Bis zu den Schultern reichte bereits die Schwärze. Schon längst konnte Suko seine Arme nicht mehr bewegen. Er kam sich vor wie eine steinerne Statue, ein ungewöhnlicher Tod streckte seine kalten Knochenarme nach ihm aus.

»Du kannst zur Seite gehen«, sagte Alassia.

Suko merkte kaum, dass der Druck in seinem Rücken verschwand, denn der Körper war längst gefühllos geworden.

Nebeneinander blieben Kara und Alassia stehen. Die Herrin der Dunkelwelt sagte: »Schau ihn dir genau an, Kara. Schon jetzt kann er sich nicht mehr bewegen, du wirst keinerlei Schwierigkeiten haben, ihm den Kopf abzuschlagen. Ich brauche die Hand erst gar nicht zu bitten, ihn zu zerquetschen.«

»Die Hand?«, fragte Kara.

»Ja, sie hält das Schiff.«

»Was ist mit ihr?«

Trotz der schlechten Lichtverhältnisse war zu erkennen, dass Alassia hintergründig lächelte. »Mit ihr hat es tatsächlich eine besondere Bewandtnis, die ich aber für mich behalten werde. Vielleicht werde ich dich, Kara, irgendwann einmal in das Geheimnis dieser Hand einweihen, aber das hat Zeit. Erst musst du voll auf meiner Seite stehen. Nur so viel möchte ich dir sagen: Die Hand steht in einem ursächlichen Zusammenhang mit Atlantis, den Großen Alten und dem Würfel des Unheils!«

Suko horchte auf. Als Alassia diese Worte sprach, vergaß er sogar seine schreckliche Situation. Da waren Begriffe gefallen, die ihm bekannt waren, die er allerdings nicht unter einen Hut bringen konnte.

Wieso Atlantis, die Großen Alten und der Würfel des Unheils? Wo war da der rote Faden?

»Sag es mir!«, forderte Kara.

»Nein!«

»Aber ich habe in Atlantis schon einmal gelebt. Ich müsste von ihr wissen …«

»Möglicherweise weißt du es auch und hast es nur vergessen. Diese Hand ist ein Teil, es gehört ein Gegenstück dazu. Mehr sage ich nicht, denn ein kleines Geheimnis will ich behalten.«

Suko konnte seinen Kopf noch bewegen. Er hatte ihn gedreht, schaute Kara an und las an ihrem Gesicht ab, dass sie ein wenig durcheinander war. Sie dachte nach, ihre Zunge huschte über die Lippen, aber sie kam zu keinem Resultat.

Alassia hatte ihrer Meinung nach genug geredet. Sie schritt um ihr Opfer herum und begutachtete es von allen Seiten.

Viel gab es da nicht zu sehen.

Von Suko existierte nur noch der Kopf. Der übrige Teil des Körpers war ein einziger Schatten, mehr nicht.

»Wie fühlst du dich?«, höhnte sie.

Suko lag eine Antwort auf der Zunge, er verschluckte sie, und Alassia trat dicht vor ihn. Aus einer Handspanne Entfernung schauten sie sich an.

Der Chinese spürte das Unheimliche, das von dieser Dämonin ausging. Da war das seltsame Grau auf ihrer Haut, die kalten Augen und die Entschlossenheit darin, Suko ein für alle Mal auszulöschen.

»Noch einmal will ich dich sehen«, flüsterte sie, »bevor es so weit ist und Kara deinen Schädel abschlägt oder spaltet. Das überlasse ich ihr. Auf jeden Fall wirst du nicht überleben.« Es waren ihre vorerst letzten Worte, die sie an den Inspektor richtete, denn sie trat zurück und stellte sich schräg hin.

Dann hob sie den Arm.

Kara kam einen Schritt näher.

»Bist du bereit?«, klang es der Schönen aus dem Totenreich entgegen.

»Ja.«

In diesem Moment erlosch auch Sukos letzter Hoffnungsfunken. Er hatte noch immer an eine Wandlung geglaubt, aber Kara war einfach nicht zu belehren und zu bekehren. Sie tat genau das, was Alassia von ihr verlangte. Der Inspektor spürte, dass sich Schweiß auf seiner Stirn gebildet hatte. Wenn er die Augen verdrehte, sah er nur die Schwärze – nichts mehr von seinem Körper.

»Stell dich vor ihn!«, befahl Kara. »Er soll mitbekommen, wenn du das Schwert nach unten schlägst. Ich will ihn in den letzten Sekunden seines Lebens noch um Gnade winseln und schreien hören. Los, komm!«

Und Kara gehorchte. Sie folgte den Worten ihrer Gebieterin, trat vor Suko und ließ ungefähr zwei kleine Schritte Abstand. Bisher hatte sie den Schwertgriff nur mit der linken Hand gehalten. Nun aber legte sie auch noch die rechte darauf.

Suko zwinkerte mit den Augen. Schweiß war ihm hineingelaufen, er konnte kaum noch etwas sehen, doch er versuchte, seinen Blick über das gewaltige Deck schweifen zu lassen.

Es war leer. Keine Menschenseele ließ sich dort sehen. Auch nicht John Sinclair …

Suko dachte an seinen Freund. Er hatte es geschafft, war dieser Hölle vielleicht entkommen, und er hoffte, dass John es sein würde, der seinen Tod einmal rächte.

»Fertig?«, fragte Alassia.

»Ja.«

»Dann schlag zu!«

Kara lächelte, schaute Suko an, und für den Bruchteil einer Sekunde trafen sich ihre Blicke. Suko bat mit seinen Augen um Gnade, er wollte ihr einen stummen Hinweis oder Befehl geben, doch Kara wollte nicht verstehen. Sie hob beide Arme, führte das Schwert über ihren Kopf, und für Suko stand fest, dass sie ihm den Schädel spalten wollte.

Ergeben schloss er die Augen …

Der Spuk!

Das durfte nicht wahr sein! Verdammt, wie kam er in diese Welt, und weshalb hatte sich Myxin ausgerechnet ihn als einen Helfer ausgesucht, wo die beiden ebenso verfeindet waren wie ich mit dem Herrn der Schatten?

Herr der Schatten?

In meinem Gehirn überschlugen sich die Gedanken. Moment mal.

Hatte ich nicht bei unserer ersten Begegnung mit Alassia erfahren, dass sie und der Spuk nicht gerade Freunde waren, dass Alassia nach Asmodinas Tod versuchte, die Herrschaft an sich zu reißen und den Spuk zu entmachten? So ähnlich musste es gewesen sein, denn sie wollte die Herrin über die bestraften Dämonenseelen sein und nicht nur in der Schattenwelt regieren, sondern auch in einem Reich, wo Grauen, Panik und Schrecken herrschten, das bisher dem Spuk untertan war.

Konnte ich da von Glück sprechen, dass die Dämonen auch nicht anders waren als die Menschen, denn zwischen ihnen gab es ebenfalls Hass und Zwietracht? Jeder wollte seinen Vorteil ausnutzen und für sich das Beste herausholen.

Ich schaute mir den Spuk genauer an.

Ja, das war er.

Er stand inmitten der großen Öffnung. Seine schwarze Gestalt hob sich deutlich von dem helleren Hintergrund ab. Ich sah nicht, wie er tatsächlich aussah, sondern nur seine wallenden Umrisse und den schwarzen, vibrierenden Flecken unter der Kapuze.

»Ist das nicht eine Überraschung?«, hauchte Myxin mir zu.

»Das kann man wohl sagen«, gab ich ebenso leise zurück. »Aber weshalb, zum Henker, hast du dich gerade mit ihm verbündet?«

»Verbündet wohl kaum, aber ich habe ihm erklären können, dass Alassia die Macht übernehmen will. Das kann der Spuk auf keinen Fall zulassen. Er will Herrscher im gesamten Reich der Schatten bleiben.«

»Ist sein Reich denn mit dem der Alassia identisch?«, hakte ich nach.

»Auf keinen Fall. Es sind zwei verschiedene Welten, sogar verschiedene Dimensionen, nur habe ich ihm weismachen können, dass Alassia versuchen will, mit ihrer Dimension das Reich des Spuks zu zerstören oder sich einzuverleiben.«

Ich lachte auf. »Raffiniert gemacht, Myxin, wirklich.«

»So etwas kann der Spuk sich natürlich nicht bieten lassen. Er hat vor keinem Respekt. Selbst den Teufel fürchtet er nicht. Bisher hat man ihn auch als Machtfaktor anerkannt und in Ruhe gelassen. Das hat sich nun geändert. Alte und auch neue Dämonen versuchen, seine Stellung zu übernehmen. Bisher hat der Spuk alles abschmettern können. Ich bin gespannt, wie er sich weiterhin verhält.«

»Dass er und ich nicht gerade Freunde sind, ist dir bekannt, Myxin«, sagte ich.

»Natürlich, aber wir haben keine andere Chance.«

»Ich grüße dich, John Sinclair!«, vernahm ich die hallende Stimme. Von überall her traf sie meine Ohren. Dann lachte er. »Du befindest dich in einer üblen Lage, Sinclair. Gefangen in einer Welt, aus der es für dich keinen Ausweg gibt. Hier herrscht Alassia, und eigentlich sollte ich froh sein, dich bald nicht mehr unter den Lebenden zu sehen, denn ich habe nicht vergessen, dass die Vernichtung des Dämonenrichters Maddox auf dein Konto geht.«

Da hatte der Spuk ein wahres Wort gesprochen. Ich hatte Maddox tatsächlich getötet, dazu noch in dem anderen Reich der Schatten, das der Spuk regierte.

»Habe ich dir nicht Rache geschworen?«, fragte er. »Die Zeit wäre jetzt günstig, ich könnte dich hier vernichten, und ich …«

»Moment«, mischte sich der kleine Magier ein. »Darüber haben wir nicht gesprochen. Außerdem würde es Alassia dir sehr übel nehmen, wenn du ihr Sinclair vor der Nase wegschnappst.«

»Wer ist schon Alassia?«

»Jemand, der sich dein Reich einverleiben will.«

»Das wird sie niemals schaffen!«, erwiderte der Unheimliche dumpf.

»Genau der Meinung sind wir auch. Deshalb sollten wir alte Fehden vergessen und eine gewisse Ordnung wiederherstellen!«

Der kleine Magier erwies sich plötzlich als ein hervorragender Diplomat und schaffte es sogar, den Spuk unsicher zu machen, was mir dessen nächste Frage bewies.

»Willst du hier das Kommando übernehmen, Wicht?«

»Nein, aber wir sollten uns nicht streiten. Du kennst die Stärke des Geisterjägers. Wenn du ihn bei seinem Kampf gegen Alassia unterstützt, wird die alte Ordnung wiederhergestellt, daran solltest du immer denken. Auch in deinem eigenen Interesse.«

Jetzt kam es allein auf den Spuk an. Würde er auf das Angebot des kleinen Magiers eingehen? Wieder einmal musste ich Myxin und dessen Übersicht bewundern. Dabei hatte er so Schlimmes hinter sich, denn Kara war ihm genommen worden.

»Du riskierst ein großes Maul, Myxin«, schallte er uns nach einer Weile entgegen. »Denkst du dabei nicht auch an Kara?«

Da zuckte selbst Myxin zusammen. »Sie ist verloren«, erwiderte er mit einer Stimme, die der Spuk so eben noch verstehen konnte. »Sie hat die Seiten gewechselt.«

Myxin hatte die Worte noch nicht richtig ausgesprochen, als uns ein schallendes Gelächter entgegenwehte. »Die Seiten gewechselt!«, hörten wir die dumpfe Stimme in das Lachen hineintönen. »Das ist wirklich gut. Ja, sie hat die Seiten gewechselt, allerdings aufgrund eines großen Bluffs.«

Diesmal war nicht ich in erster Linie gemeint, sondern der kleine Magier neben mir. Er zuckte zusammen, sein Mund öffnete sich, aber der Ruf blieb in seinem Hals stecken.

»Ein Bluff!«, donnerte der Spuk. »Ein herrlicher Bluff, und Kara hat ihn geschluckt!«

»Was soll das heißen?« Myxin sprach ohne Betonung. Wie bei einem Roboter drangen die Worte aus seinem Mund.

»So wie ich dir es gesagt habe, Magier. Oder glaubst du tatsächlich, dass Alassia den Trank des Vergessens in den Händen oder in ihrer Welt versteckt hält?«

»Wer hat ihn dann?«, schrie Myxin.

Er duckte sich, als hätte er einen Schlag mit der Peitsche bekommen.

»Das kann ich dir sagen. Und auch dir, Sinclair. Ich – ich allein besitze den Trank des Vergessens, und ich denke nicht daran, ihn je wieder herzugeben!«

Jetzt war es heraus, und mir wurde klar, dass der Spuk uns nicht blufte. Es hatte in der Vergangenheit Hinweise darauf gegeben, dass er den Trank besitzen sollte. Glauben wollten wir es nicht. Nun sagte er uns die Wahrheit, und ich sah keinen Grund, an seinen Worten zu zweifeln. Er hatte es nicht nötig zu bluffen.

»Wollt ihr ihn sehen?«, rief uns der Spuk entgegen. »Ich beweise euch, dass es kein Bluff ist.«

Eigentlich war es Myxins Aufgabe, darauf eine Antwort zu geben, doch der kleine Magier war dazu nicht in der Lage. Er stand gekrümmt da, hatte die Hände geöffnet und die Arme ausgestreckt. In seinem Innern musste eine Hölle toben. Hart hatte er sich mit Kara auseinandergesetzt, sich sogar von ihr getrennt, und musste nun erleben, dass sie und er auf einen Bluff hereingefallen waren.

Das konnte er nicht ertragen.

»Ich warte auf eine Antwort«, sagte der Spuk. »Wollt ihr den Beweis sehen?«

Da Myxin nicht sprach, redete ich. »Ja, zeige uns den Trank des Vergessens!«

»Gut, Geisterjäger, du sollst dein Vergnügen haben.« Er lachte donnernd und weidete sich an unserem Entsetzen. Die Gestalt innerhalb des roten Tunnels bewegte sich. Für den Bruchteil einer Sekunde wurde die Farbe an einer gewissen Stelle hinter ihm noch intensiver, dann sah ich etwas vor ihm herschweben, das für mich die Umrisse eines kleinen Beutels hatte oder einer Mini-Handtasche.

War das der Trank?

Inzwischen wusste ich gar nichts mehr. Ich hatte geglaubt, dass er in einer Flasche aufbewahrt werden würde, denn davon konnte man eigentlich ausgehen. Aber in einem kleinen Beutel …?

»Hier ist er!«, donnerte der Spuk triumphierend. »In diesem Beutel befindet sich der Trank des Vergessens. So nahe bei euch und dennoch unerreichbar.«

Ich wusste nicht, ob Myxin diese Worte gehört hatte. Aber er sollte sich den Trank anschauen.

Ich fasste den Magier an der Schulter und zerrte ihn hoch. »Myxin«, rief ich eindringlich, »ist das der Trank, von dem Kara immer gesprochen hat? Myxin, sag was!«

Der Magier stöhnte. Er wirkte so als würde er eine unheimliche Last tragen, und ich musste ihn praktisch hochzerren, damit er nach vorn schaute.

»Sieh ihn dir an!«, rief ich. »Ist das der Trank des Vergessens? Befindet er sich darin?« Ich schüttelte Myxin, damit er wieder zu sich kam. Dann ging ein Ruck durch seine Gestalt, er hob den Kopf.

»Ist das der Trank des Vergessens?«, rief ich ein letztes Mal. Jetzt musste Myxin mir einfach Antwort geben.

Noch sagte er nichts. Er hatte seine Augen weit aufgerissen, und ich konnte die grünlich schimmernden Pupillen der Augen erkennen. Sie waren in der Farbe dunkler als seine Haut und schienen zahlreiche Rätsel zu verbergen.

Myxin schaute. Ich hatte ihn losgelassen, beobachtete ihn und stellte fest, dass ein Zittern durch seine Gestalt lief. Diese Reaktion konnte einfach nicht gespielt sein, sie war echt, und somit besaß ich den Beweis, dass der Spuk nicht geblufft hatte.

Er hielt den Trank unter seiner Kontrolle.

Da bewegten sich Myxins Lippen. Schwer zu verstehen waren die Worte, aber ich hörte sie, und sie prägten sich unauslöschlich in meinem Gehirn ein.

»Es ist der Trank des Vergessens. Darin hat er sich befunden. In einem weichen Beutel aus einem Material hergestellt, das es in der normalen Welt nicht gibt und dessen Zusammensetzung nur wenige Atlanter kannten. Ich weiß es von Kara, sie hat diesen Trank ja von ihrem Vater übernommen, bevor er ihr abhanden kam. Und ich habe immer gewusst, dass der Spuk ihn haben muss, da konnte Alassia noch so sicher tun. Nein, der Spuk bewahrt ihn auf.«

War es der Beweis? Ich musste Myxin glauben und dachte wieder an Kara, die einen gewaltigen Bluff geschluckt hatte. Die so davon überzeugt gewesen war, dass sie sogar die Seite wechselte und sich nicht scheute, Menschenleben aufs Spiel zu setzen.

»Nie wird sie ihn bekommen«, rief der Spuk, »denn sie hat sich mit ihrer Tat auf die Seite einer Feindin gestellt. Sie hätte sich an mich wenden sollen, dafür ist es nun zu spät …« Der Spuk lachte abermals auf, und der Trank des Vergessens entmaterialisierte sich allmählich im düsteren Rot dieses seltsamen Dimensionstunnels.

Nur noch den Spuk sahen wir.

Und da schrie Myxin: »Gib den Trank heraus, Spuk! Gib ihn her! Ich will ihn haben! Ich habe dir geholfen, ich …« Seine Gestalt schien sich nach dem letzten Wort zu strecken, ich passte nicht auf, und einen Lidschlag später teleportierte sich der kleine Magier auf den Spuk zu.

Myxin war verrückt. Er konnte doch nicht den Spuk angreifen. Der würde ihn vernichten.

Ich sah die Umrisse des Magiers wie einen Scherenschnitt, begann selbst zu laufen, riss die Beretta hervor und feuerte.

Plötzlich war nur noch das Krachen meiner Waffe zu hören. Die Detonationen überschlugen sich, Echos rollten, und ich setzte die geweihten Silberkugeln dorthin, wo ich den Spuk sah.

Es war sinnlos, das wusste ich, aber ich musste etwas unternehmen. Vielleicht lenkten ihn meine Silberkugeln von seinem Vorhaben ab.

Der Spuk verschwand.

Ich hatte ihn zwar getroffen, sah Blitze innerhalb des schwarzmagischen Dimensionstunnels, doch vernichten konnte ich den Spuk auf diese Weise nicht.

Myxin war nichts passiert. Er starrte nur wie ich auf eine leere Wand.

Kein Spuk mehr, kein Dimensionstunnel. Es schien, als hätten wir alles nur geträumt. Neben Myxin blieb ich stehen und lud automatisch die Waffe nach.

»Weshalb hast du das getan?«, fragte mich der kleine Magier. »Aus welchem Grund hast du meine große Chance zerstört?« Selten hatte mich Myxin so angefahren, und ich zeigte mich überrascht.

»Was soll denn das? Ich wollte dir helfen, Myxin. Ich wollte ...«

»Du hast alles zerstört. Durch dein Eingreifen habe ich den Trank des Vergessens nicht bekommen. Ich hätte alles wieder ins Reine bringen können. Nun geht nichts mehr.«

Wie sollte das noch alles enden, wenn auch Myxin durchdrehte? Ich verstand die Welt nicht mehr, bemühte mich jedoch, so ruhig wie möglich zu bleiben.

»Myxin«, sagte ich. »Du musst die Sache anders sehen. Der Spuk hätte dir den Trank des Vergessens niemals gegeben, und mit Gewalt hättest du auch nichts erreichen können. Er ist zu mächtig, er ist stärker als du, Myxin!«

»Das kannst du nicht beweisen!« Der kleine Magier zeigte sich uneinsichtig.

»Zum Glück nicht, dann würdest du nämlich nicht existieren. Der Spuk ist der lachende Dritte in unserem Streit. Vielleicht hätte er uns gegen Alassia geholfen, jetzt nicht mehr. Er kann abwarten, wie wir uns gegenseitig zerstören. Darauf wird es hinauslaufen. Oder traust du dir zu, Kara klarzumachen, dass der Spuk den Trank besitzt? Sie würde dir nicht glauben, Myxin. Auf keinen Fall, da kannst du reden, was du willst.«

»Dann sind wir vielleicht verloren!«

Ich hob nur die Schultern, bevor ich sagte: »Von Kara, Suko

und Alassia haben wir nichts gehört. Ich weiß nicht, was mit ihnen ist und wo sie sich befinden. Der Spuk hätte es uns bestimmt sagen können …«

»Suko ist tot!«

Drei Worte, die mich hart trafen. Ich ballte die Hände und fuhr zu Myxin herum. »Woher weißt du das?«

»Er hat keine Chance gehabt. Dich konnte ich wegholen, für Suko war es zu spät. Er wird in die Klinge gefallen sein.«

Ich stand da wie festgenagelt. Er wird in die Klinge gefallen sein! Wenn das stimmte, dann hieß dies, dass Kara meinen Freund und Kollegen auf dem Gewissen hatte.

Konnte ich sie dafür zur Rechenschaft ziehen?

»Sie weiß nicht, was sie tut«, sagte Myxin. »Kara steht unter einem Bann, John, das vergiss niemals.« Er schien meine Gedanken erraten zu haben, doch ich schüttelte wild den Kopf.

»Unter einem Bann soll sie stehen? Das glaube ich einfach nicht. Kara hat sich entschieden, das konnte ich jedenfalls deinen Berichten entnehmen. Sogar freiwillig entschieden. Sie wollte den Trank des Vergessens und gab dafür ihre Identität auf. Nein, suche nicht nach Entschuldigungen für sie.«

»Was willst du denn jetzt tun?«, fragte Myxin.

»Ich?« Nach diesem Wort merkte ich, dass ein Feuerstrahl durch meinen Körper fuhr. »Ich werde hingehen und mit ihr abrechnen …«

Hank Harris sprach kein einziges Wort. Es war noch nie in seiner langen Laufbahn als G-Man vorgekommen, dass es ihm einmal die Sprache verschlagen hatte. Das war jetzt der Fall. Aus Augen, die in ihrer Größe schon fast an Untertassen erinnerten, starrte er auf die beiden Schiffe, die aus dem Nichts erschienen waren, und er achtete nicht auf sein Walkie-Talkie, das sich meldete.

Harris war perplex!

Den anderen erging es ebenso. Sie hatten sich wieder im

Boot versammelt, und einer sagte zwei Worte, die den Nagel auf den Kopf trafen.

»Bermuda-Dreieck!«

Diesmal widersprach der Chief nicht. Denn eine Erklärung konnte ihm niemand geben, und auch er selbst wusste keine.

»Sir, das Walkie-Talkie …«

»Ja, verdammt.« Harris schien aus einem tiefen Traum zu erwachen, als er das Gerät aus der Tasche zog, es in der Hand behielt und sich knurrig meldete.

»Sir, die Schiffe. Wir haben …«

»Verdammt noch mal, ich weiß selbst, dass hier Schiffe sind. Bin ja nicht blind. Wir haben sie ebenfalls gesehen und werden sie auch entern. Warten Sie weitere Befehle ab.« Vor Wut hatte Hank Harris rote Ohren bekommen. Er stopfte die Antenne wieder in das Gehäuse und ließ sein Funkgerät verschwinden. Danach drehte er sich zu seinen Männern um.

Fragende Augen waren auf ihn gerichtet, so, als erwarteten die Leute von ihm eine Erklärung.

»Was glotzt ihr mich an mit euren Kuhaugen?«, schimpfte er los. »Ich kann auch nichts daran ändern. Es ist nun mal passiert, und damit müssen wir fertig werden.«

»Jetzt ist die grüne Aura verschwunden«, sagte einer der Leute.

Sofort schauten die anderen zu den Schiffen hinüber und stellten fest, dass der Sprecher recht hatte.

»Völlig normal …«

Hank hatte die Worte gehört. Tief holte er Luft. »Das mit dem völlig normal stimmt ja wohl nicht. Oder sehen Sie ein Mitglied der Besatzung?«

»Nein, Sir.«

»Na eben. Die Leute sind verschwunden, also werden wir uns daranmachen, sie zu suchen.«

Niemand widersprach, doch den Männern war anzusehen, dass ihnen nicht wohl bei der Sache war. Über Sprechfunk orderte der Chief auch das zweite Schlauchboot herbei. Je mehr Leute sie waren, umso besser.

Rasch hatten sie das erste Schiff erreicht. Es war der englische Kreuzer. Mit Harris an der Spitze enterten sie das Schiff. Die Männer, durchtrainierte Agenten, hielten ihre kurzläufigen Maschinenpistolen schussbereit.

Im letzten Licht der Dämmerung erreichten sie das Deck und suchten es ab.

Wie leer gefegt kam es ihnen vor, als wäre ein gewaltiger Sturm darüber hinweggebraust und hätte alles ins Wasser geschleudert.

»Kein Mensch zu sehen!«, flüsterte der Agent hinter Harris. Der Chief drehte sich um. »Licht an!«

Die Männer hatten Lampen mitgebracht. Eine Sekunde später geisterten die langen, hellen Finger über die Aufbauten, brachen sich in blanken Scheiben und rissen die metallenen Leiber der Hubschrauber aus dem Dämmerlicht.

Chief Harris enterte die Brücke.

Auch hier war nichts zu sehen, bis auf zwei zerstörte Scheiben, durch deren Löcher der Wind wehte. Harris ging gedankenverloren auf der Brücke hin und her.

Was konnte das nur zu bedeuten haben? Als er eingehender darüber nachdachte und dabei ein wenig Zeit verging, hörte er plötzlich die Rufe.

Sofort hastete Chief Harris ins Freie.

Die Männer unter ihm hatten ihre Lampen brennen lassen. Klein kamen sie ihm vor, aber nicht nur die Männer, sondern auch die anderen geisterhaften Gestalten, die das Deck des Kreuzers bevölkerten.

»Chief!«, brüllte jemand. »Verdammter Mist, das sind die Soldaten!«

Harris gab keine Antwort. Dafür hastete er los. Selten in seinem Leben war er so schnell gerannt. Er jagte die zahlreichen Treppen hinunter, stolperte fast, und auf halber Strecke begegneten ihm die ersten Soldaten.

Es waren die Offiziere des Schiffes.

Wie vor eine Wand gelaufen blieb Chief Harris stehen. Er sah die Männer, vielmehr ihre Umrisse, entdeckte bleiche, grünlich schimmernde Gesichter und konnte durch die Gestalten schauen. Ja, sie waren fast durchsichtig.

Chief Harris riss die MPi hoch. Er wollte schießen, sein Finger lag am Abzug, aber er traute sich nicht. Der Schock lähmte ihn. Aus geweiteten Augen musste er mit ansehen, wie die Männer auf ihn zukamen, ihn plötzlich erreichten und einfach durch ihn hindurchschritten.

Chief Harris spürte einen kalten Hauch. Es war ein Gefühl, wie er es noch nie im Leben zuvor gespürt hatte. Sein Körper zog sich zusammen, er krümmte sich und fiel auf die Knie.

Die anderen passierten ihn ebenfalls, während unten auf dem Deck die ersten Schüsse aufpeitschten.

Im Nu herrschte ein gewaltiges Chaos. Keiner gab mehr Befehle, die Agenten zogen sich zurück, und auch Chief Harris rappelte sich nach einer Weile wieder auf.

Er rannte die restliche Strecke hinunter, wich den Gestalten automatisch aus und fand zu seinen Männern zurück, die an der Backbordreling Deckung gefunden hatten.

»Chief, das ist ein Horror!«, wurde Harris empfangen, der sich wieder einigermaßen gefasst hatte und seine ersten Befehle gab.

»Zurück in die Boote!«, brüllte er.

Noch nie waren die G-Men einem Befehl so schnell nachgekommen. Chief Harris blieb bis zum Schluss. Mit angeschlagener Waffe stand er da und wartete.

Dann benutzte auch er die Leiter. In seinem Hirn überschlugen sich die Gedanken. Was er und seine Männer gesehen hatten, war unvorstellbar und einfach zu hoch für sie.

Um den Fall sollten sich andere Leute kümmern. Mit dieser Folgerung sprang auch er in das rettende Schlauchboot.

Willst du ihn wirklich töten?

Kara wollte beide Arme schon nach unten schleudern, damit die Schwertklinge den Kopf des Chinesen spaltete, als sie die Stimme hörte.

Und noch einmal: *Willst du ihn wirklich töten?*

Kara zuckte zusammen. Ihre Arme bewegten sich zwar, aber nur ein wenig, sie schaffte es nicht, das Schwert in den Kopf zu schlagen, denn da war eine Stimme, die sie kannte.

Du kannst dein Gewissen nicht mit einem Mord belasten, Kara!

Wieder hatte die Stimme gesprochen, und die Augen der schwarzhaarigen Frau wurden plötzlich groß. Ein Zittern durchlief ihre Gestalt. Es begann an den Zehenspitzen, setzte sich weiter fort, lief durch den gesamten Körper und erreichte auch ihren Kopf.

Sie hatte die Stimme erkannt, obwohl es über 10.000 Jahre her war, dass sie sie zum letzten Mal gehört hatte. Ein eisiger Schauer rann über ihren Rücken, eine Hitzewelle folgte, sie öffnete die Lippen und formulierte unter großen Anstrengungen ein Wort.

»Vater?«

»*Ja, ich bin es, meine Tochter. Ich oder mein Geist. Ich lebe in der Unendlichkeit und komme doch nicht zur Ruhe, weil ich gesehen habe, dass ausgerechnet du dich dem Bösen zugewendet hast. Willst du so dein Versprechen einlösen, das du mir auf dem Sterbebett gegeben hast? Ist das noch meine Tochter Kara, wie ich sie in Erinnerung habe? Nein, du bist es nicht. Du bist eine Dienerin des Bösen, eine Botin der Verdammnis. Du tötest diejenigen, denen du eigentlich helfen solltest. So lautete dein Versprechen, und du zerstörst all das, was wir mühsam aufgebaut haben. Willst du wirklich zur Mörderin an einem Gerechten werden? An einem Menschen, der dir nichts getan hat, der dir in Gefahren zur Seite stand und mit dir zusammen gegen die Mächte der Finsternis kämpfte? Wenn du das willst, dann löse ich hiermit den Bund, den ich vor meinem Tod mit dir, Tochter, geschlossen habe ...*«

Kara stöhnte auf. Ihr Mund hatte sich geöffnet. Sie fühlte sich wie von einem Sturmwind erfasst, der ihr Innerstes zu gewaltigen Wogen aufwühlte. Ihr Vater hatte sich gemeldet und wollte sie von einem Schritt abhalten, der sie ins Verderben geführt hätte.

Ins Verderben?

»Vater«, hauchte sie. »Ich – ich kann nicht anders. Du hast mir den Trank des Vergessens überlassen. Er ist mir gestohlen worden. Ich habe nach ihm all die Zeiten über gesucht und nie gefunden. Jetzt habe ich eine Spur, ich weiß, wo er ist, und ich muss die Bedingungen annehmen, die man mir gestellt hat.«

»Nein, meine Tochter, die Bedingungen brauchst du nicht anzunehmen. Du bist für Alassia nicht mehr als ein Spielball. Sie schiebt dich wie eine Figur hin und her. Ihre Welt ist grausam, sie ist tödlich, sie reißt die Menschen in einen vernichtenden Strudel, indem sie ihnen das Licht und die Seelen aus dem Körper zieht. Nur so kann sie existieren. Willst du dich mit dieser Welt auf eine Stufe stellen?«

»He, was ist? Warum schlägst du nicht zu?« Das war Alassias Stimme, die die Zwiesprache zwischen Vater und Tochter unterbrach. »Nimm das Schwert und schlag endlich ...«

Hastig drehte Kara den Kopf. »Warte, warte!«, hauchte sie und richtete unwillkürlich ihren Blick nach oben, als könnte sie dort das Gesicht oder die Gestalt ihres Vaters sehen, doch da gab es nur die alles überdeckende Finsternis.

»Bist du noch da, Vater?«

»Ja – noch, aber ich kann den Kontakt nicht viel länger aufrechterhalten. Es wird zu schwierig, andere Kräfte sind stärker. Es ist so unheimlich weit, so ...«

»Vater, Vater, bitte, geh nicht fort. Ich muss den Trank haben. Den Trank ...«

»Du Ahnungslose, du Närrin! Hast du wirklich geglaubt, dass Alassia den Trank des Vergessens besitzt?«

»Ja, ich ...«

»Das ist eine Lüge. Sie besitzt ihn nicht. Sie kann ihn nicht haben, weil ihn ein anderer in seinen Klauen hält ...«

Für Kara brach in diesen Augenblicken eine Welt zusammen.

Sie sah sich getäuscht. Sie hatte fest an Alassia geglaubt, aber noch mehr glaubte sie ihrem Vater, den sie über alles in der Welt geliebt hatte.

»Wo ist er dann?«

»*Der Spuk hat ihn – der Spuk* ...« Es waren die letzten Worte des weisen Delios, und sie konnten von Kara nur mühsam verstanden werden, aber sie hatte sie sich trotzdem gemerkt.

Der Spuk besaß den Trank!

Welch ein Irrtum von ihr, anzunehmen, dass Alassia ihn haben könnte. Tausend Gedanken durchströmten das Gehirn der schönen Kara, machten aus ihm ein Karussell, und sie kam nicht dazu, ihre Gedanken noch einmal zu ordnen.

Die Schöne aus dem Totenreich taumelte zurück. Sie wandte den Kopf. Mit einem irren Blick schaute sie Alassia an.

»Was ist?«, fragte diese und lächelte.

»Du«, knurrte Kara tief in der Kehle, »du bist an allem schuld, denn du hast mich betrogen ...«

»Wieso?«, schrie Alassia.

»Du hast mir erzählt, der Trank würde sich in deinem Besitz befinden. Das stimmt nicht. Der Spuk hat ihn, nicht du, Alassia!«

Die Herrin der Dunkelwelt lachte geifernd. »Das ist ein Märchen, das du erst beweisen musst.«

»Ich kann es nicht beweisen, sondern nur glauben.«

»Und wem, wenn ich fragen darf?«

»Einem, der mehr wert ist als du, Dämonin, einem, der es gut mit mir meint, meinem Vater!«

»Ach, mit ihm hast du gesprochen. Er ist tot und vergessen. Helfen wird er dir nicht können.«

»Für mich lebt er weiter, und er hat mich im letzten Augenblick gewarnt und mich von einer schrecklichen Freveltat abgehalten. Aber ich weiß jetzt, was ich zu tun habe.«

»So, und was denn?«

»Ich werde dich töten. Du wirst anstelle des Menschen unter meinen Schwerthieben vergehen, Alassia!«

Die Herrin der Dunkelwelt winkte ab. »Darüber kann ich nur lachen«, erwiderte sie. »Hast du nicht gesehen, wie es der Chinese versuchte und er mich nicht vernichten konnte?«

»Doch, das habe ich und es auch nicht vergessen. Nur kennt Suko das Schwert nicht genau. Er sieht in ihm nur eine Schlagwaffe, aber es hat eine doppelte Funktion. Das Schwert ist auch eine Waffe der Magie, wenn man es richtig einsetzt. Und das habe ich vor.«

Alassia breitete ihre Arme aus. »Du redest viel und denkst nicht daran, dass du in meiner Welt gefangen bist. Das darfst du nicht vergessen. Hier geschieht nur das, was ich will. Ich weiß nicht, mit wem du gesprochen hast. Vielleicht war es dein Vater. Aber auch er konnte dir keinen Beweis dafür bringen, dass ich den Trank des Vergessens nicht besitze.«

»Ich glaube ihm mehr als dir!«

»Weshalb?«

Kara schüttelte wild den Kopf. »Bring mir den Trank her, lege ihn vor meine Füße, und sofort ist alles vergessen.«

»Das tue ich auch. Aber erst musst du Suko töten!«

Kara ließ sich nicht beirren. »So weit waren wir schon einmal. Ich wäre auf dich hereingefallen, die Warnung kam noch rechtzeitig. Nein, ich glaube dir nicht mehr, Alassia. Diesmal hast du den Bogen überspannt. Und ich schäme mich für das, was ich meinen Freunden angetan habe. Wobei ich hoffe, dass sie mir noch einmal verzeihen können.«

Suko, dessen Körper nach wie vor von den Schatten umhüllt war, atmete auf. Dieser Kelch war noch einmal an ihm vorübergegangen, doch der Hauch des Todes hatte ihn dabei gestreift. Es war kaum zu beschreiben, was Suko durchgemacht hatte, nun aber schien sich das Blatt endgültig zu seinen Gunsten gewendet zu haben.

Aus eigener Kraft hatte Suko nichts daran ändern können. Das bedrückte ihn, und wenn es Alassia gelang, die Schöne aus dem Totenreich zu besiegen, dann war auch Sukos Leben verwirkt.

Ihm blieb weiter nichts übrig, als den Zuschauer zu spielen. Nach wie vor war von ihm nur der Kopf zu sehen. Ein Kopf, der in der Luft schwebte oder aussah, als würde er auf einer Schattenwand stehen.

Suko konnte seine Augen ein wenig drehen, sodass es ihm gelang, beide Frauen im Blickfeld zu behalten.

Zwischen ihnen gab es nichts mehr zu reden. Das eisige Schweigen stand wie eine kompakte Mauer.

Die Schöne aus dem Totenreich hielt das Schwert mit beiden Händen fest. Ihren Rücken hatte sie durchgedrückt, sie stand sehr gerade, und das Schwert bildete eine Verlängerung ihrer Arme, wobei die Spitze den Boden berührte.

Alassia tat gar nichts. Sie wartete noch ab, da sie die andere erst angreifen lassen wollte.

Karas Gesicht zeigte nicht, was sie empfand. Es war glatt und kalt. Ihre Augen waren halb geschlossen, dafür die Lippen geöffnet, über die seltsame Worte drangen.

Scharf gesprochen, dennoch flüsternd …

Uralte Beschwörungsformeln, die helfen sollten, Alassia zu vernichten.

Aber so leicht war sie nicht aus der Welt zu schaffen. Die Herrin der Dunkelheit merkte sehr wohl, dass ihr mit Kara eine gefährliche Kraft gegenüberstand, und sie traf Gegenmaßnahmen.

Alassia warf ihren Kopf zurück. Die langen Haare wallten, aus ihrer dunklen Flut schossen zwei gekrümmte Arme, deren Hände sich dem Himmel entgegenreckten.

Sie holte die Schatten!

Ein kaum merkliches Vibrieren lief durch das Schiff. Es pflanzte sich fort, erreichte den Kopf des Chinesen, und Suko hatte Angst, dass die gewaltige Hand sich öffnen und ebenfalls in den Kampf eingreifen würde. Das geschah nicht, sie blieb, wie sie war, und sie schien auch nicht den Befehlen der Alassia zu gehorchen, denn sonst hätte sie sich längst geschlossen.

Dafür die Schatten.

Sie kamen von überall her.

Besonders stark aus dem dunklen Himmel. Dort wurden sie aus der Einheit gerissen, bildeten neue Wolken, die sich formierten und die Kämpfenden auf dem Schiff einkesselten.

»Die Schatten werden dich vernichten!«, flüsterte Alassia. Du hast keine Chance, Kara …«

Die Schöne aus dem Totenreich erwiderte nichts auf diese provozierenden Worte. Sie konzentrierte sich auf ihre Aufgabe, und das war nun mal die Abwehr.

Noch hielt sie das Schwert mit der goldenen Klinge in beiden Händen. Sie hatte sich auch nicht bewegt. Das allerdings wurde im nächsten Augenblick anders, als sie das Schwert anhob und einen Kreis drehte. Etwa daumenhoch wischte die Klinge dabei über den Boden, berührte die Schatten und entfaltete ihre Magie.

Suko, Alassia und Kara mussten mit ansehen, wie die Schatten zerstört wurden.

Es waren grüne, kurze Blitze, die sie vernichteten.

Kara hatte gesiegt.

Und sie ging vor. Denn jetzt wollte sie Alassia. Kara spürte, dass man ihr den Sieg nicht mehr nehmen konnte, selbst in dieser Welt nicht, wo eine andere herrschte.

Doch auch Alassia gab nicht auf.

Sie wiegte Kara in Sicherheit, und als die Schöne aus dem Totenreich mit dem Schwert zustoßen wollte, da griff die Herrin dieser Welt zu einem letzten Trick.

Nicht umsonst hatte sie Kara so nahe herankommen lassen, denn nun bewies sie, dass sie ihre langen, bis zu den Füßen reichenden Haare bewusst trug.

Urplötzlich stellten sich die Haare auf. Sie begannen zu knistern, als wären sie mit Elektrizität gefüllt, und griffen dann wie vorschnellende Schlangen an.

Suko wollte Kara noch eine Warnung zurufen, doch es war zu spät. Schon wurde die Schöne aus dem Totenreich von der gewaltigen dunklen Flut überdeckt. Alassia kreischte dabei höhnisch und wild auf, und es gelang ihr, die Haare mittels ihres dämonischen Geistes zu steuern.

Wie starke Bänder wickelten sie sich um Karas Körper, die kaum wusste, was ihr geschah und erst richtig begriff, als sie bereits den Boden unter den Füßen verloren hatte.

Da schwebte sie in der Luft.

Gefesselt!

Ein gellendes Lachen wehte über das Deck. Alassia spürte, dass sie sich auf der Siegerstraße befand, und sie dachte nicht daran, die Schöne aus dem Totenreich zu schonen.

Sie wollte töten!

Langsam töten …

Die Haare bildeten eine Fessel. Jedes einzelne war um Karas Körper gewickelt, es berührte ihre Arme, ebenfalls die Beine und presste die Glieder zusammen.

Kara war es unmöglich, sich zu rühren. Sie war eine Gefangene dieser gewaltigen Haarflut. Schreien konnte sie ebenfalls nicht mehr, da ihr der Mund verschlossen wurde, und Alassia begann damit, die gefährliche Flut zu steuern.

Mit Entsetzen musste der wehrlose Suko feststellen, dass die Haare der Schattenwelt-Herrscherin tief in die Haut einschnitten. Wie Zangen hielten sie Kara fest, die etwa in Kopfhöhe über den Planken des gefangenen Schiffes schwebte.

Und dann begann Alassia ihr tödliches Spiel.

Sie drehte sich. Zuerst bewegte sie sich langsam um die eigene Achse. Ihr nackter Körper mit der leicht grauen Haut wurde zu einem Kreisel, der immer mehr an Geschwindigkeit gewann und plötzlich nur noch ein wirbelndes Etwas war.

Ebenso wie Kara.

Wehrlos hing sie in der mörderischen Klammer. Ihr Schwert konnte sie nicht einsetzen, da ihre Arme zu fest an den Körper gepresst wurden. Sie musste dieses Spiel mitmachen, ob sie wollte oder nicht.

»Töten werde ich dich!«, kreischte Alassia, wobei sie sich noch schneller drehte, sodass dieser Körper selbst zu einem Schatten wurde.

Suko sah die Verwandlung. Die Haut wurde dunkler, Alassia verwandelte sich in ein Wesen, das für diese bizarre Welt so typisch war.

Suko sah es mit an.

Er musste an John Sinclair denken, der sich irgendwo in dieser Welt befand und nichts mehr retten konnte, denn dem Chinesen war klar, dass Kara getötet wurde.

Und danach kam er an die Reihe …

»Du wolltest mich reinlegen«, erklang die Stimme aus dem wirbelnden Schatten, »aber da hast du dich geschnitten. Noch regiere ich hier, und das wird auch so bleiben. Aber du hattest recht gehabt, ich besitze den Trank wirklich nicht, der Spuk hat ihn, und eines Tages werde ich ihn ihm abnehmen …«

Sie schrie irre und drehte sich weiter.

Für Suko war es grauenhaft. Er wollte eingreifen, aber er konnte es nicht. Die Schattenmagie hielt ihn fest. Bewegungslos war sein Körper, nur den Kopf konnte er drehen, und sein Gehirn funktionierte nach wie vor.

Und dann hörte er einen Schrei.

»Kara!«

Die Stimme kannte Suko. Sie gehörte Myxin, dem Magier. War er in der unmittelbaren Nähe? Wenn ja, wo steckte John Sinclair?

Entdecken konnte Suko ihn nicht, aber er sah die Reaktion des Geisterjägers, und die war gewaltig …

Trotz meiner Wut und der Entscheidung, endlich abzurechnen, hatte ich die Vorsicht nicht vergessen. Ich trampelte nicht wie ein Wilder über das Deck, sondern nutzte die Deckungsmöglichkeiten geschickt aus. So näherte ich mich langsam, aber stetig dem Ausgangspunkt des Geschehens.

Dass etwas passierte, merkte ich schon bald. Ich hörte Stimmen, Frauenstimmen, und unterschied zwei.

Einmal die von Alassia, zum anderen die von Kara.

Beide schienen sich verfeindet zu haben, denn die Stimmen klangen aggressiv, und es sah so aus, als bahne sich zwischen beiden eine Entscheidung an.

Myxin hatte versucht, zu springen. Doch er musste feststellen, dass er seine Kräfte überschätzt hatte. Die Teleportation gelang ihm nicht mehr, der kleine Magier musste sich erst regenerieren, sodass ihm nichts anderes übrig blieb, als an meiner Seite zu bleiben.

Von Suko hatte ich weder etwas gesehen noch gehört und meine schlimmen Befürchtungen verdichteten sich. Sollte dem Inspektor etwas passiert sein? Hatte es Alassia geschafft?

Dieser schreckliche Gedanke trieb mich noch schneller voran, und wir gelangten auf den Teil des Decks, wo wir einen guten Überblick hatten.

Aus dem Grau dieses unheimlichen Lichts tauchten wir wie zwei Wesen einer anderen Welt auf und mussten mit ansehen, was sich vor unseren Augen abspielte.

Neben mir stöhnte Myxin und schlug sich gegen den Kopf. Auch er hatte die schlimme Lage erkannt, in der sich Kara befand. Sie war durch die Haarflut der Alassia gefesselt und damit zur Bewegungslosigkeit verurteilt. Nicht einmal den kleinen Finger konnte sie rühren, sie wurde durch Alassias Bewegung zu einem lebendigen Kreisel.

Mein Blick wanderte weiter.

Da traf mich der Schlag!

Ich sah meinen Freund Suko – oder nur den Kopf von ihm. Der Körper war verschwunden, sodass Sukos Kopf wie ein Ballon in der Luft über dem Deck schwebte.

Welch ein Horror!

Ich hatte Mühe, mich zurückzuhalten. Mit blindem Voranstürmen erreichte man nicht viel, ich musste unter allen Umständen die Nerven bewahren und durfte keinen Fehler begehen.

Den allerdings beging Myxin.

Der kleine Magier sah nur seine geliebte Kara, die sich in den Klauen der Alassia befand. Sie hatte keine Chance zu entfliehen, die Kraft der anderen war zu stark, und sie würde sicherlich auch ausreichen, um Myxin zu vernichten.

Daran jedoch dachte er nicht, als er, für mich überraschend, urplötzlich vorstürmte.

»Bleib …«

Das Wort hier blieb mir im Halse stecken, denn Myxin war schon zu weit weg.

Er zwang mich zum Handeln.

Einen Schritt lief ich noch vor. In der kurzen Zeitspanne holte ich meinen Bumerang hervor, riss den rechten Arm nach hinten und im nächsten Augenblick wieder nach vorn.

Ich öffnete die Hand.

Fast glaubte ich, ein Zischen zu vernehmen, als sich der magische Bumerang löste und auf sein Ziel zuraste.

Jetzt konnte ich nur noch die Daumen drücken …

Gebannt verfolgte ich den Weg meiner silbernen Banane. Über Sukos Kopf hinweg wischte er, drehte sich rasend schnell um die eigene Achse, und ich glaubte, dass er wesentlich schneller war als Alassia.

Sie war sein Ziel!

Die Chancen standen 50 zu 50! Bei diesem Einsatz lief ich Gefahr, dass auch Kara getroffen würde, doch das Risiko musste ich einfach eingehen.

Dann war der Bumerang verschwunden.

Ich hörte Myxins heiseren Aufschrei, jetzt rannte auch ich, denn ich wollte sehen, ob der Bumerang es geschafft hatte.

Schatten, die sich bewegten, ein wütender Ruf, ein Fall, Sukos Stimme, die meinen Namen schrie, dann hatte ich den Ort des Geschehens erreicht.

Ich sah Alassia.

Und ich sah Kara, die am Boden lag. Myxin kniete neben ihr. Er hatte sich über sie gebeugt, sprach auf sie ein und streichelte ihr Gesicht.

In diesen Augenblicken hatte ich nur Augen für die Herrin der Dunkelwelt.

Ihr Kopf war nicht vom Rumpf geschlagen worden. Und doch hatte meine Waffe getroffen. Auf schaurige Weise hatte er Alassia geschwächt, denn er steckte genau in ihrem Hals.

Weiter war er nicht vorgedrungen, aber seine magische Kraft machte Alassia schwer zu schaffen. Sie verhinderte, dass sie völlig zu einem Schatten wurde und sich auflöste.

Ihr Gesicht war eine Maske der Qual. Dabei schimmerte die Haut grau bis schwarz, dieser Farbton wechselte laufend, ein Zeichen, dass sie versuchte, sich aufzulösen.

Das ließ der Bumerang nicht zu, und ich wollte es auch nicht, denn ich holte meine zweite, noch stärkere Waffe hervor.

Das Kreuz!

Es ragte aus meiner Faust, als ich Alassia folgte. Mein Lächeln war kalt, es schien in meinem Gesicht eingeschnitzt zu sein, und beim Sprechen bewegte ich kaum die Lippen.

»Du hast es versucht, Alassia. Du wolltest den größten Bluff starten, den es je gegeben hat. Aber du hast dich verrechnet, denn deine Feinde sind mit Asmodinas Vernichtung nicht weniger geworden. Du hättest hier in deiner Dimension bleiben sollen, nun ist es zu spät. Deine Vernichtung steht dicht bevor.«

Alassia schüttelte sich. Dabei bemerkte ich, dass der Bumerang ihr auch einen Teil der langen Haare genommen hatte, eine ihrer gefährlichsten Waffen war somit reduziert worden.

Und ich würde ihr den Rest geben!

Vor meinem Kreuz wich sie zurück. Aber sie hatte Mühe, sich auf den Beinen zu halten. Der in ihrem Hals steckende Bumerang trieb Raubbau mit ihren magischen Kräften.

Alassia verlor weiter an Boden ...

Ich ließ sie nicht zur Ruhe kommen, gönnte ihr keine Erholungspause und näherte mich ihr immer mehr.

Verzweifelt versuchte sie, sich zu verwandeln. Der Körper wurde wieder dunkler, für einen Moment auch durchscheinender, aber sie schaffte es nicht, zu einem Schatten zu werden.

Die Gegenmagie nahm ihr die Kraft.

Dann stieß sie gegen die Reling.

»Aus«, sagte ich, »aus!«

Jetzt stand ich so nahe bei ihr, dass ich nur noch den Arm

ein wenig auszustrecken brauchte, um sie zu berühren.
Ich sah ihren Hals, der Bumerang saß darin fest, hatte eine
Wunde gerissen, aus der allerdings kein Tropfen Blut quoll.

Alassia hatte ihre Arme ausgebreitet. Die Hände lagen auf
der Reling, klammerten sich fest, und das Zittern ihres Körpers verstärkte sich. Alassia vibrierte.

Gleichzeitig trat ein anderes Phänomen ein. Bisher hatte
die Haut einen dunklen Schimmer gezeigt.

Der verschwand allmählich.

Als hätte jemand einen Schatten weggezogen, so wurde die
Haut auf einmal hell.

Licht und Dunkel – die beiden uralten Gegensätze, die sich
abstießen wie Feuer und Wasser.

Alassia konnte es nicht verkraften, denn das Licht besaß
mehr Kraft als das Dunkel.

Ich hatte vorgehabt, das Kreuz einzusetzen, doch es war
nicht nötig. Auch die Magie des an ihrem Hals feststeckenden
Bumerangs schaffte es, die Dämonin zu töten.

Ihre Haut bekam eine immer hellere Farbe, bis sie mich an
frisch gefallenen Schnee erinnerte. Auch das Gesicht, das ich
dicht vor mir sah, hatte den gleichen Farbton angenommen.

Selten hatte ich einen so grauenvollen Ausdruck im
Gesicht eines Dämons gesehen wie hier. Alassia empfand alle
Qualen, die es nur gab. Dabei drang kein Laut über ihre Lippen, sie ertrug es in stummer Pein. Von Sekunde zu Sekunde
wechselte der Ausdruck, die Wangen verschoben sich, und
manchmal hatte ich den Eindruck, als würden unter der Haut
Knochen wegplatzen.

Sichtbar für mich platzten die Lippen.

Dann knisterten die Haare. Auch sie behielten nicht ihre
Farbe, wurden unansehnlich und rieselten als Staub über
ihren Körper.

Die gesamte Schattenwelt wurde erschüttert. Irgendwo in
der Ferne hörte ich ein Heulen und Pfeifen. Ich verspürte
einen leichten Schauder, denn ich rechnete damit, dass die
Dimension hier zusammenstürzen würde.

Aber noch lebte Alassia.

Da rutschten ihr die Beine weg. Für einen Moment klammerte sie sich noch an der Reling fest, doch auch diese Kraft war nichts als ein letztes, verzweifeltes Aufbäumen gegen ein Schicksal, das sie doch nicht abwenden konnte.

Alassia brach zusammen.

Mir kam es vor, als hätte dieser Aufprall eine Initialzündung bei ihr ausgelöst, denn auch die Haut hielt sich nicht mehr in ihrem Gesicht. Sie wurde zu Staub.

Weißer Staub war es, der aus ihrem Gesicht rann und ebenfalls weiße, knochenartige Stücke freilegte, die sich jedoch nicht mehr länger hielten und auch zu Staub wurden.

Alassia starb …

Und weiterhin schaffte sie es, lautlos in den Tod zu gehen. Dieser stumme, gespenstische Kampf nahm mich sehr mit. Er ging mir an die Nieren. Meine Hand zitterte, als ich mich bückte und den Bumerang an mich nahm.

Mit einem Ruck zog ich ihn aus ihrem Hals!

Es war ihr Ende.

Der Kopf hatte keinen Halt mehr, kippte nach vorn. Er rollte von ihrem Körper und blieb genau vor meinen Füßen liegen. Mit dem zerstörten Gesicht nach unten, aber auch seine hintere Partie befand sich bereits in der Auflösung.

Da traf ein Schlag das Schiff.

Mir kam es so vor. Es war mehr ein Schütteln, irgendwie unwillig, und ich musste an die Hand denken, die das Schiff noch immer umklammert hielt. Ob sie es loslassen wollte?

Angst stieg in mir hoch. Ich machte auf dem Absatz kehrt und rannte zu den anderen zurück.

Noch immer sah ich Sukos Kopf über dem Boden schweben. Mein Freund verzog die Lippen. »Wird Zeit, dass du endlich kommst, John. Ohne Körper ist es doch nicht das Wahre.«

Ich grinste. »Eigentlich hätte ich dich ja so lassen können, aber ich will keinen Krach mit Shao. Schätze, die braucht dich noch.«

»Wie rührend von dir.«

Um Suko zu befreien, versuchte ich es mit dem Kreuz. Es war einfach. Die Schatten, die seinen Körper umklammert hielten, verschwanden, kaum dass ich mein Kreuz in ihre Nähe gebracht hatte. Nach Alassias Ende besaßen auch sie keine Kraft mehr.

Suko war wieder normal.

Er schaute an sich hinab.

»Alles noch da?«, fragte ich.

»Ich werde später nachsehen.«

Dann kümmerten wir uns um Myxin und Kara. Die beiden hatten für nichts einen Blick, nur für sich selbst. Myxin kniete weiterhin neben ihr, er hatte aber ihr Schwert genommen und die flache Seite der Klinge auf ihren Kopf gelegt.

»Wie sieht es aus?«, fragte ich.

Myxin hob die Schultern, schaute hoch und sagte: »Tot ist sie nicht.«

Uns fiel ein Stein vom Herzen.

»Aber wir müssen weg!«, sagte Suko.

Da hatte er ein wahres Wort gesprochen. Auf keinen Fall konnten wir uns länger hier aufhalten, denn die seltsame Welt befand sich tatsächlich in der Auflösung. Mit Alassias Tod war auch die Dunkelwelt vernichtet.

Eins gefiel mir an der Sache nicht. Wir hatten dem Spuk damit einen großen Gefallen getan. Dankbarkeit kannte ein Wesen wie er nicht. Aus diesem Grunde brauchten wir nicht damit zu rechnen, dass er uns den Trank des Vergessens geben würde.

Myxin mühte sich ab, Kara auf die Arme zu bekommen. Suko sah dies und nahm sie an sich.

Ich beobachtete inzwischen den Himmel, wenn man überhaupt davon sprechen konnte. Dort spielte sich Unheimliches ab. Gewaltige Schattenberge rasten unkontrolliert aufeinander zu, trafen zusammen und zertrümmerten sich gegenseitig mit einem ohrenbetäubenden Donnern.

Auch das Schiff schwankte wieder. Es wurde geschüttelt,

als läge es auf einem gewaltigen Sieb. Etwas knirschte und brach. Wir konnten nichts tun, höchstens Kara, aber sie war nicht in der Lage, uns zu helfen.

»Wir müssen hier weg!«, schrie ich, als ein gewaltiger Schlag über unseren Köpfen erklang.

»Aber wie?«, rief Suko.

»Kara. Sie und ihre Schwertmagie …«

Weiter kam ich nicht. Urplötzlich wurde uns der Boden unter den Füßen weggerissen. Jedenfalls glaubten wir dies, aber es war nur der wuchtige freie Fall, den wir zusammen mit dem Schiff erlebten.

War das unser Ende?

Als Letztes sah ich die erschreckten Gesichter meiner Freunde und dann einen grünen Schein, der das Schiff umhüllte.

Danach gingen auch für mich die Lichter aus …

Waren es Schreie, Stimmen – oder beides?

Irgendwie malträtierten sie mein Gehirn. Aber, verdammt noch mal, ich wollte meine Ruhe haben und nicht belästigt werden.

»Komm wieder zu dir«, vernahm ich dicht neben meinem linken Ohr Sukos Stimme.

Da öffnete ich die Augen.

Bevor ich mich umschauen konnte, erklärte mir mein Freund bereits, wo wir uns befanden.

Auf der *Atlantic Queen.*

»Und wo ist die Hand?«, fragte ich.

»Verschwunden – weg. Aber wir werden ihr sicherlich noch einmal begegnen.«

»Wieso?«

Suko erklärte mir, dass er etwas von einer Verbindung zwischen den Großen Alten, der Hand und dem Würfel des Unheils gehört hatte. Das war starker Tobak, wobei ich einfach zu müde und erschöpft war, um darüber weiter nachzudenken. Mein Kopf hatte sich in einen Brummkreisel verwandelt, als ich endlich auf den Beinen stand.

Auch Myxin und Kara waren wieder erwacht. Kara wagte uns kaum anzublicken, sie wusste, welch eine Schuld sie auf sich geladen hatte. Es würde schwer für sie sein, darüber hinwegzukommen. Wir würden ihr dabei helfen.

Dann hörte ich Stimmen, sah rat- und fassungslose Passagiere auf dem Deck sowie die Männer der Besatzung. Alle sahen normal aus, bei keinem hatten Alassias Schatten zugreifen können. Diese Menschen waren gerettet.

»Schau mal aufs Meer«, sagte Suko.

Da wurden meine Augen groß.

Ein deutsches Schiff, ein englisches. Die beiden vermissten, derentwegen wir überhaupt ins Bermuda-Dreieck geflogen waren. Aber auch Flugzeuge sah ich.

Unser Wasserflugzeug und zwei weitere Suchflugzeuge, die gewassert hatten. Die Besatzung der beiden Maschinen hatte sich auf zwei Schlauchboote verteilt, die auf die *Atlantic Queen* zugesteuert wurden.

Ich versuchte, mit dem Kapitän des Passagierschiffes zu sprechen. Es war unmöglich, an ihn heranzukommen. Zudem war er selbst noch viel zu durcheinander.

In der allgemeinen Aufregung hielten wir uns zurück. Irgendwie war ich froh, dass es an Bord so lebhaft zuging. Diese Menschen hier existierten noch, sie hatten den Wahnsinn überstanden, im Gegensatz zu der Besatzung des englischen Kreuzers und des deutschen Schiffes.

Da konnten wir nichts mehr unternehmen. Sie waren Opfer der Dunkelwelt geworden, ebenso wie Bob Costa, der G-Man.

Einen Kollegen von ihm sprach ich eine Stunde später. Es hatte Suko und mich Mühe gekostet, zu ihm vorzudringen. Unser Gespräch dauerte eine halbe Stunde, in der Harris kaum etwas sagte, sondern uns nur reden ließ. Zum Stillschweigen war er verpflichtet worden, aber er stellte nach unserem Gespräch eine Verbindung mit gewissen Regierungsstellen her, die sich sehr für den Fall interessierten.

Wir würden sicherlich noch einige Zeit in den Staaten bleiben müssen. Kara und Myxin aber verschwanden.

Ich redete noch mit der Schönen aus dem Totenreich. Selten habe ich einen so deprimierten und zerknirschten Menschen gesehen. Kara machte sich die schwersten Vorwürfe. Auch tröstende Worte unsererseits halfen ihr nicht darüber hinweg.

»Ich werde aber weitermachen«, sagte sie und ihre Worte klangen wie ein Schwur, »irgendwann bekomme ich den Trank des Vergessens, auch wenn ihn der Spuk hat.«

Froh darüber, dass Kara so dachte, reichte ich ihr die Hand. Was vorgefallen war, vergaßen wir. Auch Suko, den sie mit ihrem Schwert hatte töten wollen.

Es wurden tatsächlich zwei lange Tage und Nächte, die wir in Miami verbrachten. Aus Washington waren Experten angereist, die sich unsere Geschichte anhörten.

Für die Besatzung der beiden Schiffe konnten wir nichts mehr tun. Man einigte sich auf die offizielle Version des Untergangs. Und die Passagiere der *Atlantic Queen* hatten überhaupt nicht richtig erfasst, in welch einen Strudel sie hineingerissen worden waren.

Alassia gab es nicht mehr. Ihre Jenseits-Falle konnte sie nicht mehr einsetzen. Wir hatten sie geschlossen.

Aber andere Dämonen lagen auf der Lauer.

Das war so sicher wie die Tatsache, dass der nächste Winter kommen würde …

GEHEIMBUND DER VAMPIRE

Giftgrüne Schwefelwolken umwallten ihn und tanzten einen gespenstischen Reigen. Aus dem Nichts zuckten die Blitze wie kräftig geworfene Pfeile, stießen hinein in den atemberaubenden Dampf und rissen ihn in Fetzen. Immer wenn dies geschah, war für den Bruchteil einer Sekunde eine düstere Gestalt zu sehen, die auf einem Thron aus Menschenknochen saß.

Es war der Spuk!

Er hatte gerufen, und alle wollten kommen.

Es gab etwas zu bereden, was selbst der Spuk, Herrscher im Reich der Schatten, nicht allein entscheiden konnte. In der letzten Zeit hatten sich die Kräfte innerhalb des gewaltigen Dämonenreichs verschoben und verändert. Es war für die alteingesessenen Dämonen und deren Hilfskräfte zu gefährlichen Umwälzungen gekommen, denen man nicht mehr tatenlos zusehen konnte.

Deshalb diese Konferenz.

Abermals schossen Blitze aus dem Nichts. Diesmal blieben sie in den giftgrünen Wolken stecken, veränderten sich, drehten plötzlich Spiralen, die sich schließlich zu einer tanzenden Figur vereinigten und die grünen Wolken genau dort aufrissen, wo sie stand.

Der Gehörnte kam!

»Gib dir keine Mühe«, drang eine dumpfe Stimme von dort, wo die unheimliche Gestalt des Spuks hockte. »Ich weiß, dass du es bist, Asmodis. Zudem kannst du mich mit solchen Kinkerlitzchen nicht beeindrucken.«

Aus der Wolke drang ein so gellendes Gelächter, wie es nur der Teufel ausstoßen konnte. Wind fauchte von unten her in die Höhe, quirlte die Wolke zuerst durcheinander und scheuchte sie dann davon.

Vor dem Thron stand der Teufel!

Widerlich anzusehen. Sein abstoßendes Dreiecksgesicht mit den Hörnern auf der Stirn war zu einem hässlichen Grinsen verzogen, das Maul weit geöffnet, und in den Augen lag ein kaltes gelbes Leuchten. Seine Gestalt war eingehüllt in einen giftgrünen Umhang, der so um den Körper geschlungen war, dass er die linke Schulter verdeckte und nur die rechte freiließ, wo ein dunkles Fell spross.

»Du bist pünktlich!«, stellte der Spuk fest. Seine Stimme drang aus der absoluten Schwärze, die sich auf dem Knochenstuhl ausbreitete und in etwa die Form eines in die Länge gezogenen Sacks aufwies.

Asmodis, Herr der Hölle, deutete eine Verbeugung an. »Das bin ich immer, wie du weißt.«

»Dann warten wir auf die anderen.«

»Wen hast du alles herbestellt?«

»Das wirst du schon sehen!«

Der Satan explodierte fast vor Wut. Aus seinen Klauen sprühten grüne Blitze, rissen den Boden auf, sodass träge Dämpfe nach oben stiegen und seine Gestalt umhüllten. »So lasse ich nicht mit mir reden, Spuk! Vergiss niemals, dass ich der Herr der Hölle bin.«

»Ja, das weiß ich. Ich habe aber auch nicht vergessen, wie dumm du dich in letzter Zeit angestellt hast. Du hast kaum an Boden gewonnen.«

»Nein?«

»Wie ich es dir sagte.«

»Dann irrst du dich gewaltig, Spuk. Ich habe sogar sehr an Boden gewonnen. Auf der Erde glaubt man wieder an mich. Der Satan ist aktiv geworden, und er wird noch weiter …«

»Halt dein Maul. Wärst du wirklich so mächtig, dann hätte ich mir das heute ersparen können.«

»Was?«

»Die Konferenz.«

»Geht es um Sinclair?«

»Nein. Er ist in diesem Geschäft zweitrangig geworden. Ich sehe andere Gefahren.«

»Welche?«

»Warte es ab!«

Solche Antworten konnte der Satan überhaupt nicht vertragen. Er zuckte zusammen, als hätte er körperliche Hiebe bekommen. Seine gesamte Gestalt glühte im roten Feuer der Wut. Dieses Glühen pflanzte sich so weit fort, dass es auch den Knochenthron sowie den Spuk ergriff, der im Augenblick nicht dazu kam, eine Gegenmaßnahme aufzubauen, sodass für Sekunden seine wahre Gestalt zu sehen war.

Ein grünes, schuppiges Monstrum. Abstoßend in seiner Hässlichkeit, ohne Gesicht, mit mörderischen Pranken versehen und Augen, die auf diesem kopfähnlichen Gegenstand klebten.

Einen Lidschlag später war das Bild auch schon wieder verschwunden. Auf dem Thron aus bleichen Knochen war wieder die wallende schwarze Gestalt zu sehen, und der Teufel lachte.

»Jetzt hätte ich dich packen können!«, schrie er nach diesem Lachen. »Eiskalt, und du hättest nichts dagegen tun können. Glaub mir. In deiner wahren Gestalt bist du verletzbar. Daran solltest du immer denken und mir den Respekt erweisen, der mir zusteht.«

Die Antwort drang aus der Schwärze. »Es ist schade, dass uns dies nicht zu einem anderen Zeitpunkt passiert ist. Heute lasse ich es so, wie es ist. Aber hüte dich, mich noch einmal so anzugreifen! Ich werde Gegenmaßnahmen ergreifen, und auch Luzifer, der oberste Dämon überhaupt, wird dir nicht helfen können.«

Asmodis winkte mit seiner fellbesetzten Pranke ab. »Darüber lache ich nur. Ich habe mir mein Reich aufgebaut und werde es weiter ausbauen. Das wollen wir mal sehen …«

»Darum sind wir hier.«

»Aber nur wir beide!«

»Nein, Asmodis, ich bin auch dabei!«

Der Satan flirrte herum. Aus seinen Augen wurden glühende Kugeln, und er starrte auf die Frau, die ihm plötzlich gegenüberstand und sich verneigte.

»Wikka!«, zischte Asmodis.

»Ja, auch sie ist gekommen!«, sagt der Spuk. »Ich hatte sie ebenfalls eingeladen.«

»Warum?«

»Weil ich sie brauche.«

»Und wen noch?«

Der Spuk gab keine Antwort. Er interessierte sich jetzt für Wikka, die näher trat und dicht vor seinem Thron stehen blieb. Sie war ein Wesen, das fast menschlich aussah. Jedenfalls hatte sie einen wohlgeformten fraulichen Körper, der durch das dünne Gewebe ihres Gewandes schimmerte und lockte. Ihr Haar war dunkel. Ein Mittelscheitel teilte es, sodass es zu beiden Seiten des Gesichts bis auf die Schultern fiel. Es machte das immer blass wirkende Gesicht schmaler, bis auf die Stirn, denn aus ihr wuchsen jeweils über den Augen zwei Schlangen. Kleine grüne Biester, die sich bewegten, vorschnellten, zurückzuckten, dabei die Mäuler öffneten und die roten, gespaltenen Zungen hervorstießen.

Magische Schlangen, die jeden Menschen in ihren Bann ziehen konnten, nur nicht den Teufel.

Er war Wikkas Herr. Dabei konnte sich der Satan voll auf sie verlassen, und er hatte sich mit ihr tatsächlich eine große Verbündete geschaffen, denn sie war die oberste aller Hexen auf der Welt. Wenigstens bildete sie sich das ein.

»Jetzt sind wir schon zu zweit«, erklärte Asmodis süffisant grinsend, wobei sein Gesicht eine hässlichere Form annahm.

»Vergiss es, die andere Sache ist wichtiger«, erklärte der Spuk völlig emotionslos.

»Welche denn?«

»Wir erwarten noch einen Gast«, erwiderte der Spuk ungerührt. »Danach können wir alles bereden.«

Wütend stampfte der Teufel mit dem Fuß auf. Im Boden grollte es. Abermals stieg Dampf hoch. Als wäre dies das Zeichen gewesen, begann die Luft im Hintergrund plötzlich für einen Moment zu flimmern, und dann erschien eine weitere Gestalt.

Abermals eine Frau.

Ganz in Leder war sie gekleidet. Ihr Haar war ebenso lang und so schwarz wie das der Wikka. Lässig hatte sie über einer Schulter die Maschinenpistole hängen, und in ihrer Hand trug sie einen Würfel, dessen Seiten milchig weiß schimmerten.

Es war ihre stärkste Waffe, der Würfel des Unheils.

»Komm näher, Lady X«, sagte der Spuk, »denn auf dich haben wir gewartet.«

Asmodis begann meckernd und gleichzeitig grollend zu lachen. »Auf sie?«, höhnte er. »Das darf doch nicht wahr sein! Was will sie denn hier bei uns?«

»Vielleicht mehr als du«, entgegnete der Spuk ungerührt. »Ich würde sie nicht unterschätzen.«

»Aber sie hat die Mordliga zerstört!«

»Warst du es nicht, dem sie aus der Kontrolle geglitten ist? Du konntest Doktor Tod doch nicht in seine Schranken weisen, Asmodis. Muss ich dich daran erinnern?«

»Ach, ich …«

»Sind wir hergekommen, um uns zu streiten?«, erkundigte sich Wikka mit leiser Stimme.

»Nein, das sind wir nicht«, erwiderte der Spuk. »Ich habe einen anderen Grund gehabt, um euch zusammenzurufen.«

Lady X war jetzt näher getreten und hatte sich zu den anderen gesellt. So standen sie nebeneinander und schauten dorthin, wo sich auf dem Knochenthron die dunkle Masse bewegte.

»Rede!«, forderte Asmodis.

»Sicher werde ich sprechen. Was ich euch jetzt sage, kann für unser gesamtes schwarzmagisches Imperium von zukunftsweisender Bedeutung sein. Deshalb hört genau zu …«

Ich hob meinen rechten Arm, streckte den Zeigefinger aus und zeichnete einen Kreis in die Luft.

»Was soll das bedeuten?«, fragte mein Freund und Kollege Suko, der neben mir stand und misstrauisch auf den Finger schielte.

»Dass du diesen Schuppen von der Rückseite betrittst.«

»Immer ich«, maulte er.

»Wer sonst?«

»Du, zum Beispiel.«

»Nein, mein Lieber. Wenn du in diese Kaschemme durch die Vordertür gehst, bekommen die anderen Angst und laufen weg.«

»Bei dir nicht?«, fragte Suko.

»Nicht so schnell.«

Wir grinsten beide. Suko nickte schließlich, schaute auf seine Uhr und sagte: »Warte aber noch fünf Minuten, ich muss mir das Gelände erst mal ansehen.«

»Geht in Ordnung.«

Mein Partner verschwand. Ich blieb in Deckung der Plakatsäule und wartete die Zeit ab. Eigentlich hätte ich ja auch im Bett liegen können, aber da war man so blöd und schlug sich die halbe Nacht um die Ohren, nur um einer Spur nachzugehen, die vielleicht keine war.

Ich will das Problem aber von Beginn an erklären. Es gab ja zahlreiche dämonische Gegner, die uns an den Kragen wollten. Zu ihnen gehörte der Teufel mit seinen Schergen, der Spuk kam hinzu, die Mordliga mit Lady X an der Spitze, die Großen Alten und andere. Also Feinde genug, die es auf uns abgesehen hatten.

Nun waren Suko und ich keine Privatleute im Kampf gegen die Mächte der Finsternis, sondern Männer, die für eine der besten Polizeiorganisationen der Welt arbeiteten – nämlich Scotland Yard. Die modernsten Fahndungsmethoden dieser Polizeitruppe standen uns zur Verfügung, das heißt, die Elektronik.

Computer gegen Magie!

Wir hatten natürlich alle Daten und alles Wissenswerte in die Rechner eingegeben, und die waren mit den Anlagen der Geheimdienste verbunden. Das hieß, beide Zentralcomputer hatten die Daten und Beschreibungen unserer Gegner.

Da gab es vor allen Dingen drei Frauen, die uns Sorgen

bereiteten. Wikka, die oberste aller Hexen, Jane Collins, ihre erste Dienerin, und auch die Anführerin der Mordliga, Lady X.

Die drei gehörten nicht zu den schwarzmagischen Wesen, die sich im Hintergrund oder anderen Dimensionen versteckt hielten, sondern sich oftmals unter Menschen mischten, um ihre schrecklichen Taten vorzubereiten. Da wir nicht überall sein konnten, lief aus diesem Grund eine stille, dennoch sehr intensive Fahndung nach ihnen. Das heißt, Agenten, Spitzel, Männer, die für die Polizei im Untergrund arbeiteten, besaßen die Beschreibung der von uns gesuchten Personen. Gleichzeitig hatten sie Order, auf keinen Fall etwas zu unternehmen, wenn eine der Frauen entdeckt worden war. Dann sollten wir Bescheid bekommen. Vom Aufbau dieses Fahndungsnetzes hatten wir uns erhofft, dass sich irgendwann einmal unsere Gegner in unseren Maschen fangen würden, und heute schien es so weit zu sein.

Wir waren alarmiert worden.

Und zwar von einem Mann, der für den Geheimdienst arbeitete. Er war ein Spitzel, ein Mensch, der gefährlich lebte. Wenn man ihn entdeckte, würde man ihn liquidieren. Seinen Namen kannte kaum jemand, nur einige Eingeweihte wussten ihn, wir allerdings nicht. Uns war es egal, es kam nur auf den Erfolg an.

Diesmal hatte er dem Geheimdienst einen sehr guten Tipp gegeben. Es ging um eine Frau, die er gesehen haben wollte. Schwarzhaarig, äußerlich gut anzusehen und ganz in Leder gekleidet. Die Beschreibung war so treffend, dass es sich nur um eine Person handeln konnte: Barbara Pamela Scott, die ehemalige Terroristin und jetzige Vampirin, die auch Lady X genannt wurde.

Das war Wasser auf unsere Mühlen. Lady X in London, da mussten wir eingreifen.

Der Spitzel wusste noch mehr. Er hatte sie in einer Kneipe getroffen, die in der Szene einen besonderen Ruf hatte, denn hier verkehrten die Exilrumänen.

Es gibt zahlreiche Ostblock-Flüchtlinge, die im Westen eine zweite Heimat gefunden haben. London und Paris gehörten zu den Anlaufstellen, und natürlich organisierten sich diese Asylanten in den Städten, um oftmals von diesen Orten aus Maßnahmen gegen die eigene Regierung vorzubereiten. Es waren oft emotionsgeladene Pläne, die da geschmiedet wurden. Attentate, Anschläge. Jedes Gastland hatte natürlich Interesse daran, diese militanten Asylanten unter Kontrolle zu halten. Da waren wir Engländer nicht anders als die Franzosen oder die Deutschen.

Die Asylanten-Kneipe war für mich ein Hinweis, dass sich unser Informant nicht verspekuliert hatte, denn es war leicht, eine Verbindung zwischen Lady X und dem Land Rumänien zu ziehen. Rumänien war ja nun das klassische Land dieser alten, gefährlichen Vampire, die tagsüber in ihren Särgen schliefen und erst nachts erwachten.

Ein regelrechtes Horrorland!

Wir hatten immer damit gerechnet, dass die Rumänen-Spur nicht erkalten würde, jetzt war sie sogar heiß geworden, denn ohne Grund trieb sich Lady X nicht in Kneipen herum, wo Exilrumänen verkehrten.

Zwar wusste ich, dass es solche Treffpunkte gab, wo die jedoch in London lagen, war mir unbekannt. Diese Kaschemme lag in Holborn, ziemlich versteckt zwischen alten Häusern, die aussahen, als würden sie jeden Augenblick einstürzen.

Es war inzwischen dunkel geworden. Nur wenige Laternen leuchteten in der Nähe. Die Geschäfte in der schmalen Straße zeigten kein typisch englisches Flair, sondern strömten den Geruch des Balkans aus. Es gab hier jugoslawische Restaurants, griechische Geschäfte und Pinten, ein Italiener hatte sich niedergelassen, und die Ungarn waren auch vertreten. Jedes alte Haus zeigte einen anderen Anstrich. Im Sommer spielte sich ein Großteil des Lebens auf der Straße ab, doch jetzt, in dieser kühlen Aprilnacht, waren die Menschen in den Häusern oder Gaststätten geblieben. Nur wenige Passanten zeigten sich auf den Gehsteigen. Sie verschwanden auch sehr bald in den einschlägigen Lokalen.

Ich schaute auf meine Uhr und stellte fest, dass die Zeit, die ich Suko gegeben hatte, vorbei war. Nach einem kurzen Rundblick löste ich mich von der Plakatsäule, überquerte die Straße und steuerte die Tür des Lokals an.

Hinter den dicken Glasscheiben wirkte das Licht stumpf. Man hatte dunkle Balken an der Hauswand befestigt, und auch die schmale Eingangstür wurde von diesen Balken eingerahmt. Sie war ziemlich niedrig, und ich musste den Kopf einziehen, als ich das Lokal betrat.

Die Klinke funktionierte nicht mehr. Sie hing traurig nach unten. Mit dem Knie drückte ich die Tür auf, ging eine Stufe hinunter, musste einen Vorhang zur Seite schieben und stand im Lokal.

Vor mir breitete sich eine düstere Höhle aus. Ich hatte das Gefühl, in eine andere Welt zu kommen, denn dieses Lokal hätte auch in Petrila stehen können, wo mein alter Freund Marek, der Pfähler, lebte. Qualm vernebelte die Sicht. Ich hörte eine schwermütige Melodie durch den Raum klingen, und es gab einige Stimmen, die die Melodie mitsummten. Von mir aus rechts gesehen lag die Theke. Sie war aus den gleichen rohen Holzbalken errichtet wie die unter der Decke. Wo Platz an den Wänden war, hatte der Wirt Bilder aufgehängt, die Motive aus der alten Heimat zeigten.

Tische und Stühle standen im Raum verteilt. Rechts neben mir sah ich eine Tür, die in die Küche führte. Da sie nicht verschlossen war, strömten mir die Gerüche entgegen.

Die Gesichter der Gäste verschwammen im Rauch und wirkten manchmal wie zerfließende graue Schatten.

Ich sah die meisten nicht. Sie aber hatten mich entdeckt. Zwar summten die Männer weiterhin die Melodie mit, aber es gab genügend Gäste, die sich mir, dem Fremden, zuwandten.

Sie hatten ihre Köpfe gedreht, schauten mich an, und ich sah kein Gefühl auf ihren Gesichtern.

Die Menschen blieben stumm.

Aus der Küche kam eine Frau. Sie sah verschwitzt aus, trug einen weißen Kittel, der sich um die runden Formen spannte, und sie schleppte ein Tablett, auf dem mehrere gefüllte Teller standen.

Dass ich hier nicht willkommen war, brauchte mir erst keiner zu sagen, dies merkte ich an den Blicken, die mir die Gäste zuwarfen. Man hatte mich als Eindringling, als Fremden, eingestuft, und man wollte mich nicht unbedingt hier haben, denn dieses Lokal war eine andere Welt. Ich nahm auch an, der einzige Engländer zu sein, denn die Männer hatten samt und sonders ein etwas fremdländisches Aussehen.

Langsam schritt ich auf die Theke zu. Hinter ihr stand ein Berg von Mann. Auf seiner Oberlippe wuchs ein so überdimensionaler Schnauzbart, wie ich ihn noch nie gesehen hatte. Das Gesicht war breit, die Augen dunkel, der Blick düster. Auf seinem Kopf saß eine halbrunde rote Kappe, die Ärmel des hellen Hemds waren bis fast zu den Schultern aufgerollt, und mit seinen kräftigen, behaarten Armen konnte er sicherlich Bäume entwurzeln.

An der Theke blieb ich stehen und wartete darauf, dass sich der Wirt um mich kümmerte.

Das tat er nicht. Er nahm die ihm zugerufenen Bestellungen der Gäste entgegen und füllte die Schnapsgläser aus den großen Flaschen. Bier wurde so gut wie nicht getrunken, es gab auch keine Zapfanlage, dafür aber zwei Weinfässer, aus denen laufend eingeschenkt wurde. Das besorgte die Frau, die aus der Küche gekommen war.

Zwei Minuten vergingen. Bisher hatte der Wirt gearbeitet. Danach hätte er sich um mich kümmern können, doch er ignorierte mich und spülte Gläser. Damit wollte er mir dokumentieren, wie sehr ich in dieser Gastwirtschaft willkommen war.

Das gefiel mir überhaupt nicht. Ich bin zwar nicht pingelig, wie man so schön sagt, aber dieses Lokal war nicht nach meinem Geschmack. Zudem wurde ich mit Blicken bedacht, die man als feindselig bezeichnen konnte.

Wenn ich darüber nachdachte und all die negativen Punkte addierte, konnte ich zu der Überzeugung gelangen, dass Lady X hier ein ideales Umfeld vorfand.

»Ich hätte gern ein Glas Wein«, sagte ich so laut, dass es auch der Wirt hören konnte.

Er hatte mich auch verstanden, warf mir einen schiefen Blick zu und kümmerte sich ansonsten nicht um mich. Aber ich ließ mich nicht beirren, denn ich hatte das Gefühl, als hätten der Wirt und seine Gäste hier etwas zu verbergen.

»In Rumänien waren die Menschen freundlicher!«, hielt ich dem Mann vor. »Sie aber scheinen die Gastfreundschaft in Ihrer Heimat zurückgelassen zu haben.«

Jetzt schaute er mich direkt an. Sein gewaltiger Schnauzbart zuckte. »Sie kommen aus Rumänien?«

»Ich war zumindest dort.«

»Hat es Ihnen gefallen?«

»Nicht schlecht.«

Der Wirt kniff die Augen zusammen, und ich hatte das Gefühl, etwas Falsches gesagt zu haben. Das Gefühl verstärkte sich in den nächsten Sekunden zur Bedrohung, denn hinter mir wurden Stühle gerückt, und einige Gäste erhoben sich von ihren Plätzen, um in meinen Rücken zu gelangen.

So also sah die Sache aus.

Ich warf einen Blick über die Schulter.

Es waren vier kräftige Männer, die hinter mir standen und mich aus kalten Augen anschauten.

Plötzlich verstummte auch die Musik. Niemand sprach etwas, und ein lauerndes Abwarten breitete sich aus.

Der dicke Wirt löste sich von seinem Platz. Vor mir blieb er schließlich stehen. Uns trennte nur noch die Breite der Theke.

»Wenn Sie in Rumänien waren, was suchen Sie hier?«, fragte er mich.

»Ich wollte ein Glas Wein trinken.«

»So, so«, sagte er in seinem harten Englisch. »Sie wollten ein Glas Wein trinken. Das glaube ich Ihnen nicht.«

»Hätte ich sonst etwas bestellt?«

Er lachte abgehackt.

»Tarnung«, flüsterte er, »alles nur Tarnung.« Dabei beugte er sich weit vor. »Soll ich Ihnen sagen, was Sie hier wollen?«

»Bitte!«

»Spionieren. Sie sind ein mieser, dreckiger Spion, den uns die Machthaber von drüben geschickt haben. Das ist es!«

Nun wusste ich Bescheid. Die Leute hier schienen schlechte Erfahrungen gemacht zu haben. Es war ja bekannt, dass die Geheimdienste der Heimatländer die Asylanten ausspionierten, und ich wusste auch, dass Menschen, die woanders ihre Heimat gefunden hatten, sehr allergisch auf Spione reagierten. So manche Leiche war schon in der Themse gefunden worden, ohne dass die Polizei je den Mörder hatte finden können.

Plötzlich gefiel es mir hier überhaupt nicht mehr. Vor allen Dingen nicht die vier Männer hinter mir.

Der Wirt grinste und schüttelte dabei den Kopf. »Du hättest nicht kommen sollen, Spion.«

»Wer sagt Ihnen, dass ich ein Spion bin?«

»Die Erfahrung.«

»Dann irrt sie sich hier.«

»Nein, wir irren uns nicht. Wir hier alle haben mit unserem ersten Leben Schluss gemacht und wollen nicht mehr daran erinnert werden. Ist das klar?«

»Ich verstehe es sogar.«

»Dann kannst du dieses Verständnis auch mit in dein Grab nehmen, du mieser Spion.«

Jetzt hatte er die Katze aus dem Sack gelassen. Ich dachte an die Kerle hinter mir, wollte mich umdrehen, als ich bereits etwas Kaltes im Nacken spürte.

Eine Messerklinge.

»Wenn du dich rührst, bist du jetzt schon tot«, sagte eine dumpfe Stimme in meinem Rücken.

Ich blieb ruhig stehen und atmete gepresst aus. »Ihr macht einen Fehler«, erwiderte ich leise.

»Das glaube ich nicht«, erwiderte der Wirt und nickte.

Es war das Zeichen für die anderen. Zwei packten meine

Arme, eine dritte Hand tastete mich ab, und sie hielt inne, als sie meine Waffe gespürt hatte.

»Eine Pistole!«

Das Gesicht des Wirts verzog sich voller Wut. »Also doch ein verdammter Spion.«

»Nein, ich …«

Da bekam ich einen Hieb gegen den Kopf, der mich nach vorn schleuderte. Damit hatte ich nicht gerechnet, mein Kopf fiel der Theke entgegen, mit der Stirn schlug ich auf und spürte im nächsten Augenblick die harten Finger in meinem Haar.

Der Wirt hatte zugepackt. Er lockerte den Griff nicht, sondern drückte meine Stirn noch fester gegen das Holz. »Wir schneiden dir hier den Hals durch«, vernahm ich sein scharfes Flüstern. »Du verdammter Hund, du …«

»Wer auch nur den Versuch macht, bekommt von mir eine Kugel!«

Jeder hörte die Stimme. Für mich war sie schöner und klangvoller als der herrlichste Engelgesang, denn Suko hatte gesprochen. Von allen anderen ungesehen, war es ihm gelungen, die Kneipe durch die Hintertür zu betreten.

Ich aber merkte, wie der Kerl, der mir das Messer gegen den Hals presste, zitterte und ich als Folge davon einen ziehenden Schmerz verspürte, als die Klinge in meine Haut schnitt.

»Weg, habe ich gesagt!«

Endlich löste sich der Druck. Auch die Hand des Wirts verschwand aus meinem Haar.

Ich kam wieder hoch, zog sofort meine Beretta und ließ die Leute in die Mündung schauen.

Der Kerl mit dem Messer stierte auf die Klinge. An einer Stelle war sie von meinem Blut gerötet. Ich fühlte es auch warm in meinem Nacken rinnen, wobei das Blut vom Hemdkragen aufgefangen wurde.

Der Messerheld war fahl geworden. Er sah auch meine Beretta, während Suko im Hintergrund lauerte und die anderen in Schach hielt.

»Wirf das Messer weg!«, flüsterte ich.

Er ließ es fallen. Es fiel so, dass es mit der Spitze dicht neben seinem Fuß in den Holzbohlen stecken blieb. Der Griff zitterte noch nach.

Suko kam näher. An einem Ende der Theke bleib er stehen und zielte auf den Wirt. »Hatten Sie nicht etwas von Spionen gesagt?«, fragte er fast freundlich.

Der dicke Rumäne nickte.

Suko griff in die Tasche, holte seinen Ausweis hervor und schleuderte ihn auf den Tresen. »Lesen Sie!«

Der Wirt nahm den Ausweis an sich, hielt ihn gegen sein Gesicht und bekam große Augen. »Polizei!«, hauchte er.

»Lauter!«, befahl Suko. »Alle sollen es hören!«

»Die sind von der Polizei!«, rief der Wirt, »Scotland Yard sogar.«

»Richtig«, übernahm ich das Wort und ließ meine Beretta wieder verschwinden, wobei ich bemerkte, dass der Messerheld aufatmete. »Wir sind von der Polizei, und ich werde mir überlegen, ob ich Anzeige erstatten soll, denn wie Sie hier reagieren, das ist nicht die feine Art. Behandeln Sie jeden fremden Gast auf diese Weise?«, wandte ich mich an den Wirt.

Er verzog das Gesicht, als hätte er in eine Zitrone gebissen. »Nein, aber Sie müssen uns verstehen …«

»Bei Mord und Morddrohungen hört das Verständnis auf. Klar?«

»Sicher. Nur sind wir wirklich oft bespitzelt worden, und es hat auch schon Tote gegeben.«

»Das ist ein Problem, für das wir uns momentan nicht interessieren. Mir geht es um etwas anderes, um eine Frau, die hier gesehen worden ist.«

»Wie?«

Ich winkte ab. »Tun Sie nicht so harmlos. Wenn die Frau

hier gewesen ist, müssen Sie sich an sie erinnern, denn ich sehe in diesem Lokal ausschließlich männliche Gäste. Eine Frau fällt also noch stärker auf als ein angeblicher Spion.«

Der Wirt hob die Schultern. Er wollte wohl etwas gutmachen, denn er fragte nach dem Namen.

»Sie ist Engländerin«, erklärte ich, »und heißt Scott. Barbara Pamela Scott.«

»Kennen wir nicht«

»Moment«, sagte ich und gab eine Beschreibung. Während meiner Worte bemerkte ich das Zusammenzucken des Wirts. Er hatte Lady X also gesehen. Ein Vorteil für uns. Mit Lügen würde er bei mir nicht mehr durchkommen. Trotzdem sagte er: »Die habe ich nie hier gesehen.«

Ich runzelte die Augenbrauen. Allmählich nervten mich diese Knaben. Nicht allein, dass sie diesen Mordversuch unternommen hatten, nein, jetzt wollten sie uns auch noch reinlegen.

So schnell, wie meine Faust vorschoss, kam er gar nicht weg. Plötzlich griffen meine Finger zu, packten den Kragen des schmuddeligen Hemds und drehten ihn zusammen.

Viel war da nicht zu drehen, denn der Hals bestand fast nur aus Speck, und der Stoff spannte sich. »Ich könnte bereit sein, den Mordversuch zu vergessen«, zischte ich ihm zu, »wenn du dein Maul aufmachst, Dicker. Diese Frau war hier, das weiß ich, und ich will von dir wissen, was sie hier wollte.«

Der Wirt holte röchelnd Luft und verdrehte die Augen. Schweiß bildete sich auf seiner Stirn, ich roch seinen Knoblauchatem und wich trotz dieser Folter nicht zurück. »Rede!«

»Ich – ich – man bringt dich um …«

»Wer?«

Er verzog das Gesicht, als wollte er weinen, aber ich bekam nichts aus ihm heraus. Zu tief steckte die Angst. Wenn Lady X hier gewesen war, hatte sie mit ihren Drohungen dafür gesorgt, dass er stumm blieb. Und zwingen konnte ich den Mann nicht.

Ich ließ ihn los. Mit dem Rücken prallte er gegen das

Schnapsregal hinter dem Tresen, hob den Arm, gleichzeitig auch in einer um Verständnis bittenden Geste die Schultern und wischte sich mit dem Ärmel den Schweiß aus dem Gesicht. »Sie war ein Vampir, nicht?«, fragte ich.

Seine Augen rollten plötzlich in den Höhlen, und er bewegte nickend den Kopf, während hinter mir einige Leute scharf die Luft ausstießen. Ich wandte mich um.

Die Gesichter der Männer waren ängstlich verkniffen. Sie alle stammten aus Rumänien, dem klassischen Vampirland, und sie wussten, wie gefährlich die Blutsauger waren. Vielleicht gab es einige unter ihnen, die bereits schlechte Erfahrungen mit diesen Bestien gemacht hatten. Ich konnte ihnen diese Angst nicht einmal verdenken.

Aus dem Hintergrund löste sich ein alter Mann. Er trug einen offenen Staubmantel, ging gebeugt, und sein graues Haar hing zu beiden Seiten des Kopfes strähnig nach unten. Die anderen schufen eine Gasse, damit er hindurchgehen konnte.

Vor mir blieb er stehen. Dabei schielte er auch zu Suko hinüber, bevor er seinen schmallippigen Mund öffnete. »Ja, sie war ein Vampir, Mister«, berichtete er mit einer rauen Stimme, die mir einen Schauer über den Rücken jagte. »Sogar ein sehr gefährlicher Vampir. Der Fluch unserer Heimat verfolgt uns bis in die Fremde …«

»Was wollte sie?«

»Nichts von uns, sondern von Kovacz.«

»Wer ist das?«

»Einer der unsrigen. Er lebt nicht weit von hier. Gehen Sie nach rechts! Das zweite Haus, dort lebt er unter dem Dach.«

»Danke«, sagte ich. »Sie wissen nicht, was sie von diesem Kovacz wollte?«

»Nein.« Er schüttelte hastig den Kopf. »Sie sagte nur, dass es jetzt so weit sei.«

Mehr erfuhren wir auch nicht, als wir nachhakten. Die Männer gaben sich verschlossen.

Was hatte der Alte noch gesagt? Der Fluch unserer Heimat.

Da konnte er recht haben. Und was war so weit? Verfolgte Lady X einen bestimmten Plan, den sie mithilfe dieser Exilrumänen verwirklichen wollte?

Darauf deuteten die Aussagen hin.

Wir verließen die Gaststätte, und niemand trauerte uns nach, das sahen wir den Blicken an.

Draußen atmete ich die kühle Nachtluft ein und presste mir ein Taschentuch in die Nackenwunde. »Habe ich mich eigentlich schon bei dir bedankt, Suko?«

Mein Partner winkte ab. »Lass es! Suchen wir lieber das Haus, wo dieser Kovacz stecken soll.«

Wir gingen nach rechts. Dabei passierten wir das Lokal. Hinter den Scheiben sahen wir schemenhaft die Gesichter der Gäste. Sie waren froh, uns losgeworden zu sein.

»Dann hatte der Spitzel recht gehabt«, murmelte Suko. »Was eine Fahndung doch alles ausmachen kann.«

»Da sagst du was.«

Das Haus, das wir suchten, befand sich neben der Pizzabude. Im oberen Drittel der Tür sahen wir einen sich schnell drehenden Ventilator, der den Geruch aus dem Lokal ins Freie wirbelte. In der Pizzabude war einiges los. Wir hörten den Stimmenwirrwarr bis auf die Straße.

Nebenan wohnte Kovacz.

Zur Haustür führten drei Stufen hoch. Die Tür selbst lag in einer Nische, die von sich bewegenden Schatten ausgefüllt war. Unser Misstrauen schwand sehr bald, als wir das Pärchen erkannten, das sehr intensiv miteinander beschäftigt war.

Selbst durch mein Räuspern ließen sich die beiden kaum stören, und wir mussten sie tatsächlich zur Seite schieben, um vorbeigehen zu können. In der Mauer entdeckte ich ein Klingelbrett, das ziemlich lose im Gestein hing.

»Zu wem wollen Sie denn?«, fragte der junge Mann.

»Kovacz.«

»Der ist nicht da.«

»Wissen Sie das genau?«

»Ja.«

»Trotzdem möchten wir uns seine Wohnung einmal ansehen. Wir sind von der Polizei.«

»Habe ich mir fast gedacht. Warten Sie, ich schließe Ihnen die Haustür auf. Kovacz wohnt übrigens ganz oben. Einen Lift gibt es nicht.«

»Wir sind das Laufen gewohnt«, erwiderte ich.

Auch im Treppenhaus stank es nach Essen. Das Licht war mehr als trübe, und die Treppe hätte ruhig einmal geputzt werden können. Wir stiefelten die Stufen hoch, gelangten in die dritte Etage und suchten nach der Wohnungstür.

Drei standen zur Auswahl. Das Licht hier oben taugte überhaupt nichts mehr. Die nackte Glühbirne unter der Decke klebte voller Staub. Ich schaltete meine Bleistiftlampe an, während Suko schon an den Türen herumsuchte.

»Hier wohnt er«, sagte der Chinese. Es war die Tür in der Mitte. Wir öffneten sie mit einem Spezialwerkzeug und schlüpften in den dahinter liegenden Raum.

Licht wollten wir nicht machen. Man hätte es zu leicht von der Straße sehen können, deshalb tasteten wir uns zunächst im Dunkeln vor und verließen uns schließlich auf die Leuchtkraft unserer kleinen Taschenlampen.

Beide drehten wir Kreise, und beide hatten wir wohl die gleichen Gedanken, nur Suko sprach sie aus.

»Entweder war dieser Kovacz verrückt oder er war ein Dämon. Sieh dir nur mal die Bude an.«

So etwas hatte ich auch noch nicht gesehen. Das Zimmer war völlig schwarz eingerichtet und in dieser Farbe auch gestrichen.

Es gab keinen einzigen weißen Flecken.

Selbst das Bettgestell war schwarz gestrichen worden, und die Decke auf dem Bett zeigte ebenfalls eine dunkle Farbe.

»Hier stimmt was nicht!«, flüsterte ich, trat ans Fenster, schaute in einen düsteren Hinterhof und sah auch die schwarzen Vorhänge.

»Vielleicht ist er ein Vampir«, vermutete Suko. »Wenn er zu Lady X gehört hat, liegt das eigentlich auf der Hand.«

»Sicher.«

»John!«

Ich zuckte herum, als Suko meinen Namen rief. Mein Freund wollte mir etwas zeigen, und ich sah es bereits, als ich mich noch in der Drehung befand. An der Tür geschah es.

Als würde ein unsichtbarer Maler einen ebenfalls unsichtbaren Pinsel führen, so entstanden plötzlich auf der Tür in blutroter Farbe geschrieben drei Buchstaben.

BPS!

Wir schauten fasziniert zu. Die Farbe zerrann. Tropfen rutschten an den Buchstaben entlang nach unten, wobei sie lange Bahnen hinterließen.

»Be-Pe-Es«, flüsterte ich. »Verdammt, was kann das zu bedeuten haben?«

»Keine Ahnung.«

Es wurde kein weiterer Buchstabe mehr geschrieben. Die drei blieben so. Sie leuchteten in diesem intensiven, kräftigen Rot, was sich auf dem Schwarz der Tür besonders stark abhob.

»Sieht aus wie Blut«, murmelte ich.

Suko ging auf die Tür zu. Er traute sich aber nicht bis ganz heran, sondern blieb stehen und schaute wie ich. Wir beide waren auf eine gewisse Weise abgestoßen und fasziniert. Diese drei Buchstaben waren grauenhaft, und ich merkte, wie sich in meinem Magen ein dicker Kloß bildete.

Damit hatten wir nicht gerechnet.

In dieser unheimlich anzusehenden Wohnung lauerte eine gefährliche Magie. Kovacz musste ein wahrer Meister der Tarnung gewesen sein, weil niemand etwas gemerkt hatte.

BPS!

Ich grübelte darüber nach, aber ich kam zu keinem Ergebnis. Die Buchstaben blieben auf der Tür. Sie wurden weder blasser noch verstärkten sie sich.

Suko ging ein wenig weiter und blieb vor der Tür stehen. Er streckte die Hand aus und tupfte mit dem Zeigefinger in die Farbe. Aber war es Farbe?

Suko schüttelte den Kopf. Er schaute zu mir hin und hielt gleichzeitig den Finger hoch. »Das ist keine Farbe, John«, erklärte er. »Auf keinen Fall.«

»Blut?«

Er nickte. »Ja, es ist Blut!«

Die Frage nach der Herkunft lag mir auf der Zunge. Es war unsinnig, sie zu stellen, wir hätten sie nicht beantworten können. Ich ging ebenfalls an die Tür, schaute mir die Buchstaben aus der Nähe an und tunkte nicht meinen Finger in das Blut, sondern nahm das Kreuz.

»Schwarze Magie gegen weiße Magie«, murmelte ich, wobei ich auf Sukos Nicken achtete. Im nächsten Augenblick presste ich das Kreuz gegen die Buchstaben.

Ein Fauchen wie aus dem Maul einer wütenden Katze klang mir entgegen. Ich trat unwillkürlich zurück und schaute mir die Buchstaben aus einer sicheren Entfernung an.

Buchstaben waren es keine mehr.

Nur hässliche, dunkle, verbrannte Flecken blieben zurück. Die Buchstaben waren zerstört worden.

Mit einer so heftigen Reaktion hatten wir beide nicht gerechnet. Als Suko die Tür anleuchtete, konnten wir sehen, dass sich die Flecken regelrecht in das Holz eingebrannt hatten.

Plötzlich lachte der Inspektor auf und schlug sich gleichzeitig gegen die Stirn. »Ich habe es!«, rief er. »Verdammt, weshalb sind wir nicht früher darauf gekommen.«

»Worauf?«

»Auf die Bedeutung der Buchstaben. BPS – das heißt nichts anderes als Barbara Pamela Scott.«

»Alias Lady X«, erwiderte ich trocken.

»Sehr richtig, Geisterjäger. Da haben wir ihre Spur.«

»Hatten«, verbesserte ich. »Sie ist verschwunden. Kovacz ebenfalls.«

»Und der war Rumäne.«

Suko hatte die Antwort nicht ohne Grund gegeben. »Glaubst du, dass die Spur nach Rumänien führt?«

Mein Freund nickte. »Das muss man annehmen. Denk mal an Baron von Leppes Schloss. Es steht leer. Dann der Friedhof, der zum Schloss gehört. Wer weiß, welche Geheimnisse dort noch verborgen sind. Und Rumänien wäre für Lady X ideal, wo sie doch eine Allianz der Vampire gründen will. Passt alles wunderbar zusammen.«

Mein Freund hatte mir da aus der Seele gesprochen. Ich ließ mich auf der Bettkante nieder und nickte. »Schätze, wir werden mal ein Telefongespräch nach Rumänien führen.«

Suko wusste sofort Bescheid. »Hoffentlich liegt der alte Marek nicht im Bett.«

Ich stand heftig auf. »Dann wecken wir ihn eben …«

»Wir befinden uns in einer sehr ungünstigen Zeit!«, grollte der Spuk. »Es überstürzen sich die Ereignisse. Jeder Schwarzblüter will die Menschheit unter Kontrolle bringen. Kräfte, die seit urlanger Zeit im Verborgenen gelauert haben, machen sich bereit, um zurückzukehren. Jeder von euch weiß, dass ich von den Großen Alten rede, und die Großen Alten sind es auch, die alles aus dem Weg räumen, was sich ihnen entgegenstellt. Wir gehören zwar zur schwarzmagischen Seite, aber wir werden keine Freunde oder Verbündete der Großen Alten sein, sondern Feinde. Deshalb müssen wir etwas unternehmen.«

»Wir können sie ja vernichten«, schlug Asmodis vor und lachte dabei wild auf.

»Schaffst du es?«, höhnte Lady X.

»Gewissermaßen, wenn ich …«

»Hör auf zu reden!«, donnerte der Spuk. »Du wirst es kaum schaffen, weil sie verflucht mächtig sind. Einfach zu mächtig. Ein Einzelner kommt gegen sie nicht an, das wird auch John Sinclair, der Geisterjäger, merken. Weil dies so ist, habe ich euch zusammenkommen lassen. Bisher waren wir nicht die besten Freunde, ich aber will, dass sich dies ändert. Wir sollten uns nicht mehr gegenseitig anfeinden und nach noch mehr Macht streben, sondern dafür sorgen, dass die Großen Alten, wenn sie erscheinen, in ihre Schranken gewiesen werden.«

Selbst der Teufel blieb nach diesen Worten ruhig, denn der Spuk hatte mit großem Nachdruck gesprochen. Niemand konnte das Gegenteil seiner Worte beweisen. Dass die Großen Alten zurückkehren würden, stand längst fest. Es waren Vorbereitungen getroffen worden. An vielen Stellen der Welt wiesen Spuren auf die mächtigen Dämonen hin. Ob das nun eine geheimnisvolle Schädelkette gewesen war oder das Auftauchen der Leichenstadt, die zwischen den Dimensionen schwebte.

Kalifato lauerte. Dann ein Dämon namens Gorgos, der das gläserne Grauen verbreitete.

Und noch andere würden folgen.

Die Großen Alten wollten die Welt wieder so, wie sie zu Zeiten des Kontinents Atlantis gewesen war. Da hatte man sie angebetet, da waren sie die obersten Götter gewesen und hatten ihre Gegner radikal vernichtet, wenn sie erschienen.

Das wusste der Spuk, das wusste der Teufel. Deshalb waren die beiden sich einig, denn Asmodis nickte. »Ich bin einverstanden!«, grollte er. »Du kannst auf mich zählen.«

»Ich wusste, dass du vernünftig bist«, erwiderte der Spuk. »Muss ich dich auch noch fragen, Wikka?«

Das Hexenweib mit der Schlangenstirn schüttelte den Kopf. »Nein, ich gehorche Asmodis. Was er tut, gilt auch für mich und meine Hexen. Wir werden unsere Sinnesorgane offen halten, darauf kannst du dich verlassen.«

Nach diesen Worten trat sie zurück, schaute den Teufel an und sah dessen zufriedenes Nicken.

»Bleibt also nur noch eine«, sprach der Spuk weiter. »Nämlich du, Lady X. Ich habe dich in den Kreis mit einbezogen, weil die Mordliga noch immer einen Machtfaktor darstellt. Auf welche Seite stellst du dich? Machst du bei uns mit?«

Lady X gab noch keine Antwort. Auf ihrem Gesicht regte sich nichts. Es zeigte einen nahezu verächtlichen, arroganten

Ausdruck, und mit lässigen Schritten ging sie zur Seite, wobei sie nicht stehen blieb, sondern auf- und abschritt.

»Wir warten auf Antwort«, sagte der Spuk.

»Ja, die kannst du bekommen«, erwiderte die Scott und blieb stehen. Dabei wippte sie auf ihren Fußspitzen und spielte mit der Maschinenpistole. »Ich bin die Führerin der Mordliga, wie du sehr treffend bemerkt hast, und ich werde einen Teufel tun und euch unterstützen. Jeder soll allein mit seinen Problemen fertig werden. Ich brauche die Großen Alten nicht zu fürchten. Wenn sie kommen, werde ich sie in ihre Schranken weisen.«

»Woher nimmst du das Recht, so etwas zu behaupten?«, fragte Wikka.

»Weil ich Xorrons Herrin bin.«

»Xorron ist nicht allmächtig!«

»Wer wird ihm etwas antun können?«, höhnte die ehemalige Terroristin. »Keiner. Außerdem habe ich noch Vampiro-del-mar. Das sind Trümpfe, die ich vorerst in der Hinterhand lasse. Ich bin dabei, ein großes Reich der Vampire einzurichten, einen Geheimbund. Und jeder, der für mich wichtig ist, hat bereits Bescheid bekommen. Es gibt Menschen, die gar keine sind. Das habe ich herausgefunden. Sie leben verstreut auf der Erde, leiden unter ihrem Dasein und halten sich zumeist versteckt. Oft gehen sie auch völlig normalen Berufen nach, aber ihr Blut ist in den Augen der Menschen verseucht. In meinen jedoch nicht, denn ich bin der Meinung, dass sie zu mir gehören, denn sie tragen den Keim in sich, der nur geweckt zu werden braucht. Das habe ich getan, dem Geheimbund der Vampire steht nichts mehr im Wege. Ich habe ihnen Bescheid gegeben, und wir werden uns an einem bestimmten Platz sammeln und ihn zu unserem Quartier machen. Wo vor langer Zeit die Geburtsstätte der Blutsauger war, gründe ich den Geheimbund der Vampire. Ich gehe allein meinen Weg, macht ihr, was ihr wollt, aber kommt mir nie in die Quere, denn meinen großen Trumpf behalte ich.« Nach diesen Worten hob sie beide Arme und hielt den Würfel hoch. »Er ist der große Joker, der Würfel des Unheils. Solange ich ihn besitze, kann mir niemand etwas.«

Nach diesen offen erklärten Worten schaute sie sich auffordernd und höhnisch um, gespannt die Reaktionen der anderen Dämonen abwartend.

Die schwiegen zunächst. Selbst der Satan sagte nichts, nur in seinen Augen glühte ein unheimliches Feuer, zu vergleichen mit dem Glosen der Hölle.

Wikka blieb stumm. Maskenhaft starr war ihr Gesicht. In der fahldüsteren Umgebung schillerte es leicht grünlich. Was sie dachte, sagte sie nicht. Der Spuk hatte gerufen, er war gewissermaßen der »Chef im Ring«, und man überließ ihm die Antwort.

»Du hast dich also entschlossen?«

»Ich sagte es.«

Auf dem bleich schimmernden Knochenthron bewegte sich die schattenhafte Gestalt unruhig. »Hast du jemals mit den Großen Alten zu tun gehabt?«, fragte er.

»Nein!«

»Dann finde ich deine Rede dumm und arrogant. Ich will dich nicht noch einmal auf ihre Macht und Stärke hinweisen. Du solltest mit uns zusammengehen, sonst …«

Die Vampirin schüttelte den Kopf, nicht nur ihre langen Haare flogen, sie zeigte auch ihre spitzen Vampirzähne. »Ich habe den Geheimbund der Vampire gegründet«, sagte sie. Damit werde ich meine Pläne verfolgen. Tut ihr, was ihr wollt, aber kommt mir dabei nicht in die Quere, denn ich kann auf keinen Rücksicht nehmen.«

»Stellst du dich auch gegen uns?«, fragte Asmodis.

»Ich habe nur gesagt, dass ihr unsere Kreise nicht stören sollt«, gab sie zur Antwort.

»Sonst noch etwas?«, wollte der Spuk wissen.

»Nein!«

»Dann bist du hier nicht mehr erwünscht.«

Ein schallendes Gelächter verließ den Mund der Lady X. Sie stand für einen Moment starr, schaute auf den Würfel, konzentrierte sich auf seine Kräfte und verschwand plötzlich.

Die anderen blickten dorthin, wo sie sich aufgehalten hatte, und sie hatten die Kraft des Würfels demonstriert bekommen.

Wikka sagte: »Sie hätte den Würfel nicht haben dürfen«, flüsterte sie. »Nein, niemals. Damit ist sie einfach zu stark.«

»Warten wir es ab«, sagte der Spuk. »Ich habe vorausgesehen, dass sie so reagieren würde. Wir sind uns einig. Lady X nicht. Deshalb könnte sie auch gegen uns sein.«

»Was hast du vor?«, fragte Asmodis lauernd.

»Das werde ich dir sagen, aber nur dir«, erklärte der Spuk und winkte den Teufel an seinen Thron …

»Wer soll hier wohnen?«, fragte der Junge und tickte mit dem Fußball auf, wobei er zu seinen Kameraden schaute, die bereits auf dem Rasen ihre Runden liefen.

»Blasek!«, erklärte Kommissar Mallmann.

Der Junge in dem roten Trikot schaute den Polizisten argwöhnisch an. »Den kenne ich nicht.«

»Aber er ist doch Platzwart.«

»Ach, Sie meinen Jokisch.«

»Möglich.«

»Ja, das muss er sein. Aber wo er ist, weiß ich nicht. Den habe ich schon seit einer Woche nicht gesehen.«

»Er wohnt doch hier.«

»Klar. Über den Kabinen und den Duschen. Jokisch haben wir den nur genannt.«

»Vielen Dank!«, sagte Will und ließ den Jungen laufen. Tief atmete der Kommissar durch. Das war wieder ein Job für Schneckenbeamte. Es ging um einen Exil-Rumänen, der für das BKA arbeitete. Seit einigen Wochen hatte er sich nicht mehr gemeldet, und da man von gewissen Geheimdienstaktivitäten der rumänischen Abwehr gehört hatte, war die Wahl auf Will Mallmann gefallen. Er sollte sich um diesen Blasek kümmern.

Platzwart hatte er immer als Beruf angegeben. Eine gute Tarnung, wie auch Will Mallmann annahm. Allerdings nicht gut genug, denn dass man von Blasek nichts gehört hatte, beunruhigte sehr.

Während Will über den Rasen auf das Haus zuschritt, dachte er über das Aussehen des Rumänen nach. Er war ein springlebendiger Typ, aber leicht übergewichtig. Seine Glatze blitzte, als wäre sie mit Öl eingerieben worden. Die Sportler wussten nicht, welch ein Doppelleben dieser Mann führte, sie würden es auch nie erfahren.

Kommissar Mallmann hatte die Erlaubnis bekommen, in die Wohnung von Blasek einzudringen, denn man konnte ein Verbrechen nicht ausschließen. Vor der Glastür blieb Will stehen und schaute sich noch einmal um. Eine blasse Aprilsonne stand am Himmel. Von den Sportlern sah er nichts mehr. Er hörte nur noch ihre Rufe, stieß die Tür auf und befand sich in der Vorhalle. Richtungspfeile wiesen den Weg zu den Kabinengängen, den Umkleideräumen, der Sauna und den Turnhallen.

Das alles interessierte den Kommissar nicht. Er wollte in die erste Etage des Baus mit dem Flachdach.

Eine breite Treppe lag vor dem Polizeibeamten. Will Mallmann stieg sie schnaufend hoch und hielt sich mit einer Hand am Geländer fest. Du bist auch nicht mehr der Jüngste, dachte er. Zudem bereitete ihm der Job hier überhaupt keinen Spaß. Er war allerdings besser, als nur hinter dem Schreibtisch zu hocken.

Am liebsten hätte der deutsche Kommissar mit der Römernase und dem leicht gelichteten Haar Dämonen gejagt.

Es war zwar nicht seine Spezialität, seit er jedoch den Geisterjäger John Sinclair kannte und auch mit ihm befreundet war, betrachtete er die Welt aus anderen Augen. Er wusste, dass es Dinge gab, die man normalerweise überhaupt nicht begreifen oder erfassen konnte.

Geister, Dämonen, Untote – sie existierten tatsächlich. Ob nun durch einen geheimnisvollen Voodoo-Zauber angelockt oder durch eine finstere Beschwörung, täglich geschahen auf der Welt seltsame Dinge.

Von den meisten Ereignissen erfuhr Will Mallmann nicht einmal, und auch nicht sein Freund, der Geisterjäger, der sich darauf spezialisiert hatte, die Wesen der Finsternis zu jagen.

In Will Mallmann hatte er eine gute Stütze gefunden. Der Kommissar hielt vor allen Dingen in Deutschland die Augen auf. Denn in seiner Heimat geschahen oft genug rätselhafte Dinge, für die man keine rationale Erklärung hatte.

Will hatte durchsetzen können, dass Meldungen über solche Vorfälle ihm zugetragen wurden. Er sammelte und speicherte sie, verglich und wertete aus. Wenn er es für nötig hielt, einzugreifen, tat er dies. Oft genug zusammen mit seinem Freund John Sinclair von Scotland Yard.

Will Mallmann hasste Dämonen und Wesen der Finsternis. Auf brutalste Art und Weise hatten diese ihm seine Frau genommen. Minuten nach der Hochzeit war sie vom Schwarzen Tod umgebracht worden.

Natürlich konnte er seine Dienstzeit nicht nur mit dem Sammeln über Schwarzblüter »verplempern«. Er musste auch seine normale Arbeit tun. Dazu gehörte es, diesen Blasek zu suchen. Der Kommissar erreichte einen Flur, schaute nach rechts und sah am Ende des Ganges eine Tür. Als er näher kam, las er auf einem Schild den Namen Blasek.

Der Informant lebte gefährlich. Das wusste nicht nur er selbst, sondern auch der Kommissar. Wenn ihm tatsächlich etwas passiert war oder er in Lebensgefahr schwebte, würde Will sich ewig Vorwürfe machen, wenn er nicht alles getan hatte, um den anderen zu retten.

Aus diesem Grunde holte er sein Besteck hervor, um das Schloss zu öffnen.

Will war mit den modernsten Geräten ausgerüstet.

Große Schwierigkeiten bereitete das Schloss Will Mallmann nicht. Er werkelte ein paar Sekunden herum, hörte das Schnacken und lächelte zufrieden, als er die Tür aufstieß.

Dämmerlicht und muffiger Geruch empfingen ihn. Ein

Zeichen, dass die Wohnung verlassen war. Er schritt über die Schwelle, durchquerte den Flur und sah eine offene Tür. Rasch ging er darauf zu, zögerte allerdings, das Zimmer zu betreten. Stattdessen warf er einen Blick hinein.

Es gab ein Fenster.

Nur in Umrissen zu erkennen, weil das Rollo heruntergelassen war. Durch einige Ritzen fiel Licht. Schwache Lichtstreifen fielen auf den Boden.

Im Zimmer war es still.

Will Mallmann betrat es auf leisen Sohlen und wollte nach dem Lichtschalter tasten, als ihm etwas seltsam vorkam. Es war wie ein Hauch, der ihm entgegenwehte.

Gefahr!

Bisher war der Kommissar nur angespannt gewesen. Nun verdichtete sich diese Anspannung, und er hatte das Gefühl, eine andere Welt betreten zu haben.

Das im Halbdunkel liegende Zimmer machte auf ihn einen unheimlichen Eindruck. Er war der Meinung, dass irgendjemand auf ihn lauerte, sich aber nicht zeigte.

Will schaute sich um. Der Raum war ziemlich groß. Er konnte nicht in sämtliche Ecken sehen, weil sie von der Dunkelheit erfüllt waren. Mit den Fingerspitzen der linken Hand fühlte er die Glätte einer Tapete, ein Stück weiter den Lichtschalter, und im nächsten Augenblick wurde es hell.

Will Mallmann sah die Einrichtung des Zimmers. Völlig normal, sie hätte aus jedem Versandhauskatalog stammen können. Nicht normal war der Mann, den er suchte.

Blasek!

Er stand zwischen Couch und Schrank. Sein Körper war zusammengezogen, die Haltung geduckt. Seine Glatze »leuchtete«, der Mund war in die Breite gezogen.

Das alles hätte Will noch akzeptiert. Was ihn jedoch schockte, war das Blut.

Überall sah er Blut. Im Gesicht des Mannes, auf dem Boden, den Möbeln, und er glaubte, am Tatort eines unglaublichen Verbrechens zu stehen.

Will Mallmann stöhnte auf. Damit hatte er nicht gerechnet. Sein Blick schweifte nach links, wo auf einem kleinen Tisch ein Gefäß stand, das mit Blut gefüllt war.

Für Blasek?

Der Kommissar konnte es kaum glauben. Zu tief saß der Schreck in seinen Gliedern. Was er hier sah, war irre, das kam einem Wahnsinn nahe, und wahnsinnig musste auch Blasek sein, denn in seinen Augen leuchtete ein unheimlicher Glanz.

Der Kommissar flüsterte den Namen des Rumänen tschechischer Abstammung. »Was hat das zu bedeuten? Reden Sie, Blasek! Was soll das Blut?«

Blaseks Gesicht verzog sich zu einer hässlichen Grimasse »Weg, Mallmann!«, flüsterte er scharf. »Los, geh weg …«

»Nein!«

»Ich bin ein Vampir, Mallmann. Ein Vampir, ich brauche Blut. Störe mich nicht, sonst werde ich dich töten.« Er funkelte den Kommissar an. »Auch dein Blut ist gut – auch dein Blut …«

Durch Wills Adern rann ein Frösteln. Er hatte das Gefühl, mit kaltem Wasser gefüllt zu sein. Urplötzlich sah er sich mit einer Situation konfrontiert, an der einiges nicht stimmte. Was dieser Blasek hier tat, war nicht normal. Man konnte es auch nicht als menschlich bezeichnen, denn welcher Mensch wollte schon Blut?

Es sei denn, er war ein Vampir!

War Blasek das?

»Du willst nicht gehen, Bulle, wie?«, keuchte der Exil-Rumäne. »Ich sehe es dir an. Es passt dir nicht, aber ich lasse mich nicht fertigmachen. Man hat mich gerufen, und ich bin dem Ruf gefolgt, das kann ich dir sagen. Warte, ich …« Er sprach nicht mehr weiter, öffnete plötzlich seine rechte Hand und zeigte Will die Innenseite.

Auch da sah der Kommissar das Blut. Aber noch mehr. Ein Rasiermesser. Gefährlich, höllisch scharf.

Dass Blasek das Messer nicht nur zum Spaß trug, wurde dem Kommissar in den nächsten Sekunden klar. Mallmann hatte den Mann noch nie in Aktion erlebt, deshalb kam er nicht so rasch weg, als Blasek ihn angriff. Er war schnell, wuchtete seinen Körper vor und überwand die Distanz zu dem Kommissar mit einem Sprung.

Plötzlich sah Will den Arm und das Messer dicht vor sich. Die Klinge blitzte auf, dahinter leuchtete das blutbefleckte, verzerrte Gesicht, und dann spürte Will den Schmerz an seinem linken Arm.

Die Klinge hatte den Stoff der Jacke glatt durchtrennt und biss scharf in die Haut.

Blasek lachte irr.

Mallmann warf sich zurück, fiel gegen die Wand und sah sich erneut einem Angriff ausgesetzt. Der andere ließ ihm keine Zeit, die Waffe zu ziehen, er ging den Kommissar voll an.

Diesmal wollte er das Messer in Halshöhe von rechts nach links ziehen. Mallmann tauchte ab, drehte sich zur Seite, seine Faust schnellte vor und wühlte sich in den Körper des Glatzkopfs.

Das Messer fehlte. Aber Blasek war wie ein Stehaufmännchen. Er kam erneut.

Diesmal konnte Will der Attacke nicht ganz ausweichen. Er prallte mit Blasek zusammen, die Klinge zuckte an seinem Gesicht hoch, traf die Wange, und der Rumäne kicherte siegessicher. Er wollte den Kommissar töten, sah schon das Blut in seinem Gesicht und wurde rasend. »Ich werde dich fertigmachen. Du sollst krepieren, du – du …«

Und wieder hieb er zu. Er war nicht berechenbar in seinem Zorn, einfach nicht zu bremsen, das Blut musste ihn wahnsinnig gemacht haben. Der Vampir in ihm gewann die Oberhand, und er führte das Messer wie eine Sense.

Weit holte er bei jedem Schlag aus. Will Mallmann sah darin einen Vorteil. Es gelang ihm, den meisten Hieben zu entgehen, er wich zurück, schaffte es, den Tisch zwischen sich und Blasek zu bringen, und hatte endlich Zeit, seine Dienstwaffe zu ziehen.

»Bleib stehen, Blasek!«, peitschte seine Stimme. Er richtete die Waffenmündung auf den Spitzel.

Der Rumäne gehorchte tatsächlich. In seiner Haltung erstarrte er. Den rechten Arm halb vorgestreckt, den linken nach hinten angewinkelt.

»Und jetzt weg mit dem Messer!«

Blasek schüttelte den Kopf. »Nie!«, flüsterte er. »Nie! Ich lasse mich nicht aufhalten. Ich habe den Ruf gehört, ich muss ihm folgen. Mein Blut kocht. Es hat den Keim …«

»Welchen?«

»Vampirkeim, Bulle. Ich werde zu einem Vampir.« Er lachte dröhnend. Seine Augen glänzten. Will Mallmann bekam das bestätigt, was er schon lange angenommen hatte. Hier stand kein Verrückter vor ihm, sondern ein Mensch, der nach Blut gierte und trotzdem kein Vampir war, sondern sich erst auf dem Weg dazu befand.

»Du bist kein Vampir, Blasek!«, flüsterte der Kommissar.

»Stimmt!«, kreischte der andere. »Ich bin kein Vampir. Aber ich will einer werden. Man hat mich geweckt, auch du kannst mich nicht aufhalten, du nicht, verfluchter Bulle!«

Blasek war wie von Sinnen. So kannte ihn Mallmann nicht, und er bekam Angst. Konnte er den Mann überhaupt stoppen? Okay, er hätte ihn erschießen können, aber das war nicht Sinn der Sache. Mallmann ahnte, dass wesentlich mehr hinter den Worten stecken musste. Für ihn war Blasek nur die Spitze eines Eisbergs.

Blaseks Arm zuckte vor. Erreichen konnte die Klinge den Kommissar nicht, er stand zu weit entfernt, aber dieser Angriff war nur als Finte gedacht, denn gleichzeitig riss Blasek seinen Fuß hoch und trat heftig unter den Tisch.

Das Möbel war nicht so schwer und bot keinen großen Widerstand. Der Tisch wurde auf den Kommissar zu gewuchtet. Will Mallmann kam nicht so schnell weg, er drehte zwar noch ab, doch es war zu spät. Die Kante hieb gegen seine Schienbeine. Will geriet ins Stolpern und hörte das widerliche Lachen des anderen.

Blasek hechtete über den Tisch und flog auf ihn zu. Er wollte alles klar machen. Will blieb nichts anderes übrig, als zu schießen. Der Schuss peitschte trocken auf. Will sah die fahle Mündungsflamme, die sogar noch das Gesicht des Wahnsinnigen erhellte, und er riss gleichzeitig ein Bein hoch, um Blasek von sich zu wuchten.

Will traf.

Der Spitzel flog zurück. Er heulte dabei, rollte über den Boden und zuckte wie ein Tier.

War er erledigt?

Will kam auf die Beine. Er glaubte, dass seine Kugel getroffen hatte, gesehen hatte er es allerdings nicht. Er ging um den Tisch herum, wobei er sich dem Mann von hinten und mit schussbereiter Waffe näherte.

Das Gefäß mit dem Blut war ebenfalls umgekippt. Will bemerkte aus den Augenwinkeln, dass es sich bei der dicken Flüssigkeit nicht um Menschenblut handelte, das hatte eine andere Farbe und war auch nicht so dick. Es musste Tierblut sein.

Was wollte er damit?

Will Mallmann hoffte, in den nächsten Sekunden eine Antwort zu erhalten, als er neben Blasek stehen blieb.

Der stieß hechelnde Laute aus. Er bewegte sich von einer Seite auf die andere, doch Will konnte nicht erkennen, ob er getroffen worden war. Das Rasiermesser jedenfalls hielt er nicht mehr in der Hand, es lag neben ihm.

»Bist du okay, Blasek?«, fragte der Kommissar.

»Ich – ich …« Blasek schüttelte sich und griff plötzlich zu. Will Mallmann hatte sich ablenken lassen, das war sein großer Fehler gewesen, denn Blaseks Finger krallten sich in den Stoff seiner Hose, ließen nicht mehr los und zerrten so heftig daran, dass der Kommissar sich nicht mehr halten konnte und zu Boden stürzte.

Reingelegt, dachte er noch, dann schlug er auf.

Er hatte sich nicht mehr abrollen können, den Aufprall mit dem Hinterkopf musste er voll nehmen. Nur hatte er insofern Glück, dass der Teppich den Schlag dämpfte.

Trotzdem sah Will Mallmann Sterne vor seinen Augen aufblitzen, und er dachte auch daran, dass ihn der andere jetzt töten konnte, denn er war relativ wehrlos.

Will sah die Welt wie durch einen Schleier. Seine Pistole hielt er noch in der rechten Hand, wobei er nicht die Kraft besaß, seinen Arm in die Höhe zu heben.

Einem Phantom gleich wischte Blasek durch den Schleier vor seinen Augen. Er konnte sich gut bewegen. Will schien ihn doch nicht erwischt zu haben, und der Kommissar glaubte auch, das Blitzen der Rasierklinge zu erkennen.

Mallmann kämpfte gegen seine Schwäche an. Er atmete stöhnend, wollte wieder auf die Füße kommen, nahm auch den Waffenarm herum und hörte im selben Augenblick den heftigen Schlag, der in seinen Ohren dröhnte. Wie ein Donner schlug er ein, doch es war kein Gewitter, sondern nur das Zuhämmern der Wohnungstür gewesen. Blasek hatte die Flucht ergriffen und den Kommissar zurückgelassen.

Das wurde Will klar, und er wollte die Verfolgung aufnehmen, aber er kam nur schwer hoch. Als er saß, kippte er fast um, bewegte sich in der Haltung zur Seite, fand eine Stütze an dem umgekippten Tisch und hielt sich dort fest.

Will drückte sich in die Höhe. Gebückt blieb er stehen. Noch schwindelte ihn, der Boden warf Wellen und tanzte vor seinen Augen. Durch den offenen Mund atmete der Kommissar, er spürte auf seinem Körper die feuchte Kühle des Schweißes und merkte auch das Brennen seiner Wunden. Am linken Arm und im Gesicht. Dort hatte ihn der Hundesohn mit dem Messer erwischt.

Will taumelte auf die Wohnungstür zu. Er war kaum zwei Schritte gegangen, als er stehen blieb und aus großen Augen auf die Tür stierte. Dort flimmerte etwas auf dem Holz. Rote Buchstaben, die ineinander verschwammen und einen dicken Fleck bildeten.

Mallmann schüttelte den Kopf. Er wischte über seine Augen, verteilte noch Blut in seinem Gesicht, ging etwas näher, sodass es ihm gelang, die roten Buchstaben zu entziffern.

BPS!

Der Kommissar sprach die drei Buchstaben aus. Sie zitterten auf der Tür, der Teufel persönlich schien sie mit dem Blut unschuldiger Menschen gemalt zu haben, und die Farbe rann an den unteren Rändern der Buchstaben nach unten!

Ein Zeichen – ein Omen?

Für was?

Will taumelte auf die Tür zu. Er fiel dagegen, hob seinen rechten, unverletzten Arm und tunkte die Fingerspitze in die Farbe.

Nein, das war keine Farbe, sondern Blut. Echtes Blut! Dem Kommissar rann ein Schauer über den Rücken. Blut an der Wohnungstür. Woher kam es?

Er öffnete die Tür, schaute an der anderen Seite nach und fand sie normal.

Da war nichts.

Tief holte er Luft. Sein Gesicht verzog sich, er schüttelte den Kopf, die Hände zitterten, und wenig später taumelte er in den Flur hinein. Er musste auch an dem schmalen Spiegel vorbei. Will warf einen Blick nach links und erschrak über sich selbst.

Grauenhaft sah er aus.

Der Schnitt mit dem Messer hatte in seiner Wange eine klaffende Wunde hinterlassen, aus der noch immer das Blut quoll und sich im Gesicht verteilt hatte. Die Wunde schmerzte. In ihr pochte und hämmerte es. Will war klar, dass er in ärztliche Behandlung musste, und er würde auch eine Fahndung nach Blasek in die Wege leiten.

Wie er zu seinem Manta gekommen war, wusste er selbst nicht mehr zu sagen. Er setzte sich mit dem nächsten Polizeirevier per Autotelefon in Verbindung und hatte kaum aufgelegt, als er die Gesichter der jungen Fußballer sah.

Die Spieler hatten seinen Wagen umstellt. Sie sahen den blutenden, verletzten Kommissar und waren vor Schrecken stumm.

Als ihr Trainer kam, wurden sie weggescheucht. »Kann ich Ihnen helfen?«

»Ja.« Will nickte. »Haben Sie einen Verbandskasten?«

»Natürlich, warten Sie.«

Der Mann verschwand, während Will Mallmann auf das Blut schaute, das auch die Polster seines Wagens nicht verschont hatte. Trotz seiner Schmerzen machte er sich Gedanken. Und er gelangte zu dem Schluss, dass er hier einer unheimlichen Sache auf die Spur gekommen war, deren Ausmaße noch gar nicht abzusehen waren.

Eins wusste er dennoch.

Nicht nur er würde sich dafür interessieren, sondern auch ein Mann namens John Sinclair …

Wir hatten auf der ganzen Linie Pech gehabt. Frantisek Marek, der Pfähler, war nicht zu erreichen gewesen. Nun ist es nicht gerade einfach, nach Rumänien ein Telefongespräch zu führen. Nach dem achten Versuch hatten wir es aufgegeben. Am nächsten Tag wollten wir es noch einmal probieren.

Wir hatten mit dem Gedanken gespielt, eine Fahndung nach Kovacz einzuleiten, den Plan nach kurzem Überlegen aber fallen gelassen. Viel wäre dabei nicht herausgekommen, weil der Mann schon zu lange verschwunden war.

Kurz nach Mitternacht stieg ich in mein Bett. Schlaf konnte ich kaum finden. Es war für mich ein stetiges Hin- und Herwälzen, meine Gedanken drehten sich um diesen Kovacz und zwangsläufig auch um die ehemalige Terroristin Barbara Pamela Scott. Wir hatten ihr Zeichen auf der Tür gesehen. In blutroten Buchstaben, und ich fragte mich, ob es eine Warnung oder ein Hinweis gewesen war. Was konnte Lady X vorhaben?

Es war ja nur ein Hinweis, den wir gefunden hatten, eine vage Spur, wobei ich darüber nachdachte, ob diese Spur nicht nach Rumänien führen würde.

Der Gedanke daran wurde bei mir immer konkreter und fester. Meines Erachtens musste Rumänien wieder eine große Rolle spielen, und es wurde Zeit, dass wir Marek erwischten, um ihn vorwarnen zu können.

Lady X gab sich nie mit kleinen Dingen ab. So beunruhigend dieser Gedanke auch für mich war, ich schlief letztlich ein.

Als mich der Wecker aus dem Schlaf riss, hatte ich das Gefühl, in einem Bleimantel zu liegen. Es fiel mir sogar schwer, die Augen zu öffnen, und ich fühlte mich irgendwie kaputt. Blaumachen war nicht drin. Ich musste raus, wälzte mich auf die Seite und schwang die Beine aus dem Bett.

Müde schlurfte ich ins Bad, auch mein Gedankenapparat wollte nicht richtig in Schwung kommen. Ich schob dieses kaputte Gefühl der Frühjahrsmüdigkeit zu, die auch an mir nicht vorbeiging. Nach dem Duschen ging es mir besser. Ich dachte wieder an unser Vorhaben und hoffte, im Laufe des Tages einen Erfolg zu erzielen.

Suko sah frisch wie der Frühling aus, ich eher wie ein verwelkter Blumenstrauß.

»Hast du nicht geschlafen?«, ärgerte mich mein Freund.

»Mit offenen Augen.«

»Toll, wie geht das?«

»Musst du mal ausprobieren. Du fühlst dich hinterher, als könntest du Bäume ausreißen.«

»Gummibäume?«

»Auch die.«

Wir quälten uns mal wieder durch London. Heute hatte ich keine Lust, zu schimpfen, und so krochen wir weiter von Ampel zu Ampel oder von Kreisverkehr zu Kreisverkehr.

Glenda war schon da, sie hatte das schwarze Haar zum Pferdeschwanz gebunden.

Ein Lächeln auf dem Gesicht und ein helles Strahlen in den Augen. Neue Kleider trug sie ebenfalls. Die bunte Tupfenbluse hatte ich noch nicht gesehen und auch nicht den gelben Rock.

»Gehaltserhöhung bekommen?«, fragte ich sie.

»Nein, nur einen neuen Freund.«

Ich schluckte. »Oho, der hat dir das alles gekauft?«

Glenda nickte. »Es gibt eben noch großzügige Kavaliere, mein lieber John.«

»Du musst es ja wissen«, erwiderte ich und betrat mein

Büro. Dabei hörte ich Suko noch sagen: »Der Junge hat heute eine Laune wie ein Ehemann, wenn die Schwiegermutter mal wieder für eine Woche zu Besuch kommt. Grauenhaft.«

»Dann werde ich einen besonderen Kaffee kochen.«

»Ja, tu das.«

Als Suko unser gemeinsames Büro betrat, hockte ich schon hinter dem Schreibtisch, schaute durchs Fenster und besah mir den blaugrauen Himmel.

»Soll ich Marek anrufen?«, fragte mich der Inspektor.

»Wieso?«

»Dir sieht man die Lust am Gesicht an.«

Das Telefon enthob mich einer Antwort. Es klingelte. Da ich näher am Apparat saß, hob ich auch ab. Die Stimme des Anrufers klang ziemlich weit weg, und er begrüßte mich in deutscher Sprache.

»Na, du alter Dämonenfresser, schon auf den Beinen?«

»Will Mallmann!«, stöhnte ich. »Weshalb nimmst du denn die Unkosten eines Telefongesprächs auf dich?«

»Ich rufe in der Tat aus meiner Wohnung an.«

»Bei deiner Sparsamkeit muss schon ein halber Weltuntergang auf dem Spiel stehen.«

»Das nicht gerade, aber es kann sich vielleicht dazu entwickeln. Ich sage nur ein Wort: Vampire!«

Schlagartig war meine Müdigkeit verschwunden. Suko hörte bereits mit, und wir waren gespannt auf den Bericht des deutschen Kommissars. Die Sache wurde immer interessanter. Als Will von den drei Buchstaben berichtete, die er gesehen hatte, nickten Suko und ich uns zu. Ich schrieb in Stichworten mit. Sehr bald stand auch der Name Blasek auf dem Papier. Das Wort Rumänien ebenfalls. Längst sahen wir klar. Zwischen Blasek und unserem Kovacz musste es eine Verbindung geben. Und hinter allem stand Lady X.

So jedenfalls sah ich es. Auch Will Mallmann teilte meine Ansicht. Er fragte nur noch, ob wir nach Rumänien fahren würden.

»Natürlich.«

»Ich muss leider in Deutschland bleiben«, erklärte Will. »Die würden mich nie einreisen lassen.«

»Wir haben doch guten Kontakt.«

»Trotzdem. Bis alle Formalitäten erledigt sind, dauert es. Ich könnte dabei auch nicht ohne Aufpasser agieren. Und vergiss nie, dass ich nicht in dem Sinne für die Polizei arbeite. Dann kommt noch etwas hinzu. Dieser Blasek liebt sein Rasiermesser. Er hat mich damit malträtiert. Mein Gesicht ist verpflastert, und der linke Arm hat auch etwas abbekommen. Diesmal bin ich außer Gefecht.«

»Schade.«

»Haltet mich auf dem Laufenden! Ich bin davon überzeugt, dass sich Blasek nach Rumänien abgesetzt hat. Wie euer Typ, von dem du berichtet hast.«

»Okay, Will, wir lassen wieder von uns hören. Und dann wünsche ich dir gute Besserung!«

»Danke!«

Suko und ich schauten uns an. Meine Hand lag noch immer auf dem Hörer. »Alles deutet auf Rumänien hin«, murmelte ich. »Verdammt, wir müssen Marek erreichen.«

»Versuch es noch mal!«

Glenda brachte den Kaffee. »Hat sich eure Laune wieder gebessert?«, fragte sie.

Suko protestierte. »Was heißt hier *eure* Laune? Ich war okay. *John* nicht.«

»Wir werden wohl bald eine Reise machen«, erklärte ich und bedankte mich für den Kaffee.

»Wohin?«

»In das Land der Karpaten. In eine schaurige, düstere Umgebung mit viel Nebel, dichtem Wald und den Vampiren, deren Schreie nach Blut die Nacht zerteilen.«

Glenda schüttelte den Kopf, bevor sie fragte: »Fahrt ihr wirklich nach Rumänien?«

»Es sieht so aus«, erwiderte Suko und hob seine Tasse.

Schnee lag nur noch auf den höchsten Gipfeln der Karpaten. Ansonsten war die weiße Pracht weggetaut. Die ersten Frühlingsstürme hatten das Land geschüttelt und in den dichten Wäldern die Bäume umgerissen, die der Winter geschwächt hatte. Für die Holzfäller gab es bald wieder viel zu tun.

Der Winter war hart und lang gewesen. Die Menschen in den einsamen Dörfern sehnten sich nach dem Frühling, der die Natur erwachen ließ und das Dunkle vertrieb.

Mit dem Dunklen war nicht nur die Nacht gemeint oder die kalte Jahreszeit, auch die unheimlichen Geschichten wurden zu Beginn der hellen Zeit in den Hintergrund gedrängt. Jetzt redete man nicht mehr so oft über die Boten der Finsternis, die Vampire. Viele hofften, dass auch sie dem Frühling Tribut zollen würden und in ihren Särgen oder Grüften blieben. Dass es Vampire gab, davon waren die Menschen im ehemaligen Transsylvanien fest überzeugt. Da konnten die offiziellen Stellen der Regierung noch so oft dagegensprechen, die Vampire waren einfach nicht wegzudiskutieren.

Und die Menschen hatten recht. Es gab noch Vampire. Die lebten allerdings in ihren Verstecken.

Der Baron von Leppe war das beste Beispiel gewesen. Sein düsteres Schloss mit dem unheimlichen Friedhof hätte schauerlicher gar nicht sein können. Dieses Gebiet war eine regelrechte Brutstätte für Vampire. Nun lebte der Baron nicht mehr. Marek hatte ihn getötet, aber damit waren die Vampire ja nicht vernichtet. Zudem stand das Schloss leer, es wartete nur darauf, wieder bewohnt zu werden. Menschen hatten kein Interesse daran, sie machten einen Bogen um den düsteren Bau, und selbst die Regierungsstellen und Funktionäre verschwiegen das Schloss. Sie taten einfach so, als wäre es überhaupt nicht vorhanden.

Gleichermaßen verhielt es sich mit den Vampiren. Auch sie wurden verschwiegen, denn von offizieller Seite war man sich einig, dass man das Problem nicht in den Griff bekam. Zudem gab es einige Funktionäre, die selbst an Vampire glaubten, dies jedoch nur im kleinen Kreis zugaben.

So kam es, dass durch die Ignoranz der Behörden ideale Bedingungen für eine Bestie wie Lady X geschaffen wurden. Schon immer hatte sie nach einem Ort oder Platz gesucht, den sie zu einer Zentrale umfunktionieren wollte. Sie musste irgendwo bleiben, konnte sich nicht immer in den Höhlen der Anden mit ihren beiden Freunden Vampiro-del-mar und Xorron verstecken, nein, sie brauchte eine Operationsbasis, von der aus sie agieren konnte.

Und sie hatte große Pläne!

Als gewaltiges Ziel stand immer noch der große Plan, sämtliche Vampire zu einer Allianz zu vereinigen. Natürlich unter ihrer Führung, denn sie wollte die Blutsauger weltweit einsetzen. Und das Schloss des Barons war für Lady X der ideale Ausgangspunkt.

Hinzu kam noch, dass sie sich seltsamerweise stark nach Rumänien hingezogen fühlte. Sie gehörte zu den großen Verehrern des Vampirgrafen Dracula, der ja auch in Transsylvanien gelebt hatte, und Lady X wollte gewissermaßen seine Nachfolge antreten. Der Graf hatte eine grausame Regentschaft geführt, die Lady X noch übertreffen wollte. Und dazu brauchte sie den Geheimbund der Vampire.

So hatte sie ihn genannt. Es war eine Allianz aus vier Menschen, die allesamt aus Rumänien stammten. Exilrumänen, die in anderen Städten Europas eine neue Heimat gefunden hatten, ohne zu wissen, dass sie den Vampirkeim in sich trugen. Sie alle hatten in ihrer Jugend eine Begegnung mit den Blutsaugern gehabt, waren allerdings nur »angebissen« worden und konnten entkommen.

Der Keim jedoch blieb. Und Lady X, die ja nicht faul war, sondern sich mit ihnen beschäftigt hatte, wusste, dass sie irgendwann dem Trieb ihres Blutes gehorchen mussten.

Sie allein bestimmte den Zeitpunkt, und sie hatte sich entschlossen, dass es nun so weit war.

Ein günstiger Zeitpunkt lag vor ihr. Andere Dämonen hatten mit sich selbst zu tun. Der Spuk, Asmodis und seine Helfer waren darauf fixiert, die Großen Alten abzuwehren, und

Lady X sah sich als lachende Dritte. Sie hatte keine Angst vor den Großen Alten. Wenn sie kamen, sollte ihre Streitmacht so groß sein, dass die Großen Alten durch sie gestoppt werden konnten.

Noch war dies Zukunftsmusik, zunächst einmal musste der Plan in die zweite Phase gehen.

Phase eins lag hinter ihr. Die vier Männer wussten Bescheid. Sie waren ihrem und dem Ruf ihres Blutes gefolgt und befanden sich nicht nur in Rumänien, sondern auch an dem Punkt, wo alles seinen Anfang nehmen sollte.

In Baron von Leppes Schreckensschloss.

Er selbst lebte nicht mehr. Der Baron war gepfählt worden. Von dem letzten Marek, der den Beinamen der Pfähler trug und in den Karpaten ein bekannter Mann war. Viele Menschen vertrauten auf den Pfähler, der dieses Erbe von seinen Vorfahren übernommen hatte, und er steckte voller Hass auf die Blutsauger, denn dem Baron von Leppe war es gelungen, ihm die Frau zu nehmen.

Er hatte Marie Marek zu einer Vampirin gemacht, als ihr Mann nicht im Hause war und einen anderen Blutsauger jagte. Auch Marie Marek war gepfählt worden. John Sinclair, dem Geisterjäger, war nichts anderes übrig geblieben, als dies zu tun.

Marek hatte sich schrecklich an von Leppe gerächt. Beide waren in das Grab des alten Vampirs gestürzt, und dort hatte ihm Marek den Eichenpfahl in die Brust gestoßen.

Von Leppe war gepfählt und begraben!

Seit dieser Zeit war der alte Mann noch verbitterter geworden. Für ihn gab es keine Freunde mehr, kein Lachen, sein Lebensziel war das Aufspüren und Jagen der Blutsauger.

Lady X wusste davon und sah der Sache gelassen entgegen. Marek war für sie kein Gegner. Sie wollte und würde ihn gewissermaßen nebenher ausschalten.

Es zählten allein die vier Vampire, die ihren Geheimbund gründen sollten.

Als Lady X daran dachte, begann sie zu grinsen. Ja, sie

hatte es geschafft. Lady X fühlte sich stark. Sie war die Frau, die Bestie, die Blutsaugerin, die alles in die Wege leitete. Ihre Pläne gingen immer auf, und selbst der Satan konnte sie nicht stören …

Mit diesem Gedanken blieb sie in der kalten, düsteren Schlosshalle stehen und lachte.

Es war ein schauriges gellendes Lachen, ein unheimliches Versprechen, und es hallte von den kahlen Wänden wider, wobei es sich wie in einem Netz fing und in die Ohren der Blutsaugerin dröhnte.

Tod, Vernichtung, Grauen und Blut!

All dies wollte sie. Und sie würde ein Reich errichten, vor dem die Menschen zitterten. Wenn sich ihre Pläne erfüllten, dann würde Rumänien wieder ein Land der Vampire werden. Jeder Mensch sollte die schreckliche Bluttaufe erleben, keiner würde entkommen, und der Vampirkeim würde sich in Windeseile fortpflanzen, sich über das Land ausbreiten, in dem sie bald Königin war.

Von hier aus konnte der Siegeszug über die Welt beginnen. Rumänien zuerst, danach die Nachbarländer. Europa würde unter die Kontrolle der Blutsauger geraten.

Ihr Hunger nach Macht war nicht zu stillen, und kein anderer Dämon war in der Lage, sich ihr in den Weg zu stellen. Sie wollte alles zerstören.

Der Anfang war gemacht.

Die vier Männer befanden sich bereits im Schloss. Sie warteten auf ihre Herrin in den unheimlichen, weit verzweigten Kellerräumen des düsteren Baus, wo das Grauen eine Heimat gefunden hatte. In der Vergangenheit waren in den Kellergewölben schreckliche Dinge passiert. Baron von Leppe hatte dort gehaust und grausam gewütet. Zahlreiche Menschen waren ihm in der Vergangenheit zum Opfer gefallen. Wenn die Pläne der Scott aufgingen, wollte sie noch härter zuschlagen als der alte Vampir-Baron.

Mit diesen Gedanken schritt sie die Treppe hinab. Es war eine breite Treppe, ebenso alt wie das Schloss. Die Stufen bestanden aus Stein, über die geisterhaft das Licht der in den Wänden steckenden Fackeln zuckten.

Ihr Widerschein traf auch die Fenster. Wer von draußen auf sie schaute, konnte das Gefühl haben, als würden rotgelbe Geister einen makabren Totenreigen tanzen.

Schon bald führte die Treppe in einem Bogen weiter und verschwand in der Tiefe.

Sie wurde auch schmaler, die Mauern noch düsterer und älter, dazu feuchter, und der graugrüne Schimmel wuchs auf ihnen wie eine zweite Haut.

Ein normaler Mensch hätte sich kaum getraut, die Treppe hinunterzugehen oder eine ungeheure Angst bekommen. Für Lady X jedoch war diese Atmosphäre Balsam. Sie liebte das Morbide, die Düsternis, den Verfall und den lautlosen Schrecken.

Ihre Schritte waren kaum zu hören.

Sie selbst passte sich in ihrem Aussehen der Düsternis an. Ihr Gesicht sah bleich aus. Die Oberlippe hatte sie zurückgeschoben. Die Zähne schimmerten hell, wie spitze Messer schauten sie hervor, und sie waren an ihren Enden ein wenig nach innen gebogen.

Die ehemalige Terroristin hatte sich in der Tat zu einer Horror-Gestalt entwickelt.

Stufe für Stufe schritt sie hinab. Hier unten war die Luft stickiger. Die Flammen der Fackeln bekamen nicht so viel Sauerstoff wie oben, deshalb brannten und loderten sie auch nicht so hell. Sie lagen manchmal waagerecht, und die Zungen waren wie gierige Hände, die nach der Umgebung zu tasten schienen.

Hier unten lagen nicht nur die ehemaligen Folterkeller, die Lady X wieder ihrer ursprünglichen Bestimmung zuführen wollte, sondern hier begannen auch die Geheim- und Verbindungsgänge, die unter der Erde herliefen und auch den Friedhof berührten, wo die uralten Gräber lagen. Zumeist waren die von Leppes dort verscharrt worden, aber es gab auch andere Menschen, die unter der feuchten Erde Transsylvaniens ihre letzte Ruhestätte gefunden hatten.

Diese Gänge waren für sie ungemein wertvoll. Sie hatten sie ausgekundschaftet und sich auch für den Fall der Fälle einen Fluchtweg geschaffen.

Vor einer Tür blieb sie stehen.

Sie bestand aus Holz. Es war alt und dick. Eine Schimmel-schicht lag darauf. Rechts und links der Tür leuchteten zwei Fackeln, deren zuckendes Spiel aus Licht und Schatten über das Holz tanzte.

Lady X musste einen schweren Riegel zurückschieben, um die Tür öffnen zu können.

Ein Gänsehaut erzeugendes Knarren ertönte, als die ehe-malige Terroristin die Tür aufzog. Für sie war dieses Ge-räusch Musik, denn es passte zu der gesamten Atmosphäre aus Angst und Grauen.

Hinter der Tür lag der größte Raum. Auch er wurde durch Fackeln erhellt, und er war im Gegensatz zu den anderen Verliesen nicht leer. Man wartete auf Lady X.

Kaum hatte die ehemalige Terroristin die Tür aufgedrückt, als sich ihr vier Gesichter zeigten.

Das waren ihre Diener!

Die Scott betrat den Raum. Zwei Schritte hinter der Tür bleib sie in ihrer lässigen Haltung stehen, die Maschinen-pistole über der Schulter, den Würfel des Unheils am Gürtel, ein abschätzendes, kaltes Grinsen um beide Mundwinkel und die Augen zu leichten Schlitzen verengt.

So schaute sie auf die Männer.

Sie hatte schon kurz zuvor mit ihnen gesprochen und wollte nun dafür sorgen, dass sie die echte Vampirtaufe beka-men. Sie sollten zu Blutsaugern werden.

Jeden einzelnen schaute Lady X an, wobei sie kein einziges Wort sprach.

Ganz rechts von ihr stand Kovacz. Ein dunkelhaariger Mann mit dicken, schwarzen Augenbrauen. Er machte stets einen düsteren Eindruck, war fast behaart wie ein Tier, und selbst auf seinen Handrücken wuchs der dunkle Haarflaum.

Blasek, der Glatzkopf, stand neben ihm. Seine Augen

blickten starr. Er selbst schleppte Übergewicht mit sich herum, und seine Hände zitterten. Blasek stand voll unter Dampf. Er konnte es kaum erwarten, dies war ihm anzusehen.

Der Dritte im Bunde hieß Dranic.

Ein älterer Mann mit halblangen, grauen Haaren, der immer leicht gebückt ging und kaum etwas sagte. Er war als der große Schweiger bekannt.

Nicht weit von ihm und links der Lady X stand Zarkuc. Ein Heißsporn, Killertyp, denn ihn hatte die Widerstandsbewegung eingesetzt, wenn es galt, Feinde lautlos zu töten. Zarkuc lebte normalerweise in Oslo, dort hatte ihn auch der Ruf erreicht, und er war diesem sofort gefolgt. Der Mann sah von den vieren am gefährlichsten aus. Er war durchtrainiert, und seine Bewegungen erinnerten an die eines Tigers, wenn er ging.

Kovacz kam aus London, Blasek aus Deutschland, Dranic aus Paris und Zarkuc aus Oslo.

Getroffen hatten sie sich hier.

Die Scott ließ ihre Blicke wohlgefällig über die vier versammelten Männer schweifen, bevor sie nickte. Sie war mit der Musterung zufrieden, und ein kaltes Lächeln umspielte ihre Lippen. Dann deutete sie auf die vier schwarzen Särge, die hinter den Männern standen.

»Habt ihr sie gesehen?«

»Ja«, erwiderte Zarkuc.

»Jeder von euch bekommt einen Sarg. Ihr werdet tagsüber darin liegen und die Nächte abwarten. Dann könnt ihr die Särge verlassen, wie es sich für einen Vampir gehört.«

»Noch sind wir keine Vampire«, widersprach Blasek.

Lady X lachte. »Das weiß ich, aber es wird sich ändern. Ihr kennt meine Pläne. Seid ihr bereit, mir zu folgen, um die Weltherrschaft zu erringen?«

»Das sind wir«, antworteten die Männer im Chor.

»Gut«, flüsterte Lady X, »dann werde ich jetzt bei euch die Vampirtaufe vornehmen.« Ihre Augen glänzten. Für einen

Moment huschte ihre Zunge aus ihrem Mund und fuhr gedankenschnell über beide Lippen. Sie genoss die Atmosphäre der Düsternis, und der zuckende Fackelschein gab der Szene genau die Untermalung, die sie für ihr Vorhaben benötigte. Bald würde etwas Schreckliches geschehen, aus Menschen sollten Blutsauger werden, und Lady X, selbst ein Vampir, gierte bereits nach dem kostbaren und für sie lebenswichtigen Saft.

»Komm her!«, flüsterte sie Blasek scharf zu und zeigte dabei mit dem Finger auf ihn.

Blasek ging vor. Als Lady X den rechten Arm ausstreckte, blieb er stehen. Er spürte die Hand an seiner Brust, schielte nach unten und schaute auf die Finger, die sich zusammenzogen und ihn heranholten, denn sie hatten sich im Stoff seines Hemdes festgehakt.

Lady X beugte ihren Kopf nach unten. In den Augen lag ein gieriges Funkeln, die Mundwinkel waren in die Breite gezogen. Lady X wollte ihre scharfen Vampirzähne einsetzen. Ihre andere Hand fand die Haare des Mannes, und sie drückte den Kopf nach links, damit sich die Haut am Hals des Opfers straffen konnte. Die Augen der Vampirin leuchteten für einen kurzen Moment auf. Darauf hatte sie gewartet, und im nächsten Augenblick stieß ihr Kopf nach unten wie der Schnabel eines Vogels, wenn er auf der feuchten Wiese einen Wurm gefunden hatte.

Der Biss!

Ein scharfer, gleichzeitig süßer Schmerz durchfuhr den Mann, er zuckte unter dem Griff hoch, aber Lady X hielt ihn eisern fest. Sie presste ihre Lippen auf die Stelle, wo sie zugebissen hatte, und Sekunden später waren Geräusche zu vernehmen, die einem normalen Menschen einen Schauer über den Rücken getrieben hätten.

Nicht so Lady X, die das Blut des Mannes aussaugte und ihn weiterhin festhielt.

Die anderen drei schauten zu. Sie konnten sehen, wie es ihnen bald ergehen würde.

Hatte sich der Körper des Mannes noch in den ersten Sekunden bewegt, so flaute dies ab. Nach einer Minute lag er still, und Lady X trank weiter das Blut.

Niemand sprach, nur die Sauggeräusche waren zu vernehmen. Dazwischen das Schlürfen.

Zeit verging. Irgendwann hatte Lady X genug. Da ließ sie ihr Opfer einfach fallen, hob den Kopf und lachte.

Im Licht der Fackeln sah das Blut an ihrem Mund dunkel aus. Als wäre über die Lippen Farbe verteilt worden. Sie stieß ein satt klingendes Geräusch aus, duckte sich leicht zusammen und schaute die drei anderen der Reihe nach an.

Dann schoss ihr rechter Arm vor. Der ausgestreckte Zeigefinger deutete auf Kovacz. »Du, komm her!«

Kovacz nickte. Hätte ein anderer diese Worte zu ihm gesagt, er wäre nicht gekommen. Bei Lady X machte er die große Ausnahme. Kovacz erkannte sie als Herrin an.

Er warf noch einen Blick auf den regungslos am Boden liegenden Blasek. Dessen Gesicht leuchtete unnatürlich bleich im flackernden Licht der Fackeln. An seinem Hals rann ein schmaler Blutstreifen dünn nach unten und versickerte im Kragen.

Lady X wischte über ihren Mund. Zwar hatte sie bereits Blut getrunken, doch ihr Hunger war noch längst nicht gestillt. Jeder kam hier an die Reihe und musste seinen Tribut zahlen.

»Auf die Knie!«, zischte sie Kovacz zu.

Der gehorchte. Er fiel schwer hin, wäre fast noch gefallen und klammerte sich an den Beinen der Scott fest.

»Das ist gut«, sagte sie und beugte sich ebenfalls nach unten. Wieder griffen ihre Finger in die Haare des Mannes und drückten den Kopf nach hinten. Lady X sah die Ader unter der dünnen Haut. Die Zunge fuhr dabei über die Lippen, in den Augen lag ein gewisses Leuchten, und sie warf sich mit einem Knurren über den Mann, um dessen Blut in sich aufzusaugen …

Mittlerweile hatten sich die rumänischen Behörden an uns gewöhnt. Trotzdem zogen sie säuerliche Gesichter, als man uns am Flughafen von Bukarest abholte.

Der hohe Funktionär trug den üblichen Ledermantel und machte ein Gesicht, als wäre ihm das alles zuwider. Ich kannte den Mann nicht, wir wurden immer von anderen Leuten empfangen, und er überfiel uns sofort mit einem Wortschwall, der aus einer Mischung zwischen Englisch und Rumänisch bestand.

Wir erfuhren zumindest, dass er Meyer hieß. Seine Großeltern stammten aus Deutschland, er war aber jetzt ein richtiger Rumäne, und er hasste alles, was er nicht beweisen konnte.

»Es gibt keine Vampire!«, machte er uns immer wieder klar. »Da setzen Sie aufs falsche Pferd.«

»Wenn es keine gäbe, wären wir nicht hier«, erklärte ich ihm, als wir auf sein Büro zugingen.

»Ich verstehe meine Genossen nicht, dass man Ihnen vertraut.«

»Sie sind wenigstens ehrlich«, erklärte Suko.

»Wie meinen Sie das?«

»Nur so.«

Er bekam von dem falkengesichtigen Typ einen scharfen Blick zugeworfen, dann öffnete der Funktionär die Tür, und wir betraten einen kahlen Raum, der uns bekannt vorkam. Zollformalitäten wurden hier erledigt. Es ging alles glatt, und ich erkundigte mich, ob unser Leihwagen bereit stand.

»Ja.«

»Was ist es für eine Marke?«

»VW Käfer.«

»Der ist zuverlässig«, sagte ich.

Meyer nickte. »Sie können meinetwegen losfahren, aber ich werde mitkommen.«

Überrascht hob ich die Augenbrauen. »Nach Petrila?«

»Wohin sonst?«

»Daran kann man wohl nichts ändern«, meinte Suko.

»Nein, das kann man nicht«, erklärte der Mann. »Jemand muss Ihnen ja auf die Finger schauen.«

»Sie sind davon überzeugt, dass wir umsonst in Ihr schönes Land gekommen sind?«, fragte ich.

»Das bin ich allerdings.«

»Vergessen Sie nicht, dass wir schon mehrmals hier zu tun hatten. Es gibt die Blutsauger.«

»Im Märchen.«

»Ich hoffe nicht, dass Sie eines Besseren belehrt werden«, antwortete ich. »Es könnte nämlich gefährlich für Sie ausgehen.«

»Ich bin der beste Scharfschütze.«

Suko klopfte dem Mann auf die Schulter. »Dann üben Sie mal weiter. Aber mit geweihten Silberkugeln, wenn es geht.«

Der Funktionär bekam einen offenen Mund vor Staunen. »Glauben Sie eigentlich all das, was Sie mir sagen?«

»Warum nicht?«

»Sie haben zu viele Dracula-Geschichten gelesen. Die Historie hat bewiesen, dass dies alles Unsinn ist.«

Ich winkte ab. »Die Geschichte hat sich oft genug geirrt, mein Lieber. Denken Sie mal darüber nach.«

Meyer schaute auf seine Uhr. »Sie können jetzt fahren, dann werden Sie am Nachmittag in Petrila sein.«

»Und Sie?«

»Ich komme auch«, erklärte er. Mehr sagte er nicht, grüßte nur und verschwand.

»Ein sehr angenehmer Zeitgenosse«, murmelte Suko. »So richtig nett, was meinst du?«

»Noch netter.«

Ein Beamter vom Zoll brachte uns zu einem abgesperrten Bezirk. Dort stand auch der VW. Er schimmerte in der blassen Sonne. Hier in Bukarest merkte man den Frühling. Es war wesentlich wärmer als in London. Davon ließen wir uns allerdings nicht täuschen. In den Bergen kämpfte der Winter noch.

»Voll getankt«, sagte der Mann vom Zoll.

Ich nickte und öffnete die Tür. Wie lange war es her gewesen, dass ich in einem Käfer gesessen hatte? Ich kam mir vor wie in einer Sardinenbüchse, aber ich würde den Wagen fahren und hoffte darauf, dass er uns nicht im Stich ließ.

Als wir losfuhren, grüßte der Zollbeamte. Suko hatte es sich auf dem Beifahrersitz bequem gemacht und meinte: »Man hätte uns einen Hubschrauber zur Verfügung stellen sollen.«

Ich drückte die Sonnenklappe nach unten. »Reines Wunschdenken. Nach den Erfahrungen unseres letzten Besuches werden sie sich hüten. Jarek, der Pilot, ist damals umgekommen.«

»Aber die ignorieren die Vampire noch immer«, sagte Suko und schüttelte den Kopf. »Wie kann man nur so borniert sein?«

»Vergiss nicht, dass wir in einem kommunistischen Staat sind. Da ist eben alles anders. Vampire dürfen nicht sein, und damit basta. Hast du das vergessen?«

»Manchmal schon.«

Ich lachte und bog auf eine der breiten Ausfallstraßen ein. Verkehr herrschte nur wenig. Auch die Flugaktivitäten hielten sich in Grenzen. Der große Touristenstrom würde erst einige Wochen später einsetzen.

Marek hatten wir nicht erreichen können. Wo der wieder steckte, war selbst dem Bürgermeister von Petrila unbekannt. Er besaß das zweite Telefon im Ort.

Wir kannten den Mann gut. Ein wenig erinnerte er mich an den Bürgermeister aus dem Film »Don Camillo und Peppone.« Mirca wollte immer so diensteifrig sein und die Forderungen der Partei durchsetzen, tatsächlich jedoch war er eine Seele von Mensch. Man musste ihn nur zu nehmen wissen. Und wir hatten ihm auch die Flasche Whisky mitgebracht, um die er uns bat.

Kleine Geschenke erhalten eben die Freundschaft.

Die Karpaten, in die wir hinein mussten, lagen wie eine Wand vor uns.

Trotz der Frühlingssonne lag noch Schnee auf den Kuppen. Ein herrliches Bild.

»Und wenn wir die Reise umsonst gemacht haben?«, fragte Suko plötzlich.

Ich hätte fast das Lenkrad verrissen. »Mal den Teufel nicht an die Wand. Alle Spuren führen nach Rumänien.«

»Aber nicht zu der Burg des Barons.«

»Dann legen wir sie eben dahin«, erwiderte ich wütend und gab mehr Gas ...

Phase zwei des großen Plans hatte ebenfalls vorzüglich geklappt. Lady X war hochzufrieden. Sie hatte diese Menschen zu ihren Dienern gemacht und im flackernden Schein der Flammen zugesehen, wie sie sich in Vampire verwandelten.

Sie waren danach aufgestanden und dort verschwunden, wo die ehemalige Terroristin es haben wollte.

In ihren Särgen!

Beruhigt hatte Lady X das Schloss verlassen und war den nächsten Tag über in der Umgebung umhergestreift. Sie hatte sich das Terrain genau angeschaut, besonders den alten Friedhof, unter dessen feuchter Erde der alte Vampir-Baron von Leppe gelegen hatte. Er existierte nicht mehr, man hatte sein untotes Leben radikal zerstört, aber Lady X hatte dessen Erbe übernommen. Nicht umsonst hatte sie genau die Burg ausgewählt. Sie wurde von den Menschen gemieden, denn dieses Gemäuer galt als verflucht. Es rankten sich zahlreiche Legenden darum, das Grauen hatte Einzug gehalten, und die Menschen hatten recht.

Selbst bei Sonnenschein sah die alte Burg noch düster aus. Von ihr strömte ein Flair aus, das man mit dem Begriff unheimlich umschreiben konnte. Sogar von außen war zu spüren, dass hinter den Mauern das Grauen lauerte.

Wer diese Burg auf dem Berg in Besitz nahm, der herrschte über die gesamte Umgebung, denn man konnte sie ausgezeichnet verteidigen. Angreifer mussten die steilen Hänge hoch und sich durch den Wald schlagen, dessen Bäume dicht an dicht standen, sodass kaum ein Pfad durch das Dickicht führte, sondern höchstens ein Wildwechsel.

Lady X wusste nicht, wer in den feuchten Gräbern noch alles lag. Vielleicht waren es auch Vampire, denn der Baron von Leppe hatte während seiner Regentschaft regelrecht gewütet. Er war verrufen gewesen, sein Name verbreitete Angst und Grauen, die Menschen sprachen noch heute nur im Flüsterton von ihm.

Die ehemalige Terroristin gehörte zu einer modernen Generation von Vampiren. Das heißt, sie konnte sich auch während des Tageslichts bewegen, hütete sich allerdings, ihren Körper allzu starken Sonnenstrahlen auszusetzen. Das schwächte auch sie, nur zerstörten die Strahlen sie nicht.

Als der Tag vorbei war und die Sonne allmählich sank, schaute sie vor dem Portal des Schlosses stehend zu, wie der dunkelrote Ball allmählich hinter den Bergen verschwand.

Sofort wurde es kühler.

Die ersten Schatten der Dämmerung krochen über den Himmel. Wie lange, graue Tücher wirkten sie, und um die Lippen der Blutsaugerin spielte ein Lächeln.

Die Zeit war reif …

Sie blieb noch eine Viertelstunde stehen und schaute dem Naturschauspiel zu. Und sie sah, wenn auch nur schwach, einen hellen runden Fleck hinter diesigen Wolken schimmern.

Es war der Mond!

Gab die Sonne den normalen Lebewesen Kraft und Energie, übernahm der Mond die gleiche Funktion bei den Gestalten der Finsternis. Sie badeten sich in seinem Schein, tankten seine Energien und blühten unter seinen Strahlen förmlich auf.

Der Mond war ein Freund der Dämonen!

Sie schaute minutenlang zu ihm hoch. Danach nickte sie zufrieden. Diese Nacht war für sie wie geschaffen. Sie wollte ihre vier Diener losschicken, damit sie ihre ersten »Taten«

vollbrachten. In der folgenden Nacht sollte der Geheimbund der Vampire seine Existenzberechtigung bekommen.

Nachdem Lady X lange genug in die Wolken geschaut hatte, machte sie kehrt und betrat ihr düsteres Refugium. Die Kälte der Schlosshalle nahm sie auf.

Es gab keine Möbelstücke mehr, alles war herausgenommen worden. An den Wänden, wo sonst die großen Bilder gehangen hatten, klebten dicke Spinnenweben, die ihre Muster in großer Vielfalt zeichneten.

So etwas störte die Vampirin nicht. Für sie war wichtig, ungestört agieren zu können.

Rasch ging sie in den Keller. Die breite Treppe kannte sie inzwischen. Sie hätte den Weg auch im Dunkeln gefunden, dazu brauchte sie nicht das Licht der Fackeln.

Nur ihre Schritte waren zu hören, als sie in die Tiefe stieg. Das Kellergewölbe saugte sie förmlich auf. Manchmal huschte der Widerschein einer Flamme über ihr Gesicht, malte Schatten auf die Haut und verzerrte die Züge zu einer Grimasse. Immer tiefer ging sie und erreichte die große Tür zu den Kellergewölben. Dort befand sich das Zentrum des Grauens, für sie das Herz der Burg, und als sich die Tür knarrend öffnete, verzog sich der Mund der Blutsaugerin zu einem Lächeln.

Bald war es so weit.

Sie hatte die Fackeln in dem Gewölbe austauschen müssen, weil sie zum Großteil heruntergebrannt waren. Jetzt leuchteten die Flammen höher und zauberten fratzenhafte Gestalten und Gebilde an die Decke.

Vier Särge!

Ein Mensch hätte sich gefürchtet. Allein das Vorhandensein der Särge reichte dafür schon aus. Hier kam noch die schaurige Umgebung hinzu, und irgendwie passten die schwarzen Totenkisten auch in das Verlies.

Sie standen nebeneinander, die Deckel waren geschlossen. Allein Lady X wusste, dass es nicht lange mehr so bleiben würde, dafür wollte sie schon sorgen.

Kaum hatte sie die ersten Schritte in das Verlies getan, als sich der Deckel des rechten Sargs bewegte. Er schabte über den Rand der unteren Hälfte. Deutlich war das Geräusch zu vernehmen, und Lady X drehte langsam den Kopf nach rechts.

Was würde geschehen?

Sie wusste es, war dennoch gespannt, und ihre teuflische Rechnung ging voll auf.

Der erste Vampir verließ seinen Sarg.

Wahrscheinlich hatte ihn das Mondlicht gelockt. Trotz der dicken Mauern musste er den Tageswechsel bemerkt haben, und wenn die Nacht hereinbrach, hielt es keinen Blutsauger mehr in seinem Grab oder Sarg. Dann musste er raus, um auf die Jagd nach dem kostbaren Lebenssaft zu gehen. Erst wenn der Hahn schrie und der Tag die Schatten der Nacht verdrängte, zog es ihn wieder zurück in seine »Schlafstätte«. Der Deckel kippte und fiel mit einem dumpfen Geräusch auf den zerrissenen Steinboden des Verlieses.

Lady X hatte eine freie Sicht in den Sarg.

Es war der glatzköpfige Blasek, der dort auf dem Rücken lag. Noch war sein Mund geschlossen. Der kahle Kopf und sein Gesicht wirkten wie eine bleiche Kugel. Die Augen bewegten sich in den Höhlen. Sie schienen sich wie zwei Räder zu drehen und ihren Blick auf Lady X einzupendeln. Die Hände lagen auf dem Leib. Jetzt öffneten und schlossen sie sich. Mal bildeten sich Fäuste, dann lagen sie wieder flach. Ein Zeichen dafür, dass der Vampir von einer gewissen Unruhe gepackt worden war.

»Komm hoch, Blasek!«, flüsterte Lady X. »Los, steig aus deiner Totenkiste! Die Zeit ist reif.«

Spaltbreit öffnete der Vampir den Mund. Ein unheimliches Stöhnen drang daraus hervor, dann hob er beide Arme an und stützte seine Hände links und rechts auf die Ränder des Sargs.

So drückte er sich hoch. Steif war sein Oberkörper, sein Gesicht glich dem am Himmel stehenden Mond, und als er den Mund weit öffnete, waren seine beiden spitzen, an den Enden etwas nach innen gebogenen Vampirzähne zu sehen.

Der Biss hatte bei ihm voll durchgeschlagen.

Blasek verließ seinen Sarg. Er stand noch ein wenig unsicher auf den Beinen, glich einem Menschen, den man unsanft aus dem Schlaf gerissen und dann einfach auf die Füße gestellt hatte. Er lief im Kreis, schaute sich um und blieb stehen, als sein Blick die Blutsaugerin voll erfasste.

Lady X nickte zufrieden. »Du weißt jetzt, dass du nach der Vampirtaufe nur zu mir gehörst?«

»Ja.«

»Und du weißt, dass es nur eine gibt, der du gehorchen musst.«

»Das bist du.«

»Genau richtig, mein Freund.« Die Scott lächelte kalt. »Und welch einen Wunsch hast du jetzt?«

»Blut«, keuchte Blasek, »ich will Blut. Ich brauche es, das merke ich. Gib mir Blut!«

Die ehemalige Terroristin schüttelte den Kopf. »Nein«, sagte sie. »Ich kann es dir nicht geben, mein Freund. Du musst und wirst es dir selbst holen müssen.«

»Wo?«, schnappte der Blutsauger.

»Nicht weit von hier gibt es Dörfer. Dort wohnen Menschen, und bei ihnen fangen wir an. Merke dir den Namen Petrila. Dort werden wir zuerst einfallen, denn da gibt es einen Mann, den wir unbedingt erledigen müssen. Er heißt Marek, ist ein Vampirjäger, und wird auch der Pfähler genannt. Seine Frau haben wir ihm bereits genommen, nun ist er an der Reihe. Gegen den Geheimbund der Vampire kommt er nicht an.«

Als Blasek diese Worte vernahm, wurde er unruhig. »Wann soll ich los?«

»Einen Augenblick noch. Es soll richtig dunkel werden. Der Mond muss leuchten und auch deine Freunde sollen die Särge verlassen haben. Aber etwas anderes. Hast du noch dein Rasiermesser?«

»Ja.«

»Dann setze es gegen ihn ein. Du kannst mit allem kämpfen, nur erledigen musst du ihn. Ich habe Marek für dich ausgesucht. Schaffst du es nicht, werde ich mich um ihn kümmern.«

»Nein, ich werde ihn …« Blasek verschluckte seine nächsten Worte, denn mit einem Knall war der zweite Sargdeckel zu Boden gefallen. Dranic, der Mann mit den grauen Haaren, hatte ihn zu Boden geschleudert, und er sprang förmlich aus der Totenkiste, wobei er sich wild umschaute.

Lady X lachte auf. »Ich begrüße dich in unserem Kreis, Freund Dranic«, bemerkte sie.

Der Alte stand still. Er beugte seinen Oberkörper vor und öffnete den Mund. Sein Gesicht verzerrte sich dabei zu einer Grimasse, er zeigte seine beiden Zähne, und ein drohendes Knurren drang aus seinem offen stehenden Maul.

»Er will Blut«, sagte Lady X lachend. »Er will Blut, und ich werde dafür sorgen, dass er es bekommt.«

Dranic nickte. Er schaute sich dabei um, sah Blasek und zuckte zusammen. Für einen Moment sah es so aus, als wollte er ihn anspringen, dann öffnete Blasek den Mund und präsentierte ebenfalls seine Vampirzähne.

»Lass es sein!«, sagte Lady X.

Dranic nickte. Aus seiner Kehle drang ein tiefes Knurren, er wirbelte herum und riss den nächsten Sargdeckel in die Höhe, sodass der dritte Vampir aus seinem »Bett« klettern konnte.

Es war Kovacz.

Dessen Gesicht verzerrte sich sofort. Er riss sein Maul weit auf, die Zunge schlug wie eine Peitsche hervor, und mit einem geschmeidigen Satz verließ er den Sarg.

Lady X streckte ihren Arm aus. »Beherrsche dich!«, zischte sie. »Du bekommst dein Blut!«

»Wo?« Er schaute sich um. »Wo ist es?«

»Wir werden dieses Schloss bald verlassen, dann kannst du es dir holen.«

202

»Ich – ich …«

Das war genau die Zeit, als der Vierte im Bunde den Sarg verließ. Zarkuc, der Mann aus Oslo, hatte freie Bahn. Er war am wildesten und jagte auf Lady X zu. Seine Arme hatte er ausgestreckt, die Vampirzähne waren gefletscht, doch Lady X zeigte ihm sofort, wer hier zu bestimmen hatte. Von ihrer Schulter ließ sie die Maschinenpistole rutschen und drosch damit zu. Von unten nach oben führte sie den Schlag, der den Vorwärtsdrang des Vampirs nicht nur stoppte, sondern Zarkuc auch zurückschleuderte, dass er fast wieder in den Sarg gefallen wäre.

»Ich gebe hier den Ton an!«, erklärte Lady X scharf. »Ihr werdet euer Blut bekommen, aber den Zeitpunkt bestimme ich.«

Die vier Monster nickten. Die Fronten waren geklärt.

Trotzdem zeigten sie Unruhe. Für Lady X verständlich. Sie erinnerte sich noch deutlich daran, wie sie zu einem Vampir geworden war und welch eine Sucht nach Blut sie dabei überfallen hatte. Deshalb konnte sie die anderen verstehen.

Lady X hob die Hand.

Die vier Vampire verstanden das Zeichen. Augenblicklich waren sie still. Sie standen fast neben ihren Särgen und schauten ihre Herrin aus kalten Augen an.

»Ihr werdet euer Blut bekommen«, erklärte Lady X. »In wenigen Minuten habt ihr die Chance, diese Burg zu verlassen. Ihr müsst hinunter in die Dörfer, dort leben die Menschen, dort warten sie auf euch. Und sie werden keine Chance haben, wenn ihr wie ein Unwetter über sie kommt. Ihr Blut ist eure Stärkung.«

Die vier nickten.

»Wenn ihr den Vampirkeim gelegt habt, kehrt ihr wieder in dieses Schloss zurück. Hier könnt ihr euch am Tage aufhalten. Die Särge sind eure Betten und ihr vier gehört zu meinem Geheimbund. Wir zusammen haben in diesen Augenblicken den Geheimbund der Vampire gegründet, der auch noch ein äußeres Zeichen bekommt.«

Lady X verließ ihren Platz und ging dorthin, wo Schatten die Winkel des Verlieses ausfüllten. Sie hatte dort etwas abgelegt. Es waren Tücher, die sie mit der rechten Hand aufhob. Jedenfalls sah es im ersten Augenblick so aus. Bis Lady X jedem Vampir ein Tuch zuwarf.

Noch in der Luft entfalteten sie sich. Aus den Tüchern wurden dreieckige rote Kapuzen, und jeder bekam eine.

»Streift sie euch über!«, befahl die Scott. »Als äußeres Zeichen des Geheimbundes werdet ihr sie tragen, wenn ihr in die Dörfer einfallt.«

Die vier schnappten zu.

Zunächst zögerten sie, doch Lady X drängte weiter. Sie wollte, dass die Diener die Kapuzen aufsetzten.

Blasek gehorchte als Erster. Er streifte den Stoff über seinen Kopf. Wie ein Ku-Klux-Klan-Mann sah er aus, nur war dessen Kapuze weiß, während diese hier in einem satten Rot schimmerte.

Rot wie das Blut der Menschen.

Wenig später standen alle vier mit übergestreiften Kapuzen vor ihrer Herrin.

Lady X nickte zufrieden. »Los, denn!«, sagte sie mit fester Stimme. »Die Menschen warten …«

Marek, der Pfähler, streckte seinem Freund Rastec die Hand entgegen. »Ich danke dir, die beiden Tage haben mir gut getan.«

Rastec winkte ab. »Du weißt doch, Frantisek, dass du bei mir immer willkommen bist. Jetzt, wo wir beide Witwer sind …«

Marek nickte. »Leider.« Er blickte zu Boden. »Ich kann es noch immer nicht fassen.« Seine Stimme ging im Lärm des Markttrubels unter. Er hatte nicht nur seinen Freund besucht, sondern auch eingekauft. In diesem großen Ort war einmal in der Woche Markt. Aus den Dörfern der näheren Umgebung trafen sich die Bauern, um ihre Ware anzubieten. Im Winter gab es kaum Stände, doch jetzt, wo sich der Frühling über dem Land ausbreitete, krochen sie aus ihren Höhlen. Es herrschte ein buntes Leben und Treiben auf dem Marktplatz, wo nicht nur Waren aller Art verkauft wurden, sondern auch lebende Tiere. Da grunzten Schweine, krähten Hähne, gackerten Hühner, quiekten Küken und schnatterten Gänse.

Marek hatte den Markt nicht besucht, um Getier zu erwerben, er wollte etwas anderes besorgen, ein Gewürz, das er unbedingt brauchte.

Knoblauch!

Er hatte zahlreiche Stauden gekauft, denn sie sollten den Sommer über halten, und er brauchte sie auch nicht nur für sich, sondern für die Menschen in Petrila.

Marek besaß Erfahrung.

Er wusste, wie gefährlich die in Rumänien lebenden Blutsauger waren.

Da gab es nichts wegzudiskutieren, und mit der Vernichtung des Barons war die Gefahr nicht gebannt. Im Gegenteil, sie lauerte im Verborgenen und wartete nur darauf, um sich zu zeigen.

Marek hatte auch von Lady X gehört, einer brandgefährlichen Vampirin, die sich anscheinend in Rumänien sehr wohl fühlte, und er ahnte, dass er auf ihrer Liste stand.

Aber nicht nur er.

Auch die Menschen in Petrila, seinem Heimatdorf, waren gefährdet. Jeder wusste von der Vampirplage, und es gab keinen, der sie ignorierte oder abstritt. Marie Mareks Tod war ein erschreckendes Beispiel dafür gewesen. Seit dieser Zeit verfolgte der alte Frantisek die Blutsauger noch verbissener.

Er hatte seinen Freund Rastec besucht und mit ihm über alles gesprochen. Dann hatten sie getrunken. Selbst gebrannten Schnaps, und die Zeit des Besuchs war länger geworden. Marek hatte nichts zu versäumen, auf ihn wartete niemand zu Haus, die Schmiede versorgte ein Gehilfe, sodass er sich um die Vampirjagd kümmern konnte.

Grausam waren die Blutsauger. Sie kannten kein Pardon, und es gab immer wieder Überraschungen, wenn sie aus längst vergessenen Gräbern oder Grüften stiegen, um die Menschen anzufallen.

Rastec warf einen Blick auf den Lada seines Freundes. Marek hatte sich diesen Wagen geleistet. Auf der Rückbank lagen, gestapelt bis zur Decke, die Knoblauchstauden. Sie sollten mithelfen, die Blutsauger aus Petrila fernzuhalten.

»Willst du nicht doch noch einen Tag bleiben?«, fragte Rastec.

»Nein, mein Freund, nein. Die Menschen warten auf mich. Sie wollen Knoblauch haben und die Stauden an ihre Fenster hängen.«

»Aber das ist ja wie im späten Mittelalter.«

»Leider ist es so. Die Zeiten haben sich im Prinzip nicht geändert. Noch immer gibt es die Geschöpfe der Nacht, und noch immer machen sie Jagd auf Menschenblut.«

»Gib acht, dass es dich nicht erwischt.«

Marek hob die Schultern. Sein faltiges Gesicht verzog sich zu einem verschmitzten Lächeln. »Ich bin ein Profi. Ich rieche diese Blutsauger. So leicht lasse ich mich nicht unterkriegen.«

»Hoffentlich, Freund, hoffentlich.« Rastec schaute auf den voll bepackten Wagen. »Und wann besuchst du mich wieder?«

»Ich kann es dir nicht sagen. Man braucht mich in Petrila. Die Menschen verlassen sich auf mich.«

»Ja, das glaube ich dir, alter Freund.«

Marek bedankte sich noch einmal für die Gastfreundschaft und stieg in sein Auto. Er besaß den Lada bereits einige Jahre, und der Wagen hatte ihn noch nie im Stich gelassen. Er war sogar als Leichenfahrzeug verwendet worden, als Marek seinen alten Freund Stephan ins Dorf gebracht hatte, um anschließend vom Tod seiner Frau zu erfahren.

Es waren für ihn schreckliche Stunden gewesen, und Marek wurde immer wieder daran erinnert. In den langen Nächten spürte er die Einsamkeit besonders. Da konnte er nie schlafen, und wenn er neben sich griff, fand er ein leeres Bett vor.

Marie war nicht mehr.

John Sinclair hatte sie töten müssen. Erst wollte Marek den Freund aus England dafür hassen, doch er hatte einsehen müssen, dass John Sinclair nicht anders gekonnt hatte.

In den langen schlaflosen Nächten, als er oft am Fenster stand und in die Dunkelheit starrte, hatte er dem Geisterjäger mehrmals Abbitte geleistet.

Die Vampire waren da!

Das spürte Marek. Im Laufe der Jahre hatte er ein Gefühl dafür entwickelt. Er konnte die Gefahr zwar nicht greifen oder ihr begegnen, doch er wusste genau, dass er sie nicht hatte ausschalten können. Rumänien, besonders Transsylvanien, war verseucht. Die Blutsauger lauerten in den finsteren Wäldern und Grüften. Sie schlichen in der Nacht umher und suchten die Opfer.

Marek hatte den Ort verlassen. Es gab in diesem Teil keine Schnellstraßen oder Autobahnen, nur einfache Wege, die zum Großteil nicht einmal eine Asphaltdecke hatten. Häuser tauchten seltener auf, ab und zu sah Marek Gehöfte, die sehr verstreut standen.

Autos begegneten ihm kaum. Zumeist waren es Pferdegespanne, die ihm entgegenkamen.

Er fuhr in die Berge.

Hatte er in der kleinen Stadt noch die Nachmittagssonne genießen können, so verschwand sie jetzt zwischen den engen Tälern und Berggraten. Man merkte bereits die Kühle des Abends, und Marek, der die Strecke kannte, wusste genau, dass er Petrila vor der Dunkelheit nicht mehr erreichen würde. Er hatte sich verplaudert.

Das passte ihm nicht. Nun würde er erst am anderen Tag dazu kommen, die Knoblauchstauden zu verteilen. Dabei hatte er es sich für den Tag vorgenommen.

Düster war der Wald.

Tannen und Fichten standen so dicht, dass es kaum ein Durchkommen gab. Auch bei Tageslicht war der Wald dunkel. Ein dichtes Unterholz sorgte dafür, dass es Mensch und Tier noch schwerer fiel, ihn zu durchqueren.

Marek fuhr ziemlich schnell. Der Wagen wurde durchgeschüttelt. Schlaglöchern konnte er nicht ausweichen, er musste einfach hindurch und hatte zudem noch Pech, als er vor sich und mitten auf dem Weg einen abgeknickten Baum sah.

Marek bremste.

Sein Gesicht verzog sich voller Wut.

Jetzt musste er allein den Baumstamm wegschaffen. Zum Glück war er so gefallen, dass der Großteil des Weges von Zweigen und Ästen bedeckt wurde, die konnte er zur Not abreißen.

Marek machte sich an die Arbeit. Er arbeitete so verbissen, dass er zu schwitzen anfing. Schließlich hatte er so viel Platz geschaffen, um durchfahren zu können.

Aufatmend wollte er wieder in seinen Wagen steigen, als er an der Tür stehen blieb und stutzte.

Da war etwas!

Marek schluckte. Im Gebüsch hatte sich was bewegt. Es konnte ein Tier sein, ebenso gut aber auch ein Mensch. Marek öffnete seine Jacke. Darunter trug er den alten Eichenpfahl, den er von seinen Vorfahren geerbt hatte. Marek war immer darauf gefasst, plötzlich einem Vampir gegenüber zu stehen, deshalb sah er seine Reaktionen nicht als eine übertriebene Vorsicht an.

Bis dicht an den Wegrand trat er, blieb stehen und versuchte, mit seinen Blicken das Unterholz zu durchdringen.

Es war einfach zu sperrig und zu dicht. Erkennen konnte er nichts. Und doch war das Geräusch da gewesen, das ihn so irritiert hatte.

Marek wollte ihm auf den Grund gehen. So etwas wie Jagdfieber war in ihm erwacht, er zuckte jedoch zurück, als vor ihm aus dem Unterholz zwei Tiere hervorschossen.

Es waren Füchse, und sie hatten eine panische Angst. Wie von Furien gehetzt jagten sie über den Weg und verschwanden an der anderen Seite zwischen den Nadelbäumen.

Frantisek Marek atmete auf. Allerdings war er nur für einen Moment beruhigt, denn die Aufregung der Tiere gab ihm zu denken. Was konnte die Füchse gestört haben?

Marek dachte nach und kam zu dem Entschluss, dass er es nicht gewesen sein konnte. Sie waren tief aus dem Wald gekommen, da musste es eine andere Ursache geben.

Vielleicht ein Vampir?

Der Pfähler dachte immer daran. Wenn irgendetwas vorfiel, das nicht in den normalen Rahmen hineinpasste, dann brachte er es immer in Verbindung mit den Blutsaugern.

Seiner Meinung nach waren hier Vampire am Werk gewesen, die die Tiere erschreckt hatten.

Das Unterholz konnte man fast als undurchdringlich bezeichnen, doch Marek ließ sich davon nicht abhalten. Er hatte einmal Blut geleckt, und er wollte der Ursache auf den Grund gehen.

Mit großen Schritten stapfte er vor und versuchte, das Unterholz zu durchbrechen. Einfach war es nicht, die Äste und Zweige glichen sperrigen Armen, die nach ihm griffen und ihn unbedingt festhalten wollten. Sie zerrten an der Kleidung, aber Marek ließ sich nicht beirren, er ging weiter, sackte einmal in einen Graben ein und blieb nach der Barriere geduckt stehen, um in den Wald zu starren.

Lauerte dort in der Dunkelheit der Feind? Marek sah und hörte nichts.

Er empfand diese Ruhe als geheimnisvoll und irgendwie unheimlich. Sie kam ihm nicht natürlich vor, die Geräusche des Waldes waren nicht mehr zu hören, selbst der Wind schien eingeschlafen zu sein. Nur noch die Spitzen der Nadelbäume bewegten sich.

Da hörte er das Knacken!

Irgendwo vor ihm war es aufgeklungen, und sofort spannte sich seine Haltung. Über seinen Rücken kroch eine Gänsehaut, er schluckte, sein Adamsapfel tanzte dabei, die Augen hatte er weit aufgerissen und starrte nach vorn.

Das Knacken wiederholte sich nicht.

War es doch ein Tier gewesen?

Da hörte er es wieder. Diesmal an einer anderen Stelle, und zwar weiter links von ihm.

Wieder knackten die Äste. In der Stille klang das Geräusch noch lauter. Marek war fest davon überzeugt, dass jemand auf ihn lauerte. Er brauchte nicht nur seinem Gefühl nachzugehen, sondern hatte seiner Ansicht nach jetzt den Beweis bekommen.

In der rechten Hand hielt er den alten Eichenpfahl. Die Spitze deutete nach vorn. Sie schimmerte blank, war schon oft vom Blut der erledigten Vampire abgewaschen worden.

Langsam drehte sich der Pfähler im Kreis. Er ärgerte sich, keine Taschenlampe dabei zu haben, und richtete sich darauf ein, noch einmal zum Wagen zurückzulaufen und die Lampe zu holen. Für den Augenblick hatte er seinen Job und die Menschen in Petrila vergessen, ihn interessierten nur die unheimlichen Geräusche inmitten des Waldes.

Marek lief wieder zurück. Abermals begann der Weg durch das Unterholz. Diesmal nahm er die Stellen, die er schon einmal gegangen war. Durch sein Gewicht hatte er sich ein wenig mehr Platz geschaffen.

Endlich stand er auf der Straße, ging die letzten Schritte und erreichte seinen Wagen.

Die Lampe lag im Handschuhfach. Er öffnete die Tür, beugte sich in den Lada hinein und hörte plötzlich Schritte.

Blitzschnell zuckte er wieder zurück.

Die Gestalt war wie ein Geist aufgetaucht. Aus dem Unterholz war sie gekommen, setzte mit einem gewaltigen Satz über den Straßengraben und stand schräg neben der Kühlerhaube des Lada.

Trotz der schlechten Lichtverhältnisse konnte Frantisek Marek die dunkelrote Kapuze erkennen, die der Ankömmling über seinen Kopf gestreift hatte. Er sah auch noch mehr.

In der rechten Hand hielt der Kerl ein aufgeklapptes Rasiermesser!

Petrila!

Irgendwie war dieser Ort für uns schon zu einer Art Hei-

210

mat geworden, denn nicht zum ersten Mal besuchten wir ihn.

Petrila in den Karpaten, im tiefsten Transsylvanien, umgeben von hohen Bergen, dichten Wäldern und einer Einsamkeit, die auf sensible Gemüter bedrückend wirkte.

Ich hätte in diesem Ort auch nicht immer wohnen wollen, aber wer hier geboren war, liebte seine Heimat eben.

Auch Frantisek Marek hatte hier sein Leben verbracht. Er arbeitete als Schmied, und gleichzeitig verwaltete er ein altes Erbe seiner Vorfahren. Die Mareks waren schon immer Vampirjäger gewesen, und bei einem Ausflug in die Vergangenheit hatte ich sogar einen Ahnherrn der Mareks kennengelernt.

Auf dem Wege nach Petrila hatten wir beide unsere Unruhe zugegeben. Es war seltsam, dass wir von dem Pfähler nichts gehört hatten, und wir hofften, ihn noch gesund vorzufinden.

Wie immer wurde ein fremder Wagen, wenn er durch den Ort rollte, bestaunt. Selbst mit unserem alten VW ging dies nicht anders, die Leute blieben stehen und schauten.

Im letzten Licht des Tages erreichten wir Petrila. Ein paar Minuten später würde die Dunkelheit alles wie ein gewaltiger Mantel zudecken. Wo die Schmiede des alten Marek lag, wussten wir inzwischen, deshalb fuhren wir vor und stoppten neben dem Bau.

Vom Auto aus sahen wir, dass der Pfähler wahrscheinlich nicht zu Hause war, denn hinter den Fenstern brannte kein Licht. In der Schmiede wurde ebenfalls nicht gearbeitet. Mareks Gehilfe hatte bereits Feierabend gemacht. Vor der Tür stand ein Kutschwagen, dessen Deichsel den Boden berührte.

Im Ort selbst war es still. Es gab hier in Petrila keine Hektik. Das Leben lief gemächlich ab, allerdings machten mir die meisten Einwohner einen bedrückten Eindruck. Sie schienen eine unsichtbare Last auf ihren Schultern mitzuschleppen.

Ich ging die alten Steinstufen zur Haustür hoch und donnerte mit der Faust gegen die Tür. Es war ja möglich, dass Marek nur schlief und wir ihn erst wecken mussten.

Die Schläge hallten innerhalb des Hauses wider, eine Antwort erhielt ich allerdings nicht. Frantisek Marek schien tatsächlich nicht zu Hause zu sein.

Suko war am Wagen stehen geblieben. Als ich zurückkam, sagte er: »Wenn jemand was weiß, dann unser Freund, der Bürgermeister.«

»Der hat sein Büro auch schon geschlossen.«

»Wir werden ihn schon finden.«

Wir fanden ihn auch. Und zwar in einem Gasthaus. Es war eine alte Gaststube, deren dicke Balken sich unter der Last der Jahrhunderte zu biegen schienen. Der Boden bestand nur zum Teil aus Holz, der andere Teil war blanker, festgestampfter Lehm.

Als wir das Gasthaus betraten, verstummten sämtliche sowieso nur im Flüsterton geführten Gespräche. Die Blicke der Männer richteten sich auf uns, und ich hatte für einen Moment das Gefühl, wieder in London in dieser Exilrumänen-Kneipe zu stehen. Da hatte man mich ähnlich angeschaut.

Hinter dem Vorhang aus Rauch sahen die Gesichter richtig unheimlich aus, bis einer der Männer aufsprang.

»Das ist doch …!«, rief er.

»John Sinclair!«

Es war ein anderer, der meinen Namen aussprach, und zwar Mirca, der Bürgermeister. Er sprang von seinem Stuhl hoch, schüttelte den Kopf und wollte es kaum glauben, dass er uns hier sah.

Der Bürgermeister trug einen dunklen Anzug und darunter ein weißes Hemd. So sah er eigentlich immer aus. Seine dunklen Augen strahlten. Obwohl wir zwei verschiedenen Gesellschaftssystemen angehörten, hatten wir uns im Laufe der Zeit zusammengerauft, und wir hatten ihn auch durch unsere Arbeit überzeugen können.

Er breitete seine Arme aus. Sein dunkler Schnauzbart sträubte sich vor Freude, und wir wurden herzlich von ihm begrüßt. Die meisten Gäste kannten uns vom Ansehen, der Wirt kam sofort herbei und brachte einen Holunderschnaps, der hier in der Gegend gebraut wurde. Auch Suko musste ein Glas trinken, er stürzte den Schnaps mit Todesverachtung hinunter. Dann erst konnten wir uns setzen.

Man bot uns zu essen an. Da wir beide hungrig waren, lehnten wir nicht ab.

Schon bald brachte man uns scharfe Würste. Dazu gab es Kohl und einheimisches Bier.

Wir aßen. Dass man uns so bewirtete und nichts über Vampire sagte, ließ hoffen. Anscheinend hatten wir uns umsonst Sorgen gemacht. Der Bürgermeister saß zwischen uns. Wir hockten an einem runden Tisch mit weiteren Dorfbewohnern.

Mir schmeckte es gut, auch Suko aß mit gesundem Appetit, und der Bürgermeister erzählte von dem langen Winter. Er sprach ein paar Brocken Englisch und vermischte diese mit seiner Heimatsprache. So konnten wir uns einigermaßen verständigen.

Nach der Mahlzeit, die mich voll gesättigt hatte, trank ich noch einen Schnaps. Dann wandte ich mich dem Bürgermeister zu und stellte die Frage, die mir am meisten auf dem Herzen lag.

»Wo steckt Marek?«

Mirca hob die Schultern. »Nicht da, Freund Sinclair. Er ist weg.«

»Hat er Petrila verlassen?«

»Nein, er wollte in den nächst größeren Ort.« Der Bürgermeister fügte noch den Namen hinzu, ich habe ihn allerdings vergessen.

»Und was gibt es da?«

»Knoblauch.«

»Wie?«

»Ja, Freund Sinclair. Er wollte Knoblauch kaufen.« Mirca senkte seine Stimme. »Weil er Angst hatte. Wir brauchen Knoblauch. Er vertreibt die Vampire, glaub mir.«

Ich hob die Schultern. »Das stimmt, aber weshalb fährt er in die andere Stadt?«

»Weil dort der große Frühlingsmarkt ist – deshalb.«

»Wollt ihr die Stauden hier aufhängen?«, fragte Suko.

Mirca nickte heftig. »Sicher, als Schutz.«

»Treiben sich hier Vampire herum?«, wollte ich wissen.

Der Bürgermeister senkte seine Stimme. »Wir befürchten es«, flüsterte er.

»Habt ihr konkrete Anhaltspunkte?«

»Ja, in von Leppes Burg. Die ist nicht so verlassen, wie man vielleicht annehmen könnte. Ein Wanderer hat dort Licht gesehen, und er glaubte auch, ein schauriges Lachen gehört zu haben. Sogar von einer Frau«, wisperte der Mann, und ich sah die Gänsehaut auf seinem Gesicht.

»Lady X?«

»Möglich, Freund Sinclair, möglich. Diese Burg ist ja etwas Besonderes, wie du weißt.«

Da hatte der gute Bürgermeister recht. Sie war wirklich etwas Besonderes. Man konnte sie mit gutem Gewissen als Blutburg bezeichnen. Dort hatten sich in der Vergangenheit schreckliche Dinge abgespielt, in der Zukunft sollte es ähnlich sein, wie ich wusste.

Dieses Schloss war ein Refugium des Grauens. Lady X, die Vampirbestie, hätte sich keinen besseren Platz für ihre Unternehmungen aussuchen können, und wahrscheinlich war unsere Reise nach Rumänien doch nicht umsonst gewesen, jedenfalls würden wir uns die Burg beim zweiten Besuch genauer ansehen.

»Dann hätte ich noch eine Frage«, sagte ich. »Kennt ihr hier zwei Männer, die auf die Namen Kovacz und Blasek hören?«

Der Bürgermeister überlegte. Er legte seine Stirn sogar in Falten, schüttelte jedoch den Kopf, denn mit den beiden Namen konnte er nichts anfangen.

»Also nicht gehört?«

»Nein, wirklich nicht. Sollen die aus Petrila sein?«

»Es hätte möglich sein können«, sagte ich.

Der Mann atmete tief durch, schaute sich um und fragte: »Soll ich mal bei den anderen …«

»Nicht nötig«, erwiderte ich schnell. »Es war nur so eine Idee, denn es ist möglich, dass die beiden noch hier eintreffen.« Ich wechselte das Thema. »Wie lange ist Marek denn schon von Petrila fort?«

»Über zwei Tage.«

»Und wann wollte er zurück sein?«

Mirca senkte seinen Kopf. »Er hätte eigentlich schon da sein müssen, ehrlich.«

Suko und ich wechselten einen Blick. Diese Antwort gab uns zu denken. Wir sagten allerdings nichts, weil wir niemanden beunruhigen wollten, dennoch fragte ich: »Wie lange fährt man denn?«

»Über zwei Stunden. Die Wege sind schmal. Wir haben kein Geld, um Straßen zu bauen.«

Ich schaute auf meine Uhr. 20 Uhr war gerade vorbei. Da konnten wir es vielleicht noch riskieren und dem Pfähler entgegenfahren. Ich sah Sukos Nicken, er hatte ähnliche Überlegungen angestellt.

Auch der Bürgermeister ahnte, was wir vorhatten, und er schüttelte den Kopf. »Es ist viel zu gefährlich«, erklärte er. »Viel zu gefährlich, wenn ihr in der Nacht …«

»Wir fahren ja nicht das ganze Stück«, beschwichtigte ich ihn. »Nur einen Teil.«

»Und welch einen Grund habt ihr?«

»Sorge treibt uns raus. Ganz einfach.«

Mirca atmete tief ein.

»Ich weiß nicht, ich weiß nicht. Es ist alles so seltsam geworden. Ich glaube, die Menschen in Petrila haben eine schreckliche Angst. Wäre doch Marek mit seinen Knoblauchstauden schon da, dann hätten die Leute Hoffnung, an die sie sich klammern könnten.«

»Wir holen ihn«, erklärte Suko optimistisch und schob bereits seinen Stuhl zurück.

Ich tat es ihm nach und stand ebenfalls auf.

Der Bürgermeister brachte uns noch bis zur Tür. Draußen schaute er sich witternd um.

»Haben Sie was?«, fragte ich ihn.

Er hob die Schultern. »Ich weiß nicht. Vielleicht sind die Blutsauger schon hier.«

Es war jetzt völlig finster geworden. Im Dorf brannten nur wenige Lichter. Die Berge in der Nähe waren nur noch zu ahnen. Ich sah sie als gewaltige Schatten.

»Wie kommen Sie zu dem Verdacht?«, wollte ich wissen.

»Allein, dass ihr hier eingetroffen seid«, sagte er. »Ihr nehmt die weite Reise doch nicht umsonst auf euch, das könnt ihr mir nicht erzählen.«

»Da haben Sie recht«, erwiderte Suko. »Ich glaube auch, dass sich etwas anbahnt.«

»Und?«

Suko schaute mich an. »Weißt du was, John, ich bleibe hier in Petrila. Fahr du allein den Weg.«

Das war zwar nicht im Sinne des Erfinders, in Anbetracht der Lage jedoch stufte ich es als nützlich ein und gab meine Zustimmung. Mirca schien sichtlich erleichtert zu sein, als er das hörte. Er nickte zustimmend.

Ich ließ mir noch einmal von ihm den Weg erklären und ging dann zu meinem VW.

Als ich einstieg, achtete ich nicht auf den Kutschwagen. Hätte ich es getan, wäre mir das bleiche Gesicht sicherlich nicht entgangen, das sich hinter der Scheibe zeigte, zu einem Grinsen verzogen war und zwei spitze Vampirzähne freigab.

Die Blutsauger waren bereits im Ort, den ich verließ …

Irgendein verirrter Lichtstrahl traf die Klinge des Rasiermessers und ließ sie aufblitzen. Marek stand steif auf dem Platz. Sein Blick war auf das gefährliche Messer gerichtet, und er schätzte die Entfernung ab, die ihn und den Unheimlichen trennte. Es war ungefähr die Breite der Lada-Motorhaube. Für einen geübten Sportler kein Problem, sie zu überspringen.

Aber Marek war nicht mehr jung und auch kein Kämpfer

in dem Sinne. Er war ein raffinierter Taktiker. Und so griff er auch nicht an, sondern wartete erst einmal ab.

Der andere bewegte sich. Die rote Kapuze ließ ihn noch schauriger aussehen. Hinter den Augenschlitzen zuckten die Pupillen. Ein Schlitz für den Mund war nicht vorhanden. Marek sah auch nicht, dass sich der Stoff in Mundhöhe bewegte, was auf ein Atmen hingewiesen hätte. So kam er zu der Überzeugung, dass er trotz der Verkleidung keinen Menschen vor sich hatte.

War es ein Vampir?

Der Pfähler wollte ein wenig Zeit herausschinden. »Wer bist du?«, fragte er und kannte seine Stimme kaum noch wieder.

»Dein Mörder!«

Marek zuckte zusammen. Über diese Antwort war er so heftig erschrocken, dass er einen Schritt zurückwich. Der andere sah dies und folgte ihm sofort. Unter seinen Schuhen knackten Zweige, und hinter der Kapuze klang sein Lachen dumpf.

Am Wegrand blieb Marek stehen. Seinen Eichenpfahl hielt er so, dass die Spitze auf den Fremden wies. »Was – was habe ich dir getan?«, fragte der Pfähler. »Rede …«

»Du bist Marek!«

»Ja, das stimmt.«

»Deshalb wirst du sterben.«

»Bist du ein Vampir?«

Wieder lachte der andere und kam noch einen zweiten Schritt vor. Seinen Arm hielt er dabei angewinkelt, und zwar so, dass er ihn jeden Augenblick vorschnellen lassen konnte.

»Ja«, flüsterte Marek, »du bist es. Du bist ein verfluchter Blutsauger, das merke ich. Deshalb werde ich dich killen. Du sollst nicht überleben, dem Pfähler entkommt keiner von euch!«

Da griff Blasek an!

Er wuchtete seinen Körper nicht vor, nein, er kam mit langen Sprüngen, behielt seinen Arm in der Stellung, damit die Hand mit dem Messer gedankenschnell vorzucken konnte.

Marek wich zurück.

Es sah wie Feigheit aus, war aber keine, denn der Pfähler hatte einen ganz bestimmten Plan ins Auge gefasst. Bevor der andere ihn erreichen konnte, hatte er die hintere, nicht verschlossene Tür des Lada aufgerissen, hechtete in den Wagen und griff nach einer großen Staude Knoblauch. Damit wollte er den Vampir abwehren.

Marek kam nicht dazu. Er hatte die Schnelligkeit des anderen unterschätzt. Der sprang plötzlich, trat zu, und sein wuchtiger Tritt verfehlte das Ziel nicht.

Er traf Mareks Hüfte.

Der alte Mann konnte einen Schrei nicht unterdrücken. Er wurde zu Boden geschleudert, ein paar Stauden gerieten ins Rutschen, fielen ebenfalls zu Boden und blieben vor Marek liegen, der auf den Rücken gefallen war.

Es war sein Glück, dass die Stauden aus dem Wagen geglitten waren, so musste der andere sie erst noch umgehen, und der Pfähler gewann kostbare Sekunden, die er auch ausnutzte und sich auf die Knie stemmte.

So blieb er, schaute hoch und sah den Unheimlichen übergroß vor sich.

»Komm nur, verdammte Bestie!«, keuchte Frantisek Marek. »Komm nur näher. Ich werde dich fertigmachen, darauf kannst du dich verlassen, du verfluchter Blutsauger …« Der Pfähler verließ sich auf seine Waffe. Er hielt sie so, dass die Spitze auf den Mann mit der Kapuze zeigte. Marek war davon überzeugt, dass er ihn erwischen konnte. Der Pfahl sollte das Herz des Vampirs treffen.

Unter der Kapuze drang ein böses Knurren hervor. Gleichzeitig bewegte der andere seinen rechten Arm, die Rasiermesserklinge zuckte auf Marek zu, und der brachte den Pfahl in die Stoßrichtung.

Klinge und Holz stießen zusammen.

Das Messer schrammte über die Eiche, rutschte noch tiefer

und hätte fast die Hand des Pfählers erwischt. Zum Glück zog Blasek seinen Arm wieder zurück.

Dafür trat er zu.

Marek konnte diesmal nicht ausweichen. Der Fuß des anderen traf ihn wuchtig im Gesicht und warf ihn abermals aus seiner knienden Haltung auf den Rücken.

Marek spürte die rasenden Schmerzen. Mit seiner Nase war etwas nicht in Ordnung, Blut strömte aus ihr hervor und rann über die Lippen in seinen halb offenen Mund.

Der andere war schnell.

Er kam mit dem Messer.

Und er schlug zu.

Von rechts nach links zog er die Klinge. Dann von links nach rechts. Marek vernahm das Pfeifen, wenn sie an seinem Gesicht vorbeiwischte. Es war für ihn eine höllische Musik, und manchmal streifte auch ein Luftzug sein Gesicht.

Der Gegner wollte mit ihm spielen. Das war Marek längst klar geworden. Er selbst hatte die Übersicht verloren, stieß mit dem Eichenpfahl nach dem anderen, traf aber nicht, weil der Kapuzenträger immer wieder geschickt auswich.

Marek kämpfte verzweifelt. Er ignorierte seine Schmerzen, und er wich immer weiter zurück, während Blasek ihm mit der Gleichmäßigkeit einer Maschine folgte.

Dann sprang er.

Der Vampir wollte ein Ende machen. Mit der Klinge hackte er zu. Sie zielte auf die Kehle des alten Marek und hätte sie auch zerrissen, wenn der Pfähler nicht instinktiv seinen harten Eichenpfahl hochgerissen hätte.

Das Messer jagte in den Pfahl.

Marek spürte den Ruck, als die Klinge traf, sich regelrecht im Holz festbiss und der Mann sie nicht so schnell wieder frei bekam. Marek trat um sich.

Abermals hatte er Glück. Er erwischte seinen Gegner, und die Treffer brachten diesen aus dem Gleichgewicht. Er ließ das Messer sogar los, fluchte laut und riss sich im nächsten Augenblick die Kapuze vom Kopf, weil sie ihn behinderte.

Das war der Moment, als Marek auf die Füße kam. Doch er war dabei viel zu langsam. Er besaß nicht mehr die Frische und die Kraft der Jugend. Bei ihm dauerte alles länger, er schwankte, packte den Griff des Rasiermessers und riss die Klinge aus dem Holz, das eine Kerbe bekommen hatte. Dann schleuderte er das Messer wütend weg, hob den Blick und sah die Kapuze zu Boden flattern.

Jetzt blickte er auf den Kopf des Mannes.

Das Gesicht war ihm unbekannt. Der Vampir hatte keine Haare mehr, den Mund hatte er weit aufgerissen, die spitzen Blutzähne schimmerten. Eine gelbliche Flüssigkeit rann aus den Mundwinkeln, erreichte das Kinn und tropfte daran herunter.

»Blut!«, knurrte der andere. »Ich will dein Blut! Es soll mich stärken, verdammter Hund!«

Und er kam näher.

Gleitend waren die Schritte, sein Blick war starr. Dann bückte er sich und griff nach dem Messer.

Marek hätte es lieber einstecken sollen. Dieser Fehler wurde ihm in den nächsten Sekunden bewusst. Er wollte ihn noch ausgleichen und stürzte sich mit dem gezückten Pfahl auf den in gebückter Haltung stehenden Blasek.

Der warf sein Messer.

Damit bewies er, dass er nicht nur die Klinge mit der Hand führen, sondern sie auch schleudern konnte.

Frantisek Marek sah ein blitzendes Etwas auf sich zu fliegen, und diesmal rettete ihn der Pfahl nicht.

Das Rasiermesser traf!

Es war so geschleudert worden, dass es von unten nach oben flog. Es hatte den Hals treffen sollen, verfehlte aber das Ziel und traf dafür Unterkiefer und Wange.

Abermals spürte Marek den Schmerz. Er merkte, wie Blut aus den Wunden pulste. Und plötzlich hatte er das Gefühl, diesen Kampf nicht mehr gewinnen zu können.

Danach explodierte etwas an seinem Kopf.

Ein Faustschlag hatte ihn getroffen. Marek riss die Arme

hoch, seine Knie wurden weich, er fiel dem Boden entgegen, und der Blutsauger ließ ihn kurzerhand fallen.

Marek krachte auf den Rücken. Fast zwangsläufig lockerte sich sein Griff, mit dem er den Eichenpfahl festhielt, sodass es Blasek keinerlei Schwierigkeiten bereitete, ihm den Pflock aus der Hand zu treten.

Jetzt hatte er den Pfähler da, wo er ihn hinhaben wollte. Waffenlos …

Schrill kichernd fiel er auf die Knie. Seine Hände griffen zu, krallten sich in der Kleidung des Vampirjägers fest, und Marek sah das Gesicht seines Feindes seltsam verzerrt über sich wie durch einen Nebelschleier.

Die Züge glichen denen eines Ballons, wurden einmal breiter, dann wieder schmaler und zerflossen zu seltsamen Formen. Zudem tobte in Mareks Kopf der Schmerz. Er hämmerte unter der Schädeldecke, die beiden Blutzähne des Vampirs wurden plötzlich zu langen Lanzen, und dann schien der Kopf des Untoten in einer hellen, überirdischen Lichtglocke regelrecht zu zerfließen.

War das das Ende …?

Es war keine überirdische Lichtglocke, die den Kopf des Vampirs erfasste, sondern die Scheinwerfer eines Wagens, der soeben um die letzte Kurve bog.

In dem Wagen saß ich!

Es hatte bisher alles geklappt, denn der Bürgermeister hatte mir den Weg erklärt. Der VW gab sein Bestes, bis dann die Kurve vor mir erschien, in die ich hineinfuhr und im Licht der beiden Scheinwerferlanzen einen abgestellten Wagen sah, den ich augenblicklich als einen Lada identifizierte.

Und Marek fuhr einen Lada!

Ich kickte den Fernlichthebel hoch.

Das Licht strahlte auf, erhellte vor mir die Szene, und ich sah zwei Männer. Einer lag auf dem Boden, der andere hockte über ihm.

Letzterer attackierte den Mann am Boden. Womit, war nicht zu sehen, wobei mich ein helles Blitzen irritierte.

Der Hockende wurde durch die beiden aufgeblendeten Scheinwerfer abgelenkt.

Sein Kopf ruckte hoch.

Selbst aus dieser Entfernung erkannte ich, dass der Mann keine Haare hatte. Da fiel mir die Beschreibung des deutschen Kommissars Will Mallmann ein.

Hatte er nicht von Blasek gesprochen und dabei gesagt, dass der Mann eine Glatze hatte?

Natürlich!

Hellwach war ich sowieso. Nun wuchtete die Tür auf und wieselte aus dem engen VW. Gleichzeitig streckte ich noch meine Hand aus und hämmerte auf den Hupring.

An dem Wagen funktionierte alles, auch die Hupe, die ich zum ersten Mal betätigte. Das Geräusch zerriss die Einsamkeit des Berglandes und störte auch den Glatzkopf.

Er sprang auf die Füße und schaute mir entgegen.

Ich rannte. Die Beretta hatte ich bereits gezogen. Wenn ich einen Vampir vor mir hatte, konnte ich ihn mit geweihten Silberkugeln erledigen, und das wollte ich auch.

Diese Bestie stellte eine Gefahr für die Menschheit dar. Zudem hatte ich die begründete Furcht, zu spät gekommen zu sein, denn Marek, der Pfähler, lag am Boden und rührte sich nicht mehr.

Sollte er das gleiche Schicksal erlitten haben wie seine Frau? Als ich daran dachte, umklammerte ein stählerner Reif mein Herz, und meine Befürchtungen steigerten sich.

Natürlich hatte Blasek bemerkt, was sich da anbahnte. Er sprang über Marek hinweg. Im selben Augenblick bewies der alte Mann, dass er doch noch nicht so fertig war, wie es den Anschein gehabt hatte. Er hob seinen Arm, und es gelang ihm, das Bein seines Gegners in Höhe der Wade festzuhalten.

Damit hatte Blasek nicht gerechnet. Er verlor den Halt, sein Standbein wurde weggerissen, und genau in dem Moment, als ich abdrückte, landete er am Boden.

Das Echo des Schusses rollte über den Weg. Meine Kugel hatte ihr Ziel verfehlt, und Blasek konnte sich losstrampeln.

An den Pfähler dachte er nicht mehr. Für ihn allein war wichtig, im Wald unterzutauchen, und der Vampir sprang mit einem heftigen Satz auf das Unterholz zu, wo ihn die Dunkelheit verschlucken würde.

Ich beschleunigte mein Tempo, sprang mit gewaltigen Sätzen über Äste und herumliegende Baumstämme und war doch zu langsam.

Das Glück ist mit dem Tüchtigen, so heißt ein Sprichwort. Ob ich nun tüchtig war oder nicht, möchte ich einmal dahingestellt lassen, jedenfalls hatte ich Glück.

Der Vampir war bei seinem Fluchtversuch wie ein Wilder in das Unterholz gestürmt.

Das rächte sich. Die sperrigen Äste und Zweige hatten ein regelrechtes Netzwerk in Hüfthöhe über dem Boden gebildet. Für Menschen war es eine gefährliche Falle.

Nicht nur für Menschen, sondern auch für Vampire.

Er reagierte in Panik. Er schlug mit Armen und Beinen um sich. Ich vernahm das Brechen der Zweige, und beim Näherkommen sah ich, was geschehen war.

Der Glatzkopf hing fest.

Zwei Sekunden später hatte ich die Stelle erreicht und blieb stehen, die Beretta dabei auf den Blutsauger gerichtet.

Auf dem Rücken lag er. Arme und Beine hatten sich in den Zweigen verfangen. Rühren konnte er sich kaum noch. Und wenn er es versuchte, dann wühlte er sich nur tiefer in die zumeist nadellosen Zweige und Äste der Tannen oder Fichten.

»Bist du Blasek?«, sprach ich ihn auf Deutsch an.

Er öffnete den Mund und fauchte. Deutlich waren seine beiden Vampirzähne zu sehen. Die Augen rollten in den Höhlen, und ich sah in seiner rechten Hand etwas blitzen.

Es war die Klinge eines Rasiermessers.

Dann hörte ich Schritte hinter mir. Der Vampir konnte mir momentan nicht gefährlich werden, deshalb riskierte ich es, drehte mich um und wandte dem Blutsauger für einen Moment den Rücken zu.

Marek kam.

Er blutete aus einigen Kopfwunden. Sein Gesicht war verzerrt. Ich hatte das Gefühl, als würde er mich überhaupt nicht erkennen. Mit unsicheren Schritten näherte er sich mir, in der rechten Hand seinen Pfahl.

Die Knöchel seiner Hand traten weiß hervor, so hart hielt er den Pfahl fest. In seinen Augen lag ein wildes Leuchten. Marek war fest entschlossen, seinem Beinamen alle Ehre einzulegen.

Jetzt konnte auch ich ihn nicht stoppen.

»Blutsauger, verfluchter!«, brüllte er mit sich überschlagender Stimme. »Du wirst kein Unheil mehr anrichten, du nicht! Da hast du es …«

Er hatte kaum das letzte Wort gesprochen, als er nach vorn fiel, den Pfahl dabei drehte und ihn nach unten rammte.

Ich sah nicht genau, was geschah, weil Marek mir mit seinem Körper die Sicht auf den Vampir nahm, aber ich hörte den Aufprall und den danach folgenden Schrei. Es war der markerschütternde Todesschrei eines Vampirs!

Marek hatte ihn gepfählt!

In gewisser Hinsicht war ich froh, andererseits hätte ich von dem Blutsauger gern noch etwas erfahren, vor allen Dingen über Lady X und deren Aktivitäten.

Das war nicht mehr drin.

Ich hörte Marek sprechen. Es waren unzusammenhängende Worte, die er ausstieß. Er lag auf dem Blutsauger und kam vor Schwäche nicht mehr hoch. Marek war fertig.

Ich steckte meine Beretta weg. Dann ging ich zu ihm, fasste ihn an beiden Schultern und zog ihn weg.

Dabei gelang es mir, einen Blick auf den Blutsauger zu werfen. Er sah schlimm aus. Marek hatte ihn voll getroffen, so viel möchte ich nur sagen, und der Vampir zerfiel auch nicht zu Staub, er war noch ein junger Blutsauger.

Der Pfähler schluchzte, als ich ihn zum Wagen führte. Die

Tür des Lada stand offen. Ich drückte Frantisek Marek auf den Sitz und suchte nach einer Autoapotheke.

Im Lada fand ich keine. In meinem Leihwagen jedoch hatte ich eine gesehen. Die musste ich holen.

»Warte hier«, sagte ich zu Marek und rannte los. Die Autoapotheke entsprach dem internationalen Standard. Ich lief wieder zurück und hatte schon das Kissen geöffnet, als ich den Lada erreichte.

Marek schaute mich an. Ich dachte an das Rasiermesser. Zweimal war der Pfähler davon erwischt worden. Er hatte das gleiche Schicksal erlitten wie Kommissar Mallmann.

»Bleib ganz ruhig, alter Junge«, sagte ich zu ihm und drückte ihn zurück, als er sich aufrichten wollte.

Trotzdem ließ er sich nicht beirren. »John Sinclair, mein Freund!«, flüsterte er. »Dich schickt der Himmel. Wo kommst du her?«

»Später«, erwiderte ich und hantierte mit dem Pflaster.

Frantisek Marek zuckte ein paar Mal zusammen, als ich ihn verarztete. Fünf Pflaster verbrauchte ich, um seine Wunden zu versorgen. Im Innern des Wagens roch es nach Knoblauch. Mir fielen auch die Stauden auf, die im Rückraum lagen. Marek hatte sie nicht umsonst geholt. Die Vampire waren da.

»Mein Kopf, verflucht!«, flüsterte der Pfähler. »Dieser Treffer gegen den Schädel …«

»Ich werde dich nach Petrila fahren.«

»Mit meinem Wagen?«

»Ja, den nehmen wir.«

Da war Frantisek beruhigt. Ich schnallte ihn auf dem Beifahrersitz fest, räumte die aus dem Wagen gefallenen Knoblauchstauden wieder ein, schloss die hinteren Türen und startete.

Der Baum lag noch immer über der Straße. Als ich auf Marek und den Vampir zu gerannt war, hatte ich den sperrigen Zweigen ausweichen können.

Mit dem Lada war es schwerer, sie zu umfahren. Ich musste kurbeln und schaffte es schließlich, vorbeizukommen.

Freie Fahrt!

Ich ließ den Lada hinter meinem Leih-VW stehen, stieg noch einmal aus und löschte die Lichter an dem Käfer. Den Wagen wollte ich später holen, der Lada mit Marek und der Ladung Knoblauch war jetzt wichtiger.

Die Strecke war miserabel. Ich schaffte es nicht immer, den zahlreichen Schlaglöchern auszuweichen. Der Wagen hüpfte darüber, seine Stoßdämpfer wurden strapaziert, aber der Lada war ja für Strecken wie diese gebaut. Er würde halten.

Marek sprach zunächst einmal nichts. Er hing angeschnallt in seinem Sitz. Den Pfahl hielt er umklammert, sein Gesicht war bleich, auf seiner Stirn perlte Schweiß. Manchmal bewegten sich seine Lippen, doch er brachte kein Wort hervor.

Nach einer Weile sprach er mich doch an. »Es war gut, dass ich ihn erledigt habe.«

Ich nickte. »Weißt du, wie viele Vampire sich noch in der Gegend herumtreiben?«

»Nein.«

»Hast du auch sonst keine Anhaltspunkte?«

»Ich hörte von der Burg des Barons. Man hat dort Licht gesehen.«

»Das weiß ich inzwischen.«

Der Pfähler drehte mir sein Gesicht zu. »Dann warst du schon in Petrila?«

»Sicher.«

»Klar, du bist ja aus der Richtung gekommen. Aber was hat dich hergetrieben, mein Freund?«

Ich berichtete ihm von unserem Verdacht und von den vagen Spuren, die auf Rumänien hindeuteten.

Er versuchte ein Nicken, verzog jedoch sein Gesicht, wahrscheinlich wegen der Kopfschmerzen. »Gut, dass du gekommen bist. Hier bahnt sich etwas an. Dieser Mann mit der Glatze wird sicherlich nicht der einzige Vampir gewesen sein.«

»Das glaube ich auch. Übrigens, ich bin nicht allein. Suko ist in Petrila geblieben.«

»Als Schutz?«

»So kann man es sehen. Wir haben auch den Verdacht, dass sich Lady X hier herumtreibt. Denk an die Burg, die ist ja ideal für sie.«

»Und sie wird Helfer haben.«

Da hatte Marek nichts Falsches gesagt. Doch einer von ihnen war erledigt. Zumindest von einem Zweiten wusste ich noch. Kovacz hieß er. Wir hatten ihn in London gesucht.

»Ich werde mit von der Partie sein«, sagte der Pfähler. »Das bin ich nicht nur meiner Ehre, sondern auch meiner toten Frau schuldig. Ich leiste den Schwur an ihrem Grab täglich neu. Willst du es sehen?«

»Wir können ja hinfahren.«

»Ich danke dir, Freund.«

Als Marek seine Frau erwähnte, bekam ich wieder ein schlechtes Gewissen. Schließlich war ich es gewesen, der sie getötet hatte, aber ich hatte einfach keine andere Möglichkeit gesehen. Ein Vampir musste auf diese Weise erlöst werden.

»Wie hast du die letzten Monate überstanden ohne Marie?«, wollte ich von ihm wissen.

»Schlecht.«

»Das kann ich mir vorstellen.«

»Die Leute waren alle sehr nett. Sie versuchten mich zu trösten. Aber wenn man so lange mit einer Frau zusammengelebt hat, dann kann man nicht getröstet werden. Die Welt ist nicht nur anders, sondern leer. Marie fehlt mir überall. Oft stehe ich nachts am Fenster, schaue auf die dunkle Straße und glaube immer, sie zu sehen. Ich sage mir dann, sie ist nur mal eben aufgestanden, und wenn ich in ihr Bett schaue, dabei auch nachfühle, dann ist es kalt und leer. John, mein Freund, das ist grausam …«

Die letzten Worte bekam er nicht richtig hervor, weil seine Stimme erstickte.

Ich wusste, was Marek durchgemacht hatte. Es fiel mir auch schwer, hier ein Wort des Trostes zu finden. Er musste darüber hinwegkommen. Zwar setzte ich ein paar Mal zum Sprechen an, fand jedoch nicht die richtige Formulierung.

»Du, Freund John, brauchst dir keine Vorwürfe zu machen«, sagte der alte Marek mit leiser Stimme. »Ich weiß, was in dir vorgeht, weil du Marie erlöst hast. Aber glaube mir, ich an deiner Stelle hätte nicht anders gehandelt.«

»Danke, dass du es so siehst.«

»Marie war ein Vampir, daran gibt es nichts zu rütteln, und ich weiß auch, wem sie es zu verdanken hatte. Letzten Endes ist diese Lady X daran schuld. Ich will sie haben, ich werde sie kriegen und ebenfalls vernichten. Dieses Ziel habe ich noch. Erst wenn sie nicht mehr ist, kann ich dem Sterben beruhigter entgegensehen.«

Ich lachte auf. »Aber Frantisek, wer redet denn schon vom Sterben? Du wirst deinem Namen noch alle Ehre machen, glaub mir.«

»Nein, John, ich spüre selbst, dass ich alt werde. Dieser Vampir wäre früher für mich kein Problem gewesen, aber heute sieht das anders aus. Ich kann nicht mehr so. Die Jahre sind an mir nicht spurlos vorübergegangen. Auch ein Frantisek Marek wird alt, daran kann er nichts ändern, mein Freund.«

Das stimmte in der Tat. Irgendwann einmal würde es uns alle erwischen. Marek, Suko und auch mich.

Bei dem Gedanken rann mir eine Gänsehaut über den Rücken …

Petrila wirkte wie ausgestorben.

Mirca, der Bürgermeister, und Suko standen noch immer vor der Gastwirtschaft, und der Inspektor fragte ihn: »Ist das immer so, oder haben die Leute Angst?«

»Beides.«

»Wie kommt es, dass sich die Vampire gerade auf diesen Ort hier konzentriert haben?«

»Vielleicht wegen Marek.«

»Wieso?«

»Er ist der Pfähler. Ein Feind der Blutsauger, und ihn wollen sie erledigen. Bisher haben sie es nicht geschafft. Obwohl ich ja in der Partei bin, kann ich meinen Genossen einen Vorwurf nicht ersparen. Sie ignorieren die Vampire einfach. Für sie darf es diese Blutsauger nicht geben, aber das ist ein Fehler, der ihnen unterläuft. Es gibt Vampire – leider.«

»Haben Sie sich nicht einsetzen können?«

Da lachte der Bürgermeister auf. »Wie oft habe ich das schon versucht. Man hat mir nicht geglaubt. Die Männer in der Zentrale haben mich jedes Mal ausgelacht.«

»So etwas kenne ich.«

»Sollen wir hier stehen bleiben?«, fragte Mirca.

»Auf keinen Fall. Ich möchte gern durch den Ort gehen.«

»Du glaubst, dass sie schon hier sind?«

»Davon gehe ich aus. Da kann uns jedenfalls nichts mehr überraschen.«

»Der Gedanke ist richtig.«

Die beiden Männer lösten sich vom Fleck und betraten die Hauptstraße, die das Dorf in zwei Hälften teilte. Gehsteige gab es zwar auch, aber Suko und der Bürgermeister blieben auf der Straße. So konnten sie nach links und rechts schauen.

Die meisten Menschen schienen bereits schlafen gegangen zu sein. Jedenfalls brannten hinter den Scheiben kaum Lichter.

Die einzigen Lebewesen, die sie hin und wieder sahen, waren Hunde und Katzen. Besonders die Augen der Katzen glühten manchmal wie türkisfarbene Lichtpunkte.

In der Dunkelheit wirkten die Häuser noch kleiner, als sie tatsächlich waren. Aus manchen Kaminen stieg Rauch. Dann stand für einen Moment eine graue Fahne über der Öffnung, bevor sie vom Wind erfasst und zerweht wurde.

Suko spürte ebenfalls das Gefühl der Beklemmung. Etwas lag über der Stadt, das er nicht erfassen konnte. Hier lauerte etwas, kam noch nicht zum Vorschein, aber es würde zuschlagen, dessen war er sicher.

Der Inspektor konnte sich da auf sein Gefühl ziemlich genau verlassen, und er blieb wachsam.

Seine Blicke richtete er nicht nur nach vorn, sondern auch

nach links und rechts. Er suchte die Gehsteige ab, fand sie jedoch leer. Menschen ließen sich nicht blicken.

Auch lag eine nahezu geisterhafte Stille über dem Ort. Suko kam es fast unheimlich vor, durch ein Dorf zu gehen, in dem überhaupt keine menschlichen Stimmen zu hören waren.

Die Stille wirkte nicht nur bedrückend, sondern auch gefährlich.

»Ein bestimmtes Ziel hast du nicht?«, fragte der Bürgermeister nach einer Weile.

»Nein.«

»Sollen wir nicht noch bei Marek vorbeischauen?«

Suko blieb stehen und schaute Mirca an. »Weshalb?«

»Er ist der Pfähler, der große Feind dieser Blutsauger. Vielleicht warten sie darauf, dass er zurückkommt. Ist doch möglich.«

»Das stimmt«, gab Suko mit einem Nicken zu.

»Also gehen wir hin?«

»Meinetwegen.«

Sie brauchten die Richtung nicht zu ändern. Schweigend schritten die Männer weiterhin die Hauptstraße entlang. Nur ihre Tritte waren zu hören.

Eine verlassene Stadt, ein Geisterdorf, über dem sich Unheil zusammenbraute.

Davon ging Suko aus, und er warf auch einen Blick in die Höhe. Dort türmten sich Wolken am Himmel. Es waren gewaltige Berge, grau in der Farbe, und sie hoben sich deutlich vom dunkleren Himmel ab. Aber auch der Mond war zu sehen.

Vollmond. Vampirwetter, dachte der Inspektor.

Zwischen zwei Wolkenbänken sah er den bleichen Erdtrabanten. Er schien ihn höhnisch anzugrinsen, an seinen Rändern zeigte er sich leicht zerfasert, schickte sein fahles Licht auf die Erde, und Suko wusste, dass sich die Geschöpfe der Nacht in seinem Schein regelrecht badeten und Energie tankten.

Die Vampire fanden hier tatsächlich ideale Bedingungen

vor, und sie würden sie ausnutzen, da waren sich beide Männer sicher.

»Die Angst wird stärker, wenn der volle Mond am Himmel leuchtet«, sagte der Bürgermeister und senkte dabei seine Stimme. Dabei schüttelte er sich, weil eine Gänsehaut über seinen Rücken rann, und er nickte auch ein paar Mal.

»Das ist immer so?«

»Ja.«

Im nächsten Augenblick schraken beide Männer zusammen, weil quer über die Dächer der Häuser und auch über die Straße ein Vogel flog. Es war ein Uhu, ein Nachttier, und seine Schwingen klatschten, als er über ihre Köpfe huschte.

Dann war er verschwunden.

»Der Totenvogel!«, hauchte Mirca. Selbst bei der Dunkelheit war seine Gänsehaut zu sehen. »Wenn er fliegt, ist das ein Zeichen für das Böse. Es lauert bereits. Und wenn er ruft …«

Mirca verstummte, denn in der Tat war das Schreien des Totenvogels zu hören.

Es schwang wie ein geisterhaftes Echo durch die Stille der Nacht und hörte sich gleichzeitig an wie ein höhnisches Gelächter.

»Jetzt werden sie bald kommen«, hauchte Mirca. »Ich weiß es. Sie sind nicht mehr weit …«

»Lass uns trotzdem gehen. Oder willst du in deinem Haus bleiben?« Suko war ebenfalls zu der vertrauten Anrede übergegangen.

»Nein.«

Bis zur Schmiede hatten sie es nicht mehr weit. Dort stand noch immer der Kutschwagen. Seine Umrisse hoben sich vor der Hauswand des flachen Schmiedegebäudes ab, das an das normale Wohnhaus angebaut war.

Plötzlich durchschnitt ein Schreien und Fauchen die Stille. Das Schreien hörte sich schrill an, tötete den Nerv und verstummte so rasch, wie es aufgeklungen war.

Sukos Hand klatschte auf die Waffe. Die beiden Männer blickten sich an. Mirca hob die Schultern.

»Kann es eine Katze gewesen sein?«, fragte Suko.

»Ja, das muss es. Richtig.« Der Bürgermeister schien erleichtert, weil Suko eine Erklärung gefunden hatte.

»Ich frage mich allerdings, aus welchem Grund es so rasch verstummt ist.«

»Vielleicht ist die Katze verschwunden?«

»Einfach so?«

»Möglich.«

Suko war anderer Meinung. Er wollte sie auch sagen, als sich neben der Kutsche etwas bewegte.

Eine Gestalt löste sich aus der Deckung des Gefährts. Sofort trat Suko einen Schritt zur Seite. Er witterte die Gefahr und sah im nächsten Moment besser, denn er identifizierte die Gestalt als einen Mann. Und diesen Mann kannte er.

Meyer, der Funktionär!

Er hatte im Schatten gestanden, zudem trug er noch seinen dunklen Ledermantel, in dessen Taschen er die Hände versenkt hatte. Er ging ohne Kopfbedeckung, sein fahles Haar war straff gescheitelt. Mit zusammengekniffenen Augen fixierte er Suko und den Bürgermeister.

Etwa zwei Schritte vor den beiden Männern blieb er stehen und verzog die Mundwinkel.

Mirca ahnte, wen er vor sich hatte. »Sind Sie ein Genosse Funktionär?«, fragte er.

Meyer nickte.

»Woher kommen Sie?«

»Aus der Hauptstadt«, klang seine kalte Stimme auf.

»Dann sind Sie wegen der Vampire hier? Wollen Sie es sich ansehen?« Mirca war regelrecht aus dem Häuschen. Er hatte lange genug darauf gewartet. Nun endlich schien sich ein Erfolg anzubahnen.

Suko war das Auftreten dieses Funktionärs ein wenig suspekt. Er reagierte nicht so spontan. Ein wenig lauernd erkundigte er sich nach dem Wagen des Mannes.

»Ich habe ihn am anderen Ende des Dorfes stehen lassen.«

»Dann sind Sie nicht mit dem Hubschrauber gekommen?«

»Sehen Sie einen?«

»Nein.«

Meyer nickte. Seine dünnen Lippen verzogen sich zu einem schmalen Lächeln, als er sagte: »Ich wollte mich selbst einmal von Ihren Behauptungen überzeugen. Ich glaube nämlich nicht an das, was Sie mir da alles erzählt haben.«

Mirca hob beide Arme und wedelte mit den Händen. »Da irrst du dich, Genosse. Es gibt tatsächlich Vampire. Wie oft habe ich schon an die Zentrale geschrieben, aber keine Antwort bekommen. Es ist eine Unverschämtheit von den Genossen dort.«

»Sie werden zu Recht so gehandelt haben«, gab der Funktionär zurück und drehte sich im Kreis. »Wo sind denn die Vampire? Zeig sie mir. Ich will sie sehen!«

»Können Sie es nicht abwarten?«, fragte Suko.

Scharf drehte sich Meyer um. »Nein!«

»Es wäre besser, wenn Sie die Anwesenheit der Blutsauger nicht auf die leichte Schulter nähmen«, erklärte der Inspektor. »Wenn Sie von Vampiren angegriffen werden, sind Sie dann kaum in der Lage, sich zu wehren.«

»Sie denn?«, höhnte der Funktionär.

»Sicher«, lächelte Suko.

Meyer schaute ihn an. Seine Wangenmuskeln zuckten.

»Wollen Sie es sehen?«, fragte Suko.

»Was?«

»Die Waffen, mit denen ich einen Vampir erledige«, erwiderte der Inspektor.

»Ich glaube Ihnen.« Meyer hob seine Schultern. »Was halten Sie davon, wenn wir gemeinsam gehen?«

»Dagegen habe ich nichts«, erwiderte der Bürgermeister. »Dann siehst du vielleicht die Blutsauger, Genosse!«

»Und wohin sollen wir?«, fragte Suko, dem der Sinneswandel des anderen ein wenig seltsam vorkam.

»Sie haben doch eine so große Erfahrung«, meinte Meyer im spöttischen Tonfall. »Wo könnten sich die Vampire denn aufhalten?«

»In Petrila und Umgebung finden sie zahlreiche Verstecke. Vielleicht sind sie auch auf der Burg«, sagte der Bürgermeister.

»Welche Burg meinst du?«

»Sie steht nicht allzu weit von hier. Allerdings auf einem Berg. Es ist schwer, dorthin zu gelangen. Vor allen Dingen ist es sehr anstrengend.«

»Auf der Burg können wir dann ja später suchen«, schlug der Funktionär vor. »Bleiben wir erst einmal hier.«

»Meinetwegen«, gab auch Suko seine Zustimmung.

»Wo haben Sie überall gesucht?«, fragte Meyer.

»Bisher waren wir nur auf der Hauptstraße«, erklärte Mirca.

»Und Sie wollen Vampirjäger sein?«, spottete der Mann im Ledermantel. »Darüber kann ich nur lachen, wirklich. Auf der Straße werden sie sich kaum zeigen.«

»Dann machen Sie einen besseren Vorschlag.«

»Ich habe da ein Gebäude gesehen, wo ich meinen Wagen geparkt habe. Es ist aus Holz gebaut und liegt am Friedhof. Wie gesagt, ich war nicht direkt da, aber …«

»Das ist das Spritzenhaus der Feuerwehr«, erklärte Mirca.

»Ein gutes Versteck – oder?«

Suko sah den Blick des Funktionärs auf sich gerichtet. Er musste zugeben, dass er sich das Heft oder die Gesprächsführung aus der Hand hatte nehmen lassen. Dieser Meyer hatte dies sehr geschickt angestellt, wobei sich der Inspektor fragte, ob etwas dahintersteckte, denn Meyers Reden schien seiner Ansicht nach auf einen bestimmten Plan hinauszulaufen.

Er wollte abwarten.

»Ich bin einverstanden«, erklärte Suko. »Wenn Sie sich schon umgeschaut haben, umso besser für uns. Wir brauchen dann nicht mehr lange zu suchen.«

Meyer lachte. »Man merkt eben, dass Sie doch nicht so geschult sind wie ich.«

»Das könnte stimmen.«

Mirca hob die Schultern und sagte nichts. Für ihn war das

Auftreten des Funktionärs nichts Befremdendes. Er kannte die Leute aus der Stadt. Meyer ging auch vor, wobei Suko sich wunderte, mit welch zielstrebigen Schritten er sich seinem Ziel näherte. Dieser Mann schien sich bereits in Petrila umgeschaut zu haben.

Sie blieben nicht auf der Hauptstraße, sondern bogen ab. In eine schmale Gasse tauchten sie ein. Der Boden unter ihnen war lehmig und feucht. Die Hauswände rochen seltsam muffig. Sie standen so eng, dass die Männer sie fast mit den Schultern berührten.

An einer Mülltonne schoben sie sich vorbei und erreichten offeneres Gelände. Eine Wiese lag vor ihnen. Eingezäunt und leicht ansteigend. In der Nähe floss ein Bach. Die Männer hörten das leise Rauschen des Wassers, und sie sahen die Schwaden, die vom Bach her in die Höhe stiegen. Graue Nebeltücher, die sich über die Wiesen verteilten.

Das Haus stand rechts von ihnen. Etwas abseits gelegen. Zwei Wege führten von links und rechts auf die Eingangstür zu. Der Friedhof lag ebenfalls in der Nähe. Die Gräber waren in den Hang gestochen worden. Suko kannte den Friedhof, denn er war dabei gewesen, als man Marie Marek begrub.

Über die Wiesen mussten sie. Vor dem Bach blieb Meyer für einen Moment stehen, stieß sich dann ab und sprang mit einem weiten Satz hinüber, als hätte er Angst vor dem Wasser.

Suko registrierte dies genau. Vampire fürchteten sich vor fließendem Wasser. Das kam ihm in den Sinn, er sagte jedoch nichts, beschloss nur, den Funktionär nicht aus den Augen zu lassen.

In der Dunkelheit und im Mondlicht sahen die Gräber mit ihren Steinen und Kreuzen gespenstisch aus. In der Nacht wirkte er unheimlich. Zudem schien der volle Mond fast über ihm zu stehen und wie ein fahlgelbes Auge alles zu beobachten.

Suko schaute zum Friedhof hinüber. Da hielt sich kein Vampir versteckt, soweit er erkennen konnte. Zudem war der

Friedhof relativ neu, dort wurden noch Menschen begraben, und diese Begräbnisstätte kam immer wieder mit Weihwasser und Symbolen der christlichen Religion in Berührung. Die Menschen in Transsylvanien waren gläubige Christen, auch wenn es die Parteiführung ärgerte. Es war ähnlich wie in Polen.

Natürlich hielten sich Vampire auch auf Friedhöfen auf. Allerdings meist auf uralten Totenackern, die längst vergessen und auch auf irgendeine Weise entweiht waren.

Suko fragte: »Sollen wir nicht zuerst auf dem Friedhof nachschauen?«

Meyer drehte sich um. Er funkelte den Inspektor an. »Weshalb?«

»Vielleicht haben sich die Blutsauger dort versteckt.«

Der Funktionär zeigte ein spöttisches Grinsen. »Nein. So viel Ahnung müssten Sie doch eigentlich haben, dass sich Vampire vor einem Friedhof fürchten.«

Der Chinese winkte ab. »Schon gut, war ja nur ein Vorschlag.«

Wenig später gingen die drei Männer auf das Spritzenhaus zu. Es waren nur wenige Schritte. Vor der großen Tür an der Westseite hielten sie an, und Suko fasste nach dem waagerecht liegenden Balken, der die beiden Hälften versperrte.

Er zog den Balken weg, lehnte ihn neben der Tür an die Wand und öffnete.

Die Dunkelheit gähnte ihnen entgegen.

»Haben Sie eine Taschenlampe?«, fragte der Inspektor über die Schulter gewandt.

»Nein«, antwortete Meyer.

»Dann muss es auch ohne gehen.« Suko schob sich als Erster in das finstere Spritzenhaus. Er hatte nicht erwähnt, dass er seine Bleistiftleuchte bei sich trug. Suko wollte Meyer in Sicherheit wiegen. Er hörte, wie sich der Funktionär darum bemühte, den Bürgermeister in das Spritzenhaus zu schieben, und Mirca blieb nichts anderes übrig, als der Aufforderung Folge zu leisten. Er sah Meyer als einen Vorgesetzten an.

Suko war sehr wachsam. Eine Hand hatte er in seine Hosentasche versenkt. Dort umklammerten die Finger den dünnen Stab der Bleistiftleuchte. Er wollte noch ein wenig abwarten und die Lampe erst dann ziehen, wenn es ihm nötig erschien.

Schattenhaft schälte sich der große Feuerwehrwagen aus dem Dunkel des Gebäudes.

Suko schritt an dem Wagen vorbei.

Unter einem Fenster lagen, übereinander gestapelt, aufgerollte Schläuche.

Der Inspektor witterte die Falle.

Meyer musste etwas damit zu tun haben, nicht umsonst hatte er Suko und den Bürgermeister in dieses Spritzenhaus geführt und den Friedhof abgelehnt. Nein, hier bahnte sich etwas an.

Bisher hatten sich Mirca und auch Meyer nicht gerührt. Kein Geräusch war von ihnen zu vernehmen, bis zu dem Zeitpunkt, als Suko hinter sich den erstickt klingenden Laut hörte.

Jetzt griff er ein.

Mit den Augen war die blitzschnelle Bewegung kaum zu verfolgen, als er herumkreiselte. Er riss dabei die kleine Lampe hervor, schaltete sie ein, und der Strahl stach wie ein helles Messer durch die Düsternis.

Er fand ein Ziel.

Die Gesichter zweier Männer.

Das des Bürgermeisters zeigte namenloses Entsetzen. Schräg über dessen rechter Schulter sah er das Gesicht des Funktionärs. Bleich leuchtete es, schon vergleichbar mit dem Mond am Himmel.

Aber der hatte keine spitzen Vampirzähne wie dieser falkengesichtige Funktionär, die sich der straffen Halshaut des Bürgermeisters bereits so weit genähert hatten, dass Suko kaum eine Chance mehr hatte, einzugreifen …

Dennoch wagte er es!

Er musste es einfach tun, er konnte Mirca nicht in den Klauen des Blutsaugers lassen.

Aus dem Stand schnellte Suko vor.

Wer ihn nicht kannte, hielt ihn vielleicht für ein wenig behäbig. Ein Irrtum. Suko hatte schon manch einen mit seinen gedankenschnellen Reaktionen überrascht, und auch der Vampir vergaß, seine Zähne in den Hals des Bürgermeisters zu schlagen, als Suko startete.

Suko stieß während des Sprungs seine Faust vor. Und er hatte genau gezielt. Am Gesicht des Bürgermeisters vorbei wischte sie und traf die Stirn des Vampirs.

Meyer flog zurück. Gleichzeitig erwachte Mirca. Er begann zu schreien, riss sich los, und wegen seiner unkontrollierbaren Bewegungen geriet er Suko in die Quere.

Der Vampir gewann ein paar Sekunden, rollte sich über den Boden und huschte in den Schlagschatten des abgestellten Feuerwehrwagens.

Suko stieß inzwischen den Bürgermeister zur Seite, versperrte dem Blutsauger den Weg zur Tür, aber dieser hatte auch nicht vor zu fliehen.

Er sah nämlich die Leiter an der Seite des Fahrzeugs, hatte sich längst gedreht und kletterte behände die Sprossen hoch. Noch bevor er sein Ziel erreichte, drehte er sich um, hielt sich mit einer Hand fest, und Suko sah den Umriss einer Waffe in der anderen.

Im nächsten Augenblick schaute er in das fahle Mündungsfeuer und hörte den Schussknall.

Zu Boden warf er sich nicht. Er vertraute darauf, dass der andere zu hastig geschossen hatte.

Das Glück stand dem Inspektor zur Seite. Die Kugel hackte neben ihm in das Holz der Wand.

Der Bürgermeister hatte sich zu Boden geworfen. Dicht neben dem linken Vorderreifen lag er und war vom Wagen aus nicht mehr zu sehen. Günstig für ihn, denn Suko wollte den Mann nicht unnötig in Gefahr bringen.

Er huschte von der Tür weg. Seine Waffe hatte er längst gezogen, zögerte mit einem Schuss, weil er den Vampir erstens nicht sah und er zweitens gern von ihm einige Informationen gehabt hätte, denn Meyer stand sicherlich nicht allein.

Suko rechnete damit, dass er Lady X oder einem anderen in die Hände gefallen war. Und er hörte ihn. Auf der gegenüberliegenden Seite des Wagens kletterte er die Leiter wieder nach unten. Leise konnte er sich nicht bewegen, seine Schritte waren auf den Metallstufen deutlich zu vernehmen, so hatte es Suko leicht, ihm den Weg abzuschneiden, indem er um den abgestellten Wagen herumlief.

Ein dumpf klingendes Geräusch bewies ihm, dass der andere zu Boden gesprungen war.

Suko beging nicht den Fehler, wild loszurennen. Er hielt sich wohlweislich zurück, tauchte zu Boden und kroch unter dem abgestellten Wagen hindurch auf die andere Seite.

Es war glatter Lehmboden, über den er sich schob. So verursachte er kaum ein Geräusch. Er hoffte, dass der Vampir nichts merkte. Suko war bereit, sofort zu feuern, wenn es die Situation erforderte, und er spähte vorsichtig in alle Richtungen.

Sein Plan ging auf.

Plötzlich entdeckte er ein paar Hosenbeine und den Saum des langen Ledermantels. An der Haltung der Beine erkannte der Inspektor, dass Meyer stehen geblieben war. Das rechte Bein ein wenig vorgesetzt.

Er lauerte.

Für einen Moment huschte ein kaltes Lächeln über das Gesicht des Inspektors. Wenn der Vampir noch für einen Moment so blieb, würde er ihn zu packen kriegen.

Kein Geräusch war zu hören, als Suko sich weiter vorschob.

Noch eine gute Armlänge trennte ihn noch von dem Vampir, als ihm ein anderer einen Strich durch die Rechnung machte.

Der Bürgermeister.

Suko vernahm dessen Schritte, und die näherten sich der Tür. Wahrscheinlich hatte es Mirca vor lauter Angst nicht mehr ausgehalten. Er wollte das Spritzenhaus verlassen.

Der lief schnell, aber der Vampir konnte seine Flucht nicht zulassen.

Er startete in dem Augenblick, als Suko zugriff. Und er war um eine Idee schneller, sodass die Hand des Inspektors ins Leere fasste und er mit den Fingerspitzen nur noch den Hosenstoff berührte.

Dann war Meyer verschwunden. Doch auch Suko wurde schnell. Er robbte unter dem Wagen hervor, wollte retten, was noch zu retten war, und rannte hinter dem verfluchten Blutsauger her. Ein Schrei schreckte ihn auf.

Mirca hatte ihn ausgestoßen, und Suko vernahm auch ein dumpfes Geräusch, das entsteht, wenn jemand gegen eine Wand gewuchtet wird.

So musste es dem Bürgermeister ergangen sein.

Seine Stimme war schrill, als er rief: »Neiiinnn – neinn …«

Da hatte Suko freie Bahn. Er wandte sich sofort nach rechts, denn in dieser Richtung lag die Tür.

Vor ihr, halb in dem grauen Ausschnitt, sah er die beiden Gestalten. Sie lagen am Boden. Der Vampir über dem Bürgermeister. Der Ledermantel glänzte, und er bot für Suko ein gutes Ziel. Wenn er Mircas Leben retten wollte, musste er schießen.

Suko feuerte.

Das Echo des Knalls rollte noch durch das Spritzenhaus, als der Blutsauger zusammenzuckte. Er hatte das geweihte Silbergeschoss voll nehmen müssen. Sein Körper bäumte sich in die Höhe, er warf die Arme hoch und fiel dann langsam auf die Seite.

Schräg zu den ausgestreckten Beinen des Bürgermeisters blieb er liegen und rührte sich nicht mehr.

Vorbei …

Mirca stieß jammernde Laute aus, wischte über sein Gesicht und schüttelte mehrmals den Kopf.

Suko blieb neben ihm stehen. »Das hätte ins Augen gehen können«, sagte der Inspektor.

Der Bürgermeister nickte. Sprechen konnte er nicht. Er stand unter Schock.

Suko bückte sich und fasste nach dem Arm des Rumänen. »Himmel, was hast du dir dabei nur gedacht?«

Mirca stand zwar, doch seine Knie zitterten. Er strich durch sein Gesicht, murmelte Worte in seiner Heimatsprache, die Suko nicht verstehen konnte.

Er zog den Mann tiefer in das Spritzenhaus und damit auch weg von dem vernichteten Vampir.

Als Suko noch einen Blick auf ihn warf, sah er nur das bleiche Gesicht, in dessen Stirn jetzt wirr das fahlblonde Haar des Mannes hing.

»Ich – ich weiß auch nicht, was in mich gefahren ist«, erklärte Mirca. »Es überkam mich plötzlich. Da musste ich einfach weg. Tut mir leid, es wird nicht wieder vorkommen. Ich war so fertig, dass dieser Funktionär ein Vampir ist …« Er hob den Kopf und schaute Suko an. »Sag mal, wie ist das überhaupt möglich?«

»Er muss überfallen worden sein.«

»Sehr richtig, Chinese, überfallen!« Die kalte Frauenstimme klang an der Tür auf, und Suko drehte sich gedankenschnell um, ließ jedoch die Hände von den Waffen, denn Lady X hielt die Maschinenpistole auf ihn gerichtet.

Breitbeinig hatte sie sich aufgebaut. Umrahmt wurde sie von drei Kapuzen tragenden Männern, die nicht nur ihre Leibwache bildeten, sondern den Geheimbund der Vampire …

Es war nicht mehr weit bis Petrila, und der Weg wurde jetzt etwas besser. Weniger Schlaglöcher, die dem Wagen zu schaffen machten, nur noch hin und wieder Querrinnen.

Marek, der Pfähler, hatte sich bisher ausgezeichnet gehalten. Man konnte ihn wirklich als einen zähen Burschen bezeichnen. Er stöhnte nicht, er haderte nicht mit seinem Schicksal, sondern hielt sich tapfer.

Nur manchmal redete er. Es waren Worte der Rache, gerichtet an die Vampirin Lady X.

»Sie werde ich töten!«, flüsterte er. »Daran geht kein Weg vorbei, das schwöre ich …«

»Warte es ab«, erwiderte ich. »Und vergiss nicht, dass Lady X kein Kinderkram ist. Ich möchte sie als eine der gefährlichsten Dämonen bezeichnen, die überhaupt existieren.«

»Möglich, John. Trotzdem muss ich sie packen. Denn sie hat meine Frau auf dem Gewissen.«

Ich hob die Schultern. »Warte erst ab, bis wir in Petrila sind. Vielleicht hat sich dort schon einiges ergeben.«

»Das kann man nie wissen.«

Wir fuhren in den Ort. »Soll ich dich vor deiner Schmiede absetzen?«, erkundigte ich mich.

»Nein. Ich will auch zu Suko.«

»Wahrscheinlich befinden sich er und Mirca im Gasthaus. Fahren wir dorthin.«

Petrila lag im Dunkeln. Die Menschen hielten sich in ihren Häusern versteckt, doch im Gasthaus brannte noch Licht. Wir hörten auch Stimmen, als wir ausstiegen.

Ich brauchte das Lokal nicht zu betreten, denn der Wirt hatte uns gehört und kam nach draußen. Er schaute sich scheu um, bevor sein Blick an Marek haften blieb. Der Pfähler hob müde die Hand zu Gruß.

Ich erkundigte mich nach Suko und Mirca.

Der Wirt hob die Schultern. »Da habe ich keine Ahnung«, erklärte er. »Hier sind sie nicht mehr. Sie wollten sich wohl im Dorf umsehen. Wahrscheinlich die Vampire suchen.«

»Ein Ziel haben sie nicht genannt?«

»Nein.«

Ich bedankte mich bei dem Wirt und stieg wieder in den Wagen. Marek grinste. »Du kannst ja doch noch etwas Rumänisch.«

»Ein wenig habe ich behalten.«

Wir fuhren an. Der Wirt blieb noch stehen. Seine Gestalt wurde immer kleiner.

Bis zur Schmiede war es nicht mehr weit. Zuerst sahen wir den leeren Kutschwagen. Als ich anhielt, erkundigte ich mich nach dem Besitzer des Wagens.

»Er gehört einem Bekannten«, erklärte Marek. »Ich muss ihn reparieren.« Der Pfähler hämmerte die Tür zu und fing die Wagenschlüssel auf, die ich ihm zuwarf.

Wir gingen auf das Haus zu. Es lag im Dunkeln. Wahrscheinlich würden wir Suko und den Bürgermeister hier nicht finden.

Ich hörte Mareks Fluchen und drehte mich um. »Was ist denn?«

»Eine tote Katze«, sagte der Pfähler und hob den Körper vor. »Ihr hat doch tatsächlich jemand den Hals umgedreht.«

Ich war schockiert. »Wer kann das denn getan haben?«

»Ein Vampir.«

»Möglich.« Ein peitschendes Rollen ließ mich zusammenzucken. Es passte einfach nicht in diese Umgebung, und ich wusste im selben Augenblick, was es gewesen war.

Ein Schuss.

Auch Marek hatte das Geräusch gehört. Bevor er noch eine Frage stellen konnte, rannte ich schon los. Wenn geschossen wurde, bestimmt nicht ohne Grund. Und den wollte ich herausfinden …

Das pockennarbige, verunstaltete Gesicht des Supervampirs mit den beiden langen Blutzähnen verzog sich zu einer wilden Grimasse, als die von Feuer umloderte Gestalt plötzlich aus dem Nichts erschien und vor Vampiro-del-mar einem Irrwisch gleich hin und her tanzte.

Der Uralt-Vampir stieß ein grauenvolles Geräusch aus und wollte auf die Gestalt zueilen, als ihn ein Schlag traf, der ihn nicht nur durchschüttelte, sondern auch so weit zurückschleuderte, dass er auf den harten Felsboden von der Höhle fiel.

»Willst du tatsächlich den Teufel angreifen?«, höhnte eine Stimme aus den Flammen.

Vampiro-del-mar lag auf dem Boden, spürte Schmerzen wie selten und krümmte sich. Er merkte selbst, dass da ein Dämon erschienen war, dem er nicht das Wasser reichen konnte und den selbst das Feuer nicht vernichtete, sondern ihn auch noch wie ein Kranz umloderte.

Kaum zu fassen.

Der Teufel ließ ihm Zeit. Auch die Flammen sanken zusammen. Die bockbeinige Gestalt des Asmodis mit dem ziegenkopfähnlichen Gesicht stand vor dem Kaiser der Vampire und schaute spöttisch auf ihn hinab.

Vampiro-del-mar hatte eine Lehre erteilt bekommen. Er kroch zurück, aber der Satan ließ ihn nicht weit kommen. »Bleib, ich habe mit dir zu reden, Bluttrinker.«

»Du?«

»Ja, ich. Und du weißt inzwischen, wer ich bin und dass ich dich leicht vernichten kann.«

Vampiro-del-mar setzte sich hin. In seinen Augen gloste es. Aufgegeben hatte er noch nicht, aber er konnte sich den Wünschen des Teufels schlecht entziehen, denn der Satan saß am längeren Hebel.

»Was willst du, Asmodis?«

»Dir nur etwas sagen und deine Meinung dazu hören.«

»Soll ich dir Beute besorgen?«

»Nein, das schaffst du nicht!«

»Wer sagt das?« Vampiro-del-mar sprang mit einem gewaltigen Satz auf die Beine. Vergessen war die Schwäche. Er ließ sich nicht verhöhnen, auch nicht von Asmodis.

»Wer das sagt?« Der Satan lachte. Er freute sich darüber, dass er Vampiro-del-mar jetzt so weit hatte. »Kannst du dir das nicht denken? Deine Herrin, Lady X!«

»Sie ist nicht meine Herrin!«

Asmodis winkte ab. »Nun mach dich nicht lächerlich. Natürlich ist sie deine Herrin. Du musst genau tun, was sie dir sagt. Sie kann sich schließlich ungehindert in der Welt bewegen, während man dich in dieser finsteren Höhle zurücklässt und du tun musst, was man von dir verlangt. Ist es nicht so, Blutsauger?«

Vampiro-del-mar öffnete sein Maul. Er wirkte so, als wollte er sich jeden Augenblick auf den Satan stürzen.

Der streckte seinen Arm aus. In den Augen leuchtete plötzlich ein seltsames Licht. »Lass es lieber bleiben, eine zweite Attacke von meiner Seite würdest du nicht überstehen, das sage ich dir.«

Der Kaiser der Vampire, wie er sich so gern nannte, zögerte in der Tat. Er hatte genug von Asmodis gehört und wusste, wie gefährlich der Höllenfürst war. Deshalb wollte er sich anhören, was ihm der Teufel zu sagen hatte.

Asmodis machte es geschickt. Er ließ Vampiro-del-mar zappeln, redete noch nicht und schritt auf und ab.

»Es ist ja so, Vampiro-del-mar, du bist in der Tat hilflos. Lady X kann dich vernichten, denn sie hat den Würfel des Unheils. Deshalb musst du ihr immer folgen und wirst stets die zweite Geige spielen.«

»Ja, bis jetzt. Aber es kommt der Tag …«

Der Satan ließ Vampiro-del-mar nicht ausreden. »Welcher Tag?«, höhnte er. »Der Tag deiner Rache? Mach dich nicht lächerlich! Solange sie den Würfel besitzt und du niemanden hast, der dich unterstützt, wird sie immer Sieger bleiben. Ich weiß, dass du gern ihr Blut getrunken hättest, als sie noch kein Vampir war, aber Solo Morasso setzte sein Veto dagegen. Du hattest bereits damals das Nachsehen.«

»Was willst du?« Bei Vampiro-del-mar kochte der Hass allmählich über. Er wurde hier blamiert, der Teufel hielt ihm die eigene Unzulänglichkeit vor, und so etwas wühlte in ihm.

»Ich will dir helfen!«

Das drohende Lachen des Uralt-Vampirs schallte über das Felsplateau. »Du willst mir helfen? Wie denn? Du kannst dich doch nicht …«

»Ich kann alles. Und ich werde dafür sorgen, dass du an Lady X herankommst. Dann kannst du sie vernichten!«

Vampiro-del-mar traute den Worten des Höllenfürsten nicht. »Trotz des Würfels?«

»Genau.«

»Nein, Asmodis. Du willst mich reinlegen. Ich werde dir nicht auf den Leim gehen, auf keinen Fall. Ich bleibe hier …«

»Du kannst es ja versuchen.«

»Wie?«

»Komm mit mir! Ich weiß, wo sich die Blutsaugerin aufhält. Und dann bekommst du deine einmalige Chance, dich deiner Herrin zu entledigen. Einverstanden?«

Vampiro-del-mar überlegte. Er dachte darüber nach, wie sehr er Lady X hasste. Eigentlich kam ihm der Vorschlag des Teufels sehr gelegen. Er hatte Lady X schon immer vernichten wollen. Radikal zerstören. Sie sollte nicht mehr existieren. Wenn sich ihm jetzt die Chance bot, dann war er dumm, wenn er ablehnte.

»Zögerst du noch immer?«, fragte Asmodis. »Ich mache einen solchen Vorschlag nur einmal.«

Vampiro-del-mars hässlicher Schädel bewegte sich nickend. »Es ist gut«, erwiderte er, »ich mache mit …«

Die Falle war doch zugeschnappt!

Obwohl Suko den Vampir erledigen konnte, hatte er sein Ziel letztendlich nicht erreicht. Daran gab es nichts zu rütteln und auch nichts zu beschönigen.

Sie saßen fest.

Lady X fühlte sich sicher. Nicht allein durch die MPi, mit der sie ausgezeichnet umzugehen verstand, auch durch die drei Aufpasser, die sie einrahmten. Das war genau der richtige Schutz, der ihr noch mehr Selbstvertrauen gab.

Wie immer war sie schwarz gekleidet. Nur ihr Gesicht leuchtete fahl zwischen den langen, dunklen Haaren. Mit kalter Stimme befahl sie Suko und dem Bürgermeister, zurückzugehen.

Mirca wollte zuerst nicht, doch Suko fasste seinen Arm und

zog ihn tiefer in das Spritzenhaus hinein. Dabei bemerkte er, wie sehr der Mann zitterte.

»Die Hände vom Körper!«, befahl die Vampirin, ging ebenfalls vor und machte Platz für die drei Kapuzenträger, die ebenfalls das Gebäude betraten und sich so verteilten, dass sie vor Suko und Mirca einen Halbkreis bildeten.

Die Chancen standen für die beiden Menschen schlecht. Suko brauchte kein Pessimist zu sein, um dies zu erkennen. Zudem empfand er den Bürgermeister als ein Hindernis. Mirca würde sicherlich nicht die Ruhe bewahren und irgendwann durchdrehen.

Davor hatte Suko Angst, denn die Vampire kannten kein Pardon, wenn es darum ging, ihre Interessen durchzusetzen. Und gerade Lady X war die Schlimmste von allen.

Sie ließ Suko in die Mündung der MPi schauen. Darüber war schwach das Gesicht zu erkennen. Auch den Würfel des Unheils trug sie bei sich. Er war an ihrem Gürtel befestigt. Gerade diese Waffe machte Lady X so stark. Ihre Maschinenpistole war ein harmloses Instrument dagegen.

Sie nickte Suko zu und flüsterte: »Ich hatte es mir fast gedacht, dass ich dich hier in Petrila treffen würde. Und wenn du da bist, ist auch John Sinclair nicht weit – oder?«

»Ich weiß nicht, wo er steckt.«

»Du willst es nicht sagen!«

Mirca mischte sich ein. »Wir haben wirklich keine Ahnung«, rief er, »das musst du uns glauben!«

»Halt dein Maul!«, zischte Lady X. »Du kommst auch noch an die Reihe.« Sie richtete das Wort wieder an Suko. »Also, Chinese, wo steckt dein Partner?«

»Du kannst mich foltern und quälen. Herausbekommen wirst du nichts. Ich weiß es tatsächlich nicht.«

»Wir können aber mit seinem Auftauchen rechnen?«, fragte Lady X lauernd.

»Das hoffe ich.«

Die Scott lachte leise. »Ja, er wird kommen, und er wird in die Falle laufen, denn ich will endgültig einen Schlussstrich

ziehen. Ich habe große Pläne, doch ihr steht mir im Wege.«
Sie wandte sich an einen ihrer Aufpasser. »Kovacz, geh nach
draußen und schau dich um. Sobald du Sinclair siehst, gibst
du Bescheid.«

Einer der Kapuzenmänner löste sich vom Fleck. Er ging
so, dass er nicht zwischen Suko und Lady X geriet und die
Schusslinie kreuzte. Dann verließ er die Scheune.

Lady X blieb zurück. Zusammen mit den beiden anderen
Gehilfen. Durch die Sehschlitze wurden Suko und der Bürgermeister angestarrt. Die Vermummung wäre dem Chinesen sicherlich lächerlich vorgekommen, hätte er nicht gewusst, dass sich unter diesen Gesichtshauben gefährliche
Bestien verbargen. Blutsauger, die den menschlichen Lebenssaft unbedingt benötigten.

»Nehmt die Kapuzen ab!«, befahl die ehemalige Terroristin.

Darauf hatten die beiden wohl nur gewartet. Bevor Suko
und Mirca sich versahen, starrten sie in die Vampirfratzen
der Männer. Sie hatten die Lippen schon zurückgezogen, und
Suko schaute auf die gefährlichen Eckzähne der Vampire.

So also sahen sie aus.

Er kannte die Männer nicht. Doch deren Gefährlichkeit war
unumstritten. Finstere Typen, die kein Pardon kannten und
zudem noch blutgierige Monster waren.

Sie bewegten ihre Hände. Die Finger zuckten, sie warteten
darauf, die Männer angreifen zu können.

Die beiden standen unbeweglich. Suko wirkte ruhig in seiner Haltung. Das täuschte. Er suchte fieberhaft nach einem
Ausweg aus der Misere.

Anders der Bürgermeister. Zwar stand er ebenfalls starr,
doch vor Entsetzen. Er wirkte dabei wie auf dem Sprung und
hatte seinen Oberkörper leicht angewinkelt.

Um Mirca machte sich Suko echte Sorgen.

Lady X nickte zufrieden. Für einen Moment huschte ihre
Zunge aus dem Mund und über die Lippen. Sie schien sie
sich in gieriger Vorfreude zu lecken. Noch zögerte sie. Der
Inspektor erhielt auch nicht den Befehl, seine Waffen abzu-

legen. Dieses Risiko ging sie nicht ein. Dafür jedoch gab sie den Vampiren den Befehl, auf den die beiden schon so lange gewartet hatten.

»Los, holt ihn euch!« Damit war Mirca gemeint. Seine Augen weiteten sich. Er schaute auf die Blutsauger, die sich bewegten und langsam auf ihn zukamen.

»Suko«, flüsterte er, »ich …«

»Bleib ruhig, Junge!«, zischte der Chinese. »Behalte um Himmels willen die Nerven …«

Da drehte Mirca durch!

Schüsse in der Nacht!

Nicht nur einen hatte ich vernommen, auch noch einen zweiten. Und ich glaubte auch, aus dem peitschenden Geräusch den Klang einer Beretta herausgehört zu haben.

Es konnte auch eine Täuschung sein. Nachschauen musste ich auf jeden Fall.

Für mich zählte auch, dass Frantisek Marek sich nicht an meiner Seite befand. So sehr ich den Pfähler schätzte, ihn wollte ich nicht bei der Auseinandersetzung bei mir wissen, denn es würde zu einer Eskalation der Gewalt kommen, und eine verirrte Kugel war immer schneller als der Eichenpfahl des alten Marek.

In Petrila kannte ich mich mittlerweile gut aus. Ich wusste, wo die zentralen Punkte lagen, und war mir auch sicher, dass die Schüsse nicht direkt im Ort gefallen waren.

Also außerhalb.

In dieser Gegend konnte man sich gut verstecken. Ich würde sicherlich lange suchen müssen, um meine Feinde zu finden.

Immerhin wusste ich die Richtung. Von mir aus gesehen rechts musste der Schuss gefallen sein. Und was befand sich dort?

Der Friedhof!

Plötzlich fiel es mir wieder ein. Sicher, da lag der sehr

schöne und gepflegte Friedhof des Dorfes. Zusammen mit Suko war ich bei der Beerdigung der Marie Marek gewesen, deshalb kannte ich das Gelände. Nur hatten wir damals die Frau nicht bei Dunkelheit zu Grabe getragen, und in der Finsternis sieht so manches anders aus als am Tage.

Ich musste einen Weg zwischen den Häusern suchen, fand ihn auch und tauchte in eine schmale Gasse ein, die an den Rückfronten der Gebäude vorbeiführte.

Über ein paar weggeworfene Konservendosen stolperte ich, erschrak über den Lärm, blieb für einen Moment stehen und lief erst weiter, als sich nichts rührte.

Gut bewaffnet war ich.

Unter anderem mit zwei Pistolen. Eine davon war meine normale Beretta, die zweite war eine Waffe, die ich speziell bei der Vampirjagd verwenden konnte. Eine Bolzenpistole, die zwar nicht lautlos schoss, aber im Vergleich zu einer normalen Waffe ziemlich still war. Man hörte kaum, wenn der durch Druckluft angetriebene Bolzen den Lauf verließ. Die kleinen Bolzen bestanden aus Eichenholz und waren vorn sehr spitz. Und ich konnte damit gut treffen. Das hatte ich schon mehrmals bewiesen.

Vor mir lag ein freies Gelände.

Ich hörte den Bach, sah eine Wiese, den Zaun darum und erkannte auch die Umrisse des Friedhofs, der an einem Hang gelegen war.

Hatte man dort wirklich geschossen?

Als ich mich aus dem letzten Schatten der Häuser löste und auch einen Blick nach rechts warf, entdeckte ich die dunklen Umrisse eines großen Gebäudes.

Was es sein sollte, war mir nicht bekannt. Bewohnt jedenfalls schien es mir nicht zu sein. Beim Näherkommen wunderte ich mich über das offene Tor des Gebäudes. Das gab mir zu denken.

Viel Deckung hatte ich nicht, und so duckte ich mich neben einem Zaunpfosten, um ein möglichst kleines Sichtziel für meine Feinde zu bieten.

Die Bolzenpistole lag schussbereit in meiner rechten Hand, während ich einen Blick auf die Tür warf. Aber nicht nur in diese Richtung schaute ich, sondern peilte auch nach rechts.

Und da sah ich etwas.

Eine Gestalt!

Für einen Moment nur war sie zu erkennen, dann verschwand sie an der Rückseite des Schuppens.

Jetzt war ich gewarnt.

Und plötzlich wurde mir klar, dass es nicht der Friedhof war, auf den ich mich konzentrieren musste, sondern der Schuppen mit seiner offen stehenden Tür.

Ein Versteck für Vampire?

Wahrscheinlich, aber ich war zu vorsichtig, um auf den Eingang zuzulaufen, sondern bewegte mich erst einmal geduckt zur Rückseite des Schuppens. Ich übersprang einen Bach, huschte weiter und erreichte schließlich die Wand des Schuppens.

Mit dem Rücken presste ich mich gegen das Holz. Bis zur Ecke an der Rückseite hatte ich es nicht mehr weit, es waren nur drei Schritte. Als ich die Stelle erreicht hatte, blieb ich stehen.

Von der Gestalt hatte ich nichts mehr bemerkt. Sie musste sich irgendwo versteckt halten.

Vorsichtig peilte ich um die Ecke.

Alles war dunkel.

Wie ein Dieb in der Nacht schlich ich um die Ecke. Und jetzt hörte ich zum ersten Mal Stimmen.

Auch die einer Frau.

Verdammt, das war Lady X!

Unter Hunderten hätte ich sie herausgehört. Zu oft hatten wir uns bereits gegenübergestanden. Lady X also. Sie war hier! Ich hatte damit gerechnet, bekam meine Vermutung nun bestätigt, aber ich wollte sie auch sehen, und ich dachte gleichzeitig an Suko und den Bürgermeister. Befanden sich die beiden vielleicht in den Klauen dieser blutgierigen Bestie?

Worte hatte ich aus dem Stimmengewirr nicht heraushören können.

Meine Haut auf dem Rücken spannte sich. Ich versuchte cool zu bleiben und sah an der Rückwand einen grauen Ausschnitt.

Ein Fenster!

Das war mein Ziel. Lautlos bewegte ich mich darauf zu. Das Fenster lag gerade so hoch, dass ich hindurchschauen konnte, ohne mich großartig auf die Zehenspitzen stellen zu müssen.

Nur den Kopf musste ich ein wenig anheben. Das tat ich auch, doch bevor ich noch einen Blick durch die Scheibe werfen konnte, geschah es. Hinter mir vernahm ich ein Geräusch.

Schnelle, dumpfe Schritte.

Ich kreiselte herum und ging gleichzeitig in die Knie.

Jemand hatte sich aus der Deckung des Busches gelöst und jagte auf mich zu. Ein breitschultriger Mann mit verzerrtem Gesicht, dessen Visage ich bereits auf einem Foto unserer Geheimdienstleute gesehen hatte.

Kovacz!

Nur hatte er auf dem Bild noch keine Vampirzähne gehabt. Die zeigte er jetzt.

Er war schon so verflucht nah, dass ich nicht mehr ausweichen konnte. Ich zog nur den Kopf ein und rammte ihn vor.

Wir krachten zusammen.

Es war ein wuchtiger Stoß, der uns beide durchschüttelte, sodass weder Kovacz noch ich auf den Beinen blieben. Wir fielen zu Boden und überrollten uns im Gras.

Ich war leider ungünstig gefallen, mein rechter Arm wurde sekundenlang durch meinen Körper eingeklemmt. Bis ich ihn frei bekam, hatte sich der Vampir schon auf mich gewuchtet.

Kovacz war schwer. Und er glich einem wilden Tier, das seine Beute endlich gestellt hatte. Ich hörte ein Geräusch, das kein Atem war, sondern ein wildes Fauchen. Seine Zähne schimmerten schon nahe an meinem Hals, als es mir gelang, das rechte Bein anzuwinkeln.

Das Knie wühlte sich in den Magen des Mannes!

Kovacz wurde zurückgewuchtet.

Ich hatte freie Bahn. Plötzlich war auch meine rechte Hand wieder frei, und als Kovacz sich auf dem Boden herumwälzte, hob ich meinen Arm und streckte ihn gleichzeitig aus.

In der Verlängerung des Waffenlaufs bildete sein Kopf das Ziel. Er leuchtete irgendwie fahl. Die Augen waren weit aufgerissen, ebenso der Mund. Ich sah die spitzen Zähne, die er so gern in meine Halsschlagader geschlagen hätte.

Dann schoss ich.

Das puffende Geräusch der Druckluftpistole kannte ich nur zu gut. Der aus der Waffe fahrende Bolzen war unheimlich schnell, und er traf genau die Stirn des Mannes. Und zwar den Fleck zwischen seinen Augen.

Ein astreiner Treffer.

Der Vampir stieß nicht einmal einen Schrei aus. Er kippte nach hinten, schlug noch mit seinen Handflächen auf den Boden, zuckte auch mit den Beinen und blieb reglos liegen.

Erledigt.

Tot für alle Zeiten …

Ich atmete auf. Ohne dem Vampir einen Blick zuzuwerfen, drehte ich mich um, um mich wieder dem Fenster an der Rückseite zuzuwenden.

Genau in diesem Augenblick geschah es. Im Schuppen fielen Schüsse!

Ich bin der Pfähler. Ich bin Marek, ich habe den Vampiren Tod und Vernichtung geschworen!

So dachte Frantisek Marek und schüttelte sich, als hätte jemand Wasser über ihn gegossen. Er schaute seinem englischen Freund John Sinclair nach, der von der Dunkelheit verschluckt wurde.

Auch Marek hörte den zweiten Schuss, und seine Hand fiel unwillkürlich auf den Pfahl, der in seinem Gürtel steckte. Seine Mundwinkel zuckten, ein harter Ausdruck trat in sein Gesicht, die Haut über den Knochen spannte sich.

»Ich bin der Pfähler!«, flüsterte er. »Ich bin es ...«

Er hatte fast den Punkt erreicht, wo normale Überlegungen so gut wie ausgeschaltet waren und er sich nur noch von seinen Gefühlen treiben ließ.

Marek, der Pfähler!

Diesem Namen wollte er heute wieder alle Ehre machen. Er sah nicht ein, dass er sich nur mit einer Statistenrolle begnügen sollte, nein, der Pfähler sollte wieder aktiv werden.

Als er diesen Gedanken zu Ende gedacht hatte, zog er seinen Eichenpfahl aus dem Hosenbund und schaute ihn an. Er sah auch die Kerbe, die das Rasiermesser hinterlassen hatte, und er nickte dazu.

»Marie«, flüsterte er, »an deinem Grab habe ich dir geschworen, diejenige zu töten, die an deinem Ende die Schuld trägt. Ich weiß, wer es ist, und ich weiß, dass sie sich hier in der Nähe befindet.« Er hob den Kopf und schaute zum Himmel. »Wenn du mich von dort oben siehst, Marie, dann wisse hiermit, dass ich bereit bin, mein Versprechen einzulösen. Und wenn es das Letzte war, was ich in meinem Leben getan habe. Deinen Tod will ich rächen. Ob es danach noch einen Pfähler geben wird, kann ich dir nicht sagen. Ich bin der Letzte in der Reihe, aber ich habe einen Erben gefunden. Ich werde den Pfahl John Sinclair übergeben. Niemand ist würdiger, ihn zu tragen, als er. John Sinclair allein wird mein Erbe übernehmen, wenn ich einmal nicht mehr bin!« Er nickte entschlossen, als hätte er zu jemandem gesprochen, der in seiner Nähe stand.

Dann ging er.

Seine Verletzungen ignorierte er einfach. Seine andere Aufgabe war jetzt wichtiger. Was kümmerten ihn da ein paar Schnitte?

Er ging durch das Dorf.

Petrila lag in einer absoluten Ruhe. Eine Ruhe vor dem gewaltigen Sturm, der noch in dieser Nacht losbrechen würde, dessen war er sicher. Mit gebeugtem Rücken, als hätte er eine schwere Last zu tragen, schlich Marek durch die Straße.

Rechts und links lagen die Häuser. Düster die Fassaden. Die Scheiben der Fenster schimmerten grau.

In der Ferne meldete sich ein Nachtvogel. Sein klagendes Geschrei hallte wie ein schauriger Totengesang durch die Nacht. Es kam ihm vor, als wären Geister erwacht und würden aus den Gräbern steigen, um ihre Pein herauszuheulen.

Unsichtbar schlich das Grauen durch Petrila. Es lauerte in jeder Nische, an jeder Ecke.

Marek, der Pfähler, war fest entschlossen, sich diesem Grauen entgegenzustemmen.

Er wollte die Brut vernichten!

Bisher hatte sich der Bürgermeister noch einigermaßen zusammengerissen. Im nächsten Augenblick jedoch verließ ihn die normale Überlegung.

Suko sah das Blitzen in seinen Augen, dieses wilde Gefühl der Panik, das ihn überfiel, und im nächsten Augenblick stürzte er sich auf die ehemalige Terroristin.

Ihm war es egal, er wollte nur nicht zu einem Blutsauger werden. Aber er tat genau das Falsche.

Lady X war eiskalt. Eine schreckliche Bestie, die nicht nur als Vampirin gefährlich war, sondern auch als Frau mit ihrer Maschinenpistole.

Sie schoss!

Es waren Bruchteile von Sekunden, in denen dies geschah. Suko glaubte, sein Herz würde zerspringen. Es hämmerte plötzlich wild in seiner Brust, er fühlte gleichzeitig den Schwindel, der ihn überkam, vor seinen Augen verschwamm alles, denn er sah, dass Lady X voll auf den Mann gezielt hatte.

Sie wollte töten.

Der Bürgermeister bekam die Garbe in die Brust. Seine Hände schlugen noch gegen die getroffenen Stellen, die Knie wurden ihm weich, knickten weg, er röchelte, und sein Gesicht verzerrte sich vor Pein und Schmerz.

Dann brach er zusammen.

Er fiel so, dass er dicht vor den Füßen der Blutsaugerin liegen blieb, die ihm einen eiskalten Blick zuwarf, die Waffe aber sofort wieder anhob und die Mündung auf Suko richtete.

»Bleib stehen!«, kreischte sie, als sie sah, dass sich der Chinese bewegte und seine Hand bereits im Ausschnitt des Jacketts verschwunden war, um den Stab zu fassen.

Suko wagte nicht, sich zu rühren. Er hatte erlebt, wie brutal und gnadenlos diese Vampirin war. Menschenleben bedeuteten ihr nichts. Er brauchte nur einen Blick auf den reglosen Bürgermeister zu werfen, um zu erkennen, dass diesem Mann keiner mehr helfen konnte. Der Sensenmann hatte ihn in sein Reich geholt.

Der Inspektor rührte sich nicht vom Fleck. Lady X würde sich mit dieser einen Garbe nicht begnügen, das stand fest. Wenn Suko auch nur mit dem Ohr wackelte, würde sie abdrücken.

Dem wollte er entgehen.

Noch zwei Diener hatte sie. Sie kamen von hinten schräg auf ihn zu.

Wäre die MPi nicht gewesen, so hätte Suko es ihnen schon gegeben. So aber konnte er nichts tun, und er spürte plötzlich die harten Fäuste an seinen Armen.

Jetzt hatten sie ihn endgültig.

Kalt lächelte die Vampirin. Sie war so nahe herangekommen, dass Suko ihr Gesicht mit den beiden Blutzähnen genau erkennen konnte. Die Augen leuchteten in der fahl wirkenden Haut wie dunkle Kugeln, um die Lippen zuckte es. Sie fühlte sich nicht nur als Siegerin, sie war es auch.

»Auf diesen Augenblick habe ich verflucht lange warten müssen«, erklärte sie. »Auch wenn du nicht John Sinclair bist, aber sein Busenfreund ist mir fast ebenso viel wert.« Sie lachte leise. »Hast du gesehen, wie ich deinen komischen Begleiter niedergemacht habe? Mit Schüssen aus dieser MPi. Der Gag wären ja Silberkugeln gewesen, doch das Magazin steckt leider nicht in der Waffe.«

Suko schwieg. Er wich ihrem Blick nicht aus. Dies schien

sie zu irritieren, denn sie bewegte unruhig die Augen. »Hast du etwas?«, wollte sie wissen.

»Nein.«

»Solltest du dir eine Chance ausrechnen, so würde ich mir dies an deiner Stelle abschminken. Es gibt keine mehr, Chinese. Du befindest dich voll und ganz in meiner Hand. Klar?«

»Das sehe ich.«

»Wie schön, dass du dies einsiehst, Suko. Mir wäre noch lieber, dein Freund Sinclair käme, aber den kriege ich auch noch. Vielleicht kann ich ihn sogar mit deiner Leiche locken.«

»Fahr zur Hölle!«, knirschte Suko.

»Das wirst du wohl eher. Außerdem verstehe ich mich mit dem Teufel nicht so besonders. Ihm passen meine Aktivitäten nicht, aber das ist eine andere Sache.«

Suko sah eine Chance der Ablenkung. »Wieso? Bist du eine Feindin des Höllenfürsten?«

»So kann man es fast nennen«, erklärte sie.

»Irgendwann wird er dich vernichten!«, sagte Suko.

Lady X stieß ein fast lautloses Gelächter aus. »Nein, nicht er. Vergiss nicht, dass ich den Würfel besitze, und der vernichtet, wenn ich will, einfach alles.« Sie kam noch etwas näher. »Zudem bin ich auch an deinen Waffen interessiert, Chinese. Hast du nicht einen Stab, mit dem man die Zeit anhalten kann?«

»Das stimmt.«

»Siehst du, den werde ich mir nehmen. Außerdem deine Dämonenpeitsche und die Beretta. Du glaubst gar nicht, wie sehr mir dein Tod in den Kram passt, Chinese!«

Suko setzte alles auf eine Karte. Er hatte nichts mehr zu verlieren und konnte sich entscheiden, ob er kampflos untergehen wollte.

Nein, das nicht!

Deshalb wuchtete er seinen rechten Fuß hoch und donnerte die Spitze genau unter den Waffenlauf …

Als ich noch im Ort gestanden und die Schüsse gehört hatte, war mir klar gewesen, dass mit einer Pistole geschossen worden war. Bei den nächsten Schüssen, die ich vernahm, handelte es sich nicht um eine Faustfeuerwaffe, sondern um eine Maschinenpistole.

Das harte Tack-tack, diese widerliche Todesmelodie, hatte ich leider schon viel zu oft gehört.

Am Klang konnte ich erkennen, dass die Waffe nicht in der Nähe des Rückfensters abgefeuert worden war, sondern weiter vorn in dem ziemlich großen Schuppen.

Also musste ich um ihn herumlaufen.

Ich hätte natürlich auch die Scheibe einschlagen können. Mir war jedoch der Lärm zu verdächtig, denn auch in diesen extremen Situationen durfte ich nicht die Nerven verlieren.

Mit großen Schritten rannte ich an der Schuppenseite entlang und dachte dabei an Suko und den Bürgermeister.

Hatte es einen von ihnen erwischt?

Das Blut wollte mir in den Kopf jagen, so sehr wühlte mich der Gedanke daran auf. Nur das nicht. Hoffentlich war meinem Freund Suko nichts geschehen.

Trotz meiner Schnelligkeit versuchte ich, mich möglichst lautlos zu bewegen. Ich musste es einfach schaffen, die offene Vordertür des Schuppens zu erreichen, um zu retten, was noch zu retten war.

Zunächst einmal blieb ich im toten Winkel stehen. Und zwar so, dass mich die offen stehende Schuppentür deckte. Abermals vernahm ich Stimmen. Jetzt konnte ich auch hören, was gesprochen wurde.

Da unterhielten sich Suko und Lady X. Von dem Bürgermeister vernahm ich keinen Ton.

Lautlos bewegte ich mich noch einen Schritt weiter. Jetzt stand ich dicht neben dem Rand der Tür, streckte den Kopf vor und schielte um die Türkante ins Innere des Schuppens.

Lady X drehte mir den Rücken zu. Ich konnte an ihr vorbeischauen und entdeckte Suko, der von zwei Vampiren festgehalten wurde.

Die Kerle hatten ihre Mäuler so weit aufgerissen, dass die spitzen Zähne zu sehen waren.

Vier Leibwächter hatte Lady X gehabt. Zwei waren von mir erledigt worden, jetzt verließ sie sich auf die letzten beiden.

Ich dachte über ein Eingreifen nach. Sukos Karten sahen schlecht aus. Aber ich wollte meinen Freund herauspauken.

Er nahm mir die Entscheidung ab, denn plötzlich reagierte er …

Lady X hatte den Inspektor unterschätzt. Ihr übersteigertes Selbstvertrauen und Selbstbewusstsein waren so groß, dass sie mit einer Gegenwehr überhaupt nicht rechnete.

Und sie wurde kalt erwischt!

Sukos Fußspitze stieß unter den Waffenlauf. So hart Lady X die MPi auch umklammert hielt, sie konnte diesem Treffer nichts entgegensetzen, denn die Waffe wurde in die Höhe geschleudert. Zwar drückte die ehemalige Terroristin noch ab, doch die Garbe fauchte schräg an Suko vorbei und hämmerte in die Decke.

Im nächsten Augenblick trat der Chinese mit dem anderen Fuß zu. Er stützte sich dabei im Griff der beiden Männer ab, und dieser Tritt traf nicht mehr die Waffe, sondern die Scott selbst.

Suko hatte sehr viel Kraft hinter diese Attacke gelegt.

Seine Wucht katapultierte die Scott bis in die Dunkelheit des Schuppens hinein, wo sie gegen die Wand krachte und schrecklich fluchte.

Suko hatte sich die Vampirin vom Hals geschafft. Die männlichen Blutsauger jedoch nicht.

Und die wuchteten Suko zu Boden.

Das war der Moment, wo ich den Schuppen betrat. Ich sah Suko fallen, hörte das Fluchen der Lady X, sah auch den großen, abgestellten Feuerwehrwagen und musste mich entscheiden, um wen ich mich zuerst kümmern wollte.

Mein Freund hatte mich gesehen. Er lag unter den beiden Körpern. Ich hörte, wie er mit dumpfer Stimme meinen Namen schrie, aber ich kümmerte mich trotzdem nicht um ihn, sondern wollte Barbara Pamela Scott, auch Lady X genannt.

Sie hatte mich ebenfalls entdeckt, denn sie heulte förmlich meinen Namen.

»Sinclair, du Hund!«

Damit warnte sie mich. Ich hatte mir auch schon ein Ziel ausgesucht. Es war der Wagen. Wenn mir jemand Deckung geben konnte, dann er.

An Suko, der mit den beiden Vampiren im Clinch lag, flog ich vorbei und lag noch in der Luft, als die nächste Salve aus der Maschinenpistole ratterte.

Ich konnte Lady X nicht sehen, wusste deshalb auch nicht, ob sie sich wieder erholt hatte oder noch auf dem Boden lag. Jedenfalls zielte sie nicht gut genug, denn die Salve orgelte über meinen Kopf hinweg und stanzte Löcher in die Karosserie des Feuerwehrwagens.

Ich prallte zu Boden, überschlug mich dabei und kroch weg aus der unmittelbaren Gefahrenzone, denn ich sah dicht vor mir einen der großen Vorderreifen.

Bevor die nächste Salve ratterte, fand ich hinter ihm Deckung.

Der Chinese kämpfte gegen die beiden Blutsauger. Es war ihnen nicht gelungen, ihre Zähne in seinen Hals zu stoßen. Suko war ein ungemein beweglicher Fighter. Sogar auf dem Boden, denn da wand und drehte er sich wie ein geschickter Turner. Er schien den beiden Vampiren zwischen den Händen wegzugleiten und konterte selbst.

Ein linker Haken schleuderte den Ersten zurück. Er krachte auf die Seite und überdrehte sich.

Suko beschäftigte sich mit dem anderen. Ein Kopfstoß traf dessen Kinnspitze.

Der Schädel des Vampirs ruckte in den Nacken. Dabei drehte er noch sein Gesicht zur Seite, sodass ich die verzerrten Züge erkennen konnte. Für den Moment eines

Gedankensprungs war die Lage günstig. Ich hob meine Waffe und feuerte den nächsten Bolzen ab.

Gerade in dem Augenblick zuckte der Blutsauger wieder zur Seite. Trotzdem hatte ich Glück. Der Bolzen jagte in seine linke Brustseite und verschwand darin.

Der Schrei des sterbenden Blutsaugers zitterte durch den Bau. Er schlug um sich, dann entspannten sich seine Gesichtszüge, und er lag still.

Wieder einer weniger.

Hastige Schritte schreckten mich auf. Lady X nahm einen Stellungswechsel vor.

Auch Suko hatte die Schritte vernommen.

»Kümmere du dich um sie!«, rief er. »Ich erledige das mit dem Vampir!«

Für den Augenblick war Suko abgelenkt. Das nutzte der letzte Blutsauger aus. Er schoss hoch, schleuderte dem Inspektor die Fäuste entgegen, traf auch, und Suko musste erst einmal wieder zurückweichen.

Sofort hechtete der Blutsauger hinterher.

Suko war noch nicht dazu gekommen, eine seiner Waffen zu ziehen. Nach wie vor setzte er die Fäuste ein. Diesmal jedoch die Handkanten. Er empfing halb im Liegen seinen fürchterlichen Gegner mit zwei brettharten Hieben, die den anderen durchschüttelten.

Ein Mensch wäre verloren gewesen, der Vampir nicht. Er fiel zwar zu Boden, raffte sich aber wieder auf und versuchte, durch die offene Tür ins Freie zu entkommen.

Suko brauchte sich nur umzuwenden. In der Drehung zog er seine Beretta. Deutlich hob sich der flüchtende Vampir vor dem grauen Dreieck der Tür ab.

»He!«, schrie Suko.

Der Blutsauger zuckte zur Seite, schwang herum, zeigte sein verzerrtes Gesicht und auch den größten Teil seines Oberkörpers, sodass Suko ihn überhaupt nicht verfehlen konnte.

Fahlgelb leuchtete die Mündungsflamme, dann wuchtete das geweihte Silbergeschoss in den Körper des Blutsaugers und trieb ihn so weit, dass er durch die offene Tür stolperte und erst draußen zusammenbrach.

Doch es gab noch einen Gegner: Barbara Pamela Scott, die mit allen Wassern gewaschene ehemalige Terroristin.

Suko merkte, dass er ziemlich ungünstig stand. Er brauchte Deckung und jagte mit gewaltigen Sprüngen auf den zweiten abgestellten Anhängerwagen zu. Er konnte sich nicht mehr rechtzeitig fangen und stürzte dagegen, sodass er unsanft gestoppt wurde.

Das war geschafft!

Ich lag unter dem Löschfahrzeug. Auch nicht mehr am Vorderreifen, sondern hatte mich in Richtung Hinterachse bewegt. Dieser Platz unter dem Wagen war nicht unbedingt gut, aber Lady X konnte mich nicht sehen, und darauf kam es mir in erster Linie an.

Neben dem linken Hinterreifen blieb ich liegen. Er war schmutzig und stank. Dreck klebte im Profil. Zum Teil war er getrocknet und schon sehr krümelig.

Wo steckte Lady X?

Ich lugte vorsichtig an dem breiten Reifen vorbei, sah schemenhaft eine Wand, aber keine Spur von der Vampirin.

Ein reiner Nervenkrieg begann.

Einmal vernahm ich ein Geräusch, spannte mich sofort, doch der Laut wiederholte sich nicht.

Die Ruhe kehrte zurück.

Ich weiß nicht, wie viel Zeit verging, aber eine Minute kann da schon zu einer regelrechten Qual werden.

Schließlich war ich es leid. Vorsichtig drehte ich mich um, sodass ich unter dem abgestellten Wagen in Richtung Tür schauen konnte. Ich sah den Bürgermeister am Boden liegen. Die verkrümmte Haltung bewies mir, dass diesem Mann nicht mehr zu helfen war.

Hart musste ich schlucken. Dieses sinnlose Morden der Scott machte mich wütend. Ich bekam einen regelrechten Hass auf diese Bestie und schwor mir, sie nicht entkommen zu lassen.

Das Kreuz hatte ich inzwischen hervorgeholt, es baumelte jetzt vor meiner Brust und gab mir ebenfalls Schutz. Nur war es nicht in der Lage, eine Salve aus der MPi zu stoppen.

Dicht hinter dem Ausgang lag der Vampir, den Suko mit der geweihten Silberkugel erledigt hatte. Den anderen Blutsauger konnte ich nicht sehen, dafür aber den Funktionär Meyer, der sich ebenfalls nicht mehr rührte.

Der Tod hatte schlimme Ernte gehalten, denn draußen lag noch Kovacz.

Schritte!

Sie schreckten mich aus meinen Gedanken. Ich wusste nicht, wer da kam. Vielleicht Suko, vielleicht auch nicht.

Nein, es war Lady X.

Und sie wurde plötzlich schnell. Einem Phantom gleich huschte sie auf die offene Tür zu.

Mit dieser Aktion hatte sie mich so sehr überrascht, dass ich nicht mehr dazu kam, abzudrücken. Sie war bereits zu weit weg, um einen sicheren Schuss anzubringen.

Ein anderer griff ein.

Suko!

Und er rief das magische Wort …

»Topar!«

Es hallte durch den Stall. Suko hatte mit einer wahren Stentorstimme gerufen, und all die, die sich in Rufweite befanden, erstarrten zu Salzsäulen.

Auch ich!

Die Welt um mich herum blieb zwar dieselbe, dennoch konnte ich keinen Finger mehr rühren. Alles war anders. Die Dinge erstarrten mit mir zusammen zur Bewegungslosigkeit.

Nur Suko war in Aktion.

Und er wollte es endlich hinter sich bringen. Diesmal sollte Lady X nicht entkommen. Durch die Tür war sie bereits gehuscht und befand sich dicht neben dem am Boden liegenden Vampir, als sie der Ruf erreichte.

Lady X blieb stehen, als wäre sie gegen eine unsichtbare Mauer gerannt.

Fünf Sekunden blieben Suko!

Sie konnten lang werden, aber auch ungemein schnell vergehen. Für den Inspektor vergingen sie zumeist zu schnell.

Der Chinese verwandelte sich in eine menschliche Rakete. Es war kaum zu sehen, wie er praktisch durch das Gebäude flog. Er schien mit seinen Füßen den Boden nicht zu berühren, und es waren tatsächlich erst drei Sekunden vergangen, als er Lady X erreichte.

Fast hätte er nicht rechtzeitig gestoppt, so schnell war er gewesen. Er rutschte auf dem feuchten Boden noch aus, verlor eine wertvolle halbe Sekunde, doch seine Reflexe funktionierten ausgezeichnet. Mit einem wütenden Griff riss er Lady X die Maschinenpistole aus der Hand und schleuderte sie weg. Dann war die Zeit um.

Die Bewegungen wurden automatisch fortgeführt. Suko wurde davon ein wenig überrascht. Die Blutsaugerin glitt durch seine Finger, und als der Inspektor nachgreifen wollte, drehte sie sich bereits um.

Ihr Tritt kam gedankenschnell.

Es war wie ein Hammer. Damit hatte Suko nicht gerechnet. Vor ihrer Zeit als Vampir hatte Lady X auch zur Mordliga gehört und war aus der Terrorszene zu ihr gestoßen. Dort hatte man sie geschult. Sie war in einschlägigen Lagern gewesen, hatte die großen Kampfausbildungen hinter sich gebracht und war praktisch in allen Sätteln gerecht wie ein männlicher Einzelkämpfer.

Das bekam Suko nun zu spüren. Dem Tritt konnte er nicht mehr ausweichen. Er war wie ein Hammer und traf ihn an der Hüfte. Dabei hatte er das Gefühl, der Knochen wäre ihm durchgeschlagen worden. Er wankte zurück, sackte ein wenig in die Knie, und es fiel ihm schwer, nach Luft zu schnappen.

Selten hatte ihn eine Attacke so geschafft.

Die ehemalige Terroristin begann gellend zu lachen und wich weiter ins Dunkel zurück.

Das war der Augenblick, als ich das Gebäude verließ. Mittlerweile konnte ich mich wieder bewegen, und ich wollte Suko die Arbeit nicht allein überlassen.

Ich sah, wie mein Freund mit den Folgen des Treffers zu kämpfen hatte. Eine ungeheure Wut stieg in mir hoch. Wut auf Lady X, die ich jetzt packen musste.

Sie rannte nicht weiter. Schon nach wenigen Schritten blieb sie stehen und drehte sich um.

Wir starrten uns an. Ohne MPi war sie jetzt. Dafür hatte sie den Würfel des Unheils.

Es war ihr gelungen, ihn von dem dunklen Gürtel zu lösen. Mit beiden Händen hielt sie den Quader fest, den ich so gern gehabt hätte. In dem Quader steckte eine immense Kraft.

Die spielte sie aus.

Ich wollte schießen. Es war mir jetzt egal. Da bekam ich plötzlich einen Schlag gegen meine Füße, und mein Finger, der sich bereits um den Abzug gekrümmt hatte, konnte nicht mehr gestoppt werden.

Der Schuss krachte, die Kugel fuhr in die Luft, und mir wurden die Beine weggerissen.

Ein rasender, wirbelnder Trichter entstand unter mir. Darin schäumte, heulte und jaulte es. Ich schaute in tiefschwarze Spiralen hinein, die sich rasend schnell drehten, sich gleichzeitig schüttelten, sodass ich nicht frei kam.

Auch Suko kämpfte. Denn bei ihm geschah das Gleiche. Nur erging es ihm noch schlechter. Er befand sich in einer halb liegenden Stellung, während Lady X vor uns stand und lachte.

Das war ihr Spiel!

»Die Erde wird euch fressen!«, brüllte sie und wollte sich ausschütten vor Lachen. »Sie soll euch bis in die tiefste Hölle ziehen, aber nicht als Menschen, sondern als Skelette!«

Damit sie ihre Androhung auch wahr machen konnte, polte sie die Kraft des Würfels einfach um.

Er produzierte nun etwas noch Schrecklicheres.

Den Todesnebel.

In dicken Wolken quoll es aus den milchig schimmernden Seitenwänden, und er breitete sich augenblicklich in alle Richtungen hin aus. Ich hatte vor dem Nebel keine Angst, mir tat er nichts, denn mein Kreuz entwickelte Gegenkräfte.

Aber da war noch Suko. Ihn konnte niemand vor dem Nebel schützen. Mein Freund befand sich zwar nicht allzu weit von mir entfernt, trotzdem konnte ich ihn nicht erreichen, auch wenn ich den Arm ausstreckte und es versuchte.

Der Nebel kam näher.

Suko drehte sich um. Er schaute mich an. Fast hilflos, wie ich es sonst bei ihm nicht kannte. Sein Blick war verzerrt, der Nebel würde ihn als Ersten erreichen, und ich war versucht, ihm das Kreuz zuzuwerfen, denn damit konnte er sich retten.

Dann hatte ich aber keine Chance mehr!

Konnte eine Freundschaft so weit gehen, dass einer für den anderen sein Leben opferte?

Ja, verdammt!

»Pass auf!«, brüllte ich Suko zu. »Nimm das Kreuz!« Ich streifte mir die Kette schon über den Kopf und hörte Sukos Schreien.

»Nicht, John! Lass es! Du brauchst es doch!«

»Fang auf!« Ich kümmerte mich nicht um seine Worte, sondern schleuderte ihm das Kreuz entgegen.

Suko hob den Arm. In einer Reflexbewegung tat er dies, bekam das Kreuz zwischen seine Finger und hielt es dem Nebel entgegen.

Es war tatsächlich im letzten Augenblick, denn der unheimliche Todesnebel, gegen den wir bisher kein Gegenmittel gefunden hatten, berührte ihn schon fast mit seinen Ausläufern.

Ich schoss trotz meiner Bewegung. Vielleicht hatte ich Glück!

Die Kugel jaulte an Lady X vorbei. Ein höhnisches Lachen klang mir entgegen, das war alles.

Dafür teilte das Kreuz den Nebel. Es war auch nicht mehr so matt, sondern sein Schein umflorte es.

Der Nebel wurde tatsächlich von meinem Freund weg-gedrückt, schlug einen Bogen und suchte sich ein neues Ziel.

Mich!

In mir vereiste etwas.

Zum ersten Mal stand ich dem Todesnebel völlig wehrlos gegenüber. Da nutzte nichts mehr. Ich brauchte das Kreuz auch nicht zu aktivieren. Es vertrieb den Nebel, aber es zer-störte ihn nicht.

Auch Suko sah, in welcher Klemme ich steckte. Und er tat das, was ich zuvor getan hatte. Er schleuderte mir das Kreuz zu.

Es bekam ein wenig Drall. Plötzlich hatte ich Angst, es zu verfehlen, dann griff ich aber zu und packte es.

Der Nebel teilte sich. Ich spürte die Wärme des Kreuzes, seine Magie riss ein Loch hinein.

»Nichts wird euch mehr gelingen!«, kreischte Lady X. »Gar nichts. Ihr werdet vernichtet, ihr …«

In diesem Augenblick verstummte sie. Ihre Augen weiteten sich entsetzt, das sah ich durch ein Nebelloch, wobei ich nicht erkennen konnte, was sie so in Schrecken versetzt hatte.

Ich wälzte mich zur Seite, bekam freie Sicht auf den Nebel und hörte Sukos Stimme neben mir. »Verdammt, John, das darf doch nicht wahr sein!«

Und ob es stimmte.

Ein zweiter Nebel war hinzugekommen. Dunkler als der erste. Und er hatte einen grünlichen Schimmer. Er wirkte ebenfalls wie ein gewaltiges Tuch, das nicht sichtbare Hände vorantrieben und in den Todesnebel hineindrückten.

Grüner Nebel?

So fremd war er mir plötzlich nicht mehr, denn mir fiel ein, wo ich ihn schon mal gesehen hatte.

Nicht auf der Erde – woanders.

Im Reich des Spuks!

Mein Gedankenapparat wurde völlig durcheinander gewirbelt. Wollte der Spuk in den Kampf eingreifen, und kannte er vielleicht das Mittel gegen den Todesnebel, nach dem wir so verzweifelt gesucht hatten?

Alles deutete darauf hin.

Lady X schien ebenfalls durcheinander zu sein. Sie hatte uns vergessen, die Magie des Würfels gegen uns aufgehoben, und wir erkannten ihre schattenhafte Gestalt, die sich aufgeregt im Kreise drehte, damit sie in alle Richtungen schauen konnte.

Lady X würde verlieren!

Suko stieß mich an. Er war sehr nahe an mich herangerobbt, und als ich den Kopf drehte, sah ich sein grinsendes Gesicht.

»Sie scheint von der Gegenseite Stoff zu kriegen«, flüsterte der Inspektor. »Das ist natürlich mehr als stark.«

Ich nickte.

Der Nebel des Spuks drang immer weiter in den anderen ein. Er neutralisierte ihn und verdammte ihn damit zur Wirkungslosigkeit. Aber noch etwas geschah.

Plötzlich hörten wir Stimmen.

Geisterstimmen …

Sie klangen klagend und unheimlich an unsere Ohren. Aus dem Nichts schienen sie zu kommen, waren wie ein fernes Jammern, aber auch ein schrilles Kichern, das schon einen triumphierenden Klang bekam.

Da kämpfte jemand!

Aber wer?

Mir fiel die Lösung ein. Ich wusste, dass der Todesnebel nicht aus verdampfendem Wasser oder irgendeiner anderen Flüssigkeit bestand, sondern aus den Geistern irgendwelcher Dämonen und schwarzmagischer Lebewesen.

Wir hatten bisher kein Mittel gegen ihn gefunden, und wenn er über Menschen kam, dann zerstörte er sie, indem er ihnen die Haut allmählich von den Knochen löste und nur Skelette zurückließ.

Eine furchtbare Waffe war dieser Nebel. Grausam bis ins Letzte hinein. Aber die Nebelwolken aus dem Reich des Spuks schienen den Kampf zu gewinnen.

Die grünen Schwaden rissen dicke Lücken in den Todesnebel. Sie hieben in ihn hinein, und die grauen Wolken zerflatterten, wobei die Schreie immer lauter wurden.

Der Nebel starb!

Lady X wurde zu einer Furie. Ihre Stimme gellte auf. Sie durchschnitt die Stille der Nacht, als sie brüllte: »Verdammt! Was ist hier los?« Wild drehte sie sich um, starrte in den Nebel, denn sie begriff es einfach nicht.

Der Nebel des Spuks räumte auf.

Auch wir blieben nicht mehr auf der Stelle liegen.

»Wir könnten sie jetzt erledigen«, sagte Suko und deutete auf mein Kreuz.

Ich schüttelte den Kopf. »Nein!«, flüsterte ich.

»Wieso? Willst du Lady X noch einmal entkommen lassen?«

»Das nicht, Alter. Aber hier läuft ein Spiel ab, das wir nicht verstehen. Ich will aber die Lösung …«

»Die präsentiert er dir!« Suko hatte den Arm ausgestreckt. Freie Sicht besaßen wir beide, und wir sahen nun, wo der Todesnebel so gut wie verschwunden war, etwas anderes.

Eine schwarze, nie richtig zu beschreibende Gestalt, weil sie stets ihre Umrisse veränderte und immer wallte, schwankte oder schwamm.

Der Spuk!

Suko sprach den Namen aus. »Gütiger Himmel, das ist er. Verdammt, der Spuk!«

Ja, er war es, und wir waren auf einmal für die Vampirbestie uninteressant geworden, denn sie hatte sich so gedreht, dass sie die schwarze Wolke anschauen konnte.

»Du bist der Spuk!«, schrie sie. »Verflucht, was willst du hier?«

Die Antwort drang aus der Wolke. »Kannst du dir das nicht denken?«

»Nein, ich …«

»Wir haben lange genug deinem Treiben zugesehen. Erinnere dich an die Konferenz, Lady X. Dort fragten wir dich etwas, aber du wolltest dich nicht auf unsere Seite stellen, sondern dein eigenes Süppchen kochen. Kannst du dich erinnern?«

»Ja.«

»Das freut mich. Auch Dämonen lassen sich nicht so einfach abspeisen. Du weißt selbst, um was es geht. Wir können uns mit dem Kleinkram nicht abgeben, wir müssen stärker zusammenhalten, die Bedrohung aus dem fernen Atlantis wird immer stärker. Dagegen müssen wir uns wappnen. Und zwar alle. Wer dabei nicht für uns ist, der ist gegen uns, wobei du weißt, was wir mit Gegnern anstellen.«

»Wollt ihr mich umbringen?«, kreischte die Scott.

»Es geschieht nur in unserem Interesse, damit du die Fronten nicht aufreißt. Deine Existenz ist verwirkt, Lady X. Das solltest du inzwischen wissen!«

»Aber ich gehöre zu euch!«, schrie sie und begann zu lachen. »Wer will mich denn töten? Ich habe den Würfel, ich werde Sinclair …«

Sie verstummte, weil der Spuk ihr in die Parade fuhr. »Wer dich töten wird, fragst du? Kannst du dir das nicht vorstellen, Lady X?«

»Nein!«

»Dann schau her. Es gibt hier einen, der sehr lange darauf gewartet hat, dich vernichten zu können.«

Die ehemalige Terroristin starrte in die wabernde und unheimliche Schwärze vor sich.

Aus ihr löste sich eine Gestalt.

Zuerst nur in Umrissen zu erkennen. Gewaltig, größer als ein Mensch. Lautlos ging sie, schlenkerte mit den Armen, wurde zu einem regelrechten Monstrum, und dann konnten auch wir sie erkennen.

Es war Vampiro-del-mar!

»Ich glaub, mich knutscht ein Hamster«, flüsterte Suko. »Darf es denn wahr sein …«

»Und ob das wahr ist«, erwiderte ich leise. »Ein alter Traum wird für Vampiro-del-mar wahr.«

»Sollen wir ihn in Erfüllung gehen lassen?«

Ich hob die Schultern. »Im Endeffekt spielt es keine Rolle, wer Lady X vernichtet. Die Hauptsache ist, dass sie kein Unheil mehr anrichtet.«

»Zurück blieben noch die anderen«, murmelte Suko.

»Das ist das Problem!«

Auch Lady X hatte Vampiro-del-mar gesehen. Sie war vor diesem gewaltigen Vampir, dessen Blutzähne schon mit denen eines Säbelzahntigers zu vergleichen waren, zurückgewichen.

Einen Schritt nur, dann blieb sie stehen, und sie beugte ihren Oberkörper vor. »Du willst mich töten?«, flüsterte sie und lachte sogar dabei. »Du willst es tatsächlich wagen?«

»Ja, Lady X!«

»Da kann ich doch nur lachen, du hirnloses Monstrum. Du kannst es nicht schaffen, du wirst es nicht schaffen, niemals, Vampiro-del-mar! Vergiss nicht, wer deine eigentliche Herrin ist. Das bin ich, Barbara Pamela Scott!«

»Du warst es«, sagte der Kaiser der Vampire. »Du warst mal meine Herrin, aber du hast dir die Hölle zum Feind gemacht, denn ich bin nicht allein gekommen, ich habe noch jemanden mitgebracht!«

»Wen denn?«

»Mich!«

Lady X war ebenso überrascht wie wir. Sie hörte die Stimme, brüllte überrascht auf und wirbelte herum.

Asmodis starrte sie an.

»Der Teufel!«, flüsterte Suko. »Jetzt geht es wirklich rund ...«

Ich spürte, dass etwas mit meinem Kreuz geschah. Es erwärmte sich und schien sich aufzublähen. Allmählich sammelte es seine Kräfte, als würde es eine Ahnung davon haben, dass es bald Arbeit gab.

Der Teufel hatte an uns kein Interesse. Er gönnte uns nicht

einmal einen Blick, sondern war voll und ganz auf Lady X fixiert. Denn sie hasste er ebenso.

Und er war in einer seltsamen Gestalt erschienen. Umgeben von einem Flammenkranz, der ihn nicht vernichtete, sondern erleuchtete, stand er da, schaute auf Lady X und begann zu lachen.

»Du hast mich damals ausgelacht!«, hielt er ihr entgegen. »Und ich werde mich dafür rächen!«

»Höllenfürst, ich vernichte dich!«, kreischte Lady X. Sie hatte ihre Hände um den Würfel des Unheils gelegt, streckte ihre Arme aus, das Gesicht verzerrte sich auf unbeschreibliche Art und Weise, die Augen schienen zu sprühen, und mein Blick wurde von den Gestalten der Finsternis abgelenkt, wobei er sich auf den Würfel konzentrierte.

Ihn wollte ich haben!

Lady X war mir gleichgültig. Wenn ich den Würfel in die Finger bekam, war einiges gewonnen, wenn auch nicht alles. Noch hatte ihn die Blutsaugerin, aber er enttäuschte sie.

So sehr sie sich auch bemühte, der Würfel reagierte nicht auf ihre gedanklichen Befehle.

Eine starke Gegenmagie stoppte ihn.

Und der Teufel lachte. Es war ein Höllengelächter, das durch die Nacht schwang. Der Satan, unterstützt durch den Spuk, fühlte sich in seinem Element.

»Du kommst hier nicht weg. Wir sind stärker als du. Willst du es sehen?« Kaum hatte er das letzte Wort gesprochen, als er innerhalb der Flammen seine Arme bewegte, sie zu Kreisen drehte und plötzlich etwas hervorschießen ließ.

Glühende Bänder!

Feurige Lassos wischten herbei. Es waren Flammenzungen, die sich drehten und kreisten. Sie fanden mit einer Sicherheit ihr Ziel, die schon phänomenal war.

Lady X wollte noch weg.

Gebannt beobachteten wir ihre Reaktionen. Wir bekamen mit, wie sie tauchte, entschwinden wollte, den Körper dabei drehte und dennoch eingefangen wurde.

Das erste Lasso streifte ihre Schulter, bevor sich die glühende Schnur drehte, über ihrem Kopf kreiste und dann nach unten fiel.

Der Satan zog zu.

Plötzlich legte sich die Schlinge fest um den Hals der Scott. Es gab einen Ruck. Sie konnte sich nicht mehr auf den Beinen halten, obwohl sie versuchte, diesen Ruck auszugleichen.

Sie schaffte es nicht.

Die Beine wurden ihr unter dem Körper weggezogen. In der Luft befand sie sich für einen Moment, streckte die Arme aus, und uns kam die Szene vor wie in einem Zeitlupenfilm.

Ihr Körper hatte noch nicht den Boden berührt, als die zweite Schlinge geschleudert wurde.

Diesmal drehte sie sich um den rechten Arm. Als Lady X zu Boden prallte, zog der Satan am Ende der Schlinge und schleuderte ihren rechten Arm hoch, bevor er dafür sorgte, dass er wieder mit einem heftigen Ruck zu Boden gedrückt wurde.

Da lag sie nun, und sie musste mit ansehen, wie die nächsten feurigen Schlingen durch die Luft wirbelten, ihren linken Arm umschnürten und auch die Beine.

Lady X hing in den Fesseln des Satans!

Wehrlos!

Das hatten wir noch nicht erlebt. Und wir hörten das grollende Lachen Vampiro-del-mars.

Wie der Spuk hatte er zugeschaut, stand nicht weit von der ehemaligen Terroristin entfernt, und seine hässliche Gestalt wurde vom Widerschein der Fesseln umlodert.

Sein Sieg!

Vor seinen Füßen lag sie. Sie konnte sich nicht rühren. Die Fesseln saßen zu stramm. Ihr Körper bildete dabei ein großes X. So wurde sie selbst in dieser Lage ihrem Spitznamen gerecht.

»Sie gehört dir, Vampiro-del-mar!«, grollte es aus der schwarzen Wolke hervor. »Zerreiß sie!«

Auf diesen Befehl hatte der Vampir nur gewartet. Er nickte

und setzte sich in Bewegung. Nur zwei Schritte brauchte er zu gehen, um das Ziel seiner Wünsche zu erreichen.

Den schweren Oberkörper hatte er vorgebeugt. Die Arme hingen nach unten, sie pendelten, wobei die Hände zu Krallen geformt waren. Das Gesicht konnte man als solches kaum bezeichnen. Es war eine widerliche, abstoßende Fratze, hässlich, grausam, gemein …

Und so ging er weiter.

»Bist du verrückt?«, brüllte ihm Lady X entgegen. »Du kannst doch nicht mich …«

Vampiro-del-mar lachte grollend. »Und wie ich das kann!«, schrie er. »Und wie …«

Ich hatte das Gefühl, dass er sehr auf den Würfel fixiert war. Das wollte ich auf jeden Fall vermeiden. Er sollte ihn nicht bekommen. Nur lauerten da noch andere Gegner.

Erst einmal der mächtige in einer schwarzen Wolke schwebende Spuk, dann auch der von Flammen umkränzte Asmodis, sodass wir uns, wenn wir angriffen, die Arbeit teilen mussten.

Dies wusste Suko ebenfalls, und er nickte zum Zeichen seines Einverständnisses.

Vampiro-del-mar beugte sich noch weiter herunter. Seine gewaltigen Pranken näherten sich bereits dem Körper der Vampirin, die in ihren Fesseln zuckte, schrie, tobte und dennoch keinen Erfolg erzielte. Die anderen hatten die besseren Karten.

Keiner rechnete mehr mit einer Überraschung. Weder die Schwarzblüter noch wir.

Doch sie trat ein …

Der Hass fraß ihn fast auf!

Marek dachte daran, dass es Lady X gewesen war, die seine Frau auf dem Gewissen hatte, und er dachte auch immer wieder an den Schwur, den er an Maries Grab geleistet hatte.

Er musste ihn erfüllen!

Marek kannte die Gegend um Petrila. Er wusste genau, wie man unbemerkt an einen bestimmten Ort herankam, und er machte es wie ein geschulter Soldat.

Zuerst war er gelaufen, dann hatte er die Flammen gesehen und robbte nun, jede Deckung ausnutzend, auf den Schauplatz des Geschehens zu. Verzerrt war sein Gesicht, die Augen leuchteten in einer wilden Entschlossenheit. Noch nie war er seiner Rache so nahe gewesen wie in diesen Augenblicken. Für seine Umgebung hatte er keinen Blick, er war nur auf die Gestalten fixiert, die sich vor ihm abhoben.

Grausam waren sie.

Da sah er den Spuk, er entdeckte Lady X, er sah auch den Teufel, doch ihn interessierte nur die gefesselte Vampirin.

Und er ließ sich auch nicht von der gewaltigen Gestalt mit den unheimlichen Zähnen erschrecken, die langsam auf Lady X zukam.

Seine Hände umklammerten den Pflock. Noch nie im Leben war er für ihn so wichtig gewesen. Keuchend floss sein Atem über die Lippen, das Herz schlug schneller, er hatte Kopfschmerzen, doch der Gedanke an seine Rache verdrängte sie.

Marie sollte nicht umsonst gestorben sein!

Und Marek kam näher. Er näherte sich Meter für Meter dem unheimlichen Schauplatz. Er hörte auch den Befehl des Spuks und wusste, dass es nun Zeit für ihn wurde.

Die Dunkelheit schützte ihn noch. Er brauchte nicht mehr so flach über den Boden zu kriechen, gelangte durch den Druck seiner Hände in eine gebückte Haltung, holte noch einmal tief Luft und stürmte dann vor …

Wir hörten den irren Schrei!

Er zitterte uns entgegen, war voller Hass und Wut ausgestoßen worden. Und im nächsten Augenblick sahen wir die Gestalt des alten Marek. Wie ein Geist tauchte der Pfähler auf. Nichts hielt ihn mehr, keiner griff ihn an, alle waren wir zu überrascht.

Marek hatte freie Bahn!

Er kümmerte sich nicht um das Monstrum Vampiro-del-mar, schleuderte es sogar zur Seite und warf sich auf Lady X, wobei er seinen Eichenpfahl fest umklammert hielt und ihn mit einer unheimlichen Wucht nach unten rammte.

Zwei Schreie vermischten sich und wurden zu einem.

Den ersten hatte Marek ausgestoßen, den zweiten Lady X. In dieser einen Sekunde ahnte sie, dass sie ihr schwarz-magisches Leben verwirkt hatte. Sie sah den Pfahl, und der Schrei war das Letzte, was sie noch von sich geben konnte.

Marek traf genau. Man nannte ihn nicht umsonst den Pfähler. Er kannte das Geschäft und wusste genau, wohin er zu zielen hatte.

Mit einer kaum zu beschreibenden Wucht drang der Pfahl in den Körper des weiblichen Vampirs und nagelte ihn regelrecht am Boden fest. Lady X hatte ungeheuer viel Leid über die Menschheit gebracht, jetzt erhielt sie dafür ihre Strafe.

Ein dunkler Strom schoss aus ihrem Körper, überspülte Marek, aber er blieb auf ihr liegen. Seine folgenden Worte dröhnten uns wie unheimliche Trompetenklänge in den Ohren.

»Für meine Frau, du verfluchte, blutgierige Bestie! Für meine Frau Marie …!« Das letzte Wort war kaum noch zu verstehen, weil es in einem Weinen erstickte.

Dann fiel er über den Körper der Lady X!

Vampiro-del-mar aber sah sich um seine Beute betrogen. Er schien plötzlich zu wachsen, und im nächsten Augenblick stürzte er auf Lady X und Marek zu.

Das war der Zeitpunkt, wo Suko und ich eingriffen …

Ich hatte nicht mehr länger zögern dürfen. Marek war zwar der Pfähler, aber gegen die Kräfte der anderen, sehr mächtigen Schwarzblüter kam er nicht an.

Die würden ihn vernichten!

Und an erster Stelle Vampiro-del-mar, den ich mir aufs Korn genommen hatte.

Suko kümmerte sich um Asmodis. Mit Todesverachtung hetzte er auf den Teufel zu, dabei hatte er seine Dämonenpeitsche gezogen, einen Kreis über den Boden geschlagen und die drei Riemen ausgefahren.

Und ich hatte das Kreuz!

Vampiro-del-mar hielt bereits den Würfel des Unheils in der Hand. Er hatte ihn mit einem wilden Ruck vom Gürtel der Lady X gelöst, ich sah ihn in seiner Hand, bemerkte auch die gewaltige Wolke, die auf mich zuwallte, und aktivierte mein Kreuz.

»*Terra pestem teneto – Salus hic maneto*!«

So schrie ich ihm die Formel entgegen, die er hörte und in der Bewegung erstarrte.

Er hob seinen Kopf.

Ich sah das unheimliche Gesicht deutlich vor mir. Diese verzerrte, widerliche Fratze, das kalte Leuchten in seinen Augen, und plötzlich bekam seine Gestalt einen grünen Schimmer.

Mein Kreuz schien zu einem giftgrünen, detonierenden Stern zu werden, das all seine Energien auf einen Punkt konzentrierte.

Vampiro-del-mar!

Nie werde ich den Schrei vergessen, den er ausstieß. Es hob ihn hoch, seine Gestalt löste sich vom Boden, für die Zeitdauer eines Atemzuges hörte ich ein schreckliches Heulen und Pfeifen, wobei der Himmel vor mir aufgerissen zu werden schien, ein Trichter in der Schwärze des Spuk entstand und Vampiro-del-mar, der blitzschnell schrumpfte, zu sich holte.

Aber auch den Würfel des Unheils!

Wissenschaftler haben mal von den schwarzen Löchern geschrieben. Ein schwarzes Loch oder einen schwarzen Trichter sah ich vor mir, denn er hatte Vampiro-del-mar verschlungen.

Plötzlich war er weg.

Das Pfeifen verstummte, den Spuk sah ich ebenfalls nicht mehr, sondern nur noch die normale Dunkelheit.

Und vor meinen Füßen lag Lady X. Auf ihr Marek, der

Pfähler, der mit der rechten Hand den Eichenpflock umklammert hielt und dessen hellweißes Haar wie ein Vorhang seinen Kopf bedeckte.

Ich drehte mich zu Suko um.

Er stand mit der schlagbereiten Dämonenpeitsche da. Sein von einer Gänsehaut bedecktes Gesicht war maskenhaft starr, und er hob die Schultern.

»Ich konnte mit der Peitsche die magischen Fesseln zerstören«, erklärte er mit leiser Stimme. »Doch der Teufel ist verschwunden.«

»Wie auch der Spuk.«

»Und der Würfel«, sagte Suko.

Ich gab darauf keine Antwort. So dicht hatten wir vor unserem Ziel gestanden, jetzt war es vorbei.

Wer hatte den Würfel jetzt? Und es stellte sich die Frage, ob ihn der Spuk besaß oder Vampiro-del-mar? Wenn ihn der Spuk hatte, bekamen wir ihn nie.

Ich holte tief Luft, bevor ich mich zu Frantisek Marek hinabbeugte und ihn anstieß.

Er bemerkte die Berührung nicht, sondern blieb in seiner Haltung hocken. So blieb mir nichts anderes übrig, als ihn unter die Achseln zu fassen und hochzuziehen.

Auf den Beinen konnte er sich kaum halten. Sein Gesicht war bleich und von einem leichten Schweißfilm bedeckt. Er bewegte die Lippen. Suko und ich vernahmen seine geflüsterten Worte.

»Ich habe Marie gerächt, so wie ich es an ihrem Grabe versprach. Ich habe sie gerächt …«

»Ja, das hast du«, sagte ich und fügte in Gedanken hinzu: Und auch Lady X vernichtet.

Sie existierte tatsächlich nicht mehr. Ein schauriges Bild bot sie. Der Eichenpfahl steckte in ihrer Brust. Arme und Beine hatte sie ausgebreitet. Wie immer trug sie die schwarze Kleidung, auf der sich das dunkle Blut verteilt hatte. Und auch in das Gesicht gespritzt war, dessen Haut seltsam aufgedunsen wirkte und gelblich schimmerte.

Sie hatte einen Schrecken ohne Ende verbreiten wollen. Für sie war es ein Ende mit Schrecken geworden.

Schlimm …

Aber auch gut, denn die Mordliga war nun ohne Führung. Es sei denn, Vampiro-del-mar und Xorron würden sich zusammentun.

Wieder mussten wir an einer Beerdigung teilnehmen. Diesmal war es der Bürgermeister, den wir der feuchten Erde übergaben.

Die Vampire waren vorher schon verscharrt worden. Auch Lady X, deren Körper immer stärker zerfiel, aber nicht zu Staub wurde. Dafür war sie noch nicht lange genug Vampir gewesen.

Die Menschen in Petrila hatten uns geholfen und Kreuze auf die Körper der verendeten Blutsauger gelegt, bevor man sie in die Särge bettete. Der Bürgermeister bekam ein Grab am Ende des Friedhofs. Marek hielt eine Rede. Es war ein trüber Vormittag, als wir am Hang standen und der Frühlingswind unsere Haare aufblähte.

Die Worte von Tod und Vergänglichkeit hörte ich kaum. Meine Gedanken beschäftigten sich bereits mit der Zukunft. Lady X hatte von Schwarzblütern getötet werden sollen. Ich wusste den genauen Grund nicht und konnte nur raten.

Die Dämonenwelt schien sich gespalten zu haben. Auf der einen Seite standen die Verbündeten des Teufels, auf der anderen die mächtigen Geister aus der Urzeit der Erde.

Würden sie sich beide bekämpfen? Erste Anzeichen deuteten darauf hin, wobei ich die Befürchtung hatte, zwischen die Mühlsteine dieser beiden Gruppen zu geraten und zermalmt zu werden.

Es gab keinen Grund, optimistisch in die Zukunft zu schauen …

DAS ORAKEL VON ATLANTIS

»Bleiben Sie stehen, Craddock!«, brüllte ich. »Verdammt, halten Sie an! Sie rennen in Ihr Unglück!«

Er hörte nicht und lief weiter. Eine taumelnde, schwankende und sich hastig bewegende Gestalt, die am Ende ihrer Kräfte zu sein schien und sich doch immer wieder fing. Manchmal hatte ich das Gefühl, als würde er zusammenbrechen. Ich setzte dann ebenfalls zu einem Zwischenspurt an, aber einholen konnte ich ihn nicht. Irgendwie gelang es ihm, aus seinem Körper noch die Kraft zu holen, die nötig war, um weiterzurennen.

Der Sprühregen wehte uns in die Gesichter. Es war Mai, der Regen nicht mehr so kalt, und Craddock bewegte sich immer dicht am Geländer der Brücke entlang, wobei er hin und wieder über die Schulter zurückschaute, mich sah und noch einmal an Tempo zulegte.

Ab und zu tauchte er in den Lichtschein einer Laterne. Dann hob sich seine Gestalt sekundenlang deutlich ab. Ich sah das aus dem Hosenbund gerissene Hemd wie eine Fahne flattern. Die Schuhe mit den harten Sohlen trommelten auf den Belag, und manchmal schlug Craddock mit der rechten Hand auf das nasse Geländer der Brücke.

Die Hälfte der Albert Bridge hatten wir bereits hinter uns. Ich wusste nicht, wohin der Flüchtling wollte. Vielleicht rüber auf die andere Seite des Flusses. Dort lag der Battersea Park, und da würde er zahlreiche Versteckmöglichkeiten finden.

Dazu wollte ich es aber nicht kommen lassen. Ich musste ihn vor dem Park erreichen. Ihn nochmals anzurufen hatte keinen Sinn. Er hörte nicht, und für mich war es reine Energieverschwendung.

Wir waren die einzigen Fußgänger auf dem Seitenstreifen der Brücke. Über die Fahrbahn fuhren nur wenige Autos. Die meisten Fahrer sahen den Flüchtling wohl nicht. Da die Straße frei vor ihnen lag, drehten sie entsprechend auf.

Wie ich.

Zum Glück hatte ich eine gute Kondition. Ich warf mich

noch einmal vor, streckte den Körper. Meine Schritte wurden größer, doch ich wollte mich nicht völlig verausgaben, unter Umständen stand mir noch ein harter Strauß mit diesem Mann bevor. Umsonst floh er nicht vor mir.

Einmal kam er von seiner Spur ab. Er taumelte zu weit nach links, prallte gegen einen Pfeiler, und ich hörte seinen Schrei. Sein Kopf zuckte wieder herum. Er sah, dass ich aufgeholt hatte, und suchte verzweifelt nach einem Ausweg.

Den fand er am Brückengeländer. Es war nicht sehr hoch. Ein Erwachsener konnte es rasch überklettern. Hinter dem Geländer gab es noch einen schmalen Vorsprung, auf dem man Halt finden konnte. Das jedenfalls hatte ich während meiner Verfolgung alles gesehen.

Die uns trennende Distanz war schwer zu schätzen. Zum Geländer hatte er es auf jeden Fall näher, und Craddock ergriff die seiner Meinung nach gute Chance.

Er legte beide Hände auf den Handlauf und schwang sich mit einer Flanke über das Hindernis.

»Sind Sie wahnsinnig?«, schrie ich. »Craddock, verdammt!«

Da verschwand er.

Alles war umsonst gewesen. Die lange Verfolgung, das Hetzen, jetzt konnte ich nur zusehen, wie Craddock sich in das tief unter uns fließende dunkle Wasser der Themse stürzte.

Ich sah keinen Körper, hörte keinen Schrei. Dafür sah ich zwei Hände, die die Oberkante des Geländers nach wie vor umklammert hielten. Craddock stand also auf dem Vorsprung.

Dort lauerte er und schrie mir zu: »Bleib stehen, verfluchter Bulle!«

Ich stoppte. Auf dem glatten Boden wäre ich fast noch ausgerutscht, drehte meinen Körper ebenfalls nach rechts und hielt mich am Geländer fest, wobei ich nicht antworten konnte, weil ich außer Atem war.

»So ist es gut, Bulle!«

»Verdammt, Craddock, was soll das?«, rief ich. »Was haben Sie für einen Mist vor?«

»Das ist kein Mist!«

»Doch. Sie werfen Ihr Leben einfach weg. Kommen Sie hoch, Sie haben nichts verbrochen!«

»Nein, ich werde nicht kommen. Bleiben Sie zurück, sonst springe ich. Mich kriegt ihr nicht. Ich bin den anderen entkommen, und das schaffe ich auch bei euch.«

»Craddock, ich will in Ruhe mit Ihnen reden. Wir setzen uns in meinen Wagen …«

Er lachte nur schrill.

»Oder auch in einen Pub und sprechen dort. Das ist doch nichts Schlimmes. Sie sollen nicht verhaftet werden. Mit Ihnen geschieht nichts, Craddock, glauben Sie mir!«

»Das kannst du mir nicht weismachen, Bulle. Ihr wollt mich fertigmachen. Die anderen sind es auch, verflucht!«

Ich verdrehte die Augen.

Er hatte ja recht. Craddock war als Einziger übrig geblieben. Er hatte eine große Katastrophe wie durch ein Wunder überlebt und hätte mir die besten Tipps geben können, nun aber sah alles anders aus.

»Craddock, ich verspreche Ihnen, dass Ihnen nichts geschehen wird, wenn Sie vernünftig sind. Steigen Sie wieder über das Geländer. Wir können in Ruhe reden!«

Gespannt wartete ich auf seine Antwort. Auch ich hatte versucht, ruhig zu sprechen. Er sollte merken, dass ich nichts Schlimmes von ihm wollte, dass er sich hier keinem Feind gegenübersah.

»Was wollt ihr schon machen?«, schrie er. »Die anderen sind stärker. Was wollt ihr gegen die Kraft des alten Atlantis denn ausrichten? Gegen die Macht des Orakels? Was denn? Ich habe ihn gesehen. Er ist mächtig, er wird alles vernichten. Er kann mit den anderen einen Plan schmieden. Er …« Seine Stimme brach ab, und ich vernahm sein wildes Lachen.

Ich hatte ihn bewusst reden lassen. Während dieser Zeit hatte ich mich klammheimlich vorgeschoben. Wenn die Entfernung zwischen uns geringer wurde, konnte ich ihn vielleicht überraschen.

Er musste sich auf dem schmalen Vorsprung zusammengeduckt und nur die Hände nach oben gestreckt haben. Jedenfalls sah ich nur die hellen Handrücken auf dem dunklen Geländer. Wenn es mir gelang, einen Arm zu fassen, war wieder alles offen.

Ich war plötzlich ruhig geworden. Die Umgebung nahm ich überhaupt nicht mehr wahr. Ich war voll und ganz auf Craddock fixiert, der mir sicherlich noch einige sehr wertvolle Informationen geben konnte. Auch bemerkte ich die über die Brücke huschenden Wagen nur, wenn meine Gestalt vom Lichtteppich der Scheinwerfer gestreift wurde.

»Bist du noch da, Bulle?« Craddock hatte sich wieder gefangen. Er fragte lauernd.

Ich schwieg. Wenn ich jetzt antwortete und er merkte, wie nahe ich bereits war, konnte er unter Umständen in Panik verfallen.

»Ihr könnt mir nichts mehr!«, rief er weiter. »Verdammt, ihr wollt nur von mir …« Wieder lachte er, als hätte er Spaß an seinen eigenen Worten gefunden.

Ich ließ seine Hände nicht aus den Augen. Wenn er irgendetwas Dummes vorhatte, würde sich dies zuerst an seinen Händen zeigen, die seltsam bleich auf dem dunklen Rand des Geländers leuchteten.

Noch zwei Schritte, dann hatte ich ihn.

Auf Zehenspitzen überwand ich etwa die Hälfte der Distanz. Mein Gesicht war eingefroren, die Augen starr auf das von mir zu packende Ziel fixiert.

Da bewegte sich die linke Hand.

Ich konnte nicht mehr zögern, sprang vor, wollte sie noch packen, aber Craddock war schneller.

Bevor ich sein Gelenk umklammern konnte, war die Hand bereits verschwunden. Ich bekam nur das Geländer zwischen meine Finger, und auch ein Nachgreifen hatte keinen Sinn, denn seine andere Hand war auch nicht mehr vorhanden.

Ich beugte mich über das Geländer.

Craddock stand links von mir. Seine Füße ruhten auf dem schmalen Vorsprung. Er schaute mich direkt an, und ich glaubte, ein triumphierendes Leuchten in seinen Augen zu sehen. Sein Körper war hoch aufgerichtet, die Augen weit aufgerissen. In ihnen schimmerte ein seltsamer Glanz.

Noch hielt er sich. Ich streckte meinen Arm vor, wollte zugreifen und ihn wenigstens am Hemd zu fassen kriegen, als er mir plötzlich vorkam wie der schiefe Turm von Pisa.

Craddock kippte wie in Zeitlupe nach hinten. Dabei bewegte sich noch sein Gesicht, es verzerrte sich zu einem Grinsen. Er hatte die Arme angelegt wie ein Zinnsoldat, und allmählich geriet der Mann in eine waagerechte Lage.

Er fiel.

Kein Lachen, kein Schreien vernahm ich. Alles geschah absolut lautlos. Craddock tauchte in einer geraden Linie und kopfüber in die schwarze Themse.

Kurz bevor er im Wasser verschwand, geschah noch etwas Seltsames. An eine Täuschung glaubte ich dabei nicht, denn ich hatte gesehen, dass er von einem blauen Schein umgeben war.

Dann spritzte Wasser.

Ein heller Kreis bildete sich auf der dunklen Oberfläche, und ich sah Craddock nicht mehr.

Er hatte es zum Schluss doch noch geschafft und war mir entkommen. Ich ging ein paar Schritte zurück. Ich fühlte mich leer und ausgepumpt. Nicht allein wegen der langen Verfolgungsjagd, nein, mir machte es auch zu schaffen, so erfolglos gewesen zu sein. Ich hätte Craddock gern gehabt, denn er hätte mir wichtige Hinweise über ein Gebiet geben können, das mich sehr interessierte.

Atlantis!

Hatte er es geschafft? So einen Sprung von der Brücke konnte man ohne Weiteres überleben, deshalb verlor ich keine Zeit mehr und rannte den Weg zurück.

Ich stoppte dort, wo ich meinen Wagen abgestellt hatte, riss die Fahrertür auf und griff sofort zum Telefon. Jetzt musste die Wasserschutz-Polizei ran. Die Männer besaßen die entsprechende Ausrüstung, um nach Craddock zu suchen.

Ein Boot befand sich in der Nähe. Es würde bald an der Unglücksstelle eintreffen. Der zuständige Beamte versprach mir, Taucher einzusetzen.

Mehr konnte ich nicht tun.

Ein paar Minuten blieb ich im Wagen sitzen. Allmählich fror ich, denn der Regen hatte mich ziemlich durchnässt. Trotzdem dachte ich über Craddock nach.

Dieser Matrose hatte tatsächlich eine große Katastrophe überlebt. Er gehörte zur Besatzung eines Fischkutters. Die Männer wollten im Mittelmeer auf Fang gehen, waren aber von einem unheimlichen Ereignis überrascht worden. Wie aus dem Nichts erschien plötzlich eine gewaltige Hand aus den Fluten. Eine Hand und ein Arm. Die Hand war sehr gefährlich, denn sie bewegte sich, und sie bekam den Kutter samt der Besatzung zu packen. Craddock war die Flucht gelungen. Als Einzigem. Von einem italienischen Schiff war er aufgefischt worden, nachdem er zwei Tage lang im Meer um sein Leben gekämpft hatte.

Erst in England berichtete er. Zuerst hielten die Ärzte es für Fantastereien, bis sie schließlich die Polizei alarmierten und wir Wind von der Sache bekamen.

Die Hand hatte uns misstrauisch gemacht, denn wir hatten Ähnliches bereits erlebt.

Und zwar im Bermuda-Dreieck, als dort ebenfalls eine Hand aufgetaucht war und Schiffe gepackt hatte. Nun hatte ein Zeuge das Gleiche im Mittelmeer gesehen. Und ich erinnerte mich daran, dass Alassia, die Herrin der Dunkelwelt, Kara erklärt hatte, dass die Hand in einem ursächlichen Zusammenhang mit Atlantis, den Großen Alten und dem Würfel des Unheils stand.

Hatte nicht auch Craddock das Wort Atlantis gerufen, als er in die Tiefe sprang?

So musste es gewesen sein, und ich dachte daran, dass er

sicherlich mehr wusste. Hoffentlich fanden die Taucher ihn lebend.

Ich rammte die Fahrertür zu und startete. Langsam rollte ich über die Brücke und sah dahinter die dunkle Fläche des Battersea Parks. Dort gab es auch eine Anlegestelle für Boote, und genau da wollte ich auf die Kollegen warten.

Eine Stunde dauerte es, bevor ich Bescheid bekam. »Wir haben ihn gefunden!«, hörte ich über Telefon.

»Dann bringen Sie ihn her!«

»Wo können wir Sie finden, Sir?«

Ich erklärte es ihm.

»Gut, Sir.« Der Offizier des Schnellbootes räusperte sich. »Da ist noch etwas, Sir.«

»Was denn?«

»Man kann es schlecht erklären, aber sehen Sie sich den Mann einmal genau an.«

»Das mache ich auch. Kann ich mit ihm reden?« Der Polizist verkniff sich eine Antwort, er hatte aufgelegt.

Mich beunruhigten die Worte. Alles deutete darauf hin, dass Craddock nicht mehr in der Lage war, ein Wort zu sagen. Wir mussten mit seinem Tod rechnen.

Verdammt auch!

Zehn Minuten später erreichte das Boot die Anlegestelle. In meinen Mantel gehüllt, hatte ich gewartet, und während das Polizeiboot am Pier anlegte, sprang ich mit einem Satz an Bord.

Mit Handschlag wurde ich begrüßt. »Ich habe schon viel von Ihnen gehört, Sir«, sagte der Sergeant.

Ich winkte ab. »Das meiste stimmt nicht. Wo kann ich den Mann sehen?«

»Mann ist gut.«

»Wie meinen Sie das?«

»Sie werden ja selbst merken, was mit ihm los ist. Kommen Sie bitte mit, Sir.«

Wir gingen unter Deck. Die Kabine war eng. Der Sergeant schickte einen wartenden Polizisten hinaus und deutete auf die Liege. »Wir haben eine Decke über ihn gelegt«, erklärte er. »Den Grund werden Sie gleich verstehen, Sir.«

Ich sah meine letzten Felle davonschwimmen und nickte. »Heben Sie die Decke hoch.«

»Natürlich.« Der Mann griff zu. Mit einem Ruck zog er die Decke zurück.

Für andere mochte der Anblick ein schwerer Schock sein, aber ich hatte einen solchen Körper schon einmal gesehen. Es lag noch nicht lange zurück, und es war am Gebiet der Flammenden Steine gewesen.

Von Craddock war nichts zurückgeblieben. Nichts Menschliches mehr. Nur noch ein schwarzer, an Teer erinnernder Klumpen …

Ich stand da und fühlte in meiner Magengegend einen unangenehmen Druck. Zuerst dachte ich an nichts, dann fiel mir automatisch ein Name ein.

Arkonada!

Der Magier aus Atlantis. Der Tätowierer, der einen Gastkörper gefunden hatte und seinen Geist in ihm weiterleben ließ. Ein unheimlich gefährlicher Dämon, ein regelrechtes Monstrum, eine Gestalt ohne Gnade und Erbarmen.

Ich erinnerte mich auch wieder an das blaue Leuchten, das ich kurz vor dem Aufschlag des Mannes in die Themse gesehen hatte. Und blau hatte auch Arkonada geleuchtet, als er sich zeigte.

Er war mächtig, verdammt mächtig sogar. Selbst Myxin und Kara hatte er in die Schranken gewiesen und die Grenzen der Flammenden Steine aufgezeigt, in denen wir gefangen gewesen waren. Suko und ich hatten uns befreien können, aber Arkonada war nicht vernichtet. Den Beweis dafür hatte er auf schaurige Weise angetreten.

Ich wischte über mein Gesicht und zog scharf die Luft ein.

Der Sergeant neben mir räusperte sich. »Haben Sie genug gesehen, Sir? Kann ich die Decke wieder zurücklegen?«

»Ja, tun Sie das.«

Er breitete die Decke aus. Ich sah sein bleiches Gesicht. Seine Blicke richteten sich fragend auf mich. »Haben Sie eine Erklärung für diesen Vorgang, Sir?«

Ich hob nur die Schultern.

»Was sollen wir machen?«

»Scotland Yard wird sich um die Leiche kümmern.« Ich reichte ihm die Hand. »Auf jeden Fall danke ich Ihnen für Ihre Mühe.«

»Keine Ursache, Sir. Aber so etwas habe ich noch nicht erlebt. Als wäre der Mann verbrannt worden. Und das im Wasser.« Er schüttelte den Kopf. »Nein, da komme ich nicht mit.«

Ich konnte es ihm nachfühlen, ging wieder an Deck und schaute über das dunkle Wasser der Themse. Wir hatten wieder eine Spur aufgenommen, standen aber erst am Beginn. Jetzt galt es, den roten Faden zu finden, der uns vielleicht nach Atlantis führte.

Vom Bentley aus setzte ich mich mit meinem Chef in Verbindung. Sir James befand sich noch im Büro, und er wollte auch Suko Bescheid geben, damit er ebenfalls kam.

Ich war damit einverstanden.

Die Fahrt zum Yard Building brachte ich schnell hinter mich und traf zur selben Zeit wie Suko ein. Wir begegneten uns unten im Eingang. Mein Partner schaute mich fragend an. »Was ist denn los?«

Im Lift erklärte ich Suko stichwortartig die Sachlage.

»Arkonada«, murmelte mein Freund, als wir ausstiegen, »das kann ins Auge gehen.«

»Da sagst du was.«

Sir James wartete in seinem Büro. Wo er den Kaffee aufgetrieben hatte, wusste ich nicht, auf jeden Fall stand er da und die Tassen ebenfalls. Ich nahm eine, Suko trank ebenfalls einen Schluck, nur Sir James nuckelte an seinem kohlensäurefreien Wasser.

»Es scheint sich etwas anzubahnen«, stellte er fest und

ließ das leere Glas sinken. »Alles deutet auf Atlantis hin. Da geben uns nicht nur die Dinge recht, die Sie erlebt haben, John, sondern auch die Unterlagen.«

»Welche?«

»Wir fanden sie bei Craddock. Eingenäht in seine Kleidung. Es ist ein Tagebuch.«

»Kann es uns Aufschluss geben?«

»Lesen Sie es selbst. Die ersten Kapitel können Sie überschlagen, John.« Sir James reichte mir eine Kladde rüber, die ich rasch aufschlug. Papier und Schrift hatten unter dem Wasser gelitten. Viel war nicht zu lesen, das meiste war verlaufen, erst zum Schluss wurde es etwas besser. Darauf kam es uns an.

Suko las mit. Was unklar war, mussten wir uns zusammenreimen. Der Törn hatte als eine völlig normale Fahrt begonnen. Den Frühjahrsstürmen konnten sie ausweichen und waren durch die Straße von Gibraltar ins Mittelmeer gefahren. Man wollte dort Thunfische fangen, was auch gelang. Bis zu dem Zeitpunkt, als plötzlich die Hand erschien.

Der Vorfall musste Craddock stark mitgenommen haben, das erkannten wir an seiner Schrift. Sie war zittrig geworden, auch lasen wir kaum ganze Sätze, sondern Wortfetzen. Man spürte die Angst, die der Aufzeichner empfunden hatte. Und als er von einer zweiten Hand schrieb, endeten die Aufzeichnungen.

Ich legte das Tagebuch zur Seite. »Craddock war also der einzige Zeuge«, bemerkte ich.

»Der noch lebte.«

»Okay, Sir. Jetzt auch nicht mehr. Haben denn andere Besatzungen diese Hände nicht gesehen?«

»Ich habe nichts gehört, trotz zahlreicher Erkundigungen.« Sir James nahm seine Brille ab und wischte sich über die Augen. »Es bleibt mal wieder uns überlassen, der Spur zu folgen.«

»Aber nicht in London«, sagte Suko.

»Leider.«

Ich grinste. »Das Mittelmeer im Mai ist besonders schön, habe ich mir sagen lassen.«

Suko hob die Schultern. »Wir werden sehen, ob wir dazu kommen. Wie sieht es eigentlich mit den genauen Positionsangaben des Schiffes aus, Sir? Wissen Sie mehr?«

»Nein, nicht genau. Wir müssen davon ausgehen, dass die Hände südlich der griechischen Küste aufgetaucht sind.«

»Da haben wir auch Myxin gefunden«, murmelte ich.

»Richtig, John«, sagte unser Chef. »Darauf wollte ich hinaus. Sie müssen Myxin und Kara dazu bewegen, einzugreifen. Eine andere Chance sehe ich nicht. Schließlich geht es auch um die Existenz der beiden. Da sind doch grundlegende Erkenntnisse ans Tageslicht gekommen. Atlantis ist nicht tot, wie wir wieder einmal festgestellt haben, und mit Arkonada lebt ein Dämon, der immer einen Weg in diese Welt findet. Denken Sie an die flammenden Steine. Deren Magie ist doch bis in die Grundfesten erschüttert worden. Ich frage Sie beide: Was kommt da noch alles auf uns zu?«

»Vielleicht die Großen Alten?«

Sir James schaute mich an. »Möglich, aber ich möchte Sie auf den Würfel des Unheils hinweisen.«

»Wieso?«

Sir James nahm das Tagebuch wieder an sich. Er schlug es auf. »Sie haben sich die letzte Seite nicht genau angesehen«, erklärte er. »Dort hat Craddock versucht, etwas zu zeichnen.«

»Was?«

»Sehen Sie selbst.«

Sir James reichte mir das Buch rüber. Ich warf einen Blick auf die entsprechende Seite. Suko schaute mit und flüsterte: »Verflixt, das könnte der Würfel sein.«

»Das ist er sogar«, murmelte ich. Ich legte die Kladde mit den Aufzeichnungen wieder weg. Mein Blick verlor sich, während ich scharf nachdachte. »Was kann Craddock mit dem Würfel zu tun haben?«

»Fragen Sie lieber, in welchem Zusammenhang der Würfel mit Atlantis steht.«

»Er wird von dort stammen«, vermutete Suko.

Davon war ich ebenfalls überzeugt. »Ja, denn der Todesnebel muss auch in Atlantis erfunden worden sein, wenn ich das mal so simpel ausdrücken darf.«

»Dürfen Sie«, sagte Sir James und lächelte. »Zudem sind die Platten mit den Aufzeichnungen ebenfalls auf einer Insel im Mittelmeer gefunden worden. Myxin hätte es damals fast geschafft, wenn sie nicht zerstört worden wären.«

»Ja, das stimmt alles.«

»Und wie ist es mit dem Orakel?«, fragte Suko.

»Welches Orakel meinen Sie?« Sir James ging sofort darauf ein.

»Ich habe den Begriff von Craddock aufgeschnappt. Er muss irgendetwas mit einem Orakel zu tun gehabt oder davon gehört haben.«

»Das Orakel von Atlantis«, folgerte Suko bereits weiter. »Hört sich sehr geheimnisvoll an.«

»Ob es der Würfel ist?«, fragte ich zwischen.

»Dann müsste Vampiro-del-mar mehr wissen.«

Sir James hatte mit dem letzten Satz genau unser Problem angesprochen. Der Würfel befand sich nicht mehr in den Händen der Lady X. Sie existierte nicht mehr, weil Marek der Pfähler sie vernichtet hatte. Aber den Würfel des Unheils hatten wir nicht bekommen, der war in den Händen von Vampiro-del-mar geblieben. Bisher war es ziemlich ruhig um ihn gewesen, vielleicht hatte er sich erst mit dieser Waffe vertraut machen müssen. Wenn es ihm jedoch gelang, sie zu beherrschen, konnte es zu einem Inferno kommen.

»Bisher sind das alles Theorien«, sagte ich.

»Die wir nicht aus dem Auge lassen dürfen«, erklärte uns Sir James. »Es wäre wirklich besser, wenn Sie sich vor Ort umsähen, John. Dabei möchte ich, dass Suko sich um Kara und Myxin kümmert. Man sollte den Fall von zwei Seiten aufklären.«

Die Idee war nicht schlecht. Ob sie allerdings von Erfolg gekrönt sein würde, musste man abwarten.

»Sie sehen nicht sehr optimistisch aus«, hielt mir mein Chef vor.

»Das bin ich eigentlich auch nicht.«

»Was ist der Grund?«

»Die gesamte Lage, Sir. Irgendwie reagieren unsere Gegner nicht mehr logisch.«

Mein Chef lächelte. »Haben sie das schon jemals getan?«

Ich nickte. »Auf eine gewisse Weise ja. Die Grenzen waren genau abgesteckt. Jeder konnte sich praktisch auf den anderen verlassen und hatte sein bestimmtes Gebiet. Jetzt allerdings ist einiges durcheinander gekommen.«

»Was denn?«

»Erst mal das Auftauchen der beiden Hände. Was kann dazu geführt haben? Wir wissen es nicht. Zum zweiten besitzt Vampiro-del-mar den Würfel des Unheils. Dieser Würfel ist zu manipulieren, aber von einer Person, die sich in der Gewalt hat. Vampiro-del-mar ist ein Monstrum. Ich spreche ihm sogar die Denkfähigkeit ab. Er denkt nur in seinem Blutrausch, und ich weiß nicht, ob er der richtige Besitzer für den Würfel ist.«

»Der richtige?«, lachte Suko.

»Ich meine im übertragenen Sinne. Wir müssen auf jeden Fall zusehen, dass wir die Dinge wieder ordnen, sonst kann es zu einem irreparablen Schaden kommen.«

Sir James spielte mit einem Bleistift. »Glauben Sie, John, dass hinter allem der Würfel des Unheils steckt? Dass eine längst versunkene Welt aus den Fugen geraten ist?«

»Vielleicht.«

»Du vergisst Arkonada«, warf Suko ein.

»Nein, den habe ich nicht vergessen. Ich denke auch daran, welch eine Furcht selbst Myxin und Kara empfunden haben, als sie ihm gegenüberstanden. Fast wäre es dazu gekommen, dass Arkonada Kara gezeichnet hätte. Etwas Schlimmeres hätte uns nicht passieren können. Sie befände sich jetzt in seiner Gewalt, und er, der von atlantischen Kräften getrieben wird, versucht nun, unsere Welt zu stürmen.«

»Gehört er zu den Großen Alten?«

Der Superintendent hatte eine sehr berechtigte Frage gestellt.

Ich schaute ihn groß an und sah sein aufmunterndes Nicken, doch eine konkrete Antwort konnte ich nicht geben.

»Also nicht?«

»Sir, darauf eine Antwort zu finden ist sehr schwer.«

»Aber Sie waren doch in der Leichenstadt. Haben Sie dort nicht die Gräber der Großen Alten gesehen?«

»Das schon.«

»Na bitte.«

»Nein, Sir James, so geht das nicht. Ich habe sechs Gräber entdeckt. Ich sah, wie Doreen Delano sie öffnen wollte, und zwar mit diesem Kristallschlüssel, aber mein Kreuz und der Schlüssel gerieten aneinander, sodass mein Kreuz die Magie des Schlüssels aufhob und fünf Gräber praktisch geschlossen blieben.«

»So kann das Kreuz auch hinderlich sein«, bemerkte Sir James.

Ich ging nicht darauf ein, sondern fuhr fort: »Ich kenne einige der Großen Alten. Weiß zumindest ihre Namen. Da ist einmal Kalifato, das Spinnenmonster, dann Gorgos, der Gläserne, Doreen Delano sprach von einem Namenlosen, da hätten wir schon einmal drei.«

»Und Arkonada«, fügte Suko hinzu. »Das ist der Vierte.«

»Bleiben noch zwei«, sagte Sir James.

»Ja, sicher, wenn wir davon ausgehen, dass unsere Annahmen stimmen. Aber Myxin hat nicht gesagt, dass Arkonada zu den Großen Alten gehört.«

»Vielleicht weiß er es selbst nicht«, vermutete Sir James.

»Das ist natürlich richtig.«

»Gibt es da nicht einen Widerspruch?«, fragte Suko.

»Wieso?«

»Du warst in der Leichenstadt. Dort hast du die Gräber der Großen Alten gesehen. Angeblich schlafen oder warten sie dort auf das große Ereignis. Doch sie haben gleichzeitig in das Geschehen eingegriffen. Wie willst du das unter einen Hut bringen?«

»Vielleicht gibt es für sie eine Möglichkeit, den Gräbern zu entkommen.«

»Im Gegensatz zu den Geistern in der Schlucht der stummen Götter«, murmelte Suko.

Sir James schlug mit der flachen Hand auf den Schreibtisch. »Für meinen Geschmack ergehen wir uns in Hypothesen und Theorien. Gentlemen, wir sollten handeln.«

»Im Mittelmeer?«, fragte ich.

»Auch da.«

Mein Gesicht zeigte keinen begeisterten Ausdruck, was Sir James sehr wohl zur Kenntnis nahm. »Passt Ihnen nicht, wie?«

»Nein, eigentlich nicht.«

»Sie müssen hin. Mieten Sie sich meinetwegen ein Boot und gondeln Sie über das Mittelmeer. Aber finden Sie die verdammten Hände. Lösen Sie das Rätsel des Orakels von Atlantis …«

Die Nacht gehörte zu denen, wo sich bekanntlich selbst Hunde und Katzen kaum nach draußen wagten. Zudem war sie stockfinster. Die dicken Wolken verdeckten nicht nur den Halbmond, sondern auch die zahlreichen Sterne. Feiner Regen fiel der Erde entgegen, berührte das frische Laub der Bäume und verursachte die monotonen Geräusche.

Es übertönte selbst das Plätschern des kleinen Bachs, der durch das Gebiet der *flaming stones* floss. Die sich gegenüberstehenden, großen Steine verschwammen im vom Himmel fallenden Wasser.

Myxin und Kara waren nicht nass geworden. Sie hockten in ihrer kleinen Blockhütte und beobachteten das Gebiet.

Obwohl es Nacht war, konnte niemand Schlaf finden. Beide hatten ein seltsames Gefühl, eine dumpfe Vorahnung, dass irgendetwas passieren würde. Sie waren zwar keine

Hellseher, aber sie konnten sich auf ihre Gefühle verlassen, die ja nicht umsonst so negativ beeinflusst waren. Es hatte Schwierigkeiten gegeben. Vor Kurzem erst war ihre Illusion der Sicherheit radikal durch die Ereignisse zerstört worden.

Bisher hatten sie angenommen, dass der Platz zwischen den Flammenden Steinen unangreifbar gewesen war. Das änderte sich, denn unheilvolle Kräfte aus der Vergangenheit griffen in den Kreislauf ein und unterbrachen ihn.

Die *flaming stones* wurden attackiert. Es war ein Magier aus Atlantis, der ihre Grenzen aufzeichnete.

Arkonada!

Einer derjenigen, die überlebt hatten. Da glich er Myxin, der dem großen Chaos ebenfalls entkommen war. Im Gegensatz zu ihm hatte sich Arkonada nicht auf die Seite des Guten geschlagen, sondern versucht, durch seine Kräfte und seine Macht dort weiterzumachen, wo er im alten Atlantis aufgehört hatte.

Damals, vor über 10.000 Jahren, hatte man seine Grenzen feststecken können. Heute war dies nicht mehr möglich, weil die Menschen die alten Zauberformeln und Rituale zur Beschwörung vergessen hatten oder nicht mehr wissen wollten. Man konnte Arkonada keinen kompakten Widerstand entgegensetzen. Es waren immer nur Einzelne, die sich ihm in den Weg stellten. Zu diesen zählten auch Myxin und Kara.

Sie hatten seine Rückkehr erlebt.

All das Grauen, das er gebracht hatte, denn er griff die Flammenden Steine an. Er manipulierte sie, machte mit ihnen, was er wollte, und hätte es fast geschafft, sie nicht nur zu zerstören, sondern auch Kara in seine Gewalt zu bekommen. Seit diesem Tage waren Myxin und das schwarzhaarige Mädchen aus dem alten Atlantis noch vorsichtiger geworden.

Sie hielten in den Nächten abwechselnd Wache. Nie wollten sie die Steine aus den Augen lassen. Besonders in dieser Nacht konnten beide keinen Schlaf finden. So standen sie am offenen Fenster, schauten in den Regen und sahen die hoch aufgerichteten Steine, von denen nur zwei genau zu erkennen waren, denn die weiter entfernten verschwammen in der niederfallenden Regenflut.

»Er wird zurückkehren«, sagte Kara verbittert und legte ihre rechte Hand auf den Griff des Schwerts mit der goldenen Klinge. Sie hatte diese Waffe von ihrem Vater Delios bekommen. Das Schwert war in Atlantis geschmiedet und geweiht worden.

»Aber diesmal sind wir vorbereitet«, entgegnete Myxin.

»Was nützt uns das?«

»Ich werde versuchen, ihn zu bannen. Eine andere Chance sehe ich wirklich nicht.«

»Und seine Gegenkräfte?«

»Es darf ihm gar nicht erst gelingen, sie zu entfalten.«

»Wenn das so einfach wäre.«

Myxin trat dicht an Kara heran und legte eine Hand auf ihre Schulter. Streichelnd bewegte er seine Finger. »Was macht dich denn nur so pessimistisch?«, fragte er. »So kenne ich dich gar nicht.«

»Mir hat auch niemand meine Grenzen so aufgezeigt wie dieser Arkonada«, erwiderte Kara bitter.

»Er hat dich überrascht.«

»Nein, Myxin, ich komme gegen ihn nicht an. Das spüre ich genau. Damit finde dich ab.«

Der kleine Magier konnte Kara verstehen. Sie hatte bisher immer auf ihr Schwert vertraut, das sie nicht nur als Schlagwaffe führen konnte, sondern das auch als Katalysator diente, damit Kara Kontakt zu anderen Welten aufnehmen konnte. Wenn sie sich konzentrierte, schaffte sie es, mithilfe des Schwertes Dimensionen zu überbrücken. In der Leichenstadt hatte ihr Geistkörper sogar gegen Kalifato gekämpft und auch gewonnen, denn das Schwert riss dem Monstrum Kalifato gewissermaßen die Maske ab, sodass seine wahre Gestalt, die einer Monsterspinne, zum Vorschein gekommen war. Kara glaubte sich in einem regelrechten Siegestaumel, bis Arkonada kam und ihr die Grenzen aufzeigte.

Da hatte das Schwert mit der goldenen Klinge ihr auch nicht mehr geholfen.

»Du vergisst nur eins«, sagte Myxin. »Ich bin ebenfalls noch da. Du stehst nicht allein.«

Kara lächelte. »Es ist nett, dass du so etwas sagst, doch Arkonada hat auch dir Grenzen gesteckt. Das weißt du, daran musst du dich erinnern. Ihr habt euch schon in Atlantis gegenübergestanden, und dieser Kampf wird weitergehen. Du hättest damals versuchen sollen, ihn zu besiegen.«

»Ich sah keinen Grund.«

Kara lächelte. »Entschuldige, ich vergaß, dass du dort auf der anderen Seite gestanden hast. Ja, wirklich, du hast keinen Grund gesehen, ihn zu töten.«

Nach dieser Antwort schwieg sie und schaute weiter nach draußen, wo der Regen schräg vom Himmel fiel und der Landschaft in der Dunkelheit einen grauen Anstrich gab.

»Leg dich bitte hin und versuche zu schlafen«, sagte Myxin.

Kara lachte nur. »Wie oft hast du mir das bereits vorgeschlagen. Nein, ich kann keine Ruhe finden.«

»Es nützt auch nichts, wenn du nur am Fenster stehst und hinaus in den Regen starrst.«

Kara drehte sich um und ging auf das Lager zu. Dort nahm sie Platz, winkelte ihre Arme an und stützte das Kinn auf die Handballen. »Es ist alles sehr schlecht«, murmelte sie. »Irgendwie glaube ich daran, dass wir unsere Grenzen erreicht haben.«

»Du siehst es zu schwarz.«

»Nein, Myxin, es soll einfach nicht sein. Erinnere dich an Ambiastro, an die Tafeln mit den Formeln gegen den Todesnebel. Wir hatten es auch nicht geschafft, obwohl wir so dicht vor dem Ziel standen.«

Myxin hörte nicht hin. Er starrte zu den Steinen hinüber und glaubte, dort etwas entdeckt zu haben.

»Komm doch mal näher, Kara.«

Die Schöne aus dem Totenreich erhob sich. Neben Myxin blieb sie stehen. »Was ist denn?«

»Sieh zu den Steinen«, flüsterte der kleine Magier. »Dort bewegt sich etwas.«

Kara schaute erst ihren Freund an, bevor sie einen Blick in die angewiesene Richtung warf. »Eine Gestalt?«, hauchte sie.

»Nein, das nicht.«

Myxin wischte sich über die Augen. »Sorry, vielleicht habe ich mich auch getäuscht.«

»Das ist möglich.« Kara wollte sich schon abwenden, sie blieb trotzdem stehen, denn ihr war etwas aufgefallen. »Oder meinst du den Nebel?«, fragte sie leise.

»Welchen?«

»Der zwischen den Steinen über den Boden kriecht.«

»Das ist Dunst. Das Regenwasser …«

»Er dringt aber aus den Steinen!« Karas Stimme zitterte ein wenig. Sie streckte den Arm aus und deutete durch das offene Fenster. »Ich sehe es genau, der Nebel dringt dort hervor …«

Auch Myxin entdeckte es nun.

Beide sahen sie die hellen Wolken, die aus vier Steinen quollen. Die hohen Zeugen einer verloschenen Vergangenheit schienen innerhalb einer Waschküche zu stehen, und die Sicht auf sie wurde von dem immer stärker aus ihnen quellenden Nebel stetig erschwert.

»Das ist nicht normal«, murmelte Kara.

Mit dieser Feststellung hatte die Schöne aus dem Totenreich genau ins Schwarze getroffen. So etwas war auch nicht normal, obwohl sich auch Dunst gebildet hatte.

Myxin gab keine Antwort. Er stand am Fenster, schaute hinaus und hatte seine Hände auf die Fensterbank gelegt.

Hart stachen Karas Finger durch den Stoff seines Mantels, als sie Myxin anfasste. »Was ist mit den Steinen los?«, rief sie aufgebracht. »Meine Güte, es ist …«

»Der Todesnebel!«, vollendete Myxin.

Karas Kopf sank nach vorn. Sie schloss die Augen und ballte ihre Hände. Ihre Reaktion war ein Beweis der Resignation. Was sie da sah, war unwahrscheinlich und auch unbegreiflich. Ihr gesamtes Weltbild geriet ins Wanken. Sie hatten sich bisher auf die Flammenden Steine verlassen und als Hort des Guten angesehen.

In dieser Nacht jedoch kehrten sich die Vorzeichen um. Die Steine arbeiteten nicht mehr für, sondern gegen sie. Aus ihnen quoll eine unheimliche Waffe. Eine der stärksten, die es je gegeben hatte – der alles zerstörende Todesnebel.

Wie er in die Steine gelangen konnte, das wussten weder Kara noch Myxin. Ihnen wurde jedoch allmählich klar, dass sie das Refugium dieser Weißen Magie verlassen mussten, denn sie kannten das Gegenmittel nicht, um den Todesnebel zu stoppen.

»Das ist Arkonadas Werk«, flüsterte Kara mit erstickt klingender Stimme. »Er allein hat dafür gesorgt, dass …«

Myxin zog Kara vom Fenster weg. »Du musst jetzt die Ruhe bewahren«, sagte er eindringlich. »Panik hilft uns nicht weiter, auch wenn eine Welt zusammengebrochen ist. Wir müssen weg!«

Kara schauderte zusammen. »Fliehen?«, fragte sie.

»Ja.«

Sie zog sich einen Schritt zurück. »Wir sind hier zu Hause. Die Steine gehören uns. Wir haben uns auf sie verlassen. Werden sie zerstört, hat alles keinen Sinn mehr.« Die Schöne aus dem Totenreich hielt eine flammende Rede, während sie den kleinen Magier anstarrte, dessen Gesicht unbeweglich blieb.

Er sah die Sachlage realistischer. »Im Augenblick müssen wir nur fliehen«, erklärte er. »Wir können ja zurückkehren, wenn alles vorbei ist.«

»Nein.« Kara wandte sich ab, schaute zu Boden und schüttelte den Kopf. »Nein, nein. Das hier war unsere Heimat. Hier haben wir einen Platz gefunden, und wir waren stolz darauf, Myxin, sehr stolz!«

»Wir werden es wieder sein!«

Kara hob beide Arme. »Aber wer wird und kann uns noch helfen? Denkst du an John Sinclair?«

»Zum Beispiel!«

Die Schöne aus dem Totenreich lachte wild. »Das schafft er nicht. Oder hast du vergessen, wie er und Suko Gefangene der Steine waren? Erinnerst du dich nicht mehr daran?«

»Schon.«

Sie nickte heftig, und die langen Haare flogen. »Da siehst du es, Myxin. Sie waren Gefangene. Die Magie des Arkonada hat auch sie nicht verschont.«

»Komm jetzt mit.«

»Ich bleibe!«

Zuerst war Myxin überrascht. Dann versuchte er ein Lächeln. »Habe ich mich verhört?«

»Nein, du hast schon richtig verstanden. Ich werde bleiben und mich dem Todesnebel stellen!«

»Er wird dich vernichten!«

Kara hatte die Worte ihres Freundes gehört. Sie stand da und wirkte so, als wollte sie ihnen nachlauschen. »Vernichten«, flüsterte sie.

»Ja, genau.«

Kara winkte ab. »Na und?«, fragte sie. »Soll er mich doch vernichten. Was hat es denn für einen Sinn, wenn die Steine zerstört werden? Unsere Aufgabe ist erledigt, man braucht uns nicht mehr. Die anderen haben gewonnen, Myxin!«

Der kleine Magier war überrascht. Er kannte Kara jetzt einige Zeit, aber er stellte in diesen Sekunden, wo sich der Nebel draußen weiter ausbreitete, fest, dass er sie trotzdem nicht kannte. Sie war ihm plötzlich fremd wie selten.

»Willst du alles hier und auch mich im Stich lassen?«, fragte Myxin. »Ist das deine Absicht?«

»Wenn du noch eine Chance siehst, dann sage sie mir jetzt!«, forderte Kara.

»Sei nicht so stur. Im Augenblick sehe ich auch keine. Es hat aber keinen Sinn, wenn du jetzt aufgibst und dein Leben denen schenkst, die nur darauf warten.«

»Geh, ich bleibe.«

Myxin schaute in das Gesicht der dunkelhaarigen Frau. Es schimmerte immer ein wenig blass. Ihre Gefühle waren dort ebenfalls abgebildet. Kara wirkte trotzig und gleichzeitig zu allem entschlossen. Myxin wusste, dass er es nicht mehr schaffen würde, sie mit Worten zu überreden. Kara hatte sich einmal entschlossen, und dabei blieb sie.

Der kleine Magier hob die Schultern. »Wenn ich dich wirklich nicht mehr von deinem Entschluss abbringen kann, dann gehe ich jetzt«, erklärte er mit leiser Stimme.

»Du musst dich beeilen«, sagte Kara. »Der Nebel wird auch diese Hütte nicht verschonen. Er zerstört alles Organische. Ob Mensch, Tier, Pflanze. Er macht vor nichts halt.«

Myxin schritt langsam zurück. Er machte einen gebrochenen Eindruck. Bevor er die Tür erreichte, hob er noch einmal die Hand. Es war eine winkende Abschiedsgeste. »Die Zeit mit dir war schön, Kara«, sagte er leise und bewies, dass auch er Gefühle zeigen konnte. »Ich möchte sie nicht missen. Ich habe auch nicht bereut, mich auf die andere Seite gestellt zu haben. Ich würde es immer wieder tun. Leb wohl, Kara …«

Die Schöne aus dem Totenreich schluckte. In ihren Augen schimmerte es feucht, während draußen die Wolken allmählich näher wallten und die Vernichtung fortsetzten.

Myxin wandte sich um. Er wollte Kara nicht mehr sehen, streckte den Arm aus, berührte die Klinke und drückte die Tür auf, um die Hütte zu verlassen …

Ich befand mich seit zwei Tagen im Mittelmeerraum!

Bisher hatte ich noch keinen Erfolg gehabt. Mit London hatte ich einige Male telefoniert, aber auch dort tat sich nichts, wie Suko oder Sir James mir berichteten.

Es war eine unheilvolle Ruhe. Ich spürte, dass etwas in der Luft lag, konnte es aber nicht greifen oder fassen und war deshalb gezwungen, zurückzustecken.

Zahlreiche Inseln hatte ich bereits besucht. Es hätten bei strahlendem Sonnenschein und nicht zu großer Hitze herrliche Stunden sein können, wäre nicht der Druck vorhanden gewesen, der auf mir lastete. Ich musste einen Erfolg erringen, aber ich wusste nicht, wie ich es anstellen sollte.

Die Namen der Inseln, die ich angesteuert hatte, vergaß ich sehr schnell. Es waren oft kleine felsige Flecken, die aus dem Meer wuchsen und nicht bewohnt waren.

Sehr oft sprach ich mit Fischern. Ich erkundigte mich nach den beiden aus dem Meer wachsenden Händen und erntete immer wieder die gleiche Antwort.

Nichts gesehen.

Ob es stimmte, wusste ich nicht, als ich am Abend des dritten Tages schließlich den kleinen Hafen ansteuerte, aus dem auch mein Schiff stammte.

Ich hatte es mir dort geliehen.

Für die Inselfahrten dicht an der Küste war es tauglich, doch ich wollte auch raus aufs Meer, und da musste ich mir schon ein anderes Boot mieten. Zudem mit Besatzung.

Den Verleiher fragte ich danach.

Skeptisch schaute er mich an. »Die Leute hier sind verwöhnt«, radebrechte er in seinem schlechten Englisch.

»Wieso?«

»Sie müssen schon zahlen.«

»Das werde ich auch.«

»Gut, dann kann ich Ihnen Männer genug sagen.«

»Stopp!« Ich hob die Hand. »Eines will ich klarstellen. Ich brauche keine Leute, die Angst haben, sondern Männer, die sich weder vor dem Teufel noch der Hölle fürchten.«

Der Grieche trat unwillkürlich zurück. »Was haben Sie vor?«

»Ich will aufs Meer.«

Mein Gesprächspartner kniff die Augen halb zusammen. »Ich verstehe, Sie wollen tauchen, wie?« Bei dieser Frage rieb er Daumen und Zeigefinger gegeneinander. Eine international allgemein verständliche Geste.

»Ja, auch tauchen.«

»Und die Schätze? Ich werde Ihnen Tipps geben und kann auch zahlen, wenn Sie etwas gefunden haben. Da braucht keine Polizei oder Zoll was von zu wissen.«

»Nein, nein.« Heftig schüttelte ich den Kopf. »Ich habe kein Interesse daran, nach Altertümern zu tauchen.«

»Ach, das sagen sie alle, die herkommen.«

»Bei mir stimmt es.«

»Ja, schon gut.« Der Mann nickte. »Gehen Sie am besten zu Georgis. Er und sein Freund Ramon sind die richtigen Leute.«

»Danke. Und wo finde ich die beiden?«

Der Bootsverleiher drehte sich um und deutete den Felshang hoch, wo die Häuser der kleinen Inselstadt lagen. »Sehen Sie da oben das grüne Haus?«

Ich musste meine Sonnenbrille absetzen, um es erkennen zu können. »Ja, das sehe ich.«

»Dort finden Sie Georgis und Ramon.«

»Danke sehr.« Ich drückte ihm noch einen Schein in die Hand und hörte, wie er mir viel Erfolg wünschte.

Noch stand die Maisonne hoch am Himmel. Es war ein herrlicher Tag. Postkartenblauer Himmel, ein Meer, dessen Wogen grünblau schimmerten und mit weißen Kämmen verziert waren.

Hinzu kamen die zahlreichen Boote im Hafen. Zumeist Segler, deren Masten sich wie Finger in den klaren Himmel reckten.

Die Landschaft war bergig. Es gab nur wenig Vegetation, und der leichte Südwind blähte meine Jacke auf, als ich mich daranmachte, die Straße hochzusteigen, die zum Ort führte.

Ich kam ins Schwitzen. Meine Jacke wollte ich nicht ablegen, man hätte die Waffe sehen können. Kinder begegneten mir. Sie fuhren auf einem selbstgebauten Karren die Straße hinunter und hatten einen Heidenspaß.

Die ersten Häuser sahen alt und verfallen aus. Schmale Gassen öffneten sich.

Ich musste mich weiter links halten, schritt über einen Trampelpfad dicht am Felshang entlang, erreichte einen mit Schotter belegten Weg und geriet in eine Staubwolke, die ein vorbeifahrender, hoch beladener Lastwagen hinter sich herzog.

Das grün gestrichene Haus sah ich nach der nächsten Kurve. Es stand dicht am Hang. Man hatte jedoch eine Holzplattform über den Felsen hinweggebaut, und dort standen zahlreiche Stühle und Tische. Zum Teil waren sie besetzt. Zumeist Einheimische hielten sich dort auf. Als ich ankam, wurde ich gemustert. Es waren keine unfreundlichen Blicke, die man mir zuwarf.

An einem freien Tisch nahm ich Platz.

Ich hatte von dort aus einen guten Blick auf die Küche, denn sie befand sich im hinteren Teil der Gastwirtschaft. Auf den beiden großen Öfen standen Töpfe. Küchendünste trieben mir über die Terrasse entgegen. Der Koch sang ein Lied, und der Kellner löste sich von der Wand, als er mich sitzen sah.

Er sprach mich in meiner Heimatsprache an.

Ich bestellte eine Cola.

»Auch einen Schnaps? Wir haben selbst gebrannten Anisschnaps da …«

»Nein, danke.«

»Wie Sie wollen.« Er zog sich schaukelnd zurück und sprach noch mit einigen Bekannten, die laut auflachten. Wahrscheinlich hatte er ihnen einen Witz erzählt.

Georgis und Ramon. Beide Namen hatte ich nicht vergessen. Wer die Knaben waren, wusste ich allerdings nicht. Ich konnte sie mir unter den männlichen Gästen aussuchen.

Ich schielte über die Ränder meiner Sonnenbrille und spitzte die Ohren, ob einer der Namen fiel. Das war nicht der Fall. So musste ich in den sauren Apfel beißen und den Kellner fragen, der mir eine Cola auf den Tisch stellte.

Ich zahlte, wurde wieder ein Trinkgeld los und verband die Geste mit einer Frage.

»Die beiden suchen Sie?«

»Genau.«

Er grinste schief. »Ja, Georgis und Ramon sind für Geschäfte immer gut.« Er reckte sich und schrie zwei Männern etwas zu, die würfelten. Sie saßen allein am Tisch. Als sie ihre Namen hörten, standen sie auf.

Es waren die vom Aussehen her finstersten Typen, die da auf mich zukamen. Männer Mitte zwanzig mit Modellkörpern, die bewiesen, dass sie viel Sport trieben. Die leichten Jacken hatten sie locker über ihre Schultern gehängt. Unter dem Stoff der dünnen T-Shirts zeichneten sich deutlich die Muskeln ab.

Beide hatten schwarze Haare, trugen Oberlippenbärte und waren schwer auseinanderzuhalten.

Bei einem jedoch fehlte das linke Auge. Er hatte es durch eins aus Glas ersetzt.

»Ich bin Ramon«, sagte er und nahm an meiner rechten Seite Platz. Dabei rückte er so dicht an mich heran, dass ich den leicht säuerlichen Schweißgeruch wahrnehmen konnte, den er ausströmte.

War der andere also Georgis. Seine Haare waren etwas länger. Sie glänzten auch fettiger. Die Augen blickten misstrauisch.

»Engländer?«, fragte er.

Ich nickte.

»Man hat es gehört.«

»Ja, sicher.« Ich nahm einen Schluck von der eiskalten Cola. »Ich habe was über euch erfahren.«

Georgis lächelte. »Hoffentlich nur Gutes.«

Langsam setzte ich die Dose ab. »Klar. Der Bootsverleiher am Hafen erzählte mir von euren Künsten.«

»Dann wollen Sie uns mieten?«

»Nicht nur euch, auch den Kahn.«

Georgis und Ramon schauten einander an. Bei Ramon blieben beide Augen starr. »Wann?«, fragte er.

»Heute noch.«

»Unmöglich«, sagte Georgis.

»Wieso?«

»Weil wir am Abend etwas vorhaben. Es gibt hier ein Fest mit vielen Frauen, Sie verstehen?«

»Natürlich. Allerdings habe ich gehört, dass hier oft Feste stattfinden. Vor allen Dingen im Sommer.«

»Sie müssen uns schon sagen, was Sie zahlen.« Von Ramon kam das erste Friedensangebot.

»Ich zahle in Pfund.«

»Hört sich schon mal so an, dass wir weiter zuhören werden«, erklärte mir Ramon.

»Wunderbar. Fünfzig Pfund bar auf die Hand.«

Sie grinsten beide. »Und das Boot?«, fragte Georgis. »Das will auch bezahlt werden.«

»Ist im Preis drin.«

»Nie.«

Ich nickte. »Weil ihr es seid, lege ich noch zwanzig Pfund drauf. Aber dann mit Taucherausrüstung.«

»Die kostet extra.«

Die beiden wussten, dass sie am längeren Hebel saßen, und ich musste einwilligen. Wir einigten uns schließlich auf achtzig Pfund, die ich ihnen hinblätterte.

Georgis nahm das Geld an sich, während Ramon fragte: »Wo soll es denn hingehen?«

»Ein wenig aufs Meer.«

»Nachtfahrt, wie?«

»Ja.«

»Und wann? Die Zollkontrollen sind …«

Ich schüttelte den Kopf. »Die interessieren mich nicht. Ich will etwas anderes.«

»Sie haben bezahlt. Wir treffen uns am Bootsverleih«, erklärte Ramon und stand auf. Sein Partner folgte ihm.

»Ach so, noch etwas«, rief ich ihnen nach. »Wenn ihr mit dem Geld abhaut, hole ich es mir zurück, Sportsfreunde. Das wollte ich nur noch sagen.«

»Wir sind ehrliche Geschäftsleute«, bekam ich zur Antwort.

»Dann ist ja alles klar.« Ich trank die Dose leer und schaute den beiden nach. Sehr wohl war mir bei der ganzen Sache nicht. Ich kam mir vor wie jemand, der in einem tiefen Loch steckt und nach einem altersschwachen Seil greift.

Noch einen Tag wollte ich bleiben. Wenn dann nichts geschah, konnte mich auch das alte Hellas nicht mehr reizen.

Zunächst aber musste ich versuchen, eine Verbindung nach London zu bekommen. Mein täglicher Anruf war bereits überfällig.

Zu diesem Zeitpunkt ahnte ich noch nicht, dass die folgende Nacht für Myxin, Kara und mich von schwerwiegender Bedeutung werden würde ...

Sie wollte also sterben!

Auf der Türschwelle blieb Myxin stehen und schüttelte den Kopf. Nein, so leicht gab er nicht auf. Er warf das nicht einfach hin, was sie in gemeinsamer Arbeit aufgebaut hatten. Kara hatte den Schock ihrer Niederlage gegen Arkonada nicht überwinden können, aber sie musste dies einfach schaffen, sie durfte sich nicht aufgeben und musste sich allein auf ihre Kraft verlassen.

Myxin tat so, als würde er sich mit Karas Entschluss abfinden. Er dachte jedoch anders. Er sah nicht ein, Kara den Klauen eines gefährlichen Dämons zu überlassen. Sie sollte ihr Leben nicht verlieren, sondern weiterkämpfen, auch wenn sie momentan eine sehr schwache Phase hatte. Die ging vorüber.

Zudem hatte Myxin ebenfalls seine Kräfte zurückerhalten. Er war nicht mehr derjenige, mit dem andere Dämonen machen konnten, was sie wollten. Der Wechsel auf die andere Seite hatte ihm nicht nur gut getan, sondern auch dafür gesorgt, dass er die alten Fähigkeiten bewusst für einen guten Zweck einsetzen konnte.

Myxin beherrschte unter anderem Telepathie, Telekinese und Teleportation.

Eine Fähigkeit davon wollte er anwenden.

Die Telekinese!

Wenn Kara nicht freiwillig zurückkam, musste er sie eben dazu zwingen. Noch stand er auf der Schwelle, und er vernahm hinter sich die Stimme der Frau.

»Warum gehst du nicht?«, schrie sie. »Verdammt, ich will allein sein! Lass mich!«

»Ja, ich gehe«, erwiderte Myxin, »aber nicht ohne dich!«
Er hatte die Worte kaum ausgesprochen, als er auf der Stelle
herumkreiselte und Kara anschaute.

»Was soll das?«, flüsterte sie und sah gleichzeitig die Veränderung im Gesicht des kleinen Magiers.

Sie spürte sofort, dass etwas nicht stimmte, streckte ihre
Arme aus, als wollte sie Myxin aufhalten, was sie jedoch
nicht schaffte.

Kara spürte die gewaltige Kraft, die von ihrem Partner ausging. Es war ein lautloser Sog, der sie auf einmal erfasst hatte
und gegen den sie sich nicht wehren konnte.

Sie schleuderte ihren rechten Arm zur Seite, als wollte sie
sich irgendwo festhalten, die Finger griffen in die Luft, und
dann hob es sie vom Boden ab.

Telekinese! Das Bewegen von Gegenständen allein durch
Geisteskraft. Kara wurde in diesem Augenblick zu einem
Gegenstand. So sehr sie sich auch dagegen anstemmte, die
Kräfte des kleinen Magier waren stärker.

Kara wurde auf ihn zugewirbelt.

Myxin sah ihren aufgerissenen Mund, die Gestalt tauchte
dicht vor ihm auf, er trat zur Seite, und Kara gelangte durch
die offene Tür, wobei sie nach draußen in die Regennacht fiel.

Dann lief auch Myxin.

Er kam gerade zurecht, um Karas Sturz abmildern zu können. Hart hielt er sie fest und riss sie wieder auf die Füße.

Es war klar, dass sie weg mussten. Zuvor jedoch schaute
sich Myxin um. Er wollte sehen, ob etwas geschehen war, und
sein Blick zuckte schräg nach links, wo die Steine standen.

Dort wallte der Todesnebel.

Von den Flammenden Steinen waren nicht einmal mehr
die Umrisse zu sehen. Der unheimliche Nebel hatte alles ver-
deckt. In gewaltigen Wolken wurde er weiter vorgeschoben,
und er hatte bereits den unmittelbaren Bereich der Steine
verlassen, sodass seine Ausläufer schon die ersten Bäume
berührten und dort das zeigten, vor dem Myxin sich so sehr
gefürchtet hatte.

Der Nebel begann mit einem radikalen Vernichtungsfeldzug gegen die Natur. Wo er wie mit langen Geisterfingern zwischen Äste und Zweige kroch, entlaubte er diese.

Zweige brachen ab. Das Knacken und Knirschen hörte sich an wie ferne Gewehrschüsse.

Myxin stand da und schüttelte den Kopf. Es war unbegreiflich, was er zu sehen bekam, und auch er fühlte die Angst vor dem unheimlichen Todesnebel, der in wahren Unmengen aus den vier Steinen kroch.

Wenn dieser Nebel sie erreichte, waren sie verloren. Ein Gegenmittel besaß allein John Sinclair. Es war sein Kreuz, das den Nebel stoppte. Und John musste helfen.

Zunächst dachte Myxin an Kara und sich. Er packte die Schöne aus dem Totenreich und zog sie aus der Gefahrenzone. Es gab einige Wege, die durch den Wald führten. Die unmittelbare Gegend um die *flaming stones* war Myxin bekannt. Er hätte auch sich und Kara wegteleportieren können, darauf verzichtete er, denn er brauchte seine Kräfte noch.

Kara setzte ihm keinen Widerstand entgegen. Sie war völlig apathisch und schaute erst auf, als Myxin mitten im Wald stehen blieb und sie durchschüttelte.

»Kara!«, rief er drängend. »Kara! Hörst du mich?«

Sie blickte ihn an. »Was ist denn?«

»Du bist nicht mehr in der Hütte. Wir sind dem Nebel entkommen. Verstehst du?«

»Ja.«

Myxin sah ihr an, dass sie nichts verstand. Es war auch nicht wichtig. Hauptsache, sie lebten. Mit einer fürsorglichen Geste wischte er ihr die Feuchtigkeit aus dem Gesicht und fragte: »Möchtest du dich weiter ausruhen?«

»Ausruhen?« Kara krauste die Stirn und schaute sich um. Dabei schüttelte sie den Kopf. »Wo sind wir hier eigentlich?«, fragte sie mit leiser Stimme.

»Weißt du das nicht?«

»Nein, ich …«

»Im Wald, nahe der Steine …«

»Wie?« Kara war durcheinander. Sie musste für einen Moment die Erinnerung verloren haben, sonst hätte sie nicht so geantwortet.

»Erinnerst du dich nicht an den Todesnebel?«, fragte Myxin. »Er quoll aus den Steinen, weißt du das nicht?«

»Ich – ich …«

»Komm, Kara, wir gehen weiter. Du musst dich zusammenreißen, denn du wolltest …«

»Was wollte ich?«

»Aufgeben, Kara. Ja, du wolltest einfach aufgeben. Dein Leben sogar hinwerfen, all das, was wir uns aufgebaut haben, wofür wir kämpfen mussten, wolltest du weggeben.«

Sie nickte, hob dann den Kopf und schaute Myxin ins Gesicht. »Jetzt weiß ich es wieder«, flüsterte sie. »Ich – ich hatte eine Depression. Ich sah einfach keine Chance mehr. Alles war so anders, so übermächtig. Ich kam mir völlig hilflos vor. Allein gelassen, ich …«

»Wir sind dem Todesnebel entkommen und werden darangehen, ihn zu bekämpfen.«

»Sind die Steine verloren? Er ist doch aus den Steinen gekommen, oder nicht?«

»Ja, das ist er.«

»Dann wird der Nebel sie wahrscheinlich zerstören«, murmelte Kara und senkte den Kopf.

»Die Steine haben viel überstanden«, gab Myxin zurück. »Die werden auch den Todesnebel überstehen, davon bin ich fest überzeugt, Kara. Wir können noch weiter auf sie bauen, wenn wieder alles normal ist.«

»Wird es das denn?«

Myxin lachte. »Das hoffe ich stark.«

»Aber wie konnte das geschehen? Wie ist es möglich, dass aus den Steinen plötzlich der Todesnebel quillt? Das muss doch einen Grund haben.«

»Ich kenne ihn nicht.«

»Von John wissen wir, dass Vampiro-del-mar den Würfel

des Unheils hat. Er kann also den Nebel produzieren. Nur möchte ich gerne wissen, wo es eine Verbindung zwischen ihm und den Flammenden Steinen gibt. Dahinter bin ich noch nicht gekommen.«

Myxin war froh, dass Kara so redete. Diese Sätze zeigten ihm, dass sie wieder ganz die Alte war und das schreckliche Geschehen gut verkraftet hatte. Wäre es anders gewesen, Myxin wusste nicht, wie er dann reagiert hätte.

»Bisher hat es nur Arkonada geschafft, die Steine zu manipulieren«, sagte Kara. »Wie kommt es dann, dass der Würfel des Unheils ...?«

»Das werden wir herausfinden.«

»Hast du einen Plan?«

»Ja. Aber er kann nur zusammen mit John Sinclair gelingen. Wir müssen ihm Bescheid geben. Zudem dürfen wir nicht mehr so getrennt arbeiten. In Zukunft müssen wir wieder zusammengehen, denn gerade die Existenz des Todesnebels beweist uns, wie sehr sich die fremden Magien konzentriert haben. Die Grenzen sind fließender geworden, Kara. Finden wir uns damit ab.«

»Wann willst du hin?«

»Sofort.«

Kara lächelte. Sie streichelte Myxins Wange und hauchte noch einen Dank. Dann zog sie ihr Schwert mit der goldenen Klinge aus der Scheide und stellte es so hin, dass die Spitze den Boden berührte. Kara zeichnete einen Kreis in den weichen Waldboden, streckte die Arme aus und ließ die Hände auf dem Knauf liegen.

Kara konzentrierte sich. Durch die Magie des Schwertes war es ihr möglich, Entfernungen zu überbrücken, und sie konnte denjenigen mitnehmen, der sich innerhalb des gezogenen magischen Kreises befand.

Ihre Gedanken und das Schwert bildeten eine geistige Brücke. Immer stärker kristallisierte sie sich hervor. Im nächsten Augenblick begann die Luft zu zittern und plötzlich waren Kara und Myxin verschwunden.

Zurück blieben die Flammenden Steine – und der Todesnebel!

Von all diesen Dingen wusste ich natürlich nichts, als ich
mich am frühen Abend zum Treffpunkt begab. Es war kühler
geworden. Die Sonne sank allmählich und stand als präch-
tiger glühender Ball am noch blauen Himmel.

Da wir Mai hatten, würde es noch lange hell bleiben. Wenn
Georgis und Ramon ein schnelles Boot besaßen, konnten wir
eine gute Strecke schaffen.

Ich dachte daran, dass die unheimliche Hand nicht am
Tage, sondern in der Dämmerung aufgetaucht war. Vielleicht
hatte ich in dieser Nacht Glück und würde sie sehen. Wie ich
dann reagieren sollte, wusste ich noch nicht. Es war eigentlich ein lebensgefährliches Unterfangen. Diese riesige Hand
hatte ein ziemlich großes Schiff zerstört, und sie würde nicht
zögern, auch ein kleines zu zerquetschen.

Vielleicht sollte ich die beiden doch zu Hause lassen und
allein mit dem Boot fahren.

»Sie sind ja pünktlich«, hörte ich hinter mir eine Stimme,
die meine Gedanken unterbrach.

Ich drehte mich um.

Die Männer standen vor mir und grinsten. Ramon, der Mann
mit dem Glasauge, trug die Taucherausrüstung. Anzüge,
Pressluftflaschen, Schnorchel, Brillen. Sein Freund hielt einen
Fangsack fest. Sie schienen nach wie vor der Überzeugung zu
sein, dass ich nach irgendwelchen Schätzen tauchen wollte.

»Ja, wir können«, sagte ich. »Wo liegt das Boot?«

»Kommen Sie mit.«

Die beiden führten mich in den alten Teil des Hafens, wo
die Schiffe der Einheimischen lagen. Ich war angenehm überrascht, als ich das ziemlich moderne Boot sah, das neben der
steinernen Hafenmauer auf den Wellen dümpelte.

»Ist zwar kein Riva-Boot, aber der Knabe, dem ich es beim
Spiel abgenommen habe, hatte Geld«, erklärte Georgis.

»Wie weit können wir raus?«, fragte ich.

Ramon warf die Sachen ins Boot. Er antwortete mir dabei. »Meinetwegen bis Kreta.«

»So weit will ich nicht.«

»Das kostet auch mehr.« Georgis nickte mir zu. Ich sprang von der Kaimauer auf die Planken und inspizierte bei einem ersten Rundgang den Kahn, während sich Georgis im Ruderhaus zu schaffen machte.

Das Boot war gut in Schuss. Da blätterte keine Farbe ab, da gab es keine losen Planken, auch das Funkgerät war in Ordnung und an der kleinen Fahnenstange am Heck wehte die griechische Flagge.

»Jetzt sagen Sie uns nur das Ziel«, sagte Ramon.

»Fahren Sie einen Südost-Kurs.«

»Sonst noch was?«

»Nein.«

»Aber die Schätze liegen …«

Ich schüttelte den Kopf. »Himmel, wie oft soll ich Ihnen noch sagen, dass mich die Sachen nicht interessieren. Ich habe in meiner Wohnung keinen Platz für Amphoren oder ähnliche Dinge.«

»Was wollen Sie dann, Mensch?«

»Nehmen Sie es als eine Spazierfahrt.«

Ramons Augen wurden schmal. Dabei nahm sein Gesicht einen lauernden Ausdruck an. »Oder sollten wir zufällig auf offener See ein U-Boot treffen und …«

»Nichts. Kein U-Boot, keine Übernahme von irgendwelchen Schmuggelgütern.«

»Dann …« Was er noch weiter sagen wollte, ging im Brummen der Motoren unter. Das Boot hatte zwei davon. Ziemlich starke Aggregate, die eine hohe Geschwindigkeit erlaubten.

Ramon ließ mich stehen und begab sich zu seinem Freund in den Unterstand, während ich auf der Bank am Heck Platz nahm. Sicher, ich konnte Ramon verstehen. Wahrscheinlich hätte ich ebenso gehandelt wie er, wenn mir einer das Gleiche gesagt hätte, aber ich wollte sie nicht jetzt schon schocken, indem ich mit der Wahrheit herausrückte. Später war noch Zeit genug dafür. Und ich war gespannt darauf, wie sie dann reagieren würden.

Der kleine Hafen blieb hinter uns zurück. Ich schaute auf den Ort und sah auch die Taverne hoch am Felsen, wo ich die beiden zuerst getroffen hatte. Dort schaukelten Lichter im Wind. Das Bild der allmählich versinkenden Küste nahm mich gefangen. Es gefiel mir, und hätte sicherlich die Traumkulisse für einen Landschaftsmaler abgegeben.

Vor mir quirlte die Heckwelle. Ein weißer Schaumstreifen, der auseinanderfächerte, dünner wurde und sich schließlich verlor.

Wir mussten aus dem Bereich der kleinen Inseln herauskommen. Die Hand war auf dem offenen Meer erschienen, und ich dachte wieder an das Bermuda-Dreieck und die Jenseits-Falle. Wie konnte es möglich sein, dass Tausende von Meilen entfernt der gleiche Effekt auftrat?

Ein Rätsel, das ich unter anderem lösen wollte.

Ich merkte genau, dass wir offenes Wasser erreicht hatten. Der Seegang änderte sich. Die Wellen wurden länger. Georgis, der das Boot steuerte, ritt sie geschickt ab. Wir fuhren eine ziemlich hohe Geschwindigkeit, sodass manchmal, wenn eine Welle quer anlief, Gischt überspritzte.

Wie dunkle Flecken sahen die oft felsigen kleinen Inseln aus. Sie änderten jedoch ihre Farbe, wenn sie von den Sonnenstrahlen berührt wurden. Da schimmerten sie manchmal rot, grün oder violett. Ein fantastisches Spektrum, das mich faszinierte.

Die beiden ließen mich in Ruhe. Erst als wir die Inseln hinter uns gelassen hatten und das offene Meer wie eine unendlich erscheinende grünblaue Fläche vor uns lag, verließ Ramon den Unterstand und kam auf mich zu.

»Georgis will Sie sprechen!«

»Okay, ich komme.«

Georgis hielt das Steuer mit beiden Händen fest. Er selbst hockte auf einem kleinen Klappstuhl und nuckelte an einem

Zigarillo. Als ich mit eingezogenem Kopf den Steuerstand betrat, drehte er mir sein Gesicht zu.

»Sie wollten mich sprechen?«

»Ja«, sagte er schnell. »Ich will wissen, wo die Reise hingehen soll.«

»Ich habe kein Ziel.«

Er lachte, und der hinter mir stehende Ramon stimmte in dieses Gelächter mit ein. »Wollen Sie wirklich nur eine Spazierfahrt in der Nacht machen?«

»Ja und nein.«

»Aha, also doch.«

Ich musste ihnen reinen Wein einschenken und tat dies mit vorsichtigen Worten. »Hören Sie zu, Georgis. Es geht um eine Sache, die sich hier vor Kurzem ereignet hat.«

Seine Augen wurden schmal. »Welche?«

»Ich weiß nicht, ob Sie vom Untergang des englischen Fischtrawlers gehört haben …«

»Ja, ja. Er ist unter sehr mysteriösen Umständen gesunken. Es sind einige Gerüchte aufgetaucht.«

»Und welche?«

»Die müssten Sie doch kennen.«

»Ich will sie von Ihnen hören.«

»Man spricht von einem Bermuda-Effekt im Mittelmeer. Wenigstens sagen das die Reporter.«

»Diesem Effekt möchte ich nachgehen.«

»Sie wollen ein Bermuda-Dreieck vor Griechenland finden?«, drückte sich Ramon ein wenig unverständlich aus, wobei er im Prinzip allerdings recht hatte.

»Genau, das will ich.«

»Und dann?«

»Nichts, ich werde es mir ansehen.«

Georgis lachte. »Sie wissen hoffentlich, dass es gefährlich ist. Durch Sie könnten wir auch in Gefahr geraten.«

»Ich habe euch für harte Burschen gehalten.«

»Das sind wir auch.«

»Dann zeigt es mal.«

Georgis stellte das Steuer fest und drehte sich um. »Wir glauben beide nicht an Geister und Dämonen oder übersinnliche Dinge, aber das, was da mit dem englischen Schiff passiert ist, war verdammt komisch.«

»Deshalb bin ich hier.«

»Auch von der Zeitung?«

Da hatte er mir die Ausrede bereits in den Mund gelegt. »Klar bin ich von der Zeitung. Unsere Leser interessiert brennend, was hier geschehen ist. Das werde ich recherchieren.«

»Eine Fahrt reicht da nicht«, bemerkte Georgis.

»Kann ich mir vorstellen. Ich möchte von Ihnen nur eins. Fahren Sie dorthin, wo das Schiff verschwunden ist. Sie müssten es wissen, denn die Notsignale sind aufgefangen worden, und der Unglücksort wurde auch in der griechischen Presse erwähnt.«

»Wie Sie wollen.«

»Können Sie mir ungefähr sagen, wann wir den Flecken erreichen?«, fragte ich.

»Ja. Vielleicht eine halbe Stunde noch.«

»Okay, wir sprechen dann weiter.« Ich drehte mich um und drückte mich an Ramon vorbei durch die schmale Kabinentür. Erst einmal atmete ich tief durch. Eine große Belastung war mir von der Seele genommen. Es hatte besser geklappt, als ich geglaubt hatte. Die beiden Typen waren scharf auf das Geld. Vielleicht hatte sie auch die Aussicht auf eine zweite Fahrt veranlasst, die erste nicht abzubrechen, und Neugierde kam ebenfalls hinzu. Wenn sie wirklich etwas herausfanden, waren sie die Helden der Umgebung.

Ramon trat zu mir und fragte: »Von welcher Zeitung kommst du?« Er fiel in einen vertraulichen Tonfall.

»Daily Mirror.«

»Kenne ich nicht.«

»In England ist das Blatt bekannt.«

»Und du bist wirklich Reporter?«

Ich schaute ihn erstaunt an. »Klar bin ich Reporter. Weshalb fragst du?«

»Weil du eine Knarre trägst. Ich habe noch keinen Reporter gesehen, der mit einer Pistole herumrennt.«

Ich hob die Schultern. »Die Zeiten sind gefährlich geworden«, erwiderte ich. »Man muss sich schützen.«

»Hast du Angst vor uns?«

»Nein.«

»Da würde dir auch die Puste nichts nützen. Wir sind besser.«

»Das kann ich mir vorstellen.«

Ramon drehte ab. »Ich wollte nur, dass du das weißt. Uns legt man nicht rein. Das haben schon ganz andere versucht.«

»Die aber hoffentlich noch leben!«

Da lachte er nur blechern und ging.

Mir passte es nicht, dass die beiden meine Waffe gesehen hatten. Es war nicht mehr zu ändern, und ich beschloss auch, falls es dazu kommen sollte, die nächste Fahrt allein zu unternehmen. Was Georgis da tat, traute ich mir ebenfalls zu.

Es war dämmrig geworden. Trotzdem herrschte noch ein seltsames klares Licht. Mein Blick reichte bis zum Horizont, wo Meer und Himmel zu einer Einheit zusammenwuchsen. Der Himmel sah grau aus, das Meer hatte nach wie vor den grünen Schimmer, der allerdings allmählich dunkler wurde.

Ich ging wieder zum Heck, klammerte mich an der Fahnenstange fest und schaute auf die lange Dünung. In der Ferne sah ich die Masten eines Schiffes. Sie hoben sich wie Streichhölzer vor dem leicht gekrümmten Horizont ab, den die Seefahrer Kimm nannten.

Meine Gedanken drehten sich um den Fall. Ich dachte ihn von allen Seiten durch, suchte nach Verbindungen zwischen der Jenseits-Falle und dem hier aufgetauchten Phänomen, kam jedoch zu keinem Ergebnis. Vielleicht lag die Lösung des Rätsels auch nicht hier, sondern woanders. In London zum Beispiel.

Meine Gedankengänge wurden unterbrochen, als das gleichmäßige Geräusch des Motors verstummte. Wir machten keine Fahrt mehr und schaukelten wenig später auf den Wellen.

Beide Männer verließen den Unterstand und schlenderten auf mich zu. »Hier war es ungefähr«, erklärte Georgis und vollführte mit den Armen eine umfassende Bewegung.

Ich nickte und schaute aufs Wasser.

»Nichts zu sehen«, sagte Ramon.

»Habe ich mir gedacht«, erwiderte sein Freund. Er blieb neben mir stehen. »Wie lange sollen wir hier warten?«

»Sie haben doch Zeit.«

Er hob die Schultern. »Kommt drauf an.«

»Mitternacht.«

»Meinetwegen. Wenn es Ihnen Spaß macht, ins Wasser zu starren, soll's mir recht sein. Vielleicht lege ich mich hin.«

Hinter mir hörte ich ein Klicken. Als ich mich umdrehte, stand Ramon mit einer Schnapsflasche da. Mit dem Fingernagel schnippte er gegen das Glas. »Wollen wir einen Schluck trinken?«

Diesmal lehnte ich nicht ab. Es war ein Uzo, das griechische Nationalgetränk. Ich durfte zuerst einen Schluck nehmen, war aber vorsichtig, denn ich trank lieber Whisky.

Das Zeug war nicht nur scharf, sondern auch warm. Es rann durch meine Kehle in den Magen, wo es sich wie ein Feuersturm ausbreitete. Ich schüttelte mich, was die beiden zu einem Lachen veranlasste.

»Nichts Gutes gewohnt, wie?«

»Das ist Ansichtssache.«

»Die Engländer saufen nur Whisky«, erklärte Ramon und nahm einen kräftigen Schluck, bevor er die Flasche an seinen Freund weiterreichte.

Auch er trank, während mir der eine Schluck gereicht hatte. Ich wollte meinen Magen nicht zu sehr strapazieren.

Als Georgis die Flasche absetzte, war sie halb geleert. Er stieß auf und wischte sich mit dem Handrücken über die Lippen, während Ramon aufs Wasser starrte und dabei die angewinkelten Arme auf die Reling gelehnt hatte.

»Jetzt könnten wir bei den Puppen sein«, murmelte Georgis.

Ramon lachte. »Da sagst du was.«

Ich hob die Schultern. »Falls sich hier nichts tut, fahren wir wieder zurück. Dann kommt ihr immer noch zu eurem Vergnügen.«

»Hoffentlich!«, hörte ich Ramon sagen.

Ich trat an die Backbordseite. Wie Ramon schaute ich ebenfalls aufs Wasser. Zu sehen war nichts. Das hatte ich auch schon bei der Jenseits-Falle erlebt, aber vielleicht konnte ich etwas herausfinden.

Ich trug mein geweihtes Kreuz noch versteckt unter dem Hemd. Nun holte ich es hervor. Einen raschen Blick warf ich noch über die Schulter. Die beiden Männer kümmerten sich nicht um mich. Georgis trank Schnaps, Ramon starrte nach wie vor auf die Wellen.

Ich hatte die Kette über den Kopf gestreift und hielt sie zwischen zwei Fingern fest. Das Kreuz sah völlig normal aus, es baumelte nach unten, ich ließ es auf meiner linken Handfläche liegen und dann abrutschen, dem Wasser entgegen.

Das Kreuz war wie eine Wünschelrute. Es reagierte auf fremde Magien und zeigte mir an, wo ich sie finden konnte.

Langsam schwang ich es von einer Seite zur anderen. Die Pendelbewegung mündete schließlich in einen Kreis, und ich glaubte, dass sich die Farbe des Kreuzes veränderte.

Deutlich hoben sich die silbrige leuchtenden Konturen des Kreuzes vor dem Hintergrund des dunklen Wassers ab und deshalb erkannte ich auch, wie innerhalb des Metalls Entladungen entstanden. Ein kurzes Blitzen nur, mehr nicht.

Magie!

Ja, es befand sich eine fremde Magie in der Nähe und das Kreuz hatte darauf reagiert.

Ich stand zwar nicht gerade unter Strom, eine gewisse Anspannung hielt mich dennoch gepackt. Sollte ich nach so zahlreichen erfolglosen Versuchen endlich die große Chance bekommen, das Rätsel aufzuklären?

Das wäre natürlich ideal gewesen.

Ich war sehr konzentriert und spürte deshalb auch die

Bewegungen unter dem Kiel. Plötzlich lief ein Zittern durch das Schiff, als wäre es unter Wasser von irgendeinem Gegenstand angestoßen worden.

Ramons Stimme ertönte. »He, was ist denn?«

Zum Glück sprach er Englisch. Ich drehte mich zu ihm um und schaute in sein verstörtes Gesicht. Georgis sah kaum anders aus. Er begriff den Vorgang ebenfalls nicht.

Danach wurde es wieder still.

»Da scheint doch etwas zu sein«, sagte Georgis zu mir und deutete dabei auf mein Kreuz. »Was soll das denn?«

»Ein Talisman«, wehrte ich ab.

»Mister, Sie werden uns allmählich unheimlich«, sagte Georgis mit gefährlich sanfter Stimme.

Der Schrei!

Ramon hatte ihn ausgestoßen. Er brüllte wie ein Irrer und deutete auf das Wasser.

Ich lief nicht dorthin, wo er stand, sondern schaute von meiner Seite aufs Meer.

Auch hier geschah das Seltsame. Das Wasser geriet in Bewegung. Es sprudelte, brodelte und kochte. Schaumige Blasen bildeten sich.

Die See kochte!

Da wurden Wellen zu sprudelnden Quellen, die sich immer weiter ausbreiteten und auch unser Boot nicht verschonten. Es wurde von ihnen gepackt.

Ohne uns festzuhalten, konnten wir uns nicht mehr auf den Beinen halten. Ich umklammerte die Reling, die beiden Griechen taten es mir nach, während ihre Gesichter immer bleicher wurden.

»Verdammt, Engländer, in was hast du uns da hineingezogen?«, schrie Ramon mich an.

Ich gab ihm keine Antwort, denn in diesem Augenblick wurde das Boot von einem gewaltigen Schlag erschüttert, der es mit dem Bug zuerst aus dem Wasser hob, sodass es in eine gefährliche Schräglage geriet.

Wir hatten Mühe, uns auf den Beinen zu halten. Georgis schaffte es nicht. Er verlor den Halt, fiel zu Boden und rutschte über die Planken, wo er mit beiden Armen um sich schlug.

Er hatte großes Glück, dass er nicht über Bord geschleudert wurde und sich soeben noch hatte festhalten können.

Im nächsten Augenblick war alles vorbei. Nur noch ein leichtes Vibrieren, mehr geschah nicht.

Georgis rappelte sich wieder hoch. Hasserfüllt starrte er mich an. »Verflucht, das wirst du mir büßen!«, zischte er und wurde abermals durch die Schreie seines Freundes abgelenkt, der jetzt mit beiden Händen auf das Wasser deutete und etwas in seiner Heimatsprache schrie, das ich nicht verstand.

Ich rannte zu ihm, hielt ebenfalls Ausschau und spürte, wie mein Herz hart gegen die Rippen schlug.

Was ich da dicht unter der Wasserfläche sah, war unbegreiflich, unwahrscheinlich und atemberaubend.

Zwei seltsame, braungrau schimmernde Hände waren mit den Gelenken fast aneinander gelegt und öffneten sich zu beiden Seiten wie ein großer Kelch. Auf den Handballen schwebte etwas, wurde vom Wasser umspielt, doch der Gegenstand war nicht zu übersehen.

»Das gibt es doch nicht«, hörte ich Georgis stöhnen.

Und ob es das gab!

Wir alle drei erkannten einen gewaltigen Würfel …

Suko wanderte wie ein Raubtier in der Wohnung auf und ab. »John hat nichts erreicht, wir haben nichts erreicht. Es ist zum Heulen.«

Shao, seine Partnerin, die es sich in einem Sessel bequem gemacht hatte, winkte ab. Sie sah die Sache gelassener. »Warte doch erst einmal. Du hast schon die Mentalität der Europäer angenommen. Dir kann alles nicht schnell genug gehen.«

Suko blieb stehen und hob beide Arme. »Sicher, es muss schnell gehen. Dämonen lassen sich auch keine Zeit, und ich habe einfach das Gefühl, dass wir vor einer wichtigen Entscheidung stehen.«

Shao drehte den Kopf ein wenig, sodass ihr Gesicht in den Schein der Stehlampe geriet. »Was soll denn passieren?«

»Wenn ich das wüsste.«

»Es hängt aber mit diesem Arkonada zusammen.«

»Ja.« Der Inspektor setzte sich ebenfalls. »So muss es einfach sein, Shao. Der tote Craddock wies die gleichen Anzeichen auf wie Greg, der Tätowierer des Satans, als Arkonada ihn nicht mehr brauchte.«

»Aber in Craddock steckte nicht der Geist des Magiers?«

»Nein.«

»Wissen Myxin und Kara Bescheid?«, wollte Shao wissen.

»Ich kann sie nicht erreichen.«

»Die *flaming stones* ...«

Suko lachte. »Sie machen ein zu großes Geheimnis darum. Die Steine stehen in England, doch ich weiß nicht wo. Man kann sie nicht entdecken, da gibt es irgendeinen magischen Schutzschirm, den die beiden geschaffen haben, nachdem es Asmodina und der Mordliga fast gelungen wäre, Myxin zu entführen. Ich wäre sowieso dafür, dass das Rätsel um die *flaming stones* endlich mal gelüftet wird. So kann es einfach nicht weitergehen.«

Als hätte Suko ein Stichwort gegeben, geschah etwas Seltsames inmitten der Wohnung.

Shao und ihr Freund sahen, wie etwas in der Luft entstand. Da bildeten sich plötzlich Konturen. Menschliche Umrisse entstanden, flimmerten und wurden im nächsten Moment fest.

Zwei Personen waren erschienen.

Kara und Myxin!

Suko kannte das Spiel. Er erlebte nicht zum ersten Mal einen so plötzlichen Auftritt der Verbündeten, doch Shao starrte die beiden klatschnassen Freunde an, als wären sie Wesen von einem fremden Stern.

»Wo kommt ihr denn her?«, fragte sie.

Das Gesicht des kleinen Magiers verzog sich zu einem dünnen Grinsen, während Kara ihr Schwert in der Scheide verschwinden ließ. »Wenn ich es genau nehme, sind wir durch die Tür gekommen.«

Shao verzog das Gesicht. »Macht doch keinen Unsinn. Könnt ihr denn Gedanken lesen?«

»Wieso?«

»Wir haben von euch gesprochen«, erwiderte die aparte Chinesin und stemmte sich aus dem Sessel. »Ich hole euch erst mal Handtücher, dann könnt ihr euch abtrocknen.«

Sie verschwand im Bad, während sich Suko den beiden Neuankömmlingen zuwandte. »Was ist nun wirklich geschehen?«

»Es sieht böse aus«, erklärte der kleine Magier. »Verdammt böse sogar.«

»Arkonada?«

Kara zuckte zusammen. »Wie kommst du darauf?«

»Es gibt Hinweise.«

»In London?«

»Genau.«

Shao kam mit den Handtüchern zurück. Eins erhielt Kara, das andere überreichte sie Myxin. »Möchtet ihr etwas zu trinken haben?«, fragte sie.

»Nein, danke.« Beide lehnten ab.

»Es gibt schweren Ärger mit den Flammenden Steinen«, erklärte Myxin. »Sie spielen verrückt.«

»Wie vor Kurzem?«, fragte Suko.

»Noch schlimmer. Kara und ich bekommen die Steine nicht mehr in den Griff. Sie haben sich gegen uns gewandt und produzierten den Todesnebel.«

Shao und Suko schauten sich an. Beiden rann eine Gänsehaut über das Gesicht. »Sag das noch mal!«, forderte der Inspektor.

Myxin wiederholte es.

Suko schüttelte den Kopf. »Das kann ich nicht glauben. Der Nebel wurde bisher nur vom Würfel des Unheils ausgestoßen.«

»Das hat sich geändert.«

Suko ließ sich in einen Sessel fallen. Er schlug die Hände vor das Gesicht, überlegte, und als er die Arme wieder sinken ließ, flüsterte er: »Geht euer Stützpunkt verloren?«

»Es sieht so aus.«

»Dabei dachte ich, die Steine wären für Schwarzmagier unantastbar«, murmelte Shao.

Kara fing den Ball auf. »Das nahmen wir bisher auch an. Es stimmt aber nicht.«

»Und John ist nicht da«, sprach Suko mehr zu sich selbst.

»Wo treibt er sich herum?«, wollte Myxin wissen.

»Griechenland«

»Gibt es einen besonderen Grund?«

Der Chinese hob die Schultern. »Vielleicht hängt es sogar mit den *flaming stones* zusammen. Zumindest hat Arkonada auf irgendeine Weise seine Hände im Spiel.«

»Erzähle.«

Suko berichtete. Myxin und Kara hörten schweigend zu. Die Schöne aus dem Totenreich zuckte allerdings zusammen, als Suko die Jenseits-Falle erwähnte. Denn dieses schreckliche Abenteuer würde stets in Karas Erinnerung bleiben, weil sie dort eine große Schuld auf sich geladen hatte.

»Das war es«, sagte der Chinese zum Schluss. »Wie ich die Sache sehe, ist die Jenseits-Falle erneut aufgebaut worden. Sie existiert nicht nur im Bermuda-Dreieck, sondern auch in Griechenland. Mehr kann ich dazu nicht sagen.«

»Uns kommt es darauf an, den Nebel zu stoppen«, erklärte Kara. »Allerdings wissen wir nicht, wie.«

»Unsere Hoffnungen lagen bei John Sinclair. Sein Kreuz würde es bestimmt schaffen«, führte Myxin den Gedankengang weiter.

Beide sahen Sukos Nicken und auch sein Schulterzucken. »Ob Vampiro-del-mar verrückt spielt?«, fragte er.

»Wir waren nicht dabei, als Lady X starb«, sagte Myxin. »Wie ist das vor sich gegangen?«

»Marek hat sie gepfählt, der Würfel jedoch wurde von

Vampiro-del-mar genommen. Und dieser verfluchte Blutsauger verschwand plötzlich in einer anderen Dimension. Wir konnten ihn weder halten noch greifen. Die Ereignisse überstürzten sich.«

»Dann wird man ihm den Würfel abgenommen haben«, erklärte Myxin.

»Weshalb?«

»Ich kann mir nicht vorstellen, dass der Würfel des Unheils etwas für Vampiro-del-mar sein könnte. Dazu fehlt ihm einfach das Format. Er wird ihn verloren haben.«

»An wen?«, fragte Suko.

»Zum Beispiel an Arkonada«, erklärte Kara, wobei sie den Inspektor scharf anschaute.

Der Chinese holte tief Luft. Was Kara da gesagt hatte, war nicht so unwahrscheinlich. Zudem traute auch er dem Kaiser der Vampire nicht zu, den Würfel gezielt einzusetzen. Vampiro-del-mar würde wie ein Narr umherirren und das Chaos verbreiten. Arkonada aber, falls er den Würfel tatsächlich besaß, würde anders vorgehen. Gezielt, kalt und brutal. Er setzte ihn so ein, wie er es für richtig hielt.

»Welche Möglichkeiten stehen uns jetzt noch zur Verfügung?«, fragte Suko mehr zu sich selbst.

»Wir müssten zurück, um ihn direkt zu bekämpfen«, erwiderte der kleine Magier.

»Zu den Steinen?«

»Ja.«

Kara erschrak über diese Antwort. Das bemerkte auch Suko. »Was hast du?«

Kara hob die schmalen Schultern. »Eigentlich nicht viel. Nur eins. Es ist die Angst.«

Suko verzog sein Gesicht. »Du hast Angst, Kara?«

»Ja, seit ich merkte, dass mir Arkonada überlegen ist. Tut mir leid. Dieses Ereignis war so tief greifend, dass ich bis jetzt noch nicht darüber hinweggekommen bin. Ich war sogar drauf und dran, aufzugeben. Myxin hat mich gerettet.«

»Stimmt das?«, fragte Suko den kleinen Magier.

Der nickte. »Wir sollten aber keine Zeit verlieren«, fügte er hinzu, »sondern zu den Steinen zurückkehren.« Er schaute Kara an. »Kommst du mit oder bleibst du hier?«

»Ich weiß es nicht«, flüsterte die Schöne aus dem Totenreich. »Wenn ich Arkonada gegenüberstehe …«

»Noch ist nicht bewiesen, dass er hinter allem steckt«, erklärte Myxin.

»Ich fühle es.«

»Wir brauchen dich aber«, versuchte Suko es. Er wollte Kara umstimmen.

Kara sah zu Boden. Niemand konnte ihr jetzt helfen. Es war allein ihre Entscheidung. Die Freunde schwiegen, sie überließen alles Weitere Kara.

Sie machte es sich nicht einfach. Auf ihrer Stirn hatte sich ein Schweißfilm gebildet. Die Schöne aus dem Totenreich wurde hin und her gerissen. Sie öffnete die Fäuste, schloss sie wieder und wischte sich auch den Schweiß ihrer Handflächen ab.

»Wenn ihr mich unbedingt dabeihaben wollt«, flüsterte sie schließlich, »ich bin bereit.«

Suko und Myxin atmeten auf. Erleichterung zeichnete sich auf ihren Gesichtern ab, während Kara das Schwert wieder hervorzog.

»Moment noch«, sagte der Inspektor, »ich muss nur meine Waffen holen. In der Wohnung trage ich sie normalerweise nicht.«

»Ich komme mit.« Shao sagte dies. Sie begleitete ihren Partner ins Schlafzimmer. »Gib auf dich acht«, flüsterte sie, als sie ihre Hände auf seine Schultern legte. »Das kann gefährlich werden, wenn Myxin und Kara schon nicht gegen diese Dämonen ankommen.«

»Keine Sorge, wir packen es.«

»Ich weiß nicht«, erwiderte Shao. Sie drehte den Kopf zur Seite. Niemand sollte die Tränen sehen …

Es war überwältigend – und schockierend!

Ich starrte über die Reling und sah die beiden Hände. Zwischen ihnen schimmerte der Würfel.

Ein großer Würfel, größer jedenfalls als der, den ich als den Würfel des Unheils kannte.

Ich atmete tief durch. Die folgenden Sekunden gehörten nur mir allein, da vergaß ich meine Umwelt und schaute auf die Szene, die sich dicht unter der Oberfläche abspielte.

Das Wasser hatte innerhalb eines großen Umkreises eine andere Farbe angenommen. Es war heller und durchsichtiger geworden.

Nicht nur die Hände und den Würfel bekam ich zu sehen, es zeichnete sich unter den Gelenken oder direkt dazwischen noch etwas ab. Genau konnte ich es nicht erkennen, es schimmerte allerdings in einer gelbbraunen Farbe, blieb nicht konstant, weil herbeilaufende Wellen es in ein zittriges Gebilde verwandelten.

Dieser unbekannte Gegenstand musste etwas mit den Händen als auch mit dem Würfel zu tun haben.

Die Größe der Hände konnte ich nur schätzen. Jedenfalls waren die Klauen gewaltig. Sie durchzogen das Wasser, und ein Finger hatte die Größe eines Brückenpfeilers.

Damit ließen sich schon Schiffe zerquetschen.

Mir war klar, dass sich die Hände nicht ohne Grund zeigten. Sie führten etwas im Schilde, und ich rechnete damit, dass unser Boot angegriffen wurde.

Leider hatte ich mich zu sehr auf das Ereignis konzentriert, und ich achtete nicht darauf, was hinter mir geschah. Die beiden Männer hatte ich einfach vergessen.

Das sollte sich rächen!

Den Schrei und die Schritte hinter mir hörte ich gleichzeitig. Ich fuhr noch herum, duckte mich auch instinktiv, war dennoch nicht schnell genug, sodass mich Ramons Faust hart erwischte. Zum Glück nicht am Kopf. Der Hammer traf meine Schulter. Ich wurde gegen die Reling gewuchtet und sah den Fußtritt auf mich zukommen.

Gedankenschnell riss ich den Arm hoch.

Die Sohle klatschte gegen meinen Ellbogen, schleuderte den Arm zurück und hieb ihn mir ins Gesicht. Ich schüttelte mich, warf mich trotzdem vor und bekam Ramons Beine zu packen.

Der Grieche fluchte. Er hörte auch nicht auf damit, als er rücklings auf die Planken krachte.

Georgis kam nach. Mit einer Waffe. Woher er den Revolver geholt hatte, wusste ich nicht, jedenfalls presste er mir plötzlich die Mündung gegen den Hals und fiel dabei gleichzeitig auf die Knie.

»So!«, flüsterte er. »Du verfluchter Hund. Jetzt werden wir beide mal miteinander reden.«

Ich wurde steif. Der Mündungsdruck schmerzte.

»Behalte die Ruhe, Junge«, sagte ich.

»Was hast du damit gemacht?«, schrie er, griff mit der freien Hand nach meinem Kreuz und wuchtete es auf die Deckplanken.

»Damit hast du es hergeholt. Wir haben die verfluchten Hände genau gesehen. Wieso konnten sie jetzt kommen? Sag es!«

»Ich habe keine Ahnung!«, keuchte ich, weil mir der Schmerz für einen Moment den Atem raubte, denn Georgis hatte mir die Mündung tief ins Fleisch gedrückt.

»Ich glaube dir nicht, Engländer. Ich glaube dir kein Wort. Wenn du nicht redest, bist du eine Leiche!«

Ramon richtete sich auf. Er hielt sich seinen schmerzenden Rücken. »Schieß ihn ab, verdammt! Durchlöchere ihm den Schädel. Der hat uns reingelegt!«

Mir wurde heiß. Die beiden standen dicht vor dem Durchdrehen. Sie hatten die Kontrolle über sich verloren. Angst machte sie unberechenbar.

Ramon kroch näher. Er griff dabei hinter sich und holte ein Messer hervor. Die Klinge steckte noch im Heft. Durch einen Knopfdruck schoss sie hervor, und er streckte seinen Arm aus, sodass die Spitze nahe an mein Gesicht geriet.

Im selben Augenblick begann das Boot zu schwanken. Es krängte nach backbord über und blieb auch in dieser Lage.

Ramon warf einen Blick zurück. Er wollte sehen, was es da gegeben hatte, entdeckte allerdings nichts, sodass er sich mir wieder zuwenden konnte.

Sein warmer Atem traf mein Gesicht. Ich roch den Knoblauchgestank, dann bewegte er seine Hand, und die Messerspitze tanzte vor meinen Augen auf und nieder. »Ich schnitze dir mein Monogramm in die Haut!«, versprach er mit drohender Stimme. »Du wirst sehen, wie es ist, wenn ich …«

»Ramon, verdammt!« Georgis stieß die Worte aus. Sie hörten sich nach einer Warnung an, und Ramon verstand.

Er drehte sich um.

Aus diesem Grunde wurde auch mein Sichtfeld freier. Ich konnte die andere Reling sehen und erkannte die beiden Hände mit der grauen Haut, die sich um zwei Längsstreben geklammert hatten.

»Da kommt einer!«, haucht Georgis.

Er hatte recht. Es kam jemand. Ein Gesicht erschien zwischen den beiden Händen. Nein, eine Fratze. Zerrissen, mit Beulen und Pusteln überdeckt. Nass das strähnige Haar und kalte Augen, die kein Gefühl kannten.

Der Mund war geöffnet.

Weit – weiter ging es gar nicht mehr. Denn jeder sollte die langen, leicht gebogenen, spitzen Vampirzähne sehen, die diese Gestalt so gefährlich machte.

Die beiden Griechen wussten nicht, wer da aus den Tiefen des Meeres getaucht war.

Ich aber kannte ihn.

Vampiro-del-mar!

Ramon und Georgis waren so geschockt, dass sie nichts unternahmen, als die blutsaugende Bestie aus dem Wasser kletterte und sich daranmachte, auch über die Reling zu steigen.

Vampiro-del-mar war nicht nur ein alter Bekannter von mir, auch ein Todfeind. Ich wusste von seiner Blutgier, und so gefährlich und unheimlich wie er aussah, so war er auch.

Ein Wesen ohne Gnade, das einmal zur Mordliga gehört hatte, die allerdings durch die Vernichtung der Lady X nicht mehr existierte.

Wie immer trug er alte Lumpen, die nass und zerfetzt an seinem Körper klebten. Er schwang sein rechtes Bein hoch, kletterte über die Reling und stieß den linken Fuß so hart auf die Planken, dass es über Deck dröhnte.

Georgis fing sich als Erster. »Wer ist das?«, flüsterte er. »Verdammt, Engländer, was ist das für ein Monstrum? Rede!«

»Ein Vampir!«

Ramon kreischte auf. »Vampire!«, schrillte seine Stimme. »Ich werde irre. Es gibt keine Vampire. Es gibt keine …«

»Du siehst ihn doch!«

Wir alle konnten ihn erkennen. Es war die ideale Nacht für ihn. Noch nicht völlig dunkel. Restlicht der vergehenden Dämmerung umfing uns, aber der Mond stand bereits als eine bleiche Halbkugel am Himmel und goss sein Licht auf die Wellen.

Vielleicht konnte ich meine beiden Seeleute jetzt davon überzeugen, dass es besser für sie war, wenn sie mich losließen, denn sie wurden sicherlich nicht mit dem Untier fertig.

»Zieht euch zurück!«, flüsterte ich. »Ich werde versuchen, ihn zu erledigen.«

Georgis lachte glucksend. »Das könnte dir so passen, Engländer. Nein, du bleibst vor meiner Mündung. Alles Weitere machen wir, das kann ich dir sagen.« Er nickte Ramon zu. »Los, erledige du ihn. Stich ihn ab!«

»Ein Messer nützt dir nichts!«

»Halts Maul, Sinclair!«

Die beiden waren nicht zu belehren. Und ich konnte nichts tun, weil mir Georgis eine Waffe gegen den Hals presste. Himmel, sie rannten in ihr Unglück, und Ramon machte den Anfang.

In seinem Dorf war er sicherlich ein geübter Messerkämpfer. Das bewies er, indem er seine Waffe lässig von einer Hand in die andere warf.

Er fing das Messer jeweils geschickt auf, dabei hatte sich sein Gesicht zu einem Grinsen verzogen, und leicht mit dem Oberkörper pendelnd näherte er sich dem unheimlichen Monstrum. Er redete in seiner Heimatsprache. Ich verstand nichts, aber Georgis übersetzte mir den Sinn der Worte.

»Er will ihn aufschlitzen«, erklärte er mir. »Ja, er macht ihn fertig. Ramon ist mit dem Messer der Beste …« Dann schwieg er, denn der Kampf zog ihn in seinen Bann.

Vampir gegen Mensch!

Wer würde Sieger bleiben? Ich kannte nur wenige Menschen, denen es gelungen war, gegen Vampiro-del-mar zu bestehen. Dazu gehörten meine Freunde und ich. Aber wir besaßen auch die entsprechenden Waffen, obwohl wir gegen den Kaiser der Vampire, wie er sich selbst nannte, bisher auch nicht angekommen waren.

Ramon stach zu.

Sein Körper spannte sich dabei. Er zuckte nach vorn, den Arm hielt er ausgestreckt, und die Klinge zog einen tiefen Schnitt in den Leib des Monstrums.

Lachend sprang Ramon zurück, hob beide Arme, und sein Lachen erstickte, als er nämlich sah, dass er mit der Klinge nichts erreicht hatte. Er hatte Vampiro-del-mar nur eine Wunde zugefügt, aus der kein Blut floss. Wie zum Hohn schüttelte er den Kopf.

Ramons Gesicht verzog sich. »Verdammt!«, schrie er. »Der muss doch hin sein! Ich habe ihn voll erwischt. Das kann es nicht geben. Warum fällt er nicht? Weshalb sehe ich kein Blut?« Er schüttelte heftig den Kopf und schaute zu uns rüber.

»Mach weiter!«, hetzte Georgis. »Los, geh ran! Du schaffst es noch. Du kannst ihn fertigmachen!«

»Er wird es nicht packen!«, zischte ich.

»Sei ruhig, Sinclair!«

Er wollte nicht verstehen. Noch immer drückte die harte Mündung tief in mein Fleisch, sodass ich sogar Mühe mit dem Atmen bekam. Den Kopf hielt Georgis so gedreht, dass er die beiden Kämpfer sehen konnte. Er zitterte auch, denn die Waffe in seiner Hand bewegte sich.

Ramon und Vampiro-del-mar belauerten sich. Dabei zuckte der Blick des Blutsaugers einmal zur Seite. Er entdeckte mich, und ich glaubte, es für einen Moment in seinen Augen kurz aufleuchten zu sehen. Vampiro-del-mar hasste mich. Er hasste mich, wie man nur jemanden hassen kann.

Doch erst wollte er Ramon.

Er war sein Opfer, an dem er seinen Blutdurst stillen konnte. Und der Kaiser der Vampire hatte Durst. Er wollte es schlürfen, denn der rote Lebenssaft garantierte ihm die weitere Existenz.

Ramon wich zurück. Er fühlte sich längst nicht mehr so sicher wie zu Anfang, und als er mit dem Rücken gegen die Reling stieß, wäre er fast noch nach hinten gekippt.

Dann kam Vampiro-del-mar. Mit zwei Riesenschritten überwand der Blutsauger die Distanz zu seinem Gegner. Seine überlangen Arme bewegten sich zur Seite und bildeten eine Zange, die zuschnappen und den Gegner fangen sollte.

Ramon kam nicht mehr weg.

Er wuchtete sich in diese Zange hinein und stieß gleichzeitig mit dem Messer zu.

Es verschwand in der breiten Brust des Blutsaugers, und auch von Ramon entdeckten wir nicht viel, denn die bärenstarken Arme des Vampiro-del-mar klappten zusammen.

Die Zange fasste zu!

Ein Gurgeln und Heulen vernahmen wir noch, das schließlich erstickte, als Vampiro-del-mar den Kopf zu fassen bekam und ihn zur Seite bog, damit sich das Fleisch am Hals des Menschen straffte.

»Jetzt trinkt er sein Blut«, flüsterte ich.

Georgis gab keine Antwort. Er starrte nur noch auf die beiden Gestalten, die am Boden lagen, und beide sahen wir, dass der Körper des Griechen noch einmal zuckte, wobei sich diese Bewegung auch auf Vampiro-del-mar übertrug.

Dann gab es nur noch ihn und sein schreckliches Vorhaben.

Wir hörten die Geräusche. Das Saugen, das Schmatzen. Der Vampir war in seinem Element.

Neben mir verlor Georgis die Nerven. Ich kannte einen Vampir in Aktion, mich erschütterte zwar jeder Vorfall noch, aber er machte mich nicht mehr nervlich fertig.

Der Grieche erlebte es zum ersten Mal.

Und plötzlich drehte er durch.

Mich vergaß er. Er sprang in die Höhe, ich fühlte mich von dem Druck befreit, riss mein Kreuz an mich, verlor dadurch etwas Zeit und musste mit ansehen, wie Georgis quer über das Deck hetzte und auf Vampiro-del-mar zujagte, der ihm seinen ungeschützten Rücken präsentierte.

Dann schoss der Mann.

Er stand so unter Spannung, dass er die Kugeln kurzerhand in den Rücken des Blutsaugers jagte.

Zwei-, dreimal drückte er ab. Vampiro-del-mar erzitterte unter den Einschlägen. Er schluckte alle Kugeln, aber sie brachten ihn nicht um.

Im Gegenteil, er wurde noch wilder. Er sprang in die Höhe, kreiselte noch im Sprung herum und fing die vierte Kugel mit seiner breiten Brust auf.

Dabei bekam ich ihn für einen Bruchteil einer Sekunde genau zu sehen. Sein Maul war gerötet. Das Blut rann noch bis zum Kinn, aber er fühlte sich gestärkt.

Georgis stand wie vom Donner gerührt da. Sein Arm sank nach unten, und er hörte wie auch ich den urigen Schrei, den das Monster ausstieß. Es wollte jetzt das zweite Opfer.

Dagegen jedoch hatte ich etwas.

»Georgis!«, brüllte ich. »Aus dem Weg, verdammt!«

Der Grieche reagierte zu spät. Ich konnte keine Rücksicht auf ihn nehmen und startete.

Mein Ziel war Vampiro-del-mar.

In diesem Augenblick griffen die gewaltigen unter der Oberfläche lauernden Hände ein …

Zuletzt nahm Shao noch die Umrisse der drei Personen wahr, dann waren sie verschwunden.

Die Chinesin blieb zurück.

Sehr allein …

Sie ließ sich in den Sessel fallen und wischte über ihre Augen. Aus ihrem offenen Mund drang ein Schluchzen, sie schluckte tapfer, faltete die Hände und dachte an Suko.

Selten hatte sie eine so große Angst erlebt, denn sie wusste genau, dass die Flammenden Steine immer ein Hort weißer Magie gewesen waren, und das hatte sich nun geändert.

Konnten Kara und Myxin da überhaupt noch eine Chance haben?

Shao wollte es nicht so recht glauben, sie konnte nur hoffen, dass alles glatt ging.

Sie dachte daran, dass sie und Suko oft lange Abende über seine Arbeit gesprochen hatten, über die Gefahren, denen Suko ständig ausgesetzt war und die auch Shao nicht verschonten.

Das alles hatte Shao gewusst, bevor Suko sie von Hongkong aus mit nach London nahm. Und sie fand sich damit ab, ohne sich zu beschweren. Innerlich sah es bei ihr anders aus. Da bebte und zitterte sie, und dieser Stress war auf die Dauer schwer zu ertragen.

Auch jetzt fühlte sie sich mit ihrer Angst allein. Sie hätte bei den Conollys anrufen können, aber sie kam sich immer wie ein Eindringling vor, wenn sie zu der Familie ging.

Shao erhob sich und ging in die kleine Küche. Sie wollte eine Tasse Tee kochen und warten.

Sicher waren die anderen schon bei den Flammenden Steinen und stellten sich dem gefährlichen Todesnebel, der alles Organische zerstörte, was von ihm berührt wurde.

Shao kannte sich da gut aus, sie wusste auch, wie klein die

Chancen der Freunde waren, und dennoch versuchten sie es. Es gehörte schon mehr als Wagemut dazu.

Wenn sie allerdings geahnt hätte, was sie tatsächlich bei den *flaming stones* erwartete, wäre Shao noch viel beunruhigter gewesen …

Ich hatte mich vielleicht um eine Schrittlänge bewegt, als das Unheil über mich hereinbrach. Und es kam so plötzlich, dass ich nichts mehr dagegen unternehmen konnte.

Das Schiff erhielt einen harten Stoß, der mich von den Beinen riss. Mitten im Sprung wurde ich zur Seite geschleudert, prallte aufs Deck und rollte auf den Bug des Bootes zu, wobei ich mich mehrere Male um meine eigene Achse drehte und überschlug.

Ich sah, dass sich auch Georgis nicht mehr halten konnte. Er rutschte ebenfalls über die Planken. Nur Vampiro-del-mar stand seltsamerweise noch auf den Beinen. Er hatte sich an der Reling festgekrallt.

Ich krachte mit dem Rücken gegen die geschlossene Tür des Steuerstands. Vor mir tat sich eine gefährliche Schräge auf. Wenn ich mich nicht festklammern konnte, würde ich langsam aber sicher nach backbord rutschen und über Bord verschwinden.

Da hörte ich das Knirschen.

Es war ein schauriges, hässliches Geräusch, und ich wusste genau, woher es kam.

Die Hand hatte zugegriffen. Sicherlich umklammerten einige Finger bereits den Kiel des Bootes und drückten ihn zusammen. Kaum war der Gedanke in meinem Kopf aufgezuckt, sah ich bereits die Folgen. Die ersten Planken wurden aus dem Verbund gerissen. Sie brachen knirschend und standen plötzlich wie lange Arme in die Höhe.

Wasser schäumte über.

Es rann auf mich zu, überspülte mich, und irgendwie machte mich die kalte Berührung munter.

Bisher hatte ich noch auf dem Deck gelegen. Wenn ich nicht zerquetscht werden wollte, wurde es Zeit für mich, dass ich von diesem todgeweihten Kahn wegkam.

Freiwillig ins Wasser!

Wie viele Meilen wir uns von der Küste entfernt befanden, war mir unklar. So lange konnte ich nicht schwimmen, wobei ich im Wasser trotz allem noch größere Chancen sah als auf diesem verfluchten Schiff.

Auch Vampiro-del-mar klammerte sich nicht mehr fest. Ich hörte sein triumphierendes Brüllen, dann kam er selbst.

Die Hand hatte das Schiff in eine andere Schräglage gebracht. Sie war so geneigt, dass Vampiro-del-mar genau auf mich zurasen konnte. Das tat er auch.

Plötzlich sackte er in den Knien ein, und dann wuchtete er seinen Körper in meine Richtung. Zwischendurch hörte ich Georgis' Stimme. Er schrie etwas Unverständliches, wobei er eine ebenso große Angst empfinden musste wie ich.

»Ins Wasser!«, brüllte ich. »Springen Sie!«

Dann duckte ich mich, denn Vampiro-del-mar war dicht vor mir aufgetaucht. Ich schaute direkt in sein widerliches Gesicht. Um seinen Mund herum sah ich noch das Blut seines letzten Opfers, aber er kam nicht dazu, sich auf mich zu werfen, überhaupt berührte er mich nicht, denn das Schiff erhielt abermals einen Stoß, der es in eine andere Richtung schleuderte.

Mich nahm es mit.

Plötzlich sah ich die Reling dicht vor meinen Augen. Bevor ich wieder zurückgeschleudert werden konnte, griff ich zu, bekam sie zu packen und zog mich an ihr hoch. Wie es mir gelang, auf sie zu klettern und mich nach vorn zu wuchten, konnte ich nicht sagen, jedenfalls tauchte ich eine Sekunde später in das Wasser des Mittelmeers ein.

Es war noch kalt. Die Sonne hatte noch nicht die volle Kraft des Sommers, und ich konnte nur hoffen, dass mich die riesigen Hände nicht erwischten.

Meine automatischen Schwimmbewegungen brachten

mich zuerst in die Tiefe, bevor ich den Körper drehte und wieder durch die Oberfläche stach. Dann schwamm ich vom Schiff weg, drehte den Kopf und sah das Schiff.

Es war grauenhaft.

Die Hand hatte den Kahn voll erwischt. Nicht alle Finger krallten sich um den verbeulten Schiffskörper, drei reichten durchaus und sie formten aus dem Boot einen Haufen Blech.

Wo steckte Georgis?

Himmel, er hatte doch springen sollen! Wenn es ihm nicht gelungen war, von Bord zu kommen, würde er es jetzt nicht mehr schaffen. Die drei Finger der Hand ragten aus dem Wasser. Sie drückten das Boot zusammen, als wäre es eine Streichholzschachtel. Einige Gegenstände fielen ins Wasser. Ich musste achtgeben, nicht getroffen zu werden, schwamm durch das bewegte Wasser weiter weg und bekam mit, wie sich die Finger öffneten und die Trümmer ins Meer schleuderten.

Zum Glück von mir weg.

Trotzdem erreichten mich die Wellen noch. Sie hoben mich in die Höhe, sodass ich mir wie ein Spielball vorkam.

Plötzlich spürte ich eine Berührung. Hände griffen nach mir. Sie klammerten sich an meiner Kleidung fest, wollten mich in die Tiefe zerren, und ich setzte bereits zu einer Gegenreaktion an, als ich Georgis erkannte.

Sein Gesicht erschien dicht vor dem meinen. Die Augen hatte er weit aufgerissen. Er starrte mich an und brüllte: »Hast du das gesehen, Sinclair? Hast du das gesehen?«

»Ja!«

»Was ist das?«

»Ich weiß es nicht, verflucht!«

»Und diese Bestie hat Ramon umgebracht!«

»So kann man es sehen.«

»Aber was machen wir?«

Die Frage war gut. Der Mann wartete auf eine Antwort. Neben mir schwamm er her, ein von Angst und Panik gezeichneter Mensch, der nicht wusste, wie es weitergehen sollte.

Wusste ich es?

Ich dachte an die gewaltigen Hände, und ich fragte mich, woher sie überhaupt kamen. Stammten sie von dieser Welt oder aus einer anderen Zeit?

»So tun Sie doch was!«, schrie Georgis mich an. »Los, wir müssen etwas machen!«

»Und was?«

Da schlug er in seiner wütenden Hilflosigkeit mit der flachen Hand auf die Wellen.

Ich kümmerte mich erst mal nicht um ihn. Georgis konnte momentan froh sein, es geschafft zu haben. Aber wie war es Vampiro-del-mar ergangen? Hatte er sich ebenfalls über Bord hechten können? Er gehörte zu der Sorte von Vampiren, die auch im Wasser existierten. Aus dem Wasser war er damals befreit worden, jetzt war er wieder ins Wasser zurückgekehrt, und er war ohne Führung, denn Lady X existierte nicht mehr.

Das brachte mich wieder zu dem Würfel. Ich hatte ihn dicht unter der Oberfläche gesehen und senkte auch jetzt meinen Blick, um ihn erkennen zu können.

Ich sah ihn nicht.

Dafür jedoch die Hand oder Hände. Sie schimmerten hellgrau und hatten sich ausgebreitet, sodass sie wie ein gewaltiger Teppich wirkten. So weit meine Blicke reichten, sah ich nur diese Hände, die durch das Spiel der Wellen in seltsame Bewegungen gerieten, die allerdings nur optische Täuschungen waren.

Vom Schiff entdeckte ich nur Trümmer. Die meisten Teile waren in der Tiefe verschwunden. Nur Reste schaukelten noch auf der Oberfläche.

Vampiro-del-mar hielt sich versteckt. So sehr ich auch schaute, nichts war von ihm zu sehen.

Wieder sprach mich Georgis an. »Ist dir schon was eingefallen, wie wir hier rauskommen?«

»Nein.«

»Bis zu den Inseln schaffen wir es nicht. Das ist zu weit. Wir werden verrecken.«

»Abwarten!«

Er lachte wild. »Ich frage mich, woher du deinen Optimismus nimmst …« Wasser drang in seinen Mund. Er hustete es aus. »Ich hätte die verfluchte Reise nicht machen sollen. Von Beginn an war ich dagegen, jetzt kommen wir nicht mehr raus, und Ramon ist tot.«

»Nein«, sagte ich, »da schwimmt er.« Ich hatte ihn im selben Augenblick entdeckt, als Georgis seinen Kommentar abgab.

»Wo?«

Ramon trieb seitlich heran. Noch befand er sich unter Wasser. Es trug ihn. Er drehte uns den Rücken zu, hatte seine Arme ausgestreckt, und auch seine Beine lagen nicht zusammen. Die lange Dünung trieb ihn nicht auf mich, sondern auf seinen Freund zu.

Schwimmend drehte sich Georgis um. Er streckte seinen Arm aus und bekam Ramon am Hemdkragen zu fassen.

Im selben Augenblick bewegte sich der Mann. Sein Kopf stieß aus dem Wasser. Das bleiche Gesicht schaute Georgis an, der Mund war aufgerissen, ich sah sogar die klaffende Halswunde und auch die beiden spitzen Vampirzähne.

Er wollte Blut!

»Vorsicht!«, warnte ich Georgis, der vor Schrecken starr war und dabei vergaß, Wasser zu treten.

Sein Pech und sein Glück.

Georgis sank.

Und Ramon, der Vampir, griff ins Leere. Er hatte die Haare des Mannes fassen wollen, das gelang ihm nicht mehr, seine Hand klatschte nur aufs Wasser.

Hoffentlich reagierte Georgis jetzt richtig und schwamm aus der Gefahrenzone. Ob er das tat, konnte ich nicht verfolgen, denn ich musste mich um den Vampir kümmern. Als dieser entdeckte, dass er an Georgis nicht mehr herankommen konnte, wandte er sich mir zu.

Ich schwamm etwas zurück, drehte mich dabei um in Rückenlage. Eine gute Position, um an meinen silbernen Dolch zu gelangen. Mit ihm konnte ich Vampire erledigen.

Ramon wuchtete sich aus dem Wasser. Seine Arme hielt er ausgestreckt. Er wollte mir die gespreizten Finger ins Gesicht hacken, doch ich kam ihm zuvor, tauchte gedankenschnell unter und startete meinen Angriff. Das Wasser schob mich wieder hoch. Den rechten Arm hielt ich ausgestreckt, die Finger umklammerten den Dolch, und als Ramon sich umdrehte, da stieß ich von unten zu.

Ich traf ihn sicher!

Geweihtes Silber gegen die Kräfte eines Vampirs. Eines normalen Vampirs, muss ich sagen, denn er war nicht Vampiro-del-mar, dem so etwas nichts ausmachte.

Ich hörte ihn nicht schreien, sondern sah ihn zappeln. Ein rosafarbener Streifen quoll aus der Wunde und löste sich innerhalb des Wassers auf. Dann war die Sache erledigt.

Der Blutsauger starb.

An mir vorbei sackte er in die Tiefe. Für einen Augenblick sah ich sein Gesicht aus der Nähe. Durch das Wasser wurde es noch stärker verzerrt. Eine schaurige Maske.

Ramon verschwand.

Ich ließ den Dolch wieder verschwinden. Soeben tauchte Georgis auf. Der erlebte Schrecken zeichnete seine Züge. Ich beruhigte ihn. »Es ist vorbei.«

»Mit Ramon?«

»Ja.«

»Was hast du mit ihm gemacht?«, schrie er.

»Er war ein Vampir. Ich musste ihn töten. Er hätte uns immer wieder angegriffen, denn er wollte Blut.«

Georgis schüttelte den Kopf. »Blut!«, kreischte er. »Immer nur Blut. Verdammt, weshalb wollte er Blut?«

Ich gab ihm keine Antwort, denn andere, schlimmere Probleme warteten auf uns.

Da waren noch immer die Hände. Und von ihnen sah ich einige Finger. Wie graue Türme schoben sie sich aus dem Wasser. Die dabei entstehenden Wellen machten uns zu lebendigen Spielbällen. Sie schleuderten uns hin und her, wir tanzten auf ihnen, unsere Körper wurden durcheinander gewirbelt, einmal prallte Georgis gegen mich, dann klammerte er sich an mir fest und behinderte mich.

Gewaltsam musste ich ihn lösen, schleuderte ihn zurück und verspürte im selben Augenblick den Sog.

Unter mir entstand er. Zuerst war es nur ein leichtes Ziehen, ein Wirbel, der sich um meine Füße schlang. Ich ahnte Schlimmes, wollte auch weg, doch es gelang mir nicht, denn der Wirbel verstärkte sich innerhalb von Sekunden.

Er zerrte an meinem Körper und riss mich in die Tiefe.

Es war grauenvoll.

Ich strampelte zwar, doch der Sog war stärker. Es hatte sich sogar ein Trichter gebildet, der mich unter Wasser zog. Eine schreckliche Angst überkam mich. Mit den Armen schlug ich um mich. Es waren verzweifelte und auch nutzlose Bewegungen, während mich der Trichter immer mehr schluckte. Ich befand mich bereits weit unterhalb des Wasserspiegels und sah rechts und links von mir das Wasser wie eine sich drehende wirbelnde Wand.

Auch hörte ich die gellenden Schreie des Griechen. Obwohl ich nichts sah, wurde mir klar, dass ihm das gleiche Schicksal widerfuhr wie mir.

Der Trichter schluckte uns.

Tiefer und tiefer ging es.

Zudem wurde es dunkler.

Als ich den Kopf in den Nacken warf, sah ich jetzt hoch über mir die Wellen. Sie schlugen allerdings nicht über dem Trichter zusammen, sondern peitschten über ihn hinweg.

Mir half überhaupt nichts. Fremde Kräfte hatten die Regie übernommen und sorgten dafür, dass ich in ihre Falle geriet.

Die Reise nahm kein Ende. Seltsamerweise bekam ich Luft. Ja, ich konnte atmen. Kein Wasser drang in meinen Mund, und das wiederum ließ mich hoffen.

Plötzlich war auch die Wasserwand verschwunden. Etwas anderes entdeckte ich.

Eine gelbbraune Umgebung, irgendwie durchscheinend und verschwommen sah ich auch einen Teil der gewaltigen Hände.

Ein paar Mal hatte ich das Gefühl, mich inmitten einer Dimensionsreise zu befinden, bis diese ebenfalls stoppte und ich festen Boden unter den Füßen spürte.

Kein Wasser mehr, sondern klare Luft, die ich einatmete.

Wo war ich nur?

Kara, Myxin und Suko fürchteten sich zwar vor dem Todesnebel, doch nicht vor einem Dimensionssprung, denn nichts anderes war ihr Verschwinden.

Sie überwanden die Zeit und damit auch eine gewisse Strecke, für die sie auf normalem Wege vielleicht Stunden gebraucht hätten. Durch den Zeitsprung reduzierte sich dies auf eine kaum messbare Spanne.

Dies alles war ihnen bekannt, und da Kara sich auf das bestimmte, von ihnen anvisierte Ziel konzentriert hatte, mussten sie eigentlich dort landen.

Das geschah nicht! Sie merkten es zur selben Zeit, während sie praktisch durch die Dimensionen trieben.

Dabei konnten sie sich gegenseitig erkennen. Zwar nicht so deutlich wie normal, immerhin konnte jeder die Umrisse und Konturen des anderen erkennen.

Karas Haare waren nach oben geweht worden. Die Arme hielt sie schräg. Ihre Hände lagen nicht nur übereinander, sondern auch auf dem Griff des Schwerts.

Myxin ließ sich treiben. Er befand sich in einer Schräglage. Sein rechter Arm war ausgestreckt, die Hand lag an Karas Hüfte. So hatten die beiden Kontakt.

Die Blicke der Männer richteten sich dabei auf Kara. Sie bemerkten, dass sich ihr Gesicht verzerrte. Plötzlich zeichnete sich ein ungeheurer Schrecken darin ab, und die anderen wussten sofort, dass etwas schiefgegangen war.

Suko wollte nach dem Grund fragen, doch er schaffte es nicht, auch nur ein Wort hervorzubringen.

Da gab es eine Sperre, die ihn daran hinderte, aber Myxin nahm gedanklichen Kontakt mit seiner Partnerin auf.

Und er erhielt auch Antwort.

Suko hörte sie zwar nicht, sah es jedoch an den Reaktionen des kleinen Magiers, der seinen Kopf schüttelte, ihn anschließend drehte, den Inspektor anschaute und seine Lippen bewegte.

Er tat es so, als würde er zu einem Stummen sprechen, sodass Suko ihm die Worte vom Mund ablesen musste.

Es fiel ihm schwer, er schüttelte den Kopf, und Myxin wiederholte seine stumme Meldung.

Jetzt verstand Suko.

Wir – werden – abgetrieben ...

Wohin?, formulierte Suko eine rein geistige Frage.

Ob Myxin sie verstanden hatte, wusste er nicht. Der kleine Magier sagte zwar etwas, hob gleichzeitig aber die Schultern, und Suko musste sich damit abfinden, dass ein anderer die Regie in diesem Spiel übernommen hatte.

Plötzlich wurde die Sicht klarer.

Das geschah so schnell, dass sich keiner der drei darauf eingerichtet hatte.

Sie entdeckten unter sich, zum Greifen nahe, aber dennoch sehr weit entfernt, die Flammenden Steine.

Breit und hoch ragten sie aus den gewaltigen Dunstschwaden hervor, die sie umgaben.

Der Todesnebel war immer noch da!

Und er umwallte die Stätte der weißen Magie.

Sie schwebten über den Steinen und damit auch über dem Nebel. Aber sie kamen nicht hin.

Die drei befanden sich in einem Vakuum. Sie konnten die Steine sehen, erkannten sie als ihre Heimat und mussten feststellen, dass der Todesnebel sie in seinen Besitz genommen hatte.

Sie sahen noch mehr.

Bisher hielten sich die Schrecken in Grenzen, nun aber bekamen sie den Beweis.

Innerhalb des Nebels schälte sich ein dunkelblauer Schein hervor. Zuerst war er nicht größer als ein Autoreifen, er nahm jedoch von Sekunde zu Sekunde an Fläche zu, wurde fast zu einer blauen Sonne, in deren Mitte ein Gesicht schimmerte.

Eine Fratze, deren Umrisse permanent zerfielen, sodass sie nie gleich aussah.

Ein jeder wusste, wer sich da innerhalb des Steingevierts ausgebreitet hatte.

Arkonada!

Sie glaubten das Lachen zu sehen, denn hören konnten sie es nicht. Er war ein Triumph, den Arkonada empfand und den er ihnen zeigte. Ihm gehörten jetzt die Flammenden Steine.

Für einen Moment war es ihnen vergönnt, das Bild in sich aufzunehmen. Dann packte sie eine unheimliche Kraft und schleuderte sie davon – hinein ins Nirgendwo …

Ich saß in der Hocke, atmete tief durch und schüttelte den Kopf. Dies drückte meine Ratlosigkeit aus, die mich überfallen hatte, denn ich wusste nicht, wo ich mich befand.

Automatisch beschäftigten sich in solchen Situationen meine Gedanken mit der Vergangenheit. Ich dachte darüber nach, was zu dieser Realität geführt hatte, und ich ging die Ereignisse im Geiste noch einmal genau durch.

Nicht nur die unfreiwillige Reise durch den seltsamen Wasserschacht, sondern auch das Geschehen auf dem Schiff.

Vampiro-del-mar hatte gewütet. Das war zuletzt geschehen. Zuvor allerdings hatten wir die großen Hände gesehen, den Würfel und auch den Gegenstand, der sich unter ihm befand.

Er war braun gewesen, zudem hatte er in einem gewissen Gelbton geschimmert, und wenn ich mich umschaute, erkannte ich die gleiche Farbe hier ebenfalls.

Mir kam es vor, als würde ich mich allein inmitten einer gewaltigen Halle befinden.

Vielleicht war es auch ein Tempel oder ein Steindom, so genau konnte ich das nicht sagen.

Zunächst einmal stand ich auf. Ein kurzer Test bewies mir, dass ich körperlich völlig in Ordnung war. Auch meine Waffen hatte ich unterwegs nicht verloren, so konnte ich relativ optimistisch in die Zukunft schauen.

Ich hatte im Laufe der Jahre gelernt, die Flinte nicht so schnell ins Korn zu werfen. Wenn ich noch lebte, dann würde ich mich meiner Haut auch zu wehren wissen, falls man mich angriff.

Nur entdeckte ich keine Angreifer. Ich kam mir vor wie ein Verlorener inmitten der kaum auslotbaren Weite eines gewaltigen Tempels. Der Boden unter mir war fest, wenn auch etwas sandig, und als ich mich umdrehte, da sah ich die gewaltigen breiten Stufen, die in die Höhe führten. Jede Stufe reichte mir bis fast an die Brust. Es würde nicht einfach sein, sie zu überwinden.

Trotzdem musste ich hin.

Meine Beine zitterten etwas, als ich mich in Bewegung setzte. Und ich erkannte den dunklen Gegenstand, der genau vor der untersten Stufe lag und sie fast berührte.

Es war ein Mensch.

Georgis.

Neben ihm blieb ich stehen. Mein Herz klopfte schneller. Ich hatte plötzlich Angst, dass er nicht mehr am Leben war, denn er sah aus wie ein Toter.

Rasch beugte ich mich über ihn, nahm seine Hand, fühlte nach dem Puls und tastete auch über die linke Brustseite, wo sein Herzschlag zu fühlen sein musste.

Georgis lebte noch. Nur eine Bewusstlosigkeit hielt ihn umfangen.

Mit der rechten Hand schlug ich leicht gegen die Wangen und redete gleichzeitig auf ihn ein.

»Wach auf, Georgis! Du musst aufwachen, du kannst hier nicht liegen bleiben. Bitte …« Meine Stimme hallte unnatürlich laut in diesem seltsamen Gewölbe nach und kam als Echo zurück.

Der junge Grieche rührte sich nicht. Ich gab nicht auf und

schlug abermals in sein Gesicht. Diesmal etwas härter. Damit hatte ich Erfolg. Seine Augenlider zuckten, instinktiv breitete er die Arme aus und deutete Schwimmbewegungen an, er griff jedoch ins Leere, und als ich seine Gelenke festhielt, da wurden seine Augen groß, obwohl der unverständliche Ausdruck nicht aus den Pupillen wich.

»Sinclair!«, hauchte er.

Ich nickte. »Ja, der bin ich. Du hast mich sofort erkannt.«

Er stöhnte. Seine Mundwinkel zuckten. Als ich merkte, dass er sich aufrichten wollte, ließ ich ihn. Georgis setzte sich hin. Mit dem Rücken lehnte er gegen die hohe Steinstufe, schaute sich so um, wie ich es getan hatte, und fragte: »Wo sind wir hier?«

Ich hob die Schultern. »Das habe ich leider noch nicht herausgefunden, obwohl ich früher aufgewacht bin als du.«

Sein rechter Arm schoss vor. Fünf Finger krallten sich in meinen nassen Hemdstoff. »Verdammt, wir müssten doch ertrunken sein. Ich bin unter Wasser gezogen worden.«

»Von einem Strudel?«, fragte ich und löste seine Hand, die schlapp nach unten fiel.

»Ja, genau …«

»Dann ist dir das Gleiche passiert wie mir, Georgis. Aber mach dir nichts draus, wir leben, das ist die Hauptsache.«

Er lachte so laut, dass es hallte. »Was für ein Leben? In der Tiefe, wie?«

»Das ist nicht gesagt.«

Georgis schlug sich gegen die Stirn. »Bin ich eigentlich verrückt?«, fragte er. »Ich fahre mit dem Boot, da tauchen plötzlich zwei riesige Hände auf, packen das Schiff, zerstören es, ich hatte Kontakt mit einem Monster, werde ins Wasser geschleudert, ertrinke nicht und lande hier auf dem Trockenen. In einer Unterwasserstadt vielleicht?« Er schaute mich dabei fragend an, als wollte er eine Antwort haben.

Die konnte ich ihm leider nicht geben. »Alles, was du gesagt hast, stimmt, mein Junge.«

»Das ist ja wie im Comic.«

»Wieso?«

Er winkte ab. »Ich hab oft genug amerikanische Comics gelesen. Da gab es auch Städte, die unter Wasser liegen, und wo sich Menschen aufhielten. So wie hier.«

»Siehst du Menschen?«, fragte ich.

»Nein. Es kann aber noch kommen.«

»Das ist richtig«, bestätigte ich. »Nur musst du wissen, Georgis, dass die Wirklichkeit die gezeichneten oder erzählten Geschichten oftmals übertrifft. Du hast einen grässlichen Vampir erlebt. Ihm gelang es, deinem Freund das Blut abzusaugen, sodass dieser selbst zu einem Vampir wurde. Hast du am gestrigen Tage daran geglaubt, dass so etwas passieren könnte oder es überhaupt existiert?«

»Nein«, hauchte er, »nie …«

»Und trotzdem müssen wir uns damit abfinden. Ramon lebt nicht mehr. Du hast gesehen, wie ich ihn erlöst habe. Hätte ich das nicht getan, würdest du jetzt auch als Vampir umherirren und auf der Suche nach Menschenblut sein, das deine weitere Existenz garantiert. So viel zum Phänomen der Vampire. Ich habe es dir bewusst nüchtern beigebracht. Und noch etwas«, fügte ich hinzu, als ich sein erstauntes Gesicht sah. »Was immer du erleben und sehen wirst, nimm es hin. Nimm es als eine Tatsache hin, als gegeben, als Realität. Du kannst ihr nicht ausweichen, und was wir sehen, ist auch kein Traum.«

Er nickte. »Ja, Sinclair«, flüsterte er, »ich glaube, allmählich verstanden zu haben.«

»Dann ist es gut. Du kannst mich übrigens John nennen«, sagte ich und streckte ihm meine Hand entgegen.

Er nahm sie. Gleichzeitig zog ich ihn in die Höhe. »Wir werden uns jetzt ein wenig umschauen. Schließlich möchte ich wissen, wo wir gelandet sind.«

Er ging auf das Thema gar nicht ein, sondern fragte: »Bist du wirklich Reporter?«

Ich schenkte ihm reinen Wein ein. »Nein, das bin ich nicht. Du hast einen Polizeibeamten vor dir.«

»Einen Bullen?«

Ich grinste schief. »So bezeichnet man uns leider. Ich mag den Begriff nicht. Ich arbeite für Scotland Yard. Allerdings in besonderer Mission. Wenn du willst, kannst du mich als einen Geisterjäger bezeichnen, denn das kommt der Wahrheit ziemlich nahe.«

»Kann man Geister denn jagen?«

Ich lächelte. »Nicht nur Geister. Zu diesem Gebiet gehören Dämonen, Vampire, Werwölfe, Gespenster. Was du dir vorstellen kannst. Auch Monster wie dieser eine Vampir.«

»Kanntest du ihn?«

»Ja, er gehört schon seit einiger Zeit zu meinen speziellen Feinden. Leider ist es mir bisher nicht gelungen, ihn auszuschalten. Vielleicht packen wir es bald.«

Georgis schüttelte den Kopf. »Einen Optimismus hast du, der ist schon einmalig.«

»Den brauche ich auch«, erwiderte ich und schaute an der hohen Treppenstufe hoch.

»Willst du da hinauf, John?«

Ich nickte. »Wird uns wohl nichts anderes übrig bleiben.«

»Wie viele Stufen sind es denn?«, wollte er wissen.

»Ich habe sie nicht gezählt.«

Georgis schaute skeptisch hoch. »Das kostet Kraft, wenn ich mir das so ansehe.«

»Sicher«, sagte ich und fasste nach dem Rand der ersten Stufe, führte eine Art Klimmzug aus und zog mich in die Höhe. Es war relativ leicht, auf die nächst höher gelegene Stufe zu gelangen, und ich wartete, bis der Grieche mir folgte.

Auch er schaffte es ohne Hilfe.

Schweigend nahmen wir die nächsten Stufen in Angriff. Immer weiter mussten wir klettern, und als wir fünf zurückgelegt hatten, kam es mir vor, als wären sie höher geworden.

Georgis atmete schwer. »Verflixt!«, keuchte er und wischte über seine Stirn. »Das geht an die Kondition.«

»Ich dachte, du hättest so viel davon.«

»Wohl nur bei den Mädchen.« Er schaute mich plötzlich starr an und schüttelte den Kopf.

»Was hast du?«, fragte ich ihn.

»Mir ist gerade eingefallen, dass ich dich fast erschossen hätte, John.«

»Vergiss es.«

»Nein, nein, das kann ich nicht.« Er senkte seine Stimme. »Mein Gott, ich muss wie von Sinnen gewesen sein.«

»Es waren die Umstände«, erwiderte ich automatisch, während ich hoch schaute und dabei versuchte, ein Ziel zu erkennen.

Nichts zu sehen. Die hohen Stufen schränkten mein Blickfeld zu sehr ein. Ich wusste nicht, wo wir landen würden, wenn wir die Treppe hinter uns gelassen hatten.

»Weiter geht's!«, forderte ich meinen Partner auf. »Nur nicht aufgeben, das ist es.«

»Hast du wirklich keine Ahnung, wo wir sind, John?«

»Nein.«

»Auch keine Vermutung?«

Ich lächelte. »Was nutzt es uns, wenn ich dir meine Vermutungen und Theorien mitteile? Das würde dich sowieso nur verwirren. Deshalb wollen wir über dieses Thema gar nicht erst nachdenken. Komm endlich weiter.«

Wir kletterten wieder. Es fiel uns jetzt schwerer. Zweimal musste ich Georgis helfen, weil er wieder abgerutscht war.

»Sei vorsichtig«, sagte ich ziemlich barsch. »Wenn du dir ein Bein verstauchst, sieht es böse aus.«

»Ja, ja, ich werde schon acht geben.«

Gezählt hatte ich die Stufen nicht. Vielleicht waren es zehn oder elf, auf jeden Fall war ich angenehm überrascht, als ich plötzlich eine Plattform vor mir sah.

Wir hatten die letzte Stufe hinter uns gelassen.

Mein Blick glitt nach vorn. Meine Augen wurden groß, denn ich sah die Grenze der Plattform.

Es war eine gewaltige Wand. Aus mächtigen Quadern hatte man sie gebaut. Diese Quadrate aus Stein waren nebeneinander und übereinander gelegt worden, und ich vernahm hinter mir die keuchende und flüsternde Stimme des jungen Griechen.

»Was ist das denn?«

Er hatte dasselbe gesehen wie ich. Aber er konnte von mir auch keine Antwort bekommen, denn die Wand vor uns war nicht leer. Etwas zeichnete sich innerhalb der Steine ab.

Es waren dieselben Hände, die ich aus dem Wasser hatte steigen sehen. Nur diesmal wesentlich kleiner. Noch immer berührten sich fast die Gelenke, und die Hände waren auch geöffnet wie ein Kelch, dessen Wände etwas beschützen und umfassen wollten.

Ich sah den Gegenstand, der zwischen ihnen schwebte. Sehr gut kannte ich ihn, und ich hätte ihn für mein Leben gern besessen.

Es war der Würfel des Unheils.

Diesmal der echte!

Minutenlang konnte ich mich von dem Bild nicht lösen. Es hatte einfach einen zu großen Eindruck auf mich gemacht, denn was sich hier in verkleinerter, normaler Form zeigte, hatte ich bereits in einer überdimensionalen gesehen.

Dieser hier war realistisch.

Der Würfel schimmerte seltsam hell zwischen den beiden Händen. Er verschwand fast darin, und ich sah auch die Schlieren, die sich innerhalb der Seiten bewegten und zitterten. Eigentlich durfte es für mich keine große Überraschung sein, den Würfel hier zu sehen, schließlich war es Vampirodel-mar gelungen, ihn an sich zu reißen. Er schien es aber nicht geschafft zu haben, ihn zu behalten, denn auf das Schiff war er ohne Würfel gekommen.

Welche Bedeutung hatte diese Konstellation vor mir in der Wand? Das wollte und musste ich herausfinden, deshalb schritt ich langsam auf die Mauer zu.

Georgis, den ich in den letzten Minuten vergessen hatte, wollte mich zurückhalten.

»Nicht weiter, John«, rief er, »du läufst in dein Unglück!«

Ich blieb stehen und drehte mich um. Georgis hatte sich

leicht vorgebeugt und den rechten Arm ausgestreckt, als wollte er mich festhalten.

Ich schüttelte den Kopf. »Nein, ich muss weiter. Ich will das Rätsel lösen. Komm her.«

Er zögerte noch. Eine verständliche Reaktion, aber ich wollte mehr wissen, erreichte nach vier Schritten die Wand und blieb dicht vor ihr stehen.

Ein fremder Einfluss strömte mir entgegen. Ich konnte die Magie förmlich fühlen, ertasten, die mich wie ein unsichtbarer Mantel umhüllte.

Beide Arme drückte ich vor und hob sie gleichzeitig an. Meine Finger glitten über das Gestein zwischen den beiden Gelenken. Ich musste mich recken, um den Würfel berühren zu können, und als ich es geschafft hatte, da spürte ich genau, dass er aus etwas anderem als Stein bestand.

Er fühlte sich nicht so kalt an, schien mit Leben erfüllt zu sein, wobei ich das Gefühl hatte, den echten Würfel in den Händen zu halten. Dies war mir in der Vergangenheit bereits gelungen.

Ein fantastischer Gedanke bildete sich in meinem Hirn. Sollte es möglich sein, den Würfel aus der Wand zu lösen, indem ich mein Kreuz zu Hilfe nahm?

Das wäre eine grandiose Sache gewesen. Ich setzte den Gedanken sofort in die Tat um, brachte das Kreuz nahe an den Würfel heran und erlebte eine Überraschung, denn der Würfel des Unheils zog sich zurück. Er tauchte in die Wand ein, wobei er eine Lücke freigab, ähnlich einer Tür, durch die ich schreiten sollte.

Gleichzeitig hörte ich eine Stimme. Obwohl sie aus der Wand drang, hatte ich das Gefühl, sie würde von allen Seiten auf mich einwirken. Sie dröhnte in meinen Ohren.

»Du hast das Orakel von Atlantis gefunden, John Sinclair. Tritt näher und versuche, dein Schicksal zu lösen. Wenn du es schaffst, wirst du zahlreiche Antworten auf deine Fragen bekommen. Wenn nicht, wird dich das Orakel vernichten …«

Ich war überrascht, denn mit allem hätte ich gerechnet, nur nicht mit dieser seltsamen Einladung.

Sollte ich sie annehmen?

Mir blieb keine andere Wahl. Ich musste gehen, man zwang mich auf eine gewisse Weise dazu, obwohl Georgis strickt dagegen war, denn wie auch ich starrte er durch die Öffnung in das geheimnisvolle Dunkel dahinter.

»Geh nicht, John!«, rief er. »Bleib hier. Man wird dich dort vernichten …«

Aus seiner Sicht war es eine verständliche Reaktion. Ich aber wollte mehr wissen. Man hatte mir etwas von einem Orakel von Atlantis gesagt. Ein Orakel ist eine Weissagung, die dem Fragenden Auskunft gibt. Im Altertum existierten mehrere Orakel. Spruchorakel, Zeichen-Orakel, und sie waren besonders bei den Griechen bekannt. Aber auch die alten Ägypter kannten die Orakel und verließen sich des Öfteren auf ihre Hilfe. Man hat sie nie ganz erforscht, denn die Umgebung der Orakel war oft düster und unheimlich.

Ich hatte mal gelesen, dass es in Griechenland bei einigen Orakeln regelrechte Irrgänge und Labyrinthe gab, in denen der Fragende umherirrte. Man sprach auch von Rauschzuständen, die den Suchenden erfassten und ihm eine seltsame Welt vorgaukelten.

Das alles war Theorie und nicht richtig erforscht. Ich aber stand vor einer solchen Stätte und hatte nun die Chance, Antworten auf meine Fragen zu finden.

Diese Gelegenheit musste ich nutzen.

Vielleicht war es sogar das älteste Orakel, das überhaupt existierte. Ging ich davon aus, dass es tatsächlich aus Atlantis stammte, dann konnte es 10.000 Jahre und älter sein.

Eine unwahrscheinliche Zeitspanne.

Und es hatte überlebt.

Der Untergang des Kontinents, den ich ja auch zum Teil miterlebt hatte, hatte ihm nichts antun können.

»Lüge!«, hallte die Stimme des jungen Griechen. »John, das ist doch alles Lüge!«

»Willst du nicht?«, dröhnte mir wieder die andere Stimme entgegen. »Hast du Angst, Geisterjäger?«

Man kannte sogar meinen Namen. »Nein«, rief ich in die Düsternis hinein, »ich habe keine Angst …«

»Dann komm. Lange ist das Tor nicht mehr geöffnet.«

Georgis zögerte. Auf seinem Gesicht sah ich die Gefühle, die ihn durchtosten. Er wusste wirklich nicht, wie er sich verhalten sollte. Zurückbleiben konnte er auch nicht. Wenn sich das Tor zu dem geheimnisvollen Orakel schloss, würde er für immer verschollen bleiben und vielleicht nie mehr den Weg zurück finden. An meiner Seite besaß er wenigstens noch eine hauchdünne Chance.

Dann nickte er. »Auf deine Verantwortung«, sagte er und setzte sich schwankend in Bewegung.

Ich drehte mich wieder um, weil ich sicher war, dass er mir folgen würde. Doch damit hatte ich einen Fehler gemacht. Aber das merkte ich zu spät. Erst als ich den Schrei hörte, wirbelte ich auf der Stelle herum, und meine Augen weiteten sich vor Entsetzen.

Es hatte Georgis erwischt. Ausgerechnet in dem Augenblick, als er sich mit dem geheimnisvollen Eingang auf einer Höhe befand, schloss dieser sich.

Das geschah nicht langsam, ungeheuer schnell spielte sich dieser grausame Vorgang ab. Innerhalb weniger Herzschläge wuchs die Wand wieder zu, und sie verschlang den Mann.

Er schrie verzweifelt, hatte seine Arme vorgestreckt, die Hände gespreizt und verschwand vor meinen Augen, indem er mit der Mauer eins wurde.

Ich überwand mein Entsetzen, jagte auf ihn zu und prallte gegen die Wand aus Stein, wobei ich in Gürtelhöhe eine Berührung spürte, nach unten schaute und die aus der Wand ragenden Finger sah, die mich berührten.

Ich zuckte zurück, schaute auf die Hand, die plötzlich bewegungslos wurde.

Nur sie wies daraufhin, welch ein Grauen sich vor meinen Augen abgespielt hatte.

Die Kräfte einer uralten Magie reagierten gnadenlos, wenn man nicht das tat, was sie wollten.

Sie hatten wieder ein Opfer gefunden. Einen jungen Menschen, der in der Wand steckte, von ihr verschlungen worden war und als letztes Indiz seinen Arm hervorgestreckt hielt.

Das ging mir unter die Haut. Wieder einmal wurde mir demonstriert, wie brutal die Mächte der Finsternis waren, auch wenn sie aus einer Zeit stammten, die weit zurücklag.

Abermals rief mich der geheimnisvolle Sprecher an. »Er hätte nicht so lange zögern sollen. Sei froh, dass du nicht gewartet hast, John Sinclair.«

Ich wurde wütend. »Verdammt noch mal, der Mann hätte leben können. Ihr habt ihn getötet!«

»Was interessieren uns schon Menschenleben«, erhielt ich als Antwort. »Wir spielen mit ihnen, wir manipulieren Menschen, aber das ist zweitrangig. Du, John Sinclair, hast das Orakel betreten. Du sollst es kennenlernen. Das Orakel von Atlantis wartet auf dich. Eine große Aufgabe, die große Prüfung. Vielleicht bekommst du Antworten. Setze alles ein, denn sonst bist du verloren. Das Orakel kann auch töten ...«

... töten – töten ..., echote es, während ich mich langsam umdrehte und nach vorn schaute.

Im ersten Augenblick wollte ich das, was sich meinen Augen bot, als grandios bezeichnen. Ich befand mich weiterhin innerhalb einer gewaltigen Höhle. Sie war so riesig, dass ich ihre Decke nicht einmal ahnen konnte, weil sie irgendwo innerhalb einer geheimnisvollen Zwielichtzone verschwand.

Die Dunkelheit war gewichen. Es existierte ein Licht, das seine Quelle an keinem bestimmten Punkt hatte, sondern von überallher kam. Man konnte es schlecht beschreiben. Irgendwie hatte ich das Gefühl, das Licht greifen zu können, so dicht sah es aus.

Wo ich mich eigentlich befand, war mir unklar. Vielleicht unter dem Wasser, vielleicht inmitten des Wassers oder in einer anderen Dimension. Auf jeden Fall hatte ich das Orakel gefunden und schritt tiefer in diesen Felsen hinein.

Der Boden unter mir bestand zwar aus einem harten Material, er war jedoch überwachsen. Ich hatte das Gefühl, auf einem Teppich aus Moos zu laufen, so weich und nachgiebig war er an manchen Stellen. Aber nicht überall eben. Wie die Buckel von Kamelen erhoben sich runde Hügel aus der ansonsten glatten Fläche. Ich sah sie überall, und sie befanden sich auch nahe der gewaltigen, ebenfalls mit Moos bewachsenen Säulen, die eine Decke hielten, die ich nicht sah.

Diese Hügel mussten eine Bedeutung haben. Sie allerdings war mir im Augenblick unklar, und ich schritt langsam weiter, wobei ich hin und wieder mit den Händen über eine der abgerundeten Hügelkuppen strich. Der Bewuchs darauf war nicht kalt, kühl oder nass, sondern warm, und er fühlte sich auch irgendwie anschmiegsam an.

Wie das Fell einer Katze.

Je tiefer ich in die Halle schritt, umso dichter wuchsen die Hügel zusammen. Schließlich bildeten sie einen regelrechten Wald, durch den schmale Wege führten.

Ich nahm den Weg, der sich vor mir befand.

Natürlich war ich gespannt und aufmerksam. Ich schaute mich des Öfteren um, denn die Stimme des mir unsichtbar gebliebenen Sprechers hatte mich beunruhigt. Ich hatte leider keine Ahnung, wer dieser Sprecher war, die Stimme jedenfalls hatte keinen mir bekannten Klang.

So musste ich mich darauf verlassen, dass er sich mir vielleicht einmal zeigen würde.

Als ich weitere fünf Schritte gegangen war, entdeckte ich, dass der Weg nicht mehr weiterführte. Vor einem Loch ging es nicht weiter. Es war ein Schacht, der in die Tiefe führte.

An dessen Rand verhielt ich meinen Schritt und schaute hinein. Zunächst hatte ich damit gerechnet, in ein bodenloses Dunkel zu starren. Die Annahme erwies sich als Irrtum, denn bei genauerem Hinsehen erkannte ich deutlich die Stufen einer Treppe, die in der Tiefe verschwanden. Es war auch nicht völlig dunkel, denn ich sah hier das gleiche Licht, das mich bei meinem Weg bisher begleitet und umfangen hatte.

Sollte der Schacht ein Lockmittel sein? Wollte man, dass ich hinunterging?

»Wer als Suchender eine Antwort finden will, muss in die Schächte der Weisheit steigen«, hörte ich erneut die hallende Stimme, die mir immer genau den Weg vorschrieb.

Verständlich mein Zögern. Dieser Schacht war unheimlich. Freiwillig ging wohl nur ein Lebensmüder hinunter. Ich war es trotz der widrigen Umstände nicht und rief: »Weshalb soll ich dort hinuntersteigen? Was erwartet mich da unten?«

»Das Orakel wird dir Auskunft geben, Suchender! In dieser Halle stellt man keine Fragen. Erst wenn du den Schacht der Weisheit durchlaufen hast, darfst du es.«

Und wenn ich es nicht tat?

Er schien meine Gedanken erraten zu haben, denn abermals vernahm ich seine Stimme. »Geh lieber. Es ist in deinem Interesse. Du kannst stolz sein, dass du auserwählt wurdest, das Orakel befragen zu dürfen. Wenn du nicht hineingehst, wirst du vernichtet. Du bist von Feinden umgeben. Sie warten auf mein Zeichen, denn sie gehorchen allein mir!«

Von Feinden umgeben! Das hatte er tatsächlich gesagt. Nichts war mir aufgefallen. Hatte er mich nicht genarrt? War ich auf seine Worte reingefallen?

Ich drehte mich um.

Hinter mir lag die Halle. Schweigend, trotz des seltsamen Lichts irgendwie düster. Ich spürte die Stille, und über meine Haut rann ein Schauder, der sich noch verstärkte, als ich plötzlich sah, was sich da vor meinen Augen abspielte.

Bisher hatte ich die seltsamen Hügel nur als tote Gegenstände erlebt. Ich hatte sie zwar registriert, weiter über sie nachgedacht hatte ich nicht.

Es war auch nicht nötig gewesen, denn dass sie nicht nur zum Spaß herumstanden, sah ich jetzt.

Die Hügel bewegten sich!

Das begann an den Seiten. Ein unmerkliches Zittern lief durch die seltsame grüne Schicht, als würden unsichtbare Finger über sie hinweg streichen.

Und das Zittern pflanzte sich fort und erreichte den kleinen Kegel, in dem jeder Hügel endete. In ihrem Innern musste ein unheimliches Leben stecken, aber was es war, wusste ich nicht.

Keiner blieb verschont. Auf allen bewegte sich die grüne Außenschicht, und plötzlich wurden die Kappen weggesprengt.

Ein lautloser Vorgang. Die Kuppen kippten zur Seite und rutschten außen an den Hügeln entlang, wobei sie auf den Wegen liegen blieben.

Gespannt wartete ich darauf, was noch alles geschehen würde. Ich dachte an meine Waffen, die ich bei mir trug. Bis auf den Bumerang hatte ich alles zur Hand, wobei ich auch hoffte, dass sie hier funktionierten.

Sekunden atemloser Spannung rannen dahin.

Ich stand wie unter Strom, starrte auf die sich in meiner unmittelbaren Nähe befindenden Hügel und sah plötzlich den Rauch, der aus einigen Öffnungen hervorquoll. Nur dünne, graue Fahnen, die, als sie von dem herrschenden Licht getroffen wurden, einen Stich ins Grüne bekamen. Sie stiegen ziemlich weit in die Höhe, bevor sie zerflatterten.

Dies geschah nicht bei allen Hügeln. Etwa die Hälfte von ihnen blieb verschont.

Aber auch sie hatten einen Inhalt.

Den bekam ich wenig später präsentiert. Etwa zwei Körperlängen von mir entfernt kroch aus der Hügelöffnung die erste, mit nur dünner und leichenblasser Haut überzogene Hand …

Wer wohnte darin?

Lebende waren es meiner Ansicht nach nicht. Auch keine Toten, sondern ein Mittelding zwischen beiden.

Lebende Tote.

Zombies …

Ich behielt den Hügel im Auge, aus dem sich die Hand

schob. Dünn die Haut, die Finger waren gekrümmt, und um den allmählich folgenden Arm hing noch ein zerfetztes lappiges Kleidungsstück.

Schulter und Gesicht erschienen gleichzeitig. Ein Gesicht, das noch erhalten war, denn der Mann oder das Wesen, das aus diesem Hügel stieg, musste eigentlich schon Tausende von Jahren tot sein.

Es trug eine Kleidung, wie ich sie von den alten Griechen kannte. Ein langes Gewand, das bis auf den Boden reichte. Auf dem Kopf einen verblichenen Kranz aus irgendwelchen Gewächsen, und das Gesicht mit der dünnen Haut erinnerte mich an eine starre Totenmaske.

Der Anblick war schlimm. Ich sog pfeifend die Luft ein und schüttelte mich.

Als ich das Lachen hörte, konzentrierte ich mich darauf. Schnell verstummte es, und der Unbekannte begann mit einer kurzen Erklärung.

»Es ist nach eurer Zeitrechnung fast 3.000 Jahre her, dass dieser Mensch, den du vor dir siehst, das Orakel von Atlantis lösen wollte. Er kam wie du hierher, denn die Zeit war reif, um den Würfel wieder an die Oberfläche des Meeres zu locken. Auch er weigerte sich, in den Schacht zu steigen, er fühlte die gleiche Angst wie du, und er wurde für sein Nichtbefolgen des Befehls bestraft. Er ist tot und lebt trotzdem, denn er wird die Ewigkeit als eine schreckliche Hölle empfinden, bis ans Ende aller Zeiten …«

Es waren keine drohenden Worte, die mir da entgegenschallten, dennoch verfehlten sie ihre Wirkung nicht. Wer sich also weigerte, dem Orakel von Atlantis gegenüberzutreten, der erlebte die Hölle, die zeitlos war. Man bestrafte ihn so grausam, dass sich mein Gehirn weigerte, dies überhaupt richtig zu erfassen.

»Nicht alle Hügel sind besetzt, Geisterjäger. In zahlreichen von ihnen ist noch Platz. Sie können nicht nur dich aufnehmen, auch andere, die dir vielleicht folgen werden und sich weigern, in den Schacht der Weisheit zu steigen.«

Es war eine Erpressung, was man da mit mir versuchte. All right, sollte der Unbekannte es. Ich wollte seinem seltsamen Rat auch folgen, ihm jedoch gleichzeitig beweisen, dass er mit mir nicht tun konnte, was er wollte.

Nein, da hatte er sich geschnitten.

Ob ein zehn Jahre alter Zombie oder einer, der 3.000 Jahre alt war – mit einer geweihten Silberkugel erledigte ich beide, dessen war ich mir sicher.

Als Antwort hob ich meinen rechten Arm mit der Waffe, zielte kurz und schaute mir den Kopf des Uralt-Zombies genau über die Mündung hinweg an.

Dann schoss ich.

Das Echo des peitschenden Berettaklangs rollte durch die gewaltige Höhle und wurde noch ein paar Mal verstärkt, bevor es wieder zu mir zurückkehrte.

Der Zombie aber starb.

Sein Schädel löste sich in einer Wolke aus Staub auf. Mehr blieb nicht von ihm zurück. Und auch der Körper konnte sich nicht mehr halten. Er fiel mir vor die Füße.

»Reicht das?«, rief ich und atmete tief durch. Dieser Sieg tat mir gut. Ich hatte mir selbst bewiesen, dass ich doch nicht so hilflos war, wie es den Anschein hatte.

»Wie viele willst du denn noch töten, Geisterjäger? Alle, die hier sind? Das schaffst du nicht. Deshalb gebe ich dir noch einmal den Rat. Steige in den Schacht der Weisheit und schau dir das Orakel von Atlantis an. Stell deine Fragen, die Antworten wirst du dann bekommen …«

Diesen Worten folgte ein schauriges Gelächter, das ich am liebsten gestoppt hätte, was mir leider nicht möglich war.

Ich warf noch einen Blick über die anderen Hügel.

Aus allen, die besetzt waren, stiegen sie jetzt hervor. Es waren schlimme Gestalten, Ausgeburten der Hölle, und alle Epochen waren vertreten. Vom Altertum bis zur Neuzeit. Diejenigen, die das Orakel finden wollten und die sich schließlich weigerten, den Weg zu gehen, vegetierten in den Hügelkuppen.

Ich ließ meine Blicke über die ausgemergelten, widerlichen Gestalten gleiten, die, ohne einen Laut von sich zu geben, aus den Hügelgräbern stiegen und in meine Richtung schauten.

Ich sah nicht weit von mir einen Mann in der Uniform eines Schiffskapitäns. Er schien mir noch nicht lange in einem der Gräber gelegen zu haben, denn er sah nicht so schlimm aus wie die anderen.

Konnte er reden?

»He, du!«, schrie ich ihn an und deutete dabei mit der Hand in seine Richtung. »Verstehst du mich?«

Keine Antwort. Er hob nur den Kopf, das taten die anderen auch. Deshalb sprach ich nicht mehr weiter und ging zurück, denn einige waren mir bereits zu nahe gekommen.

Für mich gab es wirklich nur die eine Möglichkeit. Ich musste in den sogenannten Schacht der Weisheit klettern.

Vielleicht war alles nur eine raffiniert aufgebaute Falle, die man mir gestellt hatte. Die Pläne schwarzmagischer Wesen waren oftmals nicht gerade und direkt, sie machten immer einen Umweg, um zu ihrem Ziel zu gelangen.

Fassen konnte ich es längst nicht. Was da aus den Hügeln kletterte, war das personifizierte Grauen. Menschen oder menschenähnliche Wesen, die vor langer Zeit einmal gelebt hatten und nun als Untote oder Zombies existierten.

Sie waren aus allen Jahrhunderten zusammengekommen. Besonders stach mir ein alter Ritter ins Auge, der sogar noch seine Rüstung trug. Sie war völlig verrostet und hatte einen grünlichen Schimmel angesetzt.

Bis auf eine Lanze war er waffenlos. Wie eine Marionette drehte er sich im Kreis, hielt die Lanze waagerecht und holte damit einige andere Zombies von den Beinen.

Es genügte eine kurze Drehung, um den Schacht zu erreichen. Abermals sah ich eine Treppe. Etwas gekrümmt führte sie in die Tiefe. Keine hintereinander folgenden Wendel, sondern eine einzige Krümmung, die mich nach unten brachte.

Im Gegensatz zur Oberwelt sahen die Wände hier anders

aus. Zwar bestanden sie aus Stein, doch es gab zahlreiche Zwischenräume, regelrechte Löcher.

Ihre Bedeutung war mir unklar. Das allerdings sollte sich schnell ändern. Als ich nämlich stehen blieb, um nach oben zu lauschen, hörte ich von dort zwar keine Geräusche, dafür jedoch ein leises, gefährliches Zischen.

Es drang aus den Wänden.

Haarfein – nur bei äußerster Konzentration zu hören, aber vorhanden.

Dort entwich etwas.

Vielleicht Gas? Aber ich roch nichts, sondern hörte nur ein Zischen.

Es entstand überall.

Vor mir, hinter mir, es hüllte mich ein, sodass ich automatisch flacher atmete, denn ich wollte nicht zu viel von dem Zeug in die Lungen bekommen.

Der Schacht der Weisheit, wie er so prosaisch genannt worden war, schien mir äußerst gefährlich zu sein. Sollte ich jetzt zurückgehen und mich mit den unheimlichen Gestalten herumschlagen?

Das brachte nicht viel. Auch wenn ich sie erledigte, war ich meinem eigentlichen Ziel keinen Schritt näher gekommen. Ich hätte weiter den Weg in die Tiefe gehen müssen, um von dem Orakel etwas zu erfahren.

Also ging ich weiter.

Das Zischen begleitete mich auf dem Weg in die Unterwelt. Ich gewöhnte mich daran, spürte jedoch keine Wirkung, die sich dann allerdings schlagartig einstellte wie ein Hammerschlag.

Ich wurde zurückgeschleudert und berührte mit dem Rücken die Wand. Nur mühsam konnte ich mich auf den Stufen halten, die, wenn ich nach unten schaute, zu einem schwankenden Meer wurden. Ich sah keine Trennung mehr, sie liefen ineinander über und veränderten sich für mich zu einer schiefen Ebene, über die zu schreiten ich Angst hatte.

Ich schüttelte mich, stützte mich mit den Händen an der

Wand ab und atmete tief durch. Ja, jetzt konnte ich nicht mehr anders, ich sog die verseuchte Luft in die Lungen.

Alles änderte sich. Meine Anspannung und die Gefühle der Angst verflogen. Der Schacht erinnerte mich nicht mehr an einen solchen. Er kam mir längst nicht gefährlich vor, sondern völlig normal.

Wovor sollte ich überhaupt Angst haben?

Ich lachte, als ich mir diese Frage stellte. Das Lachen hallte durch den Schacht und war sicherlich auch oben zu hören, aber dort reagierte niemand.

Ein regelrechter Rausch hatte mich erfasst. Noch war er angenehm zu ertragen, doch wie leicht konnte daraus ein regelrechter Horror-Trip werden.

Tief in meinem Gehirnwinkel gelang es mir, letzte klare Gedanken zu fassen. Und die wiesen mich daraufhin, dass es Orakel-Forscher gegeben hatte, die bereits über solche Rauschzustände der Suchenden Berichte veröffentlicht hatten. Man nahm stark an, dass derjenige, der eine Antwort des Orakels haben wollte, in eben diesen unnatürlichen Zustand versetzt wurde, damit er nicht unterscheiden konnte, was nun Wahrheit oder nur Einbildung war.

So erging es auch mir.

Obwohl ich es wusste, empfand ich es nicht als unangenehm. Eine Art Glückszustand überkam mich. Man hatte meinen Willen auf raffinierte Weise ausgeschaltet, und ich begab mich freiwillig in die Hände meiner Gegner. Die Treppe machte mir nichts mehr aus. Sollte sie doch lang sein, was spielte das schon für eine Rolle.

In meinem Zustand der Euphorie würde ich sie ohne Schwierigkeiten hinter mir lassen können. Ich hatte ja einen Schutzengel, der über mich wachte.

Und so breitete ich die Arme aus und schritt weiter die Stufen hinab.

Die erste, die zweite, die dritte …

Ich verfehlte keine. Wie ein Tänzer kam ich mir vor, als ich die Treppe hinter mir ließ. Der Boden war weich, er federte wunderbar, ich brauchte überhaupt keine Angst zu haben.

Andere Dinge interessierten mich nicht mehr. Was vorher geschehen war, lag so weit zurück, ich dachte nicht mehr daran und bewegte mich tänzelnd weiter.

Es war ein wunderbares Gefühl, über die Stufen zu schweben und sie nur hin und wieder zu berühren. So musste sich Ikarus gefühlt haben, als er seine ersten Flugversuche unternahm, und auch ich glaubte daran, einfach wegfliegen zu können.

Völlig losgelöst glitt ich nach unten und dachte nicht über die Gefahren nach, die dieser Zustand für mich barg. Ich sah die Realitäten nicht mehr. Die Welt, in der ich mich befand, hatte keine Feinde mehr. Die blieben zurück, in einem anderen Raum, in einer anderen Zeit. Nur das freie, das herrliche Gefühl zählte noch, und das wollte ich auskosten.

Es wurde mir überhaupt nicht bewusst, dass ich das Ende der Treppe erreicht hatte. Auch die letzte Stufe sah ich nicht, mein schwebender Schritt folgte automatisch, und dann befand ich mich dort, wo ich das Orakel sehen konnte.

Wenigstens nahm ich das an. So weit konnte ich noch denken, denn das Orakel war das Wichtigste von allem, und so ließ ich mich einfach weitertreiben in den seltsamen Raum hinein, der sich vor mir öffnete.

Auch die Stimme war da. Ich freute mich, als ich sie hörte, wusste ich doch, dass mich mein Schutzengel den Weg über so begleitet und beschützt hatte und dass mir einfach nichts passieren konnte. Hätte ich mich im Spiegel gesehen, wäre mir sicherlich mein entrückter und gleichzeitig freudiger Ausdruck im Gesicht aufgefallen.

»Ich begrüße dich, Geisterjäger, im Zentrum der Orakel-Pyramide. Wie ich sehe, hast du den Weg wunderbar geschafft. Du warst nicht so töricht wie die anderen, die sich weigerten, den Schacht des Wissens zu betreten. Schau nach vorn, Geisterjäger, dort wirst du das Orakel sehen, und vielleicht kann es dir Antwort auf deine bohrenden Fragen geben.«

Ich schaute nicht nur nach vorn, ich ging auch vor. Wieder schritt ich mit der schwebenden Leichtigkeit dahin, war abermals begeistert davon und richtete meinen Blick dorthin, wohin es mir mein unbekannter Begleiter geraten hatte.

Farben!

Hell, dunkel, pink. Ein Kaleidoskop wischte an meinen Augen vorbei. Sie waren wie Wellen, erinnerten mich an bunte, tanzende Schlangen, aber sie störten mich, denn ich wollte unbedingt das Orakel sehen.

Mit den Händen wollte ich nach ihnen greifen und sie gleichzeitig wegwischen. Es gelang mir nicht. Zwar berührte ich die Farben, aber meine Finger griffen hindurch, sie fanden einfach kein Ziel, und ich schüttelte ärgerlich den Kopf.

»Geh weiter, geh nur weiter!«, forderte mich die Stimme auf. »Du brauchst wirklich keine Angst zu haben, Geisterjäger. Das Orakel wartet auf dich ...«

Ich wollte fragen, wo es nun war, doch ich brachte kein Wort über meine Lippen. Die Faszination des Augenblickes hielt meinen Mund geschlossen.

Schritt für Schritt setzte ich vor, überwand trennende Distanzen, starrte hinein in das Farbenspiel und sah, dass es blasser wurde. Sie verwischten, das Bunte verschwand allmählich und meine Sicht klärte sich.

Ich lächelte und war beruhigt, dass doch alles so gekommen war, wie man mir gesagt hatte, und ich schaute nach vorn, während ich gleichzeitig stehen blieb.

Seltsam – so seltsam war alles. Ich konnte sehen und dennoch kaum etwas erkennen.

Dabei hatte ich das Gefühl, als hätte jemand links und rechts meines Gesichts, und zwar in Augenhöhe, Wände aufgebaut, sodass mein Blickfeld begrenzt blieb.

Es war mir nur möglich, geradeaus zu schauen, und dies in einem begrenzten Raum.

Doch ich sah, was ich sehen wollte. Man ließ es mich erkennen, mein Weg sollte nicht umsonst gewesen sein, denn genau vor mir befand sich das Zentrum.

Das Orakel von Atlantis!

Spielte es überhaupt noch eine Rolle, in welcher Zeit, in welchem Raum oder Dimension sie sich bewegten? Nein, für Kara, Myxin und Suko waren diese Dinge allesamt zweitrangig geworden. Eine unfassbare, aber ungeheuer starke Magie hielt sie umklammert und degradierte sie zu Schachfiguren. Diese Magie machte mit ihnen, was sie wollte, und sie trieb die drei immer weiter.

Ihr Wille hatte nicht ausgeschaltet werden können, aber es gelang ihnen auch nicht, ihn einzusetzen. Sie konnten nichts tun, ihre Reise war nicht zu steuern, denn ein anderer hatte die Regie übernommen.

Längst sahen sie die Flammenden Steine nicht mehr. Es war nur ein kurzer Besuch gewesen, wahrscheinlich wollte der Gegner ihnen zeigen, was er mit diesem Refugium der Magie alles anstellen konnte, und sie in einer depressiven, wehrlosen Phase halten.

Von allein konnten sie sich nicht befreien. Sie hatten es versucht. Sowohl Myxin als auch Kara setzten ihre Kräfte ein. Es war ihnen nicht gelungen, das andere zu überwinden. Telepathie, Telekinese, all dies wurde durch andere Einflüsse schachmatt gesetzt.

Die größere Statistenrolle spielte Suko. Er beherrschte die Gaben der beiden Freunde aus dem alten Atlantis nicht, sodass er von den auf geistiger Ebene geführten Gesprächen nichts mitbekam.

Unterhalten konnten sich dagegen Myxin und Kara auf der mentalen Ebene.

»Kannst du es versuchen?« Myxin empfing den schon verzweifelt klingenden Ruf der Schönen aus dem Totenreich.

»Nein!«

Diese Antwort reichte Kara. Um ihre Mundwinkel zuckte

es. Es war ein Zeichen der Resignation, die sie erfasst hatte, und es kam auch noch etwas anderes hinzu. Die Angst! Eine schlimme, furchtbare Angst, es diesmal nicht mehr schaffen zu können.

Arkonada war zu stark!

Er trieb mit ihnen sein grausames Spiel, hatte zuerst die Steine in seinen Besitz genommen und sorgte nun dafür, dass sein von ihm gesteuertes Grauen weiterging.

Welch ein Dämon! Ein schrecklicher Geist, der aus dem versunkenen Atlantis gekommen war, um Rache zu nehmen. Rache an Myxin, der dem Bösen abgeschworen hatte, und auch an Kara, die sich ihm schon damals in den Weg gestellt hatte, wenn er seine finsteren Pläne verwirk-lichen wollte.

Und sie trieben weiter. Gefangene in Raum und Zeit, mani-puliert, gesteuert, vielleicht sich schon in ferner Vergangen-heit befindend oder in anderen Welten. Wer konnte das schon sagen, denn sie sahen nichts, bis auf ein düsteres Grau, das hin und wieder von geisterhaften Schlieren durchquert wurde und mit dem Todesnebel zu vergleichen war.

»Versuche es mit dem Schwert, Kara«, nahm Myxin einen erneuten Anlauf. »Du musst es packen.«

»Ich schaffe es nicht.«

»Denk an die Leichenstadt.« Immer wieder erinnerte Myxin seine Partnerin daran, denn dort hatte sie Übermenschliches gegen Kalifato, einen der Großen Alten, geleistet.

»Das war etwas anderes.«

Da hatte Kara sogar recht. In der Leichenstadt, die zwar in einer fremden Dimension schwebte, hatten sie einen Be-zugspunkt gehabt. Sie war existent, sie konnte sich darin bewegen, es gab die Gräber der Großen Alten, den Fluss aus Blut, die gefährlichen Spinnen und Skelette. Da hatte sie die Gegner gesehen, hier war es nicht der Fall. Sie trie-ben durch die Unendlichkeit, ziellos, und sie fragte sich, ob sie jemals überhaupt ein Ziel erreichen würden oder bis ans Ende aller Tage Gefangene der Dimension blieben.

Suko schwebte und befand sich in einem Zustand, der

zwischen Ohnmacht und Wachsein schwankte. Manchmal öffnete er die Augen, bewegte auch seine blass gewordenen Lippen, doch er brachte keinen Ton hervor.

Und dann geschah doch etwas.

Kara merkte es zuerst.

In ihrem Gesicht zuckte es. Die Augen nahmen einen anderen Glanz an. Die Haut wurde straffer, und ein Beben lief durch ihren Körper, während sie den Mund öffnete.

Auch Myxin konnte plötzlich wieder reden. Nur Suko blieb stumm.

»Was ist?«, fragte der kleine Magier.

»Ich spüre etwas. Das andere ist da.«

»Welches?«

»Diese schreckliche Magie lässt nach. Ich spüre mein Blut wieder, und ich glaube an einem Ort zu sein, den ich schon einmal gesehen habe.«

»Wer und was ist es?«

Myxin musste sich gedulden. Kara ließ sich Zeit mit der Antwort, und sie wollte ganz sichergehen. Schließlich wusste sie Bescheid und richtete sich weiter auf.

»Ich habe es geschafft, Myxin. Wir nähern uns Atlantis …«

»Was?«

»Ja, die alten Strömungen. Mein Gehirn nimmt sie auf. Ich spüre die Kraft …«

»Aber dann wären wir wieder Feinde!« Myxin schrie es, weil er sich so etwas nicht vorstellen konnte.

»Warte es ab …«

»Atlantis.« Plötzlich meldete sich Suko. »Was wollen wir in Atlantis? Wir müssen zu Arkonada …«

»Da kommst du vielleicht hin«, brummte Myxin. »Sei um Himmels willen nicht so ungeduldig.«

Er hatte die Worte kaum ausgesprochen, als sich die Umgebung schlagartig veränderte.

Ein gewaltiges Blitzen entstand um sie herum. Es waren grelle Lichtspeere, die sie trafen, einhüllten und den seltsamen grauen Nebel verdrängten.

»Wo können wir hier sein?«, fragte Suko.

Kara wollte die Antwort geben, hielt sich aber zurück, da ein plötzlicher Ruck durch ihre Körper ging und ihnen zeigte, dass sie sich am Ziel befanden.

Erst jetzt öffnete Kara den Mund. Flüsternd drangen die Worte daraus hervor. »Ein Spiegel«, sagte sie. »Wir befinden uns in einem Spiegel …«

Ich hatte es geschafft!

Vor mir befand sich das Zentrum, das Orakel von Atlantis, um das sich alles drehte.

Noch war mein Sichtfeld nicht so klar, dass ich es genau sehen konnte. Ich ging ein paar Schritte weiter, und wie aus einer diffusen Filmszene kristallisierte sich allmählich alles scharf hervor.

Eigentlich hätte ich damit rechnen können, ja müssen, trotzdem war ich überrascht.

Das Orakel von Atlantis kannte ich. Es war nichts anderes als der Würfel des Unheils.

Und der, dieser zu manipulierende Quader, wurde von einer Bestie gehalten, die ich erst vor Kurzem noch gesehen hatte.

Vampiro-del-mar!

Ich stand da, starrte und dachte nach.

Zunächst sah ich den Kaiser der Vampire. Seltsam, denn mein Rausch war plötzlich wie weggeblasen.

Da sich Vampiro-del-mar auf einen Stein gestellt hatte, wirkte er noch größer, als er ohnehin schon war. Sein gewaltiger Körper war noch von den frischen Wunden gezeichnet, die ihm die Messerstiche beigebracht hatten, und ich fragte mich automatisch, wie es ihm gelungen war, in diese Höhle zu gelangen, denn gesehen hatte ich ihn nicht. Folglich musste es noch einen zweiten Weg geben.

Hinter ihm befand sich eine Steinwand. Sie war schiefergrau und glatt wie die untere Seite eines Bügeleisens. Ich sah weder Fugen noch Risse, dafür aber ein seltsam bläuliches Licht, das aus der Decke fiel und, bevor es Vampiro-del-mar erreichte, in einen weißen Farbton überging.

Sein mit Geschwüren und Pusteln übersätes Gesicht zeigte keinen Ausdruck. Auch die Augen nicht. Gefühllos waren sie auf mich gerichtet, nur die Arme hatte er vorgestreckt, und in seinen offenen Händen lag der Würfel des Unheils.

Wusste er überhaupt, welch einen brisanten Gegenstand er da festhielt? Ich konnte es nicht glauben, und ich war mir auch nicht sicher, ob die vorherigen Besitzer, Doktor Tod oder Lady X, es so genau gewusst hatten, denn dann hätten sie den Würfel sicherlich anders eingesetzt.

Er war das Orakel, und er würde den Suchenden die Antworten auf zahlreiche Fragen geben.

Fragen hatte ich viele. Nur spielte mein Gedankenapparat noch nicht mit. Ich musste ihn erst ordnen, was mir äußerst schwerfiel, denn die Nachwirkungen des Rausches steckten noch in meinen Adern.

»Am Ziel, Geisterjäger. Du bist am Ziel«, klang wieder die Stimme auf. »Du hast es geschafft, was nur wenige Menschen vor dir fertiggebracht haben. Jetzt bist du an der Reihe. Frage das Orakel.«

»Und Vampiro-del-mar?«, rief ich, wobei ich merkte, dass mein Kopf immer klarer wurde.

»Ihm gehört jetzt der Würfel, aber er wird nicht verhindern können, dass er dir Auskunft gibt.«

Ich schaute auf den Kaiser der Vampire. So sicher war ich mir nicht. Aber was sollte es? Zu verlieren hatte ich nichts, ich konnte nur gewinnen.

Ich unternahm einen ersten Test und sprach Vampiro-del-mar direkt an. »Leg den Würfel weg!«, befahl ich.

Zunächst rührte er sich nicht.

Dann nickte er, und zu meiner Verwunderung bückte er sich, um den Würfel vor seine Füße auf den erhöhten Stein zu legen.

Das klappte ja gut. Und Vampiro-del-mar trat sogar noch zur Seite, damit er meine Sicht auf den Würfel nicht verdeckte.

Mein Gott, wie oft hatte ich über den Würfel nachgedacht. Über seine Entstehung, sein Werden, seine Kraft. Ich wusste nur, dass man ihn manipulieren konnte, dass Pandora ihn gern gehabt hätte, aber nicht bekam und dass seine Entstehung im Dunkeln lag.

Dies wollte ich ändern. Der Würfel oder das Orakel sollte mir sagen, woher es stammte.

Die Aufregung konnte ich nicht verbergen. Meine Hände zitterten, meine Kehle war ausgedörrt, auf der Zunge spürte ich einen seltsam bitteren Geschmack, und dennoch drang die nächste Frage glatt über meine Lippen.

»Woher stammst du, Würfel des Unheils?«

Ich sprach mit ihm wie mit einem Menschen.

Für mich war er das Orakel und kein normaler Gegenstand. Er musste einen langen Weg hinter sich gehabt haben, denn zum ersten Mal hatte ich ihn in Deutschland gesehen, versteckt in einem Berg, und unter ihm hatte das Buch der grausamen Träume gelegen.

Ich erhielt eine Antwort. Anders allerdings, als ich es mir gedacht hatte. Weder von Vampiro-del-mar noch von dem Würfel des Unheils, die Wand war es, die auf meine Frage reagierte.

Gewundert hatte ich mich über die schiefergraue Farbe. Das Material konnte ich nicht identifizieren, es musste jedoch etwas sein, in dem geheimnisvolle Kräfte wohnten, denn die Wand hinter Vampiro-del-mar und dem Würfel begann sich zu verändern.

Zuerst war es nur ein Schimmer, der von links nach rechts gezogen über sie hinweghuschte. Der Schimmer zeigte eine helle Farbe und erinnerte an die des Würfels.

Noch konnte ich nichts erkennen, weil die Wand selbst glatt blieb. Bis sie ihre Struktur änderte und meinen Blicken auch eine gewisse Tiefe bot. Es war trotzdem kein Tunnel, in den ich schaute, sondern nur die Wand, diesmal angefüllt mit plastischen Bildern, und die Antwort auf meine Frage wurde mir mit einer Sicht in die Vergangenheit gegeben.

Die Szenen, die ich zu sehen bekam, konnten nicht in der Gegenwart ablaufen, so waren die Menschen heute nicht angezogen, zudem hatte ich sie selbst gesehen, als mich ein unheimlicher Zauber zurück in die ferne Vergangenheit schleuderte.

Ich schaute hinein nach Atlantis.

In diesem Augenblick vergaß ich meine Umwelt. Ich sah nur das, was vor meinen Augen ablief. Eine weite Landschaft breitete sich aus. Ebenen, Berge, kaum Wälder, dafür düstere Schluchten, Städte und Dörfer.

Große Vögel schwirrten durch die Luft. Nahezu unheimlich waren ihre Schwingen, die sie in einem mir langsam vorkommenden Tempo bewegten und sich so in der Luft hielten. Der Himmel leuchtete in einem dunklen Blau, und in der Ferne hatte er einen rosafarbenen Schimmer, der sich über den Horizont verteilte. Wahrscheinlich fanden dort gewaltige Vulkanausbrüche statt, sodass der Widerschein glühender Lava den Himmel rötete.

Ein beeindruckendes, aber auch unwirkliches Bild, das vor meinen Augen ablief. Es gab keinen Ton, der die Szenerie untermalt hätte, die Reihenfolge der gezeigten Landschaftsmerkmale lief in einer seltsamen Stille ab.

Und die für mich nicht zu sehende Kamera schwenkte weiter. Sie stand jetzt in der Totalen, schaute hinunter auf die zahlreichen Bergspitzen und glotzte wie ein großes Auge in die engen Schluchten hinein, über deren Grund oft wilde Wasser tobten.

Höhlen sah ich und musste daran denken, als es mich nach Atlantis verschlagen hatte. Da war ich ebenfalls durch Schluchten und in Höhlen gegangen, wo ich schreckliche Erlebnisse hinter mich gebracht hatte.

Als sich das Bild wieder veränderte und nicht in der Totalen blieb, sondern Einzelheiten hervorholte, entdeckte ich eine düstere Ansammlung von Hügeln zwischen einer kargen, nicht bewachsenen Landschaft aus rauem, zerrissenem Vulkangestein.

Und ich hörte zum ersten Mal einen Ton.

Es war ein fernes, noch unheimliches Heulen, das mir entgegen hallte. Das Geräusch schien aus Stereo-Lautsprechern zu dringen, die mich umgaben, wobei ich nicht wusste, wer es ausgestoßen hatte. Vielleicht Heerscharen von Geistern und Dämonen, die in irgendwelchen Höhlen hausten. Sie jaulten und schrien, ihre schrecklichen Stimmen vereinigten sich zu einem schaurigen Gesang.

Fasziniert schaute ich zu. Ein Höllenspektakel lief vor meinen Augen ab.

Schreien, Jammern, Jaulen – die Unterwelt schien ihre Pforten geöffnet zu haben, und ich sah plötzlich die gewaltige Flammenwand, die aus der Erde schoss.

Ein Schlund hatte sich aufgetan, schleuderte Steine und Felsen wuchtig himmelan, gefolgt von der Säule aus Feuer, das heiß genug war, um die Steine zu schmelzen.

Als breiter Strom wälzte sich eine Glutlawine durch die enge Schlucht und rann talwärts.

Die glühende, flüssige Masse fand ihren Weg. Kein Hindernis konnte sie aufhalten. Begleitet wurde sie von einem fauchenden Sturm und dichten Wolken.

Die Welt wurde zum Chaos.

Dämonische Kräfte hatten in den Kreislauf der Natur eingegriffen und ihn sogar unterbrochen. Hier sollte aus dem Alten etwas Neues entstehen, und ich war dabei.

Die unsichtbare Kamera verfolgte den Weg der glühenden Flüssigkeit. Sie brodelte und schäumte weiter durch die enge Schlucht einem Ziel entgegen, das ich bisher noch nicht gesehen hatte.

Dann gab es auf einmal keine Schlucht mehr. Alles ging so schnell, dass ich davon überrascht wurde, nach unten schaute und meinen Blick dabei wechselte.

Über eine Klippe hinaus schoss die kochende Masse als

Wasserfall in einen See hinein, der tief unterhalb des Vorsprungs lag und sie auffing.

Es war ein großer See, er musste auch kalt sein, denn die Masse, heiß, dampfend und alles verbrennend, kühlte relativ schnell ab und erstarrte.

Keine Welle bewegte sich mehr weiter von der Aufschlagstelle entfernt. Der See blieb glatt und ruhig, erstarrt, wie Eis, das seltsame Kristalle erzeugt hatte.

Ich schüttelte den Kopf. Noch begriff ich die Vorgänge nicht, wobei ich jedoch ahnte, dass es jetzt nur noch ein kurzer Schritt bis zur Entstehung des Würfels war.

Ich sollte mich nicht geirrt haben. Zuvor erlebte ich allerdings noch einige Überraschungen.

Um den See herum ragten gewaltige Felsen auf. Dunkel stachen sie in den düsteren Himmel. Sie sahen aus wie stumme Wächter, aber innerhalb des Gesteins tat sich etwas. Ich vernahm ein gewaltiges Knacken und Knirschen. Steinbrocken wurden aus dem Verbund gesprengt. Mit ungeheurer Wucht schleuderte es sie nach vorn. Sie fielen hinunter, prallten auf den auf seltsame Weise erstarrten See und rissen dort gewaltige Löcher in die Masse.

Ein Krachen und Bersten erfüllte die Luft. Lange Kristallsplitter wurden in die Höhe geschleudert, fielen wieder nach unten und krachten in den See zurück.

Die Natur erfuhr einen nie gekannten Aufruhr. Kräfte, die nicht zu kontrollieren waren, diktierten das Geschehen. Die Felsen wankten, sie spielten verrückt, auch aus der Tiefe drückten gewaltige Kräfte gegen den erstarrten, seltsamen See. Sie pressten die Masse zusammen. Ich hörte das Knirschen und Bersten, dazwischen ein unheimlich hohl klingendes Pfeifen, als hätte ein nicht sichtbares Monstrum seinen Atem über diesen Kristallsee geblasen.

Dann wallten Wolken hoch. Es waren Staub- und Gesteinswolken, die gegen den Himmel geschleudert wurden und meine Sicht auf dramatische Weise verschlechterten.

Ich ärgerte mich darüber. Bisher hatte ich alles ziemlich

gut mitbekommen, nun aber konnte ich kaum mehr etwas erkennen.

Und dabei tat sich hinter dem Schleier etwas Entscheidendes. Das spürte ich genau. Die Erregung hielt mich gepackt. Auf der Haut fühlte ich den Schweiß. Er lag auch auf meinem Gesicht, das glänzen musste wie eine Speckschwarte.

Vom langen Starren begannen mir die Augen zu tränen. Ich wischte darüber hinweg, denn ich wollte um alles in der Welt mitbekommen, was da vor sich ging.

Dampf und Staub vermengten sich miteinander. Ich hörte ferne Schreie. Sie hatten nichts Menschliches mehr an sich, aber sie bewiesen mir, dass sich Lebewesen innerhalb des Chaos' aufhalten mussten. Nur hatte ich sie bisher nicht gesehen.

Einmal glaubte ich, einen gewaltigen Körper mit langen Beinen zu sehen. Für einen Moment nur schälte er sich aus dem Rauch hervor, und sofort überkam mich eine Erinnerung. Ja, das konnte nur einer gewesen sein.

Kalifato, der Todesbote!

Einer der Großen Alten!

Er war in Wirklichkeit eine übergroße Monsterspinne, und er hatte auch schon in der Urzeit gelebt.

Meine Gedanken gingen direkt weiter. Wenn Kalifato mitmischte, konnte es durchaus sein, dass er nicht allein an den Vorgängen beteiligt war. Ich dachte darüber nach, dass vielleicht auch die übrigen Großen Alten die Chance ergriffen und bei der Herstellung des Würfels mitmischten.

Ich wusste zudem von Gorgos, der das gläserne Grauen brachte. War es nicht möglich, dass er mit seiner Kraft für ein Schmelzen des Gesteins gesorgt hatte?

Weit reichende Vermutungen, die mir jedoch nicht so utopisch vorkamen, wie sie momentan aussahen.

Die Natur tobte.

Sie und die Hölle wurden eins. Krachen und Bersten drangen an meine Ohren, eine gesamte Landschaft wurde zerstört und zerrissen. Andere Dinge entstanden, denn es war ein Prozess der Umwandlung in Gang gesetzt worden.

Ich traute mich nicht, weiterzugehen. Vielleicht hätte ich mehr erkannt, wenn ich näher an die Wand herangetreten wäre, aber ich hatte auch Furcht.

Und dann klärte sich das Bild. Allmählich trieben die gewaltigen Staubwolken zur Seite, als würden sie vom Atem eines Ungeheuers weggeblasen. Meine Sicht wurde besser, schon konnte ich Umrisse erkennen und schaute nicht mehr auf die Schlucht, sondern in eine übergroße Pyramide hinein.

Mein Atem stockte.

Es war die Pyramide, in der auch ich stand, nur befand sie sich in der Vergangenheit.

Ein Ebenbild.

Ich sah den Stein, denn ich konnte durch die Mauern schauen. Dieser Stein befand sich auch in der Realität vor mir, und ich sah dort den Würfel liegen.

Zwei Würfel.

Einmal in der Vergangenheit, einmal in der Gegenwart.

Und da wurde mir alles klar. Jetzt wusste ich, wie der Würfel entstanden war. Die Kräfte der Natur hatten den Kristallsee derart zusammengepresst, dass aus diesen gewaltigen Mengen ein nur kleiner Quader entstanden war.

Der Vergleich mit einem Atomkern fiel mir ein. Wenn man darüber nachdachte, welch eine Kraft in solch einem Kern steckte, konnte einen schon so etwas wie Ehrfurcht überkommen.

So also war der Würfel des Unheils entstanden. Durch Druck, durch Magie, und ich hörte plötzlich wieder die Stimme des Unbekannten in meinem Rücken.

»Nun, Geisterjäger, hat dich die Antwort des Orakels befriedigt?«

»Ja, fast ...«

Da lachte der andere. »Was willst du denn noch alles wissen? Du hast die uralte Vergangenheit präsentiert bekommen und weißt, wie der Würfel entstanden ist.«

»Haben die Großen Alten ihn geformt?«

»Ja, das stimmt.«

»Warum habe ich das nicht gesehen?«

Da lachte der Unbekannte wieder. »Was willst du, John Sinclair? Ein kleines Geheimnis muss doch bleiben. Die Großen Alten haben den Würfel aus der Erde des alten Atlantis geschaffen und ihn mit ihrem Geist gefüllt. Diese Erde steckte voller Geheimnisse, und sie sind in dem Würfel festgehalten worden. Er, John Sinclair, birgt das Geheimnis einer längst vergessenen Welt und eines längst vergessenen Kontinents in sich. Der Würfel und Atlantis sind untrennbar miteinander verbunden. Er ist der Schlüssel zu dieser Welt und dieser Zeit. Und er gehorcht dem, der ihn besitzt. Du siehst ihn in der Vergangenheit vor dir. Damals befand er sich in Atlantis, aber er brachte Irrwege hinter sich, bis er schließlich dort landete, wo du ihn zum ersten Mal gesehen hast.«

»Bei dem Buch der grausamen Träume, nicht wahr?«

»Ja, du erinnerst dich gut. Das war das vorläufige Ende seiner Reise.«

»Wie ist er dorthin gekommen?«

»John Sinclair«, klang die Stimme ein wenig vorwurfsvoll. »Du darfst nicht alles wissen. Es ginge zu weit, dir von der Irrfahrt des Würfels zu berichten, denn auch sein Hüter hat es nicht geschafft, ihn immer zu bewachen.«

»Wer war der Hüter?«, wollte ich wissen. »Der Schwarze Tod?«

»Nein, obwohl er den Würfel auch einmal besessen hat, denn es sind lange, lange Zeiten vergangen. Was du eben erlebt hast, geschah vor dem Untergang von Atlantis. Aber die Großen Alten haben anders gedacht. Sie setzten ihren Hüter ein. Er sollte auf den Würfel achtgeben, damit ihm nichts passierte. Kannst du es dir vorstellen?«

»Nein, da müsste ich raten. Sag du es mir!«

»Schau auf die Wand, denn dort wirst du noch etwas sehen. Der Prozess ist noch nicht abgeschlossen, Geisterjäger!«

Das Gespräch mit dem Unbekannten hatte mich fasziniert.

Ich dachte nicht mehr an meine eigene Lage und auch nicht an die Gefahr, die der wie unbeteiligt dastehende Vampiro-del-mar bedeutete, ich wollte jetzt mehr wissen und konzentrierte mich wieder auf das Geschehen an und in der Wand.

Noch lag der Würfel schlicht und einfach nur da. Es war kein Hüter zu sehen, aber ich sah in der Ferne einen seltsamen blauen Schein.

Zuerst war er nur ein Punkt, kam aber sehr schnell näher und wurde für mich zu einer blauen Sonne, die in einen nebligen, schimmernden Umkreis gehüllt war.

Blaues Licht.

Dazu eine widerlich anzusehende Fratze, die sich aus dem Zentrum hervorschälte.

Da gab es nur einen, der ein Hüter oder Wächter des Würfels sein konnte. Ich kannte ihn auch, denn er hatte meinen Freunden und mir seine Macht schon drastisch bewiesen.

Arkonada!

Kein Geringerer als er war der Hüter des Würfels!

Näher und näher schwebte das blaue Licht mit dem Gesicht, und es hüllte den Würfel ein. Arkonada breitete einen Schutzmantel über ihn aus. Er schaute mich aus der Vergangenheit an. Zum Greifen nah sah ich dieses schreckliche Gesicht und entdeckte auch das widerliche Grinsen darauf.

Arkonada, der Sieger. Der Dämon, dem selbst die Flammenden Steine nicht widerstehen konnten. Und ich ahnte, dass es zwischen dem Würfel und den *flaming stones* einen Zusammenhang geben musste.

Es war viel, was ich hier zu sehen bekam. Man weihte mich in einige uralte magische Geheimnisse ein, wobei ich sicher war, dass es sicher noch längst nicht alles war. Ich würde und wollte noch mehr erfahren.

Plötzlich bebte der Boden!

Nicht der, auf dem ich stand, sondern der Untergrund in der Vergangenheit. In gewaltigen Wellen lief das Zittern heran, kam von allen Seiten und erfasste den Würfel des Unheils.

Seine Bewegungen wurden hektisch. Es schüttelte ihn durch. Unsichtbare Hände schienen mit ihm zu spielen, und sie stellten ihn sogar auf die Kante.

Ich hatte das Gefühl, dass große Gegenkräfte allmählich angriffen, um die schwarze Magie zu zerstören.

Aber wer war der Angreifer? Wer traute sich schon, gegen den Würfel des Unheils anzugehen?

Sogar Arkonada wurde nervös. Es war seine Aufgabe, den Würfel zu schützen. Das Orakel von Atlantis durfte unter seinen Fittichen keinen Schaden erleiden, und kaum, dass es geboren war, schien sein Ende schon nahe zu sein.

Dass es nicht dazu kommen würde, wusste ich. Mich allerdings interessierte, wie der Würfel und Arkonada es schaffen wollten, den Kräften zu entgehen.

Es war raffiniert von den Großen Alten gemacht. Sie hatten den Würfel hergestellt und gleichzeitig mit ihrem Wissen und mit ihrer Magie gefüllt. Derjenige Unbedarfte, der den Würfel in die Hände bekam, konnte von dessen Kraft nichts ahnen. Er glaubte ihn zu haben, tatsächlich war er es, der ihm gehorchte. Böse Gedanken würde er weitertragen, er ließ sich manipulieren, sowohl zur einen als auch zur anderen Seite. Und da die Großen Alten mit der Schlechtigkeit der folgenden Generation schon damals gerechnet hatten, schien diese Rechnung auch aufzugehen, denn bisher hatte der Würfel nur Unheil gebracht.

Nun war er in Gefahr!

Arkonada, der Hüter, versuchte zu retten, was noch zu retten war. Er löste sich in große Lichtstreifen auf, die einen blauen Wirbel um den Würfel legten und ihn schützen sollten.

Aber er schaffte es wohl nicht so, wie er es sich vorgestellt hatte. Ich traute meinen Augen nicht, als ich die nächsten Szenen sah. Hinter dem blauen Licht und ebenfalls mit einem bläulichen Schein überzogen, erschienen Gesichter.

Es waren große Gesichter, wesentlich größer als die eines Menschen, und ich kannte sie sehr genau. Ich hatte sie schon gesehen, als mich der Eiserne Engel mitten in der Nacht entführte, durch die Dimensionen transportierte und mich zu seinem Ziel brachte.

In die Schlucht der stummen Götter!

Und diese Gesichter, die ich um den Würfel herum entdeckte, waren mit denen der stummen Götter identisch.

So schloss sich der Kreis!

Die stummen Götter waren die Todfeinde der Großen Alten, allerdings von ihnen in den langen Schlaf versetzt worden. Sie konnten in den großen Kampf nicht mehr eingreifen, waren zu Zuschauern degradiert worden und starrten nun auf den Würfel.

Wollten sie ihn an sich nehmen?

Arkonada, so hatte ich den Eindruck, war von dem Auftauchen der Götter überrascht worden. Er wusste nicht mehr, wie er den Würfel schützen sollte.

Wie ein Irrwisch tanzte er. Das blaue Licht strahlte auf, verblasste und drang in die Erde ein. Über dem Würfel schwebte die schreckliche, uralte Fratze Arkonadas. Ich konnte seinen weit geöffneten Mund erkennen. Er kam mir vor, als wäre ein Schrei auf seinen Lippen gefroren.

Der Kampf nahm an Heftigkeit zu. Auch ich konnte mich seiner Faszination nicht entziehen, denn die Kräfte des Guten stoppten ihren Angriff nicht. Sie hatten zu oft aufgegeben, diesmal wollten sie als die großen Sieger vom Platz gehen.

Das Donnern und Krachen vernahm ich nur weit entfernt. Es war ein tiefes Grollen, das mir entgegenschwang, aber es erschienen plötzlich gewaltige Hände im oberen Teil des Bildes.

Sie hielten etwas fest, das ich im ersten Moment nicht richtig erkennen konnte.

Dann jedoch schlug mein Herz schneller. Meine Augen öffneten sich weit, ich holte stockend Luft, denn ich konnte kaum glauben, was ich da erkannte.

Es waren Steine!

Gewaltige hohe Steine, an dicke Lanzen erinnernd, die von den stummen Göttern gehalten wurden.

Und nicht nur das.

Sie rammten die Steine plötzlich nach unten.

Ich sah nur die schattenhaften Bewegungen, zuckte zurück und riss unwillkürlich die Hände hoch, denn einer der Steine glühte so stark rot auf, dass er mich blendete.

Aufglühen wie kochendes Blut! Dieser Vergleich fiel mir ein, und der Vergleich stimmte, denn ich hatte die Steine in der Gegenwart schon des Öfteren erlebt und auch in Aktion gesehen.

Was da von den stummen Göttern geschleudert und tief im Boden verankert wurde, waren die Flammenden Steine, die für Myxin und Kara einmal so wertvoll werden sollten.

Vier Steine.

Monolithen!

Unheimlich anzusehen. Gewaltige Denkmäler, angefüllt mit einer kaum zu fassenden Magie, rahmten den Würfel des Unheils jetzt ein, der seine gesamte Kraft einsetzen musste, um gegen die andere Magie anzukommen.

Hatte ich ihn bisher nur milchig weiß erlebt, so war Arkonada nun in ihn hineingestiegen. Der Würfel des Unheils hatte eine blaue Farbe angenommen, da er nun fest mit Arkonada verbunden war. Er wehrte sich gegen die Magie der *flaming stones*.

Fasziniert schaute ich dem Kampf zu. Ich wusste nicht, wer der Sieger sein würde, und konnte nur für die Flammenden Steine hoffen.

Meiner Ansicht nach musste ihre Existenz eine der letzten Taten der stummen Götter gewesen sein. Sie hatten sich wieder zurückgezogen, ich sah ihre Gesichter nicht mehr, nur noch den Würfel und die Steine.

Nein, noch etwas!

Plötzlich schwebte oberhalb dieser seltsamen Leinwand ein weiterer Stein.

Er allerdings sah schmaler aus, war zudem durchsichtig und leuchtete in einem seltsamen grünen, gläsernen Ton.

Er glitt nur allmählich nach unten. Ich erkannte seine Grundfläche und seine Seiten, die nach oben hin schräg zuliefen, damit sie sich treffen konnten.

So entstand ein Dreieck.

Aber ein räumliches. Und da gab es nur eines, das ich als räumliches Dreieck anerkannte.

Die Pyramide!

Und sie war es auch. Die stummen Götter setzten ihre stärkste Waffe ein.

Die Pyramide des Wissens.

Sie fiel nach unten. Nichts hielt sie mehr auf. Und beide, Würfel und Pyramide, prallten zusammen …

Ich sah die Szenen auf der Wand, und meine Gedanken beschäftigten sich mit etwas anderem.

Lange lag es zurück. Ich sah mich in einem Berg, dem Brocken, stehen. Im fernen Germany war es gewesen. Vor mir lag ein Würfel, darunter ein seltsames Buch.

Das Buch der seltsamen Träume.

Und ich erinnerte mich wieder an die Pyramide des Wissens, die mich transportiert hatte, als ich in die Geheimnisse meines Kreuzes eingeweiht wurde.

Hier aber erlebte ich, dass die Pyramide, die Steine und der Würfel in einem ursächlichen Zusammenhang standen, über dessen wahre Verwandtschaft ich weiterhin im Unklaren blieb.

Ich konnte erkennen, dass die Pyramide des Wissens den Würfel geschluckt hatte. Als dies geschah, vernahm ich die Stimme. Es war nicht die des Unbekannten, der bisher meinen Weg begleitet hatte, sondern eine, die ich an einem Platz, der in der Unendlichkeit lag, gehört hatte.

In der Schlucht der stummen Götter!

Es sprach genau der zu mir, den der Eiserne Engel als seinen Vater bezeichnet hatte.

»John Sinclair«, so hörte ich, »wir kamen hier zusammen, wo Vergangenheit und Gegenwart sich treffen. Im Schnittpunkt der Zeiten sollst du erfahren, welches Geheimnis es um den Würfel und um die Pyramide gibt. Der Würfel ist als Gegenmittel zur Pyramide erschaffen worden. Ihn haben die Großen Alten aus der Taufe geholt. Wir aber setzten die Pyramide dagegen. Wir wollten versuchen, die Kräfte des Würfels zu neutralisieren. Das Böse, dem er geweiht war, sollte aus ihm gerissen werden, aber wir wussten, wie schwer der Kampf werden würde. Der Würfel besaß die Macht des Schlechten, die Großen Alten hatten ihr Wissen in ihm vereint wie wir das unsere in der Pyramide. Schau selbst zu, wie der Kampf endete. Ich werde mich danach noch einmal melden und dir weitere Informationen mitteilen …«

Die Stimme verschwand. Sie verhallte in dem Vakuum zwischen Raum und Zeit, sodass ich mich auf die Auseinandersetzung zwischen beiden starken Magien konzentrieren konnte.

Geräusche hörte ich nicht. Die Wand war eingetaucht in einen farblichen Wirrwarr aus blau und grün. Würfel gegen Pyramide. Beide erfüllt mit dem Wissen und den Kräften mächtiger Geister.

Ein erstes Opfer wurde Arkonada!

Ich hörte seinen Schrei.

Er war so laut und schrecklich, dass er bis an meine Ohren drang. Der Hüter des Würfels wurde aus ihm herausgeschleudert und raste, eingehüllt in eine blaue Lichtbahn, ins Nichts.

Er hatte schon verloren.

Aber der Würfel hielt.

Und die Steine hielten.

Ich sah wieder ihr unheimliches Glühen, das an den unteren Enden begann und sich allmählich weiter in die Höhe schob. Sie gaben nicht auf, stemmten sich den Kräften der schwarzen Magie entgegen, denn sie wollten ebenfalls, dass der Würfel in ihrem Bereich blieb.

Wieder wankte und schwankte er. Ein Sturmwind erfasste ihn und wirbelte ihn wie ein welkes Blatt zur Seite. Ich zitterte mit ihm, hatte Angst um ihn und glaubte für einen Moment, dass er diesen Kräften nicht gewachsen war.

Aber er bekam Hilfe.

Aus dem Hintergrund, dem Schacht der Zeiten, erschien etwas, das auch ich kannte.

Zwei riesige, gewaltige Hände, die in der Lage waren, ein großes Schiff zu zerstören.

Und sie tauchten in die Wand hinein. Sie krümmten sich zu Klauen, nahmen mein gesamtes Blickfeld ein, und sie griffen plötzlich zu. Die Steine und auch die Pyramide des Wissens konnten die Hände nicht aufhalten. Sie verdeckten alles, wobei ich sie für einen Augenblick durchsichtig sah.

Der Würfel verschwand.

Die Pyramide strahlte, die Steine leuchteten, die Hände griffen zu. Wer würde siegen?

Es waren die Hände, die den Würfel wegrissen und ebenso rasch mit ihm verschwanden, wie sie gekommen waren.

Zurück blieben die Steine und die Pyramide, die jedoch kurz danach in die Höhe gerissen wurden und ebenfalls verschwanden.

Hatte er mir nicht versprochen, sich wieder zu melden? Darauf brauchte ich nicht lange zu warten, denn abermals hörte ich die Stimme des Geistes.

»Du hast es gesehen, Geisterjäger. Der Kampf ist unentschieden ausgegangen, denn uns gelang es nicht, den Würfel zu zerstören. Die Gegenmagie war einfach zu groß. Aber wir haben ihm unseren Stempel aufdrücken können. Der Würfel des Unheils war ursprünglich dazu gedacht, nur zu zerstören. Das wird nicht mehr der Fall sein. Wir konnten ihm seine Kräfte zwar nicht nehmen, doch unsere hineinpflanzen. So ist dieser Würfel ein Zwitter. Das Gute wohnt in ihm wie das Böse, und es kommt auf den Besitzer an, wie er die Waffe benutzt. Wendet er sich der schwarzen Magie zu, so wird der Würfel ihm dienen. Setzt er ihn jedoch für die Sache des

Guten ein, kann sein Träger damit Frieden stiften. Deshalb entbrennt so ein großer Kampf um ihn. Wir wissen, was die Zukunft noch alles bringt, welche Irrwege der Würfel noch vor sich hat, bevor er seinem endgültigen Besitzer zukommen wird.«

»Wer ist es?«, rief ich laut und dachte nicht mehr daran, dass ich nur gedanklichen Kontakt hatte. Ich war einfach zu erregt.

Der andere verstand mich trotzdem. »Du musst seinen endgültigen Besitzer selbst herausfinden. Auch wir sind nicht allmächtig. Die ferne Zukunft liegt für uns im Nebel der Zeiten. Wir können nur da hineinschauen, was für dich Vergangenheit ist. Deshalb musst du deinen Kampf fortsetzen. Man hat den stummen Göttern ihre Kraft genommen, daran gibt es nichts zu ändern …«

Man hatte ihnen die Kraft genommen!

Der Satz traf mich schwer. Wieder einmal stand ich vor einer Entscheidung. Nein, es war an sich keine. Mir war nur klargemacht worden, dass ich weiterkämpfen musste, bis – aber daran wollte ich zu diesem Zeitpunkt nicht denken.

Dennoch hatte ich zahlreiche Fragen. Ich hoffte, dass die Verbindung mit dem stummen Gott noch lange bestehen blieb und formulierte meine nächste Frage wieder gedanklich. »Ich weiß nicht, was die Hände sollen und zu wem sie gehören …«

»Es sind die Klauen des Hemator, eines der Großen Alten. Die Legende sagt, dass sie aus dem Gestein der Unterwelt geformt worden sind und als Zerstörer auftreten. Hemator ist der Zerstörer unter den Großen Alten. Er hat die Kraft, und er wird alles vernichten, was sich ihm in den Weg stellt.«

»Auch mich?«

Die Antwort kam nur zögernd. Sie traf mich trotzdem sehr hart. »Ja, auch dich …«

Ich zuckte zusammen. Wenn dieser stumme Gott tatsächlich recht behalten sollte, dann erlebte ich hier die letzten Minuten meines Lebens.

Doch er schwächte ab. »Es gibt auch gegen ihn eine Chance. Die Pyramide, die du gesehen hast und in der du stehst, hält Hemator fest. Solange er von dort nicht befreit wird, ist seine Macht begrenzt. Meine Brüder und ich tun alles, um ihn darin zu lassen, unsere Kräfte bannen ihn, doch hin und wieder sind auch wir zu schwach.«

»Aber ich habe sein Grab in der Leichenstadt gesehen.«

»Hast du das wirklich?«

»Nun, ich …« Gedanklich begann ich zu stottern. Verdammt, ich hatte nicht hinsehen können, weil mein Kreuz damals die Magie des Schlüssels aufgehoben hatte.

»Du siehst also, Geisterjäger, dass dies nicht der Fall ist. Hättest du in das Grab geschaut, hättest du auch die Pyramide erkannt, die zwischen den Dimensionen in einem gewaltigen Gefängnis ihren Platz gefunden hat und von uns allen gebannt wurde. Sie ist für einen Moment frei gekommen, aber sie wird wieder zurückkehren. Wenn du dich nicht beeilst, reißt sie dich mit, und dann können wir nichts dagegen tun.«

»Gibt es wirklich keine Chance?«, rief ich verzweifelt.

»Eine winzige Chance besteht noch. Und ich hoffe, dass du sie nutzen kannst. Es ist alles getan worden, damit du eventuell wegkommst. Das, was du hier gesehen hat, ist ferne Vergangenheit. Alles hat sich auf dem großen Kontinent Atlantis abgespielt, dessen Orakel du nun kennst. Und erinnere dich an eins. Als du den Albtraum in Atlantis erlebtest und den Untergang mit ansehen musstest, da bist du auf eine nahezu wundersame Weise gerettet worden. Weißt du noch?«

»Ja, ja«, sagte ich heftig in Gedanken. »Ich erinnere mich. Es war der Spiegel, der mich …«

»Genau, der Spiegel. Er ist deine Chance!«

Ich drehte mich um und hob dabei die Schultern. »Aber wo ist er? Wo kann ich ihn finden?«

»Achte nur auf diese Wand. Sie ist zweierlei. Das Tor zur Vergangenheit und zur Gegenwart. Auf sie und den Spiegel solltest du ein Auge haben. Du wirst es vielleicht erleben, John Sinclair, vielleicht …«

Dieses Wort war auch das Letzte, das ich vom Vater des Eisernen Engels vernahm.

Dann verstummte er.

Stattdessen hörte ich wieder das grollende Lachen hinter mir und auch die Stimme. »Hast du alles mitbekommen, Geisterjäger?«

»Ja, das habe ich.«

»Das ist gut, dann weißt du Bescheid.«

»Aber wer bist du?«

»John Sinclair, weshalb stellst du diese Frage? Hast du meinen Namen nicht gehört? Ich bin derjenige, der in der Pyramide eingeschlossen ist«

»Hemator!«, flüsterte ich.

»Genau. Hemator, der Unbesiegbare, der Zerstörer. Zweimal hast du meine Hände gesehen. In diesem Augenblick wird es sich entscheiden, wo ich freikomme. Die Vergangenheit ist vorbei, ich will frei sein und alles daransetzen.«

»Aber du hast den Würfel nicht!«

Er lachte wieder. »Dieser Würfel liegt jetzt in der Pyramide. Arkonada, unser Diener, hat dafür gesorgt. Er wusste, wer ihn besaß. Es war Vampiro-del-mar. Viele Irrwege hat der Würfel zurückgelegt. Er hat Besitzer gehabt, die nicht würdig waren, ihn zu tragen. Wie auch Vampiro-del-mar. Er ist ein hirnloser Idiot, kann den Würfel nicht einsetzen, und Arkonada hat mir den Weg bereitet. Die Flammenden Steine hätten mir gefährlich werden können, aber die Kraft des Würfels war stärker. Seine Magie ist in die Steine gelangt und hat sie übernommen. Sie gehorchen nicht mehr Myxin und Kara, sondern nur noch uns, wenn ich den Würfel habe. Im Augenblick steht es auf der Kippe. Alles ist bereit. Der Todesnebel hat sich um die Steine gelegt. Ich lauere auf meine Rückkehr, und ich komme, das verspreche ich dir.«

Seine Worte hätten mich hart getroffen, wenn mir nicht der stumme Gott Mut gemacht hätte.

Es gab eine Chance für mich, und ich wollte nicht länger warten, sondern selbst etwas tun.

Hemator hatte Vampiro-del-mar in eine Falle gelockt, um an den Würfel zu gelangen. Gleichzeitig wollte er auch mich ausschalten, und ich begriff allmählich das Spiel. Von allein wäre ich nie in die Ägäis gefahren, deshalb hatte man einen Matrosen der Schiffsbesatzung entkommen lassen, um mich auf die Spur zu lenken.

Allmählich wurde mir dieses Spiel klar. Ich durchschaute es, und das war ein gutes Gefühl.

Wie hatte ich noch gedacht?

Die Chance selbst ergreifen!

Ich warf einen Blick auf Vampiro-del-mar. Noch lebte er. Wahrscheinlich würde ihn Hemator auch nicht umbringen, denn der Vampir war selbst ein Schwarzblüter. Und da hackte eine Krähe der anderen kein Auge aus.

Ich senkte den Kopf. »Gut«, sagte ich. »Das habe ich alles nicht gewusst, ich gebe auf.«

Auch Vampiro-del-mar hatte die Worte gehört, während der Große Alte wieder schallend lachte.

»Es war auch zu viel für dich, Geisterjäger. Ich kann es mir gut vorstellen. Dann …«

Ich ließ ihn nicht mehr ausreden, sondern startete. Wenige Schritte nur hatte ich zurückzulegen, und ich war schnell, verdammt schnell sogar.

Bevor Vampiro-del-mar reagieren konnte, erreichte ich den Würfel, riss ihn an mich und kreiselte zu dem Supervampir herum.

Jetzt hatte ich die Waffe!

Schrecken und Entsetzen zeichneten die Fratze des Blutsaugers. Damit hatte er nicht gerechnet. Ich stand starr vor ihm, hielt den kostbaren Würfel zwischen meinen Handflächen und dachte daran, dass ich ihn manipulieren konnte.

»Jetzt, du Bestie«, flüsterte ich, »wirst du für deine Taten büßen. Das ist die Stunde der Abrechnung!«

Ich musste ihm diese Worte einfach sagen, denn ich hatte schon zu lange gewartet. Diese Bestie stand ganz oben auf meiner Liste. Ihre grausamen Taten waren unbeschreiblich gewesen. Wenn er zu Staub zerfiel, dann hatte ich endlich Ruhe. Und wenn es das Letzte war, was ich in meinem Leben tat.

Der Supervampir hatte Angst. Er wich zurück. Sein Gang war nicht mehr normal. Während er den hässlichen Schädel schüttelte, taumelte er nach hinten.

Ich folgte ihm.

Tat er einen Schritt, bewegte auch ich mich, sodass die Distanz zwischen uns immer gleich blieb.

»Keine Chance mehr«, flüsterte ich, »keine Chance.« Zum ersten Mal in meinem Leben vertraute ich nicht auf mein Kreuz oder eine andere Waffe des Guten, sondern auf den magischen Würfel des Unheils.

Er sollte mir dienen.

Ich nahm gedanklichen Kontakt auf, machte es wie seine zahlreichen Vorbesitzer und programmierte ihn auf die Vernichtung des Vampiro-del-mar.

»Töte ihn«, formulierte ich. »Pfähle diesen verfluchten Blutsauger, der so viel Unheil gebracht hat!«

Genau jetzt musste es geschehen. In den nächsten Sekunden vielleicht, und ich wartete aufgeregt darauf.

Es geschah – nichts.

Der Würfel des Unheils blieb in seiner passiven Haltung. Bei mir reagierte er nicht …

Kara hatte die Wahrheit erkannt!

Sie befanden sich in einem Spiegel, waren Gefangene dieses Instruments, und dennoch hatte der alte Kontinent Atlantis sie verschlungen. 10.000 Jahre und mehr in die Vergangenheit hatte sie diese Reise zurückgeschafft, sie erlebten ihre Heimat noch einmal und konnten dennoch nicht aktiv werden, denn der Spiegel war wie eine Insel.

Sie saßen in einer Enklave fest, hatten festen Boden unter den Füßen, bewegten sich und konnten dennoch nicht fort. Die Wände des Spiegels waren nicht zu zerstören.

Keiner begriff es so recht, niemand wollte auch darüber nachdenken, nur Suko sprach es aus.

»Kannst du die Magie des Spiegels aufheben, Kara?«

»Ich weiß es nicht.«

»Du hast doch dein Schwert …«

»Schon, aber …«

»Ich werde es versuchen«, erklärte Myxin.

»Und wie?«

Der kleine Magier schaute seine Partnerin an. »Ich habe von dem Spiegel gehört, obwohl ich ihn damals nicht benutzen konnte. Vielleicht schaffe ich es mithilfe meiner geistigen Kräfte, seine eigenen zu mindern oder aufzuheben.«

»Es wird schwer sein.«

»Wir müssen es versuchen!«, zischte Suko.

Der kleine Magier hob die Schultern. Seine Lippen hatte er fest zusammengepresst. Sie bildeten in seinem Gesicht einen Strich. Dann schüttelte Myxin den Kopf. »Nein«, sagte er, »es hat keinen Sinn. Ich kann diesen Spiegel nicht besiegen. Er lässt sich nicht manipulieren. Ihn lenken ganz andere Kräfte.«

»Welche?«

»Da musst du John Sinclair fragen, denn es war genau dieser Spiegel, der ihn damals gerettet hat. Als Atlantis versank, wurde der Spiegel durch die Explosionen und Detonationen frei. John hat ihn benutzt. Er ist durch ihn in seine Zeit zurückgelangt.«

»Und weshalb stehen wir noch hier?«, fragte Suko.

Myxin lächelte. »Weil der Spiegel anderen Gesetzen gehorcht. Er macht, was er will. Ich kann ihn nicht lenken. Kara wird es ebenso ergehen. Wir müssen abwarten.«

Suko passten Myxins Worte überhaupt nicht. Er begann mit einer Wanderung und stellte fest, dass er sich auf keinem ebenen Untergrund bewegte. Der Spiegel wies eine nach innen gekehrte Krümmung auf, so wie der innere Boden einer Kugel. Auch waren seine Wände nicht glatt. Man hatte sie aus zahlreichen Einzelteilen zusammengesetzt, sodass sie ein Mosaik bildeten.

Suko gefiel es nicht, dass sich Myxin und Kara so passiv verhielten. Wenn er den kleinen Magier schon nicht überreden konnte, wollte er es bei Kara versuchen.

»Befinden wir uns in der Vergangenheit?«, fragte er.

»Ich hoffe es.«

»Dann mach den Versuch. Du musst mit deinem Vater Kontakt aufnehmen. Vielleicht wirst du …«

»Ja.« Kara nickte. »Vielleicht sehe ich mich selbst. Und vielleicht sieht sich Myxin auch.«

Suko schluckte.

»Daran hatte ich nicht gedacht.« Aber es war möglich. Kara und Myxin hatten beide eine weite Reise hinter sich. Eine Reise, die aus Schlaf, Träumen und Vergessen bestand. Vielleicht kam eines Tages einmal die Erinnerung zurück, und Suko hoffte, dass es schneller vorangehen würde, wenn es ihnen gelang, aus dieser seltsamen Spiegelkugel zu entkommen.

Der Chinese wollte auf keinen Fall aufgeben. Er untersuchte die Wände genau.

Teil für Teil strich er mit seinen Fingerkuppen ab. Vielleicht gab es irgendeine Stelle, die er herausbrechen oder lösen konnte, damit der Weg für sie frei wurde.

»Du darfst ihn nicht zerstören«, sprach Kara.

Unwillig drehte sich Suko um. »Das will ich auch nicht. Ich suche nur nach einer Lösung.«

»Die wird uns der Spiegel verraten, wenn er es will«, erwiderte die Schöne aus dem Totenreich.

»Kann es dann nicht zu spät sein?«

Kara hob die Schultern.

»Versuche es wenigstens«, flehte Suko. »Nimm Kontakt mit deinem Vater auf. Wenn wir in einer Zeit gelandet sind, wo er noch lebt, dann könnte er doch etwas für uns tun, so erschreckend und schlimm sich das auch anhört.«

Kara schaute auf ihr Schwert. »Wenn ich den Trank des Vergessens hätte«, murmelte sie.

»Man soll nicht immer dem nachtrauern, was man nicht

hat«, erklärte Suko. »Denk nach und vertraue auf deine eigenen Kräfte. Du bist nicht machtlos.«

»Hast du nicht selbst erlebt, was mit den Steinen geschehen ist? Waren wir da nicht machtlos?«

»Schon, aber hier sind nicht die Steine. Gib mir dein Schwert!«, forderte Suko im nächsten Augenblick.

Kara schaute überrascht. »Was willst du damit?«

»Gib es her!«

»Nein, nur wenn du mir sagst, was du vorhast, Suko. Ich ahne etwas, aber ich lasse es nicht zu, dass du die Kugel zerstörst. Sie ist unsere einzige Sicherheit. Die Kräfte des Guten haben reagiert und uns aufgefangen, wir wollen uns nicht durch eigene Arroganz gegen sie stellen. Das verstehst du doch.«

»Sicher verstehe ich das. Mir ist allerdings auch bewusst, dass man etwas tun muss. Wir können hier nicht ewig und drei Tage in der Kugel ausharren und darauf warten, dass etwas geschieht. Sie befindet sich in der Vergangenheit, und ich will nicht in dieser Zeit für immer und ewig verschollen bleiben.«

»Das ist klar«, antwortete Myxin an Karas Stelle. »Aber du solltest dich zurückhalten. Gegen Kräfte, die 10.000 Jahre und älter sind, kommst du nicht an.«

»Aber was sollen wir in der Kugel? Weshalb hat sie uns aufgefangen?«

»Sie wird uns eine Antwort geben!« Kara nickte. Sie war davon überzeugt. »Nichts geschieht hier ohne Grund. Diese Kugel hat John Sinclair damals gerettet und auch uns aufgefangen. Deshalb sollten wir dankbar sein.«

»Und wer hat sie erschaffen?«, wollte Suko wissen.

Da hob Kara die Schultern. »Das kann ich leider nicht sagen, weil ich es nicht weiß.«

»Dein Vater?«

»Er hat mir gegenüber jedenfalls nie von der Kugel gesprochen, was nicht ausschließt, dass er tatsächlich daran mitgearbeitet hat.«

Suko hatte sich zwar wieder einigermaßen beruhigt, trotzdem passte ihm das alles nicht. Er nahm wieder seine Wanderung auf, schaute auf die gekrümmten Wände und atmete auch die seltsame klare und reine Luft ein, mit der die Kugel ausgefüllt war.

Das war kein normaler Sauerstoff, wie er ihn von der Erde her kannte. Dieser hier war viel reiner, als wäre er mit Ozon angereichert worden.

Plötzlich lief ein Zittern durch die Kugel.

Am Boden fing es an, breitete sich aus und lief durch den gesamten Körper.

Die drei schauten sich an. Ein jeder versuchte, auf den Gesichtern der anderen Antworten auf seine drängenden Fragen zu erkennen, doch alle waren ratlos.

»Haltet euch auf jeden Fall bereit«, sagte Myxin leise. »Vielleicht müssen wir kämpfen!«

Diese Worte fruchteten bei Kara, denn sie zog ihr Schwert aus der Scheide.

Langsam drehten sie sich, starrten auf die seltsam gekrümmten Wände, sahen die einzelnen kleinen Stücke, aus denen sie zusammengesetzt waren, entdeckten auch das Flimmern, das vor ihnen über die Kugelwände zitterte.

Es tat sich etwas …

Bisher hatten sich die drei Freunde von allen Seiten, wenn auch grotesk verzerrt, sehen können. Die kleinen Spiegelstücke warfen ihre Gestalten unzählige Male zurück. Mal lang, mal breit, dünn oder dick. Kinder hätten sicherlich darüber gelacht, Suko, Kara und Myxin war nicht danach zumute.

»Das ist unwahrscheinlich«, flüsterte der Chinese plötzlich. »Man kann ja hindurchschauen …«

In der Tat gelang ihnen dies. Ihre Blicke richteten sich gegen die Spiegelwände und gleichzeitig nach draußen.

Allmählich schälte sich eine Umgebung hervor. Keiner von ihnen wollte eigentlich glauben, was er da geboten bekam, weil alles unfassbar und auch unwahrscheinlich war.

Sie befanden sich dort, wo sie hergekommen waren.

Zwischen den Flammenden Steinen!

Die Umgebung allerdings hatte sich verändert. Der Todesnebel existierte nicht, auch leuchteten die Steine seltsam rot, als wären sie aktiviert worden.

»Verstehst du das?«, fragte Suko den kleinen Magier.

Von ihm erhielt er keine Antwort, sondern von Kara. »Wir sind bei den Steinen, Freunde, aber nicht in der Gegenwart, sondern in der tiefsten Vergangenheit, als sie in Atlantis zum Leben erweckt wurden …«

Nach diesen Worten sagte niemand etwas. Ein nahezu ehrfürchtiges Schweigen hüllte die drei ein.

Bis Suko plötzlich aufschrie. »Verflixt, da ist John Sinclair!«

Der Würfel hatte versagt!

Mit dieser Tatsache musste ich fertig werden, und innerhalb von Sekunden wurde mir dies bewusst.

Er ließ sich von mir nicht manipulieren. Für mich war er nur ein wertloser Gegenstand.

Was war der Grund? Ich erfuhr ihn sehr bald, denn abermals meldete sich der Vater des Eisernen Engels. Nur klang seine Stimme sehr schwach und leise, er schien große Mühe zu haben, die Verbindung überhaupt aufrechtzuerhalten.

»Du hast den Würfel nicht verstanden, Geisterjäger«, hörte ich die Stimme. »Er lässt sich zwar manipulieren, aber es kommt immer auf den Träger an. Ein Sohn des Lichts kann den Würfel des Unheils nicht in die verkehrte Richtung lenken. Er wird dem Guten dienen, aber nicht zerstören oder töten. Du kannst es ihm befehlen, immer wieder und wieder, er wird seine Kraft nicht gegen deine und auch seine eigentliche Überzeugung einsetzen. Somit ist er für dich in diesen Minuten wertlos, das musst du begreifen …«

Das letzte Wort echote noch nach, bevor es verstummte und ich allein mit meinen Gedanken war.

So einfach wollte man es mir nicht machen. Es wäre auch

zu schön gewesen, und ich schüttelte den Kopf, als wäre ich aus einem tiefen langen Traum erwacht.

Dann hob ich den Blick.

Vampiro-del-mar und ich starrten uns an. Stumm standen wir uns gegenüber, umflort von diesem seltsamen Licht, das alle Konturen weich machte und dennoch scharf hervortreten ließ. Ein seltsames Phänomen. Ich hatte den Würfel, schaute ihn an, doch nichts rührte sich in seinem Innern. Er vollzog meine Gedanken nicht nach und tat nicht das, was ich von ihm wollte.

Vampiro-del-mar war kein Schnelldenker. Er war eine Bestie, ein Tier, aber er hatte gemerkt, dass er noch existierte und es mir nicht gelungen war, ihn mit dem Würfel zu vernichten.

Über sein Gesicht zog ein breites Grinsen. Triumphgefühl musste ihn durchtosen, während er seine Arme ausbreitete und sie pendelnd vor und zurück bewegte.

»Der Würfel gehört dir nicht«, flüsterte er. »Du musst ihn mir geben. Ich habe ihn an mich genommen, und ich werde sein Beherrscher sein.«

»Dann hol ihn dir!«, sagte ich.

»Sicher werde ich ihn mir holen, denn ich brauche ihn, um dich zu vernichten. Ich arbeite mit Arkonada zusammen. Er hat mich hierher geholt, nachdem er wusste, dass ich den Würfel hatte …« Nach diesen Worten zog er seine lappigen Lippen zurück, und ich sah die langen, gefährlichen Zähne, die auf mich wie gekrümmte Säbel wirkten.

Bisher war es still gewesen. Ich richtete mich innerlich auf einen Kampf gegen dieses Monstrum ein. Umso lauter war das dumpfe Geräusch, das an meine Ohren drang.

Mein Kopf zuckte nach links. Aus dieser Richtung war das Geräusch gekommen.

Im Hintergrund der Halle erkannte ich die Treppe, die in den oberen Teil der Höhle führte.

Und ich sah sie.

Die Zombies aus den Hügeln.

Sie drängten in einer langen Reihe die Treppe herab, denn sie wollten ihm, Vampiro-del-mar, zur Seite stehen. Aus den Gräbern waren die halb verwesten und zum Teil vermoderten Gestalten aus verschiedenen Jahrhunderten erschienen.

Fast ausschließlich Männer. Nur zwei Frauen zählte ich. Sie trugen noch Kleiderfetzen, durch große Löcher schimmerte ihre welke Haut.

»Wirst du es schaffen?«, fragte mich Vampiro-del-mar höhnisch.

Ich verengte meine Augen. Ein Zeichen, wie sehr ich über diesen Fall nachdachte.

Noch hatten nicht alle Zombies die Halle erreicht. Die meisten befanden sich noch auf der Treppe. Sie drängten und stießen nach. Dabei nahmen sie keinerlei Rücksicht auf die vor ihnen gehenden Artgenossen. Diese bekamen Stöße in den Rücken, wurden nach vorn den Rest der Stufen hinuntergeschleudert, wo sie dann zu Boden fielen und liegen blieben. Sie unternahmen zwar den Versuch, sich zu erheben, aber nachfolgende Zombies stießen sie immer wieder zurück.

Mir blieben einige Möglichkeiten.

Ich konnte sie mit der Beretta erledigen. Geweihten Silberkugeln hatten sie nichts entgegenzusetzen, aber das wäre wirklich nur der berühmte Tropfen auf den heißen Stein gewesen. Zudem hatte ich nicht nur sie als Gegner, auch an Vampiro-del-mar musste ich denken.

Dass es für mich keinen Sinn hatte, den Würfel gegen sie einzusetzen, wusste ich jetzt. So wäre der Würfel nur Ballast für mich gewesen, und ich setzte ihn ab.

Mein Kreuz war die Waffe!

Ich konnte es aktivieren, es würde seine Kraft ausspielen, wobei allerdings Zweifel auftauchten, ob das Kruzifix es in dieser Zeit und dieser Situation tatsächlich schaffte. Ich entschloss mich, mit dem massiven Einsatz des Kreuzes noch zu warten. Erst dann, wenn es direkt gegen Vampiro-del-mar ging, wollte ich es einsetzen.

Die Zombies waren mit rostigen Lanzen und Schwertern bewaffnet.

Einer stach mir besonders ins Auge.

Er schritt ziemlich außen und schien ein Söldner aus dem Mittelalter oder noch früher zu sein. Sein nackter Oberkörper war mit einer Schimmelschicht bedeckt, das Gesicht zeigte Risse und Löcher, Haare hatte er keine mehr, der Kopf wirkte wie eine Kugel. Zu Lebzeiten war er sicherlich ein gefährlicher Kämpfer gewesen, auch jetzt wirkte er noch furchterregend, doch er bewegte sich längst nicht mehr mit der Geschmeidigkeit voran, wie er es vielleicht früher getan hatte. Sein Gang war wankend und marionettenhaft, wie auch bei den anderen.

Ich interessierte mich besonders für seine Waffe. So etwas hatte ich noch nie gesehen. Es war eine lange Lanze und gleichzeitig eine Axt. Kurz bevor die Lanzenspitze begann, zweigte der metallene Axtkopf mit der gewölbten Schneide ab.

Diese Waffe war für mich wie geschaffen.

Mit der Beretta schoss ich ihn nieder. Der Zombie brach wie vom Blitz getroffen zusammen, ich raste auf ihn zu und nahm die Waffe an mich, bevor die anderen Wesen sich auf mich stürzen konnten.

Jetzt hatte ich etwas, womit ich mich verteidigen und mir gleichzeitig Vampiro-del-mar vom Leibe halten konnte.

Sofort zuckte ich herum, denn ich wollte den Würfel wieder an mich nehmen.

Der Supervampir befand sich bereits auf dem Weg. Wenn er den Würfel des Unheils bekam, würde er ihn für seine Zwecke missbrauchen, und bei ihm reagierte er, das stand fest.

Ich startete ebenfalls.

Vampiro-del-mar war schneller.

Mir blieb noch eine Chance. Aus vollem Lauf schleuderte ich die eben eroberte Beutewaffe im schrägen Winkel auf ihn zu.

Das Mittelding zwischen Lanze und Axt hätte ihn auch getroffen, wenn er sich nicht genau im richtigen Augenblick zu Boden geworfen hätte. Die Waffe zischte über ihn hinweg und klirrte mit der Spitze gegen den harten Steinbrocken.

Pech auf der ganzen Linie.

Ich zeigte mich nicht geschockt oder überrascht, sondern machte weiter. Nur jetzt nicht aufgeben, dann hatten die anderen leichtes Spiel mit mir.

Vampiro-del-mar hatte den Würfel gepackt und seinen großen Körper um die eigene Achse gerollt. Während des Laufens sah ich für den Bruchteil einer Sekunde sein verzerrtes Gesicht hinter dem Würfel, ein widerliches Etwas, eine Grimasse, entstellt und gezeichnet von Hass.

Er kam so nahe an mich heran, dass ich über ihn hinwegspringen musste, um an die Waffe zu gelangen.

Blitzschnell ging ich in die Knie, nahm sie an mich und kreiselte herum.

Vampiro-del-mar stand vor mir. Er stierte mich an, den Würfel hielt er fest, und ich rechnete damit, dass er ihn aktivieren würde.

Das geschah auch.

Aber nicht der Todesnebel quoll aus den Steinen hervor, etwas anderes geschah, das ich nicht sehen konnte, denn es war keine sichtbare Waffe. Vampiro-del-mar hatte sich auf die zahlreichen Zombies konzentriert. Sie sollten zu einer schlagkräftigen Truppe werden, und er hatte sich etwas ausgedacht, womit ich nie im Leben gerechnet hatte.

Er machte sie zu Vampiren!

Aus Zombies wurden Blutsauger!

Auch das schaffte der Würfel des Unheils.

Ich vergaß in den nächsten Sekunden meine eigene Situation, die schlimm genug war. Nur diese Wesen vor mir interessierten mich, denn so etwas hatte ich noch nie im Leben gesehen.

Ein Ruck ging durch die Masse der untoten Leiber. Sie schüttelten sich, wurden nach vorn gestoßen, wieder zurück, blieben stehen und rissen ihre Mäuler auf, sodass in ihren Gesichtern klaffende Löcher entstanden.

Ich konnte zuschauen, wie es sich in ihren oberen Kiefern bewegte. Unter der oft fauligen Haut drückte sich etwas hervor, und allmählich wuchsen ihnen lange Vampirzähne.

Jetzt wollten sie nicht nur töten, wie sie es eigentlich vorgehabt hatten und man es von Zombies erwarten konnte, nein, auch das Blut der Menschen erweckte ihre Gier.

Das an erster Stelle.

Ich hörte das böse Lachen Vampiro-del-mars. Und dieses Geräusch riss mich zurück in die Realität.

Noch immer stand ich einer Unzahl von Gegnern gegenüber, und vor allen Dingen dem Supervampir.

Er hatte den Würfel, ich hätte ihn doch nicht so leichtfertig aus der Hand geben sollen, aber hinterher ist man immer klüger.

Dann tat ich etwas, das meines Erachtens aus einer guten Idee geboren wurde.

Ich riss die Beutewaffe zu mir heran, streifte mir dabei die Kette über den Kopf und wickelte sie sowie das Kreuz um die Lanzenspitze, und zwar genau an der Stelle, wo sich Spitze und Axt trafen. Dort hatte es am meisten Halt.

Mit dieser Waffe rannte ich los.

Vampiro-del-mar war mein Ziel. Jetzt musste ich ihn erledigen. Er durfte nicht mehr existieren, ich hatte gesehen, welche Macht ihm dieser Würfel verlieh, und höchstwahrscheinlich wäre auch ich zum Vampir geworden, hätte ich nicht unter dem Schutz des Kreuzes gestanden, das ich nun einsetzte.

Leider irrte ich mich.

Noch immer hatte ich die Kraft des Würfels unterschätzt. Vampiro-del-mar bewegte sich nicht. Er blieb wie ein Fels in der Brandung stehen, die Arme leicht vorgestreckt, wobei seine Hände den Würfel des Unheils umklammerten.

Ich rannte gegen die Wand.

Gegen eine unsichtbare Mauer wuchtete ich, hörte das

Zischen und entdeckte das rote Leuchten auf meinem Kreuz. Da waren zwei Magien aufeinandergeprallt. Das Kreuz kämpfte gegen die von dem Würfel produzierte, und keine schien stärker zu sein, denn sie hoben sich gegenseitig auf.

Aber der Supervampir hatte Mühe.

Aus seinem weit geöffneten Maul drangen schreckliche Laute. Eine Mischung zwischen Ächzen und Gurgeln. Er schüttelte sich, bewegte den massigen Schädel und taumelte.

Das Kreuz war stärker!

Ich jubilierte innerlich. Wenn es so weiterging, bekam ich ihn, dann würde ich Vampiro-del-mar vernichten. Er sollte das kriegen, was ihm schon lange zustand.

Ich keuchte, holte schwer Atem, blieb am Ball, auch der Würfel tat sich schwer.

Seine hellen Schlieren nahmen einen grünlichen Schimmer an. Er kämpfte verbissen, und ich sah Blitze innerhalb des Quaders.

Mein Kreuz stand wie eine Eins. Ohne es aktivieren zu müssen, hielt es den Schutzschirm vor mich, und sein Schatten zeichnete sich sogar auf dem Boden ab.

Ich geriet in einen regelrechten euphorischen Taumel, der allerdings jäh zerstört wurde.

Plötzlich waren sie da.

Sie hatten die wertvollen Sekunden genutzt und waren in meinen Rücken gelangt.

Zahlreiche Vampire, halb verweste Horror-Gestalten, manche bis auf den letzten Fetzen skelettiert, aber mit spitzen Dolchzähnen, die mein Blut haben wollten.

Ich spürte die Berührung im Nacken.

Es waren keine Zähne, nur eine kalte Klaue, und es durchfuhr mich wie bei einem Stromstoß. Auf dem Absatz zuckte ich herum, die Lanze machte den Schwenk mit, und ich schaute auf einen Arm, der erhoben war und dessen Hand den Griff einer Machete umklammerte.

Die Klinge hätte mir den Kopf vom Hals getrennt.

Ich aber war schneller.

Haargenau traf die Axt, und ein kopfloser Vampir kippte vor meinen Füßen zur Seite.

Sofort nahm ich mir das nächste Ungeheuer vor, und auch das dritte blieb nicht verschont. Mit einem Lanzenhieb erledigte ich es, dann hatte ich mir Luft verschafft.

Einige wichen zurück. Sie hatten ihre Artgenossen fallen sehen und bekamen auch mit, wie diese allmählich zerfielen. Da wurde zunächst das Fleisch zu Staub, da fielen Finger ab, und es veränderten sich die Gesichter. Die Haut dörrte aus, vertrocknete, zerknirschte.

Von der Seite sprang mich eine der Frauen an. Sie hielt keine Waffe fest, ich aber drückte ihr die Lanze entgegen, wobei sie von der Spitze nicht einmal getroffen wurde, sondern nur von dem Kreuz, das nach wie vor rot glühte.

Sie schüttelte sich. Ihr Gesicht zerfiel innerhalb einer halben Sekunde, dann rieselten Knochen nach unten und wurden zu Staub.

Ich hörte hinter mir Vampiro-del-mar. Er tobte, denn er musste mit ansehen, dass seine Vampire doch nicht das brachten, was sie seinem Sinne nach sollten.

Wieder drehte ich mich um.

Er war näher gekommen. Geduckt ging er, den Würfel hielt er fest.

Sein Mund stand offen. Gelblich schimmernder Geifer rann über die langen Hauer, sammelte sich an den Spitzen und fiel in dicken Tropfen zu Boden.

Rechts von mir schaukelten seine Helfer. Es war wirklich ein Schaukeln, denn die zu Vampiren gewordenen Zombies hatten mitbekommen, was mit ihren Artgenossen geschehen war, und irgendein Instinkt hielt sie davon ab, sich näher an mich heranzuschieben.

Sobald ich das Kreuz in Richtung des Würfels gedreht hatte, glühte es stärker auf. Das rote Leuchten strahlte gegen den Quader, aber es drang nicht hindurch. Um Vampiro-del-mar legte es einen Ring.

Der Supervampir zuckte. Dabei bewegte sich sein Gesicht.

Irgendetwas ging in ihm vor. Er fletschte die Zähne noch weiter und schaute seine Helfer an. Durch die Gestalten lief ein einziger, wuchtiger Ruck. Für einen Moment standen sie noch starr, dann setzten sie sich in Bewegung. Diesmal jedoch konzentriert. Sie hatten ihre Furcht oder Panik überwunden und starteten den Angriff gegen mich.

Die Vampire kamen wie eine Welle. Sie würden für ihren Meister in den Tod gehen.

Wie viele es waren, wusste ich nicht. Ich hatte den Überblick verloren, konnte mir aber vorstellen, dass die Überzahl zu groß für mich wurde. Noch hatte die Magie des Kreuzes mich beschützt. Wie lange ich dies aufrechterhalten konnte, war fraglich.

Deshalb musste ich seine gesamten Kräfte ausnutzen, auch wenn ich mich in einer fremden Dimension befand oder in einer anderen Zeit steckte, vielleicht packte ich es.

»*Terra pestem teneto – Salus hic maneto!*«

Laut und deutlich rief ich diese gewaltige Formel, um die Urkräfte zu mobilisieren.

Bevor irgendetwas geschah, sah ich links von mir einen anderen Vorgang.

In der Wand tat sich etwas.

Ich entdeckte ein Bild, eine Kugel – der Spiegel aus dem alten Atlantis. Und in ihm standen meine Freunde!

»Das darf doch nicht wahr sein!«, ächzte Suko. »Das ist John Sinclair.« Der Inspektor drehte sich um. Er schaute Kara und Myxin starr an. »Das ist er, Freunde!«

Die beiden waren konsterniert. Sie hatte die Überraschung ebenso getroffen wie Suko. Zum Greifen nahe befand sich der Geisterjäger, dennoch waren sie meilenweit entfernt.

Und sie erkannten, in welch einer Lage er sich befand. Vor ihm stand Vampiro-del-mar. Er hatte den Würfel des Unheils. Um den Supervampir herum flirrte ein roter Kreis, der ihn gefesselt hielt.

Doch dieser Blutsauger bildete nicht die größte Gefahr. Es war das Heer von schrecklichen Gestalten, das dem Geisterjäger ans Leben wollte und sich allmählich auf ihn zuschob.

Vergessen waren die Flammenden Steine, zwischen denen sie sich befanden, in diesen Augenblicken zählte nur der um sein Leben kämpfende John Sinclair.

»Wir müssen zu ihm!«, rief Suko und schaute Kara dabei an. »Es kommt auf dich an. Tu etwas!«

»Wie soll sie …?«

Suko schnitt Myxin mit einer Handbewegung das Wort ab. »Ganz einfach, sie muss ihr Schwert nehmen. Wenn wir uns tatsächlich in Atlantis befinden, dann schafft ihre Waffe es. Glaubt mir …«

Kara nickte entschlossen.

»Du hast recht, Suko, ich muss es versuchen. Wir müssen die Kugel verlassen.« Sie schob den Chinesen kurzerhand zur Seite und baute sich dicht am Rand der Kugel auf. Das Schwert hob sie in Hüfthöhe. Die goldene Klinge funkelte und gleißte.

»Erinnere dich wieder an die Leichenstadt. Dort hast du es auch geschafft!« Suko machte ihr Mut, als er sah, wie Kara auf die Knie fiel, die Waffe mit dem Griff gegen ihre Stirn presste, während die Spitze den Spiegel von innen berührte.

Sie konzentrierte sich. Kara nahm all ihre Kräfte zusammen, und es war Myxin, der hinter sie trat und seine Hände auf ihre Schultern legte, wobei er ebenfalls seine geistigen Kräfte einsetzte.

Vielleicht gelang es ihnen gemeinsam, den Zwischenraum und damit auch die Zeiten zu überbrücken.

Das war genau der Zeitpunkt, an dem es John Sinclair gelungen war, sein Kreuz zu aktivieren.

Von nun an prallten die verschiedenen Welten und magischen Energien aufeinander.

Es kam zur Entladung, und damit brach auch das Chaos in die Zeiten hinein …

Ein furchtbarer Schrei zitterte mir entgegen!

Zunächst dachte ich, dass Vampiro-del-mar ihn ausgestoßen hatte. Dies stimmte nicht. Es waren die Vampire, denn sie hatte die Kraft des Kreuzes ebenfalls getroffen.

Die alte Formel hatte die Kraft noch einmal verstärkt, und über den Köpfen der untoten Wesen lag ein roter Schleier. Ich rechnete mit einer Vernichtung dieser makabren Wesen, leider ein Irrtum, der Schleier konnte sich nicht weiter ausbreiten, denn die andere Magie hielt dagegen. Sie konnte meine Abwehrkräfte schwächen, und die Vampire starben nicht. Ich sah, wie sie sich bewegten. Sie zuckten zusammen, taumelten, hielten sich gegenseitig fest, schrien auch und brachen zusammen. Leider nicht alle, sodass ich weiterhin mit einer Überzahl von Gegnern rechnen konnte.

Stand ich wirklich allein?

Ich hatte im letzten Moment die Kugel gesehen, die sich auf der seltsamen Wand zeigte. Eine Spiegelkugel, und sie war mir ebenfalls bekannt, denn ich hatte sie einmal als letzten Rettungsanker benutzt. Nun sah ich in ihr meine Freunde. Zum Greifen nahe waren sie und dennoch meilenweit entfernt.

Noch immer hielt ich meine Beutewaffe fest. Dieses Mittelding aus Lanze und Axt. Ein gefährliches Instrument, mit dem ich vielleicht auch Vampiro-del-mar erledigen konnte.

Der jedoch hatte den Angriff überstanden. Der Würfel gab ihm die Kraft, dem aktivierten Kreuz zu trotzen, und er entwickelte selbst Gegenmagien und Gegenreaktionen.

Bevor ich mich versah, jagte etwas aus dem Würfel auf mich zu. Ich dachte schon an den Todesnebel, aber es war eine Spirale, die sich rasend schnell in meine Richtung drehte, milchigweiß schimmerte, mich voll erwischte.

Da gab es nichts mehr, woran ich mich hätte festhalten können. Die fremde Kraft schleuderte mich herum, ich rief noch einmal die Formel und wollte, dass mein Kreuz seine Kräfte potenzierte.

Ob es gelang, bekam ich kaum mit, denn mit dem Rücken und auch mit dem Kopf krachte ich gegen die Wand.

Es war ein harter Schlag, der mir das Wasser in die Augen trieb. Aber nicht nur das. Auch Schmerzen zuckten durch meinen Schädel, sie hämmerten, und ich stellte fest, dass ich mich nicht mehr auf den Beinen halten konnte.

Meine Knie gaben allmählich nach.

Mit dem Rücken rutschte ich an der Wand nach unten, während Vampiro-del-mar näher kam.

Er ließ sich sogar Zeit, warf einen Blick auf den runden Spiegel in der Wand, sah auch die anderen, doch er kümmerte sich nicht um sie. Ich war für ihn wichtiger.

Ich rutschte so tief, dass ich schließlich auf dem Boden sitzen konnte. Noch immer schien mein Schädel mit einer seltsamen Flüssigkeit gefüllt zu sein. Ich konnte kaum einen richtigen Gedanken fassen. Es fiel mir ungemein schwer, mich auf meinen Gegner zu konzentrieren, schaute nach vorn und entdeckte das Kreuz. Es pendelte an der Waffe. Vampiro-del-mar schien keine Angst davor zu haben.

In dieser Welt war er der Herr. Da schützten ihn andere. Auch der Würfel des Unheils.

Er hielt ihn so fest, als wollte er ihn nie mehr loslassen. Darüber sah ich sein breites Gesicht. Es war zu einem hässlichen Grinsen verzogen, und die Augen schauten starr auf mich herab.

»Keine Chance mehr«, röhrte er aus tiefer Kehle. »Du hast keine Chance mehr, John Sinclair. Der Geisterjäger ist verloren.«

»Dann versuche es!«, lockte ich ihn. Es fiel mir schwer, die Worte zu formulieren. Diese Attacke des Würfels hatte mich zwar nur geschwächt erreicht, es immerhin geschafft, meine Kräfte stark zu reduzieren. So kam ich gegen Vampiro-del-mar nicht an.

Ich musste auch an die anderen Gegner denken. Die ehemaligen Zombies und jetzigen Blutsauger. Zwar standen nicht mehr so viele gegen mich, einige hatte es schon erwischt, aber die Stärkeren von ihnen hielten sich noch auf den Beinen.

Ihre Mäuler hatten sie aufgerissen. Die spitzen Zähne leuchteten darin, und aus manchen Mundhöhlen floss der Geifer über die Lippen.

Welche Chance würde mir der Supervampir lassen?

Keine!

Denn er gab seinen Helfern den Befehl, ebenfalls näher zu kommen.

Sie gehorchten.

Schwankend setzten sich die Gestalten in Bewegung. Ihre Körper pendelten von einer Seite auf die andere, die Arme waren ausgestreckt, die Finger gespreizt, und aus ihren Kehlen drangen blubbernde Geräusche.

»Du kannst wählen, John Sinclair«, sagte Vampiro-del-mar und fühlte sich ganz als großer Sieger. »Soll ich dich von meinen Dienern zerreißen lassen, oder willst du durch den Würfel sterben?«

»Überhaupt nicht!«

»Das habe ich mir gedacht«, zischte er. »Aber ich lasse dich nicht mehr entkommen. Dieser Würfel produziert das, was ich will, und ich werde mir etwas Besonderes für dich ausdenken. Ich kann zum Beispiel einen Säureregen von der Decke fallen lassen, der deinen Kadaver auflöst. Ich kann dich auch durch Pfeile töten, die plötzlich aus dem Nichts kommen und dich durchbohren. Oder ich kann von Unsichtbaren töten lassen. Das alles ist möglich …«

Er redete. Und solange er redete, tat er nichts. Das gab mir wiederum Gelegenheit, Gegenmaßnahmen zu ergreifen, denn kampflos wollte ich mich nicht in mein Schicksal fügen.

Besonders nicht vor den Augen meiner Freunde, die sicherlich alles daransetzen würden, um mir zu Hilfe zu eilen. Es war mir gelungen, meinen rechten Arm ein wenig anzuwinkeln. Dadurch stand der Lanzenschaft auf dem Boden, bildete einen schrägen Winkel, und ich benutzte ihn als Stütze.

Ich wollte Vampiro-del-mar erst gar nicht so weit kommen lassen. Bisher war er mir in seiner Handlungsweise entgegengekommen, er hatte gezögert, er würde auch, und das hoffte ich stark, weiterhin zögern und sich erst noch vorstellen, wie er mich umbringen wollte.

Sollte er mich dabei ruhig als zitterndes und ängstliches Bündel sehen, das machte mir nichts. Anders verhielt es sich mit seinen Vampiren. Sie waren ein unbekannter Faktor in meiner Rechnung. Unbekannt deshalb, weil ich nicht wusste, wie sehr sie sich bereits erholt hatten, und deshalb durfte ich auch nicht zögern. Vielleicht konnte ich sie stoppen, wenn Vampiro-del-mar nicht mehr existierte.

Lady X gab es nicht mehr. Er hatte meiner Ansicht nach auch kein Recht, weiterhin zu existieren. Die Mordliga musste weg, nur Xorron war dann noch übrig.

Ich startete.

Mit keinem Wimpernzucken hatte ich zu erkennen gegeben, was ich vorhatte, und ich jagte in die Höhe, wobei ich die Lanze als Stützwaffe benutzte.

Vampiro-del-mar wurde von dieser Attacke überrascht. Er hatte sich zu sehr auf der Siegerstraße gefühlt, und als ich vor ihm auftauchte, da verzerrte sich sein Gesicht in panischem Schrecken.

Ich rammte die Waffe wuchtig nach vorn.

Diesmal konnte Vampiro-del-mar ihr nicht ausweichen. Etwa in der Körpermitte wurde er voll getroffen, und auch das Kreuz entfaltete noch seine Wirkung.

Als hätte ihm jemand den Würfel aus der Hand geschlagen, so wirbelte er davon, prallte mit der Kante irgendwo auf, tickte weiter und blieb dann liegen.

Ich kümmerte mich nicht um ihn. Vampiro-del-mar war wichtiger, und ich trieb ihn zurück, wobei ich die Lanze immer wieder vorstieß.

Er erlebte die Hölle!

Sein Gesicht schien auseinanderzufließen. Selten habe ich bei einem Dämon solch eine Todesangst erlebt, und er wurde erst gestoppt, als er mit dem Rücken gegen die Wand krachte.

Ich zog die Lanze aus seinem Körper und drehte sie.

Ein irrer Schrei flog mir entgegen. Der Supervampir hatte

ihn ausgestoßen, riss gleichzeitig seine Arme hoch und wuchtete auf mich zu. Jetzt erwies sich die Lanze als unhandlich. Ich konnte sie nicht schnell genug herumwirbeln, wurde von dem Körper getroffen und zu Boden gestoßen. Hart fiel ich auf den Rücken.

In diesem kurzen Augenblick der Wehrlosigkeit hatte Vampiro-del-mar seine große Chance. Aber er war bereits zu geschwächt und brauchte eine gewisse Anlaufzeit. So konnte ich mich aus dem unmittelbaren Gefahrenbereich bringen und kam wieder auf die Füße. Dabei taumelte ich ein wenig zur Seite, geriet gefährlich nahe an die ersten Vampire heran und erledigte einen von ihnen mit einem Rundschlag.

Dann stand ich wieder vor dem Supervampir.

Er wankte.

Sein Ende war nah. Der Körper zeigte die ersten Anzeichen der Vergänglichkeit. Knochen lugten bereits durch die Haut. Bleiches und gleichzeitig grau schimmerndes Gebein, aber er stemmte sich gegen sein Ende an.

Ich befand mich wie in einem Rausch. Hier in dieser Welt focht ich einen gewaltigen Kampf. Dieser Gegner hatte mir immens viel Ärger bereitet. Er hatte gemordet, getötet, kannte keine Gnade, wollte nur Blut, und jetzt hatte ich die Chance, ihn endgültig zu vernichten.

Ich holte aus.

Schräg hielt ich die Waffe, denn diesmal wollte ich nicht mit der Lanzenspitze zuschlagen, sondern mit der Axt.

Ein unheimliches Gebrüll drang aus dem Maul des Vampirs. Er sah das Unheil kommen, seine Blutzähne schienen um das Doppelte zu wachsen, noch einmal streckte er seine langen Arme aus, als wollte er meinen Schlag aufhalten, aber damit konnte er mich nicht mehr irritieren.

Ich führte den Rundschlag so durch, wie ich es mir vorgenommen hatte, und die Axt fegte über seine ausgestreckten Arme hinweg.

Der Treffer.

Vampiro-del-mar hatte einen langen Hals, ich konnte ihn

überhaupt nicht verfehlen, und einen Atemzug später traf die Klinge der Axt voll.

Plötzlich stand er ohne Kopf vor mir.

Ich starrte auf den Torso, wechselte den Blick, schaute nach links und sah den Kopf am Boden liegen.

Dieser Anblick ging mir unter die Haut.

Weit aufgerissene Augen starrten mich an. Sein Mund stand immer noch offen, die langen Blutzähne stachen aus dem Oberkiefer hervor, und sie wurden allmählich grau, wobei sie dieselbe Farbe annahmen wie die Haut des Vampirs.

Er hatte immer strähnige Haare gehabt. Auch die fielen ihm aus. Sie wurden zu Staub, kaum dass sie den Boden berührt hatten. Dann klappte der Mund zu.

Die beiden lappigen Lippen hatten sich kaum berührt, als sie schon zerfielen und ich sogar das Knacken vernahm, mit dem die Knochen auseinanderbrachen.

Vampiro-del-mar gab es nicht mehr. Er hatte mir zu oft getrotzt, diesmal jedoch war ich Sieger geblieben.

Endgültiger Sieger!

Und ich vernahm das Heulen und Wehklagen. Seine Diener stießen es aus. Sie trauerten um Vampiro-del-mar, aber sie würden es nicht mehr lange tun, davon war ich fest überzeugt.

Im Moment interessierten sie mich nicht. Der Würfel war wichtiger. Ihn musste ich haben.

Ich sprang darauf zu.

Nach dem zweiten Schritt schon stoppte ich, denn ich hatte ein widerliches Geräusch vernommen.

Es war ein gewaltiges Knirschen. Hoch über mir, wo ich die Decke nicht sah, war es aufgeklungen.

Mein Blick flog in die Höhe!

Die Hand hatte ich schon einmal gesehen. Diesmal jedoch stach sie nicht aus dem Wasser, sondern kam von oben.

Als gewaltiges, unheimliches Gebilde entdeckte ich sie, und sie war dabei, sich allmählich auf mich nieder zu senken.

Ihr waren bereits große Schiffe zum Verhängnis geworden, und es gab keinen Grund, dass es mir anders ergehen sollte …

Kara schien zu einem Denkmal geworden zu sein!

Unbeweglich kniete sie auf dem Boden der Kugel. Das Schwert hielt sie umklammert, die Spitze berührte die Spiegelwand.

Verzweifelt und mit aller Kraft versuchte sie, eine magische Verbindung zwischen sich und der Kugel aufzubauen.

Dabei dachte sie an das, was sie einmal früher erlebt hatte. In Gedanken beschwor die Schöne aus dem Totenreich Zeiten, die schon über 10.000 Jahre zurücklagen. Sie wollte Kräfte aktivieren, die in einem tiefen Schlaf lagen, und vielleicht gelang es ihr abermals, mit ihrem Vater Kontakt aufzunehmen.

Ihre Lippen bildeten einen Strich. Kalkig wirkte die Haut auf dem Gesicht. Sie spürte die Gedanken der Kugel. Ihr war klar geworden, dass auch dieses Gebilde lebte, und sie merkte nicht, wie Myxin seine Hände auf ihre Schultern gelegt hatte.

Alles war anders geworden …

Kara suchte nach einem Weg, während Suko durch die Wand schaute und um das Leben seines Freundes John Sinclair zitterte, der gegen Vampiro-del-mar kämpfte.

Die Klinge vibrierte.

Ihr Leuchten nahm plötzlich zu. Für Kara ein Beweis, dass ein erster Kontakt hergestellt worden war.

Jetzt musste sie ihn nur verstärken, um den Bann zu brechen. Die Schöne aus dem Totenreich wollte hindurch. Es sollte kein Zurück mehr geben, nur noch die Aktion nach vorn.

Die Kugel zitterte.

Gewaltige, von Kara freigelegte Kräfte machten sich bemerkbar. Über die Innenhaut der Spiegelkugel lief ein Leuchten. Es zeichnete jedes Teil nach, aus dem die Kugel zusammengesetzt war, und es gelang Kara das schier Unmögliche.

Die Spiegelkugel löste sich.

Auf einmal schwebte sie über dem Boden. Sie wurde durch reine Geisteskraft angetrieben. Kara fühlte selbst in ihrem Körper das Zittern. Es war ihr gelungen, die Kräfte des alten Atlantis zu aktivieren.

»Gütiger Himmel, wir schaffen es!« Es war Suko, der die Worte ehrfurchtsvoll flüsterte. Damit hatte er kaum gerechnet.

Kara ließ nicht locker. Sie bewegte die Kugel dank ihrer Geisteskraft und dank jener magischen Waffe, die einst ein Schmied im alten Atlantis hergestellt hatte.

Es gelang ihr, die Kugel zu steuern. Sie brachte sie in die Richtung, wo sich der Geisterjäger John Sinclair befand. Die Kugel kam aus der Vergangenheit, tauchte ein in die Gegenwart und geriet in tödliche Gefahr, denn die gewaltige Hand des Dämons Hemator senkte sich immer tiefer.

Er galt als der Unbesiegbare, und diesem Namen wollte er wieder gerecht werden …

Die Gefahr spitzte sich für mich zu!

Es gab keinen Ausweg mehr. Ich hätte der schnellste Läufer der Welt sein können, es wäre mir nie und nimmer gelungen, den unheimlich großen Klauen des Dämons zu entgehen.

Verzweifelt schaute ich mich um.

Die Vampire bemerkten die Gefahr ebenfalls, und sie ballten sich in einer Ecke zusammen. Wie eine aufgescheuchte Herde Hammel kamen sie mir vor. Die Gesichter von Furcht gezeichnet. Der Drang nach Blut war vergessen, sie wollten sich nur retten, aber sie würden es nicht schaffen.

Ebenso wenig wie ich.

Aus eigener Kraft gelang es mir nie und nimmer. Ich warf noch einen Blick dorthin, wo ich meine Freunde gesehen hatte.

Sie steckten nicht nur in der Wand, sondern auch in dem geheimnisvollen Spiegel, der mich einmal gerettet hatte.

Meine Augen wurden groß.

Die Kugel bewegte sich.

Ich sah Kara in ihr hocken, während die beiden Männer hinter ihr standen.

Die Schöne aus dem Totenreich hielt das Schwert ausgestreckt. Es bildete eine magische Brücke, die sich plötzlich ausbreitete und ein neues Ziel fand.

Es war mein Kreuz!

In diesem Augenblick hätte ich es noch geschafft, den Würfel an mich zu nehmen. Ich befand mich bereits auf dem Weg zu ihm, als die andere Magie mich packte.

Plötzlich konnte ich mich nicht mehr bewegen. Dafür hörte ich eine Stimme in meinem Hirn, und ich glaubte sogar, dass Kara zu mir sprach. »Wir schaffen es, John, wir schaffen es. Wehre dich nicht. Ich hole dich raus. Ich …«

Alles Weitere verstand ich nicht mehr, denn einen Moment später stürzte alles zusammen. Und ich mit …

»He, du müder Krieger, wach auf!«

Aus sehr weiter Ferne drang die Stimme an meine Ohren. Ich kannte sie, hatte trotzdem Mühe, sie zu identifizieren und ärgerte mich gleichzeitig über das Wasser, das mein Gesicht traf.

Es war Regen.

Herrlicher, kühler Regen. Dass ich ihn spürte, bewies mir, wieder in der normalen Welt zu sein, und die drei Freunde standen lächelnd um mich herum.

Ich wurde sogar gestützt, jemand schlug gegen meine Wangen, sodass ich endlich die Augen öffnete.

»Geschafft?«, fragte ich als Erstes.

Alle drei nickten.

»Und die Kugel?«

»Ist da, wo sie hingehört«, antwortete Kara. »Im alten Atlantis, in der Vergangenheit.«

Ich schaute mich um. Der Platz, an dem wir uns befanden, kam mir bekannt vor. Es war der der Flammenden Steine. Die geheimnisvolle Kugel hatte uns dort gelassen. Es war ihr gelungen, die Zeiten zu überbrücken. In der Vergangenheit war sie zwischen den Steinen erschienen, in der Gegenwart hatte sie sich ebenfalls zwischen den Steinen aufgelöst.

Noch immer umgab uns die Dunkelheit. Auch Dunstschwaden zogen träge über den Boden, aber es war kein Todesnebel. Er hatte sich zurückgezogen.

Ich erfuhr von meinen Freunden die ganze Geschichte. Wir saßen in der Blockhütte zusammen, wobei ich nur staunend den Kopf schütteln konnte.

»Aber ich weiß, wie die Steine entstanden sind«, sagte ich. »Und ich weiß ferner, dass der Würfel des Unheils das geheimnisvolle Orakel von Atlantis ist.«

Niemand widersprach mir.

»Nur gibt es dadurch nicht weniger Probleme«, erklärte Kara, »denn wir haben erlebt, dass uns dieser Platz keine Sicherheit bietet. Arkonada wäre es fast gelungen, die Steine zu zerstören, er muss einen Weg gefunden haben. Erst wenn wir ihn erledigt haben, können wir wieder aufatmen.«

»Wollt ihr denn hier bleiben?«, fragte ich.

»Vorerst ja.« Myxin gab die Antwort. »Wir wissen nun, was mit den Steinen los ist, und können uns darauf einrichten.«

»Aber wer hat nun den Würfel?« Diese Frage stellte Myxin.

»Vampiro-del-mar kann ihn nicht mehr haben«, erwiderte ich. »Er ist erledigt. Vielleicht hat ihn einer der großen Alten an sich genommen.«

Von Myxin und Kara erntete ich Widerspruch. »Nein, sie werden sich um ihn nicht kümmern«, sagte die Schöne aus dem Totenreich. »Meiner Ansicht nach ist der Würfel in den Besitz eines anderen übergegangen …«

»Und das ist Arkonada«, sagte Myxin nur.

Weder Suko noch ich widersprachen. Eines war uns allen klar. Das Orakel von Atlantis würde uns auch weiterhin Rätsel aufgeben …

ENDE